Bernd Rümmelein

# Kryson

## Das verlorene Volk

Otherworld

Dorf
große Stadt
Nadelwald
Laubwald
Wüste
Grenze
Fluss
Vulkan
Sumpf
Wasser
Eis

# Prolog

*In den Schatten sollst du suchen,*
*willst du ergründen das Geheimnis.*
*Gar schrecklich' Taten wir vermuten.*
*Verschwunden, Flüstern im Verborgenen.*
*Verloren im grauen Nichts der Ewigkeit,*
*zu Schatten auserkoren.*
*Wirst Tag und Nacht verfluchen,*
*siehst du des bittren Schicksals Fratze.*
*Geschlagen mit den eig'nen Waffen,*
*war nur ein Herz aus Stein geblieben.*
*Fortan hält sich das Volk verborgen, hofft auf*
*Vergessenheit. Nie mehr auf morgen.*
*Wann kehrt er wieder? Des Volkes einz'ger Stolz,*
*der Sohn des Feuers?*
*Einst erstrahlt der Glanz im Licht der Sonnen,*
*verwöhnt von Ruhm und Ehre.*
*Vergangen die Zeichen Feuer, Kampf und Kraft.*
*In aller Munde war einst der Name des Volkes. Nno-bei-Maya.*
*Das verlorene Volk.*

(Aus den vierten Reiseschriften des Lesvaraq Ulljan, Kapitel sieben, in der elften Sonnenwende nach Ruitan Garlaks Einigung der Klanlande)

Tarratar sprach mit sich selbst. Das tat er oft. Mit wem sonst sollte er sich unterhalten. Mit den Steinen und Statuen – Relikte einer längst vergessenen Zeit –, die ihn umgaben? Der Wächter des Buches hatte selten Gesellschaft. Er war allein und einsam.

»Ts … ts … ts. Chaos, Dunkelheit, Leid und Verzweiflung«, lamentierte der Narr. »Die Schatten sind unruhig. Nalkaar, Thezael und Madsick spielen ein gefährliches Spiel. Wissen sie, was es bedeutet, die Schatten zu rufen? Ich glaube nicht. Die Macht der Schatten ist verlockend, aber sie hat ihren Preis. Bald ist die Zeit der neuen Ordnung gekommen. Es ist und bleibt immer dasselbe. Erneuerung und jeder hat seine eigenen Ideen, wie eine Welt auszusehen hat. Nur die armen, einfachen Geschöpfe müssen erdulden, was sich die Mächtigen ausdenken. Wehe denen, die unsterblich scheinen. Ich unglückseliger Narr. Die Schlacht am Rayhin ist geschlagen. Wer hätte an ein solches Ende geglaubt? Das Blut der Gefallenen hat den dunklen Hirten aus seinem Schlaf erweckt. Der gute, alte Quadalkar besiegelte sein Schicksal und ging ins Land der Tränen. Bedauerlich! Irgendwie mochte ich ihn und seine Kinder. Gewiss, sie waren nicht ohne Fehl und Tadel. Tranken das Blut der Lebenden. Verflucht in ihrem Sein. Doch sie brachten Farbe ins Spiel. Aber am Ende war sein Tod doch für etwas gut. Er bannte den Fluch, der den weißen Schäfer im ewigen Schlaf festhielt. Und schon ist das Gleichgewicht wiederhergestellt. So einfach kann eine Lösung sein. Und doch ist sie es wiederum eben nicht. Ts … ts … ts.«

Der kleinwüchsige Mann schüttelte den Kopf, bis die Glöckchen an seiner Flickenkappe klingelten. Sein Blick wanderte zu einer Pfütze in der Nähe des steinernen Tisches, auf dem er seine Schreibutensilien ausgebreitet hatte. Im ruhigen Wasser erkannte er sein eigenes Spiegelbild, das ihm aus der Pfütze keck entgegenlächelte. Tarratar hatte sich nicht verändert. Keinen Tag war er in den letzten Sonnenwenden gealtert und wirkte keineswegs überrascht ob dieses Umstands. Denn er verfügte nicht nur über unschätzbar wertvolles Wissen, sondern wusste auch um seine Unsterblichkeit. Jedenfalls, solange seine Aufgabe nicht beendet war und ihn die Kojos über Kryson wandeln ließen.

Im Gegensatz zu anderen Begabten kannte er das Geheimnis, den Prozess des Alterns und langsamen Verfalls aufzuhalten. So musste sich Tarratar über solcherlei Schwierigkeiten schon seit langer Zeit nicht mehr den Kopf zerbrechen.

Tarratar legte seine Stirn in Falten und kramte eine alte, schon vergilbte Schriftrolle hervor, die seine Aufzeichnungen über das Wesen der Lesvaraq enthielt, so wie er die Träger der Macht sah. Er würde die Schriftrolle ergänzen müssen, denn der Zyklus hatte erneut begonnen. Verächtlich spuckte der Narr in einen Napf neben seinem Tisch.

»Täuschung, Verrat und Verzweiflung. Wie lange muss ich ausharren und die Torheiten der Sterblichen noch ertragen. Die Macht treibt ein grausames Spiel mit ihren Geschöpfen. Die Lesvaraq wurden wiedergeboren. Kallya und Tomal. Ihre Mütter mussten leiden. Schrecklich! Doch so lautet die Regel. Welch üblen Zug hat sich das Gleichgewicht für sie ausgedacht? Kallya, das Wesen des Lichts. So hell und rein sie ist. Verdorben ist ihr Geist. Und Tomal? Tag und Nacht vereint in einem Wesen. Hoi, hoi, hoi. Das kann nicht gut gehen. O nein. Er wird sich entscheiden müssen, will er seine Aufgabe erfüllen.«

Tarratar führte von jeher ein einsames Leben. Seit Tausenden von Sonnenwenden hatte er – bis auf wenige Ausflüge – nichts anderes getan, als zu warten, Fakten zu sammeln und niederzuschreiben. Sein Aufenthalt im Kristallpalast vor einigen Sonnenwenden hatte – wenn auch nur kurz – ein klein wenig Abwechslung in sein tristes Dasein gebracht. Ein Leben des Beobachtens. Ulljan hatte sich dieses Schicksal für ihn vor langer Zeit ausgedacht, und Tarratar war von Anfang an stets ein treuer Freund des letzten Lesvaraq gewesen, der seine Aufgabe meist aus dem Verborgenen erfüllte und sehr ernst nahm. Er wusste wohl, dass es noch andere Wächter gab. Die meisten seiner Schicksalsgefährten kannte er und beneidete sie nicht um ihre Aufgabe, die kaum besser war als seine eigene. Tarratar wollte sich nicht beklagen. Im Vergleich zu anderen Wächtern hatte er es gut getroffen.

Während er seinen Federkiel in die mit schwarzer Tinte gefüllte Phiole tauchte, zauberte er einige Worte auf die vor ihm ausgebreitete Schriftrolle. Er besaß eine schöne, schwungvolle Handschrift.

»Meine Wacht neigt sich dem Ende zu. Wie viel Zeit ist vergangen, seit ich antrat? Ich habe nicht darauf geachtet, zählte weder Sommer noch Winter. Und doch habe ich die Sonnenwenden kommen und gehen sehen. Jede einzelne. Zu viele. Wer weiß, wie lange ich tatsächlich warten musste? Es scheint mir unendlich zu sein. Aber der Auserwählte ist nah. Ich kann ihn mit jeder Faser meines Geistes spüren. Bald wird er kommen, Ulljans Buch von mir zu fordern. Werde ich ihm geben können, was er begehrt? Wird er der Prüfung gewachsen sein, die ich als Gegenleistung von ihm verlangen muss? Was wird geschehen, wenn er sie nicht besteht? Es widerstrebt mir, daran zu denken. Dann beginnt die Wacht erneut. Das Warten auf den Auserwählten über viele tausend Sonnenwenden.«

Der Wächter des Buches kratzte sich mit den Fingern unter der Flickenkappe am Kopf, bis die an der bunten Kopfbedeckung befestigten Glöckchen erneut klingelten.

»Was schreibe ich? Unsinn! Nichts als schwülstiges Gefasel. Was würde ein Schriftgelehrter daraus schließen? Werden meine Worte überhaupt je gelesen werden?« Tarratar schüttelte unter leisem Glöckchengeklingel erregt sein Haupt. »Das

Buch! Ich weiß nicht, ob ich es dem Auserwählten überlassen darf. Zum Glück entscheide ich das nicht alleine. Zu gefährlich ist das Wissen, zu viel Schaden könnte er damit anrichten. Was, wenn er entdeckt, wie er die Zeit damit beeinflussen kann?« Das Klingeln der Schellen wurde lauter. »Die Veränderungen wären verheerend, sollte er sich verstricken. Die Geschichte lässt sich nicht in wenigen Worten erzählen. Sie müsste neu geschrieben werden. Wehe uns … So vieles ist ungewiss im steten Kampf um das Gleichgewicht. Werde ich denn je selbst verstehen, welche Bedeutung Kryson für die Zeit, das Leben und die Ewigkeit hat?« Resigniert blickte der Kleinwüchsige himmelwärts. »Ich glaube nicht.«

Tarratar seufzte erneut und packte seinen Griffel fester: »Was soll's?«, beschwor er sich selbst und begann seine Erinnerungen niederzuschreiben.

»Lange bevor das Gleichgewicht der Mächte die ersten Lesvaraq aus dem Land der Tränen nach Kryson schickte, herrschten vier Völker über den Kontinent Ell. Magische Völker. Mächtige Völker. Sie nannten sich die Altvorderen und huldigten den Kojos, die ihnen – aus Dankbarkeit für ihre Gebete – Geschenke machten. Die meisten Geschenke der Kojos waren einzigartig und von unschätzbarem Wert. Andere wiederum scheinbar nutzlos und gefährlich.

Die Gabe des Kriegers, ein langes Leben, das mehr als eintausend Sonnenwenden währte, die Verbundenheit und Beherrschung der Natur oder die Kunst der Bearbeitung von Felsgestein.

Im Lauf der Geschichte jedoch drohten die Namen der Altvorderen in Vergessenheit zu geraten.

Lediglich den Tartyk, dem Volk der Drachenreiter, war es dank ihrer seelischen Verbundenheit mit den Flugdrachen bis vor nicht allzu langer Zeit gelungen, ihre Gebiete gegen Eindringlinge zu verteidigen und ihre alten Stärken zu bewahren.

Bis, ja, bis ihnen ein Schicksalsschlag jede Hoffnung nahm. Ein Todsänger brachte sie zu Fall. Es war ein gefährlicher, tödlicher Mann namens Nalkaar. Niemand weiß, woher er seine Macht nimmt, die nicht von dieser Welt stammt. Nicht sterblich und doch nicht lebendig ist dieser Nalkaar. Schrecklicher als der Fluch eines Bluttrinkers ist seine musikalische Gabe für die Opfer, deren Seelen der Seelenfresser mit sich nimmt und die ihm fortan auf Gedeih und Verderb dienen. Sie sind wahrlich für immer verloren. Nicht einmal das Reich der Schatten vergönnt er den Seinen. Ich sehe seine wachsende Stärke mit großer Sorge. Sein Gesang ist wie eine Seuche und er schart mit jedem Tag seines frevlerischen Treibens weitere seelenlose, tote Geschöpfe um sich. Es ist eigenartig. Seine Magie ist einzigartig und dem Gleichgewicht vollkommen fremd. Kein Mittel hilft dagegen. Wo soll das hinführen? Eines Tages wird er womöglich um die Seele eines Lesvaraq singen. Was geschähe, wenn ihm dies gelingen und er obsiegen würde? Das Gleichgewicht geriete aus den Fugen. Und zwar gewaltig, so viel ist sicher. Die Seele des Lesvaraq wäre verloren, gebunden an den Todsänger. Nalkaar würde allmächtig. Aber was will er? Ist er sich seiner Macht bewusst? Oder häuft er seine Macht nur an, um sich aus der Sklaverei Rajurus zu befreien, wagt es jedoch nicht, den entscheidenden Schritt zu gehen? Ich werde einschreiten müssen, sollten sich die Dinge meinen schlimmsten Befürchtungen entsprechend weiterentwickeln. Doch bin ich ihm und seiner Musik gewachsen? Reicht meine Macht, ihn zu besiegen? Vielleicht, vielleicht auch nicht. Ehrlich gesagt, ich weiß es nicht.

Die Naiki, aus ihrer Heimat vertrieben, verstecken sich im Herzen des Waldes Faraghad und kämpfen um ihr Überleben. Dort, wo sich außer den Tieren kaum ein Sterblicher hinwagt. Es heißt, Faraghad besäße ein eigenes Leben und das Herz schlüge langsam, aber beständig. Wer sich auf den Wald einlässt, kann seinen Atem spüren und den Herzschlag hören. Das ist wahr. Ich weiß es. Ich habe ihn gehört.

Die Burnter hingegen legten sich in ihre Felsengräber und lauschen den Steinen. Aber nun sind sie aufgewacht und mit ihnen ihre wundersamen Geschöpfe, die Felsenfreunde und die Eisprinzessinnen. Wann werden sie sich den Sterblichen offen zeigen und in den Kampf um das Gleichgewicht offen eingreifen?

Und die Nno-bei-Maya? Das verlorene Volk. Niemand außer den Wächtern des Buches weiß, was mit ihnen geschah und welches grausame Schicksal ihnen Ulljan einst zugedacht hatte. Ich weiß es. Ich habe es gesehen.

In einer Zeit, in der das Leben jedes einzelnen Wesens – ob klein, groß, bedeutend oder unbedeutend – noch einen sehr hohen Wert besaß, teilten sich die Altvorderen die Macht. Gleich und gerecht. Jedenfalls waren sie zufrieden mit dem, was sie hatten. Es würde mir gefallen, ließe sich dies über andere Völker in ähnlicher Weise sagen. Die Altvorderen waren sich zwar nicht immer einig und führten sogar den ein oder anderen Krieg gegeneinander. Kein Krieg wie ihn die Rachuren und Klan austragen sollten. Es gab selten Tote. Zu wertvoll war jedes einzelne Leben. Vielmehr handelte es sich um ein gefährliches Kräftemessen in einem gerechten Wettbewerb. Magie gegen Magie. Ein einzigartiges und über Wochen dauerndes Spektakel mit verschiedenen Kämpfen, in denen ihre Besten gegeneinander antraten. Aber meist lebten die Altvorderen friedlich in ihren Hoheitsgebieten nebeneinander und behelligten einander nicht. Es gab keinen Grund, sich in feindlicher Gesinnung gegenüberzustehen und zu töten. Ihre Fähigkeiten und Vorlieben waren zu unterschiedlich und standen sich nicht im Weg. Im Gegenteil, sie ergänzten sich in vielerlei Hinsicht.

Die Tartyk standen für Drachenmagie und die Beherrschung

der Lüfte. Die Naiki waren stets der Natur, dem Wasser und den Wäldern zugetan. Aus Fels geboren waren die Burnter. Ihr Wissen über Kryson war groß und ihre Bauten ein Wunder. Mit Stolz trugen sie ihre Insignien zur Schau, die Stein, Stärke und Unverwundbarkeit bedeuteten. Die Nno-bei-Maya hingegen wurden für ihren Umgang mit dem Feuer, der Erhebung des Kampfes zur Kunst, der Kristallmagie, für ihre Anmut und sprachlichen Fähigkeiten bewundert. Doch das Leben der Altvorderen änderte sich. Wer weiß warum? War es die Langeweile der Allmächtigen oder nur eine Laune der Natur? Was auch immer sie sich gewünscht hatten, die Mächte des Gleichgewichts verfolgten andere Pläne mit ihnen. Längst hatten sich die Kojos von ihrem Lieblingsspielzeug abgewandt und sich nach neuen Herausforderungen umgesehen. Zu wenig hatte sich auf Kryson verändert. Die Evolution stand still. Die Huldigung und treue Ergebenheit ihrer Gläubigen war ihnen auf Dauer zu öde. Die Kojos suchten die Abwechslung. So hatten sie nichts dagegen einzuwenden, dass sich das Gleichgewicht einen Zyklus ausdachte, der fortan das Schicksal jeden Lebens auf Kryson beeinflussen sollte. Nur allzu gerne und mit Spannung sahen sie zu, als ginge es um ein Schauspiel zu ihren Ehren, wie sich die Dinge fortan entwickelten. Nicht alles verlief nach den Vorstellungen der Kojos und erst spät bemerkten sie, dass sie selbst immer mehr an Bedeutung verloren.

Trimar war der Name des ersten Lesvaraq, der zur Wahrung des Gleichgewichts gegen Jimara angetreten und prompt von ihr besiegt worden war. Ein schlichter und brutaler Kampf, der nur einer einzigen Regel folgte. Leben oder Tod. Jedes Mittel war erlaubt. Doch die Lesvaraq setzten zu jener Zeit noch keine Magie gegeneinander ein, dachten sie doch, ihre Mittel wären sich ebenbürtig und brächten keine Entscheidung.

Dennoch bestimmte fortan der stete Kampf das Leben der Altvorderen, die plötzlich aufgefordert waren, sich für eine der beiden Seiten zu entscheiden. Ihre Bürde war es fortan, den Lesvaraq die Treue zu schwören.

Auf Trimar und Jimara folgten Qusador und Famir, die sich während ihrer Zeit die heftigsten und brutalsten Kämpfe unter den Lesvaraq lieferten und so das Bild des Kontinents Ell nachhaltig veränderten. Sie schufen Barrieren, Vulkane und rissen tiefe Schluchten in die Erde. Ihre unbändige Wut forderte blutigen Tribut unter den Altvorderen.

Menotab und Daila leiteten den nächsten Zyklus ein, nachdem Qusador im Kampf gefallen und seinen Kopf verloren hatte. Famir hatte sich aus Gram über den Verlust seines Gegners das Leben genommen. Wesentlich zu früh waren die beiden ins Land der Tränen gezogen und hatten eine Lücke in das Gleichgewicht gerissen.

Bevor schließlich die Lesvaraq Krangur und Haffjon geboren wurden, vollendeten Menotab und Daila ihr Werk, das im Gegensatz zu ihren von Krieg und Zerstörung besessenen Vorgängern durch einen bis dahin nie gekannten Ausgleich der Mächte und des Friedens geprägt war. Während ihrer Herrschaft entstanden legendäre Städte wie die Felsenstadt Gafassa oder die Hauptstadt der Maya, Zehyr genannt, und andere, die längst wieder versunken und in Vergessenheit geraten sind. Über eine Zeitspanne von eintausendzweihundertdreiundvierzig Sonnenwenden schenkten sie den Völkern neue Hoffnung. Und doch säten sie zu ihrer Zeit unbewusst genau die Saat, die den Altvorderen eines Tages zum Verhängnis werden sollte. Mit ihrer Hilfe, dem Fleisch und Blut eines jeden magischen Volkes und dem Wohlwollen der Kojos schuf das Gleichgewicht ein neues Volk, das den Altvorderen dienen sollte.

Die Nno-bei-Klan wurden von den Völkern der Altvorderen nach ihrem Erscheinen anfangs geduldet. Immerhin war es ein Geschenk der göttlichen Allmacht, das sie nicht ablehnen durften. Zwar ähnelten die Klan den magischen Völkern

– mit Ausnahme der Felsgeborenen vielleicht – in Aussehen und Wuchs, aber sie besaßen weder deren Widerstandskraft noch erreichten sie auch nur annähernd deren Lebensspanne. Im Gegenteil, sie waren anfällig für allerlei Krankheiten und Seuchen, was Ihren Bestand zuweilen deutlich dezimierte. Zum Entsetzen der Altvorderen waren sie überaus kriegerisch und gewalttätig veranlagt, was mit einem unbändigen Eroberungsdrang einherging.

In dieser Hinsicht wiesen sie in den Augen der Altvorderen geradezu groteske Züge von Selbstzerstörung auf. Im Gegensatz zu ihren eigenen Veranlagungen scheuten die Klan nämlich nicht davor zurück, ihresgleichen anzugreifen und zu töten. Dieser beängstigende Hang zur Gewalt war den Altvorderen von jeher fremd gewesen. Sie beschuldigten die Lesvaraq, dieses Volk alleine zu dem Zweck geschaffen zu haben, ihren fortwährenden Kampf um das Gleichgewicht zu unterstützen, dem sich die Altvorderen nach einer langen Zeit verheerender Kriege schließlich verweigert hatten und der den Boden von Ell mit dem Blut der Gefallenen tränken und in einem nie endenden Krieg gipfeln würde.

Den Vorwurf des Eigennutzes wiesen die Lesvaraq strikt von sich. Sie erklärten den magischen Völkern, sie wollten Ell nur ein neues, in ihren Augen längst überfälliges Gesicht geben und den treu ergebenen Völkern einen Gefallen erweisen. Natürlich im Namen des Gleichgewichts. Denn das Geheimnis des Lebens war wie ein sich langsam und stetig fortbewegender Fluss. Nur in der Weiterentwicklung und Veränderung lag die Hoffnung. Stillstand führte nur zu den Schatten.

Sosehr die Altvorderen das neue Volk zunehmend fürchteten, umso widersprüchlicher und unsicherer standen sie ihm gegenüber. Sie waren sich uneins, wie sie mit den Nno-bei Klan umgehen und was sie mit ihnen anfangen sollten.

In mancherlei Hinsicht erwiesen sich die Nno-bei-Klan für

die Altvorderen sogar als nützlich. Bar jeder magischen Begabung und in ihren Anlagen unterschätzt, wurden die Klan nicht wahrhaft als Konkurrenz für die magischen Völker gesehen. Trotz aller Nachteile in ihrem Wesen waren sie fleißig, handwerklich geschickt und benötigten offenbar nicht viel zum Leben. Sie galten vorerst als genügsam. Während sie sich unter argwöhnischen Augen munter vermehrten und sich langsam, aber stetig über den Kontinent Ell ausbreiteten, verstanden sie sich besonders auf die Erschließung und Besiedlung selbst unwirtlichster Gegenden. Bis in den hohen Norden und sogar am Rande der Eiswüste hinter dem Riesengebirge gründeten sie zum Erstaunen der Altvorderen ihre Städte, die wie giftige Pilze aus dem Boden schossen. Doch die stetig wachsende Neugier, die Freiheitsliebe und den Tatendrang dieses Volkes hatten die Altvorderen verkannt. Obwohl sie bis auf seltene Ausnahmen nicht in der Lage waren, Magie für sich einzusetzen, und sie diese daher aus Angst vor einer ihnen fremden und unbekannten Macht ablehnten, zeigten sie sich als kreativ und erfinderisch. Mit beinahe jedem Rohstoff wussten sie etwas anzufangen. Aus Eisen und Blutstahl schufen sie Waffen und verfeinerten ihre Methoden der Metallbearbeitung meisterlich. Besser als jedes andere Volk verstanden sie sich auf die Schmiedekunst, deren Ergebnisse sich die Altvorderen gerne zu eigen machten und die vorzeigbaren Ergebnisse der Klan magisch noch verbesserten. Die Klan bauten Hütten und Häuser aus Holz, Lehm und Stein und deckten ihre Dächer mit Laub und Stroh. Die Wolle der Tiere und die Fasern von Pflanzen verarbeiteten sie zu Stoffen.

Solange die Klan in weit versprengten Stämmen untereinander uneins waren, sich über Tausende von Sonnenwenden gegenseitig bekämpften und dadurch in ihrer Entwicklung immer wieder Rückschläge hinnehmen mussten, stellten sie für die Altvorderen in ihrem Herrschaftsanspruch keine Gefahr dar. Doch auch diese Wahrnehmung änderte sich spätestens zu der Zeit, als Ruitan Garlak, die Eisenhand, in Erscheinung trat und die zerstrittenen Stämme der Klan endlich einte.

Zu jener denkwürdigen Zeit, die das Ende der alten Welt und zugleich eine neue Ära einläutete, kämpften die Lesvaraq Ulljan und Pavijur erbittert um die Aufrechterhaltung des Gleichgewichts und der Traditionen.

Ulljan hatte die Zeichen der Zeit zuerst erkannt. Dennoch unterschätzte auch der Erzmagier die Stärke des Anführers der Klan, der, bar jedes eigenen magischen Talents, mächtige Verbündete wie den mit Magie begabten Quadalkar oder Kallahan um sich geschart hatte, obwohl er deren Fähigkeiten insgeheim fürchtete und sie deshalb zutiefst verabscheute. Die Gefahr für die magischen Völker verkennend und anstatt den Verbündeten mit ihrer Macht zur Seite zu stehen, verfolgten die Lesvaraq ihre höchst eigenen Ziele. Insbesondere Ulljan leistete dem Niedergang der magischen Völker bewusst – oder unbewusst – Vorschub, indem er sie beraubte, sich ihre Fähigkeiten zu eigen machte und ihnen damit schweren Schaden zufügte.

Ulljan war ein äußerst kluger Geist mit visionären Vorstellungen. Er erkannte die sich ihm bietende Gelegenheit und fand plötzlich Gefallen an dem noch jungen, aufstrebenden Volk, dem in seinen Augen die Zukunft von Ell gehören sollte. Obwohl sie keinerlei magische Begabung besaßen, spielten sie in seiner Vorstellung bei der Neuordnung des Kontinents – seiner Ordnung – und bei der Wahrung des Gleichgewichts eine entscheidende Rolle. Behandelte er sie richtig, würden sie ihm huldigen, ein Denkmal schaffen und ihn über seinen Zyklus hinaus verewigen. Ulljans Geist würde nach seinem Ableben in ihnen fortleben. Nach ihm würde es nie wieder einen anderen seiner Art geben. Der letzte Lesvaraq. Doch selbst der klügste Kopf kann sich irren.

Verzweifelt, ihr Ende vor Augen, kämpften die Völker der

Altvorderen gegen den Ansturm der Nno-bei-Klan um ihr Überleben. Obwohl sie Schlachten für sich entschieden hatten und den Klan über Sonnenwenden hinweg immer wieder verheerende Niederlagen beibrachten, war es für einen erfolgreichen Widerstand bereits zu spät. Zu lange hatten sie auf ihre Überlegenheit vertraut und die Klan gewähren lassen. Die Altvorderen wurden mit jedem vehement vorgetragenen Ansturm weiter zurückgedrängt. Die Klan machten ihnen ihre angestammten Hoheitsgebiete streitig; ohne jeden Zweifel die besten und fruchtbarsten, die es auf Ell zu besiedeln gab. Zu groß war die Zahl der Feinde für die Altvorderen inzwischen geworden. Zu viele Waffen standen gegen sie. Selbst ihre Magie konnte nur noch wenig gegen die Klan ausrichten, die insgeheim von Ulljan, Quadalkar, Kallahan und dessen neu gegründeten Orden der Bewahrer und den Orna unterstützt wurden. Den Altvorderen blieb am Ende nichts weiter übrig, als sich der Übermacht zu beugen und sich zurückzuziehen. Sie hatten den Kampf verloren. Im Verborgenen würden sie zumindest überleben können. So hofften sie.«

Tarratar sprang plötzlich auf und streckte sich, bis Knochen und Glieder knackten. Er glaubte, etwas Bewegung täte ihm gut und frische seine Erinnerungen auf. Hüpfend und springend wanderte er zwischen mannshohen steinernen Statuen hindurch, die aussahen als wäre eine Armee für einen Festakt aufgestellt und schließlich in Stein verewigt worden. In der Tat glichen sich die steinernen Krieger in Rüstung und Bewaffnung, doch unterschieden sich ihre Gesichter voneinander. Jede Statue war offenbar einem einzigartigen Krieger nachgebildet worden.

»Hoi, hoi, hoi … meine lieben steinernen Freunde«, rief Tarratar halb singend, während er sich tänzelnd an den Statuen vorbeidrehte und jede von ihnen geradezu liebevoll mit den Fingern streichelte, »wie lange schon seid ihr mir treue und stumme Gefährten gewesen. Leider habt ihr in all den Sonnenwenden unseres Zusammenseins keine meiner Fragen beantwortet. Und doch gabt ihr mir von Zeit zu Zeit das Gefühl, nicht einsam zu sein. Das ist mehr, als ich erwarten durfte. Dafür bin ich Euch dankbar.«

Die Reihe der Krieger endete vor einem Thron, auf dem eine Frau in prächtig ausgearbeiteten Gewändern saß. Ihr Blick war stolz.

»Meine Königin!« Tarratar deutete eine tiefe Verbeugung an und zog dabei seine Flickenkappe vom Kopf. »Ich verneige mein Haupt und ziehe meine Kappe vor Eurer Schönheit. So blendend. Ihr seid das wahre Kunstwerk dieses vergessenen Reiches, wenn ich mir diese Bemerkung erlauben darf.«

Tarratar richtete sich auf und blickte der Statue geradewegs in die Augen. Leblose, steinerne Augen. Er rang seinen Lippen ein gequältes Lächeln ab und wischte sich eine Träne aus dem Augenwinkel.

»Ach was«, sagte er, »warum rede ich mit Euch, als würdet Ihr unter den Lebenden weilen. Ihr seid nichts weiter als ein Stück kalter Fels. Tot wie all die anderen Statuen. Die Kojos hatten Euch einst reich beschenkt. Doch sie entzogen Euch ihre Gnade. Die Gabe des Kriegers gehört einem anderen, obwohl sie mehr Bürde als Vergnügen scheint. Ein Krieger – oder sollte ich ihn als einen Sklaven des Krieges bezeichnen? – nennt diese Last nun sein eigen. An seinen Händen klebt viel zu viel Blut, um sich davon jemals wieder reinwaschen zu können. Wie seht Ihr das, meine Königin? Das wahrhaft Böse ist der Krieg. Vom Anbeginn der Zeit an war dies nie anders. Die Mutter allen Übels zeigt sich erst und in ihrer ganzen Pracht, mit all ihren Facetten und hässlichen Fratzen in der Gestalt des Krieges. Ist es nicht so?«

Er erhielt keine Antwort, zuckte daraufhin gleichgültig mit den Schultern und gähnte lautstark.

»Hoi, hoi, was bin ich müde«, stellte Tarratar fest. »Seid Ihr etwa die Mutter des Krieges, weil die Kojos Eurem Volk einst die Gabe verliehen?« Tarratar gab sich die Antwort gleich selbst.

»Nein. Ihr könnt es nicht sein. Denn Ihr seid tot. Der Krieg jedoch lebt und wird stärker denn je über Ell toben. Nicht die Altvorderen, Klan oder Rachuren verändern Kryson. Nicht die Lesvaraq – selbst wenn sie das glauben sollten – und auch nicht die Saijkalrae. Einzig der Krieg verändert unsere Welt. Das ist höchst bedauerlich, sollte es doch die Liebe sein, die unser Leben bestimmt. Gibt es sie noch? Aus Freunden werden Feinde, aus guten Kindern schlechte. Und die Krieger sind die Ärmsten unter den Armen – selbst die mit Stärke und Macht gesegneten. Sie sind zutiefst zu bedauern. Was seht Ihr mich so an? Hegt Ihr Zweifel an meinen Worten?«

Die Statue regte sich nicht. Natürlich nicht. Tarratar grinste breit.

»Ihr solltet Mitleid mit ihnen haben. Sie sind die Diener des Bösen. Nicht aus freien Stücken. Sie haben keine andere Wahl. Das Schicksal meint es nicht gut mit ihnen. Niemals! Findet Ihr es nicht eigenartig, wie sehr auch wir uns immer wieder davon treiben und anstecken lassen. Das Leben könnte so schön sein, würde es den Krieg nicht geben.«

Tarratar schüttelte den Kopf und eigenartigerweise stimmten die Glöckchen an seiner Kappe ein trauriges Lied an. Er wusste, dass ihn die Statue nicht hören konnte. In solchen Momenten wurde ihm die Einsamkeit seiner fortwährenden Wacht schmerzlich bewusst.

»Bei nächster Gelegenheit sollte ich mich wieder unter die Klan begeben. Die Gesellschaft der Lebenden suchen. Nur für eine Weile, sonst werde ich noch verrückt«, seufzte Tarratar. »Aber zuvor sollte ich die erste Prüfung für den Auserwählten vorbereiten.«

Er schnalzte mit der Zunge.

»Ja, das ist eine ausgezeichnete Idee!«

Pfeifend wandte sich Tarratar von den Statuen ab und seinen Aufzeichnungen zu.

»Meine Wacht neigt sich dem Ende zu. Ich bin frohen Mutes, dass der Auserwählte die erste Prüfung bestehen wird. Das Rätsel des Blutes und des Mutes …«

# Reise in die Vergangenheit

Die Augen des Kaptan brannten vor Anstrengung. Des Öfteren musste er die Tränen wegblinzeln, die sich in den letzten Horas immer wieder aufs Neue gebildet hatten und die Schriftzeichen vor seinen Augen verschwimmen ließen. Die Luft in der Kammer war schlecht. Stickig stellte einen zu milden Ausdruck dar; es roch nach Zerfall, muffigen Stoffen und alten Schriften. Diffus flackerte das Licht zweier links und rechts des Stehpults rußender Kerzen. Sie schienen die einzige Ursache, die für Bewegung in der Kammer sorgte. In ihrem Schein huschten Schatten an den feuchten Wänden des Gemäuers entlang, vereinten sich mit den von der Decke hängenden, mit Staub bedeckten Spinnweben und verschwanden nur Augenblicke später auf Nimmerwiedersehen in den dunkelsten Ecken der Kammer.

Er wagte kaum sich zu bewegen, geschweige denn tief Luft zu holen, um die umliegenden Staubschichten nicht aufzuwirbeln. Das war eine lästige Ablenkung, denn die vor ihm liegenden Schriftrollen erforderten seine ganze Aufmerksamkeit sowie das geschulte Auge und die Erfahrung eines Atramentors, eines Schriftenmeisters der Sonnenreiter. Immerhin hatte er eine wichtige Aufgabe im Verlies des hohen Vaters zu erledigen. Selbst für einen Meister der Schriftgelehrten bot sich eine Gelegenheit wie diese nur selten.

Mehr als dreißig Sonnenwenden hatte er nach Abschluss seiner Adeptenzeit in den Verliesen des hohen Vaters verbracht. Kaum ein anderer Ordensbruder kannte sich im Labyrinth so gut aus wie der Atramentor. Ohnehin waren sie nur noch wenige Brüder, die sich dieser für den Orden doch so entscheidenden Aufgabe, der Pflege der Schriften, widmeten und damit – so nahm er an – der eigentlichen Wahrung des Erbes Ulljans am nächsten standen.

Die Zeiten auf Ell hatten sich geändert. Sehr sogar. Seit Ende des Krieges und den immer noch spürbaren Folgen der Zeit der Dämmerung war der Nachschub an geeigneten Schülern knapp geworden. Der Zulauf war zu keiner Zeit sonderlich hoch gewesen, aber in diesen Sonnenwenden hatte es die Atramentoren besonders schlimm getroffen. Die Bereitschaft der Nno-bei-Klan, sich dem Orden anzuschließen und einem Leben im Labyrinth und dem geschriebenen Wort zu widmen, war noch weiter als bisher gesunken. Dabei war es für einen Klan höchst ehrenwert, zu den Atramentoren zu gehören, die von jeher für ihre Kunstfertigkeit, ihre Bildung und das Wissen allerorts bewundert wurden. Sie mischten ihre Tinkturen selbst, die sie für das Anfertigen der Schriften brauchten. Aber die Atramentoren schrieben nicht nur, beherrschten die alten Sprachen oder übersetzten die Werke, sie zeichneten auch und malten und hielten so die Ereignisse nicht nur im Wort, sondern auch im Bild fest. Der eine mehr, der andere weniger, je nach persönlichem Talent und Neigung.

Ihr Rat war gefragt. Niemand – außer dem Rat der Alten vielleicht – kannte sich in der Geschichte des Kontinents Ell besser aus als ein Atramentor, denn sie hatten Zugang zu einer schier unermesslich großen Anzahl an Schriften in den Archiven des Ordens. Die Behauptung, der Orden habe an Bedeutung und Einfluss verloren, war gewiss von unterschiedlichen Interessen und falschen Wahrnehmungen fehlgeleitet. Dennoch hatten viele Klan während des Krieges ihr Leben gelassen oder waren von der Seuche dahingerafft worden. Zu viele, wenn es nach dem Meister der Schriften ging. Andere Dinge waren wichtiger geworden und bestimmten ihr Leben. Die meisten Überlebenden hatten vor vielen Sonnenwenden begonnen, sich ein neues Leben aufzubauen. Fern der Dörfer und Städte, aus denen sie ursprünglich stammten. Sie waren durch die Klanlande gezogen und hatten sich an neuen Orten angesiedelt. An Orten, von denen sie sich ein besseres Leben erhofften und vor allen Dingen wo sie die Vergangenheit vergessen wollten.

Der Orden hatte die Wünsche der überlebenden Nno-bei-Klan früh erkannt und respektierte diese. Alles andere wäre ein Fehler gewesen. Insbesondere deshalb hatte das Werben neuer Ordensbrüder und -schwestern in den vergangenen Sonnenwenden nachgelassen, und wenn die Sonnenreiter und Bewahrer vor die Tore der Häuser getreten waren, dann hatten sie sich im Wesentlichen darauf besonnen, die kämpfende Truppe zu verstärken und vornehmlich den Bestand an Bewahrern zu sichern. Die wenigen Talente, die eine Befähigung zum Bewahrer aufwiesen, waren mittlerweile ohnehin nur noch rar gesät. Das allerdings war aus der Sicht des Overlords weit wichtiger als die Suche nach Schriftgelehrten mit der besonderen Eignung eines Atramentors.

»Pydhrab, Pydhrab ... das ist deine Gelegenheit, deinem Namen endlich Ehre zu bereiten«, murmelte der Kaptan bei sich, als ihn sein einziger Schüler Gayol geholt hatte, um ihm den so wichtigen Fund in den Archiven zu zeigen. »Vielleicht gelingt es dir, eine der wichtigsten Entdeckungen der letzten fünftausend Sonnenwenden ans Licht des Tages zu bringen. Das Glück des Tüchtigen ist auf deiner Seite. Ein Platz an der Seite deines Herrn ist dir damit sicher.«

Pydhrab wusste, dass die dreißig Sonnenwenden in der Dunkelheit des Verlieses Spuren bei ihm hinterlassen hatten. Aber dieser Fund spornte seinen längst verloren geglaubten Ehrgeiz wieder an. Er war ein Mann mittleren Alters, der – im Gegensatz zu den meisten anderen Ordensbrüdern – sein wahres Alter ungefähr kannte oder zumindest sehr gut schätzen konnte, auch wenn er tatsächlich viel älter aussah und neben einer enormen Blässe, die ihn vollkommen blutleer erscheinen ließ, bereits schneeweißes, jedoch immer noch volles

Haar und einen ebenso weißen wie auch langen Vollbart aufwies, der einen Großteil seines Gesichtes verdeckte und ihm bis zum Bauch reichte.

Zu seinem Bedauern erinnerte sich Pydhrab weder an seine leibliche Mutter noch an seinen Erzeuger. Das wenige, was er über beide wusste, hatte er von den Praistern erfahren, die ihn bis zu seiner fünfzehnten Sonnenwende aufgezogen und ihm Lesen und Schreiben beigebracht hatten. Sie waren es auch, die ihm den Zeitpunkt seiner Geburt offenbart hatten. In seiner Zeit bei den Sonnenreitern war er oft gefragt worden, wie es denn möglich gewesen sei, sich von den Praistern zu lösen und den Sonnenreitern beizutreten. Dieser Wandel erwies sich auf Ell als ungewöhnlich und hatte meist nichts anderes als höchstes Erstaunen hervorgerufen. Aber Pydrhab hatte sich zeit seines Lebens nie mit den Lehren der Praister anfreunden können. Sie besaßen nichts Greifbares für ihn und entfernten sich in seinen Augen zu weit von der Wirklichkeit der Lebenden. Die Praister waren ihm bis zu seinem Weggang stets unheimlich geblieben, obwohl sie ihn im Grunde gut und als einen der ihren behandelt hatten.

Den Erzählungen der Praister zufolge hatte ihn vor genau fünfundvierzig Sonnenwenden eine Hafendirne in einer Seitengasse Tut-El-Bayas nach Kryson gebracht und unmittelbar nach der Geburt in den Gärten des Kristallpalastes auf der Terrassenebene der Praister ausgesetzt. Der Vater war trotz eigener Nachforschungen unbekannt geblieben. Jedermann kam im Grunde als sein Erzeuger infrage. Ein Seemann, ein Freier, ein Händler, ein Höfling, vielleicht ein gegen die Regeln verstoßender Praister oder am Ende gar ein Bewahrer. Letzteres wäre Pydhrab in der Zeit seiner Jugend am liebsten gewesen. Obwohl er unter den Praistern aufgewachsen war, hatte er, seit er denken konnte, davon geträumt, dem Orden der Sonnenreiter anzugehören. Allerdings hatte er sich das Ordensleben damals in den Sonnenwenden seiner Kindheit und frühen Jugend noch völlig anders vorgestellt. Wie das Herz vieler anderer junger Frauen und Männer hatte auch er die großen Bewahrer – und vor allem die Krieger unter ihnen – bewundert. Madhrab, Lordmaster und Bewahrer des Nordens, den hohen Vater, Overlord Boijakmar, den eitlen Lordmaster Chromlion, der gemeinhin als schön, aber unbeherrscht gegolten hatte, und den Letztgänger Zachykaheira. Diese Namen und die sich dahinter verborgenen Geschicke würden nicht so schnell in Vergessenheit geraten, wie es bei vielen anderen Dingen auf Ell geschah. Dafür wollte Pydhrab sorgen, wenn er Gelegenheit dazu fand, die Geschichten der namhaften Sonnenreiter endlich aufzuschreiben. Die meisten von ihnen hatte er mehr oder weniger noch persönlich gekannt.

Seit Tagen schon hatte der Atramentor in einer viel zu engen, bislang unbekannten Kammer des Labyrinthes verbracht und angestrengt versucht, die vor ihm liegenden Schriften zu entziffern. Nicht nur das Kerzenlicht bereitete ihm Schwierigkeiten. Die alte, ungleichmäßige Handschrift war schwer zu entziffern, und auch die an einigen Stellen bereits verblassenden Buchstaben stellten den Schriftenmeister vor eine große Herausforderung. Vielleicht die größte seines Lebens. Die Schriften erwiesen sich als uralt, und er wagte kaum, ihnen mit den Fingern nahe zu kommen, fürchtete er doch, sie könnten unter seiner Berührung zu Staub zerfallen.

Was blieb ihm anderes übrig, als diese an Ort und Stelle zu lesen und in mühsamer Arbeit mit den eigenen Händen abzuschreiben, wollte er den Text für nachfolgende Generationen retten. Er hegte keinen Zweifel daran, dass es sich um eine wichtige Entdeckung handelte. Bereits die ersten Zeilen hatten in ihm den Verdacht geweckt, eine von Ulljans ureigenen Schriften vor ihm liegen zu haben.

Sein beinahe allzu neugieriger Schüler hatte in den Archiven in einer geheimen Kammer alte Schriftrollen entdeckt, die längst als verschollen gegolten hatten. Auf welche Weise auch immer Gayol es angestellt und die Kammer gefunden hatte, Pydhrab zog es vor, es nicht wissen, und hatte deshalb nicht nachgefragt. Denn mit Sicherheit hatte der Adept bei seiner Suche einige Ordensregeln verletzt und wäre einer offiziellen Bestrafung nicht entgangen. Pydhrab hasste Bestrafungen. Er war der festen Überzeugung, dass sie nichts einbrachten. Strafe führte in den seltensten Fällen zu tieferer Einsicht. Gewiss war die Angst vor Bestrafung in manchen Fällen dazu geeignet, unerwünschte Handlungen zu vermeiden. Zeitweise. Aber oft bewirkte Strafe das Gegenteil, und das Verbotene lockte neugierige Geister geradezu, dieses auszuprobieren. Züchtigung zerbrach meist nur den Willen des Missetäters und die gezeigte Reue war nicht echt. Der Durst nach Wissen und die Neugier waren zu groß. Pydhrab konnte Gayol nicht böse sein. Der Atramentor erinnerte sich daran, wie er selbst einst gewesen war, und musste sich eingestehen, dass er selbst nicht anders gehandelt hätte. Er nannte das »den Dingen auf den Grund gehen, die Geheimnisse aufspüren und enträtseln, bevor es ein anderer tut.« Pydhrab wäre nicht so weit gekommen, hätte er diese Eigenschaft nicht selbst aufzuweisen, und er schätzte es sehr, dass Gayol ihm in so mancherlei Hinsicht ähnlich war.

Nachdem der Meister der Schriften allerdings die ersten Worte des Fundes entziffert hatte, musste er Strenge walten lassen und seinen Schüler fortschicken. Es wäre unverantwortlich gewesen, Gayol eine Schrift des letzten Lesvaraq zu überlassen. Die Schriftrollen des Großmagiers waren gewiss nicht für die Augen eines Adepten bestimmt. Pydhrab wusste selbst nicht, was ihn erwartete und ob er den Inhalt würde verkraften können. Soweit ihn seine Erinnerung nicht täuschte, waren Ulljans Schriften durchaus als gefährlich einzustufen.

Kein Atramentor konnte vorher wissen, welche Geheimnisse er während der Lektüre erfahren würde. Ulljan war selbst nach seinem Tod für mancherlei Überraschung gut gewesen. Der Schriftenmeister hatte sich Tinte, Feder und Schriftrollen zurechtgelegt. Während er las, schrieb er das Gelesene zugleich auf.

»In schöner Regelmäßigkeit suchte ich auf meinen Reisen die bekannten magischen Völker auf. Alle bis auf eines: das Volk der Nno-bei-Maya. Von jeher leisten mir die Maya Widerstand. Unergründlich scheint mir, warum sie den Lesvaraq auf diese Weise ablehnen. Gewiss, sie stehen Pavijur näher und geben vor, dem Licht dienen zu wollen. Doch gilt dies in gleichem Maße für die Naiki, die mich immerhin zur letzten Sonnenwende einmal empfingen und ihre Geheimnisse mit mir teilten. Die Maya hingegen zeigten sich bis heute uneinsichtig. Jeder Versuch, ihre Abwehr zu überwinden, wäre fruchtlos geblieben, hätte ich ernsthaft versucht, sie mit Gewalt zu erreichen. Die mir verliehene Macht mag den Willen der Maya brechen und den Geist zerstören. Aber sie reißt nicht den unsichtbaren Schild nieder, den das Volk um seine Insel gelegt hat. Aber nun weiß ich endlich, wie der Vorstoß erfolgen muss und die Barriere zerbrochen wird. Mein treuer Freund Kallahan – Meister und zugleich Schüler – wird mir bei meinen Plänen behilflich sein. Die Maya werden den Lesvaraq endlich willkommen heißen, ob sie wollen oder nicht.

Jedes der magisch begabten Völker verriet – während ich einige Monde unter ihnen verweilte – eines ihrer am besten gehüteten Geheimnisse. Meist aus freien Stücken. Oder sagen wir, mehr oder minder freiwillig. In manchen Fällen des Starrsinns musste ich ein wenig nachhelfen.

Bei den Tartyk befragte ich den Rat der Alten. Aber der Rat verriet nichts, was ich nicht schon zuvor geahnt hätte.

Und doch war es eine Erfahrung der besonderen Art, mit den Drachen höchstselbst im reinen Gedankenaustausch zu plaudern. Nahm ich während meiner ersten Begegnung noch an, der Rat der Alten sei tatsächlich mit Tartyk besetzt, so wurde ich rasch eines Besseren belehrt. Die Drachen stellten den Rat der Alten. In den Stallungen war es still um mich herum, und doch dröhnten die Stimmen der fliegenden Echsen in meinem Kopf, als sprächen sie laut und unmittelbar in mein Ohr: Das Geheimnis der Flugdrachen und der Langlebigkeit der Tartyk gaben sie preis.

Jede Wette wäre ich mit Kallahan eingegangen, dass erst die Verbindung der Drachen mit den Seelen ihrer Drachenreiter zu einer solch deutlich verlängerten Lebensdauer führt. Eine erstaunliche Erscheinung, die den Gelehrten zu bedenken gibt, wie schwer es der wahren Magie fällt, die Folgen des Alterns zu verhindern oder diese wenigstens zu unterdrücken, wohingegen die Unsterblichkeit erheblich einfacher erreichbar scheint. Vielleicht lässt sich dieses Wissen eines Tages nutzen. Doch Kallahan wollte nicht gegen mich wetten. Bedauerlich, nachdem mir der Rat der Alten das Geheimnis freimütig offenbart hatte, hätte ich gewonnen.

Von den Felsgeborenen lernte ich das Flüstern der Steine. Eine äußerst hilfreiche Fähigkeit, die es mir fortan ermöglicht, an jeden beliebigen Ort auf Kryson zu schauen, sollte er denn auf irgendeine Art und Weise mit den Felsen verbunden sein. Die Steine besitzen großes Wissen. Uraltes Wissen, das ich mir nur allzu gern aneignen will. Ärgerlich nur, dass das Flüstern nicht leicht auszulegen ist. Die Behauptung, die Steine seien in ihrer Art zu träge, um alle notwendigen Informationen rechtzeitig zu transportieren, teile ich ohne Widerspruch. Aber vielleicht lässt sich die grundlegende Eigenschaft der Steine auf andere Weise nutzen und auf einen schnelleren und zuverlässigeren Stoff übertragen. Eisenerz wäre eine Möglichkeit. Kristall oder gar Gold und Silber. Ich muss es versuchen. Sollte es mir gelingen, die Eigenschaft der unbeschränkten Beweglichkeit des Geistes auf das Körperliche zu übertragen und die in dieser Hinsicht hinderlichen Beschränkungen unserer Hülle aufzuheben ermöglicht dies zu jeder Zeit Reisen an jeden beliebigen mit den Steinen verbundenen Ort auf Kryson. Eine interessante und zeitsparende Vorstellung, die aber vor allen Dingen Macht bedeutet. Wer Zeit und Raum beherrscht, überragt alle übrigen Dimensionen und wird der Herr über Licht und Schatten sowie am Ende über Leben und Tod sein.

Die Naiki zeigten mir sowohl die Zubereitung eines hochwirksamen Pfeilgiftes als auch die eines Heilmittels gegen die Geißel der Schatten. Letzteres allerdings nahm ich mir ohne ihre Zustimmung. Der Diebstahl blieb unbemerkt. Wenigstens ließen sie mich in diesem Glauben und zeigten keinerlei Empörung, so sie denn den Frevel entdeckt haben sollten. Zum Glück, denn die junge Magierin an der Seite Pavijurs ist – neben ihrer umwerfenden Schönheit – sehr mächtig und talentiert. Metaha ist der Name der bezaubernden Naiki-Hexe. Gegen sie anzutreten könnte schmerzhaft und verlustreich sein. Ihren Namen werde ich mir merken müssen. Ihre Stärke könnte meinen Zielen eines Tages gefährlich werden.

Neben allen anderen sind die Maya jedoch etwas Besonderes. Selten setzen sie einen Fuß auf Ell. Ihr Zentrum liegt auf einer Vulkaninsel im südlichsten Osten unseres Kontinents. Kartak nennen sie ihr Zuhause mitten im Meer des Ostens. Ein schönes und starkes Volk, heißt es anerkennend unter den Reihen der anderen Völker. Doch gleichzeitig stellt es ein nicht minder kriegerisches Volk dar, dem nachgesagt wird, es besitze die Gabe des Kriegers und gelte daher als nahezu unbesiegbar. Dies war ein Geschenk der Kojos, wie es den übrigen Völkern nicht gewährt wurde. Die Götter verliehen es dem Liebreiz der Maya und für deren Treue. Nur alle eintausend Sonnenwenden soll die Gabe einem einzigen Krieger aus dem Geschlecht der Maya-Könige gewährt werden. Gibt der auf diese Weise durch die Kojos Bevorzugte das Geschenk binnen der Dauer seines Lebens nicht an einen direkten Nachkommen weiter, ist sie für immer verloren.

Die Neugier treibt mich in den Wahnsinn. Ich muss wissen, ob die Geschichten wahr sind und was es mit der Gabe auf sich hat. Wir werden ihre Unbesiegbarkeit auf eine harte Probe stellen.

Eine weitere Eigenschaft reizt mich nicht weniger. Die angeblich angeborene Fähigkeit der Nno-bei-Maya mit Pferden zu reden und viele der auf Ell heimischen Tierarten zu verstehen, gilt es zu erforschen.

Die See war ruhig, als wir die Überfahrt nach Kartak wagen wollten. Kallahan hatte ein Segelboot und ein paar Ruder zusätzlich besorgt, falls die Flaute anhalten und uns die Winde nicht gehorchen wollten. Ich konnte mir ein Schmunzeln nicht verkneifen, als ich die bessere Nussschale am Strand erblickte. Gewiss, der Boden war aus gutem Holz gebaut und würde in ruhigen Gewässern dicht halten. Für die hohe See war das Boot jedoch nicht geeignet. Ein Sturm oder hohe Wellen und das Boot wäre gewiss gekentert und gesunken. Der gute Kallahan. Stets war er um unser beider Wohlergehen besorgt und musste unsere nächsten Schritte planen. Doch manchmal wunderte ich mich, wie wenig Vertrauen er in seine eigenen Fähigkeiten besaß. Er war mehr als begabt und mit meiner Unterstützung im Lauf der Sonnenwenden ein ausgezeichneter Magier geworden. Wozu das Segelboot?, fragte ich mich. Wir hätten uns in die Lüfte erheben und nach Kartak fliegen können. Aber er hatte eingewandt, das sei zu gefährlich. Wir wüssten nicht, was uns dort erwarte und von welchem Zauber die unsichtbare Barriere vor der Insel sei. Von einem Boot aus könnten wir vorsichtig über das Meer bis zur Grenze herangleiten und uns ein sicheres Bild von den Gefahren und der verwendeten Magie des von den Maya errichteten Schutzwalls machen. Erst als ich Kallahan darauf hinwies, dass die Gewässer vor Kartak nur so von Moldawars wimmelten, zögerte er plötzlich und zweifelte an seiner ursprünglich für gut befundenen Idee, die Überfahrt mit dem Segelboot zu wagen.

›Vielleicht ist es für unsere Zwecke doch zu klein‹, hatte er nachdenklich geäußert.

›Vertraue mir, Kallahan. Und vergiss nicht, ich bin ein Lesvaraq und du ein höchst fähiger Magier‹, versuchte ich, meinen Fehler erkennend, ihn rasch wieder zu beruhigen, ›wir werden das Boot nehmen. Die Moldawars sind nicht dumm. Sie spüren unsere Macht. Sieh einem Moldawar tief in die Augen und du wirst die uralte Intelligenz dieser Raubfische erkennen. Älter als die Drachen sind die Schrecken des Meeres. Und sie wissen genau, wer ein leichtes Opfer für ihren Hunger sein mag und von wem sie besser ablassen sollten. Sie mögen Fischer abschrecken, Boote mit in die Tiefe ziehen und sich sogar von weit größeren Schiffen ihren Happen holen. Uns jedoch werden sie meiden, als trügen wir die alles vernichtende Geißel der Schatten in uns.‹

›Dein Wort in ihren Ohren, sofern sie denn welche haben‹, antwortete Kallahan wenig überzeugt.

Untertrieben wäre es, ihm lediglich zu unterstellen, Kallahan möge die Moldawar nicht. O nein, das war bei Weitem nicht genug. Kallahan hatte Angst vor den Schrecken des Meeres. Eine tiefe Furcht, die ich in all den Sonnenwenden, die er treu an meiner Seite gestanden hatte, noch nie an meinem Gefährten beobachtet hatte. Und ich kannte wirklich jeden seiner Wesenszüge gut. Dennoch war er ein Mann, der in der Lage war, seine Angst zu überwinden. Das wusste ich aus zahlreichen Abenteuern, die wir gemeinsam bestritten und wohlbehalten überstanden hatten.

Wir quetschten uns gemeinsam in das Boot und saßen uns, die Knie – obwohl eng an den Körper gezogen – aneinanderanstoßend, von Angesicht zu Angesicht gegenüber. Kallahan wirkte angespannt und blass, nachdem wir abgelegt hatten und mit der selbst bei schwächstem Wellengang stark schaukelnden Nussschale in See stachen. Was hatten wir zu befürchten?

Würde das Boot sinken, bliebe uns wohl nichts anderes übrig, als die restliche Strecke zu schwimmen oder auf Magie zurückzugreifen und zu fliegen, wie ich es von Anfang an bevorzugt hätte. Die Angst vor dem Ertrinken oder Gefressenwerden war unbegründet. Natürlich ist auch ein Lesvaraq nicht unsterblich oder vor Verletzungen gefeit. Aber unsere Fähigkeiten und die unserer Schüler sind oft hilfreich, uns vor dem Schlimmsten zu bewahren. Selbst die Schatten vermögen wir zu überwinden. Dennoch war Kallahan nicht wohl bei dem Gedanken. Eigenartigerweise mochte er das Gefühl nicht, frei und ungebunden, mit nichts um ihn herum oder ohne einen festen Halt unter seinen Füßen, durch die Lüfte zu gleiten. Und er wollte unsere magischen Kräfte schonen, weil er befürchtete, dass wir die Barriere der Maya nur im Vollbesitz unser beider Magie durchdrängen. Letzteres hatte mich von seinem Plan überzeugt und nachgeben lassen. Kallahan war stets ein besonnener und hilfreicher Gefährte. Es konnte jedenfalls nicht schaden, vorsichtig zu sein und den Maya oder ihren Schutzzaubern mit Respekt und vor allen Dingen ausgeruht zu begegnen. Da wir in der Flaute nur langsam vorankamen und Kallahan nach nur einer Hora vom Rudern Schwielen und Blasen an seinen Händen bekam, wies ich ihn an, die Winde zu unserer Unterstützung zu rufen. Er wollte sich weigern und erinnerte mich erneut an die sparsame Verwendung der Magie. Doch meine Ungeduld ließ mich seinen Einwand verwerfen. Ein guter Diener spürt, wo die Grenzen seines Herrn Geduld sind und wann dieser ärgerlich wird. Und so rief er mit einem ergebenen Schulterzucken und einem tiefen Seufzer gegen seine Überzeugung die Winde.

›Aeras tok de galavak. In furio ti temper davia.‹

Das waren die magischen Worte, die Kallahan sprach, um die Winde zu entfesseln. Der Spruch ging ihm leicht von den Lippen, so als hätte er nie etwas anderes getan. Ich musste nicht eingreifen oder ihn berichtigen. Als gelehriger Schüler und Meister wusste er, was er tat. Und er beging selten einen Fehler. Kaum hatte er das letzte Wort in der Sprache der Altvorderen ausgesprochen, blähten die Winde unsere Segel und wir nahmen endlich Fahrt auf. Kallahan beherrschte die Sprache der Altvorderen wie kaum ein anderer und es gelang ihm sogar, den uralten Akzent perfekt nachzuahmen. Ich muss gestehen, mir selbst fiel die Aussprache längst vergessener Worte einer toten Sprache deutlich schwerer.

Ein Ruck ging durch das Boot. Die Seile knirschten unter der plötzlichen Anspannung. Geschwind trieben uns die Winde über das Meer, unserem Ziel, der Insel Karlak, entgegen. Ähnlich einem Flug über den Wolken löste das forsche Segeln ein Gefühl der Freiheit und des Glücks in meinem Innersten aus. Ich lachte lauthals – Kallahan mochte mich für verrückt halten – und ließ den Tränen in meinen Augen freien Lauf. Eine Wohltat, den Wind in den Haaren und die Gischt auf Wangen und Stirn zu spüren.

Nachdem wir auf diese Weise einige Zeit rasend schnell über die Wellen dahinglitten, sichtete Kallahan die ersten Moldawarrückenflossen. Unser Boot in zwar enger werdenden, aber immer noch sicheren Abständen stetig umkreisend, prüften sie die Lage und hielten Ausschau nach möglichen Opfern. Vielleicht lauerten sie bereits auf eine günstige Gelegenheit. Verkrampft hielt sich Kallahan an der Reling fest, statt den flotten Wellenritt zu genießen. In seinem Elend tat er mir aufrichtig leid. Doch ich konnte nichts dagegen unternehmen, ihm die Angst vor einem Kentern und den Moldawars zu nehmen.

Hätte er bemerkt, was ich im nächsten Moment verwundert erblickte, seine Augen hätten sich vor Schreck geweitet. Zum Glück saß er mit dem Rücken zur Fahrtrichtung und sah entweder zu mir oder zurück auf das stetig kleiner werdende Land des Kontinents Ell. Wie aus dem Nichts türmte sich eine Welle vor unserem Boot auf. Die Wassermassen sammelten sich und erhoben sich zu einer undurchdringlichen Wand. Höher und höher stieg das Wasser. Die Winde trieben uns unaufhaltsam darauf zu. Wenn ich nicht etwas unternahm, würden wir entweder mitten in die Welle hineinfahren und untergehen oder das Wasserungetüm drohte jeden Augenblick über uns hereinzubrechen und uns zu zerschmettern. Das kribbelnde Gefühl in meinem Bauch verriet mir, dass die Welle keineswegs natürlichen Ursprungs war. Es hatte keinerlei Vorzeichen gegeben, die auf eine solche Naturgewalt hätten schließen lassen. Kein Seebeben und kein Sturm waren der Erscheinung vorangegangen. Jemand oder etwas hatte sie magisch erschaffen und wollte uns an einem Weiterkommen auf diesem Wege hindern. Ich verhielt mich ruhig und brauchte Zeit zum Überlegen, die wir nicht hatten. Aber ich wollte Kallahan nicht beunruhigen. Die Welle hatte ihren höchsten Punkt erreicht und verharrte in einer eigenartigen Starre, bewegte sich nur in sich selbst, ohne dass die Wassermassen sofort auf uns herabstürzten.

›Nilatja!‹, schrie ich in schlechtem Akzent der Altvorderen.

Kallahan sah mich erstaunt an. Die Winde legten sich auf mein Geheiß hin sofort. Schlaff hingen die Segel herab und das Boot verlangsamte seine Fahrt so abrupt, dass wir beide nach vorne übereinanderfielen und beinahe kopfüber von Bord gegangen wären. Ein gefundenes Fressen für die sich zahlreich im Wasser tummelnden Raubfische.

›Was zum …‹, schrie Kallahan entrüstet, ›was ist los?‹

›Sieh dich um!‹ antwortete ich, wohl wissend, dass ihm der Schock über den Anblick der Riesenwelle die noch verbliebene Farbe von den Wangen treiben würde.

Aber ich konnte ihm das Ereignis nicht vorenthalten. Wir mussten handeln. Kallahan drehte den Kopf und erstarrte in der Bewegung, als wäre er zu Stein geworden.

›Die Nno-bei-Maya heißen uns auf ihre Weise willkommen‹, sagte ich beiläufig.

›Oder auch nicht‹, entgegnete Kallahan.

Natürlich lag Kallahan richtig. Die Maya wollten verhindern, dass wir ihre Insel betraten. Was auch immer sie vor meinen Augen zu verbergen trachteten, ich musste es nichtsdestotrotz herausfinden. Und eine Welle – so gigantisch und zerstörerisch sie erscheinen mochte – würde mich von diesem Vorhaben gewiss nicht abhalten.«

Pydhrab hielt inne und rieb sich die Augen. Er erinnerte sich noch gut an die Katastrophe von Eisbergen. Augenzeugen hatten von einer gigantischen Welle und auf ihren Gipfeln gierig tanzenden Moldawars berichtet, die halb Eisbergen vernichtet und viele Klan verschlungen hatten. Der Kaptan fragte sich, ob die Katastrophe etwa magischen Ursprungs gewesen sein konnte. Er würde Fragen stellen, sobald er Gelegenheit dazu erhielt. Aber wer wollte das im Nachhinein nach so vielen Sonnenwenden noch mit Gewissheit sagen. Alles war möglich. Dem dunklen Hirten jedenfalls traute er einen solchen Anschlag ohne Weiteres zu, selbst wenn es in den vergangenen Sonnenwenden sehr still um den magischen Bruder geworden war. Er wusste, dass die Saijkalrae wach waren und auf ihre Gelegenheit warteten. Und doch beschlich ihn ein ungutes Gefühl, als er sich den Reisebericht des Ulljan zu Gemüte führte.

Pydhrab seufzte, streckte seine Glieder, ließ den Kopf kreisen bis die Wirbel krachten. Danach fühlte er sich besser und widmete sich wieder konzentriert seiner Arbeit.

»Wir wendeten das Boot. Als ob wir mit den Winden ein Zeichen verabredet hätten, füllten sich augenblicklich die schlaff herabhängenden Segel und trieben uns geschwind in Richtung Festland. Ein Blick zurück verriet mir, dass sich die Welle gelegt hatte. Nichts war mehr zu sehen von der unüberwindlichen Wasserwand, die uns den Weg zur Insel der Nno-bei-Maya versperrt hatte.

›Wir segeln in die falsche Richtung‹, bemerkte ich ungehalten und befahl, ›hol die Segel ein.‹

›Bist du dir sicher, Ulljan?‹ hakte Kallahan mit einem Gesichtsausdruck nach, der mir verriet, dass er gänzlich anderer Meinung und gewiss erleichtert war, von der Insel wieder Abstand zu gewinnen.

›Du erinnerst dich an unser Vorhaben‹, meinte ich. Ich hatte Mühe, mir ein Schmunzeln ob der Verzweiflung in seinen Augen zu verkneifen.

›Natürlich!‹, murrte Kallahan. ›Was schlägst du also vor?‹

›Meine Empfehlung lautet, dass wir umkehren und es erneut probieren. Vielleicht sollten wir es über die Lüfte versuchen.‹

›Wir könnten einen Ballon verwenden, der uns sicher nach Kartak brächte‹, regte Kallahan an.

›Hast du gerade einen zur Hand?‹, wollte ich wissen.

›Nein‹, gab der Magier kleinlaut zu, ›aber es wäre keine Schwierigkeit an Land alles Notwendige zu besorgen.‹

›Und es erst Tage später anzugehen‹, unterbrach ich ihn.

Kallahan wusste sehr wohl, woran ich in jenem Moment gedacht hatte. Magie war die einzige Möglichkeit, die Barrieren der Nno-bei-Maya zu überwinden.

›Du willst also nach Kartak fliegen‹, stellte Kallahan trocken fest.

›Genau so, wie ich es von Anfang an vorhatte. Wir brauchen nicht zum Festland zurückkehren, sondern lassen das Boot einfach hier an Ort und Stelle. Das wäre kein großer Verlust, sollten wir es nach unserem Besuch nicht wiederfinden‹, antwortete ich. ›Oder hast du einen besseren Einfall?‹

Kallahan starrte verlegen auf die Planken des Schiffsbodens. Er hatte keine bessere Idee und musste sich schließlich geschlagen geben.

Die Magie des Fliegens oder auch das Schweben über dem Boden ist im Grunde denkbar einfach in der Anwendung für einen Begabten. Sie erfordert lediglich ein gewisses Maß an Konzentration und den festen Willen, sich in die Lüfte zu erheben. Zuerst wird der Geist vollständig geleert und jeder überflüssige gedankliche Ballast abgeworfen, um sich leicht zu machen und sich schließlich vom Boden zu lösen. Natürlich hat der Flug seine Tücken, so wie jede Anwendung magischer Kräfte am Ende gefährlich sein kann und ihre Auswirkungen nicht vollständig bekannt sind. Das Gefühl des Fliegens ohne jedes Hilfsmittel ist gewöhnungsbedürftig und nicht für jeden Begabten gleichermaßen angenehm. Es gilt, die Kräfte richtig einzuteilen. Wer sich dabei überschätzt, wird gewiss um eine schmerzliche, wenn nicht gar tödliche Erfahrung reicher sein. Ist die Angst vor Höhe und Absturz aber überwunden, gibt es beinahe nichts Vergleichbares, das einem ein solches Gefühl der Freiheit und Ungebundenheit von den sonst bindenden Elementen verschaffen könnte.

Ich wollte nicht länger warten oder mich auf einen weiteren Disput über das Für und Wider mit Kallahan einlassen und machte deshalb den Anfang. In Gedanken sah ich einen Riesenvogel, gleich einem Dschan, majestätisch über das Wasser gleiten. Das Bild half mir, mich frei zu machen und den unbedingten Wunsch zu wecken, es diesem Tier gleichzutun. Jetzt.

Wenige Augenblicke später befand ich mich sechzig Fuß

über dem Boot schwebend und blickte hinab zu Kallahan, der mich von unten skeptisch beobachtete. Ich lachte laut und deutete ihm mit einer Handbewegung an, mir zu folgen. Wie es sich für einen treuen Gefährten gehörte, erhob er sich ebenfalls vom Schiff aus in die Lüfte und gewann rasch an Höhe.

›Bist du nun zufrieden?‹, fragte er, als er mich erreicht hatte.

›Mehr als das‹, antwortete ich, ›es erstaunt mich jedes Mal aufs Neue, welch wunderbare Dinge wir mit unserer Begabung erfahren dürfen.‹

›Das Fliegen gehört gewiss nicht zu meiner bevorzugten Fortbewegungsweise‹, erwiderte Kallahan und blickte dabei ängstlich nach unten, vorbei an seinen Füßen auf die Wasseroberfläche. ›Lass uns dies rasch beenden, bevor mir übel wird und ich die Fische mit halb verdautem Speisebrei füttern darf. Zum Glück habe ich zum Frühstück nur wenig davon gegessen.‹

›Na, dann los‹, trieb ich uns voran.

Kaum hatten wir die Stelle erreicht, an der sich uns zuletzt die Welle gezeigt hatte, erhoben sich vor unseren Augen dunkle Wolken von der Insel, die sich in wenigen Sardas zu einer selten gesehenen Schwärze verdichteten und mit der Geschwindigkeit eines verheerenden Sturmes auf uns zubewegten. Kallahan riss die Augen weit auf, als die Wolken unaufhaltsam näher kamen. Grelle Blitze zuckten aus ihnen hervor, die uns blenden sollten. Ein Donnern und ohrenbetäubendes Grollen folgte auf jeden Blitz, das geeignet gewesen wäre, selbst den stärksten Berg ins Wanken zu bringen.

›Sieh doch!‹, rief Kallahan mir eine Warnung zu.

›Ich bin weder blind noch taub‹, gab ich zurück. ›Sie wollen uns mit Dunkelheit in die Flucht schlagen. Ausgerechnet mich, dem sie damit keinen größeren Gefallen tun könnten.‹

›Aber, Ulljan‹, schrie mein Gefährte, ›der Sturm wird uns

hinwegfegen und mit Vehemenz ans Festland nach Ell zurückwerfen. Wir werden zerschmettert.‹

›Unsinn‹, antwortete ich, ›die Dunkelheit ist meine Welt. Ich werde sie mit Freuden empfangen, sie verschlingen und in mir aufnehmen, als wäre sie die süßeste Nahrung, die uns die Kraft verleiht, den Flug unbeschadet zu Ende zu bringen.‹

Die Wolken rasten auf uns zu. Ich breitete meine Arme aus, lachte und jauchzte vor Glück. Es war mir gleichgültig, was mein Schüler dachte. An seinem entgeisterten Blick konnte ich erahnen, was in ihm vorging. Er musste glauben, ich hätte den Verstand verloren. Die Heftigkeit des Sturms brachte uns gehörig ins Straucheln. Tiefste Schwärze wirbelte um uns herum, riss uns nach oben und drohte uns im selben Moment wieder hinunterzudrücken. Dort, unter der Wasseroberfläche, lauerten die Moldawars, bereit zum Sprung, begierig, sich ihre Beute aus der Luft zu schnappen. Zum Glück hatte ich es unterlassen, Kallahan davon in Kenntnis zu setzen, dass ein ausgewachsener Moldawar in seiner Fresslust keine Mühe hatte, sich dreißig Fuß hoch und mehr aus dem Wasser zu katapultieren.

Mein Reisegefährte hatte rasch die Orientierung verloren. Weder wusste er, wo oben, noch, wo unten war. Der Sturm spielte mit ihm, trieb ihn nach Belieben wie eine leblose Puppe vor sich her. Verzweifelt versuchte er gegen die Wolken anzukämpfen, die an seinen Kleidern zerrten, als wollten sie ihm diese entreißen und ihm seine Hilflosigkeit aufzeigen, indem sie ihn entblößten. Die nachlassende Konzentration war ihm bald anzumerken und er drohte abzustürzen. Mir blieb wenig Zeit, zu handeln, wollte ich das Schlimmste verhindern.

›Kanasame son‹, rief ich die Dunkelheit zu Hilfe.

Der Wind ließ von Kallahan ab und schlug mir sofort mit voller Wucht entgegen, als wollte er mich mit aller Macht ans Festland zurückwerfen. Aber die Wolken gehorchten, als sie die Worte vernahmen; ein Befehl, dem sie nicht widerstehen konnten. Meine Lippen zu einer Art Trichter geformt, sog ich die Dunkelheit ein. Wolke für Wolke und mit ihnen der sie vor sich hertreibende Sturm. Schwärze drang in meine Lungen, breitete sich von dort unaufhaltsam aus und erfüllte augenblicklich Körper und Geist. Zu meinem Entsetzen fühlte sich die Dunkelheit eiskalt und überraschend schmerzhaft an. Dabei hatte ich angenommen, es wäre eine Wohltat, die dunkle Magie aufzunehmen. Ich wollte schreien, Kallahan um Hilfe bitten, brachte aber keinen Ton heraus. Zuerst dachte ich, die aufsteigende Kälte, die bald mein Herz erreichte, lähme meine Sinne und ich hätte einen schwerwiegenden Fehler begangen. Konnte ich mich geirrt und die Macht der Nno-bei-Maya unterschätzt haben? Doch obschon ich fürchterlich fror und am ganzen Leib zitterte, blieb ich in der Lage, einen klaren Gedanken zu fassen. So schmerzlich die eindringende Magie wirken mochte, ich gewöhnte mich an das Gefühl. Statt der erwarteten Lähmung und des befürchteten Absturzes, spürte ich das plötzliche Erstarken der schon als verloren geglaubten Kräfte.

Bald waren Sturm und Wolken verschwunden und wir hatten wieder freie Sicht auf Kartak, in deren Mitte sich ein gigantischer Vulkan erhob, dessen Hänge dicht mit Bäumen und Büschen bewachsen waren. Kallahan hatte sich wieder gefangen und warf mir einen bedeutungsvollen und erleichterten Blick zu. Der treue Gefährte war dankbar, aus der misslichen Lage befreit worden zu sein. Dabei war ich ihm diesen Gefallen mehr als schuldig.

Die dichte Bewaldung war ein deutliches Zeichen dafür, dass der Vulkan seit langer Zeit nicht mehr ausgebrochen war. Seit dem letzten Ausbruch hatte sich der Urwald um den Vulkan bis zum Kraterrand ungehindert ausbreiten können und bot zahlreichen, auf dem Festland selten anzutreffenden, gefährlichen wie harmlosen Tieren Schutz und Nahrung im Überfluss. Der bis kurz unter den Rand mit Wasser gefüllte Krater war unser eigentliches Ziel. Wir konnten unmöglich fliegend dorthin gelangen. Die Überwindung des um die gesamte Insel von den Maya aufgebauten, unsichtbaren Schutzwalles stand uns noch bevor. Sollte uns dies gelingen, würden wir uns gewiss mit den für ihre Kampfkunst gefürchteten Kriegern der Maya auseinandersetzen müssen. Nach allem, was sie uns entgegengeschleudert hatten, um unsere Ankunft zu verhindern, sahen sie unseren Besuch gewiss als feindselig an.

Der Sturm tobte weiter in meinem Inneren. Es war, als wollte er wieder hinaus und sich in all seiner wütenden Heftigkeit dafür rächen, dass ich ihm die Freiheit der Zerstörung genommen hatte. Ich hingegen fühlte mich stark wie nie zuvor, und ich musste mich davor in Acht nehmen, dass sich die angestaute Magie der Dunkelheit nicht ungehemmt und ohne meinen Willen plötzlich entlud. Ich befand mich in einem gefährlichen und schwer zu kontrollierenden Zustand. Der Drang, den tobenden Gefühlen in meinem Inneren nachzugeben und Leben zu vernichten, war kaum zu beherrschen. Ich wusste, würde mir in jenem unfassbaren Zustand jemand in die Quere kommen, der tödliche Ausbruch der Magie wäre nicht zu verhindern gewesen.

»Was ist mit dir, Ulljan?«, wollte Kallahan beunruhigt wissen. »Deine Augen! Sie lassen jegliches Weiß vermissen.«

Eine Antwort blieb ich Kallahan freilich schuldig. Ich fürchtete mich davor, meine Lippen zu öffnen, und presste sie stattdessen mit aller Kraft zusammen, damit bloß nichts von der Schwärze entweichen mochte. Würde ich dem inneren Druck allerdings nachgeben, musste sich der Zorn des Sturms mit aller Wucht auf meinen Gefährten richten.

Statt ihm zu antworten, streckte ich meinen Arm aus und deutete mit dem Finger auf eine Stelle, die für eine Landung am äußersten Rand des Strandes geeignet schien. Sand, der so weiß und im Licht der Sonnen blendend wie Schnee war, zwang uns, die Augen schützend zusammenzukneifen.

Ungewollt zuckte ein Blitz aus meinem Finger, schlug auf dem Strand der Insel ein und markierte genau die Stelle mit einem hässlichen schwarzen Fleck, die ich zuvor ausgesucht hatte. Bereits aus einiger Entfernung spürten wir ein Kribbeln auf unserer Haut, das uns jedes einzelne Haar auf unseren Häuptern zu Berge stehen ließ. Das war pure magische Energie! Mit jedem Zoll, den wir der Insel näher kamen, wurde das Gefühl stärker; es glich einem Heer wuseliger Krabbeltiere, die mit ihren kratzenden und scharrenden Krallenbeinen über die Haut krochen.

Zum meinem Bedauern musste ich feststellen, dass der zur Landung auserkorene Platz offenbar hinter der magischen Barriere der Nno-bei-Maya lag. Es blieb uns nichts anderes übrig, als in einigen Fuß Entfernung mitten im Wasser zu landen. Das Wasser reichte mir bis knapp unter die Hüfte, was Kallahan froh stimmte, da wir zwar nasse Füße bekamen, die Gefahr, durch einen Moldawar angegriffen und gefressen zu werden, allerdings ausgeschlossen war. Die Jagd in seichtem Gewässer lag den großen Schrecken des Meeres nicht, mussten sie doch fürchten, mit ihren massigen Körpern zu stranden, den Weg zurück nicht mehr zu schaffen und am Ende erbärmlich zu ersticken.

Der magische Wall befand sich unmittelbar vor uns. Wir konnten ihn zwar nicht sehen, dafür aber umso deutlicher spüren, wenn nicht sogar mit Händen greifen. Er war gewiss nicht mehr als eine Armlänge von unserem Standort entfernt.

›Wir dürfen den Schutzwall nicht berühren‹, warnte Kallahan, ›ich kann die Kraft der Barriere spüren. Sie würde uns verbrennen.‹

›Du hast recht, Kallahan‹, antwortete ich, ›die magische

Energie ist stark. Kein Sterblicher vermag dieses Hindernis zu überwinden. Dennoch … uns wird etwas einfallen, und früher oder später werden wir es durchbrechen. Denn wir sind keine gewöhnlichen Sterblichen …‹

›So würde ich das nicht nennen‹, widersprach Kallahan. ›Wir mögen zwar im Vergleich zu anderen Wesen eine viel längere Zeitspanne überdauern, aber gegen Verletzungen und den Tod sind selbst wir nicht gefeit. Am Ende eines jeden Lebens steht der unvermeidliche Gang zu den Schatten.‹

›Aber nicht für uns‹, korrigierte ich Kallahan, ›wir gehen in das Land der Tränen.‹

›O ja, ich weiß‹, meinte Kallahan, ›natürlich hast du damit recht. Aber unseligerweise hilft uns das im Augenblick nicht weiter. Denn weder ist mir nach den Schatten noch nach einer Reise in das Land der Tränen zumute.‹

›Wir finden einen Weg. Mach dir keine Sorgen‹, versuchte ich meinen Gefährten zu beruhigen.«

Ein Geräusch und ein kalter Luftzug im Nacken ließen den Meister der Schriften von seiner Lektüre aufschrecken. Der Schreibkiel fiel ihm prompt aus der Hand und landete ausgerechnet mitten auf der Schriftrolle, auf der er mühsam die uralten Überlieferungen des Ulljan festhielt. In seinem Übereifer, das wertvolle Werkzeug aufzufangen, stieß er mit der Hand die Phiole mit der Tinte um. Mit Entsetzen musste Pydhrab zusehen, wie sich ein hässlicher Tintenfleck weiter und weiter auf dem Papier ausbreitete und die letzten Schriftzeichen in einer blauen Woge überdeckte. Geistesgegenwärtig tauchte er seine Finger in eine neben der Schriftrolle stehende Holzdose und streute ein wenig Kristallsand über die Stelle, um das Schlimmste zu verhindern und seine Arbeit zu retten. Erst als er das Missgeschick gelöscht hatte, bemerkte er den Besucher in seinem Rücken. Hastig drehte sich der Atramentor um.

»Ah, Ihr seid es«, sagte er und zog überrascht eine Augenbraue nach oben.

»Wie ich sehe, habt Ihr meinen Besuch nicht erwartet, Pydhrab.«

»Gewiss nicht, Overlord. Um ehrlich zu sein, hatte ich in diesem abgelegenen Bereich des Verlieses und der geheimen Kammer mit niemandes Aufwartung gerechnet. Aber ich freue mich, Euch zu sehen. Etwas Gesellschaft und Ablenkung kann nicht schaden. Was führt Euch zu mir? Kann ich etwas Bestimmtes für Euch tun?«

»Nun, ich habe zu meiner Überraschung vernommen, dass ihr seit einiger Zeit dabei seid, einen höchst seltenen, vielleicht sogar verbotenen Fund zu lesen«, sagte Yilassa, »und das, ohne mich davon in Kenntnis zu setzen oder um Erlaubnis zu bitten. Welches Geheimnis wollt ihr vor meinen Augen verbergen?«

»Oh ...«, erschrak Pydhrab. »Verzeiht, hoher Vater ... oder sollte ich besser hohe Mutter sagen?«

»Ihr könnt das falsche Gewäsch unterlassen, Master«, antwortete Yilassa in scharfem Tonfall. »Nennt mich Overlord oder Yilassa, das genügt vollkommen.«

»Es tut mir aufrichtig leid, mein Overlord«, erwiderte Pydhrab, »aber ich wusste nicht, dass Ihr Euch für die Schriftrolle interessieren könntet. Ich dachte, es sei besser, sie erst zu lesen, vorsorglich zu retten, was noch zu retten ist, und ihren Inhalt auf gefährliche Worte zu prüfen, ob ich Euch und andere unseres Ordens nicht einer unbekannten Gefahr aussetzen würde. Ich war mir keines Verstoßes bewusst, als ich mit der Arbeit der Übertragung begann. In den Ordensregeln befindet sich kein Hinweis darauf, dass die Arbeit des Atramentors der ausdrücklichen Erlaubnis des Overlords bedürfe. Ist diese Regel neu und bestätigt, so will ich gerne dafür Sorge tragen, dass sie ordentlich aufgenommen und künftig berücksichtigt wird.«

»Ihr seid schlau und kennt die Regeln genau, nicht wahr, Pydhrab?«, lächelte Yilassa.

»Ich studiere sie schon zu lange, um nicht jedes ihrer Worte zu kennen«, antwortete Pydhrab. »Wäre dem nicht so, eines Atramentors wäre ich nicht würdig.«

»Nun denn, dann lest mir einige Zeilen aus der Schrift vor. Laut, wenn es euch nicht allzu viel Mühe bereitet«, befahl Yilassa.

»Gerne, wie Ihr wünscht, mein Overlord. Ich werde versuchen, die Erzählung für Euch in eine verständlichere Sprache zu übersetzen. Ulljan neigte zuweilen dazu, in die Sprache der Altvorderen zu entgleiten und deren Rhythmus und Reimform noch zu steigern.«

»Natürlich erschloss sich der Weg nicht sofort und gewiss nicht jedem Fremden, der vor der Barriere stand. Aber die Lösung des Rätsels war denkbar einfach, und mit dem Wissen eines Lesvaraq jedoch drängte sie sich mir geradezu auf. Wie sich die Anstrengungen der Reisen zu den magisch begabten Völkern der Altvorderen doch gelohnt hatten. Kallahan riss erstaunt die Augen auf und starrte fassungslos zu mir herüber, als er mich plötzlich unversehrt auf der anderen Seite der Barriere stehen sah.

›Wie hast du das gemacht?‹, hörte ich sein Flüstern.

›Das war nicht schwer, Kallahan‹, munterte ich ihn auf, um es mir möglichst rasch gleichzutun. ›Du erinnerst dich gewiss an die Felsgeborenen. Sie hatten ein Geheimnis, das sie mit uns teilten und welches sich als äußerst nützlich erwies. In diesem Falle in besonderem Maße.‹

›Ich kann dir nicht folgen, Ulljan‹, sagte Kallahan stirnrunzelnd. ›Von welchem Geheimnis sprichst du?‹

›Das Flüstern der Steine, Kallahan.‹

›Ja, und? In der Tat ist es eine hilfreiche Fähigkeit, um das

Wissen zu mehren und mehr über die Geschehnisse an weit entfernten Orten zu erfahren, ohne selbst je dort gewesen zu sein.‹

›Aber verstehst du denn nicht?‹ Es fiel mir schwer, ihn nicht zu tadeln. Wie konnte er bei seiner Begabung das Offensichtliche nicht erkennen? ›Das Flüstern der Steine ist des Rätsels Lösung. Siehst du diesen weißen Stein hier neben mir? Das Wasser hat ihn über Sonnenwenden glatt gewaschen. Und doch flüstert er, wie es all die anderen Steine tun. Sie flüstern miteinander, tauschen Gedanken und Erlebnisse aus. Du siehst es ihm nicht an, aber dieser kleine unscheinbare Stein ist so alt wie Ell selbst. Kannst du sein Flüstern hören?‹

›Nein!‹

›Dann konzentriere dich! Streng dich an! Hör ihm zu und versuche zu verstehen, was er dir zu sagen hat.‹

Kallahan gab sein Bestes. Er war ein guter Schüler und Freund. Ich hatte mich stets auf ihn verlassen können. Während ich ihn beobachtete, veränderte sich sein Gesichtsausdruck und ein zufriedenes Lächeln umspielte seine Lippen. Er hatte begriffen, was ich von ihm verlangte. Meine Ungeduld hatte sich gelohnt. Kallahan war bereit.

›Ich kann ihn tatsächlich hören.‹

›Das ist gut‹, ich war erleichtert, ›der erste Schritt zu einer neuen Erfahrung. Dann lass uns gemeinsam den zweiten versuchen. Sieh dir den Stein an, halte ihn fest im Blick und in deinen Gedanken. Lass die Verbindung keinesfalls abbrechen. Und stell dir einfach vor, du wärst an seiner Stelle. Das ist nicht schwer, und gewiss viel einfacher als fliegen.‹

Es war schwer, zu übersehen, dass Kallahan Mühe hatte, sich in den Stein hineinzuversetzen. Ihm fehlte die Übung in dieser Art der Magie. Das würden wir bei nächster Gelegenheit ändern müssen, denn es lag mir viel daran, in ihm einen treuen Gefährten und einen wahren Meister der freien Magie an meiner Seite zu haben. Das war nicht nur nützlich, sondern überlebenswichtig. Immerhin hatten wir uns viel vorgenommen. Unsere Reisen zu den Völkern der Altvorderen dienten nicht ausschließlich der Mehrung unseres magischen Wissens, sondern erfüllten einen höheren Zweck. Zumindest lag dies in meiner Absicht.

Nach einer Zeit des Dahindämmerns im Schlaf der Unwissenheit und der Unfähigkeit, in die Geschicke Ells einzugreifen, waren die Nno-bei-Klan in den jüngsten Tagen rührig geworden. Es schien, als wären sie wie die Raupe eines Schmetterlings nach einer Zeit der Verpuppung erwacht, hätten ihre starre Hülle abgestreift und erschienen in neuem schillerndem Gewand. Plötzlich nahmen sie ihr Schicksal in die eigene Hand, wehrten sich gegen die ihnen anscheinend von den Kojos angedachte Rolle der dienenden und braven Lämmer. Sie hatten jüngst damit begonnen, ihr eigenes Selbst zu finden. Alles hatte mit einem einzigen Mann begonnen. Ein Name, der in diesen Tagen immer öfter vernommen wurde. Egal wohin wir kamen, er war bereits dort gewesen und hatte seine Botschaft in die Köpfe der Klan gepflanzt.

Sein Name lautete Ruitan Garlak, genannt die Eisenhand. Ihm war es offenbar gelungen, die Nno-bei-Klan aus ihrem Schlaf zu wecken, und er hatte bereits mit den Verhandlungen begonnen, die seit Urzeiten zerstrittenen Fürstenhäuser der Klan zu versöhnen und damit die Klanlande unter seiner Führung zu einen. Gerne hätte ich ihn nach seinen wahren Absichten befragt, aber eine Begegnung mit ihm war mir bislang nicht vergönnt gewesen. An seiner Seite jedoch ritt und focht ein junger Mann, der mich viel mehr interessierte als Ruitan Garlak selbst. Ihm und seinem gezackten Blutschwert wurden wahre Wunder nachgesagt. Sein Ruf als Krieger war tadellos und geradezu legendär, obwohl er kaum mehr als eine Sonnenwende neben Ruitan Garlak in Erscheinung getreten war.

Die Klan riefen ihn ehrfürchtig Quadalkar. Ich musste diesen Krieger kennenlernen, denn ich war mir sicher, dass hinter der Gestalt weit mehr steckte, als die Klan annahmen, wenn sie seinen Namen mit Hoffnung verbanden. Mit ziemlicher Sicherheit besaß dieser Mann eine magische Begabung. Wie konnten die unglaublichen Erzählungen über seine Taten und den immer wieder anzutreffenden Heldeneinsatz sonst wahr sein. Kallahan und ich hatten uns daher vorgenommen, diesen Quadalkar möglichst bald nach unserem Besuch bei den Nno-bei-Maya aufzusuchen. Vielleicht entpuppte er sich als Hochstapler, aber möglicherweise würden wir einen starken Verbündeten in ihm finden. Sollte sich unsere Vermutung bewahrheiten, dann musste dieser Mann früher oder später an der Seite Ruitan Garlaks verzweifeln. Mit Bestürzung hatten wir vernommen, dass die Eisenhand jede Art von Magie verabscheute und ihr mit ungeheurer Härte begegnete.

Während ich über all dies nachgrübelte, fiel mein Blick immer wieder auf meinen Gefährten, der damit begonnen hatte, seine Gedanken aus sich herausfließen zu lassen. So leer sich seine Augen in diesem Moment zeigten, so brauchte er doch meine Unterstützung. Im Grunde wollte ich nicht mehr von ihm, als die Überwindung eines zwar gewaltigen, am Ende aber denkbar einfachen Hindernisses. Nämlich das des eigenen Geistes.

›Vergiss, wer oder was du bist, Kallahan! Befreie deinen Geist von den Schranken, die du dir selbst auferlegst, weil sie dir natürlich erscheinen. Sie existieren nur in deinem Kopf. Vertrau mir und lass dich gehen.‹

Ich weiß nicht, ob er meine Worte hörte. Doch mit dem nächsten Wimpernschlag stand Kallahan unversehrt neben mir. Über sich selbst und seinen neuen Standort dermaßen erschrocken, zitterten und wackelten seine Beine so sehr, dass er sich in den Sand setzen musste. Peinlich genau prüfte er jeden

Zoll seines Körpers, ob er denn an einem Stück angekommen war und nichts – außer seinem Verstand vielleicht – auf der anderen Seite der Barriere zurückgelassen hatte. Dabei war der magische Sprung mit dem Wissen der Felsgeborenen nicht weiter als ein Steinwurf entfernt gewesen. Aber wer weiß, womöglich fühlte sich Kallahan in jenem Moment selbst wie ein Stein. Ich ließ ihm die Zeit, die er brauchte, um wieder zu sich zu finden. Als er mich jedoch nach einer Weile über das ganze Gesicht lachend ansah, wusste ich, dass mein Gefährte wieder zu mir gestoßen war. Wir hatten die Barriere gemeinsam überwunden.«

Pydhrab bemerkte mit einem Mal ein Atmen voller Ungeduld hinter sich. Yilassa hatte sich inzwischen weit über seine Schulter gebeugt, um selbst einen Blick auf die Schriftrolle des Ulljan werfen zu können. Aber sie war offensichtlich nicht in der Lage, die Worte zu entziffern, geschweige denn diese zu übersetzen.

»Diese Zeilen mögen durchaus spannend für Euch sein, Pydhrab«, merkte Yilassa verdrießlich an, »aber was bringen sie uns an neuen oder geheimen Erkenntnissen, außer dem Wissen, dass Ulljan zusammen mit seinem Gefährten Kallahan eine Reise zur Insel Kartak unternommen hat und offensichtlich in der Lage war, ein Hindernis nur mithilfe seiner Gedanken zu überspringen?«

»Oh…«, zeigte sich Pydhrab über die Aussage Yilassas bestürzt, »… in meinen Augen eine ganze Menge, Overlord. Neben begrenztem magischem Wissen – ich gebe zu, im Vergleich zu anderen seiner Schriften ist die Fülle an Information über dieses Gebiet gering – erfahren wir hoffentlich etwas über das Verschwinden des verlorenen Volkes und vielleicht sogar über dessen Aufenthaltsort. Wusstet Ihr, dass die Nnobei-Maya auf Kartak siedelten?«

»Nein! Soweit ich mich erinnern kann, wurden auf der Insel niemals Anzeichen für irgendeine Existenz eines Volkes gefunden. Keine Ruinen, Gräber, Knochen oder sonst irgendetwas.«

»Ihr habt absolut recht. Aber genau aus diesem Grund ist diese Schrift so wichtig. Niemand weiß, was mit dem Volk der Altvorderen geschehen ist. Sie wurden nie gesehen. Existierten die Maya überhaupt? Es gab nicht einmal Gerüchte, wie es bei den anderen Völkern der Fall war, die angeblich von Zeit zu Zeit von möglicherweise wirren Geistern gesichtet sein wollten. Bestätigt wurden diese Beobachtungen allerdings nicht. Deswegen sind diese Geschichten nicht minder vage als das Fehlen jeglicher Augenzeugenberichte. Alles, was wir über die Nno-bei-Maya wissen, haben wir aus uralten, schlecht übersetzten Überlieferungen im Archiv des hohen Vaters gesammelt, die viel älter sind als Ulljans Vermächtnis selbst. Dies ist die erste Schilderung einer möglichen Begegnung mit den Maya. Sie ist daher wertvoll und aufschlussreich.«

»Noch hat er sie nicht gefunden«, beschwerte sich Yilassa.

»Ich lese gerne weiter, wenn Ihr es wünscht«, schlug Pydhrab vor.

»Ich bitte darum!«, sagte Yilassa.

»Kaum hatten wir uns gefunden und über den Erfolg gefreut, fanden wir uns umringt von einer Schar groß gewachsener, düster dreinblickender Krieger. Es war nicht zu übersehen, dass sie uns als ungebetene Gäste betrachteten, die in feindlicher Absicht in ihr Gebiet eingedrungen waren. Dennoch machten sie aus unerfindlichem Grund nicht den Eindruck, als ob sie uns sofort töten wollten. Wir hatten ihr Kommen nicht bemerkt. Wie aus dem Nichts waren sie plötzlich erschienen – ich fragte mich, ob sie aus dem Urwald hinter dem Strand oder aus dem Sand neben uns aufgetaucht waren – und bedrohten uns mit mächtigen und aufwendig gearbeiteten Schwertern und Speeren. Die Speerspitzen waren aus geschliffenen Kristallen gefertigt worden, und die Schwerter bestanden ohne jeden Zweifel aus Blutstahl, der mit magischen Runen verstärkt und ebenfalls mit Kristallen an den Griffen verziert war. Ich hatte bereits zuvor gehört, dass sich die Maya auf die Verarbeitung von Kristallen verstanden, denen magische Eigenschaften zugeschrieben wurden, die ich bis dahin nicht erforscht hatte. Die Wissenschaft der Kristalle war ein Forschungsgebiet für sich, für das ich viel Zeit gebraucht hätte, um mich damit in ausreichender Tiefe auseinanderzusetzen. Aber wahrscheinlich redete ich mir dies nur ein, denn Zeit hatte ich genug. Aber keine Geduld. Für die Arbeit mit Kristallen ist diese jedoch unerlässlich. Eines war über die Eigenschaft der Kristalle bekannt. Von Meisterhand geschliffen waren sie härter und schärfer als Blutstahl.

Mein Blick fiel auf einen Krieger, dessen Erscheinung außergewöhnlich war. Er war größer und wirkte athletischer als die übrigen Männer. Immerhin überragte er Kallahan und mich um mehr als eine Kopflänge. Seine Augen waren hellwach und spiegelten ein gesteigertes Interesse an uns Eindringlingen wider. Mit durchdringendem Blick musterte er uns. Ich spürte sofort, vor uns stand der Maya-Krieger, der das Geheimnis in sich trug, das ich ergründen wollte. Die Gabe des Kriegers. Das Geschenk der Kojos an die Maya. Er hatte es ohne jeden Zweifel erhalten. In jeder Faser seines Körpers wirkte der Krieger ruhig und gelassen. Und doch wusste ich, wir mussten unsere Worte und Handlungen mit Bedacht wählen. Der Krieger war wie ein gefährliches Raubtier, das seine Beute sicher in der Falle wusste, jederzeit zum tödlichen Sprung ansetzen und das Spiel beenden konnte. Er zeigte keinerlei Furcht. Ein Zeichen für seine Überlegenheit, deren er sich sicher war. Kallahan hatte den Krieger ebenfalls bemerkt und stieß mir vorsichtig mit dem Ellbogen in die Seite, um mich auf ihn aufmerksam zu machen. Ich nickte, um ihm zu erkennen zu geben, dass ich ihn verstanden hatte. Wir mussten uns in Acht nehmen, um nicht den Eindruck zu erwecken, einen Fluchtversuch unternehmen oder die Maya-Krieger gar angreifen zu wollen. Das wäre uns gewiss schlecht bekommen. Die Krieger hätten uns in kleine Scheiben geschnitten, bevor wir auch nur den ersten Finger gegen sie erhoben hätten. Der Maya-Krieger – wir nahmen an, er war der Anführer der Krieger – steckte sein Schwert in die auf dem Rücken befestigte Scheide und näherte sich uns mit einigen Schritten. Seine Bewegungen wirkten geschmeidig wie die einer Großkatze.

›Ihr habt unseren magischen Schutzwall durchbrochen und seid ohne Erlaubnis in das Hoheitsgebiet der Nno-bei-Maya eingedrungen. Wir werten dies als Angriff auf unser Volk. Darauf steht als Strafe der Tod. Aber ich lasse Euch für dieses eine Mal die Wahl. Wir gestatten es Euch, unbehelligt von dannen zu ziehen, wenn Ihr augenblicklich umkehrt und nie wieder nach Kartak zurückkehrt. Oder Ihr bleibt und sterbt an Ort und Stelle‹, sagte der Krieger mit klarer und fester Stimme.

›Wir kamen in friedlicher Absicht …‹, antwortete ich rasch, um keinen falschen Eindruck zu erwecken. Die Auseinandersetzung mit den stolzen Kriegern der Maya war schwer genug, ›… und wollten den Nno-bei-Maya einen freundschaftlichen Besuch abstatten. Außerdem möchten wir einen Vorschlag unterbreiten. Ich bin mir sicher, Eure Herrscherin wird den Wunsch äußern, unser Angebot zu hören. Gerne werde ich es ihr persönlich vortragen.‹

Zu unserem Erstaunen nickte der Krieger. Er neigte den Kopf auf die Seite, als lausche er einer weit entfernten Stimme. Dabei blickte er sowohl Kallahan als auch mir tief in die Augen, gerade so, als wolle er unsere Gedanken ergründen.

›Senkt die Waffen!‹, befahl der Krieger plötzlich den anderen Maya, die ihm aufs Wort gehorchten. ›Die Königin ist einverstanden. Wir geleiten die Fremden zu Saykara.‹

Kallahan und ich sahen uns an und atmeten tief durch. Obwohl wir in der Lage waren, uns mithilfe der Magie zur Wehr zu setzen, wäre ein Kampf mit den Kriegern der Maya tödlich gewesen. Dessen war ich mir sicher. Wenngleich ich die Fähigkeiten des Anführers nicht kannte, spürte ich, dass er selbst für einen Lesvaraq und dessen magisch begabten Begleiter gefährlich werden konnte. Wie tödlich dieser Krieger tatsächlich war, würden wir gewiss noch erfahren.

›Ihr habt Glück‹, wandte sich der Krieger an uns. ›Saykara ist Eurem Besuch gegenüber milde gestimmt und will Euch empfangen. Unter einer Bedingung jedoch …‹

›Was verlangt die Königin?‹, hakte ich nach.

›Wollt Ihr den Weg in unsere Stadt mit uns kommen, werden wir Euch die Augen und Ohren verbinden. An Händen und Füßen legen wir Euch Fesseln an. Blind und taub wird Euch der Weg nach Zehyr verborgen bleiben. Während unserer Reise und Eures Aufenthaltes werdet Ihr auf jeglichen Einsatz von Magie verzichten. Seid Euch gewiss, dass wir das Wirken von Magie erkennen und dagegen gewappnet sind. Wenn Ihr einverstanden seid, machen wir uns sofort auf den Weg.‹

›Wir werden uns an die Bedingungen halten‹, nickte ich, wobei ich mich zuvor mit einem Blick auf Kallahan vergewissert hatte, dass er sich ebenfalls an die Vereinbarung halten würde.

Kallahan war nicht wohl bei dem Gedanken, von schwer bewaffneten Kriegern blind und gefesselt durch den Urwald von Kartak wie eine Jagdbeute getragen zu werden. Und ich muss gestehen, mir war nicht weniger mulmig zumute. Aber was blieb uns anderes übrig, wollten wir unser Ziel erreichen.

Mit Stricken banden sie uns die Hände auf dem Rücken zusammen und verbanden diese mit unseren Füßen. Wir konnten uns nicht bewegen. In die Ohren stopften sie uns Bienenwachs und stülpten uns schwarz gefärbte Leinensäcke über den Kopf, die sie am Hals zubanden. Auf diese Weise verpackt wurden wir wie Reisebündel auf Speere gezogen und von jeweils zwei Kriegern getragen.

Sicher hatte es seine Vorteile, den unbekannten und bestimmt beschwerlichen Weg durch den Urwald getragen zu werden. Wir konnten unsere Kräfte schonen, aber bereits nach einer kurzen Strecke schnitten die Fesseln mit jeder Bewegung der Träger tiefer in Hand- und Fußgelenke und begannen fürchterlich zu schmerzen. Abgeschnitten von den Eindrücken der Außenwelt fiel ich alsbald – unterstützt von gleichmäßigem Schaukeln – in eine Art Schlummer, der mir einen Traum bescherte.

Vielleicht war es weit mehr als das. Denn als ich den diffusen Bildern in meinem Kopf durch die Stimme des Kriegers jäh entrissen wurde, war ich um eine Erkenntnis reicher. Der Traum hatte mir auf eigenartige Weise gezeigt, dass die Zeit der magischen Völker lange schon abgelaufen war. Ihr Ende stand unmittelbar bevor. Unter der Führung der Eisenhand war der Siegeszug der Nno-bei-Klan nicht mehr aufzuhalten. Der scheinbar ewig andauernde Kreislauf der Macht war durchbrochen. Zum ersten Mal seit Tausenden von Sonnenwenden. Was auch immer sich das Gleichgewicht dabei gedacht hatte, mir war plötzlich klar geworden, dass mit dem bevorstehenden Untergang der Altvorderen auch der Zyklus des Lesvaraq zu Ende gehen musste. Vielleicht war das Gleichgewicht des fortwährenden Kampfes müde geworden und wollte sich für eine Weile ausruhen, um neue Kräfte zu sammeln. Mir jedoch hatte es die Aufgabe zugedacht, eine neue Ordnung zu schaffen, selbst wenn dies mein eigenes Ende nach sich ziehen musste. Ich musste Pavijur überwinden und anschließend einen Ausgleich finden, damit sich das Gleichgewicht zur Ruhe betten konnte.

›Ich hoffe für Euch, Ihr könnt die Luft lange genug anhalten‹, brüllte der Krieger, damit wir ihn durch die Ohrstopfen hören konnten, ›wir gehen schwimmen. Sobald ich ›*Tauchen*‹ rufe, solltet Ihr Luft holen. Pumpt Eure Lungen voll, so viel Ihr könnt, denn es geht tief hinunter und der Weg durch das Wasser wird lang sein.‹

Was hatten die Maya vor? Wollten sie uns ertränken? Erst in diesem Moment fiel mir auf, dass sie uns abgelegt hatten. Der Untergrund fühlte sich nach rauem, aber warmem Stein an. Ein leichter Schwefelgeruch störte meine Nase. Meine Gedanken arbeiteten fieberhaft. Wohin hatten sie uns gebracht, während ich in meinen Träumen versunken war? Schmerzlich wurde mir bewusst, dass ich immer noch gefesselt war und mich kaum bewegen konnte. Ich spürte meine Hände und Füße nicht mehr. Womöglich waren diese abgestorben. Krampfhaft versuchte ich eine Bewegung. Ein leichtes Kribbeln in Fingern und Zehen beruhigte mich wieder. Offenbar waren die abgeschnürten Gliedmaßen noch nicht ganz verloren. Aber meine Hand- und Fußgelenke mussten inzwischen tiefe, blutig aufgescheuerte Wunden sein. Jedenfalls war der Schmerz nicht mehr zu verdrängen.

Kartak war zweifelsohne eine Vulkaninsel. Das hatten wir bereits bei unserer Ankunft entdeckt. Die Geräusche um uns herum deuteten auf ein Gewässer in unserer Nähe hin. Wie sollte es anders sein? Sie hatten uns zum Rand des Kraters gebracht. Das war der einzige See, den ich während unseres Fluges auf der Insel gesehen hatte, und ich glaubte nicht, dass sie uns nur um die Insel herumgeführt hatten und am Meer geblieben waren. Es hatte keinen Sinn, sich Gedanken darüber zu machen. Als ich von mehreren Händen ins Wasser gezerrt wurde, das sich zu meiner Überraschung warm anfühlte, überkam mich Furcht. Ich wollte mich wehren und winden, wurde jedoch durch Fesseln und die kräftig zupackenden Krieger daran gehindert. Während meiner unbedachten Handlung schluckte ich Wasser. Es schmeckte leicht nach Schwefel und auf seltsame Weise metallisch. Aber es war trinkbar und frisch. Eindeutig Süßwasser.

Die Maya-Krieger hielten mich, so gut es ging, mit dem Kopf über Wasser, während sie schwammen. Es dauerte nach meinem Empfinden lange, bis ich die Stimme des Kriegers wieder hörte.

›Tauchen!‹, erklang der Schrei, vor dem ich mich die ganze Zeit gefürchtet hatte.

Hektisch atmete ich ein. Einmal, zweimal und noch ein drittes Mal pumpte ich Luft nach. Immer mit dem Gedanken voller Panik im Kopf, bloß nichts mehr davon herauszulassen. Gerade als ich dachte, meine prall gefüllten Lungen müssten jeden Augenblick bersten, wurde ich nach unten gezogen. Der Krieger hatte nicht gelogen. Es ging tief hinunter. Tiefer, als mir lieb sein konnte.

Der Druck auf Kopf und Ohren wurde schier unerträglich. Ich war nicht in der Lage, diesen vernünftig auszugleichen, und befürchtete, meine Augen würden in den Schädel gedrückt werden. Der Abstieg in die Tiefe schien nicht enden zu wollen. Ich hatte nichts weiter zu tun, als mich von den Maya ziehen zu lassen und zu leiden. Bald brannten meine Lungen wie Feuer. Der Drang, sich zu befreien, nach oben zu schwimmen und nach Luft zu schnappen, wurde immer größer.

Dabei hatte ich mein Bestes gegeben und die Anweisungen des Kriegers befolgt. Mehr Luft hätte nicht in meinen Körper gepasst. Mit jeder zusätzlich verstreichenden Sardas kam mir der Tauchgang plötzlich unendlich lange vor.

Wie lange würde ich diese Qual noch durchhalten? Die Gewissheit schlich sich in meinen Kopf, dass ich ertrinken würde.

Sie verdrängte jede Vernunft, gewann die Oberhand und versetzte mich in eine nie zuvor gekannte Todesangst. Wie konnten die Maya-Krieger die Luft so lange anhalten? Das war unmöglich. Ich kann mich nicht mehr genau daran erinnern, was in der Folge geschah. Mein Körper wehrte sich, zuckte und wand sich, konnte sich aber nicht befreien.

Irgendwann wurde der Druck zu stark.

Die Vernunft versuchte meine Lippen zusammenzuhalten. Mit aller Macht presste ich sie aufeinander. Doch dann siegte der Drang, atmen zu wollen. Unbewusst. Ich konnte nichts mehr dagegen machen. Wie von selbst öffnete sich mein Mund und sog das Wasser ein. Statt jedoch die erhoffte Luft zu ergattern, schluckte ich Wasser, hustete und schluckte noch mehr Wasser. Die mir noch verbliebene Luft entwich und meine Lungen füllten sich mit dem tödlichen Nass. Ertrinken war eine schreckliche Art zu sterben, musste ich feststellen.

Das Eindringen des Wassers schmerzte, brannte, als würde Säure meine Lungen verätzen.

Magie! Die Magie musste mich retten. Ich hatte keine andere Wahl und musste sie einsetzen, wollte ich überleben. Ein Fisch konnte im Wasser atmen. Es musste mir gelingen, mich in einen solchen zu verwandeln. Aber wie? Ich konnte keinen klaren Gedanken fassen, geschweige denn mich an die richtige Reihenfolge bei der Verwandlung in ein anderes Wesen erinnern. Zu allem Überfluss hatte ich mich bereit erklärt, gänzlich auf den Einsatz von Magie zu verzichten. Welche Wahl hatte ich also? Ich konnte ertrinken oder Magie einsetzen, um kurz danach von einem Krieger der Maya getötet zu werden.

Zum ersten Mal kam mir der für einen Todeskampf erstaunliche Gedanke, dass die Idee eines Besuches bei den Maya alles andere als gut gewesen war. Natürlich entschied ich mich für die Magie und hatte ein weiteres Mal Glück. Gerade als ich mit der Verwandlung ansetzen wollte, wurde ich unsanft aus dem Wasser gezerrt. Sie hatten mir den Leinensack vom Kopf gezogen und das Wachs aus den Ohren gepult. Ich weiß nicht mehr, wie viele Krieger meinen regungslosen Brustkorb mit Schlägen bearbeiteten, bei denen sie mir zwei Rippen brachen, und wie viele stinkende Küsse sie mir verabreichten, um mir ihren halb verbrauchten Atem einzuhauchen. Mit Gewissheit waren es mehr, als für drei Leben ausreichen würden. Erschrocken von der derben Behandlung schnappte ich nach Luft und brachte in der Folge mehr und mehr Wasser aus meinen Lungen, das ich zu Füßen der um mich versammelten Kriegerschar in unschönen Schwallen aushustete. Auch Kallahan war inzwischen von Fesseln und Leinensack befreit worden und blickte mich sorgenvoll an.

›Das war knapp‹, sagte er schließlich erleichtert, ›ich hatte angenommen, du würdest länger durchhalten.‹

›So kann man sich täuschen‹, hustete ich ihm entgegen. ›Dir scheint die Luft jedenfalls nicht ausgegangen zu sein.‹

Kallahan blickte beschämt zu Boden. Er wusste, dass er mir in dieser Hinsicht etwas voraushatte. Er besaß die Ausdauer und die Lunge eines geübten Streitrosses. Wenn es sein musste, hätte er einen Tauchgang ohne Schwierigkeiten überstanden, der doppelt so lange dauerte.

›Wir sind heil in Zehyr angekommen‹, hörte ich die Stimme des Kriegers.

Betrachtete ich meine eingedrückten Rippen, die tiefen Schnitte an Fuß- und Handgelenken sowie die Tatsache, dass ich beinahe ertrunken wäre, konnte von einer ›heilen‹ Ankunft zwar nicht die Rede sein, aber immerhin lag er offenbar mit der Feststellung richtig, dass wir die Stadt der Nno-bei-Maya lebendig erreicht hatten. Ich setzte mich auf. Langsam klärte sich mein von der Verhüllung durch den Leinensack und vom Wasser getrübter Blick. Ich konnte mir einen eigenen Eindruck von der Umgebung verschaffen. Wir befanden uns auf einem Steg, der aus einem Stück gefertigt war und vollständig aus Stein bestand. In einer Länge von fünfzehn Fuß reichte er über das Wasser zu einem schmalen Einstieg. Das Wasser kräuselte sich leicht. Ich nahm an, dass wir an dieser Stelle den Tauchgang beendet hatten. Vor uns befand sich eine steile Treppe, die grob in den Stein gehauen war und in die Tiefe führte. Das Ende der Treppe konnten wir lediglich erahnen. Ich ließ meinen Blick schweifen. Wir mussten am oberen Ende einer gigantischen Kaverne innerhalb des Vulkans sein. Ich war mir nicht sicher, ob sie natürlichen Ursprungs oder von Baumeistern der Maya oder gar von Felsgeborenen geschaffen worden war. Vielleicht handelte es sich um eine ehemalige, an den Rändern ausgehärtete Gasblase, als der Vulkan noch aktiv war. Die den gesamten Raum überspannende Kuppel aus schwarzem Vulkangestein konnte man von unserer Stelle aus sehr gut erkennen. Erstaunlicherweise war es in der Kaverne recht hell. Das Licht erwies sich zwar mit dem Tageslicht der Sonnen von Kryson in seiner Färbung nicht vergleichbar, denn es hatte einen eigenartigen Schimmer und ließ insbesondere die roten Töne intensiver hervortreten als andere Farben. Das irritierte mich im ersten Moment.

›Woher kommt das Licht?‹ fragte ich laut.

›Das Licht wird von den Kristallen erzeugt‹, antwortete der Krieger, der sich offenbar von meiner Frage angesprochen fühlte. ›Kaltar und Jadnayver, wenn Ihr es genau wissen wollt. Wir haben die Edelsteine überall nach einer von den Kristallmeistern strikt vorgegebenen Anordnung verteilt, in Decke und Wände eingearbeitet. Richtig geschliffen und durch magische Energie verstärkt erzeugen sie gemeinsam ein Licht, das niemals erlischt. Es fördert das Wachstum von Pflanzen. Wir sind dadurch in der Lage, auf fruchtbarer Vulkanerde innerhalb unserer Stadt – von Wetter und Lichtverhältnissen unabhängig – Gemüse, Obst und andere Nutzpflanzen anzubauen.

Die Ernte ist in jeder Sonnenwende üppig und reicht aus, unser gesamtes Volk zu versorgen.‹

Das war weit mehr, als ich von den Maya erwartet hatte. Sie waren durch ihre Fähigkeit im Umgang mit Kristallen und Edelsteinen in der Lage, in der Dunkelheit einer Höhle zu überleben, ohne dass es ihnen an irgendetwas mangelte.

›Lasst uns aufbrechen‹, schlug der Krieger vor, ›bis ins Zentrum von Zehyr ist es noch ein gutes Stück des Weges. Der Abstieg über die Treppe ist nicht einfach. Wir befreien Euch von den Fesseln. Von hier aus könnt Ihr auf eigenen Beinen gehen.‹

Beinahe wäre ich dem Krieger in seiner Güte vor Dankbarkeit um den Hals gefallen, überlegte es mir jedoch rasch wieder anders, als das Blut nach dem Lösen der Fesseln unter großen Schmerzen in meine Füße und Hände zurückschoss. Der Krieger hatte nicht übertrieben. Tatsächlich gestaltete sich der Abstieg lang und stellte eine echte Herausforderung dar. Ein unbedachter Tritt, ein Stolpern und wir wären ohne Halt in die Tiefe gestürzt. Ein solcher Sturz vom oberen Ende der Treppe konnte nur tödlich enden. Die Treppe besaß nicht nur eine außerordentlich steile Neigung, sondern war mit unterschiedlich hohen, ungleichmäßig in das Vulkangestein gehauenen Stufen versehen, die für unsere vergleichsweise kurzen Beine nicht geschaffen waren. Jeder Tritt glich mehr einem Klettern und Springen als dem normalen Treppensteigen. Hinderlich und gefährlich war ein Moosbewuchs, der die Stufen rutschig machte und sich links und rechts des Weges an den zahlreichen steinernen Gebäuden fortsetzte. Die Häuser zogen sich terrassenförmig von Ebene zu Ebene bis weit hinab in das Zentrum von Zehyr. So hatte der erste Krieger der Maya ihre Stadt genannt. Jedes Gebäude besaß entweder einen mit Blumen, Obst, Gemüse und Sträuchern angelegten Garten vor der Tür oder wies, bei mehrstöckigen Wohnhäusern, einen reichlich bepflanzten, vorgelagerten Balkon auf. Ich zählte zweihundert Ebenen mit jeweils zwölf Stufen. Auf beiden Seiten kreuzten Quergänge die in die Tiefe führende Treppe, die als Verbindung zu den Gebäuden der einzelnen Ebenen dienten. Die Gänge waren mit Kristallen unterschiedlicher Färbung markiert, als ob sie eine unterschiedliche Bedeutung der Ebenen dadurch besonders hervorheben wollten. Offenbar wurde die Treppe trotz der schmalen Ausführung von den Maya häufig genutzt, was sich trotz der dichten Moosplatten an der Abnutzung der Kanten und den ausgetretenen Stufen erkennen ließ.

›Wie lautet Euer Name, Krieger?‹ wagte ich, den Anführer der Nno-bei-Maya-Krieger zu fragen.

›Wozu soll das gut sein, Lesvaraq?‹, brummte dieser unfreundlich zurück.

›Eine alte Angewohnheit. Ich möchte gerne die Namen derjenigen kennen, in deren Gesellschaft ich mich befinde. Vielleicht ist es ein Akt der Höflichkeit. Keine Sorge, Ihr habt von mir nichts zu befürchten, wenn Ihr mir Euren Namen nennt.‹

›Gahaad.‹

›Wie bitte?‹

›Gahaad, so werde ich gerufen‹, antwortete der Krieger.

›Das ist ein bedeutender Name. Er bedeutet *Stolz* in der Sprache der Altvorderen‹, merkte ich anerkennend an. ›Mein Gefährte heißt übrigens Kallahan, und mich dürft Ihr gerne mit Ulljan ansprechen.‹

›Ich weiß, wer Ihr seid‹, unterbrach mich Gahaad, ›und kenne auch die Bedeutung Eurer Namen. Kallahan ist der Tapfere und Ulljan der Mächtige. Ein beeindruckendes Gespann, was die Namen angeht.‹

›Erzählt mir etwas über Euch und die Maya, Gahaad‹, forderte ich unseren Begleiter auf, seine spitze Bemerkung überhörend.

›Da gibt es nichts zu erzählen. Wir sind die Nno-bei-Maya und ich bin ein Krieger meines Volkes.‹

›Ihr seid nicht sehr gesprächig‹, äußerte ich meinen Gedanken laut, ›ein Krieger mit einer besonderen Begabung, nehme ich an.‹

›Ich besitze die Gabe des Kriegers, wenn Ihr das meint. Ein seltenes Geschenk der Kojos an unser Volk.‹

›Was hat es mit der Gabe auf sich? Wollt Ihr mir das verraten?‹, hakte ich nach.

Meine Hartnäckigkeit war vielleicht meine größte Tugend.

›Nichts weiter. Sie ist einzigartig und hilft mir zu lernen, schneller als andere zu sein, und sie lehrt mich zu kämpfen, besser als andere. Die Gabe erhält der von den Kojos Auserwählte im Moment seiner Geburt. Mehr gibt es dazu nicht zu sagen.‹

Ich merkte an seinem Tonfall, dass aus dem Krieger keine weiteren Informationen herauszuholen waren.

Endlich waren wir auf der unteren Ebene angekommen und standen vor einem hohen eisernen Tor. Ein mächtiges Flügeltor, das dem Ansturm von Armeen standhalten konnte, wenn ein Feind jemals soweit vordringen sollte. Für mich ergab dieses Bollwerk von einem Tor keinerlei Sinn. Jedenfalls nicht an dieser Stelle. Dahinter befand sich ganz offensichtlich die Residenz der Königin der Nno-bei-Maya, die wie eine Heilige von ihrem Volk verehrt wurde.

Wir hatten unser Ziel erreicht und waren bis in das innerste Sanctum der Nno-bei-Maya gelangt. Nachdem Kallahan und ich die ins Eisen gegossenen Verzierungen in den Flügeln des Tores bewundert hatten, schwang das Portal plötzlich auf und gewährte uns Einlass. Ich hatte mit einem geräuschvollen Öffnen gerechnet. Doch die Flügel bewegten sich in entgegengesetzte Richtungen flüsterleise. Hinter dem Tor hatten weitere schwer gepanzerte und ebenso bewaffnete Krieger

Aufstellung bezogen und bildeten ein Spalier. Ein Willkommen, mit dem wir nicht gerechnet hatten. Durch diese Kriegergasse mussten wir gehen, wollten wir zur Königin gelangen. Mir war nicht wohl bei dem Gedanken, mitten durch die Krieger marschieren zu müssen, deren Schwerter über unseren Köpfen wie die Axt eines Henkers vor der Vollstreckung eines Todesurteils drohten. Was, wenn einem der Wächtersoldaten im falschen Moment die Kraft ausging und die überaus scharf wirkende Klinge unsere Schädel spalten würde. Aber diese Gedanken waren lediglich ein Anflug der ungewissen Angst vor dem Kommenden. War ich überrascht, dass wir von Saykara überhaupt empfangen wurden, so war ich noch viel mehr verwundert über den Empfang durch die Ehrenaufstellung ihrer Leibwache. Wollte uns die Königin etwa schmeicheln? Aber womöglich täuschte ich mich und dieses Schauspiel war keineswegs von wohlwollender Art. Sollte dies eine Falle sein, dann wären wir leichtsinnig mitten hineingelaufen.

Gahaad ging voran, dann folgte Kallahan und schließlich setzte ich mich in Bewegung, nachdem mir ein Maya auffordernd einen Finger in den Rücken gebohrt hatte. Gahaad führte uns durch das Spalier bis vor ein weiteres Tor, das mit seinen Runenverzierungen nicht weniger beeindruckend als das erste wirkte. Nach wenigen Augenblicken öffnete sich auch dieses Tor geräuschlos. Wir durchquerten den Torbogen und befanden uns plötzlich inmitten eines lichtdurchfluteten, hohen Raumes, der von moosbewachsenen Säulen umrahmt war, die sich bis zur weit entfernten Kuppeldecke zogen. Der Boden bestand aus glattem, blank poliertem Marmor, dessen strahlendes Weiß meine Augen blendete. An der Decke waren kunstvolle Gemälde zu bestaunen, die ich nie zuvor gesehen hatte. Abbildungen von fremdartigen Wesen, die geradezu wirklich schienen. Vielleicht brauchte es nur einen kleinen Anstoß und sie würden sich aus eigenem Antrieb bewegen.

Entgegen unserer Annahme führte uns Gahaad nicht mitten durch die Halle, an dessen Ende sich der Thron der Königin befand, sondern bog in den linken Säulengang ab und wies uns an, es ihm gleichzutun und ihm entlang der Wände zu folgen. Beim Durchschreiten des Tores hatte ich einen Blick auf die Königin erhaschen können. Doch sie war zu weit weg, um sie genauer betrachten zu können. Vielleicht ziemte es sich nicht, den direkten Weg zur Königin zu suchen und ihr frontal zu begegnen. Doch Gahaad klärte uns in spärlichen Worten über den wahren Grund seines Verhaltens auf.

›Das ist zur Sicherheit unserer Königin. Der direkte Weg zum Thron birgt viele Fallen, die sich jeden Tag willkürlich ändern. Niemand weiß, unter welcher Marmorplatte sich gerade eine tödliche Falle befindet. Es mag sein, dass die Veränderung einem Muster folgt. Wenn dem so sein sollte, habe ich es bis heute noch nicht herausgefunden. Es ist unmöglich, sich die einzelnen Standorte der Fallen zu merken. Am nächsten Tag befinden sie sich woanders und die ganze Mühe war umsonst.‹

Hinter jeder Säule befand sich ein Maya-Krieger. Sie standen regungslos da, als wären sie aus Stein. Lediglich der sich hebende und senkende Brustkorb zeigte mir, dass sie atmeten und lebten. Gewiss wäre es keine Schande gewesen, die Wachen mit Statuen zu verwechseln.

›Eine falsche Bewegung oder die bloße Andeutung einer Bedrohung gegenüber unserer Königin und sie erwachen alle zum Leben‹, lächelte Gahaad. ›Lasst es nicht darauf ankommen. Sie mögen Euch im Augenblick nicht schrecken, aber wehe wenn sie losgelassen, einen Attentäter zu bekämpfen. Sie sind kaum zu bändigen, nicht wahr, mein Freund?‹

Gahaad klopfte im Vorbeigehen einem der stocksteif stehenden Leibwächter auf die Schulter. Dieser wiederum zeigte sein Verstehen durch ein kurzes Nicken mit dem Kopf an. Offenbar war er mit den Worten des Anführers der Krieger voll und ganz einverstanden. Als wir die letzte Säule passiert hatten, bog Gahaad rechts ab und wir standen seitlich versetzt nur noch etwa einhundert Fuß entfernt neben dem Thron.

›Wartet‹, flüsterte Gahaad und hatte dabei die Hand gehoben, ›sie wird Euch auffordern, zu ihr zu kommen. Bei Eurem Leben, es schickt sich nicht, ohne ihre ausdrückliche Erlaubnis vor Saykara zu treten.‹

Ich war mir sicher, dass sie uns längst wahrgenommen hatte. Selbst wenn wir in unserem Wuchs kleiner waren als die meisten Maya, fielen wir doch auf. Vielleicht gerade deswegen. Aber sie machte keine Anstalten, uns ihre Aufmerksamkeit zu widmen oder ihren Kopf in unsere Richtung zu drehen. Das gab mir Gelegenheit, sie für eine Weile von der Seite zu betrachten. Saykara war eine wunderschöne Frau und eine höchst beeindruckende Erscheinung. Obwohl sie saß, war unschwer zu erkennen, dass sie groß, schlank und feingliedrig gebaut war. Sie besaß ein ebenmäßig geschnittenes, schmales Gesicht mit vollen Lippen, markanten Wangenknochen und einer makellosen Haut, die unter dem Licht der Kristalle einen leicht bronzenen Schimmer aufwies. Ihr in den Farben der Sonnen strahlendes Haar fiel in langen, wallenden Locken über Rücken- und Armlehnen des Throns, auf dem sie mit verschränkten Beinen saß. Ich hatte das Gefühl, als wäre sie von einem hellen Lichtschein umgeben, der aus ihrem Inneren selbst kam und von ihrem Kopf ausging. Eine magische Ursache konnte dieses Bild nicht haben.

›Siehst du, was ich sehe?‹, flüsterte ich Kallahan ins Ohr.

›Ich denke schon, wenn wir dasselbe meinen‹, antwortete Kallahan, der seinen Mund nicht mehr zugeklappt hatte, seit er die Königin der Maya erblickt hatte.

›Sie strahlt aus sich selbst heraus!‹, fuhr ich leise fort.

›Das ist der Kristallstaub in ihrem Haar‹, lachte Kallahan, der offensichtlich die schärferen Augen von uns beiden besaß.

›Ihre Haare sind voll davon und ihre Haut ist damit überzogen. Wahrscheinlich haben die Maya ihre Königin darin gebadet. Der Staub glitzert, funkelt und spiegelt das Licht wider. Der erste Blick täuscht. Jeder, der sie sieht, muss denken, sie leuchte und strahle wie die Sonnen von Kryson.‹

›Trotzdem beeindruckend‹, meinte ich und konnte eine leichte Enttäuschung über die allzu einfache Erklärung des Rätsels nicht verbergen.

›Das haben die meisten Täuschungen so an sich, Ulljan. Sie blenden deine Sinne, sollen dich verführen, dich zu einem erwarteten Verhalten bringen. Siehst du aber hinter die Fassade, erwartet dich Ernüchterung und der bittere Geschmack des Betruges.‹

›Na, so schrecklich wird es nicht sein‹, tadelte ich Kallahan, ›immerhin ist sie die Königin der Maya und täuscht uns nicht.‹

›Wir werden sehen, ob sie uns wohlgesinnt ist oder uns nur aus dem Weg schaffen will.‹

Endlich erhielten wir das erwartete Zeichen. Sie sah zu uns herüber und nickte. Zu meiner Überraschung hatte sich Saykara für unseren Empfang von ihrem Thron erhoben, nicht ohne dabei zuvor ihre langen Beine in einer geschmeidigen Bewegung entknotet zu haben, was mich bereits beim Zusehen schmerzte.

›Folgt mir‹, befahl Gahaad, ›und haltet gebührenden Abstand!‹

Wir gehorchten schweigend.

Das Kleid der Königin war umwerfend. Es reichte bis zum Boden und bedeckte ihre Füße, sodass diese nicht zu sehen waren. Ein von oben bis unten mit Edelsteinen besetztes Kleid, die ein irritierendes Funkeln in allen denkbaren Farben ausstrahlen. Der feine weiße Stoff darunter war als solches kaum wahrzunehmen. Bei näherem Hinsehen – sosehr mich die Erscheinung anfangs geblendet haben mochte – konnte ich Kallahans Wahrnehmung bestätigen. Tatsächlich waren in ihre Haare Tausende von winzig kleinen Kristallen eingearbeitet und ihre Haut war mit feinem Kristallstaub überzogen. Was für eine Arbeit! Sie musste über mehrere Horas stillgesessen haben, damit ihre Dienerinnen dieses Werk hatten vollbringen können.

›Ah, Gahaad. Mein erster Krieger‹, begrüßte Saykara unseren Begleiter, der sich vor seiner Königin mit gesenktem Haupt niedergekniet hatte und nicht wagte, in ihre rehbraunen Augen zu blicken. ›Du hast meine Gäste wohlbehalten zu mir geführt. Dafür bin ich dir dankbar.‹

›Ich danke Euch, meine Königin‹, antwortete Gahaad, ›wenn Ihr gestattet, bleibe ich in Eurer Nähe, während Ihr mit den Gästen sprecht.‹

›Das weiß ich zu schätzen, Gahaad. Denkst du, die beiden Männer könnten mir gefährlich werden?‹

›Nein, meine Königin. Ihr braucht Euch keine Sorgen zu machen.‹

›Gut, dann bleibe bei mir und schütze mein Leben, so gut du das vermagst‹, lächelte sie und zwinkerte ihm dabei mit einem Auge zu, obwohl er das feurige Spiel ihrer Augen, während er weiter auf den Boden starrte, überhaupt nicht sehen konnte.

Gahaad räumte den Platz vor dem Thron der Königin und trat an ihre Seite.

›Bitte!‹ Saykara sah mich an und deutete mit einer Handbewegung auf den zuvor von Gahaad freigegebenen Platz.

Wieder gehorchte ich und tat es Gahaad gleich. Die Missgunst der Königin durch eine Missachtung ihrer Regeln zu wecken, lag mir nicht im Sinne.

›Ulljan, der Mächtige und Kallahan, der Tapfere!‹, sagte sie mit honigsüßer Stimme. ›Welchem Umstand verdanke ich den Besuch des Lesvaraq der Dunkelheit und seines Gefährten.

Erlaubt mir diese Bemerkung, aber wenn ich Euch so ansehe, wirkt Ihr weit kleiner, als ich annahm. Kaum zu glauben, welch tadelloser Ruf an Taten und Fähigkeiten Eurem Besuch vorauseilt. Ihr werdet nicht umsonst der Mächtige genannt. Ich mache mir Sorgen, ob Ihr nicht gekommen seid, unseren Frieden zu stören. Das müsste ich unterbinden. Solange Ihr Euch aber an die Gesetze des Volkes der Nno-bei-Maya haltet, heiße ich Euch willkommen in unserer Stadt. Ich bin Saykara, die Königin der Maya. Zehyr bietet viel, was Euch gefallen wird und von Nutzen sein kann. Dennoch bin ich überrascht, dass Ihr Euren Besuch nicht vorher angekündigt habt und die Barriere, die wir zu unserem Schutz vor Angreifern und Eindringlingen wie Euch errichteten, ohne meine Erlaubnis durchbrochen habt. Mögt Ihr Euer ungebührliches Verhalten und ebenso das Eures Gefährten erklären?‹

Ich musste schlucken, war ich doch von ihrer Ausstrahlung geblendet und kaum in der Lage, einen klaren Gedanken zu fassen. Ihre Worte allerdings waren scharf wie ein Schwert und durchschnitten den Schleier, den ihr Anblick um meine Sinne gelegt hatte. Eines musste ich ihr lassen. Sie war die echte und unumstrittene Königin ihres Volkes, die eine ungeheure Macht und Selbstsicherheit ausstrahlte. Majestätisch und erhaben, durch und durch. Was blieb mir anderes übrig, als ihr aufrichtig zu antworten?

›Mein Gefährte und ich haben alle magischen Völker der Altvorderen aufgesucht. Ein Volk nach dem anderen. Mit dem Besuch Eures Volkes endet unsere lange Reise durch Ell. Wir waren bei den Naiki, den Tartyk und den Felsgeborenen. Sie alle empfingen uns mit offenen Armen. Weder die Naiki noch die Felsgeborenen und auch nicht die Drachenreiter verweigerten uns den Zutritt in ihre Städte und Siedlungen.‹

›Wir sind ein Volk des Lichts. Das Feuer und die Stärke sind unsere ständigen Begleiter. Ihr wisst, dass wir Pavijur näherstehen als Euch. Ruft er uns gegen Euch zum Kampfe, werden wir ihm folgen. Er hätte es niemals gewagt, unsere Souveränität infrage zu stellen. Euch jedoch mangelt es an Respekt, Ulljan‹, antwortete die Königin mit spitzer Zunge.

›O nein, da versteht Ihr meine Absichten falsch‹, versuchte ich ihren Vorwurf richtigzustellen. ›Es mag sein, dass die Maya das Licht der Dunkelheit vorziehen. Das ist für mich ohne Bedeutung. Ich bin Ulljan, Erzmagier und Lesvaraq. Ihr dürft Euch meinen Wünschen nicht verweigern, wollt Ihr das Wohl Eures Volkes nicht gefährden.‹

›Ihr droht mir? In meiner eigenen Stadt? Vor meinem Thron und den Augen meiner Krieger?‹ Missbilligend zog sie eine Augenbraue nach oben und runzelte die Stirn.

›Keineswegs. Ich bin mir sicher, dass wir uns einigen können‹, antwortete ich. ›Versteht mich nicht falsch. Für einen Lesvaraq ist eine Barriere, wie Ihr sie um die Insel habt errichten lassen, eine Herausforderung, die er annehmen und meistern muss. Ihr habt meinen Ehrgeiz und Kampfgeist geweckt, mich zu einem Kräftemessen herausgefordert.‹

›Habe ich das? Es war Eure Entscheidung, zu uns zu kommen. Ich hatte Euch nicht eingeladen. Pavijur ist ebenfalls ein Lesvaraq, wie Ihr es seid. Er hingegen wartet geduldig, bis wir ihn durchlassen und nach Zehyr bringen.‹

›Nicht wie ich!‹ Bei diesen Worten schlug ich ein ablehnendes Zeichen mit beiden Händen, als wollte ich einen unsichtbaren Gegner von mir wegschieben. ›Pavijur hat keinen Plan und er ist sanftmütig. Viel zu weich für einen Lesvaraq. Immerhin trägt er die Verantwortung für das, was er für die Aufrechterhaltung des Gleichgewichts tut.‹

›Weshalb seid Ihr gekommen, Ulljan? Wollt Ihr unsere Geheimnisse rauben? Was habt Ihr den anderen Völkern genommen?‹

›Alles und doch nichts, Eure Majestät!‹, sagte ich. ›Sie verfügen weiterhin über ihre Geheimnisse. Ich habe mir allerdings erlaubt, mir das geheime Wissen der Völker anzueignen.‹

›Von den Maya werdet Ihr nichts dergleichen erhalten.‹

›Ihr unterschätzt mich!‹ Ich musste ihr deutlich machen, dass ich nicht die Absicht hegte, mit leeren Händen auf das Festland zurückzukehren.

›Ich weiß sehr wohl, dass Ihr ein gefährlicher Mann seid. Aber wir stehen unter Pavijurs Schutz. Eine Störung des Gleichgewichts durch Euer Handeln wird er nicht zulassen. Und wir haben unsere eigenen Mittel, uns zur Wehr zu setzen.‹

›Schenkt mir die Gabe des Kriegers. Dann werde ich umkehren und die Maya nicht mehr behelligen‹, verlangte ich und gab ihnen ein Versprechen, das ich nicht halten wollte.

Kallahan sah mich mit großen Augen fragend an. Bei den anderen Völkern waren wir weniger direkt und mitunter heimlich vorgegangen, um in ihre Geheimnisse eingeweiht zu werden oder ihnen diese zu entwenden. Aber ich wusste, dass wir bei den Maya auf diesem Weg nicht weiterkommen würden. Sie würden uns nicht gewähren lassen. Ich musste sie unter Druck setzen. Zu meiner Überraschung lachte die Königin. Sie bog sich vor Lachen und hielt sich den Bauch, wie es sich für eine Königin gewiss nicht ziemte. Dann brach sie plötzlich ab, machte eine ausschweifende Geste mit den Armen und wandte sich an die umstehenden Maya.

›Habt ihr gehört, was Ulljan von uns verlangt?‹, sagte sie mit klarer und durchdringender Stimme. ›Die Gabe des Kriegers ist sein Begehr. Gahaad, willst du ihm die Gabe zeigen?‹

›Meine Königin‹, nickte Gahaad.

Der Krieger zog sein Schwert in einer Geschwindigkeit, die ich mit den Augen nicht verfolgen konnte. Schon im nächsten Moment stand er hinter mir. Die Blutklinge an meinem Hals fühlte sich eiskalt an.

›Das ist die Gabe des Kriegers‹, höhnte Saykara. ›Sie ist ein Geschenk der Kojos an unser Volk. In jeder Generation wird sie nur einem auserwählten Krieger zuteil. In diesen Tagen gehört sie Gahaad. Und nur ihm alleine. Sie ist an den Auserwählten gebunden. Wir können Euch die Gabe nicht überlassen, selbst wenn wir dazu bereit wären. Fragt die Kojos, ob sie Euch die Gabe ebenfalls schenken wollen.‹

Gahaad hatte die Klinge zu heftig an meinen Hals gedrückt. Aus einer kleinen Wunde tropfte Blut auf das Schwert, das dabei einen eigenartigen Laut von sich gab, der mich vor Schreck erstarren ließ. Die Schneide war scharf. Ich vermutete, sie konnte Luft zerschneiden. Das bot mir höchst interessante Einblicke in die Fähigkeiten der Maya. Aber sie hatten mich verletzt und in meiner Ehre gekränkt. Dafür würden sie büßen.«

»Die Luft zerschneiden?«, fragte Yilassa den Atramentor. »Was meint Ulljan damit? Wie soll ein Schwert Luft in Stücke teilen können? Ihr habt das ganz bestimmt falsch übersetzt, Pydhrab.«

»Nein, das habe ich nicht. Er meinte das im übertragenen Sinne. Das Schwert scheint so scharf, dass es selbst körperlose Gegenstände und Gase schneiden kann, die ihm keinen Widerstand bieten. Damit wäre er in der Lage, einen Spalt in der Welt zu öffnen, der es ihm ermöglicht, Zeit und Raum zu überwinden. Eine andere Dimension. Kaum vorstellbar, nicht wahr?«

»Und das lest Ihr aus den Worten Ulljans heraus?«

»Natürlich, mein Overlord. Ulljan war ein Meister der Verwirrung. Ihr dürft seine Worte niemals wörtlich nehmen.«

»Ich verstehe den Sinn trotzdem nicht«, grübelte Yilassa nachdenklich.

»Sollte Ulljan hinter das Geheimnis gekommen sein, wie sich Zeit und Raum beeinflussen lassen, hat er gewiss auch das

Rätsel um die Schöpfung Krysons gelöst. Er wäre in der Lage, Leben zu schaffen und Unsterblichkeit zu erlangen. Vielleicht stimmen die Legenden über seine Vernichtung durch die Saijkalrae nicht. Wer weiß? Er könnte überlebt haben und sein Geist wohnt in einem anderen Wesen, womöglich in den Brüdern selbst?«

»Das wäre …« Yilassa schluckte. »Und wie geht es in der Schriftrolle weiter?«

»Ich denke, es wäre besser, ich übersetze die Schriftrolle erst und erzähle Euch dann die Geschichte in meinen eigenen Worten. Ich habe die vergangenen Tage ununterbrochen gelesen. Die Schriftzeichen verschwimmen vor meinen Augen. Zudem ist es sehr anstrengend für mich, die Worte zu lesen, diese gleichzeitig zu übersetzen und sie sodann unmittelbar an Euch weiterzugeben. Das lässt mir an manch schwieriger Stelle keinen Spielraum für die richtigen Interpretationen«, überlegte Pydhrab laut.

»Wie Ihr meint«, antwortete Yilassa. »Ich gebe Euch einen weiteren Tag, dann habt Ihr die Schriftrolle in einer für mich verständlichen und heute geläufigen Sprache abgeschrieben.«

»Gewiss, mein Overlord!«, gab Pydhrab dem Drängen nach. »Ich werde mein Bestes geben.«

Daraufhin wandte sich Yilassa zum Gehen und ließ den Atramentor allein in der muffigen Kammer zurück.

Pydhrab rieb sich erneut die Augen. Gegen das Brennen half nichts mehr. Es hatte keinen Zweck, in diesem übermüdeten Zustand weiterzulesen, so ungeduldig er den Fortgang der Erzählung erfahren mochte. Er brauchte Schlaf. Sicher würde es genügen, wenn er sich in der Kammer einen Platz an der Wand aussuchte, um für zwei oder drei Horas die Augen schließen zu können. Er wollte die Kammer nicht verlassen und musste Zeit sparen. Ein Tag war knapp, um mit der Schriftrolle fertig zu werden. Ein dampfender Becher *Mor-*

*genruf* würde ihn rasch wieder wach werden lassen. Pydhrab besorgte sich aus einer Kammer in der Nähe zwei Ballen Stroh und einige Wolldecken. Es war kühl im Verlies. Nachdem das Lager zu seiner Zufriedenheit eingerichtet war, bettete sich Pydhrab zur Ruhe.

Er träumte von Ulljan und dessen Reisen durch Ell. Doch es war kein guter Traum. Pydhrab spürte eine Bedrohung, die sich wie ein Schatten über seine Gedanken legte. Doch er konnte sie weder sehen noch greifen noch besaß er etwas, was er ihr entgegenhalten konnte.

Schließlich schreckte er schweißgebadet und zitternd aus dem unruhigen Schlummer. Mehr als zwei Horas hatte er gewiss nicht geschlafen. Doch nach einem Becher Morgenruf fühlte er sich tatsächlich besser und machte sich wieder an die Arbeit.

Je weiter Pydhrab allerdings las, desto unruhiger wurde er. Ihm gefiel nicht, welches Geheimnis ihm die Worte in der Schriftrolle enthüllten – ganz und gar nicht. Seine Augen wurden größer und größer und seine Hände begannen zu zittern. Was hatten Ulljan und dessen Gefährte Kallahan angerichtet? Das Volk der Nno-bei-Maya war verdammt worden. Als er die Schriftrolle zu Ende gelesen hatte, fasste der Atramentor einen Entschluss. Niemand durfte erfahren, was sich auf Kartak nach der Begegnung mit der Königin der Maya zugetragen hatte.

Die Erkenntnis über ein furchtbares Unrecht stellte die Orden der Orna und der Bewahrer für den Schriftgelehrten infrage. Welche Berechtigung für ihre Existenz hatten die Orden auf einer solch niederträchtigen Grundlage? Hüteten sie am Ende seit Tausenden von Sonnenwenden nur das Erbe eines gemeinen Mörders? War Ulljan von einem boshaften Wesen der Dunkelheit beseelt? Die Gabe des Kriegers stand den Bewahrern nicht zu, so viel war sicher. Sie war ein Geschenk der Kojos. Ulljan allerdings wollte die Gabe ausschließlich für seine eigenen Zwecke einsetzen und war in seiner Gier nach der Mehrung seines Wissens und der Macht kaum zu bremsen gewesen. Was sollte der Atramentor mit diesem belastenden Wissen nun anfangen? Er zweifelte plötzlich an sich selbst, der er das Erbe stets aus innerer Überzeugung gehütet und gepflegt hatte. Wie würde er diese Aufgabe weiterhin guten Gewissens erfüllen können? Pydhrab erinnerte sich, schon einige Male vernommen zu haben, Lordmaster Madhrab besäße die Gabe. Dafür gab es gewichtige Anhaltspunkte, die nicht von der Hand zu weisen waren. Aber floss in den Adern des großen Bewahrers tatsächlich das Blut der Maya?

»Wie ist das möglich?«, fragte sich Pydhrab. »Wenn Ulljan die Maya der ewigen Verdammnis ausgesetzt hat, muss es außerhalb der Stadt Abkömmlinge ihres Volkes gegeben haben, die seinem Wirken entgangen sind. Als Ulljan den Altvorderen die Gabe entrissen hat, ahnte er nicht, dass diese für ihn nutzlos sein würde. Die Kojos sind eigen und lassen sich nicht täuschen, wenn es darum geht, jemandem ihre Gunst zu erweisen. Die Gabe des Kriegers hatten sie den Maya angedacht, und das konnte selbst ein Lesvaraq nicht ändern. Die Machtfülle des Erzmagiers hatte also ihre Grenzen. Interessant ...«

Doch Ulljan hatte den Maya mehr als nur die Gabe gewaltsam entrissen. Ein magisches Buch von unschätzbarem Wert war während des Beutezuges in die Hände des Lesvaraq gefallen.

Ein Buch der Macht, dessen Name – *Rucknawzor* – alleine schon gefährlich war. Wehe dem Magiebegabten, der diesen Namen aussprach oder für seine Zwecke missbrauchte. Später hatte Ulljan das Buch als sein eigenes Werk ausgegeben. Vielleicht hatte er es durch eigene Worte ergänzt, aber sicher war, dass es den Altvorderen zustand. Pydhrab wusste nun immerhin, wo er anfangen musste zu suchen, wollte er dieses einzigartige, aber verschollene Werk wiederfinden. Schon viele vor ihm hatten dieses Buch begehrt und ihre Finger danach ausgestreckt. Ohne Erfolg. Die Saijkalrae waren gescheitert, als sie versuchten, sich des Buches zu bemächtigen. Obwohl sie Ulljan gefoltert und während der Prozedur Leib und Seele ihres Meisters vernichteten. Angeblich, wie er während der Lektüre festgestellt hatte. Ulljan hatte das Buch längst vor ihrem Zugriff versteckt, ließ es von eigenartigen Wesen bewachen und gab den Standort selbst unter größten Qualen nicht preis. Dabei war es im Grunde ganz einfach. Obwohl es gewiss nicht leicht sein würde, die Wächter zu überwinden und deren Aufgaben zu lösen. In Ulljans übrigen Schriftrollen hatte es Hinweise gegeben. Den deutlichsten Wink hatte Pydhrab jedoch erst in diesem Reisebericht gefunden. Sollte sich die Prophezeiung über die sieben Streiter eines Tages bewahrheiten, dann war das Buch nicht mehr fern. Er wusste um ein wertvolles Geheimnis. Ein zugleich gefährliches Geheimnis, für das andere Wissbegierige skrupellos töten würden.

*»Ich werde die Schriftrolle und meine Aufzeichnungen verbrennen«*, dachte Pydhrab plötzlich bei sich, *»das scheint besser für uns alle. Der Bericht hätte niemals gefunden werden dürfen.«*

Zum ersten Mal in seinem Leben kämpfte Pydhrab gegen sich selbst und dachte tatsächlich – entgegen seiner inneren Überzeugung – über die Vernichtung eines bedeutenden Schriftstückes nach. Eine solch sträfliche Schandtat wäre ihm zuvor niemals in den Sinn gekommen. Immerhin war er ein Atramentor. Als solcher sah er sich für den Erhalt der Schriften und die Anhäufung von Wissen verantwortlich. Ihre mutwillige Zerstörung empfand er als Gräuel. Sein Gewissen aber verlangte von ihm, dass er die Schriftrolle sofort verbrennen musste. Niemand anderem durfte dieses Wissen in die Hände fallen.

Pydhrab wusste, dass Yilassa ein ungewöhnliches Interesse am Inhalt der Schriftrolle gezeigt hatte. Er hatte sich darüber gewundert. Konnte, nein, durfte er ihr vertrauen? Sie hatte sich verändert, seit sie die Nachfolge Boijakmars angetreten hatte. Nicht zum Besten, wie Pydhrab fand. Ihre Natürlichkeit, das Lachen und das einst offene, freundliche Wesen, das sie ihr Eigen nennen durfte und das ihr so manch offene Bewunderung eingebracht hatte, waren über Nacht verschwunden.

Nicht wenige unter den Ordensbrüdern hätten insgeheim Madhrab nach dessen Rückkehr aus der Grube auf dem Platz des hohen Vaters gesehen. Aber nach allem, was vorgefallen war, hatten sie nicht gewagt, den Bewahrer des Nordens um seine Entscheidung zu bitten. Andererseits war Yilassa nun schon seit einiger Zeit Overlord des Ordens. Sie hatte sich nichts zuschulden kommen lassen, hatte weise Urteile gefällt. Und so wurde ihr Anspruch auf den Platz des hohen Vaters nicht infrage gestellt. Nicht offen jedenfalls.

*»Nein, sie darf es nicht erfahren«*, entschied sich Pydhrab.

Aber die Pflichterfüllung und die Treue zu seinem Orden ließen ihn wieder und wieder in seiner Entscheidung wanken. Er kam sich wie ein Verräter vor, wenn er dem Orden das Wissen vorenthielt und es für seine eigenen Interessen verwenden sollte. Sein Herz raste und schmerzte bei dem Gedanken, die Schriftrolle jeden Augenblick anzuzünden und die Worte des Ordensgründers für immer auszulöschen. Und damit auch die letzte Erinnerung an ein großartiges Volk, die fortan nur in seinem Kopf weiterleben würde.

Dieses Schicksal des Vergessens hatten die Nno-bei-Maya nicht verdient. Niemand hatte das. Mit zitternder Hand hielt Pydhrab die Flamme einer Kerze an die Schriftrolle und beobachtete voller Entsetzen wie sich diese an einer Stelle vom Ruß erst schwarz färbte, an den Rändern zu glimmen begann und schließlich Feuer fing. Seine Aufzeichnungen hatte er vorsorglich in eine tönerne Schale gelegt. Als die Schriftrolle beinahe vollständig brannte, warf er diese auf seine Aufzeichnungen, die augenblicklich in Flammen aufgingen. Binnen weniger Sardas war die Arbeit der vergangenen Wochen bis auf ein schwelendes Aschehäufchen vernichtet.

Pydhrab seufzte. Rauch hatte die Kammer gefüllt und drang beißend in seinen Mund und die Nase. Der in seine Lungen dringende Rauch reizte ihn zum Husten. Die Klinge an seinem Hals spürte er erst im letzten Moment. Entsetzt riss er die Augen auf.

»Was ...?«, setzte er hustend zu einer Frage an.

Der Atramentor kam nicht mehr dazu, die Frage auszusprechen. Sie endete in einem röchelnden Gurgeln, als sich sein eigenes Blut über die Stimmbänder und in seine Lunge ergoss. Sein Mörder hatte rasch gehandelt und das überaus scharfe Messer mit einem kräftigen Ruck, einen tiefen Schnitt hinterlassend, durch seinen Hals gezogen. Pydhrab griff sich in einem Reflex Hilfe suchend mit beiden Händen an den Hals, als ob er seinen Kopf daran hindern wollte, nach hinten zu kippen und herabzufallen. Pulsierend sprudelte das Blut aus seinem Hals und verteilte sich über die Hände, auf seine Kleidung und bis weit in die Kammer hinein. Verzweifelt versuchte Pydhrab einen Zugang zu öffnen. Aber es war zu spät.

»Verdammter Narr!«, hörte Pydhrab die Stimme seines Mörders fluchen, die ihm seltsam vertraut vorkam. »Was habt Ihr Euch bloß dabei gedacht? All das Wissen habt Ihr zerstört. Nun könnt Ihr den Schatten davon berichten. Jedenfalls werdet Ihr Euren wahren Herren nicht mehr davon erzählen können, Saijkalsan Pydhrab. O ja, ich habe Euch durchschaut. Lange waren wir auf der Suche nach dem verräterischen Ordensbruder. Jetzt habe ich ihn endlich gefunden. Ihr wolltet Euch bei den Saijkalrae wichtigmachen. Habt Ihr im Orden nicht genug Anerkennung bekommen? Macht Euch deshalb keine Gedanken. Ich habe gesehen, was ihr geschrieben habt, und kann mich an jedes Eurer Worte erinnern, als ihr Ulljans Schriften freundlicherweise für Yilassa übersetzt habt. Das

Wissen wird also nicht verloren und Eure Arbeit nicht umsonst gewesen sein.«

Der Atramentor brachte zur Antwort erneut nur ein Gurgeln hervor. Sein Mörder hatte recht. Er wollte das Wissen über das Versteck mit den magischen Brüdern teilen. Sie hatten ihm viel dafür versprochen. Eine Erhöhung. Einen Platz an ihrer Seite in den heiligen Hallen. Er sollte ihnen angehören und dienen. Doch mit diesem Schlüssel für das magische Buch in seinem Kopf würden sie ihn brauchen und deshalb respektieren. Das Wissen war seine Sicherheit vor der Abhängigkeit und Sklaverei. Er wollte sich den Brüdern nicht restlos verschreiben.

Pydhrab fiel auf die Knie. Die Kammer drehte sich vor seinen Augen im Kreis. Schneller und schneller. Die Konturen der Gegenstände verschwammen zu Schatten, die näher krochen und nach ihm griffen. Ihm wurde schwarz vor Augen. Pydhrab rang ein letztes Mal erfolglos nach Atem und starb.

Der Mörder des Atramentors säuberte die bluttriefende Klinge an der Kleidung des Getöteten und spuckte voller Verachtung auf den Leichnam.

»Dein Wissen um das geheimnisvolle Verschwinden der Nno-bei-Maya gehört nun mir«, sagte das Gefäß leise und lachte dabei. »Eines Tages werde ich wieder leben und frei sein. Ungebunden von einem sterblichen Wesen werde ich mit der Macht des Buches selbst Unsterblichkeit erringen. Vergangenheit und Zukunft, die Herrschaft über die Zeit selbst werden mir gehören. Herr über Leben und Tod werde ich sein. Und du bist nichts als ein toter Saijkalsan.«

Im letzten noch lebenden Winkel seines Bewusstseins hörte Pydhrab eine knabenhelle, grausame Stimme voller Verachtung rufen:

»Versager!«

Nur wenig später holten die Schatten den Saijkalsan in ihr Reich.

# Drachenbrut

Eifersüchtig bewachte der Drache seine Brut. Wehe dem Unglücklichen, der seinen Nachkommen zu nahe kam. Solange sie unter seiner Obhut standen und den Schutz des Flugdrachen brauchten, durften sich lediglich Nalkaar und ein Rachure namens Zanmour in seine Höhle wagen.

Letzterer war seit der Ankunft des Drachen in Krawahta gut zu ihm gewesen. Er brachte Essen und gönnte ihm zwischendurch den ein oder anderen Leckerbissen, den er sich entweder von den eigenen Rationen absparte oder aus den Speisekammern der Rachuren stahl. Haffak Gas Vadar war ihm dankbar und nahm die Aufmerksamkeiten nur allzu gerne an. Eine Wohltat gegen das ansonsten öde Dahinvegetieren in der Dunkelheit der Brutstätten. Die Abwechslung tat ihm gut. Zanmour brachte ihm des Öfteren Fleisch der Klansklaven und -sklavinnen, die ihre Tortur in den Brutstätten nicht überlebt hatten, weil sie entweder vor Entkräftung gestorben oder nach einiger Zeit zu schwach und ausgezehrt waren, weitere Chimären für die Rachuren zu gebären. Hatten sie diesen Zustand erst erreicht, wurden sie von den Aufsehern getötet. Vielleicht war der schnelle Tod eine Gnade ... Doch unmöglich! Es gab kein Erbarmen und kein Entrinnen aus den Brutstätten.

Die Rachuren ließen nichts verkommen. Das Fleisch der Klan war nahrhaft und wertvoll. Selbst das der Ausgezehrten. Lediglich die Kranken entgingen diesem Schicksal. Die Rachuren fürchteten sich vor dem Gift der Verseuchten.

Zanmour bemühte sich, dem Drachen die besten und frischesten Stücke zukommen zu lassen. Das Fleisch schmeckte süß und war nicht so zäh wie die Abfälle, die sie ihm ansonsten zumuteten.

An manchen Tagen half Zanmour dem Drachen, redete mit ihm, machte ihm Mut, säuberte ihn und die Höhle von Schmutz, Abfällen und Exkrementen, versorgte seine Wunden und linderte die Schmerzen, die ihm seine Fesseln bereiteten. Haffak Gas Vadar ließ es geschehen.

Die Rachuren hatten den Drachen in ihre Brutstätten gebracht und ihn dort, tief unter der Hauptstadt Krawahta, in eiserne Ketten gelegt, die in den Höhlenwänden befestigt waren. Es gab kein Licht in der Höhle, in die sie ihn eingesperrt hatten. Rajuru persönlich hatte die Ketten magisch verstärkt, während Nalkaar ihn mit seinem Gesang ruhiggehalten hatte. Es war dem Drachen unmöglich, sich selbst zu befreien.

Dennoch, obwohl er die Ausweglosigkeit einer Flucht kannte, zerrte und zog Haffak Gas Vadar in seiner Wut über die Gefangenschaft immer wieder aufs Neue an den Ketten, bis er entweder zu erschöpft war, um sich weiterhin dagegen aufzubäumen, oder schließlich selbst verletzte. Zanmour ertrug das Toben des Drachen kaum. Oft hatte er Tränen in den Augen, wenn er sich unbeobachtet wähnte. Haffak Gas Vadar tat ihm leid. Ein solch edles und einzigartiges Geschöpf hatte solch eine schändliche Behandlung nicht verdient. Das war kein Leben für ein magisches Wesen, das die Freiheit gewohnt war. Der Drache vegetierte, bar jeden Tageslichts oder frischer Luft, in der Dunkelheit der Brutstätten. Mitleid durfte der Drache in der Gefangenschaft nur selten erfahren, wenn überhaupt, dann von Zanmour. Der Aufseher war anders als die übrigen Rachuren und er war furchtlos. Haffak Gas Vadar gestattete ihm die Nähe, die er für seine ihm zugewiesene Aufgabe benötigte.

Obwohl Zanmour mehr als die Hälfte seines Lebens als Aufseher in den Brutstätten verbracht und sich – bevor die Pflege des Flugdrachen zu seiner Pflicht und zugleich Leidenschaft geworden war – um die zur Zucht eingesetzten Klansklaven gekümmert hatte, gehörte er zu jenen seltenen Wärtern, die ihre zwölfschwänzige, an den Enden mit messerscharfen Stahlsplittern besetzte Peitsche nicht einsetzten. Sie hatten zwar strikte Anweisung, hart durchzugreifen und keine Schwäche oder gar Widerstand unter den Sklaven zu dulden. Aber Zanmour regelte den Umgang auf seine ganz eigene Weise. Gewaltfrei. Ungleich den meisten anderen Aufsehern setzte er auf Verständnis und Belohnung, und er kam sehr gut damit zurecht. Niemand schalt den groß gewachsenen, starken Rachuren dafür, solange der Erfolg nicht ausblieb. Die anderen Rachuren respektierten und fürchteten ihn. Trotz seines sanften und freundlichen Gemüts setzte er sich für seine Ideale ein. Wenn es sein musste, unbarmherzig gegenüber Seinesgleichen. Vielleicht konnte er eines Tages in den Rang eines Zuchtmeisters aufsteigen. Das würde Glück für den Drachen bedeuten, sofern es denn in den Brutstätten überhaupt so etwas wie Glück gab.

Nalkaar hingegen war der Herr des Drachen. Er war der Einzige, dem er ohne wenn und aber folgen musste und der ihn mit seinem magischen Gesang beruhigen konnte. Haffak Gas Vadar hatte keine Wahl. Die Stimme Nalkaars war wie ein Zwang, den er der gestohlenen Seele seines ehemaligen Herrn schuldete. Der Todsänger hatte einen Gesang für den Drachen entwickelt, mit dessen Hilfe er es vermochte, ihn in einen tiefen Schlummer zu versetzen. Haffak Gas Vadar liebte diese Musik, wenngleich sie ihn tief schmerzte. Es war eine wunderschöne Komposition, die ihn in einen Traumzustand versetzte, der ihm ein Leben in Freiheit und Würde unter seinesgleichen vorgaukelte.

Einst hatte ihm der Todsänger die Seele genommen und damit das Leben, das ihn mit dem Yasek der Drachenreiter über viele Sonnenwenden verbunden hatte. Aber das war lange her. Haffak Gas Vadar konnte sich kaum noch an Calicalar, an Gafassa und die Drachentürme erinnern.

Die Gedanken der riesigen Echse waren düster, von Hass und Boshaftigkeit durchdrungen. Erinnerungen an die Vergangenheit, das Licht und die Tartyk fanden darin keinen Platz mehr. Und doch gab es etwas tief in seinem Inneren, das ihn durchhalten ließ. Ein Gefühl nur, unterbewusst, das ihm einen winzigen Schimmer Hoffnung verhieß. Ein Name, der im Laufe der Zeit wie alles andere beinahe in Vergessenheit geraten war.

*»Sapius!«*

Haffak Gas Vadar war nicht in der Lage, das vage Gefühl zu ergründen. Es schien ihm weit entfernt zu sein, in keiner Weise greifbar. Außerdem spürte er die Nähe anderer Tartyk, doch er war sich nicht sicher, ob ihn seine Sinne täuschten. Vielleicht befanden sich Tartyk als Sklaven in den Brutstätten. Es bestand immerhin die Möglichkeit, dass nicht alle Tartyk bei Nalkaars Überfall ihre Seele verloren hatten, wohl aber gefangen genommen worden waren. Sein brodelnder Zorn machte es ihm schwer, einen klaren Gedanken zu fassen. Entweder tobte der Drache in dem Versuch, seine Ketten zu sprengen, oder er wachte beinahe zu aufmerksam über seine Brut.

In den Zeiten, in denen er Hunderte von Eiern und junge Drachen hütete, aß und schlief Haffak Gas Vadar nur wenig. Stets hielt er ein Auge offen. Der Flugdrache war außer sich, fauchte, brüllte und spuckte Feuer. Die Brutzeit kostete ihn Kraft. Die Rachuren verlangten viel von ihm, gönnten ihm selten Ruhepausen und brachten ihm immer mehr und mehr Eier. Er wusste nicht, wie viele Chimären er bereits großgezogen hatte. Drachenkinder. Es mussten unzählige gewesen sein.

Bekam der Drache einen anderen Wärter als Zanmour zu fassen, tötete er diesen auf der Stelle. In den vergangenen fünfundzwanzig Sonnenwenden, in denen er seine dämonische Nachkommenschaft ausgebrütet und aufgezogen hatte, war dies in regelmäßigen Abständen geschehen. Ein herber Verlust und hoher Preis für die Rachuren, deren Zahl im Vergleich zu den von ihnen gezüchteten Chimären deutlich geringer war. Doch mit jeder Sonnenwende in den Brutstätten hatte sich der Hass des Drachen vergrößert und sein Zustand verschlechtert.

Der Verlust zweier weiterer Aufseher trieb Ayomaar Sorgenfalten auf die Stirn. Rajuru hatte einer Gruppe Rachuren den Auftrag erteilt, nach der Brut zu sehen. Dabei waren die zwei Unglückseligen dem Drachen zu nahe gekommen und zuerst geröstet und dann in Stücke gerissen worden. Schweren Schrittes trat der Leibwächter vor die Gemächer der Königin, hob zögernd die Hand und klopfte.

»Herein«, rief Rajuru.

Ayomaar öffnete die Tür und trat ein. Die Königin war schön und sie sah jung aus. Ein Zeichen dafür, dass sie sich erneut von den Seelen der Sklaven genährt hatte. Der Krieger wusste, Rajuru konnte trotz der Warnungen des Todsängers nicht mehr davon lassen. Sie war süchtig. Je mehr Seelen sie sich einverleibte, um ihren Zustand von Jugend und Schönheit aufrechtzuerhalten, desto schwieriger wurde es, ihre Opfer zu kontrollieren. Rajuru war oft müde und gereizt. Sie merkte sehr wohl, welchen Nachteil die Seelenkur für sie hatte. Aber es war ohne Zweifel eine Sucht, und sie brauchte in immer kürzer werdenden Abständen mehr von ihrem Rauschmittel, um ihren Zustand aufrechtzuerhalten. Inzwischen befanden sich dauernd einige Todsänger in ihrer Nähe, die für Rajuru um die Seelen der Sklaven singen mussten, die sie in ihrer Kammer in eisernen Käfigen hielt.

Ayomaar grüßte und verbeugte sich vor seiner Gebieterin. Ihr gebührte sein ganzer Respekt, gleichgültig welche Schwäche sie zeigte. Ihre Macht war noch immer ungebrochen. Neben der Königin stand Onamaar, der zweite Leibwächter

Rajurus. Das konnte nur bedeuten, dass sie gemeinsam intensiv Pläne für die Eroberung der Klanlande schmiedeten. Er ärgerte sich kurz darüber, hätte er doch daran teilhaben müssen. Dennoch ließ er sich nichts anmerken. Onamaar würde ihm gewiss später davon berichten. Nicht mehr lange und der Krieg würde erneut mit voller Wucht beginnen. Er würde gewiss genug Gelegenheit erhalten, sein strategisches Geschick vor Rajuru zu beweisen. Dieses Mal durften sie sich keine Fehler erlauben.

»Ihr seht hinreißend aus, meine Gebieterin«, schmeichelte Ayomaar, der genau wusste, wie sehr die Königin der Rachuren Komplimente schätzte.

»Danke! Ich fühle mich auch großartig«, antwortete sie mit einem Lächeln. »Frisch und gesund wie eine junge Maid. Ich könnte Bäume ausreißen und reihenweise Liebhaber verschlingen.«

»Das freut mich«, gab Ayomaar zurück. »Doch leider muss ich Eure gute Laune ein wenig trüben. Der Drache …«

»Schon wieder? Was ist mit dieser abscheulichen Kreatur?«, keifte Rajuru und verzog dabei ihr Gesicht zu einer schmerzlichen Grimasse.

»Er lässt uns nicht an seine Brut heran. Hemaar und Vogmaar fielen der Raserei der Bestie zum Opfer.«

Rajuru schwieg und starrte ihren Leibwächter entgeistert an. Es war unübersehbar, dass in ihr eine Wut brodelte, die jeden Moment mit Wucht ausbrechen konnte. Sie konnte wie ein Vulkan sein. Eine Ader schwoll an ihrer Schläfe und pochte deutlich sichtbar im Rhythmus ihres beschleunigten Herzschlages.

»Wo ist dieser aufsässige Aufseher, der sich um den Drachen kümmern sollte? Wie war noch gleich sein Name …?«, fragte Rajuru mit mühsam gebändigtem Zorn.

»Zanmour, Herrin«, half Ayomaar nach.

»Genau, den meine ich. Wo versteckt er sich?«

»Er ist in den Brutstätten und kümmert sich um die Hybride.«

»Hybride? Lasst mich bloß mit diesen Missgeburten in Ruhe. Und Nalkaar? Hatte ich nicht ausdrücklich angeordnet, der erste Todsänger solle den Drachen in Zaum halten?«

»Sehr wohl, meine Gebieterin«, antwortete Ayomaar. »Nalkaar ist in seinen Gemächern und pflegt seine Stimme.«

Rajuru stampfte wütend mit dem Fuß auf und strich sich energisch eine Haarlocke aus dem Gesicht.

»Dieser elende …«, Rajuru verschluckte die letzte Bemerkung. »Onamaar, Ayomaar! Führt mich zu Nalkaar, sofort! Er soll mich kennenlernen. Offenbar habe ich ihn in letzter Zeit vernachlässigt und allzu sehr gewähren lassen. Der Todsänger braucht meine führende Hand. Nalkaar glaubt wohl, er könnte seine Pflichten mir gegenüber vernachlässigen und ungeschoren seiner Passion nachgehen. Ich will ihn gerne persönlich an seine Abhängigkeit erinnern.«

Ohne auf ihre Leibwächter zu warten, schritt Rajuru voraus, öffnete krachend die Tür ihrer Kammer und eilte durch die Flure ihres eigenen Palastes. Der siedende Zorn in Rajurus Bauch trieb sie voran, sodass ihre Leibwächter Mühe hatten, Schritt zu halten. Dennoch hielt sie sich zurück, obwohl ihr diese Art von Selbstbeherrschung fremd war. Aber sie wusste, ein übermäßiger Gefühlsausbruch würde ihr schaden und sie augenblicklich erneut altern lassen. Schlimm genug war es für die Herrscherin, dass die innere Aufregung rasch Wirkung zeigte und Rajuru noch auf dem Weg zu Nalkaars Gemächern sichtlich altern ließ.

Vor Nalkaars Kammer angekommen, hielt es die Gebieterin der Rachuren nicht für nötig, anzuklopfen. Ungeduldig wartete sie vor der Tür, bis Ayomaar und Onamaar erschöpft und schwer atmend hinzugekommen waren.

»Aufmachen!«, befahl Rajuru. »Sollte Nalkaar abgeschlossen haben, dann schlagt die Tür ein.«

Ayomaar gehorchte. Schwungvoll riss er die Tür zur Kammer auf und ließ Rajuru den Vortritt.

Nalkaar wirkte überrascht ob des unangekündigten Besuches. Er hatte Rajuru seit seiner Rückkehr aus Gafassa nicht oft zu Gesicht bekommen. Ihre Besuche verhießen gewöhnlich nichts Gutes.

»Nalkaar!«, Rajurus Stimme klang schrill. »Was treibt Ihr in Eurer Kammer, Ihr elender Nichtsnutz? Ich sollte Euch in die Flammen der Pein zurückschicken!«

»Beruhigt Euch, meine Gebieterin«, erwiderte Nalkaar betont gleichmütig, »die Aufregung ist nicht gut für Euch. Sie schadet Eurer Haut. Ihr bekommt Falten und Flecken davon. Würdet Ihr mir verraten, was ich getan habe, das Euch dermaßen aus der Fassung bringt?«

»Euer Drache, Nalkaar.«

»Euer Drache, Herrin«, korrigierte Nalkaar keck, »ich habe den Drachen in Eurem Auftrag nach Krawahta gebracht. Ein erfolgreiches Unterfangen und eine Meisterleistung, für die ich bis heute keine Anerkennung oder Euren Dank erhielt, wenn ich mir diese Bemerkung erlauben darf.«

»Das dürft Ihr nicht!«, schrie Rajuru außer sich, während sie mit dem Fuß aufstampfte. »Außerdem ist es *Euer* Drache, und für diese Bestie habt Ihr gewiss keine Belohnung verdient. Ihr gebt zwar vor, dass Ihr ihn mir schenken wolltet, aber insgeheim wisst Ihr sehr wohl, dass er nur Euch und niemand anderem gehorcht. *Ihr* besitzt seine Seele und beherrscht ihn. Streitet diesen Umstand nicht ab, Nalkaar, oder wollt Ihr mich etwa für dumm verkaufen?«

»Nichts läge mir ferner, Gebieterin«, meinte Nalkaar unterwürfig und deutete eine leichte Verbeugung an. Es wäre lebensgefährlich gewesen, etwas anderes zu behaupten.

»Gut. Dann werdet Ihr gewiss nichts dagegen haben, den Drachen augenblicklich aufzusuchen und zu beruhigen.«

»Was ist geschehen?«, erkundigte sich Nalkaar.

»Das wisst Ihr sehr genau. Der Drache lässt niemanden an seine Brut heran und hat erneut zwei Aufseher getötet. Die Vorfälle häufen sich. Wie viele Rachuren mussten inzwischen ihr Leben lassen, weil Ihr Eure Pflichten vernachlässigt?«

»Es waren über fünfhundert, meine Gebieterin«, warf Ayomaar ein.

»Da seht Ihr es, Nalkaar«, fuhr Rajuru fort, »das ist Eure Schuld. Unser Nachwuchs an Rachuren ist rar gesät, doch Chimären gibt es viele. Außerdem sind wir in der Lage, unzählige davon zu züchten; nicht jedoch unser eigen Fleisch und Blut. Solltet Ihr den Drachen nicht in Zaum halten, werde ich Euch dafür zur Rechenschaft ziehen. Ich will Ergebnisse sehen. Solange der Drache seinen Nachwuchs bewacht, entzieht er uns die Chimären, um eine neue Armee aufzubauen.«

»Ihr wisst, wie schwer es war, einen geeigneten Weg für die Zucht der Drachenchimären zu finden. Wir haben lange gebraucht. Ohne ihn geht es nicht. Die Brut müsste sterben, wenn sich der Drache nicht aufopfernd um sie kümmern würde«, antwortete Nalkaar und setzte eine beleidigte Miene auf.

Tatsächlich hatten die Rachuren unter Nalkaars wachsamen Augen über einige Sonnenwenden hinweg erfolglos versucht, die Drachenchimären zu züchten. Es war zum Verzweifeln. Weder Klan noch Rachuren waren in der Lage, den Samen des Drachen zu empfangen und seine Frucht auszutragen. Aus diesem Grund schufen sie Hybride. Fruchtbare Hybride aus Klan, Rachuren und schließlich Drachen, die ein Drachenei austragen und gebären konnten, ohne nach der Geburt zu sterben. Eine weitere Schwierigkeit in der Aufzucht der Drachenchimären war der Umstand, dass die Eier abstarben, schließlich verfaulten und die wenigen, frisch geschlüpften Chimären nicht überlebensfähig waren, wenn sie sich nicht in der Nähe des Flugdrachen und dessen Drachenfeuer befanden. Die Rachuren hatten noch keine andere Lösung gefunden und so mussten sie Haffak Gas Vadar die Eier und die jungen Chimären wohl oder übel überlassen.

»Schon gut. Ihr habt mich überredet und könnt Euch wieder beruhigen«, lenkte Nalkaar schließlich ein. »Ich werde den Drachen aufsuchen. Vielleicht gibt er einige seiner Kinder für uns frei.«

»Das will ich für Euch hoffen, Nalkaar«, maulte Rajuru. »Weigert er sich und erweist sich weiterhin als nutzlos, mache ich dem Trauerspiel ein Ende. Dann dürft Ihr Euch auf einen sehr langen und qualvollen Aufenthalt in den Flammen der Pein vorbereiten.«

»Gebieterin! Haltet Ihr das angesichts meiner Bemühungen für gerecht?«, gab Nalkaar zu bedenken.

»Erwartet Ihr von Eurer Herrscherin Gerechtigkeit? Ihr wart sicher nie der klügste Kopf unter meinen Dienern, aber für naiv hätte ich Euch nicht gehalten. Was ist schon gerecht auf Kryson?«, zuckte Rajuru gleichgültig mit den Schultern. »Ihr wärt ein Versager, Nalkaar. Ich dulde jedoch kein Versagen unter meinen Getreuen. Das wusstet Ihr bereits, als ich Euch zu meinem Schüler machte.«

»Sehr wohl«, antwortete Nalkaar grimmig.

Natürlich kannte er Rajurus Unnachgiebigkeit. Sie konnte kalt sein. Ihre Bestrafungen für Ungehorsam und Verrat waren unter den Rachuren berüchtigt und gefürchtet. Er hatte sie sogar am eigenen Leib zu spüren bekommen. Selbst bei kleinsten Verfehlungen und Nichtigkeiten kam die Peitsche der Wärter zum Einsatz. Zwanzig Schläge waren das Mindeste, was die Herrscherin verhängte. Für einen Klan konnten schon weniger als zehn Hiebe tödlich sein. Ihm hingegen schadete die Peitsche nicht. Sie juckte ihn nicht einmal. Nalkaar jedoch fürchtete die Flammen der Pein. Mehr als alles andere. Die Drohung, ihn erneut dorthin zu verbannen und der endlosen Qual zu überlassen, schreckte ihn und machte ihn immer wieder gefügig, ließ ihn ihre Demütigungen ertragen und ihre Anweisungen befolgen. Rajuru hingegen nutzte jede Gelegenheit aus, ihn daran zu erinnern. Zweimal schon hatte er die Qualen durchleiden müssen, was er ihrem unheiligen Bund mit den Schatten zu verdanken hatte. Eine schrecklichere und schmerzhaftere Bestrafung gab es nicht.

*»Ich hasse sie!«*, dachte Nalkaar bei sich. *»Nur Geduld, eines Tages werde ich meine Genugtuung erhalten. Ich habe Zeit, unendlich viel Zeit.«*

Der Weg zu den Brutstätten war lang und beschwerlich. Unzählige Treppen, nicht enden wollende Leitern und schmale, sich weitverzweigende Gänge führten aus dem Zentrum der unterirdischen Stadt in die Tiefe. Nalkaar ärgerte sich. Rajuru hatte ihn aus seinen Übungen herausgerissen, nur damit er sich um den Drachen kümmerte. Der Todsänger mochte die Brutstätten nicht. Es stank erbärmlich. Nalkaar rümpfte die Nase.

*»Ekelhaft«*, dachte er. Selbst die von der Oberfläche bis weit in die Tiefe reichenden, von Chimären bewachten Lüftungsschächte halfen nicht, den Gestank zu vertreiben. Wenigstens musste niemand in der Tiefe ersticken. Dennoch fühlte sich die Luft an, als ließe sie sich in Stücke schneiden. Die Geräuschkulisse war kaum besser. Sein Weg wurde begleitet von Schmerzensschreien und Stöhnen, wenn er durch einen Gang mit Brutzellen kam. Hinzu kam – je tiefer Nalkaar gelangte – eine sich steigernde feuchte Wärme, die selbst ihm die Kleidung innerhalb weniger Augenblicke durchnässte und unangenehm an die Haut drückte. Hin und wieder begegnete er auf seinem Weg Wächtern, die gut an ihren Peitschen zu

erkennen waren. Sie kannten Nalkaar, grüßten ihn respektvoll und machten Platz, damit er die engen Stellen ungehindert passieren konnte.

»*Pack*«, ging es Nalkaar durch den Kopf, »*widerlich, vulgär und gewalttätig. Wie halten sie es nur ein Leben lang hier unten aus?*«

Die Zuchtmeister mochte er noch weniger. Sie waren Rachuren, verbrachten den Großteil ihres Lebens in den Brutstätten, hatten dort ihre Kammern und kümmerten sich um die zur Zucht auserwählten Geschöpfe genauso wie um die Brut selbst und die Hybriden. Die Zuchtauswahl war ihre erste Aufgabe und sie erfüllten diese mit einer Hingabe, die den Todsänger überraschte. Sie liebten das Züchten und setzten ihren eigenen Samen nur allzu gerne in Versuchen ein. Für die Zucht brauchten sie ein gehöriges Maß an Erfahrung und ein gutes Auge. Fehler und Fehleinschätzungen rächten sich bald in katastrophalen Ergebnissen. Die nicht lebensfähigen Exemplare waren schnell entsorgt. Sie wurden meist zerkleinert an den Chimärennachwuchs verfüttert.

»*Bei den Kojos, hier unten gibt es wahrlich genug Monstrositäten, die selbst den Schatten gefährlich werden könnten und jeder Magie trotzen. Haffaks Brut ist harmlos dagegen. Hoffentlich gelingt es ihnen nicht, sich eines Tages zu befreien*«, schoss Nalkaar ein erschreckender Gedanke durch den Kopf.

Nalkaar kannte die meisten der Zuchtmeister, hielt sie jedoch nicht für sonderlich klug. Zumindest würde dies die teils grotesken Kreaturen erklären, die sie hin und wieder hervorbrachten. Eines musste er ihnen allerdings zugestehen: Sie schreckten vor nichts zurück. Kein Versuch war ihnen zu schade, selbst wenn das fatale Ergebnis für jeden vernünftigen Betrachter vorhersehbar war. Beinahe hätte man sie als kreativ ansehen können. Oder doch naiv?

Manche unter den Zuchtmeistern – so ungern er sich dies

eingestehen mochte – bezeichnete Nalkaar sogar als geschickt in ihrem Handeln. Aber vielleicht war ihnen nur das Glück hold. Der Todsänger weigerte sich dennoch, ihnen auch nur einen Funken Verstand zuzutrauen. Aber das war nicht entscheidend, ihre Zuchtergebnisse brachten – solange sie sich an die Regeln der Zucht hielten – nützliche Chimären hervor, die sich für die Arbeit und Kriegszwecke einsetzen ließen. Nur dies zählte in den Augen der Herrscherin am Ende für den Erfolg.

Nalkaar konnte die Bestie hören und riechen, obwohl er sich noch einige Treppen entfernt befand, bis er die Höhle des Drachen erreichte. Er hörte ihn brüllen und zischen. Roch Drachenfeuer und verbranntes Fleisch. Der Todsänger spürte die Feindseligkeit und den Hass des Drachen in seinen Gedanken.

»*Wahrlich, mit dir Tisch und Bett zu teilen, wäre gewiss keine Freude*«, ging es dem Todsänger durch den Kopf.

In sicherem Abstand vor der Höhle des Drachen traf Nalkaar auf eine Gruppe von Aufsehern, die sich in hellem Aufruhr befanden und heftig miteinander stritten. Offensichtlich waren sie sich nicht darüber einig, was sie unternehmen sollten und, vor allen Dingen, wer sich als Nächster in die Nähe des Drachen wagen und das Leben riskieren sollte. Sie hielten sofort mit ihrem Geschrei inne, als Nalkaar, ohne sie eines Blickes zu würdigen, geradewegs zur Höhle des Drachen an ihnen vorbeischwebte. Der Höhleneingang war schmal. Lediglich die Drachenchimären oder ein Wärter passten durch die Öffnung. Nachdem sie Haffak Gas Vadar in die geräumige Höhle verfrachtet und angekettet hatten, war der Eingang von den Rachuren zugemauert worden. Eine weitere Maßnahme, die dem Drachen die Flucht unmöglich machen sollte, obwohl Nalkaar seine Zweifel hatte, ob die Mauern halten würden, wenn es dem Drachen erst gelänge, sich von den magischen Ketten zu befreien.

Vorsichtig lugte Nalkaar durch den Eingang. Die Höhle war mithilfe einiger Öllampen schwach beleuchtet. Immerhin reichte das Licht für den Todsänger aus, um erkennen zu können, was er sehen wollte. Der Drache war in keinem guten Zustand. Seine einst schwarz glänzenden Schuppen waren stumpf und mit einem grauen Schimmer überzogen. Die Augen sahen matt und müde aus, und den an der Seite herausstehenden Knochen nach zu urteilen, wirkte der ehemals kräftige Körper des Drachen eingefallen und abgemagert. Die Brutpflege und während dieser Zeit ständig erhöhte Wachsamkeit forderten Kraft. Nalkaar war überrascht, wie viele Drachenchimären sich im Schutz des Flugdrachen wie Parasiten an dessen Körper drängten und von dessen Wärme und Schuppen zehrten. Einige von ihnen waren gewiss erst vor wenigen Horas aus ihren Eiern geschlüpft. Sie waren kaum länger als Nalkaars Arm und sahen aus wie kleine geflügelte, schwarz glänzende Schlangen. Ihr Gezeter war allerdings ohrenbetäubend und sie besaßen messerscharfe, kleine Zähne. Andere Drachenchimären hingegen dürften nach Nalkaars Einschätzung einen Rachuren an Körpergröße leicht überragen. Sie mussten ausgewachsene Exemplare sein. Es wurde Zeit, dass Haffak Gas Vadar diese für die Ausbildung und den Kampf freigab.

»Haffak Gas Vadar«, nahm Nalkaar im Geist Kontakt mit dem Drachen auf.

»Was wollt Ihr, Geist eines Toten?«, erhielt er die unfreundliche Antwort zurück. »Könnt Ihr meine Kinder und mich nicht in Ruhe lassen?«

»Ihr wart ungezogen und habt erneut Aufseher getötet.«

»Natürlich! Sie wollten meine Brut stehlen und kamen mir dabei zu nahe. Was erwartet Ihr, Nalkaar? Ihr raubt mir die Seele, setzt mich gefangen und lasst mich in den Brutstätten langsam verwesen, statt mir wie meinen Brüdern und Schwestern die verdiente Ruhe und eine Rückkehr in meine Heimat zu gönnen. Ich muss Euch gehorchen, so will es Eure Macht. Aber denkt nicht, dass ich mich dafür als dankbar erweise! Ihr habt aus mir ein Wesen voller Boshaftigkeit gemacht.«

»Die Aufseher sind mir gleichgültig. Von mir aus könntet Ihr sie alle auffressen. Ich würde gewiss keinen von ihnen vermissen. Rajuru hätte allerdings etwas dagegen. Die Herrscherin wird ungeduldig. Und Ihr seid wertlos für uns, wenn Ihr die Brut nicht freigebt«, antwortete Nalkaar, »das ist Teil Eurer Aufgabe und der Grund, warum ich Euch geholt habe.«

»Sie sterben, wenn ich mich nicht um sie kümmere«, meinte Haffak Gas Vadar, »so hässlich und mickrig sie auch sein mögen. Eines Drachen nicht würdig. Dennoch, sie sind das Einzige, was mir geblieben ist. Das Einzige, was Ihr mir gelassen habt und mich an meine Familie erinnert.«

»Die Größeren unter ihnen werden ohne Euch zurechtkommen«, beschwichtigte Nalkaar. »Gib sie frei, damit wir die Chimären ihrer Bestimmung zuführen können.«

»Bestimmung?«, höhnte Haffak Gas Vadar. »Sie sind meine Kinder. Ihr wollt sie für den Krieg einsetzen. Sie sollen kämpfen und sterben, nicht wahr?«

»Ja, das sollen sie«, gab Nalkaar zu. »Allerdings würden wir es lieber sehen, wenn sie sich mit dem Sterben zurückhielten und den Tod stattdessen unter unsere Gegner tragen. Deshalb wollen wir sie nicht unvorbereitet in den Krieg schicken. Sie müssen ausgebildet werden. Gibst du sie nicht augenblicklich frei, bleibt uns nicht genügend Zeit, sie für den Einsatz vorzubereiten. Es ist zu ihrem eigenen Schutz. Die Klan schlafen nicht und werden sich gegen die Angriffe zu wappnen wissen. Je schlechter wir die Drachenchimären im Kampf unterweisen, desto mehr von ihnen werden sterben. Das wollt Ihr doch nicht, oder? Erweist Euch als klug und seid ein guter Vater.«

»Ich werde es mir überlegen, wenn Ihr mir etwas versprecht.«

Nalkaar zögerte einen Augenblick. Er konnte den Drachen

zwingen. Das war nicht schwer, immerhin hatte er Macht über dessen Seele erlangt und Haffak Gas Vadar musste ihm bedingungslos gehorchen. Forderungen hatte der Drache nicht zu stellen. Andererseits dachte der Todsänger darüber nach, ob es nicht klüger wäre, sich auf die Wünsche des Drachen einzulassen. Zanmour hatte ihm des Öfteren bewiesen, dass Sanftmut und Verständnis im Umgang mit den Sklaven erfolgversprechender waren als die Peitsche. Vielleicht würde ein Einlenken bei Haffak Gas Vadar ebenfalls fruchten. Nalkaar entschloss sich dazu, sich darauf einzulassen und den Wunsch des Drachen wenigstens anzuhören. Er würde ablehnen können, sollte dieser allzu unverschämt sein.

»Verratet mir, ob es Tartyk in den Brutstätten gibt«, verlangte Haffak Gas Vadar.

Das war eine gefährliche Frage. Der Todsänger wusste nicht, ob er dem Drachen darauf antworten und eine Gefahr heraufbeschwören durfte. Wie würde Haffak Gas Vadar reagieren, wenn er erführe, dass sich seit seiner Gefangennahme vor fünfundzwanzig Sonnenwenden in der nächsten Umgebung einige Tartyk befanden? Würde er in Rage geraten, seine Ketten sprengen und die Brutstätten auf der Suche nach seinen Verbündeten verwüsten? Drachenreiter, die sich von Nalkaar nicht hatten bezwingen lassen und dem Gesang aus unerfindlichen Gründen widerstanden. Bis heute bestand darin ein Ärgernis für Nalkaar. Das Gefühl des Versagens nagte an ihm und weckte Selbstzweifel. Er hatte versucht, die Fehler in der Melodie zu finden, den Gesang und dessen Wirkung zu verbessern. Dennoch gab es vereinzelt Opfer, deren Seele er nicht hervorlocken konnte. Am Ende war es gleichgültig, ob sie zu Todsängern gewandelt worden waren und ihm in ihrer Abhängigkeit bedingungslos gehorchten oder ihr langes Leben als Sklaven in den Brutstätten fristeten. Sie waren nicht mehr genug, um eine Gefahr für die Rachuren darzustellen oder Widerstand zu leisten. Nalkaar war gespannt, ob sie ihre Langlebigkeit behielten, nachdem ihnen das Drachensterben die Grundlage ihrer Lebensspanne entzogen hatte. Solange auch nur ein Drache am Leben war, existierte die Drachenmagie fort und die Symbiose mochte aufrechterhalten bleiben.

Haffak Gas Vadar lebte noch. Wer konnte schon mit Gewissheit sagen, ob es nicht noch weitere gab. Nalkaar hatte während des Drachensterbens das Wort Heimat vernommen und in diesem Zusammenhang von einem Kontinent namens Fee gehört.

*»Fee! Der geheimnisvolle Kontinent wäre gewiss eine Reise wert«*, dachte Nalkaar bei sich. Soweit Nalkaar wusste, war seit ihrer Gefangennahme keiner der Sklaven gestorben. Obwohl sich die Tartyk als zäh und leidensfähig erwiesen, stellten sie sich für die Chimärenzucht als nicht sonderlich geeignet heraus. Ihre Fruchtbarkeit war gering und trat, wenn überhaupt, nur selten in Erscheinung. So hatten sie lediglich ihren eigenen Bestand vermehrt und in der ganzen Zeit als Nachwuchs drei Tartyk nach Kryson gebracht. Ein Anfang zwar, aber gewiss nicht genug, um ihren eigenen Bestand zu sichern.

»Wie kommt Ihr darauf?«, hakte Nalkaar nach.

»Ich kann mein Volk spüren«, antwortete der Drache, »aber ich bin verwirrt und meiner Wahrnehmungen nicht sicher. Zu viel Leid und Schmerz herrscht in den Brutstätten vor, die meine Sinne beeinflussen und ein klares Bild verweigern.«

»Das ist wohl wahr. Die Zustände in den Brutstätten lassen niemanden unberührt.«

»Was ist, werdet Ihr meine Frage beantworten?«, ließ Haffak Gas Vadar nicht locker.

»Die Antwort lautet: ja!« Nalkaar hatte sich dazu entschieden, das Risiko einzugehen und dem Drachen die Wahrheit zu sagen.

»Ich wusste es«, seufzte Haffak Gas Vadar, dessen riesiges

Herz vor Aufregung einen heftigen Sprung vollführte, der selbst Nalkaar nicht entging. »Wie viele habt Ihr versklavt?«

»Ich habe sie nicht gezählt«, musste Nalkaar zugeben. »Vielleicht waren es fünfzig, vielleicht einhundert, die sich meinem Gesang entziehen konnten. Die übrigen Tartyk folgten meinem Ruf als Todsänger.«

»Ihr habt Tausende eines edlen, magischen Volkes auf Eurem Gewissen«, warf der Drache dem Todsänger vor. »Ihr solltet Euch dafür schämen. Aber Ihr seid heute ehrlich zu mir gewesen. Dafür will ich mich als dankbar erweisen.«

Nalkaar atmete auf. Dies stellte immerhin einen Anfang dar und erwies sich als gut für den Todsänger, so er doch hoffte, der Bestrafung seiner Herrscherin mit Geschick und Verstand entgehen zu können. Zeigte sich Haffak Gas Vadar einsichtig, wäre Rajuru bestimmt zufrieden. Und das war mehr, als er erwarten durfte.

»Werdet Ihr heute für mich singen?«, wollte Haffak Gas Vadar plötzlich wissen.

»Wenn Ihr mir im Gegenzug versprecht, die Drachenchimären freizugeben und die Aufseher in Zukunft in Ruhe zu lassen«, seufzte Nalkaar und zuckte mit den Schultern.

»Ihr sollt meine Kinder bekommen, Todsänger«, lenkte der Drache ein, »aber Ihr werdet von Fee und den Drachen singen, so lange, bis ich eingeschlafen bin. Danach dürft Ihr die ausgewachsenen Chimären den Aufsehern überlassen. Wo bleibt Zanmour?«

»Er ist beschäftigt. Ich werde nach ihm schicken lassen. Wenn Ihr wieder aus Eurem Schlummer erwacht, wird er gewiss bei Euch sein. Seid Ihr bereit?«

»Ich bin bereit, wenn Ihr es seid, Todsänger. Singt, so schön Ihr könnt. Ich will eine Träne für meine Schwestern und Brüder vergießen. Und für meine todgeweihten Kinder, die in den Krieg ziehen und Unheil über Ell bringen werden.«

Nalkaar beträufelte seine Stummelzunge mit einem Tropfen Öl, schloss die Augen, konzentrierte sich auf seine Musik und begann zu singen. Er begann leise mit einer einfachen, harmonischen Melodie, gerade so, als wolle er ein Kind in den Schlaf singen. Der Drache lauschte den Klängen und wiegte seinen Kopf langsam im Rhythmus der Musik hin und her, die ihn so wundersam berührte. Während sich der Todsänger mit jedem Ton steigerte, verstummten die Drachenchimären ebenso wie ihr Vater und fielen in eine Starre, aus der sie erst wieder erwachen würden, wenn der Gesang endete. Die Brutstätten waren plötzlich erfüllt von der Stimme Nalkaars, die sich ihren Weg durch die Gänge über Treppen und Leitern bis in die obersten Ebenen bahnte. Die Zeit schien stillzustehen. Nichts und niemand rührte sich. Kein Stöhnen, Jammern oder Fluchen. Keine Schmerzensschreie. Nicht einmal ein Räuspern oder Husten war zu vernehmen. Der Gesang klang anders als die Tonfolgen, die Nalkaar einsetzte, wenn er um die Seelen seiner Opfer buhlte. Melancholie zwar, dafür jedoch weniger Disharmonien bestimmten das Lied. Und der Gesang war magisch, nicht minder schön und bewegend. Der erste Todsänger war ein Meister seines Fachs. Ob er nun um Seelen rang oder ein Schlaflied anstimmte, stets zeigte er sich von seiner besten Seite. Seine Musik berührte das Innerste seiner Zuhörer und setzte nie gekannte Gefühle frei.

Tränen sammelten sich in den Augen des Drachen. Heiße Drachentränen, die Haffak Gas Vadar über die ausgeprägten Wangenknochen seines mächtigen Schädels liefen und schließlich zu Boden fielen, um dort zischend Löcher in den felsigen Untergrund zu brennen. Der Drache machte sich nicht die Mühe, seine Tränen zurückzuhalten. Dazu war er nicht in der Lage. Er ließ sich fallen, saugte jeden Ton begierig in sich auf, als ob er ihn festhalten wollte und schließlich, nach vergeblicher Mühe, doch vergehen lassen musste. Der Verlust eines solchen Tons schmerzte ihn beinahe mehr als die Erinnerung an das Schicksal seines Volkes. Diese Musik war einzig für ihn gedacht. Für ihn und seine verstorbenen Brüder und Schwestern. Er bildete sich ein, die Musik gehöre ihm und sei das einzige Wertvolle, das er noch besaß. Für die Musik des Todsängers wäre er gestorben. Sie war stets wie ein Rausch, der ihn für wenige Momente in einen wunderschönen Traum versetzte. Unwirklich zwar, aber jede Sardas eines Traums vom Glück war besser als die Wirklichkeit in den Brutstätten, der er sich nur allzu gerne entzog.

Eine Träne berührte die magische Kette an der Vorderpranke Haffak Gas Vadars. Der Drache bemerkte nicht, als sich das von der Flüssigkeit benetzte Kettenglied plötzlich erhitzte, zu glühen begann und schließlich schmolz, als wäre es in heiße Lava gefallen. Die jedem Kettenglied innewohnende Magie der Rachurenhexe löste sich in jenem Moment in Nichts auf. Drachenmagie hatte einen sich selbst befreienden Charakter. Doch damit hatte niemand gerechnet. Wie ein endloser Strom flossen die Drachentränen. Ein Strom, der aus der inneren Quelle des Drachen selbst entsprang, wie von allein Magie freisetzte und all den Schmerz Haffak Gas Vadars über die Fesseln ergoss, der ihn quälte und gegen seinen Willen festhielt. Mit jeder Berührung schmolzen weitere Glieder, bis sich die Ketten schließlich von den Vorderpranken und vom Hals lösten und klirrend herabfielen. Das Geräusch störte den Gesang des Todsängers empfindlich und unterbrach die Magie der Klänge für einen winzigen Augenblick, in welchem der Drache und die Chimären wieder zu sich kamen und sofort in ein lautstarkes Gebrüll verfielen.

Nalkaar hielt verdutzt inne. Was war geschehen?

Er hatte nicht bemerkt, wie sich die Ketten des Gefangenen gelöst hatten, und schob die Ursache des lautstarken Aufruhrs auf seinen Gesang. Der Todsänger nahm an, er hätte einen falschen Ton angeschlagen und die schlummernden Wesen durch Missklänge geweckt und erzürnt. Keinesfalls wollte er das in den Verhandlungen mit Haffak Gas Vadar Erreichte gefährden und den Gesang vorzeitig beenden. Stattdessen steigerte er seine Bemühungen noch einmal, sang mit Leidenschaft und steuerte auf einen Höhepunkt zu. Der Drache – aus seinem Traum erwacht – hatte sofort entdeckt, dass ihn die vorderen Ketten nicht mehr banden und er seinen Körper freier bewegen konnte. Nachdem er zunächst verwirrt nach einer Erklärung suchte, wie er sich wohl von den Ketten befreit hatte, erkannte er sehr schnell die Wirkung seiner Tränen auf Eisen, Stein und Magie. Er nutzte jenes Wissen und löste die restlichen Ketten an seinem Körper. Das fiel ihm nicht schwer, solange Nalkaars Gesang anhielt. Dennoch musste sich Haffak Gas Vadar mit all seiner Kraft gegen die einschläfernde Wirkung der Musik zur Wehr setzen. Als er sich in der Höhle endlich frei bewegen konnte, unterbrach er das Lied des Todsängers:

»Ich habe genug gehört, Nalkaar. Meine Kinder gehören dir. Gib acht und verschwende ihr Leben nicht. Selbst wenn sie keine Drachen sind und keinerlei Würde, Weisheit oder Anmut besitzen, so sind sie dennoch mein eigen Fleisch und Blut. Deine Magie ist ein Wunder und sie ist mächtig. Mächtiger, als du dir bewusst bist. Würdest du sie mit Bedacht und Verstand einsetzen, könntest du alleine über Kryson herrschen. Wer braucht einen Zyklus der Lesvaraq, die magiebegabten Völker der Altvorderen, Drachen oder die Saijkalrae-Brüder. Deine Macht ist Musik und sie ist wunderschön. Ich kenne nichts, was sie übertreffen könnte. Niemand kann ihr widerstehen.«

»Ich danke dir, Drache. Du bist meine Herausforderung und spornst mich zu Höchstleistungen an. Du hast etwas an dir, was mich immer wieder dazu bringt, für dich zu singen und dabei mein Bestes zu geben. Leider ist meine Musik noch nicht perfekt. Ich habe allerdings jemanden getroffen, der ihr den Raum lässt, sich zu entfalten. Er spielt sein Flöteninstrument virtuos. Mit seiner Hilfe wird es mir gewiss gelingen, den Gesang der Todsänger weiter auszubauen.«

Es war eigenartig, aber Nalkaar freute sich aufrichtig über das Lob des Drachen. Endlich hatte er ein Wesen gefunden, das seine Kunst schätzte. Der Drache würde seinen Plan verstehen und ihn vielleicht sogar gutheißen. Nalkaar dachte sogar daran, ihm ein eigenes Lied zu widmen, sobald er den Gesang mit der Unterstützung des Flötenspielers verbessert hatte. Obwohl der Todsänger Haffak Gas Vadar beherrschte, hatte er großen Respekt vor dem Wesen des Flugdrachen. Vielleicht fürchtete er sich sogar davor. Der Drache war alt. Weit älter als Nalkaar selbst. Niemand – außer dem Drachen selbst oder den Kojos – konnte sagen, welche Geheimnisse und welches Wissen er in sich barg. Wie mächtig waren Haffak Gas Vadar und die Drachenmagie? Machte ihn der Verlust seiner Seele, die noch nicht einmal seine eigene war, wirklich abhängig und schwach?

Sicher, der Todsänger hatte ihn bezwungen. Das war ein Indiz dafür, dass sein Plan am Ende aufgegangen war. Aber würde er ihn wirklich auf Dauer kontrollieren können? Bislang hatte der Drache nicht den Eindruck vermittelt, er könnte sich aus der Gewalt der Rachuren von selbst befreien. Sein eigener Zorn hatte ihn möglicherweise daran gehindert. Dunkle Gedanken, die seinen Geist in Bösartigkeit vernebelt hielten. Doch was wäre, wenn er zu sich käme, aus seinem Albtraum erwachte? Fünfundzwanzig Sonnenwenden waren für einen Drachen nichts im Angesicht der Ewigkeit.

So empfand Nalkaar die schmeichelnden Worte als Ehre, die ihm ohnehin allzu oft verweigert wurden. Aus dem Rachen eines mächtigen Feindes wie Haffak Gas Vadar erwiesen sie sich als noch viel wertvoller, als wären sie bloß über Rajurus Lippen gekommen – was ohnehin nie der Fall war und auch in Zukunft nicht geschehen würde. Nalkaar machte sich keine Illusionen darüber. Für die Rachurenhexe war er nichts weiter als ein Diener, ein Sklave.

Sollte der Drache allerdings recht behalten, bestand Hoffnung. Die Vorstellung, Kryson mit seinen Todsängern zu beherrschen, gefiel Nalkaar. Er bedankte sich abermals bei Haffak Gas Vadar, verabschiedete sich und schritt erhaben den langen Weg zu seiner Kammer zurück. Zwischendurch erteilte er den Aufsehern, die ihm auf seinem Weg begegneten, Anweisungen, wie sie mit den Drachenchimären zu verfahren hatten. Er würde nicht umhinkommen, Rajuru Bericht zu erstatten. Wenigstens würde sie keinen Anlass finden, ihn zu bestrafen. Dennoch rechnete er fest mit einer Demütigung durch die Herrscherin. Sie würde gewiss keine Gelegenheit auslassen, ihn zu erniedrigen und ihm zu zeigen, was sie von ihm hielt.

*»Soll sie nur«*, dachte Nalkaar, *»es läuft alles nach Plan.«*

Nalkaar war mit sich und den Fortschritten zufrieden. Bald würde die Zeit des großen Angriffs kommen. Der Tag, an dem sie Rache an den Klan nehmen würden und die schmachvolle Niederlage aus der Schlacht am Rayhin für immer vergessen könnten. Er würde diesen Angriff führen. Natürlich würde der Ruhm Grimmgour gelten, der offiziell an der Spitze der Eroberer stand. Aber jeder wusste, dass dies Nalkaars Sieg sein würde. Die Drachenbrut war einzig sein Erfolg. Schließlich würden die Nachkommen des Haffak Gas Vadar über Sieg und Niederlage entscheiden.

# Grenzlande

Drei Männer schleppten sich durch die vom Nebel durchzogenen Sümpfe in den Grenzlanden. Ihre Kleidung starrte vor Dreck und sie waren bis unter den Haaransatz mit Schlamm bespritzt. Mit einer Hand hielten sie – zum Schutz vor den teils giftigen und grünlich schillernden Dämpfen – nicht minder verunreinigte Leinentücher vor Mund und Nase. Ihren Gesichtern war die Anstrengung mit jedem Schritt anzusehen. Des Öfteren blieben sie mit ihren Stiefeln im Morast hängen und taten sich folglich schwer, sich daraus wieder zu befreien.

Sie kamen nur mühsam voran. Einer der Gefährten war zu geschwächt, um auf eigenen Beinen stehen, geschweige denn gehen zu können. Seine Beine und Füße wurden hinterhergeschleift, als wäre er vom Unterleib abwärts gelähmt.

Er schien schwer erkrankt, und die Männer mussten von Zeit zu Zeit stehen bleiben, wenn der Gefährte von Fieberkrämpfen geschüttelt wurde. Die beiden anderen Männer hatten ihren verletzten Kameraden in die Mitte genommen und stützten ihn, während sie sich durch die unwirtliche, gespenstisch wirkende Gegend kämpften. Der Nebel behinderte ihre Sicht, die kaum mehr als zehn Fuß weit reichte. Umgeben von spärlich gedeihendem Buschwerk, langsam vermodernden Baumstümpfen und mit Haarmoosen bewachsenen Bäumen, deren mächtige Wurzeln bis ins trübe Wasser reichten, musste jeder Schritt auf dem weichen Morastboden mit Bedacht gewählt werden. Neben dem kaum sichtbaren Pfad lauerten Untiefen und auf den ersten Blick harmlos wirkende Sumpflöcher, die jeden Unvorsichtigen unweigerlich in die Tiefe zogen und im Sumpf unter Massen an blubberndem Morast begruben. Mancherorts stiegen mächtige Gasblasen an die Oberfläche und zerplatzten, einen übel stinkenden Geruch verbreitend.

Eine Reise durch die Grenzlande war voller Gefahren. Für jeden Sterblichen galt es als großes Wagnis mit ungewissem Ausgang, sich der lebensfeindlichen Umgebung auszusetzen. Wer keinen halbwegs sicheren Pfad erkundet und den Rückweg vorsorglich markiert hatte, konnte sich in den schier endlos scheinenden Sümpfen rettungslos verlieren, wenn er nicht zuvor bereits durch einen unbedachten Fehltritt versunken und erstickt oder von einem hinter jedem abgestorbenen Baum lauernden hungrigen Jäger verschlungen worden war.

Handtellergroße, schmutzig braun gefärbte Stechmücken mit durchsichtig schimmerndem Hinterleib machten in den Sümpfen in großen Schwärmen Jagd auf jedes sterbliche Wesen, dessen Blut sie witterten. Die Insekten besaßen einen hervorragenden Geruchssinn. Waren sie satt und randvoll mit Blut, wechselten die Mücken ihre Farbe in ein dunkles Rot. Von den Nno-bei-Klan wurden sie furchtsam Akulrub gerufen. Waren die Stiche der wilden Jayvas aus den Wäldern des Faraghad unter den Klan schon gefürchtet, so lösten die Attacken der Akulrub regelrecht Paniken aus. Ein Glück, dass die Mücken ihr Revier in den Sümpfen nicht verließen und sich kaum Reisende dorthin wagten. Lediglich die verwegensten unter den Abenteurern und Todeshändler forderten von Zeit zu Zeit ihr Schicksal heraus und machten sich auf die Suche nach seltenen Kreaturen und Giften in der urtümlichen Landschaft.

Die geflügelten Kreaturen stürzten sich auf alles, das sich in Sichtweite ihrer bunten Facettenaugen bewegte und nicht schnell genug vor ihren wütenden Angriffen retten konnte. Hatten die Akulrub ihr Opfer erspäht, war es meist schon zu spät. Sehr dicke Kleidung oder eine Eisenrüstung mochte helfen. Doch in einem solch feuchtwarmen Klima dermaßen vermummt durch den Morast zu wandern, wurde für jedermann nach wenigen Fuß zur Qual. Darüber hinaus war der Saugstachel der Akulrub lang, hart und spitz. Dadurch waren sie in der Lage, selbst Lederrüstungen mit Leichtigkeit zu durchdringen. Die meisten Attacken eines Schwarms endeten tödlich. Nur wenige Eingeweihte wussten, wie sie sich gegen die Akulrub schützen konnten. Eine dicke, getrocknete Schlammschicht über der Kleidung half. Wer sich auf diese Weise präpariert hatte und beim ersten Anzeichen eines Schwarms rechtzeitig zu Boden warf und sich so lange regungslos verhielt, bis der Schwarm über ihn hinweggezogen war, hatte eine Gelegenheit, unbemerkt und vor allen Dingen unversehrt davonzukommen.

Die Mücken kündigten ihr Kommen mit einem tiefen Brummen an, das sich auf die Entfernung wie das Grollen eines sich nähernden schweren Gewitters anhörte.

Doch neben den Akulrub tummelte sich allerlei anderes Getier in den Grenzlanden. Nirgends sonst auf Ell passte das Bild des *Fressen und gefressen werden* besser als in dieser Gegend. Die Grenzlande zeigten die Urgewalt der Natur in ihrer reinsten Form. Mächtiger als das Schwert eines Kriegers oder der Spruch eines Magiers. Die Gesetze der Grenzlande waren eindeutig. Überleben oder sterben. Dazwischen gab es nichts. Die Grutt, berüchtigt und gefürchtet, war nur eine unter den gefährlichen Sumpfjägern. Die Riesenkröte, obwohl sie nur ungefähr die Hälfte der Körpergröße eines ausgewachsenen Klan erreichte, war durchaus in der Lage, einen solchen in einem Happen zu verschlingen. Das hochgiftige Krötenwesen wirkte auf den ersten Blick tumb und schwerfällig, besaß jedoch neben einem überaus dehnbaren Maul und den von Jägern und Todeshändlern begehrten Giftdrüsen eine ungeheure Sprungkraft, die so manch Unvorsichtigen tödlich überrascht hatte. Mit kräftigen Armen stopfte die Grutt die Beute in ihr Maul, schluckte und drückte, bis sie schließlich in ihren Schlund passte. Dabei schluckte sie eine Menge Luft.

Das Fressen ging so schnell, dass die Opfer der Grutt meist noch bei lebendigem Leib verdaut wurden. Zumindest, solange sie die im Magen verbliebene Luft atmen konnten, die von der Kröte oft in einem einzigen, satten Rülpser herausgepresst wurde, wenn ihr das Strampeln und Boxen der verzweifelt um ihr Leben kämpfenden Beute in seinem Inneren allzu lästig wurde.

Besondere Vorsicht galt ebenso den Teroch-Käfern, die sich in Massen in Sträuchern und im Laub der Bäume versteckten, um sich von dort auf ihre vorbeiziehende Beute zu stürzen und diese bis auf den letzten Fleischfetzen blank zu nagen. Die Teroch waren nicht allzu weit verbreitet. Pech hatte jedoch derjenige Wanderer, der ausgerechnet auf ein schwer zu findendes Nest der Käfer traf, denn dort waren sie äußerst zahlreich versammelt. Bei aufmerksamer Betrachtung gab eine erquickliche Anzahl blank genagter Knochen unterhalb der Nester einen doch eindeutigen Hinweis auf ein Teroch-Nest und die damit verbundene Gefahr.

Neben all diesen kleineren, aber sehr gefräßigen und daher keineswegs zu unterschätzenden Sumpfbewohnern wäre es geradezu fatal gewesen, die zahlreichen Gift- und Würgeschlangen nicht zu beachten. In den Grenzlanden lebten die giftigsten und zugleich buntesten Schlangen des Kontinents. Wären ihre Bisse nicht in den meisten Fällen innerhalb weniger Sardas tödlich gewesen, hätte die Vielfalt der Farben ihres Hautgewandes durchaus dazu führen müssen, sie als bewundernswerte und schöne Geschöpfe zu bezeichnen.

Zu den großen und besonders gefährlichen Bewohnern der Sümpfe zählten die zahlreichen Panzerechsen, die sich meist an den Ufern der Flussläufe, Nebenarme und im undurchsichtigen Dickicht aus Dornensträuchern, Sumpfgräsern und Büschen aufhielten. Die größten unter ihnen waren nicht weniger als dreißig Fuß lang. Sie galten als hervorragende Schwimmer, bewegten sich aber auch zu Lande trotz ihrer schweren Körpermasse und der im Vergleich dazu kurzen Beine geschickt und schnell. Eine sehr selten anzutreffende Art der Panzerechsen war die als intelligent und heimtückisch geltende Sagar, eine riesengroße Drachenechse. Über dieses Wesen gab es mehr Gerüchte als der Wahrheit nahekommende Berichte, die eine Sagar mit eigenen Augen gesehen haben wollten. Dies mochte allerdings dem Unstand geschuldet sein, dass kaum jemand die Begegnung mit einer dieser Sumpfjägerinnen überlebt hatte. Die Drachenechse existierte ohne jeden Zweifel, denn sehr selten waren aus ihrem Leder von Meisterhand magische, rot schimmernde Rüstungen gefertigt worden. Glücklich konnte sich schätzen, wer eine solche Rüstung sein Eigen nennen durfte. Sie fühlte sich leicht wie eine eigene Haut an, war doch härter als Stahl und bot ihrem Träger den besten Schutz im Kampf, den er sich nur wünschen konnte.

Den Legenden nach stellte die Sagar viel mehr einen Wasserdrachen dar als eine Panzerechse. Ein magisches Geschöpf, das seinen Ursprung auf einem anderen, unbekannten Kontinent hatte. Angeblich maß ein ausgewachsenes Tier mindestens fünfzig Fuß an Länge, den als tödliche Waffe einsetzbaren gepanzerten Schwanz eingeschlossen. Neben den üblichen Beinen und Armen besaß sie – so hieß es – acht weitere Fangarme und zwei Mäuler, die mit zahlreichen messerscharfen Zahnreihen ausgestattet waren. Schenkte man den Legenden Glauben, war die Sagar eines der ältesten Wesen auf Kryson. Viele erzählten sich hinter vorgehaltener Hand, die Drachenechse wäre die wahre Herrscherin über die Grenzlande und nur ihrer Existenz sei es zu verdanken, dass dieses Gebiet in all den Sonnenwenden von den Klan nicht erobert, trockengelegt und anschließend besiedelt worden war. Die haarsträubendste Geschichte kündete jedoch von der Fähigkeit der Sagar, ihre Gestalt in jedes Wesen verwandeln zu können, von dessen Fleisch sie einst gekostet hatte. Es wurde berichtet, dass die Echse ihre Opfer mit dieser Fähigkeit täuschte, um sich anscheinend mit den Ahnungslosen zur Vermehrung ihrer eigenen Art zu paaren. Es wurde ihr nachgesagt, sie halte ihre Opfer so lange in grausiger Gefangenschaft am Leben, bis der Nachwuchs geschlüpft war. Wie wahr oder falsch die Erzählungen über die Drachenechse auch sein mochten, sowohl an den Ufern als auch im trüben Gewässer selbst lauerten gepanzerte Echsen hungrig auf ihre Gelegenheit.

»Wir müssen eine Rast einlegen«, sagte einer der Männer im Gehen, »ich kann nicht mehr weiter.«

»Wenn wir jetzt rasten, wird Mairon sterben. Das Gift schreitet mit jeder Sardas voran. Erreicht es sein Herz, ist es vorbei mit ihm«, gab der andere Mann zur Antwort, der seinem Gefährten in Aussehen und Stimmbild wie ein Ei dem anderen glich.

»Was nutzt es Mairon, wenn wir am Ende zusammenbrechen und gemeinsam in den Sümpfen vor Erschöpfung sterben, Hardrab?«

»Wenigstens haben wir dann alles versucht, um sein Leben zu retten. Vater wäre stolz auf uns, Foljatin«, erwiderte Hardrab.

»Mag sein«, gab Foljatin keuchend zu, »aber glaubst du wirklich, er hätte es gutgeheißen, wenn wir denselben Fehler begingen, den er einst gemacht hat?«

»Was willst du damit sagen?«, brauste Hardrab auf. »Gwantharab, unser Vater, war ein durch und durch ehrenhafter Mann und sein Tod war es nicht minder. Er starb für Lordmaster Madhrab in der Schlacht am Rayhin.«

»Genau das meine ich. Er starb *für Lordmaster Madhrab*. Nicht für sich selbst, seine Frau oder für uns. Ich kann mir nicht vorstellen, dass er für uns dasselbe Schicksal wollte.«

»Madhrab und er waren die besten Freunde und Kampfgefährten. Mehr noch, Vater liebte den Lordmaster wie einen eigenen Bruder. Es gab niemanden, dem er mehr vertraute als dem Bewahrer des Nordens. Für ihn war es die größte Ehre, das Leben für seinen Freund zu geben.«

»Ich weiß nicht, Bruder. Vielleicht war es ein Fehler, den Lordmaster und die Orna in die Grenzlande zu begleiten. Natürlich war auch Vater während der Grenzkriege hier und kannte sich in der Ödnis aus. Wir haben alles aufgegeben, um das Erbe unseres Vaters anzutreten und *ihm* bis in den Tod zu dienen, so wie er es getan hat, als er unsere Familie im Stich ließ. All die Entbehrungen und Strapazen, die Madhrab uns zumutet, und die Gefahren, denen er uns aussetzt. Wofür, Hardrab? Sag mir, ob das richtig sein kann.«

»Warum zweifelst du an ihm, Foljatin? Wir verdanken ihm unser Leben.«

»Ich weiß, dennoch kamen mir in den vergangenen Monden Zweifel. Was machen wir in den Sümpfen? Wir verstecken uns vor dem Rest Krysons, als wären wir Aussätzige oder Gesetzesbrecher. Aber wir sind höchst ehrenwerte Sonnenreiter. Angehörige des traditionsreichsten Ordens auf Ell. Bewahrer des Erbes eines Lesvaraq. Richter und Wächter über die Gerechtigkeit. Dieses Leben, soweit du es denn in den Sümpfen als solches noch bezeichnen magst, kann er nicht von uns verlangen. Es wird vergeudet. Für nichts und wieder nichts.«

»Du vergisst, dass wir ihm aus freien Stücken folgten und er nichts von uns verlangt hat.«

»Ja, aber warum? Er wusste, dass wir uns ihm und dem Andenken an unseren Vater gegenüber verpflichtet fühlten. Er musste seinen Wunsch uns gegenüber nicht ausdrücken. Loyalität und Treue setzte Madhrab voraus. Wir sind Gwantharabs Söhne.«

»Das ist wahr, und als solche folgen wir ihm, wie es unser Vater für uns vorgesehen hat. Wenn es sein muss, bis zum Gang zu den Schatten«, antwortete Hardrab.

»Er hat unsere Familie getötet. Ist dir das bewusst?«, forderte Foljatin seinen Bruder heraus.

»Ich habe oft und lange darüber nachgedacht. Mutter und unsere Geschwister waren verflucht. Geschlagen mit dem dunklen Mal der Bluttrinker; seelenlos, bar jeder Hoffnung und ohne eigenen Verstand stand ihnen ein unwürdiges Leben als Kriecher bevor. Er hat sie von diesem Schicksal erlöst. Anders ausgedrückt hat er unserer Familie im Tod die Würde zurückgegeben. Du solltest Madhrab dafür dankbar sein«, erwiderte Hardrab.

»Dankbar?« Foljatin schüttelte verständnislos den Kopf. »Der Lordmaster muss dich mit seiner Macht geblendet haben. Du verwechselst Ursache mit Wirkung, mein lieber Bruder. Du erinnerst dich gewiss an Mutters Worte. Wäre Vater nicht für ihn gestorben und hätte Madhrab sein Versprechen ehrlich eingelöst, das er ihm vor dem Tod gegeben hat, dann wäre es nicht so weit gekommen.«

»O Foljatin. Diese Unterredung führt zu nichts. Wir haben uns gemeinsam für dieses Leben entschieden. Ich bin glücklich und stolz, bei Madhrab sein zu dürfen und das Erbe unseres Vaters anzutreten. Das solltest du auch!«

»Das mag vielleicht für dich gelten«, ächzte Foljatin, »aber vielleicht trennen sich unsere Wege bald. Ich jedenfalls werde den Rest meines Lebens nicht in diesen verfluchten Sümpfen verbringen. Das Beste wäre, wir lassen diesen armen Kerl einfach an Ort und Stelle krepieren, kehren um und schwören dem Overlord erneut unsere Treue. Yilassa wird uns gewiss dankbar wieder aufnehmen.«

»Schöne Aussichten!«, sagte Hardrab. »Wir lassen einen Gefährten im Stich. Du glaubst doch nicht ernsthaft daran, dass uns Yilassa freudestrahlend aufnehmen wird. Sie ließ uns mit ihm ziehen, sicher. Und doch gleicht unsere Entscheidung einem Verrat an unserem Orden. Wir folgten Madhrab aus freien Stücken und haben uns damit gegen Yilassa und die Sonnenreiter entschieden. Selbst wenn sie wollte, könnte sie uns nicht verzeihen. Sie ist der Overlord und unser Schicksal würde in der Grube enden.«

Foljatin hielt inne, um seinem Bruder in die Augen zu sehen. Offenbar hatten ihn seine Worte ins Grübeln gebracht.

»Lasst mich hier sterben und rettet euch selbst«, hauchte Mairon mit schwacher Stimme, der die Auseinandersetzung der Brüder verfolgt und sich mit jedem Wort sichtlich schlechter gefühlt hatte.

Die Brüder Foljatin und Hardrab blieben abrupt stehen und starrten den Mann in ihrer Mitte an, als wäre er ein gerade erst aus den Schatten zurückgerufener Geist, der sich überraschend in ihr Streitgespräch eingemischt und ihre Gedanken gestört hatte. Ein Fremdkörper zwischen den Zwillingen. Mairon hob den Arm, was ihn sichtlich Mühe kostete, und zeigte auf eine nicht weit von ihnen entfernte Stelle. In dem grünlichen Nebel vor ihnen konnte Hardrab nur einen sich bewegenden Schemen erkennen. Foljatin hatte ebenfalls etwas gesehen.

Der Schatten war weit größer, als ihnen lieb sein konnte.

»Bei allen Kojos«, fluchte Foljatin, »was ist das?«

»Wahrscheinlich unser Ende«, stellte Hardrab trocken fest.

Er hatte erkannt, was sich dort im Nebel vor ihnen bewegte. Es war eine Sagar auf Nahrungssuche. Sie musste ausgewachsen sein, schätzte Hardrab anhand ihrer Umrisse. Das bedeutete, dass sie erfahren war und als gerissene Jägerin auf Beutezug eine tödliche Gefahr für die Brüder und ihren verletzten Begleiter darstellte. Sie waren der Drachenechse keinesfalls gewachsen. Nicht zu dritt und schon gar nicht in diesem erschöpften Zustand.

»Wie sollen wir uns verhalten?«, flüsterte Foljatin. »Sie hat uns wahrscheinlich noch nicht entdeckt.«

»Keine Ahnung«, antwortete Hardrab leise, »wir könnten

fliehen oder versuchen die Sagar zu umgehen, solange sie uns nicht bemerkt hat. Oder du paarst dich mit ihr und lenkst sie auf diese Weise von uns ab.«

»Das ist nicht komisch und wenig hilfreich«, ärgerte sich Foljatin über seinen Bruder, »ich habe die absurden Geschichten über die Sagar auch gehört.«

»Zerbrecht euch darüber nicht den Kopf«, stöhnte Mairon, »sie hat uns längst gewittert und lauert nur auf eine günstige Gelegenheit. Wahrscheinlich überlegt sie sich gerade in diesem Moment, ob sie einen Angriff wagen kann oder ob wir ihr gefährlich werden könnten.«

»Was schlägst du also vor?«

»Ihr müsst mich absetzen. Ich schaffe es ohnehin nicht mehr bis ins Lager«, sagte Mairon schwer atmend. »Das ist eure einzige Gelegenheit, die Begegnung zu überleben. Ich werde ihre Aufmerksamkeit auf mich lenken. Frisst sie mich, wird sie von dem Gift in meinem Körper zumindest für kurze Zeit gelähmt werden. Das dürfte reichen, damit ihr beide fliehen könnt.«

»Interessanter Vorschlag. Das könnte klappen«, überlegte Foljatin laut, während er sich nachdenklich am Kinn kratzte, »am Ende war der Schlangenbiss doch noch für etwas gut.«

»Warum fliehen?«, wollte Hardrab wissen. »Wenn sie gelähmt ist, könnten wir sie erlegen und ihr die Haut abziehen.«

»Vergesst das«, erwiderte Mairon, »die Sagar gelten selbst im gelähmten Zustand als wehrhaft und tödlich. Und wer weiß, ob der Plan überhaupt aufgeht. Vielleicht spürt sie das Gift nicht einmal.«

»Womit dein Gang zu den Schatten sinnlos gewesen wäre«, antwortete Hardrab. »Ein solches Opfer kommt nicht infrage. Wir kämpfen gegen die Sagar, töten sie und bringen dich ins Lager zu Elischa. Und du wirst durchhalten, bis wir unser Ziel erreicht haben.«

Mit zitternden Händen kramte Mairon aus dem Inneren

seines verschmutzten Mantels eine versiegelte Schriftrolle hervor und streckte sie Hardrab entgegen. Die Zwillinge hatten den Boten am äußeren Rand der Sümpfe gefunden, als sie auf einem ihrer ausgiebigen Jagdzüge durch die Grenzlande waren, um Vorräte für das Lager zu beschaffen. Sie hatten ihn schreien und fluchen gehört, kurz nachdem er von der Schlange gebissen worden war. Zwar hatten sie die Bisswunde am Bein sofort ausgeschnitten und einen Teil des Giftes mit ihren Lippen herausgesaugt, aber es war bereits zu spät gewesen, um die langsam fortschreitende Wirkung aufzuhalten. Ohne baldige Hilfe musste er sterben. Sie hatten sich daher entschlossen, Mairon mitzunehmen und zum Lager in den Sümpfen zu bringen. Elischa würde dem Vergifteten helfen können, sofern sie das Lager mit ihm lebend erreichen sollten.

»Nehmt die Schriftrolle«, keuchte der verletzte Mann, »sie trägt das Siegel des Regenten. Eine wichtige Botschaft für den Lordmaster. Ich wollte sie Madhrab persönlich überbringen. Aber jetzt müsst ihr das für mich tun.«

»Das kannst du selbst machen«, zeigte sich Hardrab stur.

»Bitte«, flehte Mairon, »ich habe den weiten Weg und die Strapazen der Sümpfe nicht auf mich genommen, um am Ende mitsamt der Botschaft im Magen einer Sagar zu landen. Ich gehe zu den Schatten, das ist sicher. Erreicht die Schriftrolle dennoch ihr Ziel, habe ich wenigstens nicht versagt.«

Foljatin erbarmte sich, nahm die Schriftrolle und blickte seinem Bruder dabei tief in die Augen, als ob er ihm sagen wollte: Er hat recht, verabschieden wir uns voneinander. Wenigstens können wir auf diese Weise überleben. Ich will noch nicht sterben.

»Lassen wir ihn«, schlug er vor, »er hat mit seinem Leben abgeschlossen und will es so. Setzen wir Mairon ab und sehen zu, dass wir an der Sagar vorbeikommen.«

Hardrab überlegte lange, während er abwechselnd von seinem Bruder zu Mairon und dann zu der Drachenechse sah. Ihm war nicht wohl bei dem Gedanken, einen Gefährten im Stich zu lassen, wenn es zumindest eine winzige Hoffnung auf Rettung gab. Doch er musste einsehen, dass sie in einer ausweglosen Situation steckten. Mairon war zu geschwächt, um mit ihnen gegen die Sagar zu kämpfen. Wie sollten sie die Echse überwinden?

In letzter Zeit schien alles schiefzulaufen. Das harte Leben in den Sümpfen der Grenzlande hatte ihnen schwere Prüfungen auferlegt. Das Schrecklichste daran war jedoch, dass Hardrab glaubte, sich mit jedem weiteren Tag mehr und mehr von seinem Zwillingsbruder zu entfernen. Dabei waren sie einst unzertrennlich gewesen. Niemals hätte er sich vorstellen können, dieses eng geknüpfte Bruderband würde eines Tages zerreißen. Foljatin war sein eigen Fleisch und Blut, sie hatten sich den Leib ihrer Mutter geteilt und waren zusammen aufgewachsen. Er konnte sich nicht daran erinnern, dass sie auch nur einen einzigen Tag in ihrem Leben voneinander getrennt gewesen wären. Aber vielleicht würden sie auch hier und jetzt gemeinsam zu den Schatten gehen, dann würden sich alle weiteren Fragen erübrigen. Hardrab verdrängte die düsteren Gedanken an eine Trennung von seinem Bruder.

»Wir kämpfen, Bruder«, sagte er schließlich in einem Tonfall, der keinen Widerspruch zuließ, und umfasste den Griff seines Schwertes fest. »Zieh dein Schwert und zeig, was du von Madhrab gelernt hast. Wir sind die Söhne Gwantharabs und haben keine Angst vor den Schatten. Wenn es sein muss, sterben wir. Aber wir werden keinen Freund opfern, nur damit wir weiterleben dürfen.«

Foljatin zuckte mit den Schultern, so als ob es ihm plötzlich gleichgültig wäre, ob sie gegen die Drachenechse antreten oder ihr Heil in der Flucht suchen mussten. Und doch hatte er Angst. Mit der freien Hand tat er es seinem Bruder gleich und zog das Schwert aus der Scheide. Eine starke Waffe, die gut in der Hand lag und bestens ausbalanciert war.

Nachdem sie Mairon auf den Boden hatten gleiten lassen, sahen sie sich noch einmal in die Augen und bewegten sich dann gleichzeitig und langsam in geduckter Haltung auf den Schemen im Nebel zu. Ein ohrenbetäubendes Brüllen aus zwei Mäulern ließ sie an ihrem Vorhaben zweifeln. Die Sagar hatte den Kopf gedreht und die Absicht der Brüder sofort erkannt. Kampflustig und hungrig trat sie ihnen entgegen.

»Wie lange sind Hardrab und Foljatin schon überfällig?«, wandte sich Madhrab fragend an Elischa.

Der Bewahrer sorgte sich um die Zwillingsbrüder, für die er seit dem Tod ihrer Familie eine besondere, geradezu väterliche Verpflichtung empfand. Sie waren das Versprechen, das er einem guten, im Kampfe gefallenen Freund schuldig war.

»Ich weiß nicht«, antwortete die Orna stirnrunzelnd, »sie haben sich vor neun Tagen zur Jagd auf den Weg gemacht. Das erscheint mir nicht ungewöhnlich lang zu sein. Die Pfade durch den Sumpf sind beschwerlich, und zuletzt mussten immer weitere Strecken zurückgelegt werden, um gute Beute ins Lager zu bringen.«

»Vielleicht sollten wir unser Lager bald abbrechen und uns einen neuen Standort suchen, an dem uns die Jagd mehr Erfolg verspricht«, meinte Madhrab nachdenklich.

»Wir sollten die Grenzlande für immer verlassen«, schlug Elischa vor. »Was suchen wir in dieser unwirtlichen Gegend voller Gefahren? Dies ist kein Ort, an dem wir leben können. Niemand kann das. Du mutest deinen engsten Getreuen vieles zu. Zu vieles, wenn du mich fragst. Sie fangen an, unzufrieden zu werden, und verstehen dich und deine Entscheidungen nicht mehr. *Ich* verstehe dich kaum.«

»Ich habe keinen von ihnen gebeten, mich in die Sümpfe zu

begleiten«, erzürnte sich Madhrab über Elischas Worte, »auch du hattest die Wahl.«

»Nein, die hatte ich nicht«, erwiderte Elischa, »du verdrängst, was in den dreiundzwanzig Sonnenwenden deiner Abwesenheit geschehen ist. Wo hätte ich nach alledem hingehen sollen? Ich habe auf dich gewartet, jeden verdammten Tag gehofft, du würdest kommen, mich aus der Gefangenschaft befreien und von dem Leid erlösen. Aber du kamst nicht. Nicht in der ersten Sonnenwende und auch nach fünf oder zehn Sonnenwenden nicht. Alle Hoffnung hatte ich verloren. Und dann, wie von den Schatten auferstanden, warst du plötzlich da. Dreiundzwanzig Sonnenwenden zu spät. Ich habe jeden Tag meiner Gefangenschaft gezählt! Aber was war aus dir geworden? Ein blutrünstiger Rächer, der meine Söhne schlachtete. O ja, ich habe sie gehasst, weil sie für all das standen, was mir auf Burg Fallwas angetan wurde. Die Schlechtigkeit Chromlions, von der mir noch heute übel wird, wenn ich bloß daran denke. Er quält mich in meinen Träumen immer wieder aufs Neue. Ich ekelte mich vor meinen Söhnen, als sie in mir heranwuchsen, und wollte sie noch in meinem Leib töten. Aber Chromlion und seine Schergen hinderten mich daran. Dennoch waren sie mein Fleisch und Blut, meine eigenen Kinder. Warum mussten sie ausgerechnet durch deine Hand sterben, Madhrab? So schlecht sie mich auch behandelten, auf ihre eigene Mutter spuckten und mich als niederste Magd verachteten, so sehr blutete mir das Herz, als du das Schwert gegen sie gerichtet hast. Das Schrecklichste daran war jedoch, als ich erkannte, wie sehr du dich verändert hattest. Du warst nicht mehr der Mann, den ich einst liebte. Eine Kälte und Unbarmherzigkeit umgab dein Herz, die ich an dir bis dahin nie gesehen hatte. Und doch habe ich dich nach all der Zeit wiedererkannt und bin dir gefolgt, weil ich dich liebe. Ich liebe dich. Hörst du? Und das obwohl du alles aufgegeben hast, was uns wichtig war.

Zwei Sonnenwenden verweilen wir nun schon in dieser Ödnis und ich habe das Gefühl, du wendest dich mit jedem Tag immer weiter von mir ab. Was ist aus dem Madhrab geworden, dem Bewahrer des Nordens, der unser gemeinsames Leben, unsere Zukunft opferte, um seine Verpflichtung gegenüber seinem Orden und den Klan zu erfüllen? Wir haben einen gemeinsamen Sohn, Madhrab. Hast du ihn in all den Sonnenwenden vergessen?«

»Wie könnte ich ihn je vergessen?«, antwortete Madhrab leise und mit gesenktem Kopf.

Ihre Worte waren wie Messer, die ihn schmerzlich trafen und betroffen machten. Er wagte es nicht, Elischa in die Augen zu sehen.

»Seine Geburt lastet wie eine schwere Schuld auf meinem Gewissen. Es hätte niemals so weit kommen dürfen. Ich habe dich und unseren Sohn im Stich gelassen. Es tut mir leid.«

»Das darfst du nicht sagen, Madhrab! Ich verstehe nur nicht, warum du uns ausgerechnet in die Grenzlande geführt hast. Warum setzt du uns den Gefahren aus? Sollen wir zu den Schatten gehen? Das können wir schneller und mit weniger Leid erreichen. Oder willst du uns und dich selbst fortwährend bestrafen? Wofür? Haben wir nicht genug gelitten und einen Teil unseres Lebens sinnlos und ohne zu leben verschwendet? Seit wir dieses Lager aufgeschlagen haben, verloren wir einige unserer treuesten Freunde in den Sümpfen. Wir hätten nach Eisbergen gehen sollen. Das wäre die bessere Wahl gewesen. Tomal und einige unserer Freunde leben dort. Stattdessen flüchteten wir hierher an diesen garstigen Ort. Wovor läufst du weg? Und erkläre mir, warum du Nihara unbedingt mitnehmen musstest? Gewiss nicht, weil sie meine Tochter ist und du mir einen Gefallen tun wolltest. Was siehst du in ihr? Sie sieht mir sehr ähnlich, nicht wahr? Genau so, als wir uns näher kennenlernten und ineinander verliebten. Ist es das, was dich dazu verleitete? Glaubst du tatsächlich, sie wäre ich? Bin ich dir nicht mehr jung und schön genug? Gib es zu!«

»Nein, Elischa!«, wehrte sich Madhrab lautstark gegen die Vorwürfe, während er dabei beschwichtigend die Hände hob. »Ich konnte sie nicht töten. Ja, vielleicht weil ich dich in ihr sah und in jenem entscheidenden Moment deine Stimme hörte, die um das Leben des Mädchens flehte. Das gebe ich zu. Mehr ist es nicht. Wir durften sie nicht zurücklassen. Sie war die letzte Angehörige der Fallwas. Sie hätte das Erbe des Fürsten angetreten. Ich kann mir nicht vorstellen, dass dir diese Vorstellung gefallen würde.«

Elischa sah Madhrab mit funkelnden Augen an. Ihre Streitlust war endgültig geweckt. Nihara war ein Stachel, der sich tiefer und tiefer in Elischas Herz bohrte, ein Messer, das langsam, aber sicher das zwischen ihr und Madhrab für die Ewigkeit geknüpfte Band zerschnitt.

Dies war etwas, das sich die Orna niemals hatte vorstellen können. Sie hatte ihre Tochter aufopfernd gesund gepflegt und doch war sie eine Feindin. Die schlimmste, die sie sich vorstellen konnte. An manchen Tagen brach es Elischa beinahe das Herz. Sie war hin- und hergerissen zwischen ihren Gefühlen als Mutter und dem Hass, der ihre Seele befleckte. Schon lange hatte sie Madhrab deswegen zur Rede stellen wollen, denn es störte sie, wie er Nihara zuweilen ansah. In seinen Blick schlichen sich tiefe Trauer und Sehnsucht und er wirkte auf eigenartige Weise abwesend. Meist geschah dies in Momenten, in denen er sich unbeobachtet fühlte. Doch Elischa wusste, dass er währenddessen von Nihara träumte. Oder von ihr, bevor er einen Teil seines, nein, ihres gemeinsamen Lebens in der Grube verlor. Seine Erinnerung, die er für lange Zeit in seinem Herzen an Elischa getragen hatte, war das Bild einer jungen Frau und Mutter, der Nihara weit ähnlicher sah, als sie selbst es heute tat. Das Antlitz ihrer Tochter musste ihn jeden

Tag schmerzlich an das erinnern, was er für immer verloren glaubte. Ein Leben mit Elischa. Doch bei allem Verständnis, das sie für Madhrab aufbrachte – der Gedanke, sie könnte ihre Liebe an ihre eigene Tochter verlieren, war ihr unerträglich.

»Immer noch besser, als sie in unserer Nähe zu wissen«, konterte Elischa verärgert. »Mich verachtet sie für das, was sie in mir gesehen hat und immer noch sieht. Sie schämt sich dafür, dass ich ihre Mutter bin. Die niederste Magd aus dem Hause Fallwas. Das verdorbene Spielzeug ihres Vaters. Dadurch fühlt sie sich selbst erniedrigt. Dich jedoch hasst sie, mehr als alles andere auf Kryson. Ist dir das nicht bewusst? Du hast ihren Vater und ihre Brüder getötet, die ihre Welt und ihr Leben waren. Du nahmst ihr alles. Ihre Familie, ihr Zuhause und ihre Sicherheit. Sie würde dich auf der Stelle töten, erhielte sie nur Gelegenheit dazu. Und ich würde sie sogar verstehen. Aber wir halten sie wie eine Gefangene. Tag und Nacht wird sie bewacht. Madhrab, du fügst ihr das zu, was Chromlion mir angetan hat. Lass sie nicht für mich leiden. So wenig Gutes ich für sie empfinden mag, bestrafe sie nicht für deinen Verlust. Sie ist unschuldig.«

»Also lassen wir sie laufen«, brummte Madhrab in seinen Bart.

»Sie wird den Weg zurück alleine nicht finden und zu den Schatten gehen, wenn du sie nicht aus den Sümpfen führst.«

»Chromlion hat ihr alles beigebracht, was es zum Überleben braucht«, meinte Madhrab.

»Er hat ihr beigebracht, mit Pfeil und Bogen und einem Schwert umzugehen. Aber er besaß nicht die Gabe des Kriegers und hätte im Kampf niemals gegen dich bestanden. Was er Nihara beibrachte, wird für die Grenzlande nicht ausreichen. Überlassen wir sie ihrem Schicksal, stirbt sie.«

»Wen kümmert das? Sie ist eine Fallwas. Sollen die Schatten sie holen, dann hast du deine Ruhe und denkst nicht, ich würde mich in schlaflosen Nächten zu ihr legen.«

»Verflucht, Madhrab«, ärgerte sich Elischa über die spitze Bemerkung, »hörst du mir überhaupt zu? Es geht mir nicht darum. Denkst du, ich wäre *nur* eifersüchtig auf sie, weil du in ihr mehr siehst, als mir lieb sein kann? Ja, sie ist eine Gefahr für uns und unsere Liebe. Aber insbesondere für dich kann sie eines Tages tödlich sein. Bring sie zurück. Führe sie nach Tut-El-Baya und ermögliche ihr ein neues Leben. Vielleicht wird sie dann eines Tages ihre Rache vergessen. Wenn wir sie in den Sümpfen alleinelassen, könnten wir sie auch gleich töten und würden ihr damit einige Qualen ersparen. Bei aller Abscheu und dem Hass, der sich gegen das, was Nihara verkörpert, über lange Sonnenwenden in meinem Inneren aufgebaut hat, ist sie dennoch meine Tochter geblieben. Ich will nicht, dass sie durch unsere Schuld stirbt. Diese Last würde ich nicht ertragen.«

»Es tut mir leid, Elischa«, entschuldigte sich Madhrab, »ich habe mich vergessen. Meine Erinnerungen beschränken sich auf die Zeit vor der Grube und die letzten beiden Sonnenwenden danach. Mir fehlt die Zeit, um zu begreifen, was tatsächlich geschehen ist. So vieles, auch du und ich, hat uns verändert. Ich werde Nihara zurückbringen. Das verspreche ich dir.«

»Keine Versprechen mehr, Madhrab«, lächelte Elischa, »aber ich danke dir trotzdem dafür. Tu, was notwendig ist.«

Die Orna schloss den Bewahrer in die Arme und drückte ihn fest an sich. Es tat ihr gut, seine Nähe und Wärme zu spüren, was zuletzt immer seltener vorgekommen war, obwohl sie nun viel mehr Zeit miteinander verbringen konnten als jemals zuvor.

»Ich werde mich jetzt auf die Suche nach Foljatin und Hardrab machen«, sagte Madhrab, während er Elischa vorsichtig von sich wegschob. »Sobald wir zurück sind, werden wir das Lager abbrechen und die Sümpfe verlassen. Du entscheidest, an welchem Ort wir uns ein neues Leben aufbauen. Danach werde ich Nihara nach Tut-El-Baya führen.«

»Ich komme mit dir«, bot Elischa ihre Unterstützung bei der Suche an.

Der Bewahrer sah Elischa ernst in die Augen und zögerte einen Augenblick, während er überlegte, ob es klug war, Elischa der Gefahr einer Suche in den Sümpfen auszusetzen. Doch schließlich stimmte er zu. Die Orna konnte mit ihrem Wissen über die Natur und den besonderen Fähigkeiten des Heilens eine große Hilfe in den Grenzlanden sein. Vielleicht fanden sie die Brüder verletzt vor und durften keine Zeit verlieren, wollten sie ihr Leben retten. Neun Tage in den Grenzlanden unterwegs schienen Madhrab allerdings eine lange Zeit zu sein. Er glaubte, dass Elischa in dieser Hinsicht falschlag. Irgendetwas musste geschehen sein, was die Zwillingsbrüder aufgehalten hatte. Elischa und Madhrab würden gemeinsam herausfinden, was es war.

Das donnernde Brüllen der Sagar dröhnte schmerzhaft in den Ohren der Brüder. Es war ein furchterregendes, aus zwei Mäulern gleichzeitig erzeugtes Geräusch.

Foljatin und Hardrab hatten sich langsam auseinanderbewegt, um die Echse von zwei Seiten anzugreifen. Der geschwächte Mairon war an Ort und Stelle zurückgeblieben und beobachtete das Geschehen gebannt aus der Entfernung. Der Gesandte des Regenten hatte allerdings Mühe, seinen Kopf aus eigener Kraft zu heben. Lange würde er dem Gift nicht mehr widerstehen können.

Die Sagar wirbelte herum und schleuderte den Brüdern ihre Fangarme entgegen. Foljatin warf sich in den Schlamm, um nicht von einem der Arme gepackt und an das fürchterliche Maul der Echse gezogen zu werden. Hardrab hingegen war dem Angriff auf seine eigene Weise ausgewichen, indem er über einen der Arme gesprungen war und sogleich noch im Sprung aus der Luft zum Gegenangriff angesetzt hatte, indem er mit dem Schwert nach dem ihm am nächsten befindlichen Arm geschlagen hatte. Aber die Sagar hatte seine Absicht erkannt und den Arm rechtzeitig zurückgezogen, sodass sein Schlag ins Leere zielte.

»Konzentriere dich auf die Fangarme, Foljatin«, rief er seinem Bruder zu, »wir müssen sie der Sagar abhacken.«

»Aye«, bestätigte Foljatin kampflustig, »jeden einzelnen von ihnen.«

Foljatin spuckte die stinkende Brühe aus, die beim Sturz in seinen Mund eingedrungen war, richtete sich auf und wischte sich mit einer Hand den Schlamm aus dem Gesicht. Die Beobachtung seines Bruders war richtig. Sie würden nicht näher an die Echse herankommen und ihr keinen größeren Schaden zufügen können, solange diese sich mit den mit dicken Saugnäpfen und giftigen Stacheln übersäten Fangarmen zur Wehr setzen konnte. Aber das war leichter gesagt als getan.

Kaum hatte Foljatin seinem Bruder zu verstehen gegeben, dass er dessen Vorschlag verstanden hatte, flogen bereits die nächsten Fangarme heran. Foljatin war nicht schnell genug, um dem erneuten Angriff auszuweichen. Ein Fangarm traf ihn mit der Spitze an der Brust. Die Wucht des Aufpralls war so heftig, dass sie ihm den Atem raubte und ihn mehrere Fuß weit in tieferes Gewässer warf.

Hardrab hatte mehr Glück. Er hatte den Vorstoß kommen sehen und den richtigen Zeitpunkt seiner Verteidigung ruhig abgewartet. In einer geschickten Drehbewegung war er ausgewichen und hackte mit einem einzigen durchgezogenen Schlag zwei Fangarme ab, die sich noch für eine Weile zuckend im Schlamm wanden.

Das Missgeschick seines Bruders hatte er allerdings erst wahrgenommen, nachdem die Sagar vor Schmerzen und Wut in ein ohrenbetäubendes Geschrei verfiel, das von einem schrillen Kreischen begleitet wurde. Eine Steigerung ihres anfänglich drohenden Gebrülls hatte er nicht für möglich gehalten, wurde nun aber lautstark eines Besseren belehrt. Seine warnenden Rufe gingen in dem Lärm unter, den die Sagar verursachte. Hardrab hatte aus dem Augenwinkel eine Schar von Panzerechsen wahrgenommen, die hinter Foljatin geräuschlos ins Wasser geglitten waren und sich in der Hoffnung auf fette Beute mit raschen, geschmeidigen Bewegungen knapp unter der Wasseroberfläche unaufhaltsam auf ihn zubewegten. Hardrab hatte die tödliche Gefahr sofort erkannt und versuchte verzweifelt seinem Bruder Zeichen zu geben. Doch dieser war mit sich selbst beschäftigt, versuchte nach Luft zu schnappen und sich in der Rüstung an der Oberfläche zu halten. Er hatte sich von dem Schlag noch nicht erholt. Das war offensichtlich. Foljatin blieb allerdings nur wenig Zeit, sich ans vorerst rettende Ufer zu schleppen. Es hatte keinen Zweck. Hardrab musste sofort etwas unternehmen und er durfte dabei keine einzige Sardas verlieren.

Er achtete nicht auf die Sagar, die sich wutschnaubend zu einem neuen Angriff sammelte. Seine eigene Sicherheit war ihm gleichgültig. Kopflos hastete Hardrab los, seinen Bruder zu retten. Todesmutig wich er den heranfliegenden Fangarmen aus und entging ihnen nur mit sehr viel Glück. Das enttäuschte Fauchen der Sagar hörte er nicht einmal. Gleich darauf stürzte er sich – die Luft anhaltend – kopfüber ins dunkle Wasser und schwamm mit zwei kräftigen Zügen wieder nach oben. Das trübe Sumpfwasser reichte ihm an dieser Stelle bis zum Hals. Durch tiefes Wasser und weichen, zähen Schlick watend, kam er nur mühsam und sehr langsam voran. Panik und die schreckliche Angst, seinen geliebten Zwillingsbruder für immer zu verlieren, überkamen ihn. Beim Schwimmen störten ihn jedoch Rüstung und Schwert. Während er weiterhin lautstark Warnungen schrie, versuchte er mit kräftigen, rudernden Armbewegungen sein Vorwärtskommen zu unterstützen.

Die Sagar hatte sofort bemerkt, dass sich ihre Gegner im Wasser befanden und sich ihnen rasch hungrige Panzerechsen näherten. Mit schnellen, stampfenden Schritten eilte sie den Brüdern hinterher. Die Echse gab dabei ein eigenartig triumphierendes und glucksendes Geräusch von sich, so als ob sie sich über die jüngste Entwicklung des Kampfes freute. Die wehrhaften Gegner hatten ihren Jagdtrieb erst richtig angestachelt. Das Spiel konnte beginnen. Das dunkle Wasser der Sümpfe war ihr Element. Hier konnte sie all ihre Vorteile einer tödlichen Jägerin voll und ganz ausspielen. Und diese leichte Beute würde sie sich nicht mehr wegnehmen lassen.

Wo sollten Madhrab und Elischa mit der Suche beginnen? Die Grenzlande waren groß, und die schwer begehbaren Sümpfe erstreckten sich über eine weite Fläche. Aber es gab nur wenig sichere Pfade durch die Sumpflandschaft, was Madhrab als entscheidenden Vorteil ansah. Er kannte Foljatin und Hardrab, sie würden das Wagnis, einen unerkundeten und lebensgefährlichen Pfad zu beschreiten, nur im äußersten Notfall wählen. Das schränkte die ansonsten schier unbegrenzten Möglichkeiten, sich in den Sümpfen zu verlieren, wenigstens ein klein wenig ein, sodass er die Hoffnung, die Brüder zu finden, nicht sofort aufgab.

Auf ihrem Weg hielten der Lordmaster und die Orna mehrmals inne. Madhrab kniete sich nieder, lauschte und suchte nach Spuren, die der Sumpf doch längst verwischt hatte. Aber vielleicht hatte er Glück und würde einen frischen Hinweis über ihren Verbleib finden, der sie auf die richtige Fährte brächte.

Elischa kramte ein altes Holzkästchen, gespickt mit Löchern, aus ihrem Gepäck.

»Was hast du da?«, wollte Madhrab wissen.

»Brünnkäfer«, antwortete Elischa. »Wir Orna setzen die

tapferen Tiere als Wegsucher ein. Vor vielen Sonnenwenden besaß ich zwei äußerst zahme Exemplare. Sie sind leider schon lange tot. Diese beiden hier habe ich allerdings erst auf unserem Weg in die Sümpfe gefunden. Es war, als hätten sie geradezu darauf gewartet, dass ich mich ihrer annehme und ihnen die besten Blätter zum Fressen suche. Sie gehorchen zwar nicht so gut wie die anderen und machen manchmal, was sie wollen, aber für die Suche sind sie bestens geeignet.«

Sie zeigte Madhrab die Käfer, setzte sie vorsichtig auf ihre Handfläche und blies ihren Atem sanft unter die leicht geöffneten Flügeldeckel. Diese pumpten daraufhin mehrmals kräftig mit dem Hinterkörper und hoben schließlich brummend ab. Elischa ließ den Lordmaster einen Blick in das Innere der Holzkiste werfen.

»Das ist ... wunderbar«, meinte der Lordmaster erstaunt.

»Es ist vor allen Dingen nützlich«, antwortete Elischa lächelnd. »Sie fliegen schnell und kennen keine Fressfeinde.«

»Und sie kommen immer zu dir zurück?«

»Früher oder später«, zwinkerte Elischa Madhrab verschmitzt zu. »Sie wissen, bei wem sie es gut haben und wo sie stets das beste Futter bekommen. Und Hunger haben sie eigentlich immer. Finden sie allerdings auf ihrem Weg einen Baum mit leckeren Blättern oder einen Partner, der bereit ist für ein ausgiebiges Liebesspiel, kann es schon mal länger dauern. In den Sümpfen dürfte das aber eher unwahrscheinlich sein.«

Gebannt verfolgten Madhrab und Elischa den Flug der Käfer durch den magischen Spiegel im Deckel der Holzkiste. An manchen Stellen wies der Lordmaster Elischa auf einige erhebliche Gefahren hin, die ihnen bevorstünden, wenn sie diesem Weg folgen müssten. Nach einer Weile jedoch schrie Elischa erschrocken auf.

»Hast du es auch gesehen?«

»Was?«, fragte Madhrab erstaunt.

»Sieh genau hin«, sie deutete mit dem Finger auf eine Stelle des Spiegels in der unteren linken Hälfte. »Ein riesiger Schatten, der sich eilig zum Wasser hinbewegt. Hier ...« Sie zeigte auf eine Stelle, an der sich die Dünste des Sumpfes zu einem dunkleren Schemen verdichteten.

»Was mag das sein?« Madhrab war nicht sicher, konnte er die Gestalt doch nur vage erkennen. Zudem wackelte das Bild während des Fluges stark.

»Im Wasser!«, schrie Elischa aufgeregt. »Dort kämpfen zwei Männer im Wasser.«

Madhrab hatte die Männer nun ebenfalls gesehen und es war unschwer zu erkennen, dass sie sich in großer Gefahr befanden. Aus dem Wasser bewegten sich gleich mehrere Schatten auf sie zu, und der riesenhafte Schemen stürzte sich soeben von der anderen Seite vom Ufer ins Wasser. Die Männer waren eingekreist. Egal für welche Seite sie sich entscheiden würden, ihnen stand unmittelbar ein heftiger, wahrscheinlich letzter, tödlicher Kampf bevor.

»Wie viel Zeit bleibt uns?«, wollte der Lordmaster von Elischa wissen.

»Ich weiß es nicht, fürchte aber, dass wir es nicht schaffen werden, ihnen zu Hilfe zu eilen.«

»Ich muss wissen, wie weit uns die Käfer voraus sind!« Madhrab wirkte plötzlich sehr drängend und ungeduldig.

»Wenn ich die Flugzeit bedenke, etwa drei Meilen«, antwortete Elischa, »die Hindernisse und Gefahren auf dem Weg nicht eingerechnet. Wahrscheinlich werden wir für die Strecke einen halben Tag brauchen.«

»Und uns bleiben höchstens wenige Sardas«, stellte Madhrab verbittert fest, »wir werden zu spät kommen ... es sei denn ...«

»Nein, Madhrab«, rief Elischa erschrocken, »das darfst du nicht. Das ist zu gefährlich!«

»Ich weiß, aber welche Wahl bleibt uns? Ich muss das stärkste Tarsalla heraufbeschwören, das mir möglich ist. Die Zeit muss stillstehen.«

»Aber es wird dich verbrennen, Madhrab«, sorgte sich Elischa. »Wie lange wirst du es aufrechterhalten können, ohne dir selbst zu schaden?«

»Wenn deine Schätzung stimmt, werde ich bei Ihnen sein, bevor sie von der Gefahr erreicht werden.«

»Und dann? Wirst du ihnen in deinem geschwächten Zustand noch beistehen können?«

»Ja ... aber nur für kurze Zeit. Alles muss schnell gehen und ich muss einen tödlichen Streich führen.«

»Bei den Kojos, Madhrab. Tu es nicht. Mir zuliebe«, flehte Elischa.

»Ich kann nicht anders, Elischa. Folge mir, so schnell du kannst, und bitte die Kojos darum, bei allem, was dir heilig ist, dass ich nicht versagen werde.«

Während Elischa entsetzt durch den magischen Spiegel beobachtete, wie sich der Schemen und die anderen Wesen den beiden Männern im Wasser näherten, bereitete sich Madhrab vor und konzentrierte sich auf sein Tarsalla. Kreischend und hungrig fuhr Solatar aus der Scheide.

»Am menok tar velok sa kurok alla«, beschwor Madhrab sein Tarsalla.

Kaum hatte der Bewahrer die beschwörenden Worte ausgesprochen, war er bereits aus den Augen der Orna verschwunden. Es kam ihr vor, als hätte sie einen rot schimmernden Blitz verschwinden sehen, der sich in rasender Geschwindigkeit von ihr entfernt hatte, während sie selbst an Ort und Stelle gebunden war und sich nur quälend langsam bewegen konnte, als hätte sie Wurzeln in den sumpfigen Boden geschlagen. Ein Kribbeln zog sich über ihre Haut, als krabbelten tausend Spinnen über ihren Körper. Sie schauderte und wollte schreien, doch über ihre Lippen kam nur ein lautloser, stark verlangsamter Atemstoß.

Die Welt von Kryson verschwamm vor den Augen des Bewahrers. Wie ein Geist bewegte er sich durch eine gespenstisch graue Landschaft, die zu einem einzigen Farbenwirrwarr zu verwischen schien. Büsche und abgestorbene Bäume zogen an ihm vorbei. Die Tiere der Grenzlande, ob klein, ob groß, nahmen den vorbeiziehenden Blitz nicht bewusst wahr. Zu schnell und zu kurz erfolgte die plötzliche Bewegung, während sie selbst wie gelähmt waren. Dennoch musste Madhrab seine Schritte mit Bedacht wählen. So schnell er sich durch die Magie der Bewahrer auch fortbewegen mochte, er war nicht davor gefeit, bei einem Fehltritt in einem Sumpfloch stecken zu bleiben und zu versinken oder mit einem Hindernis zusammenzustoßen.

Nie zuvor hatte er ein solch starkes Tarsalla hervorgerufen. Ein Wagnis, das er kaum zu kontrollieren und dessen Folgen er nicht abzuschätzen vermochte. Natürlich hatte er Elischa nicht die Wahrheit gesagt, denn er wusste nicht, wie lange er diesen Zustand gefahrlos aufrechterhalten konnte. Aber er musste eine Rettung der Zwillingsbrüder versuchen, koste es, was es wolle. Das war er Gwantharab schuldig.

Die Bewahrer waren stets davor gewarnt worden, ihr Tarsalla unbedacht einzusetzen und ihre Fähigkeiten zu überfordern. Das Spiel mit der Zeit galt als gefährlich, und die Überlastung des eigenen Körpers, die mit jedem Tarsalla einherging, durfte keineswegs unterschätzt werden. Niemand wusste, was durch die Beeinflussung der Zeit und der Umgebung in dieser Weise hervorgerufen wurde. In den Schriften über das Tarsalla wurde von den Atramentoren behauptet, dass bei Überbeanspruchung ein Riss in der Zeit entstehen könnte, durch den ein Portal geöffnet würde und ein Sprung in eine andere Zeit denkbar sei, aus der es möglicherweise kein Zurück mehr gäbe. An anderer Stelle stand geschrieben, dass durch das Portal fremdartige Wesen aus der Vergangenheit oder der Zukunft nach Kryson gelangen könnten, die in der Lage wären, das Gleichgewicht nachhaltig zu verschieben. Niemand hatte je zuvor ein Portal geöffnet oder eine solche Kreatur erblickt.

Madhrab blieb keine Zeit, lange darüber nachzudenken. Auch wenn die Folgen eines überzogenen Tarsalla unabsehbar waren, so würde er sich – sollte er noch dazu in der Lage sein – erst nach dessen Einsatz damit beschäftigen, was auch immer über Kryson vielleicht hereinbrechen mochte.

Wie ein mächtiger Sturm fegte Madhrab durch die Sümpfe, folgte dem Weg, den ihm die Brünnkäfer aufgezeigt hatten. Er war darauf angewiesen, sich genauestens an die Bilder aus dem magischen Spiegel zu erinnern und sich ein bereits gesehenes Hindernis rechtzeitig vorab in sein Bewusstsein zurückzurufen. Nur mithilfe seines Gedächtnisses war er in der Lage, den Weg einigermaßen sicher zu bewältigen, denn alleine seine Reaktionsfähigkeit war nicht ausreichend, um einem plötzlich auftauchenden Gegner oder einem Baum in dieser Geschwindigkeit auszuweichen.

Madhrab spürte bald, wie seine Muskeln zu ziehen begannen. Seine Kräfte ließen bereits nach einer Meile nach. Die Belastung für seinen Körper war enorm. Er glaubte seine Knochen knirschen zu hören und fürchtete, sie könnten brechen. Die Atemluft in seinen Lungen brannte wie Feuer. Sein Herz raste und pumpte das Blut mit hohem Druck durch seine Adern, dass er das Rauschen des reißenden Blutflusses in seinen Ohren hören konnte. Ein schmerzhaftes Pochen in seinem Schädel zeigte ihm an, dass er die Grenze des Tarsalla bereits überschritten hatte. Nicht mehr lange und es würde ihn zerstören. Aber er musste durchhalten, durfte nicht nachlassen. Nur noch ein Stück des Weges und er würde die um ihr Leben kämpfenden Männer erreicht haben und ihnen zur Seite stehen. Madhrab biss die Zähne zusammen, konzentrierte sich auf die Bilder in seinem Kopf und lenkte sich dadurch von den Schmerzen ab.

»Foljatin!«, schrie Hardrab voller Verzweiflung, während er sich weiter durch das Wasser vorankämpfte.

Von seinem Bruder trennten ihn noch gut vierzig Fuß. Keine große Entfernung, doch im trüben Wasser der Sümpfe, bewaffnet und in Rüstung konnte selbst diese Strecke zu einer einzigen Tortur werden. Das Brüllen der Sagar hatte urplötzlich aufgehört und Hardrabs mittlerweile heisere Stimme war nun deutlich hörbar.

»Pass auf und dreh dich um! Die Panzerechsen kommen dich holen!«

Foljatin hatte die Warnung seines Bruders endlich wahrgenommen und drehte sich hektisch im Wasser um. Seine Augen weiteten sich, als er die Schar der hungrigen Panzerechsen auf sich zuschwimmen sah. Sie wollten sein Fleisch.

Ihm wurde plötzlich schmerzlich bewusst, dass er ihnen nicht entkommen konnte. Sie waren schon zu nah, und er bewegte sich im Wasser viel zu langsam, um an Flucht denken zu können. Foljatin hörte das schnappende Atmen und Prusten Hardrabs, der immer noch unter größter Anstrengung versuchte, seinen Bruder zu erreichen, bevor diesen die Panzerechsen angriffen.

Das Schwert mit beiden Händen festhaltend, blieb Foljatin nichts anderes übrig, als die starken Kiefer und scharfen Zähne der Panzerechsen zu erwarten. Er hoffte nur darauf, dass es schnell gehen würde und er nicht zu lange leiden musste. Aber kampflos würde er ihnen sein Fleisch nicht überlassen.

Mit einem Mal drehten die Panzerechsen ab. Geradezu panisch warfen sich die gefräßigen Tiere herum und suchten hastig das Weite. Foljatin hatte den Eindruck, sie wären schneller unterwegs als noch zuvor, und das, obwohl sie wie durch ein Wunder von ihrer Beute abließen. Foljatin lachte, als wäre er verrückt geworden. Gerade hatte er mit seinem Leben abgeschlossen und dann war die todbringende Gefahr von einem Moment auf den anderen vorüber. Hatten die Panzerechsen vor ihm Angst bekommen? Fürchteten sie sich etwa vor seinem Schwert? Nachdem er sich vergewissert hatte, dass die hungrigen Räuber nicht noch einmal die Richtung wechselten, drehte er sich wieder um und lachte dem ihm inzwischen deutlich näher gekommenen Hardrab freudestrahlend entgegen.

»Bruder! Ich danke dir«, rief Foljatin, »du hast den Panzerechsen mit deinem Geschrei und deinem Gezappel einen gehörigen Schrecken eingejagt. Sie haben aufgegeben!«

Hardrab sah seinen Bruder fassungslos an. Wie war das möglich? Da wurde ihm plötzlich bewusst, dass etwas anderes die Panzerechsen in die Flucht geschlagen haben musste. Eine noch viel größere Gefahr in seinem Rücken, die er aus Angst vor dem Verlust seines Bruders beinahe vergessen hatte. Mit den letzten Schwimmzügen erreichte er Foljatin.

»Sei doch leise«, zischte er, »sieh dich um! Die Wasseroberfläche liegt ganz still hinter uns. Wo ist die Sagar? Kannst du sie sehen?«

Foljatin erbleichte. Er blickte Hardrab mit vor Schreck geweiteten Augen an, so als sähe er seinen Bruder nun zum allerletzten Mal. Das also war es, was die Panzerechsen dazu gebracht hatte, von ihm abzulassen. Die Sagar war im Wasser und musste ganz nah sein. Eine leichte Berührung am Bein ließ ihn herumfahren und aufschreien. Aber es war nichts zu sehen. Keine Bewegung. Nichts.

Mit zusammengekniffenen Augen drehten sich die Brüder Rücken an Rücken langsam im Wasser um sich selbst und achteten dabei auf jede Luftblase, die an der Wasseroberfläche zerplatzte.

»Das verdammte Mistvieh ist untergetaucht und lauert unter Wasser auf seine Gelegenheit«, hauchte Foljatin stimmlos.

»Ja ... und wir kämpfen auf verlorenem Posten gegen eine Bestie in ihrem eigenen Revier. Sie spielt mit uns, und wir können nichts dagegen unternehmen«, antwortete Hardrab, in dessen Stimme sich ein leichtes Zittern geschlichen hatte.

»Und wenn wir uns langsam Richtung Ufer bewegen?«, schlug Foljatin vor.

»Das sollten wir versuchen«, stimmte Hardrab zu, »aber ich glaube, es ist nur eine Frage der Zeit, bis sie den Ersten von uns unter Wasser zieht und schlachten wird. Wir werden das Ufer nicht erreichen. Leb wohl, Bruder. Wir sehen uns bei den Schatten.«

»Leb wohl, Hardrab. So sollte es nicht enden«, antwortete Foljatin und suchte die Hand seines Bruders.

Die Zwillinge fassten einander an den Händen, während sie mit der verbliebenen, freien Hand mit den Schwertern vor sich durch das Wasser pflügten und mit vorsichtigen, unauffälligen Bewegungen den Weg zum Ufer suchten.

»Dort ...!«, schrie Hardrab plötzlich auf.

Er hatte einen riesigen Schatten direkt vor sich im Wasser gesehen. Foljatin hatte ihn ebenfalls bemerkt.

»Das Ungeheuer umkrei…«

Foljatin wurde in seinem Satz jäh unterbrochen, mit einem gewaltigen Ruck von seinem Bruder getrennt und unter Wasser gezogen. Er hatte keine Gelegenheit, nach Luft zu schnappen und sich gegen den plötzlichen Angriff zu wappnen. Hardrab war zunächst ein Stück mitgerissen worden, hatte jedoch die Hand seines Bruders aufgrund der Heftigkeit des Vorstoßes loslassen müssen, um nicht ebenfalls unter Wasser gezogen zu werden. Der Zug war so kräftig, dass er dachte, sein Arm werde ihm ausgerissen. Sofort hatte er Foljatin aus den Augen verloren, konnte jedoch anhand der an die Oberfläche steigenden Luftblasen erkennen, wohin die Sagar ihr Opfer schleppte. Was sollte er tun? Wie gelähmt blickte er den sich langsam entfernenden Luftblasen hinterher. Sein Bruder war verloren und Hardrab wusste, dass auch er im Wasser gegen die Drachenechse keine Chance hatte. In wenigen Augenblicken würde die Jägerin zurückkehren, ihn unter Wasser ziehen und erlegen, so wie sie es mit Foljatin getan hatte. Die Zwillinge stellten nichts weiter als Beute für ein hungriges Raubtier dar. Fressen und gefressen werden. Die Erkenntnis über den bevorstehenden Gang zu den Schatten hatte auch ihr Gutes. Die Angst war auf einmal wie weggeblasen. Er hatte mit seinem Leben abgeschlossen. Nachdem sich die Sagar zuerst Foljatin geholt hatte, gab es für ihn nichts mehr, wofür es sich gelohnt hätte, zu kämpfen. Sein Überlebenswille war gebrochen. Beinahe schon ungeduldig wartete er auf die Rückkehr der Echse.

Hardrab wurde plötzlich aus seinen Gedanken gerissen, als für den Bruchteil einer Sardas ein rot schimmerndes Wesen an ihm vorbeischoss. Eine unheimliche Stille und Regungslosigkeit legte sich über das Wasser. Er glaubte seinen Augen kaum. Träumte er und sah bereits Geister? Er war sich sicher, für einen kurzen Moment die durchaus vertraute Gestalt eines großen Mannes wahrgenommen zu haben. Der Grauhaarige hatte ihn mit schmerzverzerrtem Gesicht und gebleckten Zähnen aus blauen Augen gemustert. Hatte er sich getäuscht oder war diese Gestalt Madhrab? Ein winziger Funken Hoffnung keimte in ihm auf. Doch so schnell die Erscheinung gekommen war, so geschwind war sie weitergezogen. Geistesabwesend versuchte Hardrab dem roten Schimmer mit Blicken zu folgen. Jede seiner Bewegungen fiel ihm jedoch schwer. Es erschien ihm, als stünde die Zeit still und er wäre mit ihr von einer undurchdringlichen Hülle eingefroren und zur Bewegungslosigkeit verdammt.

Das alle Sinne lähmende Gefühl legte sich abrupt und schon im nächsten Augenblick erfasste Hardrab, was er gesehen hatte. Er hatte sich nicht getäuscht. Die Erscheinung war Madhrab gewesen.

Nur wenige Fuß von ihm entfernt tauchte die Sagar aus dem Wasser und richtete sich brüllend zu ihrer ganzen Größe auf. In einem ihrer Fangarme hing der schlaffe Körper seines Bruders. Der Anblick des leblosen Zwillings versetzte Hardrab einen Stich mitten ins Herz. Mit offenem Mund beobachtete er den Todeskampf der Sagar, hinter deren Riesenschädel sich ein Mann in einer rot schimmernden Rüstung mit beiden Beinen festgeklammert hatte, gerade so, als wollte er diese wild gewordene Echse zureiten. In den hoch über seinem Kopf erhobenen Händen hielt er ein kreischendes Blutschwert. Die Schwertspitze war nach unten gerichtet und zielte auf einen Punkt zwischen Schädel und Nacken der Echse. Der Krieger zögerte nicht und stieß das Schwert mit Wucht in das Fleisch der Echse. Ihr wütendes Brüllen wechselte in ein zuerst erschrockenes und dann jämmerlich klagendes Wimmern und schließlich in einen letzten, ungewöhnlich hellen Schrei, der sich mit dem lauten Kreischen Solatars vermischte, bevor er wieder erstarb und die Sagar unter dem Krieger zusammenbrach. Die Drachenechse war tot.

Hardrab verfolgte jede Bewegung des Lordmasters gebannt. Madhrab ließ sich vom Rücken der Echse gleiten und befreite Foljatin aus dem Fangarm der Sagar. Dann schwamm er, den leblosen Körper hinter sich herziehend, zu Hardrab. Der Atem des Lordmasters ging schwer und offensichtlich hatte er große Schmerzen.

»Alles in Ordnung mit dir?«, presste Madhrab durch die Zähne heraus.

»Ich … ich weiß nicht«, antwortete Hardrab, der seine Sinne noch nicht wieder gesammelt hatte.

»Bring deinen Bruder hier raus und achte darauf, dass sein Kopf über Wasser bleibt. Sofort!«, herrschte der Lordmaster Hardrab an.

Madhrab rechnete jeden Augenblick damit, dass die überall lauernden Panzerechsen durch das frische Blut angelockt würden und sich gierig auf die Beute stürzten. Er hatte durch sein Tarsalla zu viel Kraft eingebüßt, um eine Begegnung mit den Echsen heil überstehen zu können. Hardrab gehorchte und schleppte seinen Bruder mühsam ans rettende Ufer. Der Lordmaster war inzwischen zu der Drachenechse zurückgeschwommen und zog den massigen Körper der Sagar hinter sich her. Als Madhrab das Ufer ebenfalls erreichte, schien das Wasser um den Krieger herum zu verdampfen, was Hardrab unschwer an den um Madhrab herum aufsteigenden Dunstwolken erkennen konnte. Offensichtlich war der Lordmaster stark erhitzt.

»Hilf mir heraus«, bat Madhrab und streckte Hardrab die Hand entgegen, »ich bin zu schwach, um es noch selbst zu schaffen.«

Hardrab schluckte und ergriff wortlos die Hand des Lordmasters. Die Hand fühlte sich heiß an. Beinahe hätte der Kaptan die Hand zurückgezogen, weil er fürchtete, sich daran zu verbrennen. Aber er hielt durch und legte den keuchenden Lordmaster neben seinem Bruder ab.

»Du musst deinen Bruder wiederbeleben. Sein Herz steht still, aber sein Geist lebt. Er hat viel Wasser geschluckt. Du weißt, wie das geht. Also beeile dich. Ich kann die Schatten bereits lauern sehen. Und danach ziehst du die Sagar an Land«, befahl Madhrab, der in jenem Moment nicht auf eigenen Beinen stehen konnte. »Ihre Haut ist wertvoll, und mit ihrem Fleisch werden wir Monde überleben können. Wir wollen doch nicht riskieren, dass sich die Panzerechsen unsere Beute holen.«

Immer noch war Hardrab sprach- und fassungslos. Er handelte auf Anweisung des Lordmasters und funktionierte wie ein Werkzeug, das genau das tat, was man von ihm verlangte. Mehr aber auch nicht. Er wusste selbst am besten, dass er unter einem Schock stand. Wie in einem Traum erinnerte er sich an die notwendigen Handgriffe und Schritte, die es jetzt zu tun galt, um seinen Bruder ins Leben zurückzurufen. Hardrab spendete ihm seinen Atem und massierte den Brustkorb Foljatins. Dabei bemerkte er, dass einige Rippen gebrochen waren. Aber das durfte ihn nicht kümmern.

»Foljatin ist durch das Gift der Echse gelähmt«, fuhr Madhrab in seinen Anweisungen fort, die Hardrab nur am Rande wahrnahm. »Sobald er aufwacht, wird er um Atem ringen und trübes Wasser aus seinen Lungen bringen. Hilf ihm dabei und drehe ihn auf die Seite, wenn die Zeit gekommen ist. Es wird eine Weile dauern, bis das Gift nachlässt.«

Nach einer Hardrab schier endlos erscheinenden Zeit zwischen Hoffen und Bangen und den anstrengenden Wiederbelebungsversuchen war Hardrab der Erschöpfung nahe. Aber er wagte es nicht, aufzugeben, versuchte mit zunehmender Verzweiflung, seinen Bruder zurückzuholen. Der Bewahrer Madhrab hingegen regte sich nicht und sah nur teilnahmslos zu.

Hardrab konnte es kaum fassen. Erst tötete der Bewahrer die Drachenechse, befreite Foljatin aus deren Fängen und rettete ihm das Leben. Dann ließ er ihn fast verzweifeln und half ihm nicht einmal, seinen Bruder wiederzubeleben. Irgendetwas stimmte an dem Bild nicht. Hardrab versuchte das Gefühl des in ihm aufsteigenden Ärgers zu unterdrücken.

»Du machst deine Sache wirklich gut und darfst jetzt nicht aufgeben, Hardrab«, sagte der Lordmaster, als habe er die Gedanken Hardrabs erraten. »Sieh mich nicht so an. Das Tarsalla zwingt mich in diesen Zustand. Ich kann nichts dagegen machen, sonst verbrenne ich. Elischa ist unterwegs zu uns. Sie wird innerhalb eines halben Tages eintreffen. So lange müssen wir ausharren und durchhalten.«

Hardrab hatte bei den Sonnenreitern bereits mehrmals vom Tarsalla der Bewahrer und dessen Folgen gehört und wusste, dass es eine besondere Eigenschaft darstellte, die sie in schwierigen Übungen hatten erlernen müssen. Die Beherrschung des Tarsalla war bei den Bewahrern unterschiedlich stark ausgeprägt. Hardrab hatte den Einsatz eines Tarsalla allerdings noch nie mit eigenen Augen gesehen. Jetzt jedoch konnte er sich ein besseres Bild von den vielerorts gefürchteten Folgen machen. Wenn er sich Madhrab in dessen jämmerlichem Zustand ansah, hatten die Aufzeichnungen über das Tarsalla nicht gelogen. Madhrab sah leichenblass aus und konnte nur mit Mühe den Kopf heben. Sein Geist war allerdings klar. Jedoch verschlechterte sich sein Zustand zusehends.

»Wer ist der Gefährte, der dort hinten zusammengekauert liegt?«, flüsterte Madhrab kraftlos. »Ich habe ihn nicht erkannt. Jedenfalls ist es niemand, an den ich mich erinnere.«

Der Lordmaster hatte den am Boden liegenden Mann bemerkt, kurz bevor er der Drachenechse mit einem beherzten Sprung ins dunkle Wasser gefolgt war. Hardrab war nicht in der Lage zu antworten. Die Wiederbelebung seines Bruders nahm seine ganze Aufmerksamkeit in Beschlag. Er verdeutlichte dem Lordmaster mit einem Handzeichen, dass er mit der Vorstellung des Gefährten warten musste.

Endlich regte sich Foljatin. Er prustete und spuckte Wasser, rang panisch um Atem. Hardrab drehte seinen Bruder auf die Seite, wie Madhrab ihn angewiesen hatte, und strich ihm besänftigend über den Kopf. Foljatins Atemzüge beruhigten sich und wurden immer regelmäßiger. Er schlug die Augen auf und blickte sich verwirrt um.

»Verdammt ...«, stammelte Foljatin, während ihm weiterhin Wasser aus dem Mund lief und er husten musste, »ich dachte … die Schatten hätten mich geholt. Stattdessen wache ich in diesem stinkenden Morast auf. Das Schattenreich hatte ich mir irgendwie … besser vorgestellt.«

Hardrab fiel ein Stein vom Herzen und Madhrab huschte ein schwaches Lächeln über das Gesicht. Foljatin lebte und hatte das Schlimmste überstanden.

»Ruh dich aus, Bruder«, sagte Hardrab. »Das Gift der Sagar lähmt dich. Aber das wird sich mit der Zeit geben. Madhrab hat uns das Leben gerettet und die Drachenechse getötet.«

»Madhrab?« Foljatin konnte den neben ihm liegenden Bewahrer nicht sehen, da er auf die andere Seite blickte.

»Ich bin hier«, sagte der Lordmaster.

Foljatin schloss beruhigt die Augen und schlief ein. Das Gift hatte ihn benommen gemacht und der Kampf mit der Sagar erschöpft. Hardrab versuchte die Drachenechse aus dem Wasser zu ziehen, aber ihr massiger Körper war zu schwer.

»Ich schaffe es nicht«, meinte Hardrab frustriert.

»Dann steig ins Wasser, zieh ihr die Haut ab und zerteile sie. Aber sieh dich vor und achte auf die Panzerechsen«, antwortete Madhrab.

Eine Sagar zu häuten und zu zerlegen war eine fürchterliche Arbeit. Sie stank, war schmutzig, blutig, kostete Kraft und Geduld, denn selbst mit dem schärfsten Schwert war die Haut der Drachenechse schwer zu durchdringen. Später musste die Haut erst getrocknet, gegerbt und dann ausgehärtet werden, dann würde jede Klinge daran scheitern. Hardrab musste mehrmals immer wieder an derselben Stelle ansetzen, bis er endlich zum Fleisch vorgedrungen war und mit dem Abziehen der gepanzerten Haut beginnen konnte. Die Fangarme hingegen waren leicht abzutrennen. Allerdings musste er sich vorsehen, sich nicht an den Stacheln zu verletzen. Madhrab versuchte Hardrab mit Rat und Tat zu unterstützen und achtete, so gut er es vermochte, auf das trübe Wasser hinter Hardrab.

Zum Glück verhielten sich die Panzerechsen ruhig und blieben auf Abstand.

In einer Ruhepause schleppte Hardrab den Gesandten des Regenten zu Madhrab, stellte ihn vor und setzte sich zu ihnen. Das Schlangengift im Körper Mairons hatte sich weiter ausgebreitet. Er war nur noch bei schwachem Bewusstsein. Dennoch lächelte er zufrieden, als er den Namen des Bewahrers vernahm.

»Eine Botschaft … für Euch«, sagte Mairon stimmlos und deutete auf die versiegelte Schriftrolle, die ihm Hardrab wieder in den Gürtel gesteckt hatte.

Hardrab reichte Madhrab die Schriftrolle, der diese mit zittrigen Händen entgegennahm, allerdings aufgrund seiner Schwäche nicht einmal in der Lage war, das Siegel zu brechen. Der Lordmaster musste plötzlich lachen. Es klang wie das verzweifelte Lachen eines Wahnsinnigen.

»Sieh uns an, Hardrab«, sagte Madhrab schließlich, »wir sind am Ende. Dieser tapfere Mann schleppt sich sterbend durch die Sümpfe, um mir die Botschaft des Regenten zu überbringen, und ich kann sie nicht einmal öffnen, geschweige denn lesen.«

Madhrab wandte sich an Mairon.

»Haltet durch. Ich will die Botschaft selbst und in Eurem Beisein öffnen. Das habt Ihr Euch wahrlich verdient. Hilfe ist unterwegs. Wir müssen geduldig sein, hoffen und warten.«

Als Elischa den Ort erreichte, an den sie die Bilder der Brünnkäfer geführt hatten, traute sie ihren Augen nicht. Vier Männer lagen, umgeben von Unmengen an Blut im Schlamm und zwischen sorgsam aufgeschichteten Fleischbrocken und Hautstücken, am Ufer des trüben Wassers und regten sich nicht.

Sie wagte kaum, sich den Männern zu nähern, dachte sie doch, die Schatten hätten sich bereits zahlreich versammelt, um die Krieger zu ihrem letzten Gang zu geleiten. War sie zu spät gekommen? Die Orna nahm all ihren Mut zusammen und setzte sich vorsichtig in Bewegung. Sie war erleichtert und atmete tief durch, als sie endlich die ersten Lebenszeichen entdeckte.

Madhrab wurde offensichtlich von hohem Fieber geplagt und von Krämpfen geschüttelt. Das hatte sie befürchtet. Er hatte das Tarsalla entgegen aller Warnungen überzogen.

Hardrab und Foljatin schliefen, schienen allerdings auf den ersten Blick keine schwerwiegenden Verletzungen aufzuweisen, während der Atem des vierten Mannes sehr flach war. Sie kannte den Mann nicht, der auf den ersten Blick im Sterben lag. Rasch erkannte Elischa die Anzeichen einer Vergiftung an den dunklen Flecken auf seiner Haut. Sie roch an seinem Atem und wusste, dass der Zustand durch den Biss einer Schlange herbeigeführt worden war. Sie hatte eine Ahnung, um welche Schlange es sich gehandelt haben musste. Ein unscheinbares Exemplar, das leicht übersehen wurde. Klein, braun und schmutzig grün gemustert. Ihr Gift wirkte zwar langsam, aber, wenn der Biss und die Vergiftung nicht behandelt wurden, tödlich. In der Hoffnung, dass die Vergiftung noch nicht die letzte Grenze zum Reich der Schatten überschritten hatte, verabreichte sie dem geschwächten Opfer ein Gegengift und einen stärkenden Trunk. Sie reinigte und versorgte die Bisswunde. Mehr konnte sie nicht für ihn tun. Außer hoffen und die Kojos um Unterstützung bitten. Entweder sein Körper würde die Heilung aus eigener Kraft schaffen oder er musste unweigerlich sterben.

Madhrabs Zustand bereitete Elischa Sorgen. Das Tarsalla hatte ihm sämtliche Kräfte geraubt und seinen Körper durch das hohe Fieber zusätzlich geschwächt. Sie war sich nicht sicher, ob ihre Heilkünste ausreichen würden, um gegen die Folgen der Magie wirken zu können. Elischa hatte ihn gewarnt. Das Tarsalla konnte ihn zerstören. Jedenfalls wollte sie versuchen, etwas gegen das Fieber zu unternehmen.

Elischa versuchte Foljatin zu wecken, was ihr nicht gelingen wollte. Danach rüttelte sie Hardrab an der Schulter, bis dieser erschrocken aus dem Schlaf hochfuhr und die Orna verwirrt anstarrte.

»Ich brauche deine Hilfe, Hardrab«, sagte sie.

»Was ... o Elischa ... du bist gekommen. Das ist gut!« Endlich hatte Hardrab die Orna erkannt.

»Wir müssen ein Feuer machen, damit ich einige Heiltränke zubereiten kann. Ich brauche möglichst trockenes Holz.«

»Das ist schwierig und wird seine Zeit brauchen. Hier in der Gegend ist es besonders feucht. Aber keine Sorge, auf unserem Weg sind wir an einigen abgestorbenen Bäumen vorbeigekommen. Ein paar trockene Äste und Zweige für ein kleines Feuer werde ich schon zusammenbekommen.«

»Was ist mit deinem Bruder?«, wollte Elischa wissen. »Ich habe versucht ihn zu wecken, aber er schläft wie ein Stein und aus seinem Mund läuft trübes Wasser.«

Hardrab erklärte der Orna in knappen Worten, was Foljatin zugestoßen war. Viel Zeit blieb ihm dafür nicht, da ihn Elischa zur Holzsuche drängte.

Während Hardrab sich auf den Weg machte, kümmerte sich Elischa um die Verletzungen Foljatins. Gegen das Gift der Sagar gab es kein wirksames Mittel. Sie würden warten müssen, bis die Lähmung abgeklungen war.

Einen weiteren Tag und eine Nacht kümmerten sich Elischa und Hardrab um die Verletzten, bis sie schließlich auf dem Weg der Besserung waren. Madhrabs Fieber war gesunken und seine Kräfte kehrten allmählich zurück. Foljatin klagte zwar über Schmerzen in seiner Brust, die von den gebrochenen Rippen und einigen Prellungen herrührten, konnte sich jedoch wieder langsam bewegen. Und Mairon hatte überlebt. Ein Wunder, wie Elischa fand, die ihn deutlich über der Schwelle zum Tod gesehen hatte. Er war noch von den Folgen des Giftes geschwächt, würde sich aber bald erholen. Sie beschlossen, so lange an Ort und Stelle zu verweilen, bis sie ausreichend Kräfte gesammelt hatten, um zu ihrem befestigten Lager in den Grenzlanden aufzubrechen. Bevor sie sich gemeinsam auf den Weg machten, brach Madhrab das Siegel der Schriftrolle und las die an ihn gerichtete persönliche Botschaft des Regenten. Verständnislos schüttelte er den Kopf und reichte die Schriftrolle sogleich an Elischa weiter. Als sie den Inhalt gelesen hatte, sah sie den Bewahrer lange und nachdenklich an.

»Du musst nach Tut-El-Baya gehen und dem Ruf folgen«, sagte sie schließlich.

»Ist das dein Wunsch?« Madhrab blickte Elischa forschend in die Augen, sie war ihm in mancherlei Hinsicht ein Rätsel.

»Nein! Aber es ist deine Bestimmung, Madhrab. Ich kann es deutlich spüren. Gleichgültig was ich fühle oder mir für unser Leben wünsche. Ich kann dich nicht halten. Nicht für mich. Es hat keinen Sinn, vor Kryson zu fliehen und sich zu verstecken. Sie werden dich nicht in Ruhe lassen und finden. Du bist ein Krieger und wirst dorthin gehen müssen, wo du gebraucht wirst. Hilf den Nno-bei-Klan ein letztes Mal, wenn du kannst. Alles andere fühlt sich für mich falsch an. Das habe ich jetzt erkannt.«

»Und was wird aus dir?«, fragte Madhrab betrübt.

»Mach dir keine Sorgen um mich«, antwortete Elischa, »ich werde dich ein Stück des Weges nach Tut-El-Baya begleiten und gehe zurück in den Orden. Dort wartet meine Aufgabe auf mich.«

»Du willst in das Haus der heiligen Mutter zurückgehen, nach allem, was geschehen ist?«, fragte Madhrab verwundert.

»Ja«, antwortete Elischa bestimmt, »vielleicht hätte ich das längst tun sollen. Es ist viel Zeit vergangen. Wir Orna stehen stets in Verbindung miteinander, gleichgültig wo wir uns befinden. Eigenartig war nur, dass die Verbindung auf Burg Fallwas vollständig abgebrochen war. Aber nun kann ich fühlen, dass sie mich brauchen und auf mich warten. Und wenn du die Gefahr für die Klanlande gebannt hast, wirst du mein Bewahrer sein, so wie die heilige Mutter es einst für uns vorgesehen hatte.«

»Denkst du, ich werde noch einmal in das Haus des hohen Vaters zurückkehren?«, wollte Madhrab von Elischa wissen.

Die Orna antwortete nicht sofort. Stattdessen nahm sie seine Hand in die ihren und hielt diese, so fest sie konnte.

»Du erwartest eine aufrichtige Antwort von mir?«, hakte Elischa nach und sah ihm dabei tief in die Augen.

Madhrab nickte. Ein Kloß hatte sich in seinem Hals gebildet, der ihm das Sprechen schwer machte.

»Nein, ich weiß, dass du nicht wiederkommen wirst. Wir werden uns voneinander verabschieden müssen, Madhrab«, sagte Elischa leise. »So uns die Kojos gnädig und gewogen sind, treffen wir uns eines Tages in den Schatten, im Land der Tränen oder in der Ewigkeit wieder. Unsere Seelen sind durch das Band der Liebe miteinander verbunden. Unzertrennlich. Und doch ist es uns nicht vergönnt, unser weiteres Leben gemeinsam zu verbringen. Nicht dieses Leben. Vielleicht ist es besser so, nach allem was geschehen ist. Die Kojos haben dir eine Gabe geschenkt und mir eine Aufgabe zugedacht. Beinahe zu spät habe ich erkannt, welches Opfer von uns verlangt wird. Das Gleichgewicht hat dich auserwählt, eine entscheidende Rolle im Kampf der Mächte zu spielen. Unsere Verbindung hat ihren Zweck erfüllt und doch ist sie nicht wesentlich genug, um in diesem Leben bestehen zu können. Den weiteren Weg müssen wir alleine gehen. Jeder für sich, bis zum bitteren Ende.«

Er wusste, dass sie recht hatte. Und es tat weh, denn es bedeutete einen Abschied für immer. »Ich liebe dich«, flüsterte Madhrab mit Tränen in den Augen.

»Ich dich auch«, antwortete Elischa.

# Der junge Fürst und sein Meister

Was Sapius längst überwunden glaubte, war schon seit längerer Zeit zu seinem großen Leidwesen zurückgekehrt. Erst vorsichtig anklopfend, dann nagend und schließlich mit jedem Tag deutlicher spürbar. Die Zweifel waren wieder da. Unruhig und unzufrieden vor sich hin murmelnd lief der Magier in seiner Kammer auf und ab, sah aus dem Fenster, ohne tatsächlich einen Blick auf die Stadt aus Eis und Schnee zu werfen. Er ärgerte sich über sich selbst.

Der Eispalast war seit mittlerweile mehr als fünfundzwanzig Sonnenwenden zu seinem festen Zuhause geworden. Seitdem hatte er Eisbergen nicht wieder verlassen. Meist war er an der Seite des Lesvaraq zu finden oder übte sich mit Tallia in den magischen Künsten, die sie beide inzwischen meisterlich beherrschten. Jeder auf seine ganz eigene Art und Weise. Die junge Frau war erst spät zu ihnen gestoßen, weil sie es nicht übers Herz gebracht hatte, den Einsiedler Kallahan im Stich zu lassen. Bis Kallahan sie weggeschickt hatte, den Zyklus des Lesvaraq zu vollenden. Seine Zeit war abgelaufen, er war müde, des Lebens überdrüssig und wollte endlich ins Land der Tränen einkehren.

Tallia war Sapius im Laufe der letzten Sonnenwenden ans Herz gewachsen, und sie gewährte ihm interessante Einblicke in ihr ungewöhnliches Schicksal bis hin zu ihrer Verwandlung in ein fremdartiges Wesen, das in seinem Äußeren demjenigen Felsgeborenen glich, den er auf dem Weg nach Eisbergen getroffen hatte.

Die Bibliothek des Palastes wies eine erstaunliche Sammlung an wertvollen Schriften und Büchern auf, in denen es viel zu entdecken und vor allen Dingen zu lernen gab. Der Lesvaraq hatte schnell gelernt und sich als überaus wissbegierig gezeigt. Sapius beneidete ihn insgeheim um diese Fähigkeit. Alles, was Sapius und Tallia an Wissen ihr Eigen nannten oder ihm in den frühen Sonnenwenden seines Lebens noch voraushatten, verlangte er ebenfalls zu erfahren. Und er wurde ungehalten, wenn sie ihm verweigerten, was er wollte. Bald schon gab es nichts mehr, was sie ihm noch hätten geben können. Tomal wuchs und wurde stärker. Als der Lesvaraq seine zehnte Sonnenwende seit seiner Geburt feierte, trat Alvara zu seinen Gunsten zurück und übertrug Tomal die Herrschaftsgewalt über das Fürstentum Alchovi.

Ein zu früher Schritt, wie manch kritische Stimme lautstark behauptete. Doch Tomal war kein gewöhnliches Kind; auch wenn er äußerlich in der Berufungszeremonie wie ein Knabe gewirkt hatte, war er doch damals im Geiste schon um Längen weiter als die meisten Erwachsenen. Ob er bei seinen Entscheidungen allerdings Vernunft walten ließ, gütig und umsichtig wie Corusal Alchovi oder Alvara sein konnte, musste sich erweisen. In Aussehen und Wuchs wurde der junge Fürst seinem leiblichen Vater immer ähnlicher, wies jedoch auch einige deutlich erkennbare Züge seiner Mutter auf. Die Augen und Lippen hatte ihm Elischa mitgegeben. Insgesamt wirkte er dadurch in seinem Ausdruck weicher, aber nicht weniger ausdrucksstark als der Bewahrer Madhrab. Sapius wusste sehr wohl, wessen Kind Tomal war. Aber der Magier schwieg zur Sicherheit des Lesvaraq.

Dennoch kamen bei den älteren Bediensteten des Eispalastes Gerüchte auf. Unschöne und höchst unerfreuliche Reden. Sie fragten teils offen, teils hinter vorgehaltener Hand, ob die Fürstin ihrem verstorbenen Gatten stets treu gewesen war. Oder hatte Corusal womöglich von der Untreue seiner Frau gewusst und sie darin unterstützt, weil er selbst nicht zeugungsfähig gewesen war? Die wilden Spekulationen rissen nicht ab und nahmen an Offenheit zu, je älter der Lesvaraq wurde. Doch weder Alvara noch Sapius unternahmen etwas dagegen. Gefährlich wurden die bösen Zungen nur dann, wenn sie den Anspruch auf die Herrschaft über das Fürstentum der Alchovi offen infrage stellten. Dies jedoch wusste Tomal stets mit seiner herrschaftlich strengen und arroganten Art zu unterbinden. Der Lesvaraq duldete keine Widerrede und schreckte nicht vor Bestrafungen zurück, was unter Corusal Alchovi in dieser Härte undenkbar gewesen wäre. So manche Zunge wurde herausgeschnitten, das ein oder andere allzu neugierige Auge geblendet. Und diejenigen, die das Vertrauen des Lesvaraq endgültig verspielt hatten – was ohne besonderen Anlass geschehen konnte –, fanden sich als Gefangene in Harrak wieder, um dort ihr Leben im ewigen Eis meist vorzeitig zu beenden. Obwohl ihm die Klan seines Fürstentums nach wie vor unverändert die Treue hielten, wurde Tomal Alchovi unter seinen Bediensteten und den Eiskriegern gefürchtet. Während Sapius die persönliche Entwicklung und die Anwandlungen des jungen Fürsten große Sorgen bereiteten, winkte der Eiskrieger Baylhard meist nur beschwichtigend ab.

Seit Hassards überraschendem Gang zu den Schatten vor sechs Monden hatten die Eiskrieger den alternden Moldawarjäger zu ihrem Anführer auserkoren. Baylhard hatte in den vergangenen Sonnenwenden nichts an Stärke und Ausstrahlung eingebüßt. Er war ganz der Alte geblieben, stets der bärbeißige, sture und Furcht einflößende Krieger, der sich einst bei Corusal Alchovi vorgestellt hatte und sich durch nichts und niemanden irritieren ließ. Sein Wort war Gesetz unter den Eiskriegern, auch wenn er nicht viele davon machte.

»Wer ein Volk führen will, muss Härte zeigen«, pflegte der Anführer der Eiskrieger manchmal zu sagen, wenn es besonders schlimm war und er zum Reden aufgefordert wurde. »Härte gegen sich selbst und andere. Auch wenn uns die Entscheidungen und Handlungen unseres Herrn nicht gefallen, müssen und werden wir seinen Befehlen Folge leisten. Wir dienen ihm aus freien Stücken. Er ist unser Fürst. Und wir haben ihm ewige Treue geschworen.«

Ewige Treue. Sapius konnte mit diesem Begriff nichts anfangen. War dies wirklich erstrebenswert? Was bedeutete Ewigkeit für einen Langlebigen wie ihn oder etwa für den Lesvaraq? Was durfte er unter Treue verstehen? Bestand Treue in ihrer Beziehung nicht nur aus einseitigen belastenden Verpflichtungen, die ausschließlich Sapius zu erfüllen hatte und die ihm bei all der Aufopferung nicht ein Wort des Dankes eingebracht hatten? Sicherlich ging es vielen anderen ebenso wie ihm. Sie wurden für ihre Gutmütigkeit ausgenutzt. Für Sapius hatte der Begriff der ewigen Treue einen bitteren Beigeschmack.

Hatte der Wanderer Sapius damals in seinen Träumen wirklich die Wahrheit gesagt oder hatte er ihn nur auf einen anderen Weg bringen wollen? Auf den Weg des Wanderers? Wer war er? Was wollte der Gesichtslose? Warum hatte Sapius auf die Traumerscheinung gehört? Wie konnte er sein Leben einem Lesvaraq widmen, der in seinem ganzen Wesen überheblich war und anderes Leben geringschätzte? Nicht einmal den ihm loyal ergebenen Eiskriegern zollte Tomal den notwendigen Respekt, den Sapius für angemessen hielt. Wären die magischen Brüder am Ende doch die bessere und richtige Wahl gewesen?

In jenen Tagen, in denen Sapius noch den Saijkalrae gedient und schon einmal an sich selbst gezweifelt hatte, war er als Saijkalsan nicht viel anders gewesen als der junge Fürst heute. Auch er hatte auf andere herabgesehen, seine eigene Aufgabe über die der Klan oder anderer Völker gestellt und war dafür über Leichen gegangen. Unschuldige Opfer hatte er dabei in Kauf genommen. Zu gut erinnerte er sich an den Jungen Renlasol und dessen Begleiter. Wie konnte er nun verurteilen, was er einst selbst gelebt und nur mühsam nach einer einschneidenden Veränderung abgelegt hatte? Musste Tomal einen ähnlich steinigen Weg zum schmerzvollen Ende gehen, bis er zu dieser Erkenntnis gelangte, die Sapius erst mit dem Tod erreicht hatte? Musste auch der Lesvaraq in das Land der Tränen wandern, um von dort verändert und erstarkt nach Ell zurückzukehren? Was wäre, wenn er sich getäuscht hätte und die Lösung doch in einer von den Saijkalrae bestimmten Zukunft läge, so wie Ulljan dies für Kryson vorgesehen hatte. War die beinahe uneingeschränkte Macht der Lesvaraq tatsächlich gut oder führte sie direkt ins Verderben?

Sapius konnte die ihn drängenden Fragen nicht beantworten. Er wusste nur eines mit Sicherheit: Der Lesvaraq an seiner Seite war gefährlich. Weit gefährlicher, als Sapius es sich hatte vorstellen können oder er selbst jemals gewesen war. Der Magier spürte die innere Zerrissenheit seines Herrn, der zugleich sein Schüler war.

Irgendetwas quälte Tomal. Sapius hatte sich oft gefragt, was den Lesvaraq so plagte, dass er Nacht für Nacht schreiend und in Schweiß gebadet aus seinen Träumen hochschreckte. An manchen Tagen hatte ihm Tomal von den Schrecken der Nacht erzählt. Der Magier hatte zwar eine vage Vorstellung, konnte sich allerdings nicht sicher sein, weil es Tomal meisterlich verstand, sich zu schützen, und nicht einmal seinen Gefährten Sapius in sein Innerstes blicken ließ. So konnte Sapius nur mutmaßen, dass das Licht und die Dunkelheit stetig um den Bestand des Gleichgewichts im Körper und Geist dieses Lesvaraq gegeneinander kämpften. Kein Unsterblicher war jemals mit den Insignien der Macht wie Tomal gezeichnet worden. Gerieten die gegensätzlichen Kräfte in eine Schieflage, veränderte sich dessen Stimmung und es machte ihn unstet bis zur Grenze des Wahnsinns. Je weiter er heranwuchs, desto deutlicher traten die schizophrenen Züge des zweifachen Wesens in seinem ohnehin schwierigen Charakter zutage.

An manchen Tagen schien Tomal friedfertig und besonnen. Dann wiederum konnten ihn die kleinsten Anlässe aus der Bahn werfen und änderten seine Stimmung abrupt. Die eigenartigen Ansichten des Jungen waren nicht akzeptabel, gingen sie doch von einer Neuordnung Krysons aus, die das Ende allen bekannten Lebens voraussetzte.

Tomal wurde jähzornig und gewalttätig, neigte sogar zu Handlungen, die ihn selbst schwer zu verletzen mochten. Besonders die Unberechenbarkeit des Fürsten war mit jedem weiteren Tag schwerer zu ertragen.

Dabei hatte Sapius durchaus mit sich selbst zu kämpfen. Eine schwere Last drückte ihn seit seinen ersten Tagen im Eispalast. Etwas Unbegreifliches war geschehen, zerrte an seiner Seele, als würde sie ihm gewaltsam entrissen. Anfangs hatte er das Gefühl, etwas Wichtiges in seinem Leben für immer verloren zu haben. Ein Stück seiner selbst. Sapius rätselte lange, woher dieses Gefühl wohl stammen mochte. Bis ihm während einer schlaflosen Nacht schlagartig bewusst geworden war, was die Ursache für seinen Trübsinn bildete.

Die Verbindung zu den Flugdrachen war unterbrochen. Er wusste nicht, was geschehen war, aber ihm war klar geworden, dass es unmittelbar mit Haffak Gas Vadar und seinem Vater zusammenhing. Seinem Volk und den Flugdrachen musste etwas Schreckliches zugestoßen sein. Sapius wandte sich Hilfe suchend an Tomal, der zu jener Zeit noch ein kleines Kind war. Doch dieser hatte ihn nur ausgelacht und ihm befohlen, stets in seiner Nähe zu bleiben, um ihn zu schützen und ihm sein Wissen zu vermitteln. Sapius gehorchte und schwor, sich nicht ohne den Lesvaraq auf die Suche zu begeben, um das Schicksal der Tartyk und seines Drachen näher zu ergründen. Doch eines Tages würde er darauf bestehen, und Tomal durfte ihm diesen Wunsch nicht abschlagen, wollte er ihr durchaus von Vertrauen und Freundschaft geprägtes Verhältnis nicht gefährden.

Als es lautstark an der Tür zu seinen Gemächern klopfte, war dies eine willkommene Abwechslung, die ihn aus den trüben Gedanken riss.

»Herein!«, beantwortete Sapius das drängende Klopfen.

Die Tür sprang auf. Ein Diener stand zwischen Tür und Angel und verneigte sich vornehm, die Aufforderung zum Sprechen geduldig abwartend.

»*Was will der Kerl, warum spricht er nicht?*«, fragte sich Sapius.

Er erinnerte sich wieder an ein ungeschriebenes Gesetz im Eispalast. Die Bediensteten mussten geduldig warten, bis ihnen das Wort erteilt wurde. Eine Sitte, die er jedoch als Unsitte empfand. Daran hatte sich Sapius nie gewöhnen können. Wohl oder übel musste der Magier das Spiel aber mitspielen, denn die Bediensteten des Hauses reagierten irritiert, wenn sich jemand nicht an die strengen Regeln hielt.

»Sprich und steh gerade!«, forderte Sapius den Diener unwirsch auf.

Der Diener richtete sich auf und blickte Sapius geradewegs in die Augen. Der Blickkontakt war eine weitere Regel, deren Missachtung als äußerst unhöflich galt. Das Wegsehen wurde als Schwäche ausgelegt. Währenddessen streckte er dem Magier, ohne den Blick abzuwenden, eine versiegelte Schriftrolle entgegen. Sapius nahm die Schriftrolle und erkannte sofort das Siegel des Regenten. Die Nachricht war an Tomal gerichtet.

»Drei Botschafter aus Tut-El-Baya trafen kurz hintereinander im Palast ein. Sie alle tragen eine Schriftrolle bei sich, die für die Augen des Fürsten bestimmt ist und dringlich zu sein scheint. Allerdings betonten die Gesandten, dass es sich um identische Botschaften handele. Es genüge daher, wenn wir den Inhalt einer Botschaft lesen. Leider ist der Fürst im Moment nicht ansprechbar. Wir wagen nicht, Tomal zu stören, Herr. Verzeiht daher meinen Überfall. Aber vielleicht könntet Ihr …«

»Schon gut«, murrte Sapius, »ich verstehe. Macht euch keine Gedanken, ich werde mich persönlich darum kümmern.«

»Dürft Ihr das Siegel des Regenten brechen, Meister?«, fragte der Diener zögerlich.

»Ja«, bestätigte Sapius, der davon ausging, dass Tomal keine Geheimnisse vor ihm hatte und ihn seine Vertrauensstellung dazu berechtigte.

Der Diener war mit der Antwort zufrieden, machte kehrt und schloss die Tür beim Hinausgehen hinter sich.

Alleine in seinen Gemächern zögerte Sapius zunächst, die Schriftrolle zu öffnen. Nachdem er sie jedoch eine Weile zwischen seinen Händen hin und her gewechselt hatte, siegte die Neugier und er brach das Siegel. Der Inhalt der Botschaft überraschte ihn. Unweigerlich legte er die Stirn in Falten und zog die Augenbrauen nach oben.

*»Die Nachricht wird Tomal nicht gefallen«*, dachte der Magier bei sich. *»Dennoch … ich sollte keine Zeit verlieren, ihm die Zeilen des Regenten zu überbringen.«*

Mit der geöffneten Schriftrolle in der Hand machte er sich eilends durch die rutschigen Flure des Eispalastes auf den Weg zu den Privatgemächern des Fürsten. Tomal hatte die ehemaligen Gemächer Corusals bezogen, nachdem er die Regierungsgeschäfte von Alvara übernommen hatte. Dies waren gewiss die besten und wohnlichsten Räumlichkeiten im ganzen Palast und sie waren für einen Fürsten angemessen. Sapius glitt mehr, als dass er über den blank polierten Boden mit den Wollpantoffeln lief. Anfangs waren ihm die Gänge über das Eis zuwider gewesen, war er doch ein ums andere Mal unsanft auf dem Hinterteil gelandet und hatte sich mehrfach schmerzhafte Prellungen und blaue Flecken zugezogen. Inzwischen jedoch hatte er trotz seines steifen Beines gelernt, wie es sich leise und schnell durch die Palastflure fortzubewegen galt. Die Wollpantoffeln hatten also nicht nur einen wärmenden Nutzen, sondern dienten auch der Vollendung einer Bewegungstechnik auf Eis, die nur jemand erlernen konnte, der lange genug im Eispalast gelebt hatte. Es waren ausladende, weit nach außen gezogene, knapp über dem Boden vollführte Schritte mit einem leicht nach vorne gebeugten Oberkörper, die zu einer vernünftigen und gut kontrollierbaren Schrittfolge und der notwendigen Beschleunigung und Sicherheit führten. Seit sich der Magier diese Technik von einigen Bediensteten abgeschaut hatte, war er nicht mehr gestürzt.

Vor den Gemächern des Fürsten angelangt bremste er gekonnt und forderte die beiden vor der Tür Wache stehenden Eiskrieger auf, ihn einzulassen.

»Der Fürst wünscht keine Störung, Herr«, sagte eine der Wachen abweisend.

»Mich wird er empfangen«, antwortete Sapius in säuerlichem Tonfall, »ich habe eine wichtige Nachricht für ihn.«

»Es tut uns leid, Meister Sapius«, lehnte die zweite Wache sein Ansinnen ab, »wir haben strikte Anweisung niemanden vorzulassen. Selbst Euch nicht.«

»Was bei allen Kojos treibt Tomal in seinen Gemächern?«, machte Sapius lautstark seinem Ärger Luft.

Die beiden Wachen sahen sich an, als ob sie sich miteinander absprechen müssten, bevor sie antworteten.

»Das wissen wir nicht, Herr«, antwortete der erste Eiskrieger trocken, »vielleicht wäre es besser, wenn Ihr es später noch einmal versucht. Die Anweisung gilt ohne Einschränkung für jeden Besucher. Selbst die Magierin Tallia, unser Anführer Baylhard und die Fürstenmutter Alvara sind davon nicht ausgenommen.«

Plötzlich sprang die Tür mit einem lauten Krachen auf, der die beiden Wachen erschrocken veranlasste, zur Seite zu springen.

Tomal stand breitbeinig mitten in der Tür. Er war nur halb

mit einer weiten Hose und einem Hemd angekleidet und unrasiert. Sein langes, pechschwarzes Haar fiel ihm in wirren Strähnen ins Gesicht. Das halb aufgeknöpfte Wollhemd gewährte Einblicke auf eine haarlose, gestählte Brust und einen ebenso muskulösen Bauch. Der Fürst stand mit bloßen Füßen auf dem blanken Eis, das ob seiner inneren Hitze zu schmelzen schien, und blickte Sapius forschend in die Augen. Nach all der gemeinsamen Zeit irritierten den Magier die unterschiedlich gefärbten Augen Tomals gelegentlich immer noch. Ein dunkles Feuer im Inneren der Augen des Lesvaraq verlieh ihnen einen unheimlichen Glanz. Sapius mochte sich das alles nur einbilden, aber das tiefblaue Auge schien für ihn in diesem Moment eindeutig mehr zu leuchten als das eisblaue. Tomal lächelte verwegen und bleckte dabei seine Zähne. Die oberen Schneidezähne bogen sich leicht nach hinten, wodurch die Eckzähne etwas hervorstanden. Sapius wusste, warum die Frauen in Eisbergen dem Fürsten scharenweise zu Füßen lagen und dessen Nähe suchten.

Der Lesvaraq galt als männlich und attraktiv. Die ihn stets umgebende Aura der Macht tat ihr Übriges, um ihm in dieser Hinsicht ein leichtes Auskommen und das notwendige Glück bei den Frauen zu verschaffen. Ob nun gerade die Dunkelheit in ihm vorherrschte oder das hellste und reinste Licht strahlte, war den meisten seiner Auserwählten offenbar gleichgültig. Sie waren dem Fürsten nur allzu gern freiwillig zu Diensten.

»Ah … Sapius, alter Freund«, begrüßte Tomal den Gefährten, »was führt dich zu so früher Hora zu mir? Entschuldige, dass ich dich nicht in meinen Gemächern empfangen kann. Aber ich möchte die junge Dame in meinem Bett nicht in Verlegenheit bringen. Das war der verdammt noch mal beste Liebesdienst, den ich jemals in meinem Leben hatte, und ich habe schon bei einigen gelegen, Sapius.«

»Ich weiß, Tomal«, rümpfte Sapius brüskiert die Nase.

Wegen einer Liebschaft abgewiesen zu werden oder in weit dringenderen Angelegenheiten warten zu müssen, schmerzte den Magier. Wie konnte sich ein höheres Wesen wie der Lesvaraq so hemmungslos den fleischlichen Gelüsten hingeben, wie Tomal es offensichtlich mit großem Vergnügen immer wieder trieb.

Sapius hatte nie zu denjenigen gehört, denen die Frauen nachblickten. Im Gegenteil, die Erfahrungen mit dem anderen Geschlecht waren stets schmerzhaft für ihn ausgegangen. Er erinnerte sich deshalb nicht gerne daran. Sein entstelltes Aussehen erwies sich dabei auch eher als hinderlich. Entweder war er harsch abgewiesen worden oder ein anderer hatte ihm die Angebetete vor der Nase weggeschnappt. Ohnehin hatte er nur eine Frau getroffen, mit der er sich ein gemeinsames Leben hätte vorstellen können. Und Tomal erinnerte ihn ganz besonders schmerzlich an seine größte Niederlage.

»Nun?« Tomal sah den Magier fragend an.

»Willst du die Nachricht tatsächlich hier draußen in den Fluren des Palastes hören?«, fragte Sapius.

»Nein, lass uns in deine Kammer gehen«, antwortete Tomal. »Sollten wir nicht Tallia mit hinzuziehen, wenn es etwas Wichtiges zu besprechen gibt?«

»Natürlich«, nickte Sapius. Er hatte sie in der Eile vergessen, was ihm schon des Öfteren passiert war. »Dann gehen wir auf dem Weg bei ihren Gemächern vorbei.«

»Gut … – Sapius?!«

»Ja?« Der Magier ahnte Schreckliches.

»Wollen wir einen kleinen Wettkampf durch den Palast veranstalten? Wer von uns beiden zuerst bei Tallia ist?«

Sapius hasste diese Spielchen, bei denen der Lesvaraq seine Kräfte mit ihm messen wollte, obwohl Tomal genau wusste, dass er dem Magier in beinahe allen körperlichen Belangen deutlich überlegen war. Am Ende lief es meist auf eine böswillige Verspottung hinaus, die für Sapius demütigend war und ihm seine körperlichen Grenzen immer wieder aufs Neue aufzeigte. Aber vielleicht konnte er den Fürsten an diesem Morgen tatsächlich mit einer kleinen List schlagen und eine Abkürzung nehmen, die er erst vor wenigen Monden entdeckt hatte. Sapius witterte seine Gelegenheit.

»Meinetwegen, wenn es dir Vergnügen bereitet«, antwortete Sapius lächelnd.

»Du wirkst heute eigenartig siegessicher, Sapius«, sagte der Lesvaraq stirnrunzelnd. »Denkst du, ich hätte mich zu sehr verausgabt, um dich schlagen zu können?«

»O nein … ganz gewiss nicht. Dafür kenne ich dich inzwischen zu gut«, log Sapius.

»Dann los … Sapius, ich lasse dir zwei Schritte Vorsprung«, zeigte sich Tomal gönnerhaft.

Sapius begann über die Eisfläche zu gleiten. Er stellte sich geschickt an und gewann rasch an Geschwindigkeit. Trotz aller Bemühungen und der schnellen Schrittfolge hatte ihn Tomal innerhalb kürzester Zeit eingeholt und flog geradezu an ihm vorbei, als wäre er ein Blitz und befände sich auf einer endlos geraden Strecke unter freiem Himmel. Sapius sah seinen Laufgegner noch ungebremst um die Ecke biegen und hörte sogleich einige Diener des Palastes lautstark fluchen. Es wurde Zeit, in den Geheimgang hinter einer an der Wand angebrachten, schimmernden Rüstung abzubiegen, der ihn direkt vor Tallias Gemächer führen würde. Der Weg war eng, führte steil bergab und die Decke war so niedrig, dass er sich während der rasenden Gleitfahrt weit nach vorn beugen musste. Am Ende des Ganges angekommen bremste er ab und glitt wiederum an einer vor dem Ausgang angebrachten Eiskriegerrüstung vorbei auf den Flur. Sapius ordnete sein Gewand, wischte sich den Schweiß von der Stirn, baute sich betont lässig vor der Tür zu Tallias Gemächern auf und wartete gespannt auf das

Eintreffen des Lesvaraq. Endlich würde er ihn geschlagen haben und freute sich auf das erstaunte Gesicht seines Schülers und Meisters. Die Schadenfreude würde dieses eine Mal ganz auf Sapius' Seite sein.

Nach einer Weile öffnete sich hinter seinem Rücken die Tür zu Tallias Kammer. Sapius zuckte wie von einer eiskalten Hand im Nacken berührt zusammen, als er eine ihm sehr vertraute Stimme vernahm. Sapius drehte sich verblüfft um. Wie war das möglich? Es gab keinen anderen Zugang in die Gemächer der Magierin. Sapius hätte den Fürsten bemerken müssen. Tomal hatte die Abkürzung nicht genommen, dessen war er sich sicher, denn er hatte den Lesvaraq, unmittelbar bevor er selbst diesen Weg eingeschlagen hatte, daran vorbeigleiten sehen.

»Wo bleibst du denn nur?«, fragte Tomal mit einem triumphierenden Grinsen im Gesicht. »Wir warten schon eine halbe Ewigkeit auf dich. Und übrigens ... für deine Trödelei schuldest du mir etwas. Ich habe gewonnen. Du wirst mir zeigen, wie wir nur mit der Kraft unserer Gedanken von einem zum anderen Ort gelangen können.«

Sapius musste erneut eine bittere Niederlage einstecken, die mit einer über den Verlierer ausgeschütteten Häme des Lesvaraq einherging und ihm den Tag verdarb. Warum ließ er sich nur immer wieder auf die Spiele des Fürsten ein? Er hatte doch wirklich Besseres zu erledigen. Und der Preis für seine erneute Niederlage war ein schwieriges Unterfangen, an dem Sapius schon lange arbeitete, allerdings noch keinen geeigneten Weg gefunden hatte, wie eine solche Reise über weitere Strecken sicher gelingen sollte. Doch die damit verbundenen Möglichkeiten klangen mehr als verlockend. Bislang war es ihm nur geglückt, auf in Sichtweite befindliche Gegenstände oder Orte zu springen, ohne sich aus der eigenen Kraft der Beine oder Arme dorthin zu bewegen. Sapius schluckte den aufkeimenden Ärger hinunter und betrat Tallias Gemächer. Der Boden war vollständig mit dicken Wollteppichen und weichen Tierfellen ausgelegt. An den in einem warmen Gelb gefärbten Eiswänden hingen zahlreiche Gemälde, die überwiegend saftig grüne Landschaften, Blumen und Bäume zeigten. Auf einem schön mit allerlei Kunstgegenständen geschmückten Tisch brannten zahlreiche Kerzen, die einen angenehm süßen Duft verströmten.

»Tallia weiß, wie Gäste empfangen werden«, sagte Tomal an Sapius gewandt, »bei ihr fühle ich mich immer sofort wohl. Du könntest in dieser Hinsicht viel von ihr lernen.«

»Guten Morgen, Sapius«, begrüßte Tallia den Magier freundlich, »hast du gut geschlafen?«

»Morgen, Tallia«, grummelte Sapius. »Danke, es ging so.«

»Möchte vielleicht jemand einen Becher Morgenruf? Das hebt hoffentlich die Stimmung«, bot Tallia ihren Gästen das die Sinne weckende Gebräu an. »Ich habe mir gerade heißes Wasser bringen lassen.«

»Gerne«, nahm Tomal dankend an.

»Ja bitte«, ließ sich auch Sapius zu einem Getränk einladen.

Während Tallia die Kräuter in die Becher gab und das Wasser eingoss, setzten sich Sapius und Tomal auf die mit Fellen bedeckten Stühle um den Tisch.

»Was gibt es Wichtiges zu berichten, Sapius?«, forderte Tomal den Magier zum Sprechen auf.

»Eine an dich gerichtete Nachricht aus dem Kristallpalast«, begann Sapius, »sie stammt vom Regenten höchstselbst.«

»Jafdabh? Was will dieser schleimige Wurm von einem Verräter?«, fragte Tomal. »... und Sapius, du öffnest und liest die an mich gerichteten Nachrichten?«

»Ähm ... ja, soweit ich sie für so entscheidend wichtig erachte, dass du sie unverzüglich erhalten solltest«, rechtfertigte sich Sapius gegen den erhaltenen Tadel. »Nun, wie auch immer ... Jafdabh schickte dieselbe Botschaft gleich mehrfach, mit drei verschiedenen Gesandten, die kurz hintereinander im Palast eintrafen. Offensichtlich war es Jafdabh sehr wichtig, dass sie ankommt«, berichtete Sapius weiter.

»Ich weiß nicht, was sich der Fettwanst denkt. Was könnte wichtig sein, wenn es aus seiner Feder stammt?«, beschwerte sich Tomal.

»Er ruft die Fürsten an den Hof nach Tut-El-Baya«, fuhr Sapius fort, »Eile sei geboten. Die Fürsten müssen Rat halten, Vorbereitungen für einen Krieg und schwere Entscheidungen treffen. Die Klanlande seien erneut in großer Gefahr. Die Rachuren haben eine neue Streitmacht aufgestellt, dringen in die Klanlande vor und zerstören mit ungeheurer Wucht Dörfer und Städte.«

»Jafdabh – ein *Todeshändler* – erteilt mir einen Ruf?«, fragte Tomal ungläubig. »Was bildet sich dieser Wichtigtuer ein? Ein Emporkömmling aus der Gosse, der Sohn einer Hafendirne, der sich zeit seines Lebens in den tiefsten Tiefen des schmutzigsten und abscheulichsten Gewerbes gesuhlt hat und dadurch reich geworden ist.«

»Vergiss nicht, gleichgültig was er einst gewesen sein mag, er ist jetzt der Regent der Klanlande«, bemerkte Tallia.

»Was ist so eine Regentschaft wert?«, erwiderte Tomal. »Sie ist immer nur so gut und wertvoll, wie es der Regent selbst ist. Jafdabh hingegen ist und bleibt ein Usurpator, der durch seine schmutzigen Geschäfte an die Macht gekommen ist. Er treibt es mit einer Hure, die ihm den Titel des Regenten als Nachfolger ihres Vaters verlieh. Jafdabh wusch seine Hände in Blut und ergötzte sich an dem Elend der Klan. Er betrieb Geschäfte mit dem Feind. Dieser Regent ist nichts als eine Made, die mit jedem Tag fetter wird und sich an offenen Wunden und den kranken, eitrigen Auswüchsen der Klan labt. Er ist nicht mehr wert als der Dreck unter deinen Fingernägeln, Sapius. Ich hätte nicht schlecht Lust dazu, seinem Ruf nur zu folgen, um ihn zu zertreten.«

»Tomal!«, unterbrach Sapius den Lesvaraq, während er unsicher seine auffallend sauberen Fingernägel betrachtete und keinen Schmutz darunter finden konnte, »Jafdabh hat dir nichts getan und er hat während seiner Zeit als Regent vieles wiedergutgemacht. Sieh ab von deinem Vorurteil über seine Herkunft und die Vergangenheit. Wir dürfen seinen Ruf nicht ignorieren, solange die Klan in Gefahr sind.«

»Er sitzt auf dem Thron, auf dem ich sitzen sollte«, meinte Tomal trotzig.

»Nein«, widersprach Tallia, »du bist ein Lesvaraq. Die Regentschaft der Klan ist nicht für dich bestimmt, Tomal. Sie war es nie. Du bist zu Höherem auserwählt. Das Gleichgewicht hat dich nach Kryson gebracht, ihm zu dienen und die Welt neu zu gestalten. Alles andere ist zur Erfüllung deiner Aufgaben nebensächlich.«

»Höre auf Tallia«, unterstützte Sapius die Magierin. »Sie spricht wahr. Du darfst nicht nach der weltlichen Herrschaft über die Nno-bei-Klan streben. Das wäre falsch.«

»Und warum sollte ich dann dem Ruf dieses Regenten folgen und ihm und den anderen Schwachköpfen meine Unterstützung anbieten?«

»Weil du das stärkste Fürstentum der Klanlande vertrittst. Corusal Alchovi hat dich einst zu seinem Nachfolger auserkoren und Alvara übergab dir die Regierungsgewalt über das Fürstentum. Außerdem bedeutet der Krieg eine Gefahr für das Gleichgewicht auf Kryson. Sollten die Rachuren siegen und die Klan vernichten, droht eine Verschiebung, wie wir sie schon einmal vor fünfundzwanzig Sonnenwenden erlebt haben. Die Saijkalrae warten nur darauf, dass dies geschieht und sie triumphieren können. Sollte dies eintreten, wärst du selbst in größter Gefahr.«

»Wir sollten uns unverzüglich auf den Weg nach Tut-El-Baya und dem Regenten unsere Aufwartung machen«, schlug Tallia vor.

»Gut, zwei gegen einen«, gab Tomal nach, »ihr habt mich überstimmt. Ich bin einverstanden. Lasst uns nach Tut-El-Baya aufbrechen. Sollte die Sache allerdings schiefgehen, werde ich euch beide dafür persönlich verantwortlich machen.«

»Sprich mit deiner Mutter, Tomal«, riet Sapius, »sie ist eine weise und kluge Frau und hat dir bestimmt das ein oder andere mitzuteilen, bevor wir abreisen.«

»Das werde ich«, sagte Tomal, »ihr beide werdet inzwischen die Vorbereitungen für unsere Reise treffen. Die Eiskrieger werden uns auf dem Weg eskortieren!«

»Du willst die Eiskrieger bitten, uns nach Tut-El-Baya zu begleiten? Jafdabh könnte das als feindliche Geste auffassen und seinen Sturz befürchten«, gab Sapius zu bedenken.

»Jafdabh fordert unsere Unterstützung im Kampf gegen die Rachuren. Dann wird er auch die Eiskrieger akzeptieren. Ein Teil der Krieger bleibt hier, um Alvara, Eisbergen und den Eispalast zu sichern. Der andere Teil kommt mit uns. Du und Tallia entscheidet, wie viele Krieger uns begleiten werden.«

Tomal erhob sich von seinem Stuhl und ließ die beiden Magier nachdenklich zurück. Tallia und Sapius blickten sich lange in die Augen.

»Denkst du, es war richtig, ihn zu überreden, dem Ruf des Regenten zu folgen?«, fragte Tallia unsicher.

»Ich weiß es nicht«, antwortete Sapius ehrlich, »ich weiß seit einiger Zeit überhaupt nicht mehr, was falsch oder richtig ist. Vielleicht endet unsere Reise in einer Katastrophe, womöglich wird es Krieg zwischen den Fürsten und dem Regenten geben. Aber es gibt auch eine Chance, dass das Bündnis zwischen den Fürsten und dem Regenten hält und sie vereint gegen die Rachuren vorgehen werden. Und wenn die Hoffnung auch noch so klein sein sollte, so müssen wir die Gelegenheit dennoch nutzen.«

Tallia nickte und drückte Sapius damit wortlos ihre Zustimmung aus. Sie saßen noch für eine Weile schweigend nebeneinander, bevor sie sich aufmachten, die notwendigen Reisevorbereitungen zu treffen und Baylhard über die Absichten des Lesvaraq zu informieren.

Trotz ihres schon betagten Lebensalters hatte Alvara nichts an Schönheit eingebüßt. Sie wirkte edel, äußerlich vielleicht nur ein klein wenig reifer und trauriger. Wer sie nicht kannte, hätte ihr Alter ohne Weiteres auf zwanzig Sonnenwenden jünger geschätzt. Der Verlust ihres Gatten vor mehr als fünfundzwanzig Sonnenwenden hatte ihr gleichwohl schwer zugesetzt. Nicht dass sie sich die Trauer offen hätte anmerken lassen. Aber es gab hin und wieder Tage, an denen sie ihre Gemächer nicht verließ und heimlich und alleine weinte, bis schließlich all ihre Tränen versiegt waren. Dann gab sie sich ihren Träumen hin, in denen sie der Einsamkeit entfliehen wollte und sich auf die Suche nach ihrem Gatten machte. Doch an der Pforte zum Reich der Schatten endete ihre Reise. Der gewaltsame Tod des Fürsten war ein Schock für Alvara, den sie bis heute nicht überwunden hatte. Sie vermisste seine Güte, die starke Hand, die Gespräche und das uneingeschränkte Vertrauen, das sie stets gehegt und eng verbunden hatte. Er war es, der ihr Wärme und Sicherheit in einer von Schnee und Eis geprägten Welt gegeben hatte.

Nach seinem Tod war der Eispalast für Alvara spürbar kälter und dunkler geworden. Bis heute hüllte sie sich von Kopf bis Fuß in schwarze und graue Gewänder und trug einen Trauerschleier über dem Gesicht. Obwohl sie jeden Tag treu von den Bediensteten umsorgt und die Feuer in den Kaminen und Öfen für die Fürstin stets warm gehalten wurden, gelang es ihren Vertrauten nicht, die Kälte aus ihrem Inneren zu vertreiben. Wie in einer Grabkammer im ewigen Eis kam sie sich vor, in der sie lebendig begraben war. Seit sie die Führung über das

Fürstentum Alchovi an Tomal abgegeben hatte, kam sie sich zudem überflüssig und nutzlos vor, denn Tomal suchte höchst selten ihre Gesellschaft und in noch wesentlich geringerem Umfang ihren Rat.

In eine wärmende Decke eingewickelt saß Alvara auf weichen, weißen Fellen in ihrem Lieblingssessel und starrte aus dem Fenster ihrer Kammer, als warte sie nur darauf, dass jeden Augenblick jemand hereinkäme, sie mitnähme und mit ihr der Einsamkeit entflöhe. Ihr Blick wanderte zum nördlichen Ostmeer hinaus, wo sich die Wellen über dem tiefen Blau des Wassers kräuselten und die Fischer mit gefüllten Netzen in den Hafen von Eisbergen einliefen.

Corusal hatte den Anblick des Meeres und der heimkehrenden Fischerboote stets geliebt, die frische und kalte Luft des Nordens nur allzu gerne tief eingeatmet, die seine Sinne geschärft und ihm ein Gefühl der Freiheit vermittelt hatte. In der Nähe des Meeres konnte Alvara das Salz auf der Zunge schmecken, das zuweilen ihre Nase reizte und sie heftig zum Niesen brachte. Corusal hatte herzhaft über sie gelacht, wenn ihr das hin und wieder in seiner Gegenwart passiert war. Denn es war ein lautstarkes und unfeines Geräusch, das so gar nicht zu ihr zu passen schien und einer Fürstin nicht würdig war. Er war bis über beide Ohren in sie vernarrt gewesen und hatte das kleine Missgeschick als äußerst liebenswert empfunden.

Wenn die Fischer den Hafen erreichten, nahm der Geruch nach frischem Fisch zu, vermischte sich mit dem Duft der zahlreichen Räuchereien und erreichte in den Abendstunden sogar den Eispalast. Es war ein friedlicher Anblick eines steten Treibens.

Wie oft waren sie und Corusal gemeinsam Hand in Hand an den Fenstern des Eispalastes gestanden und hatten dem bunten Treiben schweigend zugesehen. Es hatte keine Worte gebraucht, um zu verstehen, was der andere dachte. Sie hatten zusammen gehört. Manchmal waren sie gemeinsam zum Hafen gegangen, um die Fischer persönlich zu begrüßen und diese für einen gelungenen Fang zu beglückwünschen. Sie hatten keine Bewachung gebraucht, wenn sie den Palast verlassen wollten. Eisbergen war ihre Stadt und ihre Heimat gewesen. Niemand hatte je nach ihrem Leben getrachtet. Bis auf den Praister, der sich das Vertrauen des Fürsten erschlichen und alles verändert hatte.

Bald schon würde erneut die eisige Kälte des Nordens zurückkehren. Die Fischer würden ihre Boote für lange Monde aus dem Wasser nehmen und dann erst wieder mit Aufbrechen des Packeises auf die See hinausfahren. Bei dem Gedanken an den nahenden Winter fröstelte Alvara plötzlich.

Sie hatte nicht bemerkt, dass Tomal ihre Gemächer betreten und sie eine Weile schweigend beobachtet hatte. Erschrocken drehte sie sich um.

»Wie lange bist du schon hier?«, fragte sie unsicher.

»Lange genug, um zu erkennen, dass dich eine Sehnsucht treibt, die niemand zu erfüllen mag. Die Einsamkeit und die Trauer werden dich eines Tages noch auffressen und zu den Schatten bringen, Mutter«, sagte Tomal.

»Vielleicht, vielleicht auch nicht. Jetzt bin ich schon so lange ohne Corusal auf Kryson, dass es darauf nicht mehr ankommt. Ich hätte nichts dagegen einzuwenden, wenn mich die Schatten bald holen würden und ich ihn endlich wiedersehen darf«, antwortete Alvara leise.

»Darüber gibt es keine Sicherheit«, warnte Tomal. »Es könnte genauso gut sein, dass du auf ewig in den Schatten umherirrst, ohne Corusal jemals zu finden.«

»Ich werde ihn finden. Unser Band der Liebe wurde für die Ewigkeit geknüpft. Niemand kann uns dies nehmen. Nicht einmal die Schatten oder ein Lesvaraq«, sagte Alvara mit einer Bestimmtheit, die keinen Widerspruch zuließ.

Obwohl sie Tomal mit dieser Bemerkung angegriffen hatte und er nicht an die Geschichten aus dem Reich der Schatten glaubte, bewunderte er sie für diese Stärke und ihren Willen. Wer konnte schon mit Gewissheit sagen, was einen im Reich der Schatten erwartete. Er selbst würde eines Tages in das Land der Tränen gehen, wie es den Magiebegabten vorbestimmt war. Womöglich hatte sie aber recht, und das Band zwischen Alvara und Corusal war stark genug, selbst die Ewigkeit zu überstehen. Ihr würde er es jedenfalls zutrauen.

»Mutter«, begann er die Unterredung fortzusetzen, »wir werden schon bald nach Tut-El-Baya aufbrechen. Jafdabh schickte eine Botschaft in den Eispalast.«

»Ich nehme an, du meinst Sapius, Tallia, Baylhard und dich, wenn du von *wir* sprichst.«

»Ja, Eiskrieger werden uns zum Kristallpalast des Regenten begleiten. Aber wir werden zu deinem Schutz einen Teil der Krieger in Eisbergen lassen.«

»Mach dir keine Umstände. Ich brauche keinen Schutz. Der Palast und die Stadt hingegen schon«, meinte Alvara.

»Mutter … hör mir zu. Ich weiß, dass du nicht gut auf mich zu sprechen bist und ich dich nicht immer respektvoll behandelt habe. Dennoch darfst du nicht glauben, dass ich dich und deinen Rat nicht schätze. Du bist meine Mutter. Nichts und niemand wird das ändern.«

Ein solches Eingeständnis hatte sie selten von ihm gehört. Aber es tat ihrer Seele gut und schenkte ihr das Gefühl, als Mutter nicht vollständig gescheitert zu sein. Sie hatte ihr Bestes versucht, und Tomal war beileibe kein einfaches Kind gewesen. Im Gegenteil, ein Lesvaraq war mit einem anderen Kind überhaupt nicht vergleichbar.

»Nein, Tomal«, erwiderte Alvara, »ich muss dir etwas sagen, was mir schon seit langer Zeit auf der Seele liegt und mich belastet. Ich weiß nicht, wie viel Sapius dir bereits erzählt hat oder was du selbst über dich herausgefunden hast. Aber ich denke, es wird Zeit, dir die ganze Wahrheit zu erzählen, bevor du nach Tut-El-Baya aufbrichst.«

»Sapius hat hin und wieder Andeutungen gemacht. Einen Teil dessen, was du mir erzählen willst, konnte ich fühlen«, gab Tomal zu.

»Setz dich zu mir, mein Sohn. Ich will dir ein klein wenig von unserer Vergangenheit schildern.«

Tomal nahm ihr gegenüber im Sessel Platz.

»Gleichgültig was ich dir erzählen werde, ich liebe dich und ich hoffe, du wirst mich immer als deine Mutter sehen und ebenso lieben. Ich weiß nicht, wie ich es dir am besten sagen soll«, begann Alvara die Geschichte, die auch die ihres adoptierten Sohnes war, »ich will sehr offen und direkt zu dir sein, auch wenn es dich verletzen mag. Das bin ich dir als Mutter schuldig. Denke darüber nach. Du bist nicht mein leiblicher Sohn, und Corusal war nicht dein Vater …«

»Das weiß ich …«, unterbrach Tomal die Fürstin.

»… und das dachte ich mir. Aber nun konnte ich es bestätigen und du hast endlich Gewissheit. Zumindest fühle ich mich jetzt besser, als sei soeben eine schwere Last von mir genommen worden. Ich denke aber, du hast noch nicht in Erfahrung gebracht, wer dein Vater ist.«

»Nein, das habe ich tatsächlich nicht. Über meine leibliche Mutter habe ich eine Ahnung. Sie war meine Amme, gab mir die Brust und nährte mich, nicht wahr? Bis ich sie verstieß und sie plötzlich nahezu spurlos aus dem Palast verschwand.«

»Das stimmt. Ihr Name lautete Elischa und sie war eine heilige Orna. Wir wissen nicht, was mit ihr geschehen ist, und vermuteten ein Verbrechen.«

»Das werde ich herausfinden«, behauptete Tomal mit Gewissheit.

»Es ist viel Zeit vergangen, und wir haben lange nach ihr

gesucht, bevor wir die Hoffnung aufgaben. Die Spuren waren nicht eindeutig. Aber wer weiß, vielleicht kannst du Elischas Schicksal mit deinen außergewöhnlichen Begabungen noch irgendwann ergründen. Doch lass mich von deinem Vater erzählen: Er war ein großer Kämpfer. Und es hieß, er besäße die Gabe des Kriegers. Er wurde Bewahrer des Nordens genannt und gehörte als Lordmaster dem Orden der Sonnenreiter an. Sein tadelloser Ruf, das singende Blutschwert Solatar und die rot schimmernde Rüstung waren legendär. Er wurde Madhrab genannt. Von seinem eigenen Orden schwerer Verbrechen angeklagt und verurteilt, gewährten wir ihm und Elischa Unterschlupf im Eispalast, denn wir hielten ihn für unschuldig. Und das war er auch. In unseren Augen war er ein Opfer politischer Intrigen im Kampf um die Macht in den Klanlanden. Madhrab hatte viele Neider und Feinde, denen er zu mächtig geworden war. Immerhin haben die Nno-bei-Klan ihm ihr Überleben zu verdanken, denn er war es, der die Rachuren in der Schlacht am Rayhin schlug. Aber Madhrab wollte nicht auf der Flucht leben und sich vor seinen Häschern verstecken. Die Flucht hatte er nur deshalb gewählt, weil er Elischa und ihr ungeborenes Kind in Sicherheit bringen wollte. Nachdem er sein Ziel erreicht hatte, verließ er Elischa und uns, um sein Urteil anzunehmen. Ich glaube, dass es nur wenige Klan wie ihn gibt, die sich ihrer Verantwortung und einer schrecklichen Bestrafung offen stellen würden. Aber so war Madhrab. Ein Mann, der für seine Verpflichtungen lebte. Ich weiß nicht, was aus ihm geworden ist. Es geht das Gerücht, er habe Quadalkar und die Bluttrinker vernichtet. Jüngst habe ich sogar vernommen, dass ein Gefangener der Grube entkommen und wie ein von Rache beseelter Geist durch Ell gezogen sei, um seine Feinde und die Verräter zu richten. Die Bewahrer wissen bestimmt mehr darüber.«

»Das habe ich auch gehört«, nickte Tomal, »ich werde die

Bewahrer nach seinem Verbleib befragen. Aber sag mir, Mutter, was genau ist Corusal zugestoßen. Du hast mir nie erzählt, was sich genau ereignete, und Baylhard schweigt wie ein Grab.

Der Blick Alvaras verfinsterte sich, und sie begann am ganzen Leib zu zittern, als sie den Namen ihres verstorbenen Gatten vernahm. Schließlich begann sie mit belegter Stimme und mit Tränen in den Augen von dem Giftanschlag zu erzählen.

»Die Praister haben ihn ermordet. Ich glaube, dass auch Corusal ein Opfer im Kampf um die Macht auf Ell geworden ist. Seine Stärke und seine Umsicht waren vielen ein Dorn im Auge. Er war beliebt bei den Klan und wäre gewiss gefragt worden, die Nachfolge Haluk Sei Tans nach dessen Ableben anzutreten. Vielleicht hätte er die Regentschaft abgelehnt, denn sein Herz und seine Seele hingen an Eisbergen. Aber wahrscheinlicher scheint mir, dass er die Verantwortung schweren Herzens angenommen hätte, um den Klan zu dienen, selbst wenn dies bedeutet hätte, Eisbergen verlassen zu müssen. Welche Absichten der oberste Praister Thezael verfolgte, wissen wir bis heute nicht. Aber ich bin mir sicher, dass jener Henro von ihm ausgesandt wurde, sich bei uns einzuschleichen und Corusal zu vergiften. Die Alchovi müssen den Praistern im Weg gestanden haben. Nimm dich in Acht vor den Praistern, Tomal. Vertraue ihnen niemals und drehe ihnen nicht den Rücken zu. Sie sind verlogen und heimtückisch, sehen lediglich ihren eigenen Vorteil. Jafdabh hat Thezael durchschaut, entmachtet und mitsamt dessen gesamter Sippschaft aus Tut-El-Baya verjagt. Er hat mit Sicherheit gut daran getan.«

»Dieser Jafdabh scheint mir doch ein klügerer Kopf zu sein, als ich dachte«, grübelte Tomal nach. »Vielleicht wäre es besser, ich überdenke meine Meinung über ihn noch einmal.«

»Ich kenne ihn nicht persönlich, aber nach allem, was ich gehört habe, wäre es ein Fehler, ihn zu unterschätzen. Er ist wahrhaft mächtig. Wahrscheinlich der stärkste Regent, den die Klanlande seit Ruitan Garlak erlebt haben«, meinte Alvara, »und er ist beliebt unter den Klan, weil er tatsächlich etwas getan hat, was den Klan geholfen hat und ihnen nach den finstersten Zeiten endlich wieder einen Funken Hoffnung gab. Sie sehen in ihm ihren Retter, der sie von den Schatten befreite.«

»Und was wurde aus dem Mörder Corusals?«, wollte Tomal wissen.

»Frag Baylhard«, sagte Alvara mit leiser Stimme, »ich weiß nur, dass er sich um Henro persönlich *gekümmert* hat. Baylhard liebte Corusal. Er war fürchterlich wütend, geradezu außer sich. Voller Trauer und einem abgrundtiefen Hass auf den Mörder seines Fürsten. Baylhard hat niemandem je erzählt, was er mit Henro angestellt hat. Aber der Praister wurde seither nie wieder gesehen. Dennoch gibt es genug Praister auf Ell, die uns schaden können, und soweit ich weiß, lebt Thezael noch.«

»Ich werde ihn finden und das nachholen, was bislang versäumt wurde, Mutter. Das verspreche ich dir. Die Praister sollen für ihre Verbrechen nicht ungestraft davonkommen«, antwortete Tomal verbittert und das Feuer in seinem dunklen Auge flammte plötzlich auf.

»Du musst vorsichtig sein, Tomal«, warnte Alvara, erschrocken von der Entschlossenheit des Lesvaraq, »ich weiß wohl, was du vermagst und wie stark du bist. Aber du darfst dich nicht dazu hinreißen lassen, blind wie ein wild gewordener Stier auf deine Gegner loszurennen. Handle überlegt und lass dich nicht von deinen Rachegefühlen leiten. Gewalt, Krieg und Vernichtung führen zu nichts. Zurückhaltung und Diplomatie zeigen dir oft andere, weitaus fruchtbarere Wege auf. Sei umsichtig und gerecht. Lerne von Sapius und höre auf seinen Ratschlag, denn er ist weise und beherrscht das Spiel, das um die Macht auf Ell gespielt wird. Unterschätze die Praister nicht, denn sie haben mächtige Verbündete und besitzen viele Anhänger. Sie sind in der Geschichte Ells tief verwurzelt. Du kannst sie nicht einfach bestrafen, denn das wird Widerstand hervorrufen, wo du ihn niemals erwarten würdest, und eine Welle der Gegengewalt auslösen, die du nicht mehr kontrollieren könntest.«

»Mach dir keine Sorgen, Mutter«, beschwichtigte Tomal die Fürstin, »ich bin ein Lesvaraq.«

»Ich weiß …«, antwortete Alvara und entwand sich Tomals forschendem Blick, »aber gerade das bereitet mir Sorge.«

»Ich verstehe!« Tomal erhob sich. »Leb wohl, Mutter. Ich weiß nicht, ob und wann wir uns wiedersehen werden.«

»Baian hall korrada, mein Sohn«, erwiderte Alvara den Abschiedsgruß, »und versprich mir, kein Unheil anzurichten. Setze deine Macht umsichtig und gewissenhaft ein.«

Tomal sagte nichts, suchte jedoch den Blick Alvaras. Die Fürstin verweigerte ihm diesen letzten Augenkontakt. Als er ihre Gemächer schließlich ohne ein weiteres Wort verlassen hatte, verbarg sie ihr Gesicht hinter ihren Händen und weinte. Ihre Welt war für Alvara plötzlich noch einsamer und kälter geworden.

Sapius hatte seine Habe in ein schlichtes Leinenstoffbündel gepackt und am Stab aus dem Holz des Farghlafat befestigt. Obwohl er nicht wusste, was ihn auf der Reise nach Tut-El-Baya erwartete und wie lange sie fortbleiben würden, wollte er nur die notwendigsten Dinge mitnehmen, von denen er glaubte, nicht einen Tag auf sie verzichten zu können.

Sie trafen sich in den frühen Morgenstunden vor den Toren des Palastes. Tallia, Baylhard und die auserwählten Eiskrieger mit ihren Schneetigern warteten bereits, als Sapius eintraf. Die vielen Raubkatzen verbreiteten einen strengen Geruch, über den Sapius die Nase rümpfte. Tomal hingegen hatte sich an diesem Morgen noch nicht sehen lassen.

Die Kunde vom Ruf des Regenten hatte sich in Eisbergen

schnell herumgesprochen. Zahlreiche Einwohner hatten sich an den Toren versammelt und säumten die Straßen bis zum Hafen von Eisbergen, um ihren Fürsten und dessen Geleit gebührend zu verabschieden. »*Ein eigenartiges Gefühl*«, dachte Sapius bei sich, »*sie werden uns zujubeln, als hätten wir Heldentaten vollbracht und eine Schlacht gewonnen. Aber dies ist gewiss kein Triumphzug. Wir folgen dem Ruf des Regenten. Und wer weiß, womöglich führt uns dieser Ruf am Ende ins Verderben.*«

Sapius und Tallia hatten sich während der Vorbereitungen für eine Reise mit dem Schiff entschieden. Zwei große Fünfmaster, die Prachtschiffe des Fürstentums, »Isla« und »Kamyar«, lagen im Hafen, um die Reisenden aufzunehmen. Sie wurden von drei weiteren Eisschiffen begleitet, auf deren Ruderbänken jeweils zweihundert Ruderer Platz hatten. Sie mussten den Großteil der Eiskrieger und in ihren Laderäumen die Schneetiger mit ausreichend Proviant für die Reise aufnehmen. Es wäre fatal gewesen, die Raubkatzen in ungewohnter Umgebung hungern zu lassen. Die Seereise gen Süden war – jedenfalls solange die Seewege offen waren – dennoch sicherer als der lange und beschwerliche Weg über den Choquai-Pass und er würde ihnen zudem einige Wochen Reisezeit sparen.

Ein Raunen ging durch die Menge, als sich Tomal schließlich blicken ließ. Der Lesvaraq hatte sich die in den Farben des Regenbogens schimmernde Rüstung des Fürsten angelegt, und an seiner Seite hing das mächtige Schwert des Nordens, Iskrascheer.

»*Das gefällt mir nicht*«, ging es Sapius durch den Kopf. »*Tomal zeigt sich den Klan voll und ganz als Fürst und gibt sich als einziger Erbe des Hauses Alchovi aus. Offenbar gefällt er sich in dieser Rolle. Ich muss darauf achten, dass er den Regenten und die anderen Fürsten nicht provoziert. Ein Streit im Rat der Fürsten wäre unserer Sache gewiss nicht dienlich.*«

»Was ist mit dir, Sapius?«, fragte Tomal. »Hast du schlecht geschlafen oder hast du Angst vor dem Seegang. Du kannst deine schlechte Laune nicht vor mir verbergen. Ich sehe sie dir an den zusammengekniffenen Augen an.«

»Nein, weder – noch«, murrte Sapius, »es ist noch früh und ich habe mir gestern bestimmt mit Fisch den Magen verdorben.«

»Unsinn«, antwortete Tomal, »der Fisch war frisch. Ich habe ihn selbst gefangen. Er war so frisch, dass er dir beinahe vom Teller gesprungen wäre. Du weißt doch, unsere Köche bereiten ihn lebend zu. Er zuckte noch, als du ihn gekostet hast. Das habe ich mit eigenen Augen gesehen. Eine Kunst in der Zubereitung, die du auf Ell sonst nirgends findest.«

»Ja, vergiss es einfach und lass uns zum Hafen gehen«, schlug Sapius trotzig vor.

Tomal lächelte und winkte den wartenden Klan zu, die ihn und die freundliche Geste begeistert bejubelten und ihm Beifall klatschten. Nachdem er das Bad in der Menge ausgiebig genossen hatte, gab der Lesvaraq das Zeichen zum Aufbruch. Während sich Sapius auf dem Weg zum Hafen wie bei einem Spießrutenlauf vorkam, schien Tomal den Auftritt sichtlich zu genießen. Sapius war froh, als sie die Schiffe erreicht und an Bord gegangen waren.

Endlich stachen sie in See und brachen nach Tut-El-Baya auf.

## Ruf des Regenten

»Wo bleiben die Fürsten?«, erhob Jafdabh seine Stimme in der Halle des Regenten, die außer von einigen Dienern ungehört blieb.

Der Regent war ungehalten. Seit Tagen wartete er ungeduldig auf die Ankunft der Fürsten und Nachrichten aus den umkämpften Gebieten im Süden der Klanlande. Viel mehr als Gerüchte waren in den Kristallpalast bislang nicht vorgedrungen. Doch die wenigen Worte aus unterschiedlichsten Quellen – mal mehr, mal weniger glaubwürdig – waren schrecklich genug, um sich darüber ernsthaft Gedanken machen zu müssen. Denn so ungenau und wirr diese klingen mochten, sie hatten eines gemeinsam: Sie alle erzählten von einem fürchterlichen Vernichtungskrieg gegen das Volk der Nno-bei-Klan. Und Jafdabh wusste nur zu gut, dass der Kern einer Legende – so er sich denn wie in diesem Fall eindeutig herausarbeiten ließ und sich nur oft genug in ähnlicher Form wiederholte – meist der Wahrheit entsprach. Die Sorge um die Klanlande und die Angst vor dem Verlust dessen, was er mit seinem Vermögen nach Ende des letzten Krieges und der anschließenden Seuche geschaffen hatte, verschafften ihm manch schlaflose Nacht und trieben ihn zu einer inneren Unruhe, die er in dieser Stärke nie zuvor gekannt, geschweige denn für möglich gehalten hätte. Dahin war die Gelassenheit, die ihn einst ausgezeichnet und erst zu dem hatte werden lassen, was er heute darstellte. Ein Todeshändler, der das schmutzige Geschäft vor vielen Sonnenwenden hinter sich gelassen und sich kraft seines enormen Vermögens und eines engen Netzes an einflussreichen Verbündeten zum Herrscher über ein ganzes Volk aufgeschwungen hatte. Und er hatte seine Sache gut gemacht. Weit umsichtiger und konsequenter als manch anderer vor ihm.

Wer anfangs an Jafdabh gezweifelt oder angenommen hatte, er könnte den Regenten beeinflussen, war schnell eines Besseren belehrt worden. Denn der ehemalige Todeshändler war ein Mann der Tat, dem es gelungen war, die Hauptstadt der Klan binnen kürzester Zeit wieder zu neuer Blüte zu führen. Er handelte lieber, als Reden zu schwingen, ausufernde Feste zu feiern oder Intrigen am Hofe zu schmieden. Fest an seiner Seite stand seine Gemahlin, die Tochter des längst verstorbenen, einst als senil und dekadent geltenden Haluk Sei Tan. Raussa hatte ihm nicht nur zwei Nachkommen geschenkt, sondern sie legitimierte seinen Anspruch auf die Macht. Ein Mädchen, das sie Jade genannt hatten, und einen Jungen, der auf den Namen Delavo hörte. Heute waren die beiden Kinder beinahe erwachsen und unternahmen gerade die ersten Schritte in die Welt des Regierens und der Macht.

Schon vor geraumer Zeit hatte Jafdabh aufgrund unbestätigter Befürchtungen zahlreiche Boten in alle Fürstentümer ausgesandt, die Klanfürsten an den Hof des Kristallpalastes nach Tut-El-Baya zu rufen. Doch nicht alleine den Häuptern der Klan hatte er diesen Ruf erteilt. Weitere Gesandte waren auf dem Weg zu den Häusern des hohen Vaters der Sonnenreiter und der heiligen Mutter der Orna. Eine besondere Nachricht jedoch hatte er seinem engen Vertrauten Mairon mitgegeben, von dessen Talent er überzeugt war, den Bewahrer des Nordens in dessen Versteck ausfindig zu machen und ihn von der Wichtigkeit einer Rückkehr überzeugen zu können. Jafdabh war der Auffassung, dass ein erneuter Sieg gegen die Rachuren, so sie denn tatsächlich auf dem Vormarsch waren, nur mit Madhrabs Unterstützung zu erringen war. Niemand kannte den Feind besser als der in Ungnade gefallene und zu einem Schicksal in der Grube verurteilte Lordmaster. Doch Madhrab hatte seine Bestrafung angetreten und war aus der Grube entkommen. Das machte ihn fortan zu einem freien Mann.

Die Gerüchte sprachen von einem entfesselten Gegner unter der Führung eines grausamen Rachurengenerals, den die Nno-bei-Klan wie kaum einen anderen fürchteten und den sie doch längst tot geglaubt hatten. Grimmgour der Schänder übe fürchterliche Rache für die Niederlage in der Schlacht am Rayhin, flüsterten unselige Stimmen. Was auch immer daran wahr sein sollte, Madhrab hatte den Anführer der Rachuren schon einmal überwunden, also schlussfolgerte Jafdabh, dass ihm dies auch ein zweites Mal gelingen konnte.

Der Regent drückte sich schwerfällig und mit einem Stöhnen auf den Lippen aus dem Thron hoch. Der Stuhl des Regenten war ihm zu eng geworden und drückte ihn in mancherlei Hinsicht. Er hatte sichtlich an Körperfülle zugelegt und schwitzte bei einer solchen Anstrengung.

»Tja … ähm … seht mich an, Darfas«, sagte er zu dem ersten Diener des Palastes, den er – nachdem Jafdabh Thezael aus dem Palast verbannt hatte – in seine Dienste zurückgeholt hatte, »ich bin alt, fett und träge geworden. Sitze tagein, tagaus in diesem mich von allen Seiten erdrückenden Kristallsitz und treffe Entscheidungen zum Wohle der Klan. Tja … nun … ich bewege mich kaum noch, weil es mir immer schwerer fällt, mich von meinem Sitz zu erheben. Und Ihr, was macht Ihr? Ihr füttert und stopft mich mit fetten Leckereien, als wäre ich ein Stück verdammtes Vieh, das zur Sonnenwendenfeier geschlachtet werden soll. Und das Unglaublichste daran ist, meine Gattin wird mir mit jedem Tag ähnlicher. Sie war einst schön und schlank, als ich sie kennenlernte. Einbeinig zwar, aber wen stört dieser kleine Makel bei einer solchen Frau. Dieser verfluchte Praister war schuld daran, dass sie ihr Bein verlor. Doch heute erkenne ich mich selbst in ihr wieder. Ein schrecklicher Anblick. Wisst Ihr, wie sich das anfühlt, wenn Ihr denkt, Ihr würdet Euch selbst besteigen. Verdammt … tja … genau … das ist ein hundsmiserables Gefühl. Hätte sie zwei

Beine, es gelänge mir nicht, sie von mir zu unterscheiden. Vielleicht ist es wahr, was sich das Volk erzählt. Je länger ein Paar miteinander lebt, desto ähnlicher werden sie sich in Aussehen und Gedanken.«

»So dürft Ihr nicht über Raussa reden, mein Herr«, antwortete Darfas ehrlich erschrocken. »Raussa hat Euch zur Regentschaft verholfen. Zumindest hat sie Euren Anspruch, zu herrschen, mit ihrer Herkunft unterstrichen. Raussa und Ihr habt gemeinsam viel Gutes für die Nno-bei-Klan getan und erreicht.«

»Tja ... das ist wohl wahr«, meinte Jafdabh nachdenklich, mit unsicherem, schwankendem Stand, »ich habe ein Vermögen, ach, was sage ich, viele Vermögen für sie ausgegeben. Anunze für Anunze, die ich mir einst hart und unter allerlei Gefahren erarbeitet hatte. Wer weiß, ob sie es mir jemals danken werden oder ob ich nicht wie einige meiner Vorgänger eines Tages an einem Giftanschlag enden werde, solltet Ihr mich nicht vorher zu Tode gemästet haben.«

»Ich denke nicht. Das Volk liebt Euch für Eure Wohltaten und hat Eure dunkle Vergangenheit längst verdrängt. Außerdem seid Ihr ein kluger und weiser Mann. Eure Entscheidung, Thezael und die Praister aus dem Palast zu verbannen, verhilft Euch gewiss zu einem längeren Leben, und wenn es so weit ist, zu einem unbeschwerten Gang in das Reich der Schatten.«

»Tja ... wer weiß. Kaum jemand vermag das Ende vorauszusagen. Jedenfalls muss ich vorsichtig sein und wappne mich lieber gegen Überraschungen. Umso wichtiger erscheint mir im Moment die Ankunft der Fürsten. Seid Ihr sicher, dass alle Boten zur rechten Zeit aufbrachen?«

»Ja, Eure Regentschaft. Ich habe sie mit eigenen Augen gesehen. Ihr habt viele Boten geschickt. Jeweils mindestens drei mit demselben Ziel, aber zur Sicherheit auf verschiedenen Wegen«, bestätigte Darfas seine eigenen Beobachtungen,

»und ich habe immerhin eine gute Nachricht für Euch. Die Banner der Fürsten Renlasol und Drolatol wurden in den frühen Morgenstunden unweit der Stadtmauern gesichtet. Wenn wir Glück haben, könnten sie schon in diesem Augenblick im Palast eingetroffen sein. Soll ich mich für Euch nach ihrem Verbleib erkundigen, Herr?«

Nachdem er die Namen seiner engsten Berater und obersten Generale vernommen hatte, hellte sich der Blick des Regenten umgehend auf. Es war, als fiele ihm ein schwerer Stein vom Herzen. Wie eine Ewigkeit kam es ihm vor, seit er die beiden Getreuen und Anführer seiner Leibgarde mit einem großen Teil der um den weitreichenden Schutzgürtel von Tut-El-Baya versammelten Truppen in den Süden ausgesandt hatte, um den dort gelegenen Fürstentümern beizustehen und die im Grunde nicht vorhandenen Grenzen zu befestigen und gegen feindliche Angriffe zu sichern.

Ein wichtiger Schritt, um den Frieden zwischen den Klanfürsten zu sichern. Denn sie hatten es ihm und insbesondere seinen Getreuen übel genommen, als er vom Recht des Regenten Gebrauch gemacht und die beiden Männer aus einfachem Hause zu Fürsten und damit zu ihresgleichen erhoben hatte.

Erschwerend kam hinzu, dass er den beiden Emporkömmlingen einige Sonnenwenden nach dem Tod Chromlions die reichen und fruchtbaren Ländereien des Fürstenhauses Fallwas zu gleichen Teilen übereignet und sie damit zu mächtigen Verbündeten gemacht hatte, die manch anderes Fürstenhaus an Stärke und Einkommen deutlich überragten. Damit hatte Jafdabh die Machtverhältnisse in den Klanlanden und unter den Fürsten neu geordnet. Während das Fürstenhaus der Alchovi nach wie vor das mächtigste Haus in den Klanlanden stellte, folgten ihm nun unmittelbar die neu gegründeten Häuser von Renlasol und Drolatol nach. Und diese standen von jeher treu an der Seite des Regenten Jafdabh.

Auch in den Aufbau, in die Ausbildung und Bewaffnung der Truppen hatte er neben dem Wiederaufbau der Stadt sehr viel Zeit, Geduld und Anunzen aus seinen privaten Reichtümern gesteckt. Doch niemals hatte er dem Frieden so richtig getraut. Beinahe zu ruhig waren ihm die vergangenen Sonnenwenden verlaufen. Die Klan und mit ihr die Hauptstadt Tut-El-Baya waren nach den Katastrophen nahezu schutzlos. Zu viele Frauen und Männer hatten ihr Leben im Krieg und durch die Geißel der Schatten lassen müssen. Jafdabh wollte und konnte sich nicht auf den Schutz durch die Sonnenreiter und deren Bewahrer verlassen, über die er nicht gebieten durfte. Ihre Zahl war ohnehin überschaubar. Sie waren unabhängig und handelten nur auf Befehl des hohen Vaters. Nach Boijakmars Ableben war es allerdings schwer, eine vernünftige Beziehung zu den Sonnenreitern aufrechtzuerhalten. Overlord Yilassa hatte ihren eigenen Kopf und obwohl sie eine besondere Beziehung zu Renlasol zu pflegen schien, war es ihm nicht gelungen, ihre Zusage zu einer festen Unterstützung zu erhalten. Sie war, obwohl dies bei allen vorhergehenden Regentschaften üblich war, nicht bereit gewesen, einen Bewahrer zum Schutze des Regenten abzustellen. Jafdabh hatte sich Gedanken über den plötzlichen Sinneswandel der Sonnenreiter gemacht. Sicher war Yilassa dem ehemaligen Todeshändler nicht wohlgesinnt. Wahrscheinlich verabscheute sie ihn sogar. Er wunderte sich nicht darüber, denn die Gründe ihrer Ablehnung waren ihm bestens bekannt. Und dennoch wäre es ihre Pflicht gewesen, einen Bewahrer an den Hof nach Tut-El-Baya zu senden. Aber Yilassa hatte sich unnachgiebig gezeigt und seine Bitte strikt abgelehnt.

Rasch hatte er sich daher dazu entschlossen, unter der Führung seiner Getreuen ein neues Heer aufzustellen und zu bewaffnen. Anfangs bestanden die Truppen fast ausschließlich aus wenigen kampferfahrenen Söldnern. Doch dies änderte sich im Laufe der Sonnenwenden. Es hatte sich schnell herumgesprochen, dass Jafdabh für Loyalität gut bezahlte und die hervorragende Ausrüstung sowie üppige Verpflegungspakete ihresgleichen suchten. Die Rekrutierungsbemühungen wurden verstärkt, und junge, hungrige Klankrieger kamen hinzu und ergänzten das Bild von Jafdabhs Verteidigern. Für viele Klan war der Beitritt zu den Truppen die beste Gelegenheit für einen Neuanfang und sie erhielten die Möglichkeit, einen wesentlichen Beitrag zum Wiederaufbau ihrer zerstörten Heimat zu leisten.

»Tja … oh … das wäre in der Tat gut«, antwortete Jafdabh sichtlich erleichtert. »Bereitet Renalasol und Drolatol ein herzliches Willkommen, sorgt für ihr leibliches Wohl und bringt sie gleich im Anschluss zu mir. Und, Darfas … die Kristallmeister sollen mir endlich einen neuen Thron fertigen. In diesen hier passe ich wirklich nicht mehr hinein.«

»Sehr wohl, Eure Regentschaft«, verneigte sich Darfas und verließ rückwärtsgehend, in gebückter Haltung die Halle des Regenten.

Renlasol war ein stattlicher Mann mittleren Alters geworden, dessen Haare an den Seiten bereits ergrauten. Von Kopf bis Fuß trug er pechschwarze Kleidung. Ein Wams mit einem weiten, aus edlem Seidenstoff gefertigten Hemd darüber und Wollhosen, die in bis über die Knie reichenden Lederstiefeln steckten. Die Stiefel waren in Windeseile von fleißigen Dienern vom Staub befreit und auf Hochglanz poliert worden, bevor er den Kristallpalast betreten durfte.

Sein Blick war klar und ernst. Obwohl er stets freundlich und zuvorkommend auftrat, konnte Renlasol eine düstere Ausstrahlung nicht vollends verbergen. Das dunkle Mal der Bluttrinker hielt seine Seele befleckt und zeichnete ihn. Meist blieb er deshalb für sich und mied die Gesellschaft anderer

Klan, wo immer ihm dies möglich war. Drolatol bildete allerdings eine Ausnahme. In seiner Nähe fühlte sich Renlasol wohl. Der Freund aus alten Tagen kannte ihn gut und wusste um Renlasols Schicksal bei den Bluttrinkern. In all den Sonnenwenden seit dem Ende Quadalkars und der Befreiung der jüngsten Kinder vom Fluch der Bluttrinker, hatte sich Renlasol keine Frau zur Gattin genommen. Er hatte nicht enthaltsam gelebt. Aber die Frauen, mit denen er sein Lager geteilt hatte, bildeten jedenfalls für wenige Horas während eines Mondes eine Ausnahme zu seiner sonstigen Gewohnheit, sich von der Gesellschaft anderer fernzuhalten.

Doch das Bedürfnis, eine von den zahlreichen, meist kurzen Liebschaften um ihre Hand zu bitten und gemeinsam eine Familie zu gründen, hatte Renlasol nie verspürt. An manch dunklen Tagen hing er traurig seinen Gedanken nach. Tallia und Yilassa kamen ihm dabei immer wieder in den Sinn. Doch sosehr er die beiden Frauen geliebt und vermisst hatte, die Erinnerungen an ihre Gesichter und die Wärme ihrer Liebe waren im Lauf der Sonnenwenden verblasst. Er verdrängte sie aus seinen Gedanken, beschäftigte sich mit vermeintlich Wichtigerem.

Drolatol wies auf dem Kopf kein einziges Haar mehr auf. Er ließ sich den Schädel jeden Morgen kahl rasieren. Ganz im Gegensatz dazu stand sein kräftiger Bartwuchs. Einen Großteil seines schönen Gesichts versteckte er hinter einem wild wuchernden, dichten und inzwischen gänzlich ergrauten Vollbart. Die restliche Haut war tief gebräunt und von Wind und Wetter gegerbt, was seine grünen Augen besonders betonte. Tiefe Furchen zogen sich über die Stirn und die fein gezeichneten, alten Züge gaben ihm ein Aussehen, das von Weisheit zeugte. Seine Kleidung bestand aus dunkelgrün gefärbter Wolle und bis zu den Stiefeln aus leichten ledernen Rüstungsteilen. Offensichtlich verbrachte er viel Zeit in den Wäldern und erinnerte vielmehr an einen Jäger als an einen General der Leibgarde des Regenten oder gar an einen Fürsten.

Drolatol war Vater von acht Kindern, die er mit drei Frauen gezeugt hatte. Und er liebte sie alle. Die Frauen ebenso wie seine Kinder. Sie lebten alle zusammen unter einem Dach. Und wer angenommen hatte, die Frauen wären untereinander eifersüchtig und zankten sich um des Fürsten Nähe oder um den ersten Platz an seiner Seite, der täuschte sich gewaltig. Sie bildeten eine Einheit untereinander, die sich zuweilen in all ihrer Stärke und Verbundenheit gegen den Fürsten selbst richten konnte.

In solchen Momenten zog es Drolatol für längere Zeit entweder in die Natur oder zu seinen Pferden. Er durfte die wohl besten Stallungen auf Ell sein Eigen nennen, die neben seinen Kindern sein größter Stolz waren.

Nachdem die Freunde von Darfas in Empfang genommen worden waren, ihre Kammern bezogen, sich gewaschen, die Kleidung gewechselt hatten und mit einer Mahlzeit versorgt worden waren, begegneten sie sich auf dem Weg in die Halle des Regenten. Es war einige Zeit vergangen, seit sie sich zuletzt gesehen hatten.

»Renlasol!«, begrüßte Drolatol freudestrahlend den alten Gefährten, mit dem ihn eine tiefe Freundschaft seit den gemeinsamen Jugendtagen bei den Sonnenreitern verband. »Du siehst gut aus. Wie ist es dir ergangen?«

Die beiden umarmten sich. Renlasol mochte den Pferdegeruch an der Kleidung Drolatols, den er, seit sie sich kannten, niemals abgelegt hatte. Es erinnerte ihn an eine glückliche, wenn auch nicht gänzlich unbeschwerte Zeit.

»Schön, dich zu sehen, Drolatol«, antwortete Renlasol mit sonorer Stimme, »ich habe dich vermisst. Zwei Sonnenwenden sind lang ohne einen guten Freund an der Seite.«

»Ja, du hast recht«, sagte Drolatol, »mir erging es kaum anders. Wir sollten darauf achten, unsere Anstrengungen für Jafdabh und die Sicherheit der Klanlande künftig gemeinsam zu unternehmen. Wir könnten die Truppen zusammenlegen.«

»Das wäre eine Möglichkeit«, antwortete Renlasol. »Hattest du Berührung mit den Rachuren?«

»Zum Glück nicht. Aber wir haben einige Flüchtlinge aufgenommen, die völlig verängstigt waren und von einer Armee des Schreckens erzählten. Geflügelte Monster und Todsänger, die von den Schatten begleitet werden. Der Name Grimmgour wurde mehrfach genannt. Ich wollte kaum glauben, was ich zu hören bekam. Jedenfalls klang es nicht danach, als ob ich mir eine Begegnung mit dem Feind in nächster Zeit wünschen würde.«

»Denkst du, die Rachuren stellen erneut eine Gefahr für die Klanlande dar?« fragte Renlasol nachdenklich.

»Ich weiß es nicht«, sagte Drolatol, »aber lass uns die Erfahrungen mit Jafdabh teilen. Du hast bestimmt auch das ein oder andere zu berichten. Danach werden wir entscheiden, was zu tun ist.«

»Gut. Jafdabh wird uns gewiss schon ungeduldig erwarten. Lass uns gehen«, schlug Renlasol vor.

Gemeinsam machten sie sich auf den Weg zum Regenten.

Als sie die Halle betreten und Jafdabh in seinen zu engen Thron gezwängt erblickt hatten, tauschten sie doch einige überraschte Blicke aus. Die beiden Freunde verstanden einander auch ohne Worte.

Jafdabhs Erscheinung sprengte im wahrsten Sinne des Wortes all ihre Erwartungen. Wie konnte ein Klan in wenigen Sonnenwenden nur so viel an Gewicht und Körperfülle zulegen, wie es bei Jafdabh ganz offensichtlich der Fall war. Ihre Augen und die Überraschung wurden jedoch noch viel größer, als die Regentin, auf eine wunderschön und kunstvoll geschnitzte Krücke gestützt, hinter Jafdabh die Halle betrat und mit einem Bein mehr hüpfend als laufend geradewegs auf ihren Sitz zusteuerte. Der kurze Weg von der Tür zu ihrem Thron musste bei ihren Ausmaßen eine enorme Leistung und Anstrengung erfordern. Schweißgebadet, ächzend und stöhnend ließ sich die schwergewichtige Regentin auf ihren Sitz plumpsen. Drolatol und Renlasol verneigten sich gleichzeitig, nachdem die erste Verblüffung über die unerwartete Erscheinung verflogen war. Wie ähnlich sich die Regentin und der Regent doch inzwischen in jeder Hinsicht geworden waren. Die zwei Männer hatten zwar schon des Öfteren gehört, dass sich Ehegatten im Lauf der Sonnenwenden anpassten, nicht nur in ihren Gewohnheiten, sondern sich sogar in ihrem Aussehen anglichen. Aber dieser Gleichklang der Regenten präsentierte sich unerwartet.

Drolatol war in jenem Moment froh, dass er drei Frauen hatte, die sich sowohl äußerlich als auch im Temperament deutlich voneinander unterschieden. Ihm konnte so etwas nicht passieren – hoffte er.

»Tja … willkommen meine Freunde«, begrüßte Jafdabh die Generale, »wie ich sehe, habt ihr wohlbehalten in den Kristallpalast zurückgefunden. Ich hoffe, Darfas hat euch nach eurer Ankunft alle Annehmlichkeiten unserer Gastfreundschaft zukommen lassen.«

»Natürlich hat er das, er ist ein aufmerksamer und sehr guter Diener des Palastes, der es beinahe zu gut mit uns meint«, antwortete Drolatol, der zugleich für seinen Freund sprach. »Wir grüßen dich und deine Gattin und freuen uns schon seit Tagen auf unser gemeinsames Wiedersehen.«

»Tja … so … Wir sind ebenfalls froh, dich und Renlasol zu sehen. Aber bitte … hm … seht uns nicht mit diesen vorwurfsvollen Augen an. Ja, wir sind dank Darfas' treuer Fürsorge fett und träge geworden. Ich kann mich kaum noch vernünftig bewegen. Raussa ergeht es nicht anders. Aber das wird sich bald wieder ändern. Versprochen. Die Zeiten des faulen Wartens sind nun vorbei. Ich habe es satt, mich jede Hora aufs Neue mit Süßigkeiten aus der Palastküche vollzustopfen und untätig auf Nachrichten oder die Ankunft der Klanfürsten zu warten.«

»Mit einem Wort, du hast es dir gut gehen lassen«, bemerkte Renlasol mit einem verschmitzten Lächeln auf den Lippen, »während wir uns um deine Sicherheit gekümmert haben.«

»Tja … also … das ist nicht wahr«, empörte sich Jafdabh, »jedenfalls nicht so. Das Leben als Regent hatte ich mir anders vorgestellt. Mir fehlen die Gefahren und das Abenteuer. In meinen besten Sonnenwenden als Händler hatte ich alle Hände voll zu tun und mehrte meinen Reichtum und den Einfluss mit jedem Handelsabschluss. Und jetzt? Ich sitze jeden Tag für Horas in dieser verdammt zugigen Halle, höre Tausenden von Bittstellern zu, treffe Entscheidungen, ohne am Ende zu wissen, ob diese richtig oder falsch waren. Es erstaunt mich immer wieder, dass ich nicht längst unter den Schatten weile. Wahrscheinlich hätte ich niemals auf euch beide hören sollen. Wie konntet ihr bloß von mir verlangen, die Regentschaft zu übernehmen?«

»Es war ein guter Rat, mein Liebster«, mischte sich Raussa ein, »nur mit deiner Hilfe konnten wir den Klan ein würdiges Leben zurückgegeben und viele Wunden in ihren Herzen schließen. Du hast dich als wahrer Held erwiesen.«

»Tja … vielleicht … aber ich habe einen hohen Preis dafür bezahlt«, beschwerte sich Jafdabh. »Was hätte ich in all der Zeit noch verdienen können?! Stattdessen musste ich einen Teil meines Vermögens für andere verschleudern. Und wofür?«

»Schmutzige Geschäfte, pah«, sagte Raussa. »Das war kein Verlust. Vergiss nicht, was du gewonnen hast. Eine Familie, Macht und Ansehen. Und vielleicht ist es dir sogar gelungen, deine verdorbene Seele durch deine guten Taten reinzuwaschen.«

»Soweit wir erfahren haben, hast du in der Zeit deiner Regentschaft nicht an Vermögen eingebüßt. Im Gegenteil. Es ist dir gelungen, deine Schätze noch zu mehren«, warf Drolatol ein, »ich weiß zwar nicht, wie du das angestellt hast, aber offenbar scheinst du eine überaus glückliche Hand und Geschick in der Vermehrung deiner Anunzen zu haben.«

»Man munkelt, dass Jafdabh die Geschäfte des Todeshändlers niemals ganz aufgegeben hat«, bemerkte Renlasol. »Eine sehr loyale Gruppe von Getreuen ...«

»Tja ... also ... ich habe meine besten Kunden verloren, als ich die Regentschaft antrat«, erwiderte der Regent und unterbrach Renlasol, bevor dieser Namen nennen wollte.

»Mag sein, dass du den Handel mit Blutsklaven und die Waffenlieferungen an den Feind eingestellt hast. Aber ich erinnere mich gut daran, dass du noch einige andere gut gehende Geschäfte aufgebaut hattest, die bis heute unverändert blühen«, meinte Renlasol.

»Tja ... ähm ... so ...so ... davon weiß ich nichts«, log Jafdabh sichtlich irritiert über die Informiertheit seiner Berater, »aber lassen wir das lieber.«

»Gut, jedenfalls solltest du dich nicht bei uns beschweren. Du hast alles, was sich ein Mann in seinem Leben, nein, was sage ich denn, in *vielen* Leben nur wünschen kann. Eine liebevolle Frau, Kinder, einen Palast ...«, stellte Renlasol fest.

»Schon gut ... schon gut, ich werde mich nicht mehr bei meinen Beratern beklagen«, beendete Jafdabh die Diskussion über seinen Reichtum, die ihm sichtlich unangenehm war und ihn langsam verärgerte. »Tja ... dann lasst uns endlich zur Sache kommen.«

Renlasol sah sich aufmerksam in der Halle um. Ihm war sofort nach seiner Ankunft aufgefallen, dass sie die einzigen Fürsten waren, die im Kristallpalast verweilten.

»Wo sind die übrigen Fürsten, Jafdabh?«, fragte Renlasol. »Sind wir die Einzigen, die deinem Ruf gefolgt sind?«

»Tja … nun … wenn ich das wüsste, wäre mir deutlich wohler. Sie haben sich verspätet, nehme ich an. Vielleicht wurden sie aufgehalten. Ihr beide kommt aus dem Süden. Womöglich geben uns Eure Berichte Aufschluss über die Lage in den Klanlanden und den Verbleib der Fürsten«, antwortete Jafdabh.

Renlasol und Drolatol hatten ihre Truppen aufgeteilt. Drolatol hatte die Führung über eine überschaubare Zahl von dreihundert meisterlichen Schützen übernommen. Flankiert von eintausend mit schweren Waffen und Rüstungen ausgestatteten Infanteristen und geschützt von weiteren fünfhundert Berittenen, hatte er diesen Teil der Leibgarde entlang der Wälder gen Süden geführt. Dabei hatten sie auf ihrer Reise am Rande des Faraghad mehrere Stellungen von Norden nach Süden ausgebaut, in die sie sich im Falle eines Angriffes oder einer Niederlage jederzeit zurückziehen konnten, um von dort aus die Verteidigung gegen einen Angreifer fortzusetzen.

Renlasol hingegen war entlang der Küste mit dem größten Teil der Leibgarde nach Südosten in das Gebiet um Burg Fallwas gezogen. Das Zentrum ihrer Aktivitäten lag in der stark befestigten Burg selbst. Fünftausend gut ausgebildete und schwer bewaffnete Kriegerinnen und Krieger sicherten dort die Grenzen zu den südlichen Gebieten von Ell. Lediglich fünfhundert Leibgardisten waren in Tut-El-Baya verblieben, um das Leben der Regentenfamilie zu schützen.

»Wir haben zwar, wie du es gewünscht hattest, südlich von Tut-El-Baya einen starken Verteidigungsring aufgebaut und befestigt. Aber unsere Beobachtungen über vermeintlich feindliche Bewegungen hielten sich dabei in Grenzen«, meinte Renlasol. »Was meine eigene Wahrnehmung angeht, haben sich die Gerüchte um einen wiedererstarkten Feind zwar mehr und mehr verdichtet, aber ich habe keine Angriffe oder etwa einen Vormarsch der Rachuren mit eigenen Augen gesehen.

Die einzig hilfreichen Aussagen und Hinweise über einen bevorstehenden Eroberungsfeldzug stammten von einzelnen Flüchtlingen, die sich in unsere Obhut begeben haben und um Schutz durch unsere Truppen baten. Ihre Erzählungen waren sich im Kern sehr ähnlich, sodass ich ihnen, je mehr ich davon hörte, Glauben schenke.«

»Das kann ich bestätigen«, nickte Drolatol, »auch ich hatte mit meinen Truppen keine Begegnung mit den Rachuren. Ich vermute, dass wir nicht weit genug in den Süden vorgedrungen sind. Bis zur Heimat der Rachuren und nach Krawahta ist es noch ein weiter Weg, und wir dürfen unsere Verteidigung nicht gefährden. Wagen wir uns mit unseren Kräften zu weit in Richtung Rachurengebiet vor, laufen wir Gefahr, vom Nachschub abgeschnitten zu werden. Ich habe allerdings immer wieder Späher ausgesandt, die zu meinem großen Bedauern nie wieder zurückkamen.«

»Tja … das ist in der Tat ein äußerst besorgniserregender Umstand«, meinte Jafdabh nachdenklich. »Was berichten die Flüchtlinge?«

»Sie berichten alle gleichermaßen von heftigen Angriffen aus der Luft. Frauen und Mädchen werden entführt, bevor die Bestien mit feurigem Atem alles in Schutt und Asche legen. Es wird von magischen Gesängen und Seelenfressern erzählt. Angeblich sollen die Rachuren wieder unter dem Banner des Schänders in den Krieg ziehen«, führte Drolatol aus. »Die meisten Flüchtlinge haben das berüchtigte Banner erkannt, als wir ihnen eines der Relikte aus der Schlacht am Rayhin zeigten. Viele hatten verdrängt, wie es aussah. Doch sie erschraken fürchterlich, sobald sie es zu Gesicht bekamen. Der Schänder selbst scheint wiederauferstanden zu sein und mit einer Grausamkeit durch Dörfer und Städte zu fegen, die sogar den Feldzug vor fünfundzwanzig Sonnenwenden in den Schatten stellt. Du erinnerst dich, schon dieser brachte das Volk der Klan an den Rand der Vernichtung.«

Der Regent wiegte den Kopf beunruhigt hin und her.

»Tja … wohl … daran und an die anschließende Dunkelheit erinnere ich mich nur allzu gut. Wer könnte diese Bilder des Grauens je vergessen. Es scheint mir, als wären der Krieg und die Zeit der Dämmerung erst gestern gewesen. Inzwischen ist eine lange Zeit vergangen, in der wir weder von den Rachuren noch vom dunklen Hirten etwas gehört oder gesehen haben.« Jafdabh wirkte verunsichert. »Was schlagt ihr also vor?«

»Die Ruhe ist trügerisch. Wir sollten uns vorsehen und die Verteidigung sofort verstärken«, sagte Renlasol.

»In anderen Worten, wir müssen die Klan zu den Waffen rufen«, ergänzte Drolatol.

»Wie sieht es mit Ausrüstung, Waffen und Vorräten aus?«, wollte Renlasol wissen.

»Tja … nun … also, die Kammern sind bis unter die Decken gefüllt. Ihr kennt meine heimliche Sammelleidenschaft für allerlei Waffen und Rüstungen«, lächelte Jafdabh verwegen.

»O ja, allerdings, das Außergewöhnliche entzückt euch besonders. Das ist uns nicht verborgen geblieben«, nickte Drolatol zustimmend. »Wir haben das Galwaas unter den Schützen ausgegeben und geübt. Das Galwaas wird die Kriegsführung verändern. In der stark verbesserten Ausführung ist es die tödlichste Waffe, die ich kenne. Die Meisterschützen treffen ihr Ziel inzwischen sicher auf die weitesten Entfernungen. Zweitausend Fuß sind mit guten Augen und einer ruhigen Hand ohne Schwierigkeiten erreichbar. Wenn wir genügend Waffen hätten, könnten wir den Feind sicher auf Abstand halten und sogar die Angriffe aus der Luft abwehren. Zwanzig Schuss in Folge befinden sich in den aufgebesserten Kammern des Galwaas, bevor der Schütze nachladen muss. Und die Geschosse durchschlagen jede uns bekannte Rüstung. Das nenne ich wahre Magie.«

»Tja … Magie ist es nicht. Aber die besondere Begabung

und Kreativität unserer Meisterschmiede und der Alchemisten, die einige Schwächen gegenüber anderen Völkern und ihren Fähigkeiten ausgleichen. Wir waren nicht untätig in der Zeit eurer Abwesenheit«, sagte Jafdabh. »In den geheimen Kammern des Kristallpalastes sind einige faszinierende Erfindungen gemacht worden, die ich euch nur allzu gerne zeigen und ausprobieren möchte.«

»Willst du uns davon erzählen, Jafdabh?«, fragte Renlasol neugierig.

»Tja … selbstverständlich werde ich euch von meinem Stolz erzählen. Aber nicht nur das, nein, ich werde sie euch zeigen. Folgt mir!«

Der Weg in die Tiefen des Kristallpalastes zog sich außerordentlich in die Länge. Jafdabh ließ es sich nicht nehmen, die Generale selbst zu den geheimen Laboren und Kammern unter dem Palast zu führen. Dort, wo einst die Praister die Toten auf den letzten Gang zu den Schatten vorbereitet hatten, befanden sich nun die Werkstätten der Waffenmeister und Alchemisten. Jafdabh war es gelungen, die besten und bekanntesten Meister aus den Klanlanden an den Hof nach Tut-El-Baya zu bringen und sie für seine Ideen zu begeistern. Natürlich ließen sie sich dafür gut bezahlen, und Jafdabh war nur allzu gerne bereit, ihre Forderungen zu erfüllen, wenn sie ihm dafür ein neues Spielzeug lieferten. Doch dafür mussten die Meister immer wieder rasche Ergebnisse liefern, um den Regenten nicht zu erzürnen und seine Gunst zu verlieren.

Jafdabh wiederum hatte Glück, sich solcherlei kostspielige Vergnügungen gönnen zu können, denn kurz nachdem er die Praister aus dem Palast und aus der Stadt gejagt hatte, war er auf die geheimen Schatzkammern der Praister gestoßen. Prall gefüllt mit unermesslichen Schätzen und magischen Artefakten, die sie im Laufe der Zeit aus Spenden der Klan gehortet hatten. Offenbar waren sie von Jafdabhs Vorstoß überrascht worden und hatten keine Zeit mehr gehabt, ihre Reichtümer rechtzeitig in Sicherheit zu bringen. Seitdem beanspruchte der Regent die Schätze der Praister für sich und bezahlte damit seine Leidenschaft für neue Errungenschaften, die wiederum den Klan zugutekommen sollten.

Jafdabh schnaufte schwer und schwitzte aus allen Poren, als sie nach scheinbar unendlich vielen Stufen die erste Kammer erreicht hatten.

Die Kammer glich mehr einer riesigen Halle mit hohen Decken als einer Arbeitskammer, in der Alchemisten und Meister die Köpfe über ihre Erfindungen rauchen ließen. Die Beleuchtung kam von in den Wänden eingelassenen Fackeln und von der Decke hängenden Feuerschalen, die ein erstaunlich helles Licht erzeugten.

»Tja … da staunt ihr, was?«, sagte Jafdabh nicht ohne Stolz, aber immer noch nach Atem ringend. »Wir haben hier unten einige Wände herausgerissen und eine große Werkhalle geschaffen. Die Praister mochten es eher eng und verwinkelt. Das war mir zu unübersichtlich und vor allen Dingen unpraktisch. Wir wollten etwas Großes schaffen und dafür brauchten wir Platz. Das Licht kommt von einem Leuchtpulver, das den Flammen zugegeben wird. Es wird aus einer Wasserpflanze gewonnen und brennt sehr lange und hell. Einer der Alchemisten hat es neben anderen nützlichen Dingen mitgebracht.«

Von der Decke hingen schwere Eisenketten, die eine Art riesigen eisernen Korb schwebend über dem Boden der Kammer hielten, an dessen Seiten ein Gerüst aufgebaut war, das sich mit einem Wirrwarr von scheinbar ungeordnet angebrachten Stangen und Seilen bis unter die Decke zog. Der Korb ähnelte in der Form einem Schiffsrumpf.

»Was soll daraus werden, wenn es fertig ist?«, wollte Renlasol wissen und deutete auf das im Raum schwebende Monstrum.

»Tja … das wird ein Luftschiff«, erläuterte Jafdabh mit

glänzenden Augen. »Im Grunde muss es nur noch zerlegt, nach oben gebracht und dort wieder zusammengebaut werden. Dreißig Mann finden darin Platz und werden die Lüfte unsicher machen. Seht ihr die Luken an den Seiten des Rumpfes?«

Jafdabh deutete mit dem Arm auf den eisernen Rumpf.

»Sie können von innen geöffnet werden«, erklärte er seinen staunenden Beratern. »Ihr könnt euch gewiss denken, was dreißig bis an die Zähne bewaffnete Meisterschützen mit diesem Luftschiff unter ihren Feinden anrichten können.«

»Und wie soll dieses schwere Ungetüm jemals abheben?«, wollte Drolatol kopfschüttelnd wissen.

»Tja … das ist ein Geheimnis, das die Erbauer wie ihren größten Schatz hüten. Das ist die eigentliche Erfindung. Im Grunde soll es ganz einfach gewesen sein. Genau weiß ich es allerdings auch nicht. Mir wurde berichtet, der Auftrieb hänge wohl mit der Beobachtung zusammen, dass warme Luft stets nach oben steige. Aber ich habe mir erklären lassen, dass das Schiff mit natürlichen Ausscheidungen besonders gut fliegt. Das ist schlicht genial! Wir scheißen, also fliegen wir.«

Jafdabh lachte schallend und hielt sich den speckigen Bauch, der ihm über die Hosen quoll.

»In Zukunft werden wir überall Latrinen bauen, um den Treibstoff für unsere Flüge mit den Luftschiffen zu sammeln. Du brauchst das stinkende Zeug nur zu erhitzen, wodurch ein unsichtbares, stinkendes Etwas freigesetzt wird. Was auch immer das sein soll. Das Zeug wird in einem umgekehrt angebrachten Kessel aufgefangen, durch Rohre an die richtigen Stellen weitergeleitet und zieht das Schiff dann nach oben.«

»Faszinierend. Hast du es schon einmal fliegen sehen? Der eiserne Rumpf scheint mir doch sehr schwer zu sein«, stellte Renlasol fest.

»Tja … ähm … nein. Bislang konnten wir in der Halle nur einige Schwebeversuche unternehmen. Diese verliefen allerdings erfolgreich. Die vollen Behälter unterhalb des Rumpfes sollen für einen Tagesflug ausreichen. Und wenn die Männer während des Fluges kräftig futtern und scheißen, dann könnten sie noch viel länger in der Luft bleiben.«

»Erstaunlich«, wunderte sich Drolatol, »vielleicht erweist sich solch ein Luftschiff tatsächlich als nützlich.«

»Vielleicht?«, zeigte sich Jafdabh in seiner Euphorie gebremst. »Nur vielleicht? Es ist eine der besten Erfindungen, die wir in den letzten Sonnenwenden gemacht haben. Genau wie das Galwaas wird es die Zukunft verändern. In der Kombination aus beiden Erfindungen wird dies eine unschlagbare Waffe sein. Weit besser als jede nur vorstellbare Magie. Aber ich habe noch viel mehr für euch. Macht euch bereit und staunt, meine Freunde.«

Voller Begeisterung führte Jafdabh die beiden Generale von Kammer zu Kammer und zeigte ihnen Erfindungen und Waffen, die sie bisher nie für möglich gehalten hätten. Sie bestaunten das Galwaas in unterschiedlichen Größen bis hin zu einer riesigen Schusswaffe mit einem dicken und langen eisernen Rohr, dessen schwere Kugelgeschosse einen Durchmesser von mehreren Fuß besaßen. Die Waffe brauchte zehn Schützen, um sie von der Stelle zu bewegen.

»Wird dieses Riesengalwaas eines Tages in einer Schlacht eingesetzt, werdet ihr glauben, Kryson ginge unter. Die Waffe trägt den Namen *Bantlamor*. Das bedeutet Donnerhall. Ihre Wirkung ist der eines Erdbebens oder Vulkanausbruchs durchaus vergleichbar. Eine unglaubliche Zerstörungskraft wohnt dieser Waffe inne. Tja … zumindest bringt uns der Lärm, den sie beim Abschuss verursacht, fast um«, lachte Jafdabh, »und es ist uns tatsächlich gelungen, die Durchschlagskraft mit dem blauen Feuer des Haijarda noch zu verstärken.«

Der Regent freute sich wie ein kleiner Junge. Seine Augen leuchteten und er stampfte aufgeregt und schwerfällig von einem Bein auf das andere. Selten hatten ihn Renlasol und Drolatol in einer solchen Ausgelassenheit erlebt.

»Das ist Wahnsinn!«, bemerkte Drolatol plötzlich sehr leise und berührte vorsichtig Renlasols Arm, von dem er glaubte, ein leichtes Zittern zu verspüren.

Den Fürsten Drolatol hatte während ihrer Besichtigung ein mulmiges Gefühl beschlichen, und eine Gänsehaut überzog seinen ganzen Körper, die ihn frösteln ließ. Jafdabh hatte in seiner Begeisterung für Waffen und allerlei Kriegsgerät die in seinen Augen schrecklichsten Vernichtungswaffen geschaffen, die Ell jemals gesehen hatte. Kämen sie tatsächlich eines Tages zum Einsatz – was Drolatol sehr wohl befürchtete –, würden sie das Antlitz ihres Kontinents nachhaltig verändern.

»Jafdabh, du musst diese Waffen und alle Aufzeichnungen darüber zerstören lassen. Sie werden uns eines Tages alle vernichten«, sagte Renlasol, dessen Stimme vor Erregung bebte. »Wir schaufeln unser eigenes Grab!«

»Seid ihr verrückt geworden?«, kreischte Jafdabh mit sich überschlagender Stimme. »Das kommt nicht infrage. In diesen Erfindungen stecken viele Sonnenwenden an Arbeit und Unsummen an Anunzen. Tja … also … gerade jetzt werden wir jede einzelne dieser verheerenden Waffen gebrauchen können und sie gegen die eroberungslustigen Rachuren einsetzen. Die Gelegenheit dazu war nie besser. Wir werden die Rachuren ein für alle Mal vernichten. Lasst sie aus der Luft, vom Boden aus oder mit ihren magischen Gesängen angreifen. Wir schlagen doppelt und dreifach zurück. Der donnernde Klang eines Bantlamor wird alles und jeden übertönen. Und sollten wir wider Erwarten nicht gewinnen, können wir uns immer noch den Mantel der Neutralität umwerfen und dem Feind unser Wissen und die verbliebenen Waffen teuer verkaufen.«

»Das wäre Verrat an unserem eigenen Volk. Dafür würden wir alle in den Flammen der Pein rösten. Aber was denkst du, wie Ell nach einem solchen Krieg aussehen wird?«, warf Drolatol ein.

»Tja … nun … woher soll ich das wissen. Wahrscheinlich werden wir ein paar Schäden zu beklagen haben. Darüber machen wir uns Gedanken, wenn wir die Rachuren erst besiegt haben. Mit unserer Hände Arbeit und meinem Vermögen lässt sich bestimmt alles wieder aufbauen.«

»Sofern es danach noch Hände geben sollte, die für einen Wiederaufbau verfügbar wären«, meinte Renlasol. »Das ist kein Spiel, Jafdabh.«

»Ach was, ihr beiden wollt mir nur den Spaß verderben. Warum seht ihr nur das Schlechte in den Erfindungen? Denkt an den Sieg und das, was wir damit erreichen werden. Kryson wird sich verändern. Nicht durch die Magie von Todsängern, der Saijkalrae oder der Lesvaraq. Wir halten die Zukunft in unseren eigenen Händen. Die Wissenschaften und die Forschung, geschicktes Handwerk und Technik werden die Magie ersetzen. Ihr fürchtet euch vor dem Fortschritt und der Veränderung, weil ihr keine Vorstellung davon habt, wie Kryson ohne die Macht der Magie oder des Gleichgewichts aussehen könnte. Das kann und will ich euch nicht verübeln. Aber denkt daran, wir sind keine Marionetten des Gleichgewichts oder eines dieser ach so begabten Überwesen. Wir können unser Schicksal selbst bestimmen. Das hat vor uns nur noch niemand versucht.«

»Vielleicht können wir das tatsächlich«, meinte Renlasol, »womöglich sollten wir uns mehr zutrauen und überschätzen die magisch Begabten. Es wäre denkbar, dass wir selbst diejenigen Wesen überwinden können, die mit den Schatten im Bunde stehen. Aber ich bezweifle, dass wir unsere Zukunft auf Gewalt und Vernichtung aufbauen sollten. Es muss einen anderen Weg geben. Verständigung und Frieden würde die Weiterentwicklung der Nno-bei-Klan weit mehr fördern als deine verheerenden Waffen und die Vernichtung von Leben. Deine Vorstellung unserer Zukunft ist der Krieg. Doch der Krieg bringt immer nur Hass und Verderben hervor. Willst du uns in eine Zukunft der Angst und des Schreckens führen, deren Grundlage das Blut der Gefallenen ist und die auf die Verzweiflung der Überlebenden baut? Was ist daran besser als das, was wir bereits erlebt haben? Das haben viele andere schon vor dir versucht und sie sind allesamt gescheitert.«

»Tja … ich weiß nicht. Zeige mir einen Rachuren oder Todsänger, der deine gut gemeinten Worte annimmt und von seinem Rachefeldzug gegen seinen Todfeind ablässt. Sie werden kommen und eine Spur der Zerstörung durch unser Land ziehen. Und sie werden nicht ruhen, bis sie die Nno-bei-Klan vollständig ausgelöscht haben. Ihr beide habt doch selbst vorgeschlagen, wir sollten unsere Truppen verstärken und uns gegen die Eindringlinge wappnen.«

»Ja, indem wir uns gegen ihren Angriff lange genug verteidigen wollten, um eines Tages Frieden zu schließen. Nicht aber, um sie und mit ihnen uns selbst vollständig zu vernichten«, erwiderte Drolatol. »Was hat uns der letzte Sieg gebracht? Wenn die Berichte der Überlebenden stimmen, dann werden uns die Rachuren heftiger und gnadenloser als zuvor bekämpfen. Eine Spirale der Gewalt, die sich weiter und weiter in die Höhe schraubt. Die Schmach der Niederlage sitzt tief und hat den Hass in ihren Herzen geschürt.«

»Für mich bedeutet das nur, dass es besser gewesen wäre, sie damals vollständig zu vernichten, als wir noch Gelegenheit dazu hatten. Jeden Einzelnen von ihnen. Wir hätten Krawahta und ihre Brutstätten angreifen und zerstören sollen. Jetzt ist es dafür zu spät«, unterstrich Jafdabh seine Position, »aber mit der Hilfe dieser Waffen werden wir vollenden, was wir vor mehr als fünfundzwanzig Sonnenwenden begonnen haben.«

»Vergiss nicht, dass sie es auch dank deiner Unterstützung

so weit gebracht haben«, erinnerte Renlasol den Regenten an seine Vergangenheit als Todeshändler.

»Unfug! Ich habe ihnen lediglich ein paar harmlose Waffen zu weit überhöhten Preisen verkauft und einen Verletzten transportiert. Damit konnten sie nicht gewinnen«, verteidigte sich Jafdabh. »Jedenfalls solltet ihr wissen, dass ich einen Veteranen an den Hof gerufen habe. Mairon wurde ausgesandt, den Bewahrer des Nordens zu suchen und ihn zu überreden, uns in den Kampf gegen die Rachuren zu führen.«

»Madhrab?!«, riefen Drolatol und Renlasol gleichzeitig verblüfft aus.

Diese Nachricht war für die Generale eine Überraschung. Sie hatten nicht angenommen, dass sich Jafdabh trauen würde, den Bewahrer des Nordens an den Hof nach Tut-El-Baya rufen zu lassen. Renlasol erinnerte sich gut daran, wie Madhrab zu dem Todeshändler und dessen Geschäften gestanden hatte. Hätten sie ihn damals gefasst und Jafdabh dem Lordmaster vorgeführt, Madhrab hätte ihn sofort zum Tode verurteilt und eigenhändig hingerichtet.

»Ich dachte, er hätte sich für immer zurückgezogen, nachdem er Lordmaster Chromlion an das Tor der Feste Fallwas genagelt und die Erben des Fürstentums getötet hatte«, erklärte Renlasol seine Überraschung.

»Ist er inzwischen nicht auch schon zu alt, um ein Heer erfolgreich in den Kampf zu führen?«, fragte Drolatol.

»Tja … wer weiß? Wie alt wird er heute wohl sein? Vielleicht fünfundfünfzig, höchstens sechzig Sonnenwenden, wenn ich mich nicht täusche. Also gerade erst im Wandel zu einem Letztgänger. Soweit ich mich an die mir bekannten Letztgänger erinnere, waren sie trotz ihres höheren Alters durchaus imstande, eine Waffe unverändert meisterlich zu führen, und blieben bis zu ihrem Gang zu den Schatten immer gefährlich. Sollten sie eine körperliche Schwäche aufgewiesen oder an Ausdauer nachgelassen haben, so glichen sie das meist mit Erfahrung aus. Ihr solltet die alten Letztgänger nicht unterschätzen und einen Mann wie Madhrab erst recht nicht. Er besitzt die Gabe des Kriegers.«

»Keine Sorge, wir unterschätzen die Letztgänger nicht. Ich kenne ihre Stärken aus eigener Erfahrung. Außerdem … Jafdabh hat recht«, wandte sich Renlasol an Drolatol, »Madhrab ist ein ganz und gar außergewöhnlicher Mann. Das war er schon immer. Ihm traue ich selbst als Letztgänger noch alles zu. Aber wenn er den Ruf des Regenten annehmen sollte und die ihm angebotene Aufgabe tatsächlich übernähme, was ich nicht glaube, bestünde die Gefahr, dass die Angriffe der Rachuren – sobald sie davon erfahren – noch hasserfüllter geführt werden als bisher. Alleine dem Zweck dienend, des Lordmasters habhaft zu werden und ihm zu schaden.«

»Tja … nun … damit müssen wir rechnen«, meinte Jafdabh, »aber dieser Umstand hätte einen entscheidenden Vorteil. Der Zorn des Feindes würde sich voll und ganz auf Madhrab richten. Wir könnten diese Schwäche der Rachuren – und es ist eine echte Schwäche – taktisch geschickt für uns nutzen. Während sie sich auf Madhrab stürzen, werden wir ihnen ungehindert in den Rücken fallen.«

»Ich muss gestehen, du hast vorausgedacht. Aber dein Plan hat einen Nachteil. Er unterstellt, dass Madhrab tatsächlich zurückkommt und sich erneut überreden lässt. Wenn du mich fragst, wird er sich nicht einmal die Mühe machen, auf deinen Ruf zu antworten. Zu viel Schlechtes musste er in der Vergangenheit aus dem Hause des Regenten erfahren. Und ähnlich wie Yilassa hält er auch von dem ehemaligen Todeshändler Jafdabh nichts. Dein Aufstieg zum Regenten wird ihn nicht vom Gegenteil überzeugen«, bemerkte Renlasol, der seinen ehemaligen Herrn gut zu kennen glaubte.

»Tja … wie auch immer. Ich denke, das ist eine Frage des

Angebotes, das ich ihm unterbreiten werde«, schloss Jafdabh die Debatte.

Ohnehin mussten Drolatol und Renlasol feststellen, dass Jafdabh ihre Ratschläge nicht mehr ohne Weiteres annahm. Sie hatten ihn weder davon abbringen können, die schweren Waffen in einem Krieg gegen die Rachuren einsetzen zu wollen, noch hatte er sich davon überzeugen lassen, auf einen Plan, der zwingend Madhrabs Einsatz vorsah, zu verzichten. Die jüngsten Entwicklungen am Hofe des Regenten bereiteten ihnen Kopfzerbrechen und stellte ihre Loyalität zu Jafdabh auf eine harte Probe. Lediglich für Drolatol würde der gedachte Widerstand nur eine theoretische Frage bleiben, denn er war Jafdabh bis zu seinem Tode auf Gedeih und Verderb zur Treue verpflichtet. Dieses ihn bindende und magisch besiegelte Versprechen würde er niemals brechen können. Es sei denn, Jafdabh entließe ihn aus seinen Diensten. Aber der Regent dachte nicht im Traum daran, ein ihm einmal gegebenes Versprechen bedingungsloser Treue zu lösen. Dem Meisterschützen war daher bewusst, dass er früher oder später die neuen Waffen benutzen musste.

Die folgenden Tage im Kristallpalast waren von gedrückter Stimmung. Jafdabh wurde mit jedem Tag des Wartens auf die übrigen Fürsten unruhiger. Renlasol und Drolatol hingegen bereiteten die Rekrutierung weiterer Truppen vor. Aus der in Tut-El-Baya verbliebenen Leibgarde des Regenten wurden geeignete Frauen und Männer ausgewählt, die sich schon bald auf den Weg machten, neue Kriegerinnen und Krieger für die Truppen des Regenten anzuwerben. Ihnen blieb wenig Zeit. Sie mussten schnell und geschickt vorgehen, um in wenigen Monden genügend Kräfte für ein Verteidigungsheer zu sammeln. Zur gleichen Zeit musste die Ausbildung an den neuen Waffen sichergestellt werden.

Skeptisch beobachteten die Generale den Aufbau von Jafdabhs Kriegsgerät. Bei aller Skepsis war das Luftschiff jedoch ein überaus beeindruckendes Gefährt. Jafdabh ließ es sich nicht nehmen, am Jungfernflug selbst teilzunehmen, und er bestand darauf, dass Drolatol ihn dabei begleitete. Das Luftschiff erwies sich in der Steuerung als träge, und es war schwierig, es bei stärkeren Winden in die gewünschte Position zu manövrieren. Der Flug war mit einer Segelschifffahrt während eines Sturms und heftigen Wellengangs durchaus vergleichbar. Ein stetes Auf und Ab, das die Passagiere kräftig durchschüttelte und ihre Mägen überforderte.

Der Kapitän, der zugleich das Steuer übernahm, war nicht umsonst ein erfahrener Seefahrer. Sein Name war Murhab und er stellte einen von Jafdabhs langjährigen Getreuen dar. Viele Sonnenwenden lang hatte er die Gayaha, Jafdabhs Prachtschiff, sicher durch allerlei Stürme und schwer befahrbare Gewässer im Ostmeer gebracht. Doch nun vertraute ihm Jafdabh das Kommando über sein neues Schmuckstück an, und die Gayaha lag sicher vertäut im Hafen von Tut-El-Baya.

»Ein solches Schiff braucht einen Namen«, stellte Murhab trocken fest, nachdem er mit dem Schiff wieder einigermaßen sicher gelandet war.

Kaum eines der Besatzungsmitglieder oder der Passagiere des Jungfernflugs waren in der Lage, seinen Worten bewusst zu folgen. Sie waren allesamt grün im Gesicht und hatten Mühe, ihre Mahlzeiten bei sich zu behalten. Manche unter ihnen wären lieber gestorben, als noch einmal einen Fuß in dieses Gefährt zu setzen. Renlasol konnte sich ein schadenfrohes Lächeln nicht verkneifen, als er die Passagiere in Empfang nahm. Jafdabh wirkte, als hätte er in den wenigen Horas des Fluges deutlich an Gewicht verloren. Er war leichenblass und brachte kein Wort über die Lippen. Kaum hatte Drolatol den Rumpf verlassen, ließ er sich auf den Boden fallen und blieb schwer atmend liegen. Es schien so, als nähme er seine letzten Atemzüge, bevor ihn die Schatten zu sich holten. Murhab hingegen schien der Flug überhaupt nicht geschadet zu haben.

»Wir sollten unbedingt etwas gegen den Gestank unternehmen, sonst wird das Prachtschiff eines Tages einen unschönen Beinamen erhalten und schon meilenweit im Voraus von den Feinden entdeckt werden. Die Flugeigenschaften sind verbesserungswürdig. Wir sollten viel schneller wenden können und uns gegen überraschende Winde und Böen wappnen. Außerdem fliegen wir noch viel zu langsam. Ein schwer bepackter Esel zu Lande dürfte am Ende schneller am Ziel sein. Ich habe die ein oder andere Idee, wie wir dies angehen können«, meinte Murhab an einen der Erbauer gewandt.

Der Erbauer nickte zustimmend. »Das könnte gehen«, pflichtete der hagere Mann aus den Handwerkskammern schließlich bei, der aussah, als habe er nächtelang nicht geschlafen. »Wir werden uns sogleich an die Umsetzung machen, Kapitän. Eure Idee mit den vorderen und seitlichen Segeln zur Stabilisierung ist so einfach und doch genial. Wir werden keine Schwierigkeiten haben, die notwendigen Erweiterungen einzubauen. Damit könnten wir auch die Fluggeschwindigkeit deutlich steigern. Gegen den Gestank werden wir uns ebenfalls etwas einfallen lassen. Ich denke, dass wir die Latrinen, die Zuführung zu den Rohren und den Kessel selbst mit Teer abdichten können. Das sollte vorerst Abhilfe schaffen. Kapitän Murhab, Ihr seid wahrlich eine hervorragende Wahl für dieses Schiff, wenn ich mir diese Bemerkung erlauben darf.«

»Danke, Meister Semyon. Aber lobt mich nicht, bevor wir die Verbesserungen nicht ausprobiert haben. In meinen Augen ist ein Schiff eben ein Schiff. Ob zu Wasser oder in der Luft. Die Unterschiede sind nicht allzu groß. Wir haben es bei jeder Fahrt mit den Kräften der Natur zu tun. Wind und Wetter.

Diese sind mein Zuhause. Wie wollen wir das Luftschiff nun nennen? *Pilawo Tachates*?«

»Pilawo Tachates?«, mischte sich Jafdabh erschrocken ein, der sich erstaunlich rasch wieder von dem schaukelnden Jungfernflug erholt hatte. »Tja … wie … Ihr wollt es *stinkende Mistschleuder* nennen?«

»Warum nicht?«, erwiderte Murhab. »Ein klangvoller Name, der seine wesentlichen Eigenschaften am besten ausdrückt.«

»Tja … möglich … aber mir wäre *Aeras Tamar* lieber«, hielt Jafdabh dagegen.

»Wie Ihr wünscht, Herr. Mir soll jeder Name recht sein, solange ich ihn aussprechen kann. Warum also nicht *Bote des Himmels*«, stimmte Murhab lautstark zu. »Nennen wir es also Aeras Tamar. Habt ihr es alle gehört? Unser Schiff trägt endlich einen Namen!«

Murhabs Euphorie war ansteckend. Selbst die nach wie vor gegen das Fluggerät skeptisch eingestellten Drolatol und Renlasol konnten sich dem nicht entziehen. Murhab sah die Aeras Tamar nicht als Waffe. Für ihn war es ein Schiff, mit dem er in den Lüften über Ell segeln konnte. Ein Schiff, das sein ganzes Können und Geschick erforderte. Er musste all seine Tücken beherrschen und die Herausforderung annehmen. Schließlich sah er es als seine erste Verpflichtung an, die Aeras Tamar und ihre Passagiere sicher von Hafen zu Hafen zu bringen, so wie er es einst mit der Gayaha auf den Meeren Krysons getan hatte. Und als solches hatte das Luftschiff für ihn etwas ganz Persönliches, ein eigenes Leben und eine Seele, zu der er eine innige Bindung aufbauen konnte. Wer den Kapitän besser kannte, hatte verstanden, dass er dies in seiner Faszination und der Namensgebung zum Ausdruck bringen wollte.

Endlich trafen die Fürsten mit ihrem Gefolge ein. Sie hatten den Ruf des Regenten also doch erhört. Das Fürstenhaus der Barduar reiste am selben Tag gemeinsam mit der ersten Dame des Hauses Menohir und einer Schar Bediensteter an. Fürst Menohir selbst ließ sich entschuldigen; er war durch eine heimtückische Knochenkrankheit ans Bett gefesselt.

An den nächsten Tagen folgten die Häuser Habladaz und Polakav. Der greise Fürst Habladaz kam in Begleitung eines alten Bekannten. Ayadaz, der Neffe des Fürsten, kannte sich am Hofe bestens aus und offenbar erhoffte sich der Fürst durch dessen Freundschaft mit der Regentin Vorteile für sich selbst. Lediglich die Fürsten Alchovi und Otevour ließen weiterhin auf sich warten, was den erschreckenden Nachrichten zufolge verständlich war. Immerhin grenzte Otevour unmittelbar und über die weiteste Strecke an das Gebiet der Rachuren. Es lag also nahe, dass sie bei einem Übergriff am stärksten betroffen sein würden.

In der unmittelbar nach der Ankunft der Fürsten einberufenen Versammlung berichtete Ayadaz im Namen seines Onkels, dass das Haus Otevour entlang der Grenze zu den Rachuren in heftige Kämpfen eingebunden sei und dringend Unterstützung brauche. Es ging bereits seit Wochen das Gerücht, dass der Fürst mitsamt seinen fünf Söhnen in einer Schlacht um das äußere Vulkangebiet Tartatuk gefallen sei. Andere erzählten davon, der Fürst und die tapferen Söhne des Hauses Otevour hätten ihre Seele an Nalkaar verloren und verstärkten nun fortan dessen inzwischen gigantischen Chor von Todsängern mit ihren Stimmen.

Doch auch die anderen Fürsten, allen voran Barduar und Polakav, deren Ländereien ebenfalls benachbart zu den Rachuren lagen, forderten den Regenten auf, ihnen in der Verteidigung ihrer Grenzen und Häuser beizustehen. Immerhin konnten sie auf eigene Erfahrungen zurückgreifen und Licht ins Dunkel bringen.

Während sie nur über kleinere Angriffe und Scharmützel

mit den Rachuren berichten konnten, die überwiegend aus bis zu den Zähnen bewaffneten, starken Chimären gestellt wurden, konzentrierte sich die Hauptstreitmacht des Feindes wohl auf den Vormarsch in das Fürstentum Otevour. Dort griffen die Gegner mit allem an, was sie hatten. Rachurendrachen, Todsänger und die schlagkräftigen Krieger unter der Führung des entfesselten Grimmgour. Es war nur noch eine Frage der Zeit, bis sie das Fürstentum erobert und unterjocht haben würden, bevor sie Richtung Habladaz weitermarschierten und von dort aus die ehemaligen Fallwas-Gebiete und die Hauptstadt selbst in Angriff nehmen würden. Dieses Mal würden sie sich nicht mit Nebenschauplätzen begnügen, sondern direkt in das Herz der Klanlande vorstoßen. Dies stand für alle versammelten Fürstenhäuser fest.

»Otevour ist verloren«, krächzte der halb blinde und völlig taube Fürst Habladaz laut aus einem zahnlosen Mund. »Die Truppen des Fürsten wurden im Kampf um Tartatuk vernichtend geschlagen. Wir müssen die versprengten Krieger Otevours sammeln und die Leibgarde des Regenten umgehend nach Habladaz verlegen.«

»Hört auf die Worte meines Onkels«, ergänzte Ayadaz. »Die einzige Möglichkeit, gegen die Rachuren zu bestehen, liegt darin, unsere Kräfte zu bündeln und sofort zurückzuschlagen, bevor sie noch weiter vordringen. Mit einer solchen Antwort rechnen die Rachuren nicht. Lasst uns die Überraschung nutzen.«

»Das wäre Selbstmord. Es würde Monde dauern, bis wir die Gardekrieger aus den südlichen Verteidigungsstellungen gen Westen verlegt haben«, gab Drolatol zu bedenken.

»Nach allem, was Ihr Fürsten berichtet habt, sind wir bei Weitem noch nicht stark genug, um einen Gegenangriff zu wagen. Die Rachuren würden uns im offenen Kampf auf dem Felde aufreiben und wir hätten nichts gewonnen«, erwiderte

Renlasol. »Wir müssen die ausgebauten Stellungen um Tut-El-Baya halten und die Einberufung sowie die Ausbildung weiterer Krieger schneller vorantreiben. Erst dann dürfen wir uns dem Feind entgegenwerfen.«

»Das würde Euch gefallen, nicht wahr?«, beschwerte sich Fürst Barduar. »Die alteingesessenen noblen Fürstenhäuser werden geopfert, damit Ihr und Drolatol Eure von Fallwas geraubten Pfründe retten könnt.«

»Wir stehen alle auf einer Seite. Es geht um unser Land und nicht um den Fortbestand eines einzelnen Fürstenhauses«, erwiderte Drolatol.

»Und was ist mit Alchovi? Ich sehe ihn nicht. Wird er sich mit den Eiskriegern hinter seinen Bergen verstecken oder uns im Kampf beistehen?«, wollte Fürst Polakav wissen.

In der Tat hatten sie vergeblich auf eine Nachricht aus Eisbergen gewartet. Tomal hatte sich lieber in Schweigen gehüllt, als den anderen Fürstenhäusern seine Absichten zu offenbaren. Mit diesem Verhalten hatte er Gerüchte angeheizt, er wolle die Gelegenheit der Schwäche nutzen und die Macht in den Klanlanden durch einen gewaltsamen Sturz Jafdabhs an sich reißen. Die Vorstellung fand unter einigen Fürstenhäusern durchaus Anklang.

»Tomal Alchovi ignoriert den Ruf des Regenten«, behauptete die Fürstin des Hauses Menohir, dessen Ländereien an diejenigen der Alchovi grenzten. »Das ist klug. Wir hätten seinem Vorbild folgen und uns um unsere eigene Sicherheit kümmern sollen, statt auf einen Emporkömmling und dessen Schergen zu hören, die ihren Anspruch auf einer …«

Sie schluckte die ihr auf der Zunge liegende Bemerkung hinunter. Noch waren Jafdabh und Raussa ein mächtiges Regentenpaar, denen einige Fürsten den Rücken stärkten und die sowohl das größte Vermögen als auch den Großteil der Truppen hinter sich wussten. Eine offen ausgesprochene Beleidigung der Regentin konnte sie wegen Hochverrats den Kopf kosten. Bei aller Ablehnung musste sie ihre Worte mit Bedacht wählen.

»Sprecht ruhig aus, was Ihr dachtet, werte Dame«, mischte sich Raussa verärgert ein. »Ihren Anspruch auf das Wohlwollen einer *Hure* begründen, wolltet Ihr sagen.«

»Dieses Kind habt Ihr so genannt«, antwortete die Fürstin Menohir schnippisch, obwohl ihr die Schamesröte in die Wangen gestiegen war, »aus meinem Mund werdet Ihr so etwas gewiss nicht vernehmen. Ob es der Wahrheit entspricht oder nicht, könnt Ihr selbst am besten beurteilen. Aber wenn ich mich in der Halle so umsehe und in das ein oder andere betroffene Gesicht blicke, dürften wohl einige der anwesenden Herren schon von Eurer Weiblichkeit gekostet haben. Der oberste Praister Thezael hatte Euch wegen Unfähigkeit und der Hurerei abgesetzt, soweit ich mich erinnere. Und dann kehrtet Ihr mit diesem Todeshändler, einem Verräter an unserem Volke, zurück auf den Thron. Ihr habt kein Recht, über uns zu gebieten, und alle, die ihre Ansprüche von Eurer Herkunft ableiten, ebenso wenig. Tomal Alchovi hat seine Position deutlich gemacht. Ihm gebührt die Herrschaft über die Klanlande. Er ist der Stärkste unter uns Fürsten und er ist ein Lesvaraq.«

»Wolltet Ihr lieber den Intrigen des Schattenmannes dienen und der Barbarei frönen? Tomal war noch ein kleines Kind, als Jafdabh die Regentschaft übernahm«, provozierte Drolatol die Fürsten.

»Nein, natürlich nicht. Thezael war ein durchtriebener Mann, der mit eiserner Hand, Folter und Schrecken regierte«, räumte die Fürstin Menohir ein, »aber er war auch ein zutiefst gläubiger Klan, mächtig und nicht dumm. Er hätte dem Fürsten Alchovi den Thron aus freien Stücken zur rechten Zeit angeboten.«

»Dessen wäre ich mir nicht so sicher«, zweifelte Renlasol,

»vordergründig vielleicht, aber wahrscheinlich nur, um ihn in seiner Nähe zu wissen und ihn dann bei der ersten Gelegenheit durch einen gemeinen, hinterhältigen Giftanschlag zu beseitigen.«

»Das ist eine bösartige Unterstellung«, empörte sich die Fürstin Menohir. »Wie könnt Ihr es wagen? Die Praister dienen von jeher den Kojos und verbreiten diesen Glauben und die Güte selbstlos an die Klan.«

»Hört, hört!«, spottete Drolatol. »Thezael ist ein Mann der Schatten und als oberster Praister äußerst gefährlich. Ich kenne niemanden, der von seiner Güte zu berichten wüsste.«

Bevor der Streit endgültig eskalieren konnte, erhob sich Jafdabh langsam von seinem Thron. »Tja … nun, hört auf damit!«, befahl er. »Tomal ist nicht hier. In all den Sonnenwenden hat er keinen Versuch unternommen, mich von diesem Ort zu vertreiben. Warum nicht? Ich hätte den Kristallpalast längst freiwillig geräumt, wenn er den Anspruch auf die Regentschaft offiziell geltend gemacht hätte. Glaubt Ihr, ich hätte mein Vermögen freiwillig an Euch undankbares Pack verschwendet, wenn Fürst Alchovi die Verantwortung übernommen hätte? Wo war er, als wir die Hauptstadt und die Ländereien wieder aufbauten, neue Siedlungen gründeten und den Bauern unter die Arme griffen? Tomal Alchovi soll in den Kristallpalast kommen und seine Stimme erheben. Ich werde meiner Wege gehen, sollte er diesen Thron sein Eigen nennen.«

»Ist dies Euer Rücktritt?«, wollte Barduar sofort wissen.

»Nein!«, machte Jafdabh unmissverständlich und mit hochrotem Kopf klar. »Für keinen von Euch Schwächlingen werde ich die Regentschaft aufgeben. Tja … solange dieser Tomal nicht offen den Thron fordert, bestimme ich, was in den Klanlanden geschieht und wie wir diesen Krieg gegen die Rachuren führen.«

»Und wie gedenkt Ihr *Euren* Krieg erfolgreich zu schlagen?«, fragte Fürst Polakav. »... ohne uns?«

»Tja … das ist allerdings eine gute Frage. Ohne die Unterstützung der Fürsten wird es nicht gehen. Wir müssen einig werden und zusammen gegen die Gefahr stehen. Wir verstärken die Verteidigung entlang der befestigten Sicherungsgebiete, bringen unsere neuen Waffen in Stellung und warten, bis wir genügend Kräfte gebündelt haben. Dann schlagen wir zurück. Erobern das Land der Rachuren, nehmen Krawahta ein, plündern und zerstören ihre Hauptstadt und zerschlagen ihre Brutstätten. Kein Rachure wird dieses Gemetzel überleben.«

»Große Worte. Und bis es so weit ist, müssen wir leider tatenlos zusehen, wie sie unsere Frauen entführen, selbst vor der Tötung unserer Kinder nicht zurückschrecken und unser Zuhause niederbrennen. Kein Stein bleibt auf dem anderen, wenn sie mit uns fertig sind«, schüttelte Ayadaz verständnislos den Kopf.

»Versucht das zu verstehen, Ayadaz«, meinte Renlasol, »wir würden sofort nach Habladaz marschieren, wenn es denn nur eine geringe Aussicht auf Hoffnung gäbe. Aber wir dürfen keinesfalls riskieren, zu früh auf die Hauptstreitmacht der Rachuren zu treffen. Die Klanlande würden untergehen. Nur gemeinsam und bestens vorbereitet können wir dieser Gefahr standhalten. Es ist schmerzhaft und es wird noch viel schlimmer werden. Wir werden viele unschuldige Opfer beklagen müssen. Das wissen wir, und dennoch wäre jede andere Entscheidung falsch. Glaubt nicht, dass uns das Abwarten angesichts der zu erwartenden Verluste leichtfällt. Das wird für uns alle eine bittere Erfahrung. Ich bin fürwahr froh, dass Jafdabh die Verantwortung dafür übernimmt.«

Betretenes Schweigen kehrte in der Halle des Regenten ein. Jeder der anwesenden Fürsten oder deren Vertreter hing seinen eigenen trüben Gedanken nach. Jafdabh hatte ihre Forderungen abgelehnt und ihnen stattdessen seine unliebsame Entscheidung mitgeteilt.

Eine einsame Entscheidung, die lediglich von seinen Beratern Renlasol und Drolatol gestützt wurde. Die Fürsten hatten an Macht und Einfluss eingebüßt; der Regent war stärker, als sie angenommen hatten. Keines der traditionellen Fürstenhäuser war damit glücklich, bedeutete es im Zweifel doch ihr Ende. Die Rachuren würden ungehindert durch Dörfer und Städte wüten. Die einzig wirksame Maßnahme dagegen war, dass die Klan in den bedrohten Gebieten im Zuge der Rekrutierung von Anwerbern, Marktschreiern und durch Wandanschläge zum Verlassen ihrer Häuser aufgefordert wurden. Sie sollten mit Hab und Gut hinter die befestigten Verteidigungslinien Jafdabhs fliehen. Vorausgesetzt, sie würden die Linien durchbrechen und sich mit ihren Familien vorerst in Sicherheit bringen können, wurde ihrem Leben nur ein Aufschub vor der endgültig drohenden Vernichtung gewährt. Vor den Toren von Tut-El-Baya bis zur ehemaligen Feste der Fallwas wurden Lager für sie vorbereitet, in denen sie vorerst bleiben konnten und mit dem Notwendigsten zum Überleben versorgt wurden.

Ihre Zukunft war ungewiss, erneut mussten sie alles aufgeben, um ohnmächtig vor dem Ansturm der Rachuren zu fliehen.

# Die singenden Gräber von Gafassa

Im Südgebirge wechselte das Wetter rasch. Während die Sonnen Krysons die bräunlich grau schimmernden Felswände gerade eben noch in ein orange Licht getaucht und das Gefühl von Wärme und Sicherheit vermittelt hatten, brauten sich nur wenige Sardas später dunkle Gewitterwolken über den schneebedeckten Gipfeln zusammen und warfen ihre wilden Schatten auf die Felswände. Der Anblick veränderte sich. Gefährlich und schroff wirkten die Berge. Als wären sie gefräßige Riesen, die mit den Augen rollten und jeden verschlingen wollten, der es wagen sollte, ihnen zu nahe zu kommen.

In der Höhe, weit über den Dächern der Stadt Gafassa, hatten sich Prinz Vargnar und der Felsenfreund Goncha auf einem Felsvorsprung niedergelassen und betrachteten das Naturschauspiel mit einer Gelassenheit, die nur jemand aufbringen konnte, der sich mit den Steinen und den Gewalten eines Gewitters im Gebirge eng verbunden fühlte.

»Ein Sturm zieht auf«, stellte Goncha lapidar fest.

»Was du nicht sagst«, konterte Vargnar trocken.

»Ich wollte Euch nur darauf aufmerksam machen, dass wir gleich nass werden und uns der Wind von den Felsen fegen wird.«

»Seit wann bist du wasserscheu?«

»Im Gegensatz zu Euch trage ich einen Pelz, mein Herr. Der Regen wird ihn schwer machen und mich bestimmt in die Tiefe reißen. Außerdem friere ich, wenn ich bis auf die Haut nass werde.«

Vargnar lachte laut auf. Das Echo seiner Stimme löste eine Steinlawine aus, die mit Getöse in die Tiefe polterte.

»Du wirst langsam alt, mein Freund«, frotzelte Vargnar, »was ich unschwer an deinem grauen Pelz erkennen kann, und zu meinem Bedauern muss ich Merkmale einer zunehmenden Verweichlichung an dir feststellen. Ich denke, wir sollten dich mit einem kleinen Sprung wieder aufmuntern. Wir könnten in den Ruinen von Gafassa Schutz vor dem aufziehenden Unwetter suchen.«

»Oh … Gafassa ist eine Totenstadt, mein Prinz. Das scheint mir nicht geheuer. Wenn Ihr mir die Wahl lasst, zöge ich einen Blitzeinschlag und den Regen einem Sturz in das ungewisse Grauen vor.«

»Du bist und bleibst ein Spaßverderber, Goncha. Wir springen, ob es dir nun passt oder nicht. Ich wollte mich schon seit längerer Zeit in Gafassa umsehen und mit eigenen Augen davon überzeugen, was mit den Tartyk und den Drachen geschehen ist.«

»Das sehe ich doch schon von hier oben, Herr«, bemerkte Goncha. »Die Drachentürme sind eingestürzt und in den Gassen liegen haufenweise Leichen. Wenn wir den Worten der Felsgeborenen des Südens vertrauen dürfen, dann handelt es sich um ein Volk von untoten Seelenfressern. Eine Bekanntschaft, die ich nicht machen muss. Sie sind mir unheimlich.«

»Sie sind seit über fünfundzwanzig Sonnenwenden tot. Ich bin neugierig. Nun komm schon, klettere auf meine Schulter und lass uns springen. Ich bringe dich heil in die Stadt und wieder heraus.«

»Versprochen?«

»Ehrenwort!«

Der Wind frischte auf und trieb die dunklen Regenwolken heulend auf Vargnar und Goncha zu. Die ersten Blitze zuckten herab. Ein bedrohliches Donnern und Grummeln folgte. Wenn sich der Prinz und sein Felsenfreund nicht augenblicklich aufmachten, würde das zornige Gewitter sie mit voller Wucht erwischen.

»Los!«, brüllte Vargnar seinem Freund in Gedanken entgegen.

Goncha kletterte auf den Prinzen und suchte sich eine Stelle, an der er sich mit seinen kleinen Pfoten festklammern konnte. Der Felsenfreund schloss die Augen. Vargnar stürzte sich mit einem Schrei und weit ausgebreiteten Armen und Beinen in die Tiefe.

Das Vergnügen war nur von kurzer Dauer. Sie landeten wohlbehalten inmitten der Felsenstadt. Vargnar blickte zurück zu der Stelle, von der aus sie in die Tiefe gesprungen waren.

»Das ist eigenartig, findest du nicht?«, merkte der Prinz nachdenklich an.

»Was meint Ihr, Herr?«, fragte Goncha.

»Sieh dir den Himmel über den Bergen an. Unser Sturzflug dauerte nicht lange. Das Gewitter hat sich so plötzlich verzogen, als wäre es niemals da gewesen.«

»In der Tat«, grübelte Goncha, der den wolkenlosen Himmel und strahlenden Sonnenschein erst jetzt bemerkte. »Es kommt mir so vor, als wollte uns jemand dazu bringen, in die Stadt zu springen. Das gefällt mir nicht. Ganz und gar nicht. Wir sollten zusehen, so schnell wie möglich wieder von hier zu verschwinden.«

»Hm …« Prinz Vargnar bewegte seinen Kopf hin und her. »Wer oder was könnte ein Interesse daran haben? Und wer wäre in der Lage, das Wetter zu beeinflussen. Du denkst an Magie, nicht wahr? Aber ich habe nichts Verdächtiges gespürt.«

»Ich auch nicht. Dennoch müssen wir vorsichtig sein.«

»Schon gut, mach dir keine Sorgen. Wir werden es erfahren, sollte uns jemand absichtlich hierhergetrieben haben.«

»Genau das macht mir Sorgen, Herr!«

Vargnar musste erneut lauthals über die Worte seines kleinen Freundes lachen. Dabei kannte er Goncha als durchaus wagemutiges Kerlchen, das ihn in all den Sonnenwenden stets treu auf jedes noch so gefährliche Abenteuer begleitet hatte. Er nahm ihm die Äußerungen niemals übel. Denn das war eine seiner wesentlichen Aufgaben als Felsenfreund. Ohne die Warnungen und Ermahnungen zur Vorsicht und Vernunft hätte sich Vargnar vielerorts ungestüm in mancherlei Gefahr gebracht, aus der es vielleicht kein Zurück für ihn gegeben hätte.

Die Felsgeborenen kannten keine Furcht, umso wichtiger waren die gelegentlichen Einwände der Felsenfreunde, die als Gewissen und Schutz vor unbedachten Handlungen dienten. Daneben war ihr immenses Wissen über Kryson von unschätzbarem Wert. Aber Vargnar wusste auch, dass die Lebensspanne eines Felsenfreundes im Vergleich zu seiner eigenen deutlich begrenzt war. Er würde sich bald von seinem Freund verabschieden müssen, an den er sich so sehr gewöhnt hatte und der ihm mit all seinen Eigenheiten so vertraut geworden war. Wenn er bloß daran dachte, wurde es ihm schwer ums Herz. Er würde seinen kleinen Freund vermissen.

Goncha hingegen würde sein Wissen beizeiten an einen jungen Felsenfreund weitergeben, der seine Stelle einnehmen musste. Sicher würden Vargnar und der kleine, noch unbekannte Gefährte im Laufe der Sonnenwenden ähnlich vertraut miteinander werden, wie es jetzt mit Goncha war. Dennoch würde es sich anders anfühlen, was sich Vargnar nicht vorstellen mochte.

»Bevor wir aufbrechen, die Stadt zu erkunden, mein Prinz: Habt Ihr die Botschaft abgeschickt?«, fragte der Felsenfreund.

»Gewiss, vor Tagen schon. Aber wir werden geduldig warten müssen, bis wir erfahren, ob sie ihre Empfänger erreicht hat«, antwortete Vargnar. »Wer weiß, ob sie die Nachricht verstehen werden und antworten. Ich habe bis heute Mühe damit, das Flüstern der Steine richtig zu entschlüsseln. Und das, obwohl ich der einzige Felsgeborene unter den Sieben und im Umgang mit den Steinen durchaus vertraut bin. Ich frage mich, wie es den Übrigen ergehen wird. Aber sie werden so lange durch das

Flüstern belästigt, bis sie die Botschaft aufgenommen haben. Die Steine erwarten eine Bestätigung.«

»Sie werden das Flüstern verstehen«, behauptete Goncha mit einem verschmitzten Lächeln in Gedanken. »Sie müssen, denn das ist Teil der Prophezeiung. Der Lesvaraq und die magisch Begabten werden einen leisen Ruf vernehmen, der ihnen die Richtung weist. Und die anderen Streiter werden von der Magie der Steine wie von selbst an den Ort der Zusammenkunft getrieben.«

»Dein Wort in den Ohren der Felsen und in den Köpfen der Sieben«, antwortete Vargnar.

»Wo wird der Ort der Zusammenkunft sein, wenn ich fragen darf?«

»Tartatuk!«

»Aha, das hätte ich mir denken können. Ihr mögt es von jeher dramatisch. Euer Auftritt wird nicht ohne Wirkung bleiben. Ein Feuer spuckender Vulkan dieser Größe ist gewiss beeindruckender als ein toter Flugdrache oder eine Felsenburg. Aber Ihr wusstet schon, dass es in jener Gegend vor hungrigen Laufvögeln wimmelt und wir mitten durch das Gebiet der Rachuren müssen?!«

»Du müsstest mich inzwischen besser kennen«, brummte Vargnar, »wir nehmen den Weg über die Berge und streifen das Rachurenland nur an der äußersten Grenze. Die Gnatha stören mich nicht. Sollte das Federvieh keine Ruhe geben, landen sie als Braten auf dem Spieß.«

»Mich hingegen stören sie gewaltig. Ich bin leichte Beute für die Riesenvögel. Ein kleiner Happen für zwischendurch. Und Ihr esst doch gar kein Fleisch«, erinnerte Goncha den Prinzen an dessen Gewohnheiten.

»Ich nicht, aber die übrigen Streiter wahrscheinlich schon. Außerdem hatte ich vor, dort einmal das erkaltete Lavagestein zu kosten. Das soll sehr gesund und nahrhaft sein.«

»Eine Delikatesse für die Feinschmecker unter den Felsgeborenen, so heißt es. Aber ich muss Euch gewiss nicht daran erinnern, dass Lava selbst für einen Burnter gefährlich ist. Bricht der Vulkan aus, was er des Öfteren in gewaltigen Eruptionen zu tun pflegt, könnte das Euer Ende sein. Die Lava ist heißer als Drachenfeuer und bringt Felsen zum Schmelzen. Geratet Ihr hinein, werdet Ihr vergehen und Teil des feurigen Stroms werden.«

»Ich hatte nicht vor, *in* den Vulkan oder einen Lavastrom zu springen. Das Treffen findet am Fuße des Tartatuk statt. Dort werden wir ungestört sein.«

»Bis auf die Gnatha, die zeternd und kreischend um uns herumspringen und auf ihre Gelegenheit lauern werden, fette Beute zu machen«, gab Goncha zu bedenken. »Und nicht zu vergessen, die Toten aus den jüngsten Auseinandersetzungen zwischen den Klan und den Rachuren. Die Steine flüsterten, dass sie erbittert um das Tartatuk-Gebiet kämpften.«

»Das ist wohl wahr« , bestätigte Vargnar kalt lächelnd.

Goncha schüttelte sich und putzte sich mit den Pfoten aufgeregt Ohren, Kopf und Nase. Ihm war nicht wohl beim Gedanken an den Ort der Zusammenkunft.

Dann begannen sie Gafassa zu erkunden.

In den Gassen und Straßen der Felsenstadt verstreut lagen die Leichname der Tartyk. Eine Stille hing über der Stadt, die selbst Vargnar erschauern ließ. Der Prinz untersuchte einige der sich in ihrer unmittelbaren Nähe befindlichen Kadaver. Er war nicht zufrieden mit den Erkenntnissen und knirschte verärgert mit den Zähnen.

»Was fällt dir auf?«, fragte er den Felsenfreund.

»Sie stinken nicht und zeigen keinerlei Anzeichen von Verwesung«, stellte Goncha nüchtern fest.

»Genau, gut beobachtet. Dennoch sind sie tot und ihre Körper haben sich verändert«, deutete Vargnar auf den vor ihnen liegenden Tartyk, den er auf den Rücken gedreht hatte und der sie aus toten, weit aufgerissenen Augen anstarrte. »Sieh her …«

Vargnar öffnete vorsichtig die Lippen des Tartyk und klappte den Unterkiefer der Leiche nach unten, ohne diesen zu brechen oder auszuhängen.

»Kein Anzeichen für Verwesung oder Verfall«, fuhr Vargnar fort. »Siehst du den schwarzen Stummel in seinem Mund? Das war einst die Zunge, die sich zu einem Wurmfortsatz entwickelt hat. Er schwingt, wenn sie ihren tödlichen Gesang anstimmen. Die Lippen sind von einem unnatürlichen Blau und Schwarz. Seine Haut hat sich ebenfalls verändert. Sie wirkt durchscheinend weiß, als wäre der Leichnam blutleer, und doch treten die dunklen Adern darunter deutlich hervor. Er sieht aus, als würde er schlafen, und zeigt doch keinerlei Lebenszeichen.«

»Und was schließt Ihr daraus?«, wollte Goncha wissen.

»Die Verwandlung ist längst abgeschlossen. Was wir hier vor uns sehen, ist ein Wesen, das nicht von dieser Welt stammt und nicht nach Kryson gehört. Eine üble Laune der Kojos. Ein untotes, seelenloses Geschöpf. Ein Todsänger, der darauf wartet, von seinem Herren zurückgerufen zu werden«, die Stimme des Prinzen war plötzlich voller Sorge.

»Die Felsgeborenen des Südens hatten also recht«, sagte Goncha, »die Tartyk verwandelten sich in ein Volk von Seelenfressern. Das ist nicht gut.«

»Sie sind eine große Gefahr für Kryson und das Gleichgewicht«, meinte Vargnar. »Sollten sie dem Ruf folgen und sich erheben, dann können wir nur noch auf die Gnade der Kojos hoffen.«

Goncha putzte sich erneut hektisch und sah sich auf der Schulter des Prinzen sitzend furchtsam um. Gemeinsam wanderten sie durch die Ruinen der Stadt. In jeder Gasse, auf den Straßen und auf dem Markplatz stießen sie auf das gleiche erschreckende Bild. Niemand hatte den Angriff überlebt. Gafassa hatte sich in eine Totenstadt verwandelt. Sie waren am oberen Ende der Stadt angelangt. Dort hatten einst die einflussreichsten Tartyk gewohnt, die Drachenreiter und deren Anführer, der Yasek Calicalar.

»So viele und doch sind es bestimmt noch nicht alle!«, stellte der Felsenfreund fest. »Wer hat das getan?«

»Es ist eine Schande, ein Volk auf diese Weise auszulöschen. Das darf nicht ungesühnt bleiben«, grollte Vargnar. »Nur ein sehr mächtiger Todsänger war dazu in der Lage. Einen Teil des Volkes hat er gewiss mitgenommen, um seine Reihen zu stärken und den Gesang zu unterstützen. Die Felsen nannten mir schon vor geraumer Zeit seinen Namen. Nalkaar!«

»Der Schoßhund der Rachurenhexe?«, entrüstete sich Goncha.

»Ich würde ihn eher als das gefährlichste Raubtier bezeichnen, das sich unter Rajurus Anhängern befindet.«

Auf einmal machte Vargnar Goncha auf eine ungewöhnliche Entdeckung aufmerksam. An diesem Ort in der Stadt hatte ohne jeden Zweifel ein heftiger Kampf stattgefunden. Tiefe Löcher hatten sich in den Felsboden gefressen und die Häuser in der unmittelbaren Umgebung waren eingestürzt. Zwischen den Trümmern fanden sie gut erhaltene Skelette und Überreste von Knochen, die sowohl den Tartyk als auch den Drachen gehört haben mussten.

»Siehst du«, flüsterte Vargnar voller Ehrfurcht, »die Drachen und ihre Reiter starben im Gefecht gegen den Todsänger. Ihre fleischlichen Überreste sind längst vergangen. Ist das nicht eigenartig?«

»Nein«, antwortete Goncha, »der Gesang machte sie und die Drachen rasend und sie töteten sich selbst, weil sie den Verlust ihrer gemeinsamen Seele nicht verkrafteten. Sie hatten keine Wahl und mussten sterben, denn die Drachenreiter teilten sich mit den Drachen eine Seele. Das ist ihr Geheimnis, der Grund für ihre Langlebigkeit und Magiebegabung. Am Ende hat ihnen die Macht nichts genutzt. Sie konnten dem Todsänger nichts entgegensetzen.«

»Niemand vermag das«, meinte Vargnar, »und der Todsänger wird mit jeder weiteren Seele mächtiger.«

»Das glaube ich nicht, Herr«, widersprach Goncha, »mag sein, dass sich die Todsänger nicht töten lassen. Aber ich bin mir sicher, dass man sie schadlos machen und verbannen kann. Mir wird plötzlich klar, warum wir in die Stadt Gafassa gelockt wurden.«

»Was denkst du?«

»Jemand möchte, dass wir die in Gafassa verbliebenen Todsänger vernichten. Genauer gesagt, wir sollen aufräumen.«

»Ein interessanter Gedanke. Ich frage mich nur, warum ausgerechnet wir diese Aufgabe erledigen sollen. Hast du eine Idee, wie wir die Gefahr beseitigen können?«, fragte Vargnar.

»Vielleicht …«, antwortete Goncha, »aber … nun, sie ist verwegen und nur ein Felsgeborener wäre in der Lage, die Herausforderung zu bewältigen. Lasst uns weitersuchen. Womöglich finden wir noch einige nützliche Hinweise.«

Vargnar richtete sich auf und warf einen der schon vergilbten Knochen achtlos zur Seite. Das klackende Geräusch beim Aufprall verursachte ein gespenstisches Echo in den leeren Gassen der Stadt.

Auf der Suche nach weiteren Überresten fanden sie unterhalb einer Felsmauer einen an der Stirnseite zertrümmerten Schädel, der vom übrigen Skelett abgetrennt war. Unmittelbar daneben steckten die Knochen des Skeletts in einer überaus edlen Drachenreiterrüstung, die durch Wind und Wetter kaum in Mitleidenschaft gezogen worden war. Vargnar wischte den oberflächlichen Schmutz von der Rüstung und entdeckte darunter die Insignien des Anführers der Drachenreiter. An der

Seite des Toten lag ein mächtig beeindruckendes Breitschwert.

»Das Flammenschwert des Yasek«, flüsterte Vargnar staunend, »eine legendäre magische Waffe, die selbst härtesten Fels wie Butter schneidet. Ich wundere mich, dass wir sie nach so vielen Sonnenwenden noch hier finden.«

»Niemand außer uns wäre so dumm, sich in eine Totenstadt zu wagen, in der es vor Seelenfressern nur so wimmelt«, gab Goncha zu bedenken. »Selbst dem gierigsten unter den Grabräubern wäre die Aussicht auf die wertvollsten Schätze ein Besuch in Gafassa nicht wert. Dieser Ort ist bis in alle Ewigkeit verflucht.«

»Was denkst du? Sollten wir die Waffe an uns nehmen?« Vargnar klang verunsichert, aber der Wunsch, die Waffe in Händen zu halten, war ihm anzusehen.

»Was wollt Ihr damit anfangen, Herr?«, tadelte Goncha den Prinzen. »Ihr habt Euer eigenes Felsenschwert. Die Waffe eines Tartyk ist Eurer nicht würdig. Lasst sie liegen, wer weiß, welch schädliche Drachenmagie sich dahinter verbirgt und welchen Schrecken sie auslöst, solltet Ihr sie anfassen.«

»Du hast recht«, brummte Vargnar, »aber wenigstens wissen wir nun, dass der Yasek tot ist. Beruhigend, ihn nicht unter den Seelenfressern zu wissen.«

Ein Geräusch ließ Vargnar aufhorchen. Offenbar waren sie nicht allein. Goncha hatte das Scharren auf Felsgestein ebenfalls wahrgenommen und schien es plötzlich sehr eilig zu haben, auf die Schulter des Prinzen zu klettern.

Jemand oder etwas hatte sie anscheinend die ganze Zeit über beobachtet, während sie in der Totenstadt nach Hinweisen gesucht hatten. Vargnar sah sich nach der Ursache des Geräuschs um. Und tatsächlich. In einiger Entfernung entdeckte er eine Frau in Begleitung eines Mannes, die neugierig zu ihnen herabsahen.

Die Frau trug ein sonnengelbes Gewand, hatte langes, rotblondes Haar, das ihr schmales, ebenmäßiges Gesicht in welligen Locken umrandete und bis weit über die Schulter reichte. Sie war schlank und nicht sonderlich groß. Ihre zierlichen Füße steckten in bis unterhalb der Knie reichenden Schnürsandalen. Um die Hüfte hatte sie eine breite, moosgrüne Schärpe gebunden, aus der auf der einen Seite ein unförmiger Stab ragte und an der anderen Seite ein Kurzschwert befestigt war. Vargnar hatte gute Augen. Selbst auf die Entfernung konnte er den aufwendig gearbeiteten Griff erkennen. Einen weißen Mantel hatte sie über den Arm gelegt.

Der Mann an ihrer Seite war ebenfalls blond und selbst nur wenig größer als seine Begleiterin. Er hatte sein langes Haar und den Bart zu Zöpfen geflochten. Seine Kleidung war schlicht und grau. Auffällig waren nur die Stiefel, deren Schaft ihm beinahe bis in den Schritt reichte. Soweit Vargnar das erkennen konnte, war der Begleiter unbewaffnet. Die Frau hob die Hand zur Begrüßung und winkte.

»Sie möchte, dass wir zu ihr kommen«, bemerkte Goncha.

»Das sehe ich auch«, meinte Vargnar ungehalten.

»Fühlt Ihr, was ich fühle?«, fragte der Felsenfreund verunsichert.

»Was meinst du? Ihre Aura?«

»Sie ist mächtig, Herr. Ihr Begleiter verstärkt diesen Eindruck noch, obwohl er auf den ersten Blick schmächtig wirkt. Wir sollten uns vorsehen.«

»Das werden wir, Goncha. Das Paar ist gefährlich. Daran habe ich keinen Zweifel. Es ist sehr lange her, seit ich die Anwesenheit des Magischen in einer solchen Stärke gefühlt habe. Vielleicht waren sie es, die uns in die Stadt Gafassa getrieben haben. Lass uns mit ihnen reden und in Erfahrung bringen, was sie im Schilde führen.«

Sie folgten der Einladung der Frau, aber näherten sich dem

Paar nur vorsichtig. Die Farbe des Kleides irritierte den Prinzen. Es leuchtete im Licht der Sonnen und schien die Sonnenstrahlen magisch zu verstärken. Je näher er der Frau kam, desto mehr gewann Vargnar den Eindruck einer Lichtgestalt, deren Konturen, von Sonnenstrahlen und Helligkeit umflutet, mehr und mehr vor seinen Augen zu verschwimmen schienen. Auf Rufweite einen Sicherheitsabstand wahrend, blieb Vargnar stehen und versuchte seine Augen an die blendende Erscheinung zu gewöhnen.

»Ich bin erfreut, Euch und Euren Freund zu sehen, Felsgeborener«, rief die Frau mit einem Lächeln auf den Lippen. »Eine höchst seltene Begegnung, die mich und meinen Begleiter vor Neugier beinahe platzen ließ. Ich bin Kallya und dies hier ist mein Meister und Schüler Malidor.«

Ihre Stimme war hell, freundlich und klar. Sie hatte nichts Abweisendes an sich.

Malidor deutete eine Verbeugung an, verzog dabei allerdings keine Miene. Vargnar musterte die Fremden eingehend, soweit ihm dies möglich war. Sie machten keinen feindseligen Eindruck auf ihn. Aber ihre Erscheinung mahnte ihn nach wie vor zur Vorsicht. Es fiel ihm schwer, ihre wahren Absichten einzuschätzen.

»Mein Name ist Vargnar, Sohn Königs Saragar und Prinz der Felsgeborenen des Nordens. Die Echse auf meiner Schulter ist ein Felsenfreund. Er hört auf den Namen Goncha.«

»Was sucht ein Felsgeborener aus dem Riesengebirge im Südgebirge?«, fragte Kallya. »Wir waren mehr als überrascht, als wir Euch entdeckten. Schon seit einigen Tagen beobachten wir Euch und folgen Euren Wegen bis in die Stadt der seelenlosen Todsänger.«

»Geschäfte«, antwortete Vargnar, ohne mehr als nötig von sich preiszugeben, »die mich zu meinen Brüdern und Schwestern des Südens führten.«

»Geschäfte?«, hakte Kallya nach. »Ich frage mich, welche Geschäfte die Felsgeborenen wohl untereinander treiben mögen.«

»Nichts, was für die Ohren einer Fremden bestimmt wäre. Es handelt sich um Angelegenheiten meines Volkes«, zeigte sich Vargnar stur.

»Wie Ihr wollt«, antwortete Kallya mit einem beleidigten Unterton in der Stimme, »jedenfalls seid Ihr in dieser Totenstadt angelangt. Eine Schande, was mit den Tartyk geschehen ist.«

»Da sind wir ganz einer Meinung«, stimmte Vargnar der Bemerkung Kallyas zu.

*»Ihre Macht, mein Herr. Ich habe sie erkannt. Sie ist ein Lesvaraq«*, hörte der Prinz plötzlich die Stimme seines Freundes Goncha in seinem Kopf.

»Bist du dir sicher?«

*»Absolut. Sie ist es, nach der wir gesucht haben. Sie ist der Lesvaraq des Lichts, Herr. Ihr müsst Euch ihr öffnen, wenn wir uns dem Tag anschließen wollen.«*

»Ihr redet über mich?«, unterbrach Kallya das für fremde Ohren unhörbare Gespräch des Felsgeborenen mit seinem Freund.

»Vergebt mir die Unhöflichkeit«, sagte Vargnar, »Goncha redet in Gedanken mit mir. Er kann sich leider nicht direkt mit Euch unterhalten. Ihr müsst meine Zurückhaltung entschuldigen. Eure Erscheinung hindert mich daran, einen klaren Gedanken zu fassen. Die Macht, die Euch umgibt, ist ungewohnt. Wir befinden uns im Süden, weil wir uns Euch anschließen wollen. Das Volk der Felsgeborenen dient dem Lesvaraq des Lichts.«

»Das ist eine erstaunliche Neuigkeit«, Kallya hob überrascht eine Augenbraue, »zum ersten Mal in der Geschichte Krysons entsagen die Burnter der Dunkelheit und bieten ihre Unterstützung dem Licht an. Ich bin unschlüssig. Dürfen wir das Angebot annehmen? Was denkst du, Malidor?«

»Wenn sie es ehrlich meinen, spricht nichts dagegen«, antwortete der Magier. »Die Altvorderen konnten sich während eines Zyklus des Gleichgewichts von jeher frei entscheiden und ihre Wahl für oder wider eine der beiden Seiten treffen. Haben sie ihre Wahl allerdings einmal getroffen und der Lesvaraq nimmt diese an, sind sie für die Dauer des Zyklus daran gebunden. Wir sollten sie auf die Probe stellen.«

»Woran denkst du?«, fragte Kallya.

»Wer sich an einen Lesvaraq binden möchte, sollte seine Treue beweisen. Ich stelle mir vor, der Felsgeborene könnte mit seinen Fähigkeiten etwas sehr Nützliches für uns in Angriff nehmen.«

»Und was wäre das deiner Ansicht nach?«, lächelte Kallya, die sehr wohl wusste, worauf Malidor hinauswollte.

»Ich denke, es ist kein Zufall, dass wir uns in Gafassa begegnen«, fuhr Malidor fort. »Die Todsänger sind eine Gefahr für das Gleichgewicht. Wir müssen sie unschädlich machen. Der Felsgeborene wäre möglicherweise in der Lage, uns hierbei behilflich zu sein. Bedauerlicherweise lassen sich die seelenlosen Geschöpfe nicht töten und widerstehen unserem Einfluss. Allerdings kann ich fühlen, dass dieses kleine, überaus schlaue Echsenwesen auf der Schulter des Prinzen eine Lösung für unser Problem kennt.«

Kallya und Malidor sahen den Prinzen erwartungsvoll an. Sie wollten also die Treue des Felsgeborenen prüfen, bevor sie seiner Wahl zustimmten. Das hatte Vargnar keineswegs erwartet. Es behagte ihm nicht, dass sie von ihm die Erledigung einer Aufgabe verlangten, bevor sie über die Annahme seines Angebots entscheiden wollten.

»Goncha?«, fragte der Prinz in Gedanken.

»Ja?«, antwortete Goncha.

»Stimmt das?«

»Vielleicht«, meinte der kleine Gefährte.

»Verdammt, würdest du dich bitte nicht zieren und mir sagen, was ich tun soll?«

»Ihr könntet selbst darauf kommen, mein Prinz. Aber gut. Ich helfe Euch. Es ist im Grunde ganz einfach. Wir schließen sie ein.«

»Was meinst du damit?«

»Ein Felsengrab, Herr. Eingeschlossen und umgeben von Felsen werden sich die Todsänger niemals erheben können, sollten sie von ihrem Herrn gerufen werden. Sie wären in einem harten Grab zur Regungslosigkeit verdammt. Es wäre eine gute Tat. Erweist den Tartyk die letzte Ehre, mein Prinz. Begrabt sie in ihrer eigenen Stadt. Gafassa wird ein gigantisches Felsengrab sein.«

»Weißt du, was das bedeutet?«, fragte Vargnar.

»Eine große und schwere Aufgabe. Ihr werdet Euer ganzes Können und Geschick brauchen, um sie zu meistern. Fühlt Ihr Euch dem alleine gewachsen?«

»Ich weiß nicht, ob meine Fähigkeiten dazu ausreichen. Ich werde eins mit dem Gestein werden und ihm meinen Willen aufzwingen müssen. Der Fels könnte sich widersetzen. Wer weiß, ob er mich jemals wieder freigibt. Aber selbst wenn es mir gelingen sollte, eine solche Grabstätte zu schaffen, bliebe Gafassa für immer ein verfluchter Ort, den niemals wieder jemand betreten dürfte, sollte ihm seine Seele lieb sein.«

»Ihr sprecht von einem singenden Grab, nicht wahr?«

»So ist es, Goncha. Die singenden Gräber von Gafassa. Die Felsen werden die Todsänger zwar auf- und an diesem Ort festhalten, aber sie werden ihren Gesang nicht verhindern, wenn sie um eine Seele kämpfen.«

»Und dennoch ist es der beste Weg, der Gefahr zu entgehen. Wir sollten rasch handeln, bevor es zu spät ist.«

Vargnar trat einige Schritte vor. Kallya und Malidor beobachteten jede seiner Bewegungen. Es war offensichtlich ihre erste Begegnung mit einem Burnter. Der Prinz nahm an, dass weder Lesvaraq noch Magier wussten, was ein Wesen aus Stein vermochte.

»Nun?« Kallya sah den Felsgeborenen fragend an. »Habt Ihr Euch entschieden? Werdet Ihr die Herausforderung annehmen und einen Weg finden, die Todsänger unschädlich zu machen?«

»Goncha und ich haben eine Möglichkeit besprochen«, antwortete Vargnar wahrheitsgemäß, »sie ist zwar nicht vollkommen, aber sie wird die Gefahr auf Dauer bannen. Ihr solltet die Stadt gemeinsam mit Goncha verlassen, bevor ich mit der Arbeit beginne. Gafassa wird sich verändern. Sehr sogar. Ihr werdet es nicht wiedererkennen, wenn ich fertig bin. Geht jetzt. Ich muss mich vorbereiten und Kräfte sammeln.«

»Wir sehen uns wieder, nicht wahr?«, wollte Malidor wissen.

»Sollte ich das hier überleben, treffen wir uns am Fuße des Tartatuk. Ich nehme an, Ihr habt das Flüstern der Steine und meine Botschaft vernommen.«

»Das habe ich«, bestätigte Malidor, »Ihr seid einer der sieben Streiter, die sich auf die Suche nach Ulljans Vermächtnis machen werden.«

»So ist es«, nickte Vargnar, »und Ihr gehört ebenfalls zum Kreis der Auserwählten. Ich habe Euch gleich erkannt.«

Kallya schien nicht zu verstehen, worüber Malidor und Vargnar sprachen. Der Burnter konnte ihr an der Nasenspitze ansehen, dass sie es nicht ausstehen konnte, wenn ihr Gefährte Geheimnisse vor ihr hatte. Vor allem wunderte sie sich darüber, dass sich der Prinz und ihr Magier bereits kannten. Offenbar hatte Malidor sie nicht eingeweiht. Sie sah ihren Gefährten fragend an. Der Magier versuchte sich vor ihren bohrenden Blicken zu verstecken und trat nervös von einem Bein auf das andere, so als müsse er sich dringend von einer drückenden Last befreien und seine Blase entleeren. Schließlich gab er seufzend nach und setzte zu einer Erklärung an.

»Du kennst die Prophezeiung über die sieben Streiter. Sie suchen das Buch der Macht. Das Buch der Bücher. Angeblich soll es nur ein Lesvaraq lesen und benutzen können. Aber das kann auch eine Finte Ulljans sein. Wir wissen nicht, was sich dahinter verbirgt und wo Ulljan es einst verborgen hat. Ich bin einer der sieben Streiter und Vargnar gehört ebenfalls dazu. Wir erkennen uns, sobald wir uns sehen. Und nun ist die Zeit gekommen. Das kann jeder von uns spüren. Vargnar hat eine Botschaft durch den Stein gesandt, die nur für die sieben bestimmt war. Sie hat uns den Ort der Zusammenkunft mitgeteilt.«

»Du hättest mich einweihen müssen!« Kallyas Stimme bebte, in ihren Worten schwang eine Menge Ärger mit. »Wie soll ich dir vertrauen, wenn du mir solch wichtige Dinge verheimlichst?«

»Es tut mir leid, Kallya«, versuchte sich Malidor zu rechtfertigen, »ich ... ich habe keine Entschuldigung für mein Verhalten und kann dich lediglich um Verzeihung bitten. Wir suchen das Buch für dich und wollen verhindern, dass es in die Hände des anderen Lesvaraq gelangt, der selbst zu den Sieben gehört.«

»Tomal?« Der Name klang aus ihrem Mund wie ein wütender, schriller Aufschrei. »Wie wollt ihr das anstellen? Ich komme mit und werde euch bei der Suche helfen.«

»Das geht nicht«, wies Malidor das Angebot des Lesvaraq zurück, »nur die Sieben werden das Buch suchen und finden. Du wirst dich gedulden müssen, bis wir es dir bringen.«

»Wie wollt ihr ihm das Buch entreißen, wenn er es erst in Händen hält?«, fragte Kallya. »Tomal ist stark. Wenn er den sieben angehört, wird er der Mächtigste von euch sein. Ihr könnt nicht gegen ihn bestehen.«

»Der Prophezeiung zufolge ist er nicht der Erste, der das Buch finden wird. Weder er noch Vargnar oder ich werden das sein. Der siebte Streiter ist nach der Prophezeiung dazu auserkoren. Doch sobald das Buch gefunden ist, müssen wir schnell sein. Ob wir ihn überwinden können, wird sich zeigen. Aber ich halte das Unterfangen nicht für ausgeschlossen mit einem so mächtigen Verbündeten aus den Reihen der Felsgeborenen an meiner Seite. Außerdem wird sich herausstellen, ob unter den Sieben nicht noch weitere Freunde zu finden sind, die für das Licht und damit auch für dich streiten. Die Kräfte unter den Sieben werden ausgeglichen sein. Das ist das Gesetz des Gleichgewichts, das auch Ulljan kannte und stets befolgte.«

»Gut, ich will der Suche nicht im Weg stehen und werde dir mein Vertrauen in dieser Sache schenken. Aber enttäusche mich nicht, Malidor. Die Sache ist sehr wichtig für uns. Ich weiß sehr wohl, dass du einst Intrigen gegen deinen Herrn gesponnen hast und ein Diener des dunklen Hirten warst. Du bist es gewohnt, im Zwielicht zu spielen, und hast nicht immer auf der Seite des Lichts gekämpft.«

»Das liegt lange zurück, Kallya«, verteidigte sich Malidor, »ich habe mich geändert. Außerdem hatte ich mich dem dunklen Hirten nie verschrieben, wie es andere Saijkalsan getan hatten. Das stellt einen der Gründe dar, weshalb ich ihm entkommen und entsagen konnte.«

»Das entspricht nur teilweise der Wahrheit. Bedanke dich bei Thezael«, verspottete Kallya ihren Meister und Schüler. »Er war es, der dich mithilfe der Schatten aus den Klauen des dunklen Hirten befreite.«

»Thezael, der Schattenpraister?«, empörte sich Malidor. »Ich werde ihn in die Flammen der Pein schicken, sollte ich ihm jemals wieder begegnen.«

»Wir werden sehen«, meinte Kallya, »lass uns von hier verschwinden. Wir sollten Vargnar nicht länger aufhalten.«

»Goncha zeigt Euch einen sicheren Weg zum Vulkan Tartatuk, nicht wahr, Goncha?« sagte Vargnar.

»Sehr wohl, mein Herr«, antwortete Goncha im Geiste, »gebt gut auf Euch acht.«

Der Prinz der Felsgeborenen blieb alleine in Gafassa zurück. Umgeben von schlafenden Todsängern und den Ruinen der einst prächtigen Stadt der Drachenreiter fühlte er sich unwohl und wollte die Aufgabe so schnell wie möglich verrichten.

Er legte sich mit dem Gesicht nach unten flach auf den Boden und breitete die Arme aus. Wärme durchflutete ihn, die tief aus dem Inneren der Berge zu kommen schien. Es war ihm, als würde er nach langer Reise nach Hause kommen. Die Felsen begrüßten ihren Sohn. Ihr Flüstern beruhigte ihn und gab ihm das Gefühl von Geborgenheit. Ihm wurde klar, dass er nicht alleine war. Vargnar vergaß seine Umgebung und konzentrierte sich ganz auf den Stein. Ein wohliges Prickeln strömte durch seinen Körper.

*»Öffnet euch für mich«*, dachte Vargnar, *»nehmt mich auf.«*

Das Flüstern schwoll an. Die Felsen hatten ihn verstanden und seinen Wunsch akzeptiert. Der Prinz glaubte, ihr gleichmäßiges Atmen und das dumpfe, langsame Dröhnen ihres Herzschlags wahrzunehmen, als er mit ihnen verschmolz und eins mit den ihn umgebenden Steinen wurde. Sie waren zum Leben erwacht und hatten ihn zu sich geholt.

*»Du bist einer von uns«*, flüsterten sie ihm in Gedanken zu, *»aber du solltest nicht hier verweilen. Dies ist ein böser Ort, der uns Schmerzen und Kummer bereitet. Ein schlechter Platz, sich schlafen zu legen.«*

*»Deshalb bin ich nicht gekommen«*, rief ihnen Vargnar zu.

*»Was willst du dann, wenn du nicht nach einem Felsengrab unter unserem Schutz trachtest?«*, flüsterten die Steine.

*»Ich brauche eure Hilfe«*, antwortete Vargnar.

*»Wie könnten wir dir helfen?«*

*»Begrabt Gafassa und mit der Stadt alles und jeden, der sich noch in ihr befindet. Nehmt Häuser, Türme und die Überreste der Drachen und Toten in euch auf. Umschließt die Seelenlosen und begrabt sie tief in eurem Inneren, auf dass sie sich nie wieder regen können und – sollten sie je gerufen werden – ihr Gesang nicht zu den Lebenden dringt.«*

*»Dein Wunsch ist ungewöhnlich und du verlangst viel, Prinz«*, sagten die Felsen. *»Du bist der erste Felsgeborene seit Tausenden von Sonnenwenden, der die Verformung von uns verlangt.«*

*»Ich weiß. Und ich hoffe, dass ihr mir diesen Wunsch erfüllt.«*

Die Steine schwiegen. Und doch fühlte Vargnar, dass sie sich auf eine Weise miteinander austauschten, die er nicht verstehen konnte. Sie schlossen ihn von ihren Gedanken aus. Doch der Prinz harrte geduldig ihrer Entscheidung. Bald schon hatte er jedes Gefühl für Zeit verloren und lauschte nur noch der steten Geräuschkulisse aus Rauschen, Mahlen und Klopfen, die ihn umgarnte, solange er mit den Felsen verbunden war. Die ruhigen, gleichmäßigen Klänge begannen ihn einzulullen, und Vargnar musste darauf achten, nicht einzuschlafen. Jedenfalls nicht in einem Felsengrab. Aus eigener Kraft könnte er sich nicht wieder daraus befreien.

*»Prinz«*, vernahm er das Flüstern der Steine, *»bist du wach?«*

*»Ja!«*, rief Vargnar, gespannt, was ihm die Steine mitzuteilen hatten.

»Wir haben eine Entscheidung getroffen und werden dir helfen. Aber bedenke, dieser Ort wird für immer verloren sein. Wehe dem, der die Todsänger aus unserer Umarmung befreit. Wir werden die singenden Gräber von Gafassa erschaffen. Dir jedoch erteilen wir den Auftrag, diese Begräbnisstätte zu bewachen.«

*»Das kann ich nicht!«*, sagte Vargnar. *»Auf mich warten andere Aufgaben.«*

*»Du musst es nicht selbst tun, Prinz«*, antworteten die Steine, *»aber du wirst dafür verantwortlich sein. Golems sollen die Gräber bewachen. Das muss genügen. Wirst du das schaffen?«*

*»Ich habe selbst noch keinen Wächtergolem erschaffen.«*

*»Aber du weißt sehr wohl, wie es geht?«*

*»Ja, ich kenne das Ritual.«*

*»Gut, dann lass uns beginnen!«* Das Flüstern wurde schwächer.

Ohne eine weitere Ankündigung begann es. Plötzlich umgeben von tosendem Lärm, fürchtete Vargnar, er würde durch die Heftigkeit der Verformung auseinandergerissen. Es krachte, donnerte und zischte um ihn herum. Die Erde bebte heftig und ließ die Steine unter ihren Stößen erzittern. Jeden Stoß spürte Vargnar schmerzhaft am eigenen Leib. Die Felsen litten. Riesige Steinlawinen lösten sich von den Felswänden der die Stadt umgebenden Berge, donnerten laut polternd herab und begruben die Stadt oder das, was von ihr übrig geblieben war, unter sich. Doch die Verformung war noch längst nicht abgeschlossen.

Eine Hitze stieg neben Vargnar aus dem Inneren Krysons auf, wurde stärker und stärker. Er konnte nichts dagegen unternehmen, sosehr er sich auch bemühte, die Felsen ließen ihn nicht los. Die Steine um ihn herum nahmen die Hitze in sich auf, begannen zu glühen, vergingen und verloren ihre feste Form.

*»Ich verbrenne. Das ist mein Ende«*, dachte Vargnar panisch. *»Ich werde mit ihnen schmelzen und Teil der Verformung sein. Mein Bewusstsein wird vergehen.«*

Vargnar schrie vor Angst. Der heiße Gesteinsstrom peinigte ihn. Und doch starb er nicht. Er konnte denken und fühlte sich nach wie vor wie ein eigenständiges Wesen, das sich von den Felsen abhob.

Allmählich ließ die Hitze nach und das Gestein kühlte ab. Sofort fühlte sich der Felsenprinz besser.

*»Überstanden«*, dachte Vargnar. Der Felsgeborene war nur noch von dem einen Gedanken beseelt, so schnell wie möglich aus dem Felsengrab aufzustehen und zu verschwinden.

*»Du hast dich gefürchtet«*, hörte er das Flüstern der Steine wieder, *»die Verformung bereitete dir Schmerzen. Wir glauben, es war gut für dich, dass du diese Erfahrung gemacht hast. Denn auch wir leiden und fürchten uns vor der Veränderung. Was du soeben empfunden hast, das haben wir tausendfach erfahren müssen. Es ist vollbracht. Aber lass dir die singenden Gräber von Gafassa eine Lehre sein.«*

*»Das werde ich bestimmt niemals vergessen«*, flüsterte Vargnar, *»ich danke euch.«*

*»Steh jetzt auf und geh, Prinz. Und vergiss unsere Worte nicht! Die Gräber müssen bewacht werden.«*

Die Felsen gaben den Körper des Prinzen frei. Mit einem Ruck löste er sich vollends von seiner Umgebung. Auf eigenartige Weise fühlte er sich erneuert. Er wusste nicht, wie lange er im Felsengrab gelegen und die Verformung tatsächlich gedauert hatte. Aber er war froh, wieder frei zu sein und sich bewegen zu können. Der Boden unter seinen Füßen fühlte sich noch immer heiß an. Nebelschwaden zogen über ein großflächiges und hügeliges Felsplateau. Der Prinz sah sich verwundert um. Von der einst stolzen Stadt Gafassa war nichts mehr zu sehen. Keine Häuser, Türme oder Straßen. Das Wahrzeichen von Gafassa, Payagata, war ebenfalls verschwunden. Diesen Umstand bedauerte Vargnar zutiefst, denn das Tor des Himmels hatte ein wahres Wunder dargestellt. Ein einzigartiges Meisterwerk, für die Ewigkeit geschaffen, das niemals vergehen sollte. Doch nun erinnerte nichts mehr daran, dass an diesem Ort einst ein Volk der Altvorderen gelebt hatte.

*»Die Felsen haben ganze Arbeit geleistet«*, ging es Vargnar durch den Kopf. *»Nun liegt es an dir, ihr Werk zu vollenden und aus den singenden Gräbern ein Gefängnis höchster Sicherheit zu schaffen.«*

Der Prinz spürte eine tiefe Traurigkeit in sich aufsteigen. Bei allen Fehden und Unstimmigkeiten, die Felsgeborene und Tartyk untereinander hatten. Sie waren Völker der Altvorderen und alleine dadurch eng miteinander verwoben gewesen. Doch diese Verbundenheit gehörte nun der Vergangenheit an.

Ein solches Ende hatten die Tartyk nicht verdient. Aber Vargnar wusste, dass das Gleichgewicht Opfer forderte, und dies war erst der Anfang eines langen Kampfes, der Kryson nachhaltig verändern würde.

Für den Prinzen gab es viel zu tun. Das Ritual würde Monde dauern und ihn viel Kraft kosten. Sosehr er sich anstrengte, mehr als ein Golem würde sich an einem Tag nicht aus den Felsen erheben. Und er hatte sich vorgenommen, die singenden Gräber von Gafassa von einhundert mächtigen Wächtergolems bewachen zu lassen.

Niemand sollte es fortan wagen, die Gräber zu schänden und die Todsänger aus ihrem Felsengrab zu befreien.

# Provokationen

Die Stimmung im Saal des Regenten war gedrückt und doch hitzig. Zwischen den Vertretern der Fürstenhäuser entbrannte ein Streit um Belanglosigkeiten. Die Fürsten machten keinen Hehl aus ihrer Unzufriedenheit mit der Regentschaft. Jafdabh wusste, dass er auf ihre Unterstützung angewiesen war, wollten sie diesen Krieg überleben. Nur die vereinten Klanlande konnten gegen die Rachuren bestehen und einen Frieden dauerhaft sichern. Aber selbst wenn sie die Rachuren ein weiteres Mal besiegen könnten, was käme danach?

Ein Krieg zwischen den uneinigen Fürstenhäusern? Ein erbitterter Kampf um die Regentschaft? Jafdabh seufzte, er fühlte sich zusehends unwohl auf dem zu engen Thron. Hitzewallungen brachten ihn zum Schwitzen. Der Schweiß lief ihm in Strömen von der Stirn und brannte in seinen Augen. Müde und zermürbt von den nicht enden wollenden Streitgesprächen wuchtete er sich schließlich hoch, stampfte mit dem Fuß lautstark polternd auf den Boden und erhob sogleich seine Stimme.

»Tja … also …« Jafdabh räusperte sich, zog die Aufmerksamkeit der Fürsten damit auf sich und verschaffte sich Gehör. »Schluss mit dem Gezanke. Ich höre mir das nicht mehr länger an. Das führt doch zu nichts. Wir streiten uns Hora für Hora darüber, wer von den Fürsten welchen Bereich unter wessen Banner zu verteidigen hat und welche Unterstützung ihm darüber hinaus von der Leibgarde zugestanden wird. Jetzt reicht es. Wir werden nicht weiter über die Verteilung von Obst- und Gemüserationen debattieren. Eure Truppen erhalten genau das, was zur Erfüllung ihrer Aufgaben nötig sein wird. Waffen, Rüstungen und Verpflegung. Es ist mir verdammt noch mal egal, ob sie nun mit Erdäpfeln, Getreide oder Kraut satt werden. Auch interessiert es mich nicht, ob der Räucherfisch besser schmeckt und die Krieger mehr motiviert als das Dörrfleisch. Sie werden satt werden und gegen die Rachuren kämpfen.«

»Jafdabh hat recht«, pflichtete Renlasol dem Regenten bei, »einigen wir uns endlich auf einen vernünftigen …«

Die mächtigen Flügeltüren zum Saal des Regenten wurden urplötzlich aufgestoßen. Erschrocken blickten die Fürsten und Jafdabh zur Tür. Als sie die den Grund für die Störung erkannten, ging ein erstauntes Raunen durch die Versammelten. Drei Männer und ein versteinertes weibliches Wesen standen in der Tür. Sie wurden von vier weißen Schneetigern begleitet. Die Großkatzen waren sichtlich nervös, strichen unruhig um die Gruppe der Neuankömmlinge herum und gaben gefährlich klingendes Fauchen von sich, während sie den ängstlich dreinblickenden Fürsten überdeutlich ihr Raubtiergebiss zeigten.

»Das sind Fürst Alchovi und sein Magier Sapius«, flüsterte die Fürstin Menohir ihrem Nachbarn Ayadaz aufgeregt ins Ohr.

»Und er hat seine Eiskrieger und die steinerne Frau mitgebracht«, stellte Fürst Baduar furchtsam fest, dessen Blick sofort auf den furchterregenden Riesen im Hintergrund gefallen war, der selbst den groß gewachsenen Fürsten Alchovi überragte und lange Schatten in die Halle des Regenten warf.

»Baylhard und Tallia heißen sie, glaube ich. Ist Alchovi gekommen, den Regenten zu stürzen und die Macht über die Klanlande zu übernehmen?« Die leise Bemerkung der Fürstin Menohir war nicht für die Ohren der übrigen Fürsten bestimmt, dennoch hatte sie Ayadaz deutlich vernommen.

»Das glaube ich nicht«, meinte Ayadaz, »er folgte dem Ruf des Regenten, so wie wir es taten, um gemeinsam gegen den Feind zu stehen.«

»Pah, Ihr seid entweder zu naiv oder einfach zu gut für Kryson, Ayadaz«, sagte Fürst Baduar. »Nehmt Euch besser ein Vorbild an Eurem Onkel. Der ist mit allen Wassern gewaschen und stets misstrauisch. Wir haben es nicht gewagt, unsere Krieger mit in den Palast nach Tut-El-Baya zu bringen. Tomal hingegen schon. Eine dreiste Geste und Missachtung des Gastgeberrechtes. Immerhin stellen die Eiskrieger eine Bedrohung für den Regenten dar.«

Tomal ließ seinen Auftritt länger als ursprünglich geplant auf die Fürsten wirken. Offensichtlich hatte er ihre Verunsicherung ob seines überraschenden Erscheinens erkannt und genoss den Augenblick, in dem sie ihn wie die Kaninchen vor der Schlange gebannt beobachteten und wie gelähmt darauf warteten, sogleich aufgefressen zu werden. Der Anflug eines Lächelns umspielte die Lippen des Lesvaraq, während er ansonsten regungslos auf der Türschwelle stehen blieb. Jafdabh schüttelte als Erster die Benommenheit ab.

»Fürst Alchovi!«, rief er, wobei seiner Stimme nicht zu entnehmen war, ob er nun erfreut oder verärgert über das Erscheinen des Lesvaraq war. »Tja … ähm … ich heiße Euch willkommen im Kristallpalast und bin wahrhaft froh, dass Ihr meinem Ruf gefolgt seid. Es ist mir eine große Ehre, den Fürsten aus Eisbergen begrüßen zu dürfen. Eure Begleiter sind selbstverständlich ebenfalls willkommen. Ich hoffe, Ihr hattet eine angenehme Reise. Tretet näher und schließt Euch den Beratungen der Fürsten an.«

Tomal nahm die Begrüßung mit stoischer Ruhe entgegen. Stolz und hoch erhobenen Hauptes setzte er sich schließlich in Bewegung. Sicheren Schrittes, ohne den gaffenden Adligen Beachtung zu schenken, näherte er sich dem Thron. Während Sapius und Baylhard dem Regentenpaar die Ehre der Mächtigen erwiesen und sich verneigten, verweigerte Tomal die Geste der Unterwerfung. Er blieb unmittelbar vor Jafdabh stehen und musterte diesen von oben bis unten gestrengen und abschätzigen Blickes.

»Hier seid Ihr also alle versammelt«, sagte der Lesvaraq schließlich, »die vermeintlich wichtigsten Frauen und Männer der Klanlande. Kleben zusammen wie Fliegen auf den mächtigen Scheißhaufen meiner Schneetiger. Kaum zu glauben, dass die Geschicke eines ganzen Volkes in diesen Hallen entschieden werden sollen. Keiner von Euch sieht danach aus, als ob ihm diese Rolle besonders gut stünde.«

Die Begrüßung des Lesvaraq war eine Provokation für die versammelten Fürstenhäuser und ein Verstoß gegen die Regeln der Gastfreundschaft. Doch keiner der Anwesenden wagte, das Wort zu erheben und dem Fürsten des Nordens zu widersprechen. Es schien, als hätte Tomal sie mit wenigen Worten in seinen Bann geschlagen. Doch wieder war es Jafdabh, der sich von dem Auftreten des Fürsten Alchovi nicht einschüchtern ließ.

»Tja … wie auch immer. Ich denke, es wäre zu voreilig, ein solches Urteil zu fällen, ohne die Anwesenden näher zu kennen, denkt Ihr nicht? Nun seid Ihr hier und wir können gemeinsam die notwendigen Entscheidungen gegen den Angriff der Rachuren treffen. Wenn Ihr bitte so freundlich wärt und Euch auf den freien Platz neben Fürst Polakav setzen würdet.«

»Ich habe keine Zeit, mir die Debatten der Fürsten anzuhören«, entgegnete Tomal und deutete mit einer Handbewegung auf Sapius und Tallia. »Ich kam, weil Ihr mich gerufen habt und meine Begleiter darauf bestanden, mich in den Kristallpalast zu begleiten, um Euch die Ehre zu erweisen. Also machen wir es kurz. Was wollt Ihr?«

»Tja … wenn das so ist«, sagte Jafdabh und ließ sich mit einem Seufzer auf den Lippen schwerfällig zurück in seinen Thron fallen. »Ich dachte, Ihr würdet uns im Kampf gegen die Rachuren beistehen. Nur mit einem vereinigten Klanland können wir unseren Todfeind in die Schranken weisen und am Ende siegen. Solange die Fürsten jedoch untereinander streiten, wird ein Fürstentum nach dem anderen fallen. Was ein Sieg der Rachuren bedeutet, muss ich Euch gewiss nicht erklären.«

»Ich bin ein Lesvaraq«, antwortete Tomal. Seine Stimme klang überheblich. »Wovor sollte ich mich fürchten? Vor einer Horde wild gewordener Chimären? Wenn es sein muss und sie mir lästig werden sollten, fege ich sie in einem einzigen Sturm hinweg.«

»Verzeiht, Herr«, mischte sich Renlasol ein, »aber das sind große Worte. Vielleicht könntet Ihr uns den Gefallen tun und die Rachuren im Alleingang besiegen. Das würde uns viele Opfer und Leid ersparen.«

»Wer seid Ihr?«, fragte Tomal ungehalten. »Wollt Ihr meine Macht infrage stellen? Ihr seid gewiss ein Unkraut, das durch das Licht des Regenten gewachsen ist und sich schwer wieder entfernen lässt. Aber gut, ich will Euch eine Antwort gewähren. Nichts dergleichen werde ich für Euch tun. Auf mich warten wichtigere Aufgaben. Die Wahrung des Gleichgewichts. Würde ich für Euch kämpfen und die Rachuren besiegen, verstieße ich gegen das Gesetz des steten Ausgleichs der Kräfte.«

»Warum seid Ihr dann überhaupt gekommen? Wolltet Ihr uns lediglich mitteilen, dass wir unseren Kampf alleine schlagen müssen?«, wollte Renlasol wissen.

»Nein«, lenkte Tomal überraschend ein, »als Fürst des Hauses Alchovi habe ich mich meinen Getreuen gegenüber verpflichtet. Sie sind Klan, so wie Ihr es seid. Und sie erwarten von mir, dass ich die Klanlande gegen einen Feind verteidige. Das ist der Grund, warum ich die Eiskrieger mitgebracht habe. Sie und die Schneetiger werden Euch im Kampf an meiner Stelle unterstützen. Tritt vor, Baylhard.«

Jafdabh hob neugierig eine Augenbraue, als er den großen,

betagten Krieger betrachtete, der sich, dem Befehl seines Herrn folgend, neben Tomal aufgebaut hatte. Es war ein Krieger, wie er ihn selten zuvor erblickt hatte. Hart und unerbittlich. Dieser Mann musste kaum einen Gegner fürchten und schlug gewiss die meisten seiner Widersacher alleine seines Anblicks wegen in die Flucht. Aber würde das gegen die Rachuren genügen?

»Tja ... das ist sehr großzügig von Euch, Fürst Alchovi«, bedankte sich Jafdabh, »aber denkt Ihr, eine Schar Eiskrieger wird gegen die geflügelten Chimären bestehen und uns zum Sieg verhelfen?«

»Wir sind Eiskrieger«, brummte Baylhard, der eine beleidigte Miene aufsetzte.

»Sicher ... Euer Ruf ist legendär und Eure Waffen sind absolut tödlich. Allen voran die gefürchtete Schlingenklinge, die jeder Eiskrieger meisterlich beherrscht. Dennoch habe ich meine Zweifel«, sagte Renlasol, »bis auf wenige ließen in der Schlacht am Rayhin alle Eiskrieger ihr Leben. Sie kämpften voller Stolz, tapfer und furios. Ich habe sie damals für ihren Mut bewundert. Aber sie waren doch zu deutlich in der Unterzahl, um ihre Verluste gegen die Übermacht des Feindes in Grenzen zu halten. Mit eigenen Augen habe ich mit angesehen, wie einer nach dem anderen fiel. Wie viele Eiskrieger habt Ihr heute mitgebracht?«

»Eintausend Krieger und zweihundert hungrige Schneetiger«, antwortete Baylhard stolz, »das sind doppelt so viele wie zuletzt. Sie haben ihr Handwerk von den Bewahrern gelernt. Eine schlagkräftige Truppe, die sich vor nichts und niemandem fürchtet.«

»Das solltet Ihr aber«, merkte Renlasol an, »oder können die Eiskrieger und ihre tierischen Gefährten fliegen?«

Was für eine unverschämte Bemerkung des Fürsten. Er wusste genau, zu welchen Taten die Eiskrieger in der Lage waren. Fliegen konnten sie allerdings nicht. Baylhard warf dem

Berater des Regenten einen hasserfüllten Blick zu. Renlasol hatte es gewagt, an den Worten des Anführers der Eiskrieger zu zweifeln und ihn damit in seiner Ehre zu verletzen.

»Ihr solltet nicht abschätzig über das Geschenk des Fürsten Alchovi reden«, erhob Sapius plötzlich zornig die Stimme für seinen Begleiter, der den Eiskrieger und dessen Reaktionen beobachtet hatte, »es hat eine Weile gedauert, aber ich habe Euch doch wiedererkannt. Ihr seid der mutige, vom Glück gesegnete Knappe, der sich einst auf den Weg machte, Quadalkar zu suchen und ihm eine Botschaft von mir zu überbringen. Ihr habt Euch seitdem sehr verändert. Und nicht zu Eurem Vorteil.«

»Ich lebe noch, wie Ihr sehen könnt«, sagte Renlasol. »Euren Auftrag habe ich gegen alle Widerstände erfüllt. Eine unmögliche Aufgabe, für deren Ausgang Ihr hättet hängen sollen. Ihr hingegen seht immer noch so aus wie damals. Aber die Zeiten meines Daseins als Knappe sind längst vergangen, Sapius. Ich habe viel gesehen und stieg mittlerweile zum Fürsten auf.«

»Ein Wunder, oder ist Euch das Glück nach wie vor hold?«, bemerkte Sapius schnippisch.

»Weder – noch«, war Renlasol nicht um eine Antwort verlegen, »die Zeiten haben sich geändert. Tüchtigkeit zahlt sich aus.«

»Oder die Beziehungen zu einem schwerreichen Todeshändler«, erwiderte Sapius, der damit einigen der im Saal Anwesenden aus der Seele sprach.

»Genug jetzt«, mischte sich Jafdabh beschwichtigend ein, »wir sind nicht hier, um miteinander zu streiten. Tja ... die Unterstützung des Fürsten Alchovi ist von unschätzbarem Wert für uns alle, und ich bedanke mich bei ihm dafür. Das ist mehr, als wir erwarten durften.«

Obwohl er mit seinen Worten recht hatte, war Jafdabh nicht weniger enttäuscht als die anderen Anwesenden der Fürstenhäuser. Nachdem sie mit seinem Erscheinen zuerst überhaupt nicht gerechnet hatten, waren sie nun doch von seinem plötzlichen Auftreten überrascht gewesen und hatten in einem Moment aufkeimender Hoffnung tatsächlich angenommen, er löse all ihre Probleme, indem er sich bereit erkläre, persönlich gegen die Rachuren anzutreten und seine Kräfte als Lesvaraq im Kampf einzusetzen. Aber Tomal war weder bereit, sich ihrer Sache anzunehmen, noch machte er seinen Anspruch auf den Sitz des Regenten geltend. Seine Hilfe erschöpfte sich jedoch darin, den Klan einen Teil seiner Leibgarde an die Seite zu stellen. Die Eiskrieger waren für den Lesvaraq entbehrlich.

Die Wachposten auf den Stadtmauern und Schutztürmen rund um Tut-El-Baya waren angesichts der jüngsten Ereignisse verdoppelt worden. Für die Wachen fühlte sich der Alarmzustand ungewohnt an, waren sie doch in den vergangenen Sonnenwenden selten gefordert worden. Der Krieg war noch lange nicht bis nach Tut-El-Baya vorgedrungen und die Bedrohung durch die Rachuren in der Hauptstadt nicht sichtbar. Die Wachen empfanden keine Gefahr. Was sie nicht sehen oder spüren konnten, war nicht existent. Es fiel ihnen daher schwer, sich auf die neue Situation einzustellen und ihre volle Aufmerksamkeit der originären Aufgabe einer erhöhten Bewachungsdichte zu widmen.

Den meisten Einwohnern der Hauptstadt erging es nicht anders. Natürlich existierten Gerüchte. Aber wer wollte sich schon ernsthaft mit dem Gerede auseinandersetzen. Wer wusste schon, ob die Fürsten nicht bewusst Ängste unter das Volk streuten, um das Volk gefügig zu halten und insgeheim die Steuersätze hochzutreiben. Verlangten die Steuereintreiber höhere Abgaben, konnten sie die leeren Kassen der Fürsten füllen und deren ausschweifenden Lebensstil bezahlen.

Über Jafdabh dachten die Klan anders. Er war unermesslich

reich. Das wusste jeder. Und er hatte die Klanlande gegen alle Widerstände, zu denen die Fürstenhäuser am stärksten beigetragen hatten, gerettet und Stadt wie Land mit seinem eigenen Vermögen zu einer neuen Blüte geführt. Niemand fragte, womit er sich dieses Vermögen verdient hatte. An ihn zahlten sie ihre Abgaben gerne. Er hätte jederzeit mehr verlangen können, und seine Anhänger, deren Zahl stetig gewachsen war, wären nach wie vor zufrieden gewesen. Aber Jafdabh war – was allgemein bekannt war – nicht beliebt unter den Fürsten und vielleicht dachten sie sogar daran, den Regenten zu stürzen und, gegen den Willen des Volkes, gegen einen Nachfolger aus ihren Reihen zu ersetzen.

Die Gerüchte hatten Unruhe in die Straßen und Gassen der Stadt gebracht. Auf den Marktplätzen wurde heftig diskutiert. Ihre Wachsamkeit war geweckt, allerdings mehr auf einen inneren als auf einen äußeren Feind gerichtet.

So war es nicht verwunderlich, dass die Ankunft einer größeren Gruppe von Reitern der Aufmerksamkeit der Wachen entgangen war. Dabei waren die Frauen und Männer ungewöhnlich anzusehen. Haare und Haut, Pferde und Kleidung waren mit einer dicken Staub- und Schmutzschicht überzogen. Wie Geister aus einer anderen Welt zogen sie durch die Straßen. Die Klan wichen den Reitern furchtsam aus und tuschelten miteinander hinter vorgehaltener Hand.

Dennoch hatte Madhrab die Stadttore unbehelligt passieren können und war mit seinen Gefährten mitten durch die Gassen der Stadt geritten. Erst als die Gruppe vor den Toren des Kristallpalastes lautstark um Einlass verlangte, wurden die Neuankömmlinge von den Wachen wahrgenommen.

»Öffnet das Tor und lasst uns ein«, verlangte der Anführer der Gruppe lautstark.

Oberhalb des Torbogens öffnete sich knarrend die hölzerne Klappe einer Fensterluke, und das runde, bartlose Gesicht einer Palastwache erschien darin, was unschwer an seiner mit bunten Federn geschmückten und glitzernden Kristallen bestickten Kopfbedeckung zu erkennen war. Der Mann mittleren Alters starrte aus übermüdeten Augen herab und musterte wortlos jeden einzelnen der Reiter.

»Ich kenne Euch nicht. Wer seid Ihr und was ist Euer Begehr«, antwortete die Wache.

»Madhrab, ehemals Lordmaster der Bewahrer. Meine Gefährten sind Sonnenreiter und der Botschafter des Regenten, Mairon. Wir führen eine Gefangene mit uns. Die Tochter des Fürsten Fallwas«, stellte sich der Anführer vor. »Seine Regentschaft Jafdabh hat uns an den Kristallpalast gerufen.«

Madhrab nahm die Schriftrolle mit dem Siegel des Regenten aus der Satteltasche und hielt sie gut sichtbar in die Höhe. Das Schriftstück war schmutzig. Die Wache nickte, antwortete jedoch nicht. Stattdessen verschloss sie die Luke wieder, zog sich zurück und eilte in den Palast.

»Absteigen!«, befahl Madhrab. »Foljatin, kümmere dich um die Pferde. Such einen Stall. Sie brauchen frisches Wasser und Futter. Der Stallbursche soll die Tiere waschen und striegeln. Bezahle ihn gut für seine Dienste. Wir warten hier so lange, bis die Wache wieder zurückkommt.«

»Aye«, antwortete Foljatin, »ich kenne einen sehr gut geführten Mietstall in der Nähe. Dort bringen die Sonnenreiter für gewöhnlich ihre Pferde unter.«

Madhrab nahm einige Anunzen aus einem Lederbeutel und warf sie Foljatin zu, der sie mit Geschick auffing, ohne dass auch nur eine dabei verloren ging und auf die Pflastersteine fiel.

*»Foljatin hätte ein Gaukler werden sollen. Stattdessen gibt er sein Leben für mich«*, dachte Madhrab bei sich.

»Ein Bad und eine ordentliche Mahlzeit könnte ich auch vertragen«, grummelte Hardrab. »Seit uns Elischa bei den Ordenshäusern verlassen hat, haben wir Pferde und Reiter bis an die Grenzen geschunden.«

»Wir sind alle müde von dem langen Ritt, Hardrab«, antwortete Madhrab, »aber zuerst werden die Pferde versorgt. Sobald wir im Palast sind, werden sie uns gewiss ein Quartier zuweisen. Dort kannst du dich waschen, essen und ausruhen.«

»Wenn sie uns reinlassen«, erwiderte Hardrab. »Sieh uns doch an, wir stinken meilenweit gegen den Himmel und sehen aus wie eine räudige Bande von Räubern und Halsabschneidern, die dem Regenten und seiner Gattin nach dem Leben trachtet. Ich würde uns nicht in den Palast lassen.«

»Was willst du damit sagen?«, fragte Madhrab.

»Wir sollten uns zuerst eine Unterkunft in der Stadt suchen. Es schickt sich nicht, wenn wir dem Regenten in diesem erbärmlichen Zustand unsere Aufwartung machen.«

»Das ist Unsinn, Hardrab«, entgegnete Madhrab, »wir folgten dem Ruf nicht, um uns den formalen Zwängen des Palastes zu unterwerfen. Wir sind hier, weil wir unsere Hilfe im Kampf gegen die Rachuren anbieten. Wir dürfen keine Zeit verlieren. Sie riefen mich, weil sie mein Schwert und die Erfahrung eines Bewahrers wollen. Es ist mir gleichgültig, ob sich der Hof am Schmutz und Gestank seiner Veteranen stört oder nicht. Du wirst mit der Befriedigung deiner Bedürfnisse warten müssen.«

Hardrab schwieg. Es hatte keinen Zweck. Der Lordmaster würde sich nicht vom Gegenteil überzeugen lassen. Voller Unmut lauschte der Kaptan den Geräuschen seines rebellierenden Magens.

Madhrab verlangte viel von seinen Gefährten. Zu viel. Das wusste er. Wer bei ihm bleiben und mit ihm reiten wollte, musste sich mit Entbehrungen und der steten Gefahr für Leib und Leben abfinden. Das war nicht immer einfach. An manchen Tagen fiel es Madhrab schwer, den Frauen und Männern neue Hoffnung zu geben. Er bedauerte zutiefst, dass er seinen Getreuen nicht mehr zu bieten hatte. An seiner Seite gab es kein Leben. Nur die Pflicht und den Kampf.

*»Sie werden mich eines Tages verlassen«*, dachte der Lordmaster, *»und ich kann es ihnen nicht verdenken. Wahrscheinlich ist es besser, wenn ich alleine weitermache.«*

Er hatte selten lobende Worte für seine Getreuen übrig und Belohnungen blieben aus. Die einzige Motivation für die verwegene Truppe war der Umstand, dass sie einer lebenden Legende nahe sein konnten, die ihnen anscheinend das Gefühl gab, das Richtige zu tun und mit aufrechtem Haupt stets für das Gute zu kämpfen.

»Warum willst du bei mir bleiben?«, wollte der Lordmaster unvermittelt von Hardrab wissen.

Die Frage erschreckte den Kaptan. Er sah Madhrab entgeistert an.

»Ich … wir«, stammelte Hardrab, »ich und Foljatin schulden dir unser Leben.«

»Ihr schuldet mir nichts!«, sagte Madhrab. »Ist das der einzige Grund?«

»Nein«, antwortete Hardrab, »wir folgen dir aus freien Stücken. Wir lieben dich, Madhrab. Du bist unsere Familie. Das Einzige, was wir außer uns selbst noch haben. Schon unser Vater folgte dir. Nicht weil du es von ihm verlangtest, sondern aus Liebe und dem Glauben an die Gerechtigkeit. Ohne dich wären wir längst bei unseren Eltern und den Geschwistern im Reich der Schatten. Du bist die einzige Konstante, der Fels in unserem Leben, an dem wir uns festhalten und der uns Sicherheit gibt. Weise uns nicht zurück.«

»Natürlich nicht, Hardrab. Aber du und Foljatin hättet bei den Sonnenreitern bleiben können. Ihr seid wie eigene Söhne für mich, und dennoch frage ich mich, ob ich all das von euch verlangen darf und es nicht besser wäre, wenn ich alleine meiner Wege ginge.«

»Daran darfst du nicht einmal denken«, empörte sich Hardrab, »dein Leben ist auch unser Leben. Wir werden ohne Wenn und Aber bis zum bitteren Ende bei dir bleiben.«

*»Bis zum bitteren Ende? Dann wird endlich alles gut*«, dachte Madhrab.

Die Wache hatte sich Zeit gelassen. Doch schließlich kehrte sie in Begleitung des höchsten Palastdieners zurück. Darfas hatte sich in sein bestes Gewand gekleidet und trat aus dem Tor, um sich die Neuankömmlinge persönlich anzusehen. Er kannte den Botschafter des Regenten gut und würde herausfinden, ob sie die Wahrheit sprachen und würdig waren, in den Palast eingelassen zu werden. Nachdem sich Darfas kritischen Blickes umgesehen und vergewissert hatte, dass Mairon unter den Gefährten war, rümpfte er die Nase und sprach: »Ich kann Euch unmöglich in die Halle des Regenten führen. Ihr seht fürchterlich aus. Ich bin ja einiges gewohnt, aber Euer Gestank beleidigt selbst meine Nase. Die Stimmung im Palast ist ohnehin gedrückt. Vergebt mir meine Worte, aber in diesem Zustand wäre Euer Auftreten reine Provokation. Die Fürsten halten seit Tagen Rat und streiten sich unentwegt. Wir werden Euch Kammern zuweisen, Bäder vorbereiten und frische Kleidung bringen lassen. Die Dienerschaft steht zu Eurer Verfügung und wird Eure Wünsche erfüllen. Speisen, Trank, wonach immer Ihr verlangt. Danach bin ich gerne bereit, Eure Ankunft anzukündigen und Euch dem Regenten vorzustellen.«

»Wie Ihr meint«, gab Madhrab nach, »ich dachte, die Zeit drängt.«

»Gewiss, Herr«, sagte Darfas, »aber wie ich schon sagte: Die Beratungen dauern noch an. Die Ereignisse überschlagen sich. Ich weiß nicht, wo mir der Kopf steht. Erst kürzlich trafen Fürst Tomal Alchovi und seine Eiskrieger im Palast ein.«

Madhrab horchte auf. Das war eine große Überraschung, die Madhrab verunsicherte. Er fühlte sich augenblicklich wieder schuldig, weil er Elischa und Tomal damals im Stich gelassen hatte. Er war ihm nie ein Vater gewesen und hatte sich auch nach seiner Rückkehr aus der Grube nicht nach ihm erkundigt. Der Junge kannte ihn nicht einmal. Mittlerweile waren mehr als fünfundzwanzig Sonnenwenden vergangen und das Kind war zu einem erwachsenen Mann und Fürsten gereift. Madhrab hatte keine guten Erinnerungen an die erste Begegnung mit Tomal. Er spürte noch immer die Kälte in dessen Blick, die ihm einen kalten Schauer über den Rücken jagte. Er fürchtete sich vor einem Zusammentreffen.

»*Tomal ist hier?*«, dachte er. »*Wie soll ich mich ihm gegenüber verhalten? Weiß er überhaupt, dass er mein Sohn ist? Sollte er es nicht wissen, dann wird er es bestimmt fühlen. Er ist ein Lesvaraq. Es ist so lange her, seit ich ihn zuletzt gesehen habe.*«

Darfas führte sie durch das Tor und von dort aus über einen Nebeneingang in den Palast. Die Kammern waren geräumig und doch gemütlich. Es dauerte nicht lange, bis Madhrab von einer Schar fleißiger Diener umgeben war, die ein Bad bereiteten und ihm anschließend beim Ablegen der Rüstung und Auskleiden halfen. Die Diener nahmen die Rüstung mit, um sie zu säubern. Das heiße Bad tat Muskeln und Knochen gut. Der Lordmaster konnte sich nicht mehr daran erinnern, wann er sich diesen Luxus zuletzt geleistet hatte. Es musste seitdem eine halbe Ewigkeit vergangen sein. Nachdem er sich gewaschen hatte, streckte er sich aus und machte es sich in der hölzernen Wanne gemütlich. Die Wärme machte ihn schläfrig und schon bald döste er ein. Er träumte von Elischa.

»*Werde ich dich je wiedersehen?*«, begleitete ihn die Frage in den Schlaf, die ihm das Herz schwer machte.

Während Madhrab noch in der Wanne lag, wurden Speisen und Getränke aufgetragen und frische Kleidung bereitgelegt.

Die Kunde vom Eintreffen des Lordmasters und seines Gefolges sprach sich im Palast schneller herum als die Ankunft des Fürsten Alchovi vor einigen Tagen. Etwas lag in der Luft, eine Spannung, die sich irgendwann entladen musste. Die Anwesenheit Madhrabs konnte nichts Gutes verheißen und weckte Erinnerungen an die dunkelsten Tage Ells.

Viele hatten den Bewahrer für tot gehalten. Ein böser Geist aus der Vergangenheit, der für Krieg und Verderben stand. Eine Legende, über die kaum jemand offen erzählen wollte und von der doch jeder schon einmal gehört hatte. Die Wahrheit kannten außer den Überlebenden der Schlacht am Rayhin nur die wenigsten unter den Klan. Für sie war Madhrab ein gefallener Held, der von der obersten Gerichtsbarkeit für seine Kriegsverbrechen angeklagt und verurteilt worden war. Kaum einer fragte danach, ob das Urteil damals gerecht gewesen war, und so wurde der Lordmaster zu Hofe und in Tut-El-Baya mehr gefürchtet als geliebt.

Renlasol beschlich ein mulmiges Gefühl, seinem einstigen Herrn entgegenzutreten, auch wenn es weit zurücklag und er den Schuhen des Knappen längst entwachsen war. Renlasol war schwach gewesen. Sicherlich hatte er in den Augen des Bewahrers versagt. Dabei hatte er ihm damals seinen Mut und die Tapferkeit beweisen wollen. Aber was bedeutete das heute schon. Das Schicksal hatte sich zum Guten gewendet. Quadalkar war tot. Der Fluch der Bluttrinker aufgehoben. Seit er mit seinen Gefährten in das Land der Bluttrinker aufgebrochen war, hatte er Madhrab nicht wiedergesehen. Vieles hatte sich seitdem geändert. Und Renlasol hatte mehr erreicht, als er jemals zu träumen wagen konnte. Er sah sich indessen auf einer Stufe mit Madhrab. Vielleicht stand er sogar mit seiner Ernennung zum Fürsten im Rang über ihm. Immerhin hatte sich Madhrab von den Bewahrern abgewandt und war seiner eigenen Wege gegangen. Und doch würde Renlasol immer zu ihm aufsehen. Die Nachricht von Madhrabs Ankunft hatte ihn verunsichert und ihm ein Gefühl der Beklommenheit beschert, das er überspielen, aber mitnichten ablegen konnte.

In Gedanken versunken lief Renlasol ziellos durch die Palastflure. Dabei hatte er vergessen, dass er Drolatol in dessen Gemächern aufsuchen wollte, um mit ihm über die weiteren Beratungen im Kreis der Fürsten zu sprechen. Es war wichtig, dass sie sich miteinander abstimmten. Als Renlasol grübelnd um eine Ecke bog, wäre er um ein Haar mit einer steinernen Frauenstatue zusammengestoßen. Doch im letzten Moment schaffte er es, dem Hindernis auszuweichen und unbehelligt daran vorbeizulaufen.

Er wunderte sich, wer eine solche Figur mitten in den Fluren aufstellte. Sie provozierte einen Zusammenprall geradezu.

*»Was soll das?«*, ging es ihm durch den Kopf. *»Sie ist an dieser Stelle deplatziert. Wen oder was soll sie darstellen?«*

»Renlasol?«, hörte der Fürst die Stimme einer Frau in seiner Nähe.

Renlasol zuckte erschreckt zusammen. Er hatte nicht bemerkt, dass ihm jemand gefolgt war, und auch niemanden auf seinem Weg gesehen.

»Renlasol? Bist du das?«, fragte die Stimme der Frau abermals.

Renlasol drehte sich um. Hinter ihm stand die Statue, die sich ebenfalls gedreht hatte und ihm nun direkt in die Augen blickte. Ihre versteinerten Lippen deuteten ein Lächeln an. Der Fürst staunte, und ihm fiel ein, dass Tomal neben Sapius noch eine weitere Magierin mitgebracht hatte. Renlasol hatte sie in der Halle des Regenten gesehen und gleich bei sich gedacht, dass sie ein ungewöhnliches Wesen war, das ihn an jemanden aus seiner Vergangenheit erinnert hatte. Es war eine wehmütige Erinnerung gewesen.

*»Sie ist bestimmt eine Felsgeborene«*, dachte Renlasol erstaunt.

Nie zuvor war er einem dieser sagenumwobenen Wesen begegnet. Die fremdartige Erscheinung faszinierte ihn. *»Aber woher kennt sie mich und meinen Namen? Wir wurden uns nicht vorgestellt. Ich habe sie nur in Begleitung von Tomal Alchovi gesehen. Vielleicht hat ihr Sapius verraten, wer ich bin?«*

»Wie ich sehe, erkennst du mich nicht wieder«, sagte sie.

»Sind wir uns denn schon einmal begegnet?«, fragte Renlasol verwundert.

Sie lachte über das ganze Gesicht, schien sich über das Wiedersehen zu freuen, das Renlasol vor ein Rätsel stellte. *»Ich werde alt. Mein Gedächtnis lässt nach«*, dachte der Fürst, *»an die Begegnung mit einem steinernen Wesen sollte ich mich erinnern. Nicht einmal in meinen Träumen begegnete ich einer Felsgeborenen!«*

»Ich will deiner Erinnerung gerne nachhelfen«, fuhr die Frau aus Stein fort, »ich nehme es dir nicht übel, dass du mich nicht mehr kennst. Wir waren sehr jung und haben uns seitdem beide sehr verändert. Während aus mir ein neues, fremdartiges Wesen wurde, sind deine Veränderungen eher innerlich geblieben. Aber die Kälte in deinem Herzen und die Dunkelheit auf deiner Seele kannst du vor mir nicht verbergen. Ich habe sie an mir selbst erleben müssen und weiß sehr wohl, wie sich das anfühlt. Ich sah nicht immer so aus. Die steinerne Hülle ist ein … lass es mich so ausdrücken … ein Unfall. Die magische Attacke einer Saijkalsanhexe machte mich zu dem, was ich heute bin. Ich starb an den Folgen des Angriffs und kehrte in Gestalt des steinernen Wesens zurück. Trägst du meine Haarlocke noch bei dir? Sie sollte dir Glück bringen.«

Renlasol riss die Augen auf und wich vor Schreck einen Schritt zurück. Jegliche Farbe war mit einem Schlag aus seinem Gesicht geschwunden. Er schlug die Hände vor den Mund, um einen Aufschrei zu unterdrücken. Das wäre unpassend und ihm peinlich gewesen. Er verspürte einen Stich in seinem Herzen, der ihn durch und durch erschütterte und schmerzte.

Niemals hätte er damit gerechnet, dass ihn ein Wiedersehen mit der längst verloren geglaubten Liebe seines Lebens so tief treffen würde. Er hatte doch schon vor langer Zeit mit Tallia abgeschlossen. Sie aus seinen Gedanken und seinem Herzen verdrängt. Doch offensichtlich nicht gründlich genug. Nun standen sie sich von Angesicht zu Angesicht gegenüber. Aus den verträumten, frisch verliebten Kindern waren Erwachsene gewordene. Mehr als das. Klan, die das Schicksal gezeichnet hatte und die beide von der Dunkelheit geschlagen worden waren.

*»Bei allen Kojos. Tallia! Wie ist das möglich?«*, ging es ihm durch den Kopf.

Renlasol hatte die Fassung verloren, sank vor Tallia auf die Knie und begann bitterlich zu weinen. *»Das darf nicht wahr sein«*, Renlasol drohte den Verstand zu verlieren, *»das muss ein Albtraum sein.«* Ihm wurde plötzlich bewusst, dass sich sein Herz trotz aller Bemühungen sie zu vergessen, nach einem Wiedersehen mit Tallia gesehnt hatte. Aber diese Begegnung schockierte ihn mehr, als ihm lieb sein konnte. Sie raubte ihm die letzten Hoffnungen, die er nicht wahrhaben wollte und insgeheim mit sich herumgetragen hatte.

»Natürlich habe ich deine Locke noch«, flüsterte Renlasol zwischen zwei Schluchzern stimmlos, »ich bewahre sie stets in einem hölzernen Kästchen auf, das ich über meinem Herzen trage. Selbst als sie mir kein Glück mehr brachte, habe ich es entgegen allen gut gemeinten Ratschlägen nicht über mich gebracht, sie wegzuwerfen. Für die Erinnerung an dich war sie mir das Pech wert, das sie mir einbrachte.«

»Das ist rührend«, antwortete Tallia lächelnd. »Am liebsten würde ich mich zu dir auf den Boden knien und mit dir gemeinsam über unsere verlorene Vergangenheit weinen. Aber seit meiner Verwandlung kann ich nicht mehr weinen, sosehr mir auch danach zumute wäre.«

»Erst jetzt verstehe ich, was geschehen ist«, sagte Renlasol, »deine Locke brachte mir Glück. Sie beschützte den unbeholfenen Jungen vor Gefahren und Verletzungen. Doch eines Tages wurde sie schwarz und stürzte mich ins Unglück. Quadalkar belegte mich mit dem dunklen Fluch, der bis heute auf meiner Seele lastet. Schließlich verwandelte sich die verfluchte Locke zu Stein.«

Renlasol zauberte das hölzerne Kästchen aus der Innentasche seiner Weste hervor und hielt es Tallia entgegen.

»Hier, nimm«, sagte er und sah ihr dabei tief in die Augen.

»Du willst sie mir zurückgeben?«, fragte Tallia.

Renlasol wusste keine Antwort auf die Frage, sondern hielt ihr weiterhin das Kästchen mit der versteinerten Locke entgegen. Tallia nahm das Kästchen entgegen und öffnete vorsichtig den Deckel. Im Inneren befand sich der Stein, der einst ihre Locke gewesen war. Tallia kniete sich zu Renlasol auf den Boden. Sie sah plötzlich sehr traurig aus.

»Du solltest sie behalten«, sagte Tallia und reichte Renlasol das Kästchen zurück.

Renlasol schwieg, senkte den Blick beschämt zu Boden, machte jedoch keine Anstalten, die Locke wieder an sich zu nehmen.

»Ich weiß, dass du dir ein Wiedersehen anders vorgestellt hast. Deine Enttäuschung ist gewiss groß. Ich fühle nicht anders. Und ich kann dich verstehen. Unsere Liebe hat keine Zukunft. Aber das hatte sie nie, Renlasol. Wir waren nur zu jung und unerfahren, um das rechtzeitig zu erkennen. Heute jedoch wissen wir beide, dass wir niemals zusammen sein und das Glück der Liebe erfahren dürfen, wie es anderen vergönnt ist. Wir sind zu verschieden. Das tut weh. So viele Sonnenwenden haben wir beide auf diesen Augenblick gewartet und stellen fest, dass alles umsonst war. Und doch möchte ich, dass du die Locke aufbewahrst. Tue es für mich. Für unsere Erinnerung. Denn du sollst wissen, dass ich dich liebe, wie ich es all die Zeit über getan habe. Nur in der Zeit der Dämmerung habe ich dich vergessen. Aber das war nicht mein wahres Ich. Der dunkle Hirte beherrschte meinen Verstand, meinen Leib und meine Seele. Die Locke ist und bleibt unsere einzige Verbindung. Du wirst wissen, was mit mir geschieht, wenn du sie dir ansiehst. Behalte sie, Renlasol. Du trägst bestimmt nicht schwer an ihr. Wer weiß, vielleicht bringt sie dir eines Tages wieder Glück.«

Renlasol blickte auf und er glaubte einen Schimmer von Feuchtigkeit in Tallias Augen zu sehen. Wahrscheinlich täuschte er sich. Tallia nahm die steinerne Locke aus dem Kästchen, führte sie zu ihren Lippen und küsste sie. Dann legte sie die Strähne wieder zurück und streckte Renlasol das Kästchen erneut hin. Dieses Mal zögerte er nicht und nahm das Geschenk entgegen. Ihre Hände berührten sich für einen Moment. Tallias Haut fühlte sich glatt, hart und kalt an. Wie Stein. Renlasol wusste nicht, was er anderes erwartet hatte. Sie standen gleichzeitig auf.

»Ich danke dir«, sagte Renlasol mit einem Kloß im Hals, der ihm das Sprechen erschwerte.

»Du brauchst mir nicht zu danken. Einzig der Gedanke an dich hat mich am Leben erhalten. Und ich weiß, dass unsere Liebe den Tod überdauern wird. Vielleicht sehen wir uns in einem anderen Leben an einem anderen Ort wieder und finden zueinander. Niemand weiß, was uns die Ewigkeit bringt.«

Der Gedanke an die Ewigkeit war Renlasol zu weit entfernt, obwohl er selbst, verglichen mit der Ewigkeit, vor nicht allzu langer Zeit durch einen Fluch zu den Unsterblichen gehört hatte. Dennoch konnte und wollte er sich das nicht vorstellen.

»Du hast recht«, antwortete Renlasol, »ich liebe dich. Gleichgültig was aus uns wird und welchen Weg wir einschlagen, meine Gefühle für dich werden sich nicht ändern.«

»Das lässt mich hoffen«, meinte Tallia mit einem Lächeln auf den Lippen. »Bekomme ich einen Abschiedskuss von dir?«

Renlasol zögerte einen Augenblick, trat dann jedoch einen Schritt auf Tallia zu, legte die Arme um ihren Körper und zog sie dicht an sich. Sie küssten sich. Ein letztes Mal, das wie ein erstes Mal war.

Darfas ging eilenden Schrittes voraus. Er führte Madhrab in Begleitung von Hardrab und Foljatin, die Nihara in ihre Mitte genommen hatten, zur Halle des Regenten. Madhrab hatte ungeduldig auf diesen Moment gewartet. Es wurde Zeit, die Neuankömmlinge endlich im Rat der Fürsten anzukündigen. Frisch gebadet, frisiert und in angeblich angemessene Kleidung gesteckt, hatte sich der Erste Diener – nicht ohne sich vorher selbst vom Ergebnis der Anstrengungen überzeugt zu haben – schließlich bereit erklärt, sie dem Regentenpaar und den Fürsten vorzustellen. Madhrab fühlte sich in den Kleidern nicht wohl. Die gestreiften Pluderhosen waren ihm zu weit und zu bunt. Das hellgraue Leder der Stiefel fühlte sich für seinen Geschmack zu weich an und schien ihm keinen ausreichenden Halt zu bieten. Er machte ein mürrisches Gesicht.

»Die Bluse steht ihm aber gut«, bemerkte Hardrab frech blinzelnd an seinen Bruder gewandt, »findest du nicht?«

»Also, ich weiß nicht«, antwortete Foljatin mit einem breiten Grinsen im Gesicht, »rote Rosenblüten auf nachtblauem Hintergrund. Rüschen an Kragen und Ärmelenden. Dann die goldenen Knöpfe und die grün-gelb gestreiften Hosen. Mir wäre die Aufmachung zu dick aufgetragen. Aber die Kleidung passt zu seinem neuen Duft.«

»Haben sie Madhrab denn in Rosen gebadet?«, wollte Hardrab wissen.

»Anzunehmen. Jedenfalls hat er nie zuvor so geduftet. Du erinnerst dich? Er hatte sonst immer diese herbe Moschusnote. Vielleicht haben sie ihm das Zeug auch in die Haare geschmiert, als sie ihm die Frisur richteten. An seiner Stelle hätte ich mich gegen die Flechtkunst der Diener gewehrt. Ohrenschnecken! Wer kam bloß auf diese Idee? Wenn du mich fragst, sieht er übel aus. Sie haben aus dem Krieger einen alten Narren gemacht, der auf Knaben steht. Ich beneide ihn nicht um sein Aussehen.«

»Stimmt, ein alternder lüsterner Knabenschänder am Hofe seiner Regentschaft«, lästerte Hardrab hinter vorgehaltener Hand. »Hoffentlich war das keine Absicht. Ich befürchte jedoch …«

»Haltet euer törichtes Schandmaul«, herrschte Madhrab die beiden Brüder an, »wir bringen das jetzt hinter uns. Es ist mir verdammt noch mal gleichgültig, wie ich aussehe und was ihr oder die versammelte Fürstenschar über mich denken mögt.«

Hardrab und Foljatin blickten sich vielsagend an und hatten sichtlich Mühe, sich ein Lachen zu verkneifen.

»Es ist ihm eben nicht egal«, flüsterte Hardrab noch leiser und vorsichtiger als zuvor.

»Er schämt sich, das sehe ich ihm an«, antwortete Foljatin. »Entdecken wir einen neuen Zug von Eitelkeit an Madhrab?«

»Ach was«, kicherte Hardrab, »du würdest nicht anders reagieren, hätten sie dich an seiner Stelle in diese Kleidung gesteckt. Peinlich. Immerhin wird er gleich im Mittelpunkt der Aufmerksamkeit der Fürsten und des Regentenpaares stehen.«

Je näher sie der Halle des Regenten kamen, desto mehr verfinsterte sich Madhrabs Miene. Die Anspannung war ihm deutlich anzumerken. Was erwartete ihn und seine Gefährten im Rat der Fürsten? Er hatte seine Strafe aus dem Urteil der Bewahrer verbüßt und war nun ein freier Mann. Aber Madhrab zweifelte an den Absichten des Regenten. Zu oft schon war er getäuscht worden. Würden sie erneut Vorwürfe gegen ihn erheben und ihn anklagen, weil er einen Fürsten getötet hatte? Wollten sie ihn den Fürsten vorführen und der Lächerlichkeit preisgeben, um ihm das letzte verbliebene Gefühl von Stolz und seine Würde zu nehmen? Würden sie ihn endgültig entehren? Machte ihm sein einziger Sohn Vorwürfe, so dieser erfahren haben sollte, dass Madhrab sein leiblicher Vater war? Oder meinten sie es am Ende ehrlich und brauchten tatsächlich seine Unterstützung, die er trotz aller Rückschläge bereit war, den Nno-bei-Klan noch einmal, ein allerletztes Mal, anzubieten.

»Wartet hier«, sagte Darfas mit ausgestreckter Hand, als sie die Eingangstüren nach einem langen Marsch durch den Palast endlich erreicht hatten.

Der Erste Diener des Palastes öffnete die Flügeltür einen Spalt weit, steckte den Kopf durch die Öffnung, um zu prüfen, ob eine Störung der Beratungen passend war. Schließlich schlüpfte er ganz durch die Tür, gab Madhrab ein Zeichen, sich noch einen Wimpernschlag zu gedulden, und zog die Tür dabei wieder hinter sich zu. Madhrab und seine Gefährten mussten voller Ungeduld warten. Wenig später kehrte Darfas zurück und öffnete die Flügeltüren weit, um der Gruppe Einlass zu gewähren.

»Bitte tretet ein«, sagte Darfas, »das Regentenpaar und die Fürsten erwarten Euch. Haltet fünfzehn Fuß Abstand zum Thron und vergesst nicht, die Herrschaften angemessen zu begrüßen. Die Dame einen Knicks, wenn ich bitten darf. Die Herren eine Verbeugung vor dem Regentenpaar. Die offizielle Anrede lautet ›Eure Regentschaft‹.«

»Danke«, antwortete Madhrab, »wir sind mit den Gepflogenheiten am Hofe wohlvertraut.«

»Vergebt mir mein vorlautes Mundwerk, Herr«, entschuldigte sich Darfas, »die Belehrung der Besucher gehört zu meinen Pflichten und wurde zur Gewohnheit.«

»Schon gut«, sagte Madhrab, »Ihr erledigt Eure Aufgaben gewissenhaft. Das wird Euch niemand übel nehmen.«

Madhrab schob den Diener beiseite, drängte sich an ihm vorbei und gab seinen Begleitern ein Zeichen, ihm zu folgen. Alle Augen waren gebannt auf Madhrab gerichtet, als er den langen Weg durch die Halle vor den Thron des Regenten entlangschritt. Er versuchte sich gerade und aufrecht zu halten, wollte sich keine Blöße geben. Leises Tuscheln begleitete seinen Gang. Der Lordmaster glaubte sowohl Empörung als auch Belustigung aus den geflüsterten Worten der Fürsten herauszuhören. Als er die Entfernung zum Regentenpaar auf etwa fünfzehn Fuß schätzte, blieb er stehen, beugte das Knie und neigte sein Haupt. Seine Begleiter taten es ihm gleich. Lediglich Nihara weigerte sich, dem Regentenpaar ihre Ehrerbietung zu zeigen, was Jafdabh und Raussa aber gnädig übersahen.

»Tja … willkommen. Willkommen! Steht auf und lasst Euch ansehen«, empfing Jafdabh die neuen Gäste. »Ich bedauere, dass wir uns nicht schon früher begegnet sind. Es ist eine große Ehre für uns alle, eine Legende wie Euch und Eure Gefährten im Kristallpalast begrüßen zu dürfen. Ich hoffe, Darfas hat alles zu Eurer Zufriedenheit erledigt.«

»Sicher, Eure Regentschaft«, antwortete Madhrab knapp.

»Tja … schön, schön. Dann ist ja alles in bester Ordnung. Nun, mein lieber Madhrab. Ich will nicht verhehlen, dass ich lange darüber nachgedacht und mir in langen schlaflosen Nächten den Kopf zerbrochen habe, bevor ich Euch den Ruf erteilte. Und ich hatte meine Zweifel daran, ob Ihr meiner Einladung folgen würdet. Ihr hattet jeden Grund dazu, meine Bitte zurückzuweisen. Tja … aber Ihr seid gekommen. Worüber ich mich umso mehr freue.«

»Ich folgte Eurem Ruf, weil ich es für richtig hielt.«

»Das ist gut«, meinte Jafdabh, »tja … sehr gut sogar. Wie Ihr sehr wohl aus meiner Botschaft wisst, können wir jede erfahrene Hand im Krieg gegen die Rachuren brauchen. Und Eure in besonderem Maße. Ihr habt die Rachuren schon einmal geschlagen, und ich glaube fest daran, dass Ihr dieses Wunder noch einmal vollbringen könnt.«

»Was macht Euch da so sicher?«, fragte Madhrab. »Ich glaube, Ihr steht mit Eurer Meinung ziemlich alleine da. Der Sieg in der Schlacht am Rayhin brachte mir weder Ruhm noch Ehre ein. Im Gegenteil. Ich musste mich als Verbrecher verurteilen lassen und eine harte Bestrafung hinnehmen, verlor dabei meine Familie und dreiundzwanzig Sonnenwenden meines Lebens. Ich bin alt geworden und im Kampf längst aus der Übung.«

»Tja … das ist bedauerlich, obschon ich Euch das nicht gänzlich abnehmen will. Wir können das Geschehene nicht rückgängig machen und stehen tief in Eurer Schuld. Das ist wohl wahr. Wir alle, die wir heute die oberste Führung der Klanlande repräsentieren, können Euch versichern, dass wir die Intrigen ablehnen und das Urteil als ungerecht ansehen. Es ist an der Zeit, Eure Taten angemessen zu würdigen und Euren außerordentlich guten Ruf unter den Fürsten und in der Bevölkerung wiederherzustellen.«

»Ich bin gespannt, wie Ihr das anstellen wollt.«

Madhrab sah sich in der Halle des Regenten aufmerksam um und gewann den Eindruck, dass nicht alle Anwesenden die Ansichten Jafdabhs teilten. Im Gegenteil. Die Fürsten flüsterten angeregt untereinander, schienen sich in ihrem Eifer an einer Äußerung des Regenten zu stoßen. Sein Blick fiel auf die Gattin des Regenten, und er erkannte etwas in ihren Augen, ein kurzes gefährliches Aufblitzen nur, das ihn zur Vorsicht ermahnte. In ihrem Blick lagen Kälte und Hass verborgen. Was hatte Raussa gegen ihn einzuwenden? Madhrab versuchte sich zu erinnern. Sie waren sich nie persönlich begegnet und doch stand irgendein Ereignis zwischen ihnen, das Raussas Ablehnung begründen musste.

»Tja … Ihr sollt Genugtuung erhalten für das, was Ihr erleiden musstet. Ich will Euch erheben und fürstlich entschädigen. Niemand soll Euch je wieder als Verbrecher brandmarken. Wenn Ihr uns gegen die Rachuren beisteht, gewähren wir Euch freie Hand. Ihr entscheidet, wie Ihr uns unterstützen wollt.«

Jafdabh erntete für die letzte Bemerkung einen bösen Blick seiner Gattin, der Madhrab zwar auffiel, dem Regenten jedoch offenbar entging oder gleichgültig war.

»Keine Entschädigung auf Kryson wird mir die verlorenen Sonnenwenden wiederbringen«, sagte Madhrab.

»Tja … das hatte ich befürchtet. Was wäre, wenn ich Euch etwas anböte, was Euch längst gebührt?«

»Ihr solltet wissen, ich bin nicht bestechlich, wie viele andere Eurer Handelspartner es womöglich waren.«

»Versteht mich nicht falsch, Madhrab. Es geht mir nicht darum, Euch von meinen Wünschen und Vorstellungen zu überzeugen. Wir machen kein Geschäft. Aber ich unterbreite Euch dennoch ein Angebot, das Euch in die Verantwortung nimmt.«

»Noch kann ich Euch nicht folgen, Eure Regentschaft«, antwortete Madhrab.

Niemand in der Halle des Regenten verstand, worauf Jafdabh hinauswollte. Die leisen Gespräche waren inzwischen verstummt. Ein elektrisierendes Knistern lag über den Häuptern der in der Halle des Regenten Versammelten. Was hatte Jafdabh vor? Die Fürsten hingen an den Lippen des Regenten und warteten gebannt auf sein Angebot.

»Tja … einige meiner Gäste werden überrascht sein.«

Jafdabh blickte jeden Einzelnen von ihnen eindringlich an, so als wollte er ihre Gedanken ergründen, bevor er fortfuhr.

»Madhrab … tja … wie soll ich es in einfachen Worten ausdrücken … ich biete Euch die Regentschaft über die Klanlande an!«

Dieses Angebot war in der Tat eine Überraschung, mit der niemand in der Halle des Regenten gerechnet hatte. Ein unglaublicher Vorgang. Eine Dreistigkeit, die Jafdabh mit dem Rat der Fürsten zuvor hätte abstimmen müssen. Nichts anderes als eine Provokation konnten die Fürsten darunter auffassen. Nie zuvor in der Geschichte hatte ein Regent es gewagt, von sich aus abgedankt und einen Nachfolger vorgeschlagen zu haben, ohne zuvor die Fürsten anzuhören. Erst nach dem Tod eines Herrschers wurde dessen Erbe geregelt. Der Vorschlag war daher mehr als verwegen und ein raffinierter Zug dazu. Unter allen Regenten der vereinigten Klanlande hatte es nur einen einzigen echten Krieger gegeben. Den ersten Regenten überhaupt. Der Mann, der die Klanlande geeinigt hatte. Ruitan Garlak, die Eisenhand.

Madhrab war sprachlos. Die Fürsten hielt es bis auf Tomal Alchovi – der sich ohne jede Regung zeigte – nicht mehr auf ihren Sitzen. Sie sprangen auf und schrien wild durcheinander, beschimpften sich gegenseitig und fluchten über Jafdabh, fuchtelten mit Händen und Fäusten wild durch die Luft, als wollten sie den Regenten eigenhändig erschlagen. Offensichtlich waren sie sich – wie in den Tagen zuvor – untereinander überhaupt nicht einig. Das Angebot des Regenten entfesselte einen plötzlichen Tumult, mit dem Jafdabh zwar gerechnet hatte, dessen Heftigkeit ihm jedoch Kopfzerbrechen bereitete. Raussa hingegen hätte ihren Gatten mit Blicken getötet, wenn Jafdabh nicht seine ganze Aufmerksamkeit darauf verwandt hätte, in der Halle für Ruhe zu sorgen.

»Ruhe!«, rief Jafdabh laut und hob dabei beschwichtigend beide Hände in die Höhe. »Bitte … bitte … ich bitte Euch. Bleibt doch ruhig und hört mir zu! Ich will Euch mein Angebot gerne erklären. Ich bitte um Ruhe! Ein letztes Mal, sonst lasse ich den Saal räumen.«

»Jafdabh, Ihr müsst vollkommen den Verstand verloren haben«, übertönte Madhrabs Stimme die wütenden Rufe der Fürsten, »ich stamme aus einfachen Verhältnissen. Die Regentschaft steht mir überhaupt nicht zu. Wenn Ihr unbedingt wollt, führe ich ein Heer gegen den Feind oder werfe mich alleine mit meinen Getreuen den Rachuren entgegen, aber dieses Amt will ich nicht annehmen.«

»Ihr dürft mein Angebot nicht leichtfertig ablehnen«, schrie Jafdabh beleidigt, der seinen Vorstoß beinahe bereute, »die Regentschaft steht Euch sehr wohl zu. Ihr habt sie Euch verdient, und sie ist das Einzige, was ich Euch anbieten kann, um unserer Schuld Euch gegenüber einigermaßen gerecht zu werden und Euch zugleich in die Pflicht und Verantwortung für die Klanlande zu nehmen. Wir können es uns nicht leisten, auf einen Mann wie Euch zu verzichten. Ich bin Regent und unterbreite Euch dieses Angebot. Das ist mein gutes Recht. Stimmen die Fürsten meinem Vorschlag mehrheitlich zu und Ihr nehmt die Wahl an, dann werde ich abdanken und Ihr seid rechtmäßig Regent der Klanlande. Der fähigste Mann soll über die Klanlande herrschen. Ihr habt alles, was ein Regent braucht, und Eure Befähigung in der Vergangenheit mehrfach unter Beweis gestellt. Glaubt mir, ich habe mich erkundigt und das Angebot wohlüberlegt. Meine Ohren und Augen waren überall. Ihr wardt der Bewahrer des Nordens und hättet Boijakmar nach seinem Ableben als Overlord beerbt, wenn Ihr nicht zuvor durch Intrigen in Ungnade gefallen wäret. Wahrscheinlich hätte Corusal Alchovi für Euch auf den Thron verzichtet, wäre er nach Haluk Sei Tans Tod gefragt worden. Madhrab, Ihr würdet schon lange auf diesem Thron sitzen, hätten Eure Widersacher Euch nicht so übel mitgespielt. Ihr seid stark, gerecht und hart und besitzt die Gabe des Kriegers. Nehmt das

Angebot an. Ich bin des Herrschens müde. Die Fürsten standen in all den Sonnenwenden nicht hinter mir und zweifeln an meinen Entscheidungen. Wir werden diesen Krieg vielleicht mit vereinten Klanlanden überleben. Streiten die Fürsten jedoch untereinander, verlieren wir. Das wäre unser aller Ende. Unter Eurer Führung wird es eine Einigkeit geben. Davon bin ich überzeugt. Der Thron und der drohende Krieg schnüren mir allmählich die Kehle zu. Ich bitte Euch, das Angebot in Erwägung zu ziehen und darüber nachzudenken.«

Raussa erhob sich plötzlich von ihrem Sitz und funkelte ihren Gatten zornig an. Sie war nicht im Entferntesten damit einverstanden, dass Madhrab die Regentschaft übernahm, bedeutete es doch, dass sie selbst als Regentin abdanken und ihm die Treue schwören müsste.

»Wie kannst du es wagen, Jafdabh?« Die Stimmen der Anwesenden verebbten, als die Regentin wutentbrannt sprach und sich ihre Stimme im Eifer überschlug. »Du wirfst weg, was du durch mich erlangt hast? Du betrügst unsere Kinder um ihr angeborenes Recht auf den Thron? Ich habe dich immer in allen Entscheidungen unterstützt, dir meine Stimme gegeben, wenn du sie brauchtest. Was du vorschlägst, ist Hochverrat an den Nno-bei-Klan und ein Frevel gegenüber den Kojos. Dafür sollten dich die Praister vergiften. Ich warne dich, Jafdabh. Denke daran, woher du kommst. Deine Wurzeln sind unwürdig. Du warst ein Todeshändler, der sein eigenes Volk wieder und wieder verraten hat. Ich habe dich durch mein Blut zum Regenten erhoben. Vergiss das nie! Ein Usurpator ersetzt den anderen Usurpator. Madhrab ist ein Mörder! Er tötete seine Ordensbrüder und zuletzt einen Fürsten. Er darf niemals herrschen. Das wäre Unrecht!«

Plötzlich wurde Madhrab bewusst, worauf Raussa anspielte. Sie bezichtigte ihn des Mordes an Lordmaster Kaysahan und seinem Erzfeind, Fürst Chromlion Fallwas. Der Tod des

Fürsten hatte sich in den Klanlanden herumgesprochen. Auch wenn Chromlion unter den Klan und den Fürsten nicht beliebt war, durch die Grausamkeit der Tat hatte sich Madhrab nicht nur Freunde geschaffen. Madhrab hatte bereits befürchtet, dass ihm die Hinrichtung Chromlions im Rat der Fürsten vorgeworfen würde und er sich dafür verantworten musste. Darauf war er gefasst. Allerdings hatte er nicht damit gerechnet, dass ihn ausgerechnet die Regentin selbst des Mordes anklagen wollte.

Die Gerüchte im Orden schienen sich also doch bewahrheitet zu haben. Raussa war dereinst die Geliebte des Lordmasters gewesen, während dieser in diplomatischem Auftrag für die Bewahrer am Hofe des Regenten tätig war. Sie hasste Madhrab. Das wurde ihm in diesem Augenblick bewusst, und sie würde alles daransetzen, ihn zu vernichten. Aber sie kannte nicht die ganze Wahrheit. Das musste er ihr zugutehalten. Wie sollte er Raussa offenbaren, dass er Kaysahan zwar verletzt, aber nicht getötet hatte? Sein Ordensbruder war Opfer eines feigen Mordes auf dem Krankenlager geworden.

Jafdabh war erblasst. Das Atmen fiel ihm schwer und er rang nach Luft. Der Regent hatte nicht mit einer solchen Gegenwehr gerechnet und schon gar nicht von seiner Gattin.

Langsam erhob sich Fürst Tomal Alchovi von seinem Platz, sah sich in der Runde um und ergriff das Wort.

»Die Vorwände sind ohne Belang. Besondere Situationen verlangen außergewöhnliche Entscheidungen. Wir brauchen einen Mann der Tat auf dem Thron. Ich unterstütze den Vorschlag des Regenten«, sagte er und setzte sich sofort wieder.

»Was?«, schrie Raussa außer sich. »Das darf doch nicht wahr sein. Das ist Irrsinn! Ihr dürft keinen Despoten an die Macht lassen.«

»Davon kann nicht die Rede sein. Der Regent ist an den Rat der Fürsten gebunden, auch wenn Euer Vater diese Regel anders ausgelegt haben sollte. Lasst uns darüber abstimmen«, meldete sich Drolatol zu Wort und zitierte aus den Regeln des Rates. »Jeder Fürst hat eine Stimme. Nicht anwesende Fürsten haben keinen Einfluss auf das Abstimmungsergebnis. Ihre Stimme wird als Enthaltung gewertet. Regent und Regentin haben jeweils zwei Stimmen. Eine einfache Mehrheit genügt. Bei Stimmengleichheit gilt der Vorschlag als angenommen.«

Im Rat der Fürsten entbrannte eine Debatte um Jafdabhs Vorschlag; selbst ob eine Abstimmung erfolgen sollte oder nicht, wurde heftig diskutiert und infrage gestellt. Immerhin bestand die Möglichkeit, dass sich aus dem Kreis der Fürsten ein Nachfolger finden würde. Doch keiner der Anwesenden brachte sich selbst ins Spiel oder wurde von den anderen vorgeschlagen. Nach mehreren Horas waren sämtliche Für und Wider mehrfach ausgetauscht worden und die Abstimmung beschlossene Sache.

»Bevor Ihr endgültig über den Vorschlag des Regenten abstimmt, solltet Ihr berücksichtigen, dass wir jemanden mitgebracht haben, die ebenfalls stimmberechtigt sein dürfte«, bemerkte Madhrab abschließend und deutete auf Nihara.

»Ich verstehe nicht«, antwortete Drolatol, »hättet Ihr vielleicht die Güte, uns darüber aufzuklären?«

»Nihara ist die Tochter und einzige Überlebende des Hauses Fallwas und daher die Erbin des Fürsten. Sie war meine Gefangene, nachdem ich Elischa aus Burg Fallwas befreit hatte, und konnte ihren Anspruch daher nicht vorbringen.«

»Wollt Ihr damit sagen, Nihara hat ein Anrecht auf den Titel des Fürsten, die Ländereien der Fallwas und eine Stimme im Rat der Fürsten?«, hakte Drolatol nach.

»Das zu beurteilen, ist nicht meine Angelegenheit«, meinte Madhrab.

»Könnt Ihr beweisen, dass sie eine Tochter aus dem Hause Fallwas ist?«, fragte Jafdabh.

»Lasst sie selbst sprechen. Ich sage Euch nur, was ich weiß. Sie ist Chromlions Tochter«, erwiderte Madhrab.

Jafdabh hatte sich von den Angriffen seiner Gattin wieder einigermaßen erholt und wandte sich Nihara zu. Er war sich unsicher, was er tun sollte. Die Verhandlungen nahmen nicht den von ihm erwarteten Verlauf.

»Ist es wahr, was Madhrab spricht?«, wollte er von Nihara wissen.

Das Mädchen trat vor. Seine Haltung war aufrecht und stolz. In Niharas Augen stand Entschlossenheit und der ungebrochene Wille einer Fürstentochter.

»Ich bin erstaunt über die Worte des Lordmasters und vor allem darüber, dass er mir Gehör vor dem Rat der Fürsten verschafft«, sagte Nihara, »das hätte ich als seine Gefangene nicht erwartet. Aber er spricht die Wahrheit. Madhrab tötete meinen Vater Chromlion und meine Brüder. Sie hatten keine Chance gegen ihn. Ich wollte ihren Tod rächen, konnte ihn jedoch ebenfalls nicht überwinden und wurde im Kampf schwer verletzt. Seitdem hielten mich Madhrab und seine Schergen gefangen. Eine unwürdige Gefangenschaft voller Entbehrungen, Schmutz und Demütigungen.«

»Weshalb wusste der Rat der Fürsten nichts von der Existenz des fürstlichen Nachwuchses aus dem Hause Fallwas?«, fragte Jafdabh die Tochter Chromlions.

»Ich … ich weiß es nicht, Eure Regentschaft«, Niharas Stolz brach ein und sie senkte den Kopf.

Sapius hatte Nihara die ganze Zeit über aufmerksam beobachtet. Heiß und kalt war es ihm über den Rücken gelaufen, als er ihr Antlitz zum ersten Mal erblickt hatte. Ihre Ähnlichkeit mit Elischa war nicht zu übersehen, und es kam ihm vor, als würde er sie zum ersten Mal voller Bewunderung erblicken. Er konnte sich denken, was den Fürsten dazu veranlasst hatte, die Existenz seiner Tochter zu verheimlichen.

»Darf ich etwas dazu sagen?«, meldete sich Sapius zu Wort.

»Wenn Ihr einen Beitrag zur Aufklärung ihrer wahren Herkunft und der behaupteten Rechte leisten könnt, warum nicht?«, antwortete Jafdabh.

»Soweit wir wissen, war Chromlion niemals verheiratet. Er war ein Bewahrer und Lordmaster wie Madhrab. Nach dem Tod seines Vaters verabschiedete er sich von den Bewahrern und übernahm das Fürstentum Fallwas. Seine Kinder können daher nicht rechtmäßig sein«, meinte Sapius.

»Was meint Ihr damit?«, wunderte sich Jafdabh.

»Sie sind Bastarde«, zögerte Sapius keinen Augenblick, das Wort der Schande in den Mund zu nehmen.

»Also nicht standesgemäß, wollt Ihr sagen?«, fragte Jafdabh.

»Das ist richtig, Eure Regentschaft«, behauptete Sapius, »durch Niharas Adern mag das Blut der Fallwas fließen. An diesen Worten zweifle ich nicht. Dennoch hat sie kein Anrecht auf das Erbe des Fürsten. Sie wurde in Schande gezeugt. Davon bin ich überzeugt. Ihre Mutter muss eine Gefangene Chromlions gewesen sein. Zu ähnlich sind Nihara und ihre Mutter sich. Ich kenne sie. Sie war eine Orna. Niemals hätte sie sich Chromlion freiwillig hingegeben. Ein Kind, das aus einer solchen Verbindung hervorgegangen ist, kann nicht das Erbe des Fürsten antreten. Es sei denn, es gibt keinen anderen Erben und der Rat der Fürsten stimmt einer solchen Nachfolge ausdrücklich zu. Diese Ausnahme wurde selten gemacht. Aber sie kam gelegentlich vor.«

»Das kann ich bestätigen«, warf Drolatol ein, »eine sehr alte, aber immer noch wirksame Regel.«

»Also sollten wir zuerst über Niharas Erbe abstimmen, bevor wir uns meinem Vorschlag widmen«, schlug Jafdabh vor. »Wer dafür ist, dass Nihara als Nachfolgerin des Hauses Fallwas anerkannt wird, der hebe die Hand.«

Raussas Hand ging sofort nach oben. Ihr folgten zögernd

die Fürstin Menohir und Barduar. Fürst Polakav entrüstete sich über den Antrag und war eindeutig dagegen. Demonstrativ donnerte er seine Faust auf den vor ihm stehenden Tisch. Habladaz folgte seinem Beispiel und ließ die Hand unten. Drolatol und Renlasol enthielten sich der Stimme. Jafdabh ließ sich Zeit und wartete auf die Hand des Fürsten Alchovi. Dieser blickte zunächst von Nihara zu Madhrab und wieder zurück. Offensichtlich versuchte der Lesvaraq ihre Gesichter zu studieren, bevor er sich zu einer Meinung durchringen wollte. Schließlich hob er die Hand als Zeichen seiner Zustimmung und Jafdabh folgte seinem Beispiel auf dem Fuße.

»Das Ergebnis ist eindeutig«, stellte Drolatol fest, »sieben gegen zwei und zwei Enthaltungen. Damit wird Nihara das Erbe des Hauses Fallwas zugesprochen und sie gehört fortan als vollwertiges Mitglied mit einer Stimme zum Rat der Fürsten. Herzlich willkommen, Fürstin. Ich hoffe, Ihr seid Euch der Verantwortung bewusst!«

Eine schwere Last fiel von Niharas Schultern und ein Lächeln huschte über das Gesicht der frisch gekürten Fürstin. Renlasol und Drolatol würden die ihnen von Jafdabh zugesprochenen Ländereien kraft Niharas vorrangigem Erbrecht und der Entscheidung des Rats der Fürsten aufgeben müssen.

»Das bin ich. Ich danke dem Rat für die weise Entscheidung!«, sagte sie erleichtert.

»Burg Fallwas und die Ländereien sollen fortan wieder Euch gehören«, fuhr Drolatol fort, »Renlasol und ich werden Euer Zuhause so bald wie möglich räumen. Allerdings werdet Ihr mit den ausgebauten Verteidigungsstellungen auf Eurem Grund und Boden wohl für eine Weile leben müssen. Aber das dürfte durchaus auch in Eurem Sinne sein.«

»Die Aufteilung der Besitztümer regeln wir später, Drolatol. Ich denke, wir werden eine gerechte Lösung für alle Beteiligten finden. Bitte, werte Fürstin«, sagte Jafdabh und deutete auf einen der Stühle, »nehmt Euren Platz im Rat der Fürsten ein. Kommen wir endlich zur Abstimmung meines Vorschlags. Wer gegen meinen Vorschlag ist, Madhrab die Regentschaft anzutragen, hebe die Hand.«

In der Halle des Regenten herrschte betroffenes Schweigen. Raussas und Niharas Hände schnellten nach oben, als ob sie nur auf diesen Augenblick gewartet hätten, Madhrab ihre Abneigung offen zu zeigen. Habladaz streckte – gestützt von seinem Neffen Ayadaz – ebenfalls die Hand, obwohl er sie aufgrund einer Schwäche und Gelenkschmerzen nicht lange oben halten konnte. Seine Stimme wurde gezählt. Fürst Polakav räusperte sich lautstark, reckte die Hand in die Höhe und stimmte so ebenfalls gegen Madhrab.

»Ist noch jemand dagegen?« Jafdabh sah jeden Einzelnen eindringlich an.

Da hob Renlasol die Hand und handelte sich dafür einen Ellenbogenstoß in die Rippen und einen entsetzten Blick seines Freundes Drolatol ein.

»Was soll das?«, flüsterte Drolatol seinem Freund entsetzt zu.

»Ich habe meine Gründe«, antwortete Renlasol grimmig, ohne seinem Freund diese näher zu erläutern.

Drolatol schüttelte verständnislos den Kopf. Renlasols Ablehnung gab ihm Rätsel auf. Warum stimmte der Fürst gegen Madhrab? Seiner Meinung nach war Madhrab die beste Wahl für die Klan, und er wusste, dass Renlasol den Lordmaster wie einen Vater geliebt hatte.

»Tja … das könnte eng werden. Machen wir besser die Gegenprobe«, bestimmte Jafdabh. »Wer für Madhrab ist, hebe die Hand!«

Jafdabh und Drolatol zeigten sofort auf. Tomal folgte nach einer kurzen Bedenkpause.

»Warum nicht? Schlimmer als unter Jafdabh kann es für uns

nicht werden«, zuckte Fürst Barduar mit den Schultern und hob die Hand.

»So sehe ich das auch, und Raussa hat eine Lektion verdient!« flüsterte die Fürstin Menohir ihrem Nachbarn Barduar ins Ohr, während sie für Madhrab stimmte.

»Stimmengleichheit!«, stellte Drolatol nüchtern fest und wandte sich an Madhrab. »Nach den Statuten ist das Angebot somit angenommen. Wollt Ihr den Vorschlag des Regenten annehmen?«

Madhrab hatte die Debatte und die Abstimmung regungslos verfolgt. Politik war nie seine Stärke gewesen. Die Diskussionen, die oft in zu emotionalen Streitereien und gegenseitigen Beschuldigungen gipfelten, empfand er als bloße Zeitverschwendung. Sie waren in seinen Augen nicht zielführend. Er hätte sich gewünscht, jemand im Rat der Fürsten hätte sich ein Herz gefasst und die Debatte mit einem Machtwort vorzeitig beendet. Außerdem verabscheute er die Machtspiele zu Hofe und hasste Intrigen. Immerhin war er selbst ein Opfer einer solchen geworden. Die meisten Höflinge waren stets nur auf ihren eigenen Vorteil bedacht und vergaßen dabei das Wesentliche. Das Überleben und das Wohl des Volkes der Nno-bei-Klan. Madhrab brummte der Schädel.

»Hättet Ihr einstimmig für mich gestimmt, wäre ich geneigt das Angebot abzulehnen«, sagte Madhrab. »Durch die Stimmengleichheit jedoch stellt Ihr mich vor eine Herausforderung, der ich mich nicht entziehen will. Ich nehme das Angebot an und löse Jafdabh und Raussa als Regenten ab.«

Ein erstauntes Raunen durchlief den Rat der Fürsten.

»Dann ist Eure Regentschaft beschlossen«, meldete sich Drolatol schließlich zu Wort und verneigte sich vor Madhrab.

Die Versammelten erhoben sich, erwiesen Madhrab die Ehre und applaudierten lautstark und anhaltend. Selbst diejenigen – bis auf Raussa, Nihara und Renlasol –, die kurz zuvor gegen Madhrab gestimmt hatten, fielen in die Ehrerbietungen mit ein. Er würde Regent werden und bald schon über die Verteilung von Privilegien und Steuereinnahmen entscheiden. Sie dachten, es wäre unklug, sich stur zu zeigen und weiterhin gegen ihn zu stellen.

Raussa hingegen zitterte. Kalter Schweiß überzog ihren ganzen Körper. Sie fror und glaubte, die Schatten griffen jeden Moment nach ihr. Ihre Brust hob und senkte sich schwer. Sie hatte sich mit der Hand ans Herz gefasst, weil sie dachte, sie könnte es auf diese Weise davon abhalten, ihr aus der Brust zu springen und stehen zu bleiben. Ihre Gesichtsfarbe hatte innerhalb weniger Augenblicke von einem tiefen Zornesrot zu Leichenblässe gewechselt. Dies stellte den wohl schrecklichsten Moment ihres Lebens dar, schlimmer noch als ihre Angst, die sie während der Seuche in den Straßen von Tut-El-Baya durchlitten hatte.

Nihara war fassungslos, sie hatte noch nicht begriffen, was soeben geschehen war. Der Mann, der ihren Vater und ihre Brüder abgeschlachtet hatte, war soeben zum Regenten bestellt worden. Was war die Bestätigung ihres Erbes und die Berufung zur Fürstin Fallwas unter seiner Regentschaft noch wert? Nichts! Sie war nach wie vor seine Gefangene, obwohl er Nihara großmütig zu ihrem Recht verholfen hatte. Oder war es womöglich Berechnung gewesen?

»Dafür wirst du büßen«, raunte Raussa ihrem Gatten atemlos zu.

Jafdabh zuckte gleichgültig mit den Schultern. Was sollte sie ihm schon antun? Sie würden sich in der Zukunft weniger sehen, und seine Getreuen, auf die er sich stets verlassen konnte und die nur auf diesen Moment gewartet hatten, würden ihn vor jeglichem Unheil schützen. Er würde sich endlich wieder den Aufgaben widmen, die ihm am Herzen lagen und von denen er am meisten verstand. Handelsgeschäfte, Finanzen und das Vorantreiben von Forschung und Wissenschaften. Jafdabh rieb sich die Hände und freute sich wie ein kleines Kind, während er sich vorstellte, wie sich seine Speicher wieder prall mit Anunzen und wertvollen Handelsgegenständen füllten.

Die restlichen Debatten des Tages beschäftigten sich überwiegend damit, einen Plan für den bevorstehenden Wechsel der Regentschaft auszuarbeiten. Vieles musste neu geregelt werden. Außerdem war es erforderlich, die Fürstentümer mit ihren Ländereien nach Niharas Berufung anders als bislang aufzuteilen. Drolatol und Renlasol sollten für ihren Verzicht auf Burg Fallwas und die umliegenden fruchtbaren Gegenden nicht leer ausgehen. So verlangte es Jafdabh.

Für die offizielle Verkündung der neuen Regentschaft mussten passende Worte gefunden und der Termin für die Krönung festgesetzt werden. Tomal hatte seinen Vater während der gesamten Dauer der Gespräche keinen Moment aus den Augen gelassen.

Der Blick des Lesvaraq war unergründlich.

# Rückkehr

Elischas Herz war schwer und drohte vor Belastung zu zerspringen, als sie die äußeren Schutzmauern und vorgelagerten Verteidigungsebenen der Häuser durchschritten hatte und zuletzt das innere Tor mit einem lauten Krachen hinter ihr geschlossen wurde. Sie war ohne Schwierigkeiten eingelassen worden. Lediglich ihren Namen und die Aussage, sie sei eine Angehörige des Ordens, hatten die Wächter auf den Mauern von ihr verlangt, bevor sie die Tore für Elischa öffneten. Das war ungewöhnlich. Die Orna erinnerte sich gut daran, welche teils unangenehmen Fragen ein Fremder einst über sich ergehen lassen musste, wenn er um Einlass in die Häuser bat. Ohne guten Grund und einen konkreten Nachweis der Identität hatte niemand eintreten dürfen. Und Elischa war eine Fremde. Heute. Offenbar fürchteten sich weder die Bewahrer noch die Orna in diesen Tagen vor unangenehmen Besuchern. Boijakmar war ein vorsichtiger Mann gewesen.

»*Wie sich die Zeiten doch ändern*«, dachte Elischa verwundert bei sich.

Die Orna musste für einen Moment stehen bleiben. Sie atmete schwer. Auf unsicheren Beinen schwankend stützte sie sich mit einer Hand an der Mauer ab, um das Gleichgewicht nicht zu verlieren und womöglich zu stürzen.

Sie hatte sich nicht vorstellen können, eines Tages in das Haus der heiligen Mutter zurückzukommen. Im ersten Augenblick kam es ihr vor, als begäbe sie sich freiwillig in ein Gefängnis und ließe sich lebendig hinter den dicksten Mauern auf Ell begraben. Dabei war sie im Ordenshaus aufgewachsen und hatte einen Großteil ihrer Kindheit und Jugend hier verbracht. Einst hatte sie sich im Haus der heiligen Mutter wohl- und sicher gefühlt. Einst war es ihr Zuhause gewesen.

Zu Hause, das hörte sich so wunderbar an. Endlich wieder zu Hause. Sie hätte jubeln sollen. Dennoch war ihr zum Weinen zumute. Viel hatte sich seit jenen durchaus glücklichen Tagen ereignet. Schreckliches. Kaum fassbares Unglück, Verderben und Frevel. Die heilige Mutter war brutal ermordet worden, und sie selbst – so sah sie es zumindest heute – trug einen Teil der Schuld daran. Vielleicht war sie zu egoistisch gewesen. Hatte ihre eigenen Gefühle und Bedürfnisse denen des Ordens und ihrer Schwestern vorangestellt.

Den Krieg und die Zeit der Dämmerung hatte sie irgendwie überstanden. Mit Blessuren und Schmerzen überlebt. Blickte sie heute auf jene dunklen Tage zurück, kamen sie ihr unwirklich und fern vor. Waren sie jemals geschehen? Doch dann holten sie augenblicklich ihre schmerzlichsten Erinnerungen wieder ein, und sie wusste sofort, dass sie nichts davon geträumt hatte. Das Leid war echt und allzeit präsent.

Elischa hatte die Ordensregeln für die Liebe ihres Lebens verletzt, ihre Schwestern verraten und ihre eigene Sicherheit geopfert. Sie hatte schließlich dafür bezahlt und gelitten. Die Orna erinnerte sich noch gut an die Worte der alten Ayale, die ihr damals gesagt hatte, dass sie nach ihrem Bruch niemals wieder zurückkehren konnte. Nun hatte sie es entgegen allen Vorsätzen doch gewagt, nachdem sie irgendwann in den Sümpfen festgestellt hatte, dass ihre Liebe zu Madhrab keine Zukunft besaß und niemals eine besessen hatte. So lange hatte sie an diesem Glauben festgehalten. Oft hatte sie darüber nachgedacht, was geschehen wäre, wenn sie und Madhrab ihren Gefühlen nicht nachgegeben hätten. Wäre dies überhaupt möglich gewesen? Elischa wusste, dass sie längst zu den Schatten gegangen wäre, hätten sie die Liebe zu Madhrab und ihre Hoffnung auf seine Rückkehr nicht am Leben gehalten. Und doch wollte ihr der Gedanke nicht aus dem Kopf gehen – hätten sie sich nicht ineinander verliebt und die Regeln gebrochen, könnten sie noch heute als Letztgänger und Orna zusammen sein. Vielleicht wäre alles besser geworden. Doch im Grunde war es müßig, sich darüber den Kopf zu zermartern. Ändern ließ sich die Vergangenheit doch nicht mehr. Und Elischa durfte nicht vergessen, dass ihr gemeinsamer Sohn ein Lesvaraq war. Der Bund mit Madhrab hatte die Zukunft Krysons entscheidend beeinflusst.

Die Orna hatte die Verbindung mit dem Haus der heiligen Mutter in den Sümpfen zurückerlangt. Sie hatte zwar nicht sehen können, was sich dort ereignete, aber ein Gefühl sagte ihr, dass sie gebraucht wurde. Es kam einem Hilferuf gleich, den die Schwestern ausgesandt hatten. Sie musste ihm folgen. Elischa war nach wie vor eine Orna und das würde sie immer bleiben, selbst wenn sie dem Orden einst den Rücken gekehrt hatte. Sie war geflohen, hatte für Madhrab und ihren damals noch ungeborenen Sohn all das zurückgelassen, was ihr etwas bedeutet hatte. Wäre sie nicht in anderen Umständen gewesen, sie hätte die Nachfolge der heiligen Mutter antreten können. Aber so konnte sie der Strafe entgehen, die nach dem Bruch der Ordensregeln auf sie gewartet hätte. Und niemals hätte sie Tomal behalten oder ihre Verbindung zu Madhrab aufrechterhalten dürfen.

*»Es hätte keinen Unterschied gemacht«*, dachte Elischa verbittert, *»am Ende bleiben mir weder Tomal noch Madhrab. Ich habe sie beide verloren.«*

Der Abschied von Madhrab war ihr nicht leichtgefallen. Und das stellte noch eine arge Untertreibung dar. Es hatte ihr das Herz geborchen. Elischa wusste, sie würde in ihrem Leben keine Freude mehr empfinden. Tief in ihrem Inneren spürte sie, dass sie Madhrab niemals wiedersehen würde. Ihre Liebe war verloren. Der einzige Trost bestand darin, dass sie diese vielleicht schon vor langer Zeit verloren hatte. Elischa fürchtete sich jedoch vor der Endgültigkeit ihrer Entscheidung. Aber sie mussten beide ihrer Wege gehen. Ihr Platz war nicht an seiner Seite. Nicht mehr. Sie gehörte in das Haus der heiligen Mutter, ob es den Ordensschwestern gefallen mochte oder nicht. Die Not ihrer Schwestern war deutlich spürbar. Hätten sie ihre Rückkehr nicht gewollt oder nach ihren Wahrnehmungen sogar verlangt, hätte sie gänzlich andere Signale aus dem Haus empfangen.

Zwei junge Ordensschwestern näherten sich ihr. Elischa kannte weder die eine noch die andere. Sie mussten jüngst in den Orden der Orna aufgenommen worden sein. Dem Aussehen und Alter nach zu urteilen, konnten sie ihre Prüfungen noch nicht allzu lange bestanden haben.

Elischa wunderte sich über die beiden Schwestern. Entweder waren sie sehr talentiert oder die Ausbildung war deutlich verkürzt worden. Etwas anderes kam für Elischa nicht in Betracht. Aber sie hatten die Tracht der Schülerinnen eindeutig abgelegt und trugen stattdessen die Gewänder der geprüften und in die Schwesternschaft ordentlich aufgenommenen Orna. Dennoch gaben sie ein ungleiches, höchst eigenwilliges Erscheinungsbild ab.

»Wir grüßen dich, Schwesterherz«, sagte die kleinere der beiden Orna, »ich bin Milana, und die große, dürre Bohnenstange mit dem einfältigen Grinsen im Gesicht ist Laraya.«

»Danke, mein Name ist Elischa. Ihr seid Orna?«, antwortete Elischa im ersten Augenblick entsetzt über die leichte Rede. »Zu meiner Zeit im Haus hätte niemand von uns gewagt, so zu sprechen und vor einer Fremden schon gar nicht über eine andere Ordensschwester.«

»Oh … Ihr findet meine Rede anstößig?«, fragte Milana leicht pikiert. »Das war zwar vergleichsweise harmlos, aber ich entschuldige mich bei Euch. Ich vergaß wohl, dass Ihr sehr lange nicht mehr im Haus der heiligen Mutter wart. Ihr seid uns nicht fremd, Elischa. Im Gegenteil. Wir kennen Euch, stehen seit einiger Zeit gemeinsam mit unseren Schwestern mit Euren Gedanken in Verbindung. Es tut mir leid, sollte ich Euch schockiert haben. Aber Laraya ist meine beste Freundin und nimmt mir die Worte bestimmt nicht übel. Im umgekehrten Fall, stellte sie mich Euch vor, würde sie mich die kleine Dicke mit den Schweinebäckchen und dem losen Mundwerk nennen.«

»Das ist wohl wahr«, bestätigte Laraya kühl lächelnd, »die Zeiten ändern sich. Unter Hegoria ist der Umgang mit den Regeln lockerer geworden, sagen die älteren Schwestern. Wir haben Hegorias Vorgängerin zum Glück nicht mehr kennengelernt. Die Alte soll sehr streng und zuweilen ungerecht gewesen sein, bis ihr endlich der Hals durchgeschnitten wurde.«

»Das ist …«, Elischa schluckte die ihr auf den Lippen liegende Bemerkung hinunter.

Die Worte der Schwestern versetzten Elischa einen Stich ins Herz. Sie sprachen von der heiligen Mutter, *ihrer* heiligen Mutter, als wäre sie ein Übel für den Orden gewesen. Elischa empfand dies als Beleidigung. Wie konnten diese beiden Gören das Andenken an die Ermordete nur so in den Schmutz zerren! Elischa musste sich zusammenreißen, um nicht sofort wieder umzudrehen und Madhrab nachzureiten. Noch wäre es nicht zu spät gewesen. Er konnte nicht weit gekommen sein. Je länger sie jedoch darüber nachdachte, umso deutlicher wurde es Elischa, dass der Orden sie brauchte. Mehr als jemals zuvor. Etwas stimmte im Haus der heiligen Mutter ganz und gar nicht.

»Das muss mir aber nicht gefallen …«, sagte Elischa in tadelndem, allerdings noch immer zurückhaltendem Tonfall, »… überhaupt nicht. Es zeugt von Respektlosigkeit und mangelnder Disziplin. Die Ordensregeln – so ich sie kenne – waren in dieser Hinsicht sehr streng und duldeten keine Ausnahme.«

»Nun habt Euch doch nicht so«, sagte Milana, »wir freuen

uns darüber, dass Ihr endlich in den Orden zurückkehrt. Ihr werdet sehen, es hat sich vieles verändert.«

»Zum Guten wie zum Schlechten«, ergänzte Laraya.

»Auf die schlechten Veränderungen bin ich wirklich gespannt«, erwiderte Elischa verärgert.

»Wie Ihr meint«, Milana neigte ihren Kopf zur Seite und musterte Elischa keck, »Ihr werdet früh genug erfahren, was Laraya meinte. Wir bringen Euch in Eure Kammer, damit Ihr ein Bad nehmen könnt. Euer Gestank ist ja kaum zu ertragen. Und bevor ich es vergesse, das wenige an Gepäck dürft Ihr selbst in Eure Kammer tragen.«

»Danke, sehr zuvorkommend von Euch«, meinte Elischa, die froh war, wenn sie die beiden Ordensschwestern vorerst nicht mehr zu Gesicht bekommen würde.

Ihre Rückkehr hatte sie sich zwar schwierig vorgestellt, dennoch hatte sie nicht damit gerechnet, sich mit solch ungezogenen Schwestern auseinandersetzen zu müssen. Elischa fürchtete, dass die Gepflogenheiten eines guten Umgangs untergraben wurde und die einst allseits anerkannten Regeln untergegangen waren oder schlicht nicht mehr befolgt wurden. Offenbar – das war jedenfalls ihr erster Eindruck – griff die heilige Mutter nicht mehr durch und sah von Bestrafungen bei einem Bruch der Ordensregeln ab.

Ein heißes Bad in ihrer Kammer würde ihr sicher guttun. Danach wollte sie Hegoria aufsuchen. Sie war gespannt darauf, was ihr die heilige Mutter zu berichten hatte. Es konnte nichts Gutes sein. Der Drang, mit der heilgen Mutter zu sprechen, wurde plötzlich größer. Aber sie musste sich in Geduld üben. Es ziemte sich nicht, in ihrer Aufmachung, erschöpft, schmutzig und stinkend vor die heilige Mutter zu treten. Sie würde sich an die ihr bekannten Regeln halten, selbst wenn diese in der Zwischenzeit keine Bedeutung mehr haben sollten. Das war sie sich selbst und dem Orden schuldig.

Elischa bekam eine neue, fensterlose Kammer in den unteren Stockwerken des Hauses zugewiesen. Das war bedauerlich, hatte sie doch in ihrer alten Kammer die Aussicht auf das Haus des hohen Vaters genossen. Aber sie war nicht zurückgekehrt, um Ansprüche an den Orden zu stellen. Ihre persönlichen Bedürfnisse mussten zurückstehen. Sie war weit Schlimmeres gewohnt und durfte nicht erwarten, mit offenen Armen aufgenommen zu werden. Laraya und Milana begleiteten sie bis zu ihrer Unterkunft und bereiteten ihr ein heißes Bad in einem hölzernen Badezuber, den sie aus einer anderen, in der Nähe gelegenen Kammer fluchend und zugleich derb scherzend heranschleppten und danach Eimer um Eimer mit Wasser und Seife auffüllten, bis der Zuber bis oben hin mit Schaum gefüllt war.

»Ihr dürft Euch ausziehen«, meinte Milana kichernd, »wir gucken Euch schon nichts weg. Es gibt sowieso nichts Erbauliches zu erspähen. Und außerdem, wie sollten wir auch, sehen wir doch in den Dampfschwaden kaum die Hand vor Augen. Am besten, wir verbrennen Eure Kleidung gleich. Eine Wäsche wird die blutsaugenden Parasiten darin kaum noch vertreiben.«

»Sollen wir Euch den Schmutz vom Rücken und aus den Haaren waschen?«, wollte Laraya wissen.

»Ich habe gelernt, mich zu waschen, und komme sehr gut alleine zurecht!«, erwiderte Elischa verärgert.

Die beiden Ordensschwestern gingen ihr gehörig auf die Nerven. Was dachten sie sich nur dabei?

»Wie Ihr meint!«, antwortete Milana schnippisch. »Wir dachten nur, Ihr könntet, so wie Ihr ausseht, ein klein wenig Hilfe vertragen. Aber wenn Ihr nicht wollt, werden wir Euch selbstverständlich gerne Euch selbst überlassen. Beklagt Euch aber hinterher nicht bei der heiligen Mutter oder bei einem der Bewahrer, wir hätten Euch nicht ordentlich sauber gewaschen und hübsch rausgeputzt. Die Ordenstracht liegt auf Eurem Lager. Ihr wisst, wie sie den Regeln nach zu tragen ist.«

»Raus!«, schrie Elischa plötzlich ungehalten. »Sofort … alle beide.«

»Pah«, gluckste Milana und warf den Kopf, in ihrem Stolz gekränkt, schwungvoll in den Nacken, »komm Laraya. Wir gehen! Sie hat es nicht anders verdient. Und uns wirft sie Respektlosigkeit vor. Soll sie doch selbst zusehen, wie sie sich wieder im Haus einfindet, und sich später nicht wundern, wenn sie von den anderen Schwestern und Bewahrern geschnitten wird.«

Elischa schüttelte verzweifelt den Kopf, als die Tür zu ihrer Kammer krachend hinter den beiden Ordensschwestern zufiel, nachdem diese hinausgeeilt waren. Die Orna hörte die Schwestern vor der Tür lästern.

»Die denkt wohl, sie wäre was Besseres … nur weil der Orden sie rief.«

»Unhöflich und eingebildet … wirft uns einfach raus. Das wird ihr noch leidtun.«

»Und dann wollte ausgerechnet sie uns an die Ordensregeln erinnern. Was glaubt sie, wer sie ist?«

»Vergiss sie, die ist so verrückt wie unsere älteste Schwester.«

Kaum angekommen, hatte sich Elischa Feindinnen gemacht. Das hatte sie nicht gewollt. Aber es ließ sich nicht mehr ändern. Sie hatte geahnt, dass sie sich durchsetzen musste und die Rückkehr nach so langer Zeit nicht reibungslos gelingen konnte.

Elischa lehnte sich zurück und schloss die Augen. Sie versuchte sich zu entspannen und auf ihre Begegnung mit der heiligen Mutter vorzubereiten.

*»Endlich zu Hause«*, versuchte sie sich Mut zu machen, *»wie sehr habe ich doch ein heißes Bad vermisst. Verdammt … dich vermisse ich noch viel mehr, Madhrab.«*

Plötzlich packte sie der Schmerz mit voller Wucht. Sie krümmte sich Schutz suchend zusammen. Ihr ganzer Körper zitterte. Sie begann bitterlich zu schluchzen und wurde immer wieder von Weinkrämpfen durchgeschüttelt, während sie eisern versuchte ihre Beherrschung zurückzugewinnen. Es nutzte nichts. Ihre Nerven spielten verrückt und der Druck auf ihrem Herzen schmerzte tief. Sie musste die Trauer zulassen, sich all ihren Ängsten stellen, um sie hoffentlich überstehen zu können.

»*Womit habe ich das verdient?*«, fragte sie sich, wohl wissend, dass sie keine Antwort darauf erhalten würde.

*»Ich habe mir etwas vorgemacht und dachte, ich wäre stark genug. O nein, Elischa. Du bist schwach. So schwach. Bei den Kojos. Das überlebe ich nicht.«*

Elischa brauchte lange, bis sie sich wieder gefangen und ihre Tränen getrocknet hatte. Das Wasser war längst kalt, ihre Haut aufgeweicht, Finger und Zehen schrumpelig, als sie endlich aus dem Zuber stieg.

»*Wenigstens fühle ich mich sauber und bin den Gestank los. Das ist ein Anfang, wenn auch kein guter*«, dachte die Orna.

Sie hatte gerade die zurechtgelegte frische Kleidung angelegt, als es leise und zaghaft an der Tür klopfte.

»Wer ist da?«, rief Elischa in der Hoffnung, weder Milana noch Laraya seien zurückgekehrt, um sie abzuholen und zur heiligen Mutter zu bringen.

Die Orna erhielt keine Antwort. Nach einer Weile klopfte es noch einmal. Elischa nahm all ihren Mut zusammen, ging zur Tür und öffnete. Sie traute ihren Augen kaum, als sie schließlich erkannte, wer vor ihrer Kammer wartete.

»Ayale!«, rief sie aus und legte sich ungläubig und erschrocken die Hand auf den Mund, als ob sie einen verbotenen Namen ausgesprochen oder den Geist einer Toten gesehen hätte.

Elischa biss sich auf die Zunge. Ayale musste steinalt sein.

Sie war bereits sehr alt gewesen, als Elischa das Haus der hohen Mutter verlassen hatte. Die wässrig blauen Augen der Orna waren unverändert klar und sie musterten Elischa eindringlich.

»Bittest du deine alte Ordensschwester nun herein oder lässt du mich so lange im Flur stehen, damit ich mir einen Zug hole, mich erkälte und an bösem Husten sterben muss?«, fragte Ayale.

Ihre Stimme passte zu ihrem Alter. Sie war nicht mehr so kraftvoll und warm, dafür jedoch rau und krächzend. Ayale stützte sich vornübergebeugt auf einen knorrigen Stab. Ihre Finger waren geschwollen und verkrümmt, geradeso wie ihr Rücken und ihre Beine. Ihr Gesicht wies zahlreiche Flecken, tiefe Runzeln und Furchen auf. Das Haar war dünn und weiß geworden. Elischa hatte Ayale wesentlich größer in Erinnerung. Vielleicht täuschte sie sich und es lag an der krummen Haltung der uralten Frau. Wahrscheinlich jedoch war sie im hohen Alter geschrumpft. Sicher hatte sie auch deutlich an Gewicht verloren. Sie wirkte abgemagert, Gesicht und Brustkorb eingefallen.

»Wie ist das möglich?«, fragte Elischa, die sich immer noch die Augen rieb. »Du lebst?«

»Nicht mehr lange, wenn du mich weiter hier draußen stehen lässt. Biete mir wenigstens einen Stuhl an, Kind. Ich stehe nicht mehr sehr gut auf meinen Beinen.«

»Verzeih mir, aber ich bin … überrascht und verwirrt. Komm bitte herein und setz dich auf mein Lager.«

Elischa bot der Ordensschwester ihren Arm an, doch Ayale lehnte ihre Hilfe mit einer Handbewegung ab.

»Ich mag zwar alt und gebrechlich sein, Elischa. Meinen Weg kann ich aber immer noch alleine gehen. Nicht mehr so schnell wie früher. Eher langsam und kriechend wie eine Schnecke. Aber ich erreiche mein Ziel aus eigener Kraft. Das ist mehr, als die meisten unserer Schwestern von sich behaupten können, nicht wahr?«

»Sicher …«, erwiderte Elischa verdutzt.

Die jüngere Frau trat einen Schritt zur Seite und Ayale schob sich quälend langsam auf ihren Stab gestützt an ihr vorbei. Sie brauchte für Elischas Empfinden eine halbe Ewigkeit, bis sie sich schließlich mit einem Seufzer der Erleichterung auf das Lager niederließ, den Stab griffbereit neben sich ablegte und ihre entzündeten Hände in ihrem Schoß ablegte.

»Ich habe gehört, dass du zurückgekommen bist«, begann Ayale das Gespräch, »da habe ich mich gleich auf den Weg gemacht und bin zu dir geeilt. Ich freue mich sehr, dich nach so langer Zeit wiederzusehen. Du siehst mitgenommen aus und solltest besser auf dich achten. Wir werden eine Weile brauchen, bis wir dich wieder aufgepäppelt haben. Außerdem habe ich gehört, dass du dich gleich ins richtige Licht gesetzt hast. Einige unserer jüngeren Schwestern waren empört. Du hast offenkundig Eindruck auf sie gemacht. Nicht den besten allerdings.«

Unter Eile stellte sich Elischa etwas anderes vor. Aber sie glaubte ihrer Ordensschwester, dass sie sich nach Erhalt der Nachricht sofort auf den Weg gemacht hatte, um sie schnellstmöglich aufzusuchen. Die Auseinandersetzung mit Milana und Laraya hatte schnell die Runde im Ordenshaus gemacht. Schneller, als sie gedacht hatte.

»Ich weiß«, antwortete Elischa betroffen, »aber ich … ach Ayale, ich konnte nicht anders. Sie waren schrecklich. Ich war müde, traurig und ausgebrannt. Vielleicht habe ich sie ungerecht behandelt, muss sie um Verzeihung bitten und es bei Gelegenheit wiedergutmachen.«

»Nein, sie sind schrecklich. Du hast gut daran getan, ihnen zu zeigen, wer du bist und was du willst«, lächelte Ayale mit offenem Mund, in dem Elischa bei ihr lediglich noch vier Zähne zählte. »Du darfst dich nicht von ihnen unterkriegen lassen. Sie denken, der Orden gehörte ihnen und sie könnten ihre eigenen Regeln machen. Aber unterschätze sie nicht. Sie werden wie Furien über dich herfallen und kein gutes Haar an dir lassen, wenn du ihnen Gelegenheit dazu bietest. Ich wollte mit dir über einige Veränderungen im Orden sprechen, bevor zur heiligen Mutter gehst. Die Dinge stehen nicht gut, wie du schon bemerkt hast. Aber wie ich sehe, brennen dir einige Fragen unter den Nägeln. Ich will sie dir gerne zuvor beantworten, wenn ich kann.«

»Wie alt bist du, Ayale?«, platzte es aus Elischa prompt heraus.

»Ts, ts, ts … der Überschwang der Jugend. Ist das denn wichtig? Es geht mir gut. Mein Körper und meine Knochen könnten stärker sein. Manche Gebrechen plagen mich und rauben mir den Schlaf. Mein Geist ist aber wach. Glaube nicht, was einige Schwestern über mich sagen.«

»Was sagen sie denn?«, wollte Elischa wissen.

»Sie behaupten, ich sei nicht mehr bei Verstand. Krank und verwirrt. Die senile Alte. Aber das stimmt nicht. Ich bin wacher als noch Sonnenwenden zuvor. Ich sehe und höre alles, was ich hören will, und ich stelle mich blind und taub, wenn ich Dinge nicht mitbekommen will. Das glauben sie mir. Wenigstens schonen sie mich, haben mich von allen Ordenspflichten entbunden und lassen mich keine schweren Arbeiten mehr verrichten. Du siehst also, das Alter, der Starrsinn und das Verrücktsein haben ihre Vorteile. Ich wusste aber, dass dich die Frage nach meinem Alter quälen wird. Aber um ehrlich zu sein, Elischa – ich weiß nicht mehr genau, wie viele Sonnenwenden ich bereits erlebt habe. Wahrscheinlich sind es mittlerweile mehr als einhundert«, blinzelte Ayale.

Elischa setzte sich neben Ayale auf das Lager, legte behutsam den Arm um die Schultern der alten Frau und drückte sie an sich. Sie war aufrichtig froh, nach so langer Zeit eine Vertraute anzutreffen. Ayale war wie ein Hoffnungsschimmer für sie. Ein Licht in der Dunkelheit, auf das sie zugehen konnte und das ihr den richtigen Weg wies. Elischas Herz wollte vor Erleichterung einen Sprung machen, und all der Weltschmerz tat nicht mehr so fürchterlich weh wie noch kurz zuvor.

»Ich kann es kaum fassen«, staunte Elischa, »du lebst. Das ist wunderbar. Ich dachte, du hättest den Gang zu den Schatten längst angetreten.«

»Ach was«, erwiderte Ayale, »ich habe die Schwelle längst überschritten, an der ich sterben sollte. Inzwischen bin ich so alt, dass mir nichts mehr geschehen kann. Die Schatten haben mich vergessen und nun wollen sie mich nicht mehr haben. Ein ausgetrocknetes, altes Weib wie mich. Kannst du dir vorstellen, dass ich einmal jung war und als schön galt? Nein? Wahrscheinlich nicht. Das ist auch nicht wichtig. Ich wollte immer klug sein, sog das Wissen begierig in mich auf, um im Alter Weisheit zu erlangen. Aber ich bin weit davon entfernt, eines Tages weise zu werden. Aber wer weiß, vielleicht kommt die Weisheit in den mir verbleibenden Sonnenwenden noch. Gleichgültig was ich anstelle oder ob ich mir die Schatten und meine verdiente Ruhe herbeisehne. Sie holen mich einfach nicht. So schleiche ich tagein, tagaus durch die Flure unseres Ordenshauses und muss mit ansehen, wie dieses langsam von innen heraus verfault. Ich höre böse Reden, sehe mit großer Sorge den Verfall der Tugenden und Sitten. Was wir einst als wertvoll erachteten, zählt nichts mehr. Was kommt dann? Die Auflösung und das Ende unseres Ordens? Du kannst mir glauben, Elischa. Es grämt mich, wenn unser Lebenswerk auf diese Weise zerstört wird. Ich habe zuweilen das Gefühl, dass alles umsonst war. Das ist nicht gut. Ich wollte trotz der harten Zeiten zufrieden und dankbar auf ein erfülltes Leben zurückblicken und nicht denken müssen, die entbehrungsreiche Arbeit im Orden habe keinen Sinn gehabt.«

»Was ist geschehen? Du musst es mir erzählen, Ayale!« Die Ordensschwester hatte Elischa neugierig gemacht.

»Alles zu seiner Zeit, Kind«, antwortete Ayale, »wir riefen dich, weil wir dich brauchen. Der Orden braucht erfahrene Schwestern und muss sich auf die Traditionen besinnen, um zu seiner alten Stärke zurückzufinden. Das Erbe des Ulljan ist in Gefahr und unsere Aufgabe ist noch nicht erledigt. Sosehr ich deine Rückkehr herbeigesehnt hatte, so sehr befinde ich mich aber im Zweifel, ob du für dich die richtige Entscheidung getroffen hast, unserem Ruf zu folgen. Hegoria ist schon seit längerer Zeit schwer krank. Die Schatten warten bereits auf sie. Ihre Kräfte schwinden mit jedem Tag, und es ist nur noch eine Frage der Zeit, bis sie den Orden nicht mehr führen kann. Bevor sie dich jedoch wieder in den Orden aufnehmen wird, wartet ihre Bestrafung auf dich und wenn es das Letzte ist, das sie entscheidet. Das weißt du, nicht wahr?«

Elischa nickte. Ayale legte ihre Hand auf die von Elischa und blickte ihr traurig und voller Sorge in die Augen. Elischa hatte damit gerechnet und sie war bereit, jede Strafe anzunehmen.

»Die Bestrafung wird sehr hart sein«, fuhr Ayale leise fort, »deine Vergehen gegen den Orden waren schwerwiegend. Überlege es dir gut, ob du dich dem aussetzen willst und kannst. Noch hast du Gelegenheit zu gehen.«

»Nein, ich werde nicht noch einmal davonlaufen. Ich fürchte mich nicht vor der Strafe der heiligen Mutter. Ich werde sie klaglos ertragen«, antwortete Elischa mit gesenktem Kopf. »Es kann nicht schrecklicher sein als all das, was ich in der Vergangenheit erdulden musste und mich gegen alle meine Prinzipien zu einer Mörderin werden ließ.«

»Sag das nicht, Elischa!« Ayale klang besorgt. »Die Geißelung bringt dich den Schatten näher. Ich will dir gewiss keine Angst machen. Aber alle werden sehen, wenn sie dich nackt zwischen die Pfähle binden. Du kannst dich glücklich schätzen, wenn sich Hegoria als gnädig erweist und dich mit weniger als fünfzig Hieben bestrafen lässt. Zwanzig können tödlich sein. Du wirst nicht mehr dieselbe sein, solltest du die Prozedur überleben. Und wenn du es überstehen solltest, wird es dich für Monde an dein Lager fesseln. Ich werde an diesem unglückseligen Tag in meiner Kammer bleiben, Augen und Ohren fest verschließen und mir dein Unglück keinesfalls ansehen. Das würde ich nicht ertragen. Aber ich werde für dich da sein und deine Wunden versorgen, wenn es vorbei ist. Darin bin ich noch immer gut. Die Beste, so du meinen krummen Händen vertraust.«

Natürlich vertraute sie Ayale und sie wusste wohl, dass es im Ordenshaus keine bessere Heilerin mit ihrer Erfahrung gab. Dennoch musste Elischa schlucken. Ihr Hals fühlte sich plötzlich sehr trocken an. Die Geißelung wurde als Strafe im Ordenshaus nur selten verhängt. Sie sollte – wenn überhaupt – überwiegend zur Abschreckung für schwere Vergehen eingesetzt werden, wurde aber von den Schwestern meist als zu grausam empfunden. In ihrer Kindheit hatte sie einmal einer Geißelung einer ihrer Ordensschwestern beigewohnt, die für einen Verstoß gegen die Regeln mit zehn Hieben gesühnt worden war.

Aber das war lange her. Die Bilder in Elischas Gedanken waren nur noch verschwommen. Im Lauf der Zeit hatte sie das überaus blutige Erlebnis verdrängt. Doch erinnerte sie sich mit Schrecken an die an den Enden mit Eisensplittern beschwerten und Widerhaken besetzten Geißeln der Orna und deren verheerende Wirkung. Die heilige Mutter bewahrte die Folterinstrumente für gewöhnlich unter Verschluss in ihrer Kammer auf. Dennoch stand Elischas Entschluss fest. Sie würde sich der Bestrafung nicht entziehen und wenn es ihr Leben kosten sollte.

»Geh nun zur heiligen Mutter«, sagte Ayale, drückte Elischas Hand und erhob sich ächzend vom Lager, »sie wartet auf dich. Je früher du es hinter dich bringst, umso besser. Versuche die Bestrafung als Neuanfang zu sehen, der dich die Vergangenheit und das Leid durch neuen Schmerz vergessen lässt. Alles wird gut, du wirst sehen.«

»Danke, Ayale«, sagte Elischa, »es ist gut, dich in meiner Nähe zu wissen.«

Ayale bewegte sich langsam zur Tür. Sie drehte sich noch einmal um, bevor sie die Kammer verließ.

»Sprich offen mit der heiligen Mutter, Elischa«, sagte Ayale, »und vergiss, dass du und sie einst Konkurrentinnen wart. Sie wird dir gewiss erzählen, wie es um den Orden steht. Schließlich war es ihr Wunsch, dass wir dich riefen. Vertraue ihrem Urteil. Es wird gerecht und angemessen sein.«

Elischa kannte den Weg und die Kammer der heiligen Mutter gut. Ihre Erinnerungen plagten sie, während sie die steinernen Stufen zum obersten Stockwerk emporstieg. Wie oft hatte sie diese schon genommen? All die Bilder aus der Vergangenheit erwuchsen vor ihrem geistigen Auge, als sie vor der Tür stand. Der Leichnam der ermordeten heiligen Mutter erschien vor ihrem inneren Auge, als wäre es gestern gewesen.

Sie klopfte und wurde prompt von einer schwachen Stimme aufgefordert einzutreten. In der Kammer herrschte ein dämmriges Licht vor. Die Fenster waren mit dunklen Tüchern verhängt. Der Schein weniger im Zimmer verteilter Kerzen rief sich langsam bewegende Schatten an die Wand. Es war ungewöhnlich kalt in der Kammer. Elischa konnte den Dunst ihres eigenen Atems sehen.

Die heilige Mutter Hegoria lag auf ihrer Lagerstätte und hatte die Decke bis zum Hals hochgezogen. Lediglich ihr Gesicht war zu sehen. Hegoria richtete sich mühsam auf, um

Elischa besser sehen zu können. Jede Bewegung schien zu schmerzen. Sie stöhnte leise auf. Die heilige Mutter sah blass aus. Ihre Augen waren rot umrändert und lagen tief in den Höhlen. Schweißperlen standen auf ihrer Stirn und das lange, wirre Haar klebte nass an ihrem Schädel. Hegoria und Elischa waren im selben Alter. Es stellte keinen ermutigenden Anblick dar, die heilige Mutter in diesem Zustand zu sehen. Sie tat Elischa leid. Das hatte sie nicht verdient. Keine der Schwestern sollte so früh sterben müssen. Aber die Schatten lauerten, Hegoria in ihr Reich mitnehmen zu können. Elischa konnte sie spüren. In den Ecken, an den Wänden und am Boden unter ihren Füßen. Sie befanden sich überall. Aber noch hielten sie sich zurück. Noch hatten sie ihre Finger nicht nach der Sterbenden ausgestreckt, aber Hegoria war nicht mehr zu helfen.

»Du bist gekommen«, begrüßte Hegoria ihre Ordensschwester leise, »das ist gut!«

»Du hast mich gerufen, Mutter«, antwortete Elischa, »ich kenne meinen Platz und folgte deiner Stimme.«

»Nenn mich bitte nicht *Mutter*, Elischa. Aus deinem Mund hört sich das falsch an. Wir wuchsen zusammen auf und legten unsere Prüfungen gemeinsam ab. Du hast mich in vielen Fächern übertroffen. Aber ich war nie die heilige Mutter für dich. Als ich gewählt wurde, hattest du den Orden bereits verlassen.«

»Aber jetzt bist du es. Ich schulde dir meinen Respekt«, erwiderte Elischa.

»Nein. Du weißt, dass ich dich verurteilen und die Strafe vollstreckt sein muss, bevor du dich den Regeln des Ordens wieder unterwerfen darfst. Es widerstrebt mir, das Urteil gegen dich auszusprechen. Aber wir müssen ein Exempel statuieren und kommen nicht daran vorbei. Die Regeln verlangen die Bestrafung.«

»Dann verurteile mich, wenn es nicht anders geht. Du

kanntest die Ordensregeln stets besser als ich und hast sie im Gegensatz zu mir befolgt.«

»Vielleicht«, antwortete Hegoria. »Niemand unter uns ist ohne Fehl und Tadel. Selbst ich nicht. Aber meine Strafe dafür ist die Krankheit, die mich ans Bett fesselt und alsbald zu den Schatten bringen wird. Sei so lieb und geh zum Tisch. Dort liegt eine Schriftrolle, die das Urteil enthält. Ich habe es mit den älteren Schwestern besprochen und den Lehrmeisterinnen verhandelt. Die Bewahrer stimmten mit Unterschrift und Siegel zu. Es ist bereits gesprochen. Nimm die Schriftrolle und lies sie bitte laut vor.«

Elischa überflog die ersten Zeilen des Schriftstücks, in welchem nur ihr Name stand und die Formalien der Urteilsverkündung eingehalten worden waren. Sie begann den Kern des Urteils vorzulesen. Ihre Stimme zitterte und drohte zu versagen, als sie das Urteil las und allmählich Wort für Wort zu verstehen begann, was es für sie bedeutete. Vier Vorwürfe waren erhoben worden. Drei Vergehen und ein Verbrechen. Die Vorwürfe der Untreue gegen den Orden und ihre Verweigerung, das heilige Band der Orna und der Bewahrer mit Chromlion zu knüpfen, sollte mit Stockschlägen geahndet werden. Zwanzig an der Zahl hatten die heilige Mutter und die Bewahrer ihr für ihre Vergehen zugedacht. Doch als Werkzeug der Bestrafung sollte der Richtstab des hohen Gerichts eingesetzt werden. Eine schwere eiserne Stange, deren Ende mit einem hölzernen Knauf versehen war. Aber es kam noch schlimmer. Sie atmete tief durch, um sich zu sammeln. Von einer Bestrafung für das unerlaubte Verlassen des Ordenshauses hatte die heilige Mutter abgesehen. Elischas Augen wanderten weiter über den Text. Sie zögerte, als sie zu der Passage kam, welche die Bestrafung für das Verbrechen der Unzucht mit einem Bewahrer vorsah. Ayale hatte sie davor gewarnt. Das Gericht sah die Geißelung dafür vor. Dreißig Hiebe mit der

Geißel der Orna. Und sie würde die Tortur entblößt und an die Richtpfähle vor dem Haus der heiligen Mutter gekettet unter den Augen ihrer Schwestern und den Bewahrern überstehen müssen. Elischa wurde schmerzlich bewusst, dass man sie gedemütigt und blutend sehen wollte. Das war zu viel. Die letzten Zeilen, in denen das Gericht ihre Wiederaufnahme in den Orden nach der Vollstreckung des Urteils begrüßte und ihr zusicherte, dass niemand sie jemals wieder wegen der zur Verurteilung gebrachten Regelverstöße anklagen oder künftig benachteiligen durfte, nahm sie nicht mehr bewusst war. Die Vergehen und das Verbrechen sollten nach der Bestrafung gesühnt sein. Ein schwacher Trost, der ihr wie bittere Ironie vorkam. Sie ließ die Schriftrolle fallen und nahm ihre Hände vors Gesicht.

*»Ich hätte es wissen müssen und niemals in den Orden zurückkehren dürfen«*, ging es ihr durch den Kopf. *»Eine Abtrünnige wird nicht geduldet. Der Orden will mich zerstören.«*

Elischas Knie wurden weich. Sie musste sich setzen. Das Urteil traf sie hart. Mit den Schlägen brachen ihr die Vollstrecker womöglich sämtliche Knochen im Leib. Sie wäre vom Glück gesegnet, wenn sie ihr nicht das Rückgrat zerschlugen. Die Geißel der Orna würde ihr die Haut bis auf die Knochen in Fetzen vom Rücken reißen. Die Orna schauderte bei der Vorstellung.

*»Das überlebe ich nicht«*, dachte sie fassungslos bei sich, *»ich habe mich also für die Schatten entschieden, als ich eine Rückkehr in den Orden als meine Bestimmung ansah und Madhrab verließ.«*

Ob sie sich jemals von der Bestrafung würde erholen können, wussten nicht einmal die Kojos oder die Schatten selbst.

»Das ist ein Todesurteil«, flüsterte Elischa mit gesenktem Haupt an die heilige Mutter gerichtet.

Elischa wagte es nicht, der Sterbenden in die Augen zu sehen.

»Nein, nicht wenn du dich als stark erweisen wirst«, erwiderte Hegoria. »Die Schatten werden kommen und sie werden dich belauern, so wie sie im Augenblick in meiner Kammer gegenwärtig sind. Dessen bin ich mir sicher. Wir werden uns danach bestens um dein Wohl sorgen und dich wieder gesund pflegen, Elischa. Ayale wird ihr Bestes geben. Darauf kannst du dich verlassen. Die Schatten sollen dich nicht bekommen. Noch nicht! Aber ich muss dich fragen, ob du das Urteil annimmst.«

Elischa hob den Kopf und sah zu Hegoria hinüber, um zu ergründen, was die heilige Mutter von ihr erwartete. Ein Opfer, um in den Schoß der Mutter und des Hauses zurückkehren zu dürfen? War dies die Prüfung, welche die Ernsthaftigkeit ihres Entschlusses beweisen sollte? Hätte Hegoria das Urteil angenommen, wäre sie an Elischas Stelle? Wie sie so krank in ihrem Bett lag, wirkte sie schwach und gebrechlich. Das bedeutete jedoch nicht, dass sie nicht einen starken Willen und den Mut aufbringen würde, alles für den Orden zu geben. Sie musste ihr die Frage stellen.

»Würdest du das Urteil an meiner Stelle annehmen?«

»Glaubst du an unseren Orden, die Pflichten und Bürden, die uns Ulljans Erbe auferlegt? Stehst du hinter den Regeln und Traditionen der Orna? Hast du den heiligen Eid mit Freude in deinem Herzen abgelegt, nachdem du die Prüfungen bestanden hattest? Bist du davon überzeugt, dass die Magie der Orna stark und das Heilen deine Bestimmung ist? Ist der Orden dein Zuhause?«

»Natürlich«, antwortete Elischa, »aber du hast meine Frage nicht beantwortet.«

»Sicher«, die heilige Mutter klang ermattet, »ich glaube an all das, was ich dich gefragt habe. Der Orden der Orna ist und war mein Leben. Ich sterbe für den Orden und an deiner Stelle würde ich das Urteil annehmen. Ja.«

»Dann akzeptiere ich das Urteil. Wäre es doch nur schon überstanden«, meinte Elischa.

»Das wünschte ich auch«, seufzte Hegoria, erschöpft und doch erleichtert auf ihr Lager zurücksinkend.

Elischa standen Tränen in den Augen und sie hatte Angst. Große Angst vor dem, was sie schon bald erwartete.

»Geh noch einmal zum Tisch und nimm die Phiole an dich«, befahl die heilige Mutter.

Elischa wischte sich die Tränen mit dem Ärmel ihres Gewandes aus dem Gesicht und tat wie ihr geheißen. Der kunstvoll geschliffene Glasbehälter war ihr bereits aufgefallen, als sie die Schriftrolle vom Tisch genommen hatte. Durch das Glas der durchsichtigen Phiole schimmerte eine dunkle, ölige Flüssigkeit. Sie öffnete den Verschluss und schnupperte daran. Ein fürchterlicher stechender Gestank stieg ihr in die Nase.

»Was ist das?«, wollte sie wissen.

»Eine Essenz zur Stärkung«, erklärte die heilige Mutter, »sie stinkt erbärmlich. Aber ihre Wirkung ist enorm. Die Zusammensetzung ist geheim. Ich weiß nicht, woraus sie besteht. Ayale mischte und gab sie mir, um mich bis zu deiner Rückkehr in unser Haus am Leben zu erhalten und vor dem Reich der Schatten zu schützen. Aber sie warnte mich vor den Giften, die der Essenz beigemischt wurden. Solange sie wirkt, werden die Schatten in Zaum gehalten. Sie wagen es nicht, sich dir zu nähern. Du fühlst dich für wenige Horas stärker, wenn du einen Tropfen davon zu dir nimmst. Allerdings hat die Essenz auch ihre Nachteile. Sie macht dich abhängig. Zu viel und zu lange davon erzürnt die Schatten und bringt dich ihnen näher, statt sie weiterhin fernzuhalten. Sie stürzen sich nach einer Weile auf dich und zerren dich mit Gewalt in ihr Reich. Außerdem nimmst du die Schmerzen viel stärker wahr.

Die Krankheit, die meinen Körper schwächt, zerfrisst mich von innen. Die Schmerzen waren immer spürbar und sie quälen mich. Dennoch habe ich sie ausgehalten. Irgendwie. Unter der Wirkung der Essenz jedoch hatte ich das Gefühl, als müsste ich verbrennen. Wieder und wieder, gerade so, als ob ich in den Flammen der Pein schmoren müsste. Ein Vorgeschmack auf das, was dich bei den Schatten erwartet, wenn du zu viel davon kostest. Es war furchtbar. Wende sie mit Bedacht an, Elischa. Ein einziges Mal nur, am Morgen bevor die Strafe vollstreckt wird.«

Elischa verschloss die Phiole und verstaute sie in der Innentasche ihres Gewandes. Sie war nicht sicher, ob sie sich den Gefahren der Essenz aussetzen sollte. Vielleicht konnte sie Ayales Rat einholen, erhielte sie vor der Vollstreckung Gelegenheit dazu. Viel Zeit blieb ihr dafür jedoch nicht.

»Komm bitte näher, Elischa«, bat Hegoria, »das Reden strengt mich an. Aber ich muss die mir verbliebenen Kräfte sammeln und dir erzählen, was mich bedrückt und warum wir dich in den Orden zurückriefen.«

Elischa hatte Mühe, den Worten der heiligen Mutter zu folgen. Ihre Gedanken weilten woanders; sie überlegte sich Strategien, wie sie die Bestrafung am nächsten Morgen überstehen konnte. Aber nichts Vernünftiges wollte ihr einfallen. Ihr Kopf war wie benebelt und sie glaubte sich in einem Traum zu befinden, aus dem es entweder kein Entrinnen oder nur ein böses Erwachen gab. Aber es war kein Traum, dies war die Wirklichkeit und die hatte sie selbst aus freien Stücken gewählt.

»Seit Yilassa die Führung über das Haus des hohen Vaters übernommen hat, wurde kein einziges Band mehr zwischen den Orna und den Bewahrern geknüpft«, führte die heilige Mutter aus. »Vieles hat sich seitdem verändert. Die Ordensschwestern haben sich in zwei Lager gespalten. Die einen glauben, unsere Pflichten seien längst erfüllt. Die Regeln überholt. Ulljans Erbe sei längst angetreten. Sie begründen ihre Einstellung mit der Geburt der Lesvaraq. Aber sie wollen nicht verstehen, dass wir Teil des Gleichgewichts sind und Ulljan den Orden nicht ins Leben gerufen hat, um Schriftrollen zu verwahren, unsere Heilkräfte einzusetzen und Aufzeichnungen anzufertigen. Die Wahrung seines Erbes geht weit darüber hinaus. Er gab uns einen Teil der Macht und die Magie der Orna, um einen Ausgleich zu schaffen.«

»Die Schriften des Ulljan und die Grundzüge seines Erbes sind mir wohlbekannt«, unterbrach Elischa die heilige Mutter.

Ihr war bewusst, dass Hegoria ihre Bemerkung als Unhöflichkeit auffassen konnte. Aber sie brauchte sie nicht an das Wissen erinnern, das sie einst in gemeinsamen Horas gelernt und diskutiert hatten.

»Ich weiß, dass du es weißt. Aber nicht jede unserer Schwestern besitzt deine Fähigkeiten und hat das Erbe auf unsere Weise verstanden. Sie halten den Orden für überflüssig. In ihren Augen sollte er bald aufgelöst werden. Sie warten nur darauf, bis ein Lesvaraq zu uns kommt und unsere Aufgabe beendet. Während der Zeit des Wartens vergnügen sie sich und vernachlässigen ihre Pflichten. Die Bewahrer bekräftigen sie darin und unterstützen sie. Jeden Abend nach Einbruch der Dämmerung holen sie sich Ordensschwestern ins Haus des hohen Vaters, um zu trinken und Feste zu feiern. Sie leben ihre Triebe mit unseren jungen Schwestern in Orgien aus, als wären sie Tiere. Das ist furchtbar. Aber mir fehlt die Kraft, mich dagegen zur Wehr zu setzen. Als ich noch stärker war und die Krankheit gerade erst ihren Anfang genommen hatte, fürchtete ich mich vor einer Spaltung der Ordenshäuser. Ich sah daher tatenlos zu. Das war ein Fehler, den ich nicht wiedergutmachen kann. Der Verfall unserer Sitten wurde mit jedem weiteren Tag unaufhaltsam. Für mich jedenfalls. Sie haben den Respekt verloren und hören nicht mehr auf mich oder die übrigen gemäßigten Schwestern unseres Hauses. Die Bewahrer hingegen bedrohen und unterdrücken uns, statt uns vor Unheil zu beschützen. Sie halten uns wie Gefangene in unserem eigenen Haus. Es gibt einen einfachen Weg hinein, aber keinen hinaus. Keine Orna darf das Haus verlassen, außer sie tut es, um den Bewahrern zu Gefallen zu sein und mit ihnen sündig das Lager zu teilen.«

»Das ist furchtbar!« Elischa war entsetzt und besorgt zugleich. »Wie kam es dazu? Ich kenne Yilassa, sie ist eine gute und fähige Frau. Madhrab schätzt sie hoch.«

»Lordmaster Madhrab?« Die heilige Mutter hustete und spuckte Blut in ein Tuch, das sie in ihrer Hand hielt. »Euer Geliebter? Es wundert mich nicht, dass er von Yilassas Fähigkeiten überzeugt ist. Entschuldige Elischa, aber Madhrab ist ein Mörder, der den Orden verraten hat und nicht davor zurückschreckte, seine eigenen Brüder abzuschlachten.«

Elischa wurde plötzlich hellwach. Diese ungerechten Vorwürfe gegen Madhrab, die sie in der Vergangenheit immer wieder hatte hören müssen, hatten ihr gemeinsames Glück und ihr Leben zerstört. Sie reagierte empfindlich und verärgert darauf.

»Das ist nicht wahr. Lügen und Intrigen haben ihn zu einem Verbrecher abgestempelt«, regte sich Elischa auf. »Er hat sich den Vorwürfen gestellt und eine unvorstellbare Bestrafung dafür erhalten. Selbst wenn er schuldig gewesen wäre – was er nicht war –, hat er wahrlich genug gelitten, um alle Verbrechen mehrerer Leben zu sühnen. Er entkam der Grube und ihm wurde vergeben. Es ist nicht richtig, ihn noch immer als Mörder und Verräter zu bezichtigen.«

»Schon gut. Der Grube zu entkommen war in der Tat ein Wunder. Die Kojos müssen ihm beigestanden haben. Verteidige ihn daher nur, ich will es dir nachsehen und nicht mit dir streiten«, lenkte Hegoria ein, »es geht mir nicht um ihn. Aber Yilassa ist besessen, von einem abgrundtief dunklen Wesen beseelt. Es würde mich nicht wundern, wenn sie mit dem dunklen Hirten im Bunde steht. Sie lässt zu, dass in ihrem Haus gemordet und unaussprechliche Dinge getrieben werden. Ich will nicht wissen, was sie in den Verliesen anstellen. Womöglich haben sie sich mit dem Herrn der Grube verschworen, der ihren Geist mit Boshaftigkeit vergiftet und sich insgeheim freut, dass er an ihren schlechten Gedanken teilhaben darf und wieder erstarkt. Schlimm genug, dass wir kaum noch geeigneten Nachwuchs finden. Die Begabung scheint in diesen Zeiten rar gesät. Weder die Orna noch die Bewahrer finden die Kinder, die wir für die lange Ausbildung benötigen. Am schwersten getroffen hat es die Atramentoren. Erst vor wenigen Monden wurde ein erfahrener Meister der Schriften im Haus des hohen Vaters ermordet. Wir haben seinen Leichnam untersucht. Er wurde auf dieselbe Weise ermordet wie einst die heilige Mutter, deren Nachfolge ich antrat. Ich bin mir sicher, dass es derselbe Mörder war und Yilassa ihm Schutz gewährt.«

Elischa erschrak bis ins Mark. Sie kannte den Mörder der heiligen Mutter. Er war es, dem sie ihre Entführung, die Gefangenschaft und das Leid im Hause Fallwas zu verdanken hatte. Die Angst vor der Bestrafung war plötzlich verflogen. Ihre Gedanken verdunkelten sich. Sie fühlte einen unbändigen Hass auf dieses Wesen, das sich Gefäß nannte, in sich aufsteigen. Das Gefäß hatte Chromlion aus Harrak befreit und sie in seine Obhut gegeben. Das würde sie nie vergessen und keinesfalls vergeben.

»Der Mörder muss gefunden und gerichtet werden«, flüsterte Elischa, »er ist kein Normalsterblicher. Ich kenne ihn und kann ihn mit der Hilfe unserer Schwestern finden, sollte er sich in den Häusern aufhalten.«

»Du kennst ihn?« Die heilige Mutter klang verwundert.

»Ja, aber das ist eine lange Geschichte, die ich nicht erzählen will. Der Mörder ist ein Schattenwesen. Ein Attentäter, der die schmutzige Arbeit für seine Herren erledigt. Eine aus der Magie eines Totenerweckers entstandene, mächtige und unfassbare Kreatur, die die Boshaftigkeit ihres Schöpfers aufnehmen und diesen vor dem Einfluss eines dunklen Fluchs bewahren sollte.«

»Ein absurder Gedanke. Ein böses, unabhängiges zweites Ich.«

»Genau, und sie gehörte einst Boijakmar, der sie aus Angst vor dem dunklen Mal des Quadalkar mithilfe des dunklen Hirten erschuf«, erklärte Elischa. »Ich könnte mir vorstellen, dass sie sich nach dem Tod des hohen Vaters ein neues Opfer gesucht hat, denn sie kann nicht ohne einen Herrn auskommen.«

»Bist du dir sicher?« Hegoria klang verängstigt.

»Ja, denn ich durfte einige Zeit in der unmittelbaren Nähe dieses Geschöpfs verbringen. Das war keine angenehme, aber zumindest eine aufschlussreiche Erfahrung.«

»Ich frage dich deshalb, weil ich schon seit geraumer Zeit einen schrecklichen Verdacht hege«, führte die heilige Mutter aus. »Ich vermute, dass unsere Ordenshäuser von den magischen Brüdern unterwandert wurden. Sie waren fleißig in den letzten Sonnenwenden. Ich bin mir fast sicher, dass sich sowohl Orna als auch Bewahrer dem dunklen Hirten und dem weißen Schäfer verschrieben haben. Zum Dank haben sie unsere Schwestern und Brüder zu Dienern der Saijkalrae und damit zu Saijkalsan gemacht. Leider kann ich es nicht beweisen und ich weiß nicht, wer die Abtrünnigen sind. Du wirst dich in Acht nehmen müssen, wenn du dich auf die Suche nach dem Mörder machst. Prüfe genau, wem du vertrauen kannst und wer ein Verräter sein könnte. Achte auf Ungewöhnliches.«

Elischa hatte gelernt und war es gewohnt, vorsichtig zu sein, um unter widrigsten Umständen überleben zu können. Dennoch war sie der heiligen Mutter dankbar für den Hinweis. Es konnte nicht schaden, auf außergewöhnliche Verhaltensweisen und Vorfälle zu achten. Noch kannte sie – außer den Älteren – nicht alle ihre Ordensschwestern und bei den Bewahrern fehlten ihr die Einblicke. Womöglich würde sie sich bei Gelegenheit einer der nächtlichen Feiern anschließen müssen, um Näheres zu erfahren. Ihr war überhaupt nicht wohl bei dem Gedanken.

»Eines noch …«, sagte die heilige Mutter, »jetzt, da du zurück bist und wir gesprochen haben, werde ich die Essenz nicht mehr einnehmen. Die Schatten sind ohnehin schon ärgerlich genug und werden mich bald holen. Sobald sie mich in ihr Reich gebracht haben, werden die Orna eine Nachfolgerin bestimmen. Ich möchte, dass du den Orden führst.«

Die Bitte kam überraschend für Elischa. Sie hatte Regeln gebrochen und den Orna für lange Zeit den Rücken gekehrt. Wie sollte sie die Schwestern davon überzeugen, dass ausgerechnet sie die richtige Nachfolge auf dem Stuhl der heiligen Mutter wäre. Das erschien ihr unmöglich.

»Ich fühle mich geehrt, Hegoria«, antwortete Elischa, »aber ich glaube nicht, dass mich die Orna wählen werden.«

»Das werden sie«, sagte die heilige Mutter mit einer Bestimmtheit, die Elischa aufhorchen ließ, »nicht alle Schwestern teilen die Auffassung der Gruppe, die eine baldige Auflösung des Ordens sieht. Manche wanken noch, andere vertreten mit guten Argumenten eisern das Gegenteil.«

Hegoria sah Elischa nachdenklich an.

»Ich habe seit längerer Zeit darauf hingearbeitet. Der Orden braucht eine starke Hand, um zu alter Stärke zurückzufinden. Niemand wäre dafür besser geeignet als diejenige, die das Leid am eigenen Leib erfahren hat und stets wieder aufgestanden ist. Das habe ich geschickt und konstant in die Köpfe streuen lassen. Die Gründe, weshalb ich deine Bestrafung in dieser Härte in das Urteil aufgenommen habe, liegen hoffentlich auf der Hand«, erklärte Hegoria. »Es liegt jetzt einzig an dir, ob du die Ordensschwestern überzeugen kannst. Einige stehen auf deiner Seite, sehnten deine Rückkehr genauso herbei wie ich. Aber du musst stark sein. Die Geißelung wird ihre Wirkung gewiss nicht verfehlen. Insbesondere bei den Unsicheren unserer Schwesternschaft. Ich mache eine Märtyrerin aus dir, Elischa. Überstehst du die Tortur in Würde und ohne Groll, werden sie dir folgen wie keiner anderen heiligen Mutter zuvor. Sie werden dich für das Opfer bewundern, das du aus freien Stücken erbringst, um wieder in den Orden aufgenommen zu werden. Die Mehrzahl der Schwestern lehnt die Geißelung als zu grausam und ungerecht ab. Das bringt uns einen weiteren Vorteil. Zudem werden dir die Vollstreckerinnen nie gekannte körperliche Schmerzen zufügen. Trage ihnen das nicht nach, sondern vergib ihnen, und auch sie werden dir folgen.«

»Dein Wort in ihren Ohren«, antwortete Elischa, »überstanden habe ich den Tag des Martyriums deswegen noch lange nicht.«

»Das ist richtig, und ich bedauere zutiefst, was ich dir antun muss«, sagte Hegoria. »Nimm einen Tropfen von der Essenz, wie ich es dir gesagt habe. Wir werden uns nicht noch einmal sprechen. Meine Zeit ist gekommen. Reela wird die Aufsicht über die Bestrafung führen und ist angewiesen, dass die Vollstreckerinnen Milana und Laraya nicht übertreiben werden. Du kennst Reela, sie ist eine gute und vernünftige Ordensschwester.«

In der Tat, sie kannte Reela. Sie war nur wenig jünger als Elischa und während ihrer Zeit im Ordenshaus nie besonders auffallend gewesen. Allerdings hatte sie auch Gelegenheit, einen ersten Eindruck von Milana und Laraya zu gewinnen, was nicht gerade dazu geeignet war, ihre Ängste und die schlimmsten Befürchtungen zu mildern.

»Leb wohl, Elischa«, verabschiedete sich die heilige Mutter, »ich wünsche dir Kraft und Glück. Enttäusche den Orden nicht und führe ihn zurück zu Glanz und großem Ansehen.«

Unter Mühen schob Hegoria ihre Hand unter der Decke hervor und streckte sie Elischa entgegen. Elischa legte die Hand der heiligen Mutter in ihre. Die Haut Hegorias fühlte sich schweißnass und kalt an. »Ich wünsche dir eine gute Reise«, sagte Elischa.

Nachdenklich zog sich Elischa in ihre Kammer zurück. Begegnete sie einer Ordensschwester, grüßte sie zwar freundlich, vermied es aber bewusst, sich auf Gespräche einzulassen. Sie wollte allein mit ihren Gedanken und Gefühlen sein und entschloss sich entgegen ihrer ursprünglichen Absicht, nicht mehr nach Ayale zu suchen, um sie nach Rat zu fragen. Auf dem Weg kam sie an der Küche vorbei und stärkte sich mit einem kräftigen Mahl aus rohem Gemüse, dunklem Brot und Käse. Zu lange wollte sie sich nicht aufhalten. Sie würde Schlaf brauchen, um den morgigen Tag zu überstehen. In ihrer Kammer angekommen zog sie sich aus, stellte die Phiole mit der stärkenden Essenz auf den Tisch neben ihre Lagerstätte und legte sich ohne Umschweife schlafen.

Doch sie tat in dieser Nacht kein Auge zu.

Am frühen Morgen platzten die Vollstreckerinnen ohne zu klopfen in Elischas Kammer und zerrten sie aus ihrem Bett.

»Aufstehen, faules Stück«, keifte Laraya, während sie Elischa grob am Arm gepackt hielt, »die Sonnen gehen gleich auf. Heute ist ein großer Tag.«

»Verdammt, bei allen Kojos, was fällt Euch ein?«, gab Elischa lautstark zurück.

»Ihr sollt nicht fluchen. Das ist respektlos und gegen die Regeln«, tadelte sie Milana, während sie Laraya auffordernd zuzwinkerte.

»Ein zusätzlicher Hieb ganz nebenbei und aus Versehen wird nicht weiter auffallen …« Laraya packte stärker zu und drehte ihr den Arm auf den Rücken, bis Elischa vor Schmerz aufschrie. »… und helfen, Euch Respekt zu lehren.«

»Wartet vor der Kammer«, bat Elischa, »Ihr müsst mich nicht mit Gewalt zur Vollstreckung des Urteils führen. Ich werde Euch keinen Widerstand leisten und aus freien Stücken folgen. Aber lasst mir einen Moment, mich zu sammeln und auf die Bestrafung vorzubereiten.«

»Ihr braucht Euch nicht anzukleiden«, bemerkte Milana, »die Bestrafung werdet Ihr sowieso nackt erdulden.«

»Ich weiß …«, sagte Elischa stockend, »… aber ich bitte Euch dennoch. Gebt mir nur diesen einen kurzen Augenblick.«

Laraya und Milana sahen sich fragend an und zuckten mit den Schultern. Es konnte ihnen gleichgültig sein, die Verurteilte würde ihnen nicht entwischen. Schließlich stimmten sie murrend zu und verließen die Kammer, um vor der Tür auf Elischa zu warten.

Elischa zog die Kleidung aus, die sie im Bett getragen hatte, wusch sich in einer Schüssel mit kaltem Wasser die Müdigkeit aus den Augen und nahm einen Tropfen der zugleich bitter, scharf und faulig schmeckenden Essenz zu sich. Der Geschmack breitete sich in ihrem Mund bis zum Gaumen aus. Ihr wurde übel. Aber sie beherrschte sich und behielt ihren Mageninhalt bei sich. Die Wirkung der Essenz setzte rasch ein. Elischa fühlte sich plötzlich stark. Sie richtete sich auf, schritt barfuß und nackt durch Tür.

»Ich bin bereit«, sagte sie mit klarer und kräftiger Stimme.

»Gut, dann kommt endlich. Denn wir sind es schon lange«, lachte Milana.

»Die Zuschauer warten bereits ungeduldig auf Eure und *unsere* Vorstellung«, meinte Laraya.

Elischa hatte sich vorgenommen, die Zähne zusammenzubeißen und nicht zu schreien. Nackt vor die Menge zu treten machte ihr nichts mehr aus. Sie hatte so viele Erniedrigungen in ihrem Leben ertragen müssen, dass ihr diese im Vergleich unbedeutend erschien. Trotzdem schlug ihr Herz bis zum Hals, als sie aus dem Haus der heiligen Mutter traten und geradewegs auf die davor aufgestellten Richtpfähle zusteuerten. Rings um den Vorplatz hatten sich ihre Ordensschwestern, Bewahrer und Sonnenreiter aufgestellt, um die Verurteilte schweigend zu empfangen. Elischas Augen wanderten flüchtig über die Zuschauer. Sie konnte weder Ayale noch die heilige Mutter entdecken. Hegoria war sicherlich zu schwach, um ihre Kammer zu verlassen. Selbst auf einer Trage wäre sie in ihrem schlechten Zustand nicht in der Lage gewesen, der Vollstreckung des Urteils zu folgen. Ayale hingegen hatte ihr mitgeteilt, dass sie sich die Qualen der Geißelung keinesfalls ansehen werde. Elischa erblickte neugierige, belustigte, schadenfrohe, traurige und gespannte Gesichter. Manche waren blass und nachdenklich, andere wirkten nervös, geradezu erschrocken, als warteten sie auf ihre eigene Geißelung. Wieder anderen war das schlechte Gewissen überdeutlich anzusehen. Diejenigen Beobachter, die sich in Vorfreude auf die Geißelung ein Lächeln nicht verkneifen konnten, waren eindeutig in der Minderzahl, wie Elischa feststellte. Das machte ihr Mut.

Vor einem Tisch, auf dem die Marterwerkzeuge ausgestellt waren, saß Reela und sah den Ankömmlingen strengen Blickes entgegen. Vor Reela blieben sie stehen. Die über die Geißelung Aufsicht führende Orna erhob sich und sah Elischa direkt in die Augen.

»Bringen wir es hinter uns«, sagte Reela an Elischa und die Vollstreckerinnen gewandt. »Seid Ihr vorbereitet? Kein großes Aufsehen, keine Übertreibung, keine Schläge ins Gesicht. Verstanden?«

Die knappen Anweisungen galten Milana und Laraya. Die Vollstreckerinnen sahen sich an, lächelten und nickten.

»Gut«, meinte Reela offenbar zufrieden darüber, dass ihre Botschaft angekommen war, »bindet die Verurteilte zwischen die Pfähle.«

Laraya gab Elischa mit dem Ellbogen einen Stoß zwischen die Rippen, der ihr bedeuten sollte, sich zu den Pfählen zu bewegen, von denen in mittlerer Höhe links und rechts jeweils Eisenketten baumelten. Sie befestigten die Eisenketten an Elischas Handgelenken, sodass sie mit leicht nach oben ausgestreckten Armen zwischen den Pfählen stand.

Die Vollstreckerinnen traten an den Tisch zurück und nahmen sich jede einen eisernen Stab. Der Richtstab des hohen Gerichts. Die Tortur begann.

Elischa hörte die Reelas Stimme laut zählen:

»Eins …«

Der erste Schlag krachte mit Wucht seitlich auf ihren Rücken. Elischa wusste nicht, wer ihn geführt hatte. Das spielte keine Rolle. All ihre guten Vorsätze, nicht schreien zu wollen und das Martyrium in Würde zu überstehen, waren plötzlich dahin, als sie hörte und überaus schmerzlich spürte, wie ein Rippenknochen brach. Ihre Knie wurden weich und gaben nach. Sie stürzte, aber die Eisenketten hielten sie hängend zwischen den Pfählen fest. Elischa senkte den Kopf. Der Schmerz hatte ihr Tränen in die Augen getrieben. Dennoch hatte sie außer einem Stöhnen keinen Laut von sich gegeben. Ein Zischen und Raunen ging durch die Menge der Zuschauer. Elischa konnte ihre Reaktion nicht einordnen. Klang es nach Entsetzen oder Begeisterung?

»Zwei …«

Der zweite Schlag von der anderen Seite schmerzte nicht weniger als der erste. Aber sie hatte Glück und ihre Knochen hielten dieses Mal der Belastung stand. Elischa biss sich auf die Unterlippe, reckte sich und stellte sich wieder auf die Beine.

»Drei …«

Ein gleichzeitig geführter Doppelschlag riss sie von den Beinen. Ihr linkes Knie war zerschmettert. Der Schmerz durchflutete Elischas Körper. Der andere Schlag traf erneut die bereits verletzte Stelle an den Rippen und trieb den gebrochenen Knochen durch Fleisch und Haut sichtbar nach außen. Elischa stöhnte auf.

»Das war für die Respektlosigkeit«, hörte sie eine Stimme flüstern.

»Seid Ihr wahnsinnig?« Reela klang wütend. »Ich werde Euch ablösen lassen, wenn Ihr meine Anweisungen nicht befolgt. Ihr werdet Elischa nicht zu Tode prügeln.«

»Verzeihung, das war bloß ein Versehen«, verteidigten sich die Vollstreckerinnen.

»Weiter! Vier …«

Nach dem vierten Schlag versuchte Elischa sich aufzurichten und auf einem Bein zu stehen. Sie wollte, nein musste durchhalten und einen eisernen Willen zeigen. Doch mit jedem weiteren Schlag wurden die Schmerzen unerträglicher und nach dem siebten verlor sie das Bewusstsein. Bis Reela ihre Ohnmacht bemerkt hatte und Elischa mit einem Eimer kalten Wassers zurückgeholt wurde, hatten die Vollstreckerinnen weitergeschlagen. Elf, zwölf und dreizehn folgten, Knochen splitterten und Elischas Sinne schwanden erneut. Sie wurde abermals geweckt. Nach dem fünfzehnten Schlag wollte sie sich auf das gesunde Bein stellen. Aber sie spürte ihre Beine überhaupt nicht mehr, sie waren gänzlich taub. Sosehr sie sich mühte, sie schaffte es nicht.

»Zwanzig und dann die Geißel!«, befahl Reela.

Der letzte Schlag war vehement, als ob die Vollstreckerin verärgert über das Ende der Bestrafung mit dem eisernen Richtstab noch einmal all ihre Kraft hineingelegt hatte und eine Entscheidung zugunsten der Schatten suchte. Es blieben

Elischa wenige Sardas, um einmal kurz durchzuatmen und die verbliebenen Kräfte zu sammeln, bevor das eigentliche Martyrium begann.

Die Geißel der Orna.

Langsam schritten die Vollstreckerinnen zum Tisch und holten sich die Geißeln ab, die sie den Zuschauern über ihren Köpfen präsentierten, als wären die Werkzeuge des Schreckens Trophäen einer Schlacht.

Elischa hörte das pfeifend zischende Geräusch der Geißel in der Luft wie das einer mehrschwänzigen Peitsche. Jeden Augenblick musste sie auf ihren geschundenen Rücken auftreffen. Ein dumpfes Klatschen kündigte die Qualen an. Weithin gut sichtbare, sich dunkel abzeichnende Striemen blieben an den Stellen zurück, an denen die Lederriemen der Geißel die Haut berührten. Der Hieb brannte wie Feuer. An einigen Stellen platzte die Haut auf. Die scharfen Metallenden der Geißel verhakten sich wie Krallen im Rücken und rissen Haut- und Fleischfetzen mit sich, als sie mit einem Ruck zurückgezogen wurden. Elischa schrie zum ersten Mal. Die Schmerzen wurden unerträglich. Benommen nahm sie erste Stimmen aus der Menge der Zuschauer wahr, die lautstark »Aufhören« forderten. Reela setzte sich jedoch durch.

»Die Vollstreckung muss bis zum letzten Hieb erfolgen. Kein Abbruch. Weiter!«, rief sie.

Milana und Laraya hielten sich nicht zurück. Im Gegenteil, sie schienen sich besonders anzustrengen und wirkten wie besessen, Elischa möglichst viele tiefe Wunden und Schmerzen zuzufügen. Zwischen den Hieben versuchte Elischa sich immer wieder zu regen und aufzurichten. Jedes Mal, wenn sie verzweifelt versuchte Willensstärke zu zeigen, ging ein erstauntes Raunen durch die Menge, das sich mit fortschreitender Dauer der Bestrafung in Aufschreie des Entsetzens und Mitleidsbekundungen wandelte. Die anfänglich ruhige Stimmung kippte.

Die Zuschauer litten, litten mit Elischa. Und plötzlich wurden die Vollstreckerinnen offen angefeindet. Die Menge geriet in eine unruhige und ungehaltene Stimmung über das grausame Bild, das ihnen dargeboten wurde. Elischa gab ihre Zurückhaltung ebenfalls auf. Es hatte keinen Zweck. Sie schrie und heulte bei jedem Hieb, den sie bewusst mitbekam. Das half ihr durchzuhalten. Ihre Schreie wurden schriller, anhaltend und durchdringend. Unter den Beobachtern regte sich Widerstand. Der Lärm, den sie verursachten, schwoll zu einem tumultartigen Brausen an.

»Verdammt!«, rief Milana, die plötzlich das Bedürfnis verspürte, sich vor ihren Schwestern und Brüdern verteidigen zu müssen. »Wir erledigen nur unsere Pflichten. Bedankt Euch bei der heiligen Mutter. Sie hat dieses Urteil mit Eurem Segen gesprochen.«

Elischas Rücken war bald eine einzige offene Wunde, die an manchen Stellen bis auf den blanken Knochen reichte. Der Richtplatz zwischen den Pfählen hatte sich zu einer roten Pfütze verwandelt, auf dem weitreichend ringsherum Blutspritzer verteilt waren. Ein Hieb traf Elischa überraschend im Mundwinkel. Das Zurückreißen der Geißel schlitzte ihr die Wange bis zum Ohr auf und legte ihre obere Zahnreihe frei. Doch sie nahm die schwere Verwundung nicht mehr bewusst wahr. Die Zuschauer schrien vor Entsetzen auf. Einige Schwestern wollten sich wütend auf die Vollstreckerinnen stürzen, wurden jedoch von den Bewahrern zurückgehalten.

»Halt!«, rief Reela und hob die Hand. »Es reicht. Ich hatte Euch angewiesen, nicht ins Gesicht zu schlagen, oder wollt Ihr Elischa absichtlich entstellen? Ihr seid auf der Stelle abgelöst. Noch zwei Hiebe, doch die werde ich selbst vornehmen.«

Reela packte sich die Geißel von Milana und stieß ihre wesentlich jüngere Ordensschwester grob zur Seite. Diese maulte zwar unverschämt zurück, unternahm aber nichts weiter.

Elischa kam erneut zu Bewusstsein. Der Richtplatz drehte sich vor ihren Augen, und sie bemerkte plötzlich die Schatten, die aus allen Richtungen herangekrochen kamen, um nach ihr zu greifen. Elischa wurde heiß und kalt. Sie fürchtete sich. Aber die Schatten blieben stehen und wagten sich näher als zehn Fuß an die schwer verwundete Orna heran. Sie lauerten, drängelten sich an einer unscheinbaren Linie entlang, die von Elischas Blut markiert wurde. Elischa glaubte ein verärgertes Fauchen und frustriertes Kreischen zu vernehmen. Aber wahrscheinlich wurde sie von ihren Sinnen getäuscht. Dennoch, die heilige Mutter hatte recht behalten und Ayales Essenz hielt die Schatten offensichtlich zurück. Elischa brauchte einen Moment, bis sie wieder klar sehen konnte und beobachtete, wie sich die Schatten noch weiter zurückzogen.

Die letzten beiden Hiebe führte Reela kraftlos aus und richtete damit keinen Schaden mehr an. Viel mehr hätte sie ohnehin nicht mehr zerstören können. Aber das wollte sie auch nicht. Die Ordensschwester wollte die Bestrafung nur noch zu Ende bringen und die Zahl der angeordneten Hiebe erreichen. Elischa spürte sie kaum noch. Behutsam löste Reela die Widerhaken aus der Haut, bevor sie die Geißel angewidert auf die Steine des Richtplatzes fallen ließ. Sie spuckte auf den Boden.

»Es ist vorbei«, sagte sie schließlich, »geht wieder an Eure Arbeit und erledigt Eure Pflichten.«

Die Menge löste sich augenblicklich auf. Die meisten Zuschauer redeten mit gedämpfter Stimme. Einige waren zornig, andere traurig. Die meisten jedoch tief betroffen. Manche Brüder und Schwestern blickten traurig zu dem schlaff zwischen den Richtpfählen hängenden, geschundenen Körper, der als solches kaum noch zu erkennen war. Sie würden die Bestrafung nie wieder vergessen.

Milana und Laraya hingegen bauten sich triumphierend vor der immer noch angeketteten Elischa auf und stemmten die

Hände in die Hüften. Sie betrachteten ihr Werk aufmerksam und mit einer gewissen Zufriedenheit.

»Sie atmet noch«, sagte Laraya.

»Wir waren wohl nicht kraftvoll genug«, drückte Milana ihr Bedauern aus.

»Aber sie sieht doch gut aus, findest du nicht?«, fragte Laraya unschuldig.

»Ganz vortrefflich«, lachte Milana, »die Fleischwunde an der Wange schmückt ihr Gesicht besonders. Das wird schöne Narben hinterlassen, sollte es jemals heilen. Selbst die alte Ayale wird das nicht mehr hinbekommen.«

»Aber die Wunde ist doch praktisch. Statt durch den Mund könnte sie sich ihr Essen künftig durch die Wange schieben.«

»Ich weiß nicht«, Milana kratzte sich nachdenklich am Kopf und schmunzelte, »kannst du dir vorstellen, wie ihr Wasser, Speichel und Speisereste aus diesem hässlichen Loch laufen?«

»Pfui! Du bist ekelhaft. Das will ich mir gar nicht erst vorstellen«, meinte Laraya.

»Hört sofort mit diesem Unfug auf und lasst sie in Ruhe!«, mischte sich Reela ein.

Die Aufseherin winkte einige Ordensschwestern zu sich und gab ihre klaren Anweisungen aus.

»Macht Elischa von den Ketten los und bringt sie sofort ins Haus in ihre Kammer. Bettet sie aufs Lager. Aber bloß nicht auf den Rücken. Wir wollen ihre Wunden versorgen. Und ruft Ayale herbei. Die verrückte Alte verlangte, sich um das arme Ding kümmern zu dürfen. Achtet darauf, dass Elischa nicht auf den Boden fällt, wenn Ihr sie ins Haus schleppt!«

Elischa wurde von den Ketten befreit und von mehreren Händen aufgefangen. So sanft sie versuchten mit ihr umzugehen, jede noch so leichte Berührung schmerzte. Elischa sehnte sich die Schatten herbei. Sie wollte nur noch sterben. Aber sie hatte die Bestrafung überstanden und … lebte.

Ayales Blick war besorgt. Ihre schwieligen, alten Hände arbeiteten erstaunlich sanft und schnell. Elischa war übel zugerichtet worden und sie musste sich beeilen, wollte sie die Orna nicht verlieren. Vorsichtig schmierte sie eine Salbe auf die Wunden der Schwerverletzten. Die Ordensschwester hatte die Salbe selbst gemischt. Elischa zuckte bei jeder Berührung stöhnend zusammen. Sie zitterte am ganzen Leib und konnte die Tränen nicht zurückhalten. Um sie herum fühlte Elischa die Schatten, die sie vom Richtplatz bis in ihre Kammer begleitet hatten, aber wartend auf Abstand blieben.

»Fürchte dich nicht. Die Schatten kommen nicht näher«, flüsterte Ayale, »außerdem sind sie weder deinetwegen noch meinetwegen hier. Sie warten auf die heilige Mutter. Sie wird heute noch sterben. Wenn es so weit ist, werden die Schatten die Kammer verlassen und zu Hegoria gehen. Du warst sehr tapfer, Elischa. Ich bin stolz auf dich. Du hast das Martyrium überstanden. Niemand wird dir jemals wieder auf diese Weise wehtun.«

»Wie lange …?«, fragte Elischa mit schwacher, heiserer Stimme.

Ayale verstand sofort, was sie meinte. Sie konnte zuweilen in den Gedanken der anderen Ordensschwestern lesen.

»Hab Geduld. Die Salbe wird die Wunden schließen und die Schmerzen lindern. Du wirst sehen, schon in wenigen Tagen geht es dir besser. Aber gib uns drei Monde, dann wirst du wieder wie ein junges Mädchen herumspringen. Mit einem Stock als Stütze wird es noch schneller gehen. Dein Gesicht bekomme ich auch wieder hin, aber es werden Narben zurückbleiben. Die jungen Schwestern unterschätzen mich, wenn sie glauben, sie brächten mich mit den Verletzungen an meine Grenzen«, meinte Ayale.

»Danke«, hauchte Elischa.

»Du brauchst dich nicht bei mir zu bedanken, Kind«, sagte

Ayale. »Sieh zu, dass du dich schonst und schnell wieder auf die Beine kommst. Wir brauchen dich. Schon morgen wird die Wahl beginnen. Hegoria hat gewiss mit dir über ihre Pläne gesprochen. Du wirst gegen zwei der jüngeren Ordensschwestern und Reela antreten. Ich denke, Reela wird deine härteste Konkurrentin um den Stuhl der heiligen Mutter. Aber darum brauchst du dich nicht zu kümmern. Ich werde dich berufen. Für Unterstützung ist gesorgt. Sobald du wieder gesund bist, wirst du Hegorias Nachfolge antreten können.«

Elischa schwieg. Hegoria und Ayale waren sich so sicher, dass sie gewählt würde. Sie konnte sich nicht erklären, woher sie solche Gewissheit nahmen.

Mit einem Mal läuteten auf den Fluren die Glocken und eine Stimme rief:

»Die heilige Mutter ist tot!«

Elischa drehte vorsichtig ihren Kopf. Die Schatten waren aus ihrer Kammer verschwunden. Ayale hatte recht behalten, sie hatten gewartet und Hegoria in ihr Reich geholt.

Jeden Tag kam Ayale, um nach Elischa zu sehen und ihre Wunden zu versorgen. Sie blieb immer lange an ihrem Lager sitzen, berichtete von ihren Erlebnissen der vergangenen Sonnenwenden und den Schwierigkeiten des Ordens. Sie war geduldig und einfühlsam mit der Verletzten, die anfangs kaum redete und verschlossen wirkte, obwohl sie Ayale vertraute. Sie hörte der alten Frau nur zu und erfuhr so, was ihre vordringliche Aufgabe im Orden sein würde, sollte sie tatsächlich gewählt werden. Als sich Elischa langsam wieder besser fühlte, erzählte sie Ayale, wie es ihr selbst ergangen war.

Ayale war zutiefst betrübt, als sie die Geschichte der Magd im Hause Fallwas vernommen hatte.

»Die Mütter der Lesvaraq mussten von jeher leiden. Niemand weiß, warum das so ist«, sagte Ayale. »Es muss schrecklich für dich gewesen sein. Aber lassen wir die Vergangenheit ruhen und blicken in die Zukunft. Die Wahl geht morgen zu Ende. Wir sollten einen Versuch unternehmen, dich auf die Beine zu stellen. Vielleicht gelingt es dir sogar, ein paar Schritte zu gehen. Ich habe dir einen passenden Stock mitgebracht, auf den du dich stützen kannst. Es ist einer von meinen und aus einem sehr seltenen Holz gemacht. In deinen Händen könnte er womöglich ganz besondere Eigenschaften entwickeln.«

Sie zwinkerte Elischa verschmitzt zu und zeigte ihr den knorrigen Stab, der ihr selbst bis knapp unter die Achseln reichte und sehr stabil aussah. Elischa berührte das glatte, schwarze Holz mit den Fingern, das sich eigenartig warm anfühlte.

»Donnerdorn?«, fragte Elischa ungläubig.

»O ja«, antwortete Ayale, »du bist wirklich gut, Elischa.«

»Woher hast du den Stab? Ich dachte, es gibt keine Donnerdornbäume mehr auf Ell. Nicht einmal mehr in den Grenzlanden. Ich war selbst dort und habe keinen einzigen Baum dieser Art gesehen.«

»Du bist neugierig, was?«, lachte Ayale. »Ein guter Freund brachte mir das Holz vor langer Zeit von einer Reise mit. Es stammt nicht von Ell. Den Stab habe ich selbst geschnitzt, gehärtet und gewachst.«

»Was willst du damit sagen?«

»Nichts!« Ayale klang plötzlich verschwörerisch. »Aber du wirst wissen, dass es auf Kryson weit mehr gibt als das, was wir kennen und mit eigenen Augen gesehen haben. Hast du je von Fee gehört oder darüber gelesen?«

Elischa nickte. Natürlich hatte sie das. Jede Orna kannte den Namen des großen magischen Kontinents. Doch niemand war jemals dort gewesen und hätte bestätigen können, dass es Fee tatsächlich gab.

»Der Reisende sagte mir damals, auf Fee gebe es Wälder,

die nur aus Donnerdornbäumen bestünden«, fuhr Ayale fort. »Undurchdringliche Wälder aus schwarzen, mit giftigen Dornen bewachsenen Baumstämmen. Die Blätter des Baums sind blutrot. Kurz vor Wintereinbruch werden sie schwarz und fallen ab.«

»Du hast offenbar interessante Freunde, Ayale. Die Geschichte klingt unglaublich und abenteuerlich«, meinte Elischa, »du flunkerst mir auch nichts vor?«

»Warum sollte ich?« sagte Ayale. »Nimm den Stab einfach als Geschenk von mir und frag nicht weiter. Man sagt, das Holz sei magisch. Ich habe davon in all den Sonnenwenden nichts bemerkt. Aber als Stütze für deine Gehversuche wird er wohl taugen, und wer weiß, wenn er dich mag …«

»Ganz gewiss«, freute sich Elischa, »ich will es gleich versuchen. Hilfst du mir auf?«

Die ersten Versuche, wieder auf den Beinen zu stehen und einige Schritte zu gehen, waren deprimierend für Elischa. Nach nur drei Schritten musste sie abbrechen. Sie hatte lange Zeit auf dem Bauch liegen müssen und die Heilung ihres Knies schritt nur langsam voran. Dennoch war dies ein Anfang und sie freute sich, dass sie ihr Lager endlich wieder aus eigener Kraft verlassen konnte. Elischa würde nicht aufgeben.

Am nächsten Tag kam Ayale erst später zu Besuch. Sie sagte, sie sei beschäftigt gewesen und aufgehalten worden. Aber ihr stand der Triumph ins Gesicht geschrieben, was Elischa sofort auffiel, als die Alte ihre Kammer betrat.

»Eine heilige Mutter wurde gewählt«, sagte Ayale.

Ayale schlich langsam auf Elischa zu und nahm sie in die Arme.

»Sie haben dich gewählt, Elischa!«, flüsterte sie der Orna ins Ohr.

Elischa konnte die Nachricht kaum fassen. Wie war das möglich? Sie hatte in den vergangenen Monden in ihrer Kammer nur wenig von den Vorgängen im Haus mitbekommen, und Ayale war – bis auf einige Schwestern, die sie mit Essen und Trinken versorgt hatten – ihr einziger Kontakt geblieben. Die alte Ordensschwester hatte sich allerdings mit Berichten über die Wahl ihr gegenüber zurückgehalten. Bis auf heute, als sie ihr das Ergebnis freudestrahlend mitteilte. Elischa wusste nicht, ob sie sich freuen oder weinen sollte. Was bedeutete die Nachricht für sie? Konnte sie die Wahl annehmen? Was erwarteten die Orna von ihr und welche Verpflichtungen würde sie tragen müssen? Sie wusste es nicht. Aber es konnte nicht schrecklicher sein als die Tortur, die sie durchgemacht hatte. Dachte sie.

Elischa war nun die heilige Mutter des Ordens der Orna.

# Flüsternde Steine

Sapius hörte Stimmen, während er um den dringend benötigten Schlaf rang. Ein leises Flüstern. Unverständliche Worte. In der ersten Nacht nach seiner Ankunft im Kristallpalast hatte er die Geräusche auf die neue Umgebung und seine Erschöpfung von der langen Seereise geschoben. Ohnehin schwankten Wände und Lagerstätte, als befände er sich nach wie vor auf dem Schiff. Sapius reiste lieber über Land. Das Meer war ihm unheimlich. Außerdem vertrug er das Schaukeln nicht und hatte deshalb in den letzten Wochen deutlich an Gewicht verloren. Obwohl sie schon seit einigen Tagen im Palast verweilten, hatte sich Sapius noch nicht wieder an den festen Boden unter den Füßen gewöhnt.

Der Magier lag auf einer steinernen Pritsche, deren Kopfende und rechte Seite in die Wand seiner Kammer eingelassen war. Der Erste Palastdiener Darfas hatte ihm diese Kammer im Inneren des Palastes zugewiesen. Sapius hatte gehört, dass einst die Praister diesen Bereich des Palastes bewohnt hatten.

Die Kammer war klein und wies eine schlichte Einrichtung auf. Neben der Pritsche befanden sich ein Stuhl, eine hölzerne Kiste für die persönlichen Sachen und ein Tisch. Fenster gab es keine. Licht spendeten zwei zur Hälfte abgebrannte Kerzen, die ihm Darfas freundlicherweise überlassen hatte. Unruhig warf sich der Magier auf seiner Pritsche hin und her. Das Flüstern störte ihn. Er konnte es nicht ausblenden.

In den folgenden Nächten war es nicht besser geworden. Im Gegenteil. Das Flüstern klang drängender. Außerdem ging ihm vieles durch den Kopf. Madhrabs Berufung zum Regenten war eine große Überraschung gewesen. Ein Ereignis, das ihn innerlich aufgewühlt hatte. Das Schicksal der Klanlande unter der Führung des ehemaligen Bewahrers war vollkommen ungewiss. Sicherlich hatte sich Madhrab in der Grube verändert, das konnte ihm Sapius geradezu ansehen, er war härter und unnachgiebiger geworden. Außerdem hatte Madhrab verbittert gewirkt, was nach Sapius' Auffassung mit Elischa zusammenhängen musste. War ihr Band der Liebe zerstört worden?, fragte sich Sapius. Niharas Antlitz ließ Sapius ebenfalls nicht los. Er hatte sich für sie eingesetzt, wusste aber selbst nicht genau, warum er dies getan hatte. Wenn er an sie dachte, wurde es ihm warm ums Herz. Es schien ihm, als hätte er sich Hals über Kopf in die Fürstin verliebt.

An Schlaf war nicht zu denken. Er hatte schon mit der Idee gespielt, Darfas um Zuweisung einer anderen Kammer zu bitten. So konnte das jedenfalls nicht weitergehen. Die Debatten im Rat der Fürsten waren anstrengend. Er brauchte seine Ruhe und einen klaren Geist. Vielleicht lagen die nächtlichen Störungen an den Hinterlassenschaften der Praister. Sie hatten unzählige Beschwörungen in ihren Kammern abgehalten. Schattenrituale, die Schatten riefen und den Toten den Gang in das dunkle Reich erleichtern sollten. Möglicherweise rächten sich die Schatten auf ihre Weise und suchten diejenigen heim, die in den verlassenen Kammern Schlaf suchten. Hörte er Geister?

»*Unsinn! Verliere ich den Verstand?*«, fragte er sich im Stillen. »*Dieses Gemurmel macht mich verrückt!*« Sein Schädel brummte und das Flüstern in seinem Kopf war wie das stete Rauschen eines reißenden Gebirgsbaches. Die Stimmen schienen aus den Wänden und vom Boden zu kommen. Entfernte er die dick mit Stroh und Kräutern gefüllte Unterlage und legte sein Ohr direkt auf die Pritsche, gewann er den Eindruck, das Flüstern werde deutlicher.

Der Magier konzentrierte sich auf das Rauschen, versuchte einzelne Worte zu verstehen. »*Eigenartig*«, dachte Sapius, »*es hört sich an, als riefe jemand meinen Namen.*« Sapius drehte sich um und presste sein Ohr, so dicht er konnte, an die Wand, in der Hoffnung, die flüsternden Stimmen besser hören zu können.

»Sapius … sieben … Buch … Suche …«, Sapius sprach die Worte leise nach, die er zu verstehen glaubte, »… Zusammenkunft… Tartatuk … Zeit … gekommen … Aufbruch.«

Sapius setzte sich auf. Endlich hatte er begriffen. Die Botschaft der flüsternden Steine war für ihn bestimmt.

*»Natürlich, warum bin ich nicht gleich darauf gekommen«*, schalt sich Sapius in Gedanken und schlug sich mit der flachen Hand gegen die Stirn, *»die Suche nach Ulljans Buch beginnt. Der Felsgeborene unter den sieben Streitern schickt seine Botschaft durch den Stein. Vargnar ruft zur Zusammenkunft der sieben Streiter. Wir sollen aufbrechen und uns am Fuße des Vulkans Tartatuk treffen.«*

Sapius war klar, dass dies bedeutete, die Beratungen mit den Fürsten abzubrechen und die Klan ihrem Kampf gegen die Rachuren zu überlassen. Er musste mit Tomal darüber sprechen. Der Lesvaraq war der Prophezeiung nach ebenfalls einer der Sieben und musste eine ähnliche Botschaft empfangen haben. Sapius' Bauchgefühl sagte ihm, dass sie Madhrab und die Klan während des Krieges unterstützen sollten. Mehr als nur durch die Abordnung der Eiskrieger. Das Gleichgewicht war durch die wiedererstarkte Macht der Rachuren erneut in Gefahr geraten und die drohende Verschiebung fühlte sich für ihn wie Kribbeln auf seiner Haut an. Aber vielleicht bot sich während der Suche eine weitaus bessere Gelegenheit, den Klan beizustehen. Er hatte ein Gefühl, als ob der Weg zu Ulljans Buch über die Rachuren führen musste.

Der Magier brachte seine Lippen so nah wie möglich an die Wand und flüsterte:

»Ich habe verstanden!«

Das Flüstern endete augenblicklich. Mit einem tiefen Seufzer der Erleichterung und Niharas Gesicht vor Augen ließ sich Sapius auf die Pritsche zurücksinken. Endlich hatte er die Ruhe, nach der er sich gesehnt hatte, und fand in den wohlverdienten Schlaf.

»So hör mir doch zu, Darfas«, flüsterte Raussa aufgebracht.

Der Diener wollte sich zum Gehen wenden, aber die Regentin hielt ihn am Arm fest und ließ nicht locker.

»Ich werde das nicht tun, Herrin«, entgegnete der Erste Diener, »ich bin kein feiger Mörder und Ihr werdet mich nicht zu einem solchen machen.«

»Niemand verlangt von dir, dass du einen Mord begehst. Wenn du die Essenz in das Essen Jafdabhs und Madhrabs gibst, soll es nicht dein Schaden sein«, sagte Raussa und hielt ihm die Phiole mit der dunklen Flüssigkeit erneut hin, deren Entgegennahme er so vehement abgelehnt hatte. »Ich werde dich fürstlich belohnen. Du wirst für den Rest deines Lebens nicht mehr arbeiten müssen. Such dir eine schöne Frau mit fruchtbaren Lenden und lass dir von ihr viele Kinder gebären. Das ist es doch, was du immer wolltest.«

»Ich bin zu alt dafür«, erwiderte Darfas, »außerdem ist es nicht richtig. Es ist ein beträchtlicher Teil von Jafdabhs Vermögen, das Ihr mir anbietet.«

»Sei nicht dumm und denk nach!« Raussa wurde angesichts des sturen Dieners ungeduldig, aber sie hielt sich zurück und versuchte sich zu beherrschen. »Du kannst mein Angebot nicht ablehnen. Oder soll ich Jafdabh eine Lüge auftischen und erzählen, dass die Kinder von dir und nicht von ihm sind? Erfährt er davon, wird er dir einen qualvollen Tod bereiten.«

Darfas erschrak. Jegliche Farbe war aus seinem Gesicht verschwunden. Der Diener war fassungslos. Wie konnte sie ihm das antun nach all den Sonnenwenden, die er ihr treu gedient und stets zu ihr gestanden hatte. Wie konnte sie die Herkunft ihrer

Kinder verleugnen und ihren Anspruch gefährden? Eine solche Lüge würde ihr niemand abnehmen. Die Zeit, in der Darfas bei der Regentin gelegen hatte, lag weit zurück. Jedenfalls hatte sie ihn, lange bevor Jafdabh Raussa kennengelernt und zu seiner Gemahlin genommen, zuletzt vor ihrer Vertreibung durch Thezael, in ihre Laken geholt. Die Kinder konnten nicht von Darfas abstammen. Außerdem wiesen sie zu deutliche Ähnlichkeiten mit dem bald abdankenden Regenten auf. Allerdings war sich der Diener nicht sicher, wessen Worten Jafdabh am Ende glauben würde. Es war kein Geheimnis im Palast, dass Raussa den Diener einst in ihren Schoß gelassen hatte.

»Das wäre gelogen«, wehrte sich Darfas, »Ihr würdet mich nur wegen Eures gekränkten Stolzes der Folter und Gefahr einer Hinrichtung aussetzen? Jafdabh würde solchen Gerüchten keinen Glauben schenken.«

»O doch, das würde er, wenn er sie aus dem Mund der Mutter hört. Und du hütest besser deine unverschämte Zunge«, zischte Raussa wütend, »sonst lasse ich sie dir herausschneiden. Du bist immer noch mein Diener und mir zum Gehorsam verpflichtet. Es ist besser für dich, du tust, was ich von dir verlange.«

»Ich kann das nicht, Herrin!«, lehnte Darfas erneut ab.

»Natürlich kannst und wirst du!« Raussa ließ nicht von ihrem Vorhaben ab. »Vielleicht beruhigt es dich, wenn ich dir sage, dass sich in der Phiole kein tödliches Gift befindet. Du sollst meinem geliebten Gatten, dem alten Fettsack, und diesem dahergelaufenen Strolch von einem neuen Regenten nur einen Streich spielen. Die harmlose Rache einer enttäuschten Frau. Sagen wir … als Genugtuung für das, was sie mir angetan haben. Das wirst du mir sicher gönnen.«

»Was befindet sich in der Phiole und welche Wirkung zeigt die Flüssigkeit?« Darfas starrte die Regentin durchdringend an.

»Eine seltene Essenz aus Ragenwurz und Hilderkraut, so

sagte mir der Händler, von dem ich die Phiole erstanden habe. Sie berauscht und regt die Sinne an. Jafdabh und Madhrab werden mächtig über die Stränge schlagen und sich bis auf die Haut blamieren, wenn sie davon gekostet haben. Sie werden sich unmöglich machen. Der ganze Hof, ach was sage ich, die ganze Stadt wird über sie lachen und ihre Taten verspotten. Nach zwei oder drei Horas soll die Wirkung abklingen und der Spuk vorbei sein.«

»Sagt Ihr mir auch die Wahrheit?«

Darfas war verunsichert. Er wusste nicht, ob er ihr glauben sollte. Ihr Racheplan hörte sich zwar übel, am Ende aber doch harmlos an. Der Spott würde zu ertragen und bald vergessen sein. Aber wenn sie ihn nur täuschte, um ihn als Werkzeug zu benutzen und ihren Gatten sowie Madhrab zu vergiften? Niemals würde er sich die Ermordung der beiden Männer verzeihen können. Aber war Raussa dazu imstande, solche Pläne zu schmieden? Darfas kannte sie. Sie hatte ein gutes Herz und war keine Mörderin.

»Darfas«, Raussa setzte ihren treuesten Blick auf, »dich würde ich niemals belügen. Das weißt du. Willst du es vorher an dir selbst ausprobieren oder soll ich einen Schluck davon nehmen, damit du dir sicher sein kannst?«

»Nein, gewiss nicht, Herrin!«, wehrte Darfas den Vorschlag entsetzt mit wild fuchtelnden Händen ab.

»Worauf wartest du dann? Nimm endlich die Phiole und misch den Inhalt bei nächster Gelegenheit unbemerkt unter das Essen von Jafdabh und Madhrab. Du wirst deinen Spaß dabei haben, die beiden anschließend zu beobachten. Allerdings solltest du auf deine eigene Sicherheit achten, sobald du das Essen serviert hast.«

Darfas nahm Raussa die Phiole aus der Hand, drehte sie nachdenklich zwischen seinen Fingern und betrachtete den Inhalt misstrauisch.

»Gut, ich werde tun, was Ihr verlangt«, antwortete der Diener, »aber Ihr müsst mich vor dem Zorn des Regenten schützen, sollte die Sache auffliegen und der Verdacht auf mich fallen.«

»Aber ja doch, Darfas«, lächelte Raussa und strich ihm zärtlich über die Wange, »auf dich konnte ich mich stets verlassen, und so soll es umgekehrt auch sein.«

Renlasol hatte das Gespräch der Regentin mit ihrem Diener durch die Wand seiner Kammer belauscht. Zuvor hatte er eine Botschaft durch die Steine erhalten, die ihn nach Tartatuk rief. Es erschien ihm rätselhaft, aber insgeheim hatte er auch ohne genauere Kenntnis der Prophezeiung gewusst, dass er zu den sieben Streitern gehörte. Ihm war, als hätte er den Ruf schon eher erwartet, und so bestätigte er das Flüstern der Steine.

Doch im Augenblick hatte er andere Sorgen und Pläne.

*»Hat Raussa also endlich einen Dummen für ihren Anschlag gefunden«*, dachte der Fürst bei sich. Zufrieden lächelnd rieb er sich die Hände. Es hatte ihn einige Mühe und eine ordentliche Summe Anunzen gekostet, die Phiole zu beschaffen. Ihm war schnell klar geworden, dass Raussa und Nihara Madhrab hassten und Renlasol während der Wahl aufmerksam beobachtet hatten. Seine Gegenstimme war ihnen gerade recht gekommen. Auf Wunsch der Regentin hatte Renlasol sofort einen seiner Kontakte aufgesucht, von dessen Verschwiegenheit und Loyalität er überzeugt war. Dieser wiederum hatte ihn an einen Händler in der Nähe des Hafens vermittelt. Aber in Sicherheit durfte sich Renlasol nicht wiegen. Ein gewagtes und lebensgefährliches Spiel, sollte das Komplott aufgedeckt werden. Aber was hatte er zu verlieren? Vieles und doch nichts. Renlasol hatte alles auf eine Karte gesetzt.

*»Raussa stellt sich geschickt an, und Darfas hat keine Ahnung von der Wirkung der Essenz«*, überlegte Renlasol, *»das ist gut.*

*Aber sie hat ihn gewarnt. Wenn er klug ist, bringt er sich in Sicherheit, bevor das Mittel zu wirken beginnt.«* Die Regentin hatte nicht gelogen, als sie Darfas von der Zusammensetzung und der berauschenden Wirkung der Essenz erzählt hatte. Tatsächlich handelte es sich bei der Essenz um eine gefährliche und seltene Droge, die in den Straßen von Tut-El-Baya hoch gehandelt wurde. Sie regte die Sinne an, und wer für sich alleine blieb, konnte in fremde, nie gekannte Welten abtauchen. Wenige Tropfen kosteten ein Vermögen.

Die Essenz wurde *Kachares* genannt und veränderte die Wahrnehmung auf ungewöhnliche Art. Eine geringe Menge der geschmack- und geruchlosen Flüssigkeit unter das Essen oder in ein Getränk gemischt, genügte und aus den besten Freunden wurden plötzlich Todfeinde. Eine künstlich herbeigeführte Bewusstseinsstörung, die für die Dauer von ungefähr einer Hora anhielt. Hinzu kam, dass Ragenwurz einen stark enthemmenden Einfluss ausübte und die Gewaltbereitschaft des Konsumenten über alle Maßen weckte. Die Kontrahenten würden wie wilde Stiere aufeinander losgehen und sich gegenseitig die Köpfe einschlagen. Das am kommenden Tag zwischen Jafdabh und Madhrab angesetzte Mahl war ein idealer Zeitpunkt für den Einsatz der Kachares. Dort waren scheidender und neuer Regent unter sich und blieben für eine ausreichende Zeit ungestört. Zeit genug, sich bis aufs Blut zu bekämpfen und zu töten.

Seit der Ankunft des Lesvaraq Tomal im Kristallpalast hatte Renlasol eine Dunkelheit in sich gefühlt, die er lange für vergessen geglaubt hatte. Es war, als gehörte er wieder zu Quadalkars Kindern. Das dunkle Mal war erwacht und er fühlte sich erstaunlich gut dabei. Besser als je zuvor. Die Finsternis war mit jedem Tag stärker geworden, als ob eine längst ausgebrachte Saat endlich in ihm aufgegangen wäre. Sie beherrschte seine Gedanken und bestimmte seine Handlungen. Die jüngsten Ereignisse am Hofe hatten den jungen Sprössling stetig wachsen und gedeihen lassen. Die Rückkehr seines ehemaligen Herrn war wie zusätzliche Nahrung für die Pflanze der Dunkelheit.

Renlasol wollte nicht zulassen, dass Madhrab die Herrschaft über die Klanlande antrat und das Land ins Unglück stürzte. Das Pech klebte dem Lordmaster sprichwörtlich an den Stiefeln.

*»Madhrab zieht das Böse an wie ein Haufen Dung die Fliegen«*, dachte Renlasol.

Der Fürst gab dem Lordmaster die Schuld an seinem Schicksal.

*»War es denn so furchtbar?«*, fragte er sich und gab sich sofort selbst die Antwort. *»O ja, er hat mir alles genommen. Tallia, Yilassa, Pruhnlok, mein Leben bei den Sonnenreitern.«*

Stets hatte er im Schatten des großen Kriegers gestanden, war der ungeschickte Junge gewesen, der sich nicht aufrecht halten, geschweige denn vernünftig geradeaus gehen konnte. Er stellte sich vor, wie Madhrab mit seinen Kaptanen und den Mastern über ihn gelacht haben musste, obwohl er es selbst nie beobachtet hatte. Immer wieder hatte Renlasol sich und seinem Herren beweisen wollen, dass er ein Mann und den Herausforderungen des Dienstes im Orden gewachsen war. Wie jeder andere, der das Ziel hatte, eines Tages in den Kreis der Bewahrer aufgenommen zu werden. Doch Madhrab hatte ihn in seinem Bestreben offenbar nicht ernst genommen. Das jedenfalls nahm Renlasol an. Dennoch hatte der Lordmaster ihn gemeinsam mit seinen Freunden in das Land der Bluttrinker geschickt, obwohl Madhrab wissen musste, dass Renlasol der Aufgabe damals nicht gewachsen war und scheitern musste.

*»Wollte er mich auf diese Weise loswerden? War ich ihm lästig geworden? Aber ich hatte mich doch in der Schlacht am Rayhin bewährt und ihm gezeigt, dass ich ein Mann und Krieger sein konnte.«*

Das hatte sich Renlasol schon des Öfteren gefragt. Der Lordmaster war über Leichen gegangen, war es um die Durchsetzung seiner eigenen Ziele gegangen. Selbst die Opferung seiner besten Freunde hatte er dabei nicht gescheut. Pruhnlok war von Madhrab vor den Mauern der Ordenshäuser getötet worden, und Yilassa?

Renlasol hatte sie seit dem Ende Quadalkars nicht mehr gesehen. Sie führte heute dank Madhrab die Bewahrer an.

*»Die verdammte Schlampe ist ihm hörig und macht mit ihm gemeinsame Sache«*, dachte er verbittert. *»Das war sie schon immer. Sie wollte es bloß nicht zugeben. Warum haben sie ihn nicht im Verlies verrotten lassen und Yilassa gleich mit ihm?«*

Mit der ersten Begegnung zwischen Madhrab und Renlasol im Kristallpalast hatte sich der Hass sofort wieder eingestellt. Renlasol fühlte sich ihm nicht gewachsen. Immer noch, nach all den Sonnenwenden. Doch vor seiner Verwandlung hatte er anders gedacht. Er hatte den Bewahrer geliebt und bewundert. Inzwischen war Renlasol reifer geworden und das dunkle Mal prägte seine Gedanken. Madhrab würde ihm stets den Eindruck vermitteln, dass er niemals ebenbürtig sein konnte und stets eine Stufe unter dem Lordmaster stehen würde. Wieder und wieder würde er sich wie damals beweisen müssen und um die Anerkennung buhlen, die er weder erwarten noch erhalten würde.

Dieser Umstand erschien Renlasol unerträglich. Er hatte so viel erreicht. Warum nur war der Lordmaster dem Ruf des Regenten gefolgt?

Das Schlimmste für Renlasol war jedoch, dass Jafdabh und der Rat der Fürsten Madhrab zum Regenten vorgeschlagen und zu allem Überfluss auch noch gewählt hatten. Damit übersprang der Lordmaster mit Leichtigkeit den Rang, auf dem sich Renlasol zumindest hätte gleichfühlen können, selbst wenn ihm dies – was er wohl wusste – nicht gelungen wäre. So jedoch war er dem Lordmaster und dessen Launen ausgeliefert und musste ihm dienen. Madhrab würde niemals akzeptieren, dass Renlasol das Heer der Klanlande anführte, und würde ihm die Befehlsgewalt entziehen, sobald er auf dem Thron des Kristallpalastes Platz genommen hatte. Dessen war sich der Fürst sicher. Der Lordmaster hielt ihn gewiss für einen Versager.

Jafdabh hatte sein Recht auf den Thron und sein Leben in den Augen des Fürsten ebenfalls verwirkt. Schließlich hatte sich der Todeshändler im entscheidenden Moment als schwach erwiesen und den unglaublichen Vorschlag im Rat der Fürsten gegen den Wunsch seiner Gattin durchgebracht. Jafdabh hatte den Tod verdient.

Der Fürst war sich sicher, dass er die von der Droge geförderte Auseinandersetzung mit Madhrab nicht überleben würde.

*»Sehen die Fürsten denn nicht, welchen Fehler sie mit der Wahl Madhrabs begehen?«*, fragte sich Renlasol.

Der Plan war perfide. Madhrab würde den Regenten während des Abendessens töten. Der Rat der Fürsten könnte eine solche Tat niemals billigen und würde den Fehler von Madhrabs Berufung einsehen. Einem Regentenmörder durften sie den Thron nicht anvertrauen. Auf dieses Verbrechen stand der Gang zu den Schatten.

Ging der Plan auf, schlugen sie zwei Fliegen mit einer Klappe. Jafdabh würde sterben, Madhrab hingegen gefangen genommen und zum Tode verurteilt werden. Der Thron war frei. Raussa würde sich einen neuen Gatten suchen, der an ihrer Seite über die Klanlande herrschte. Wer wäre dazu besser geeignet, als der über viele Sonnenwenden in den Staatsgeschäften erfahrene und engste Berater des Regentenpaares, Renlasol?

Renlasol nickte erwartungsfroh mit dem Kopf. *»Ja, das könnte klappen.«*

Ein dunkler Schatten hatte sich durch die Gänge des Kristallpalastes bis vor die Kammer des Lesvaraq Tomal geschlichen. Für das Gefäß war es ein Leichtes, den Weg zu finden, hatte er doch zuvor einen Diener des Palastes auf seine ganz eigene Art und Weise befragt und anschließend beseitigt. Unbemerkt war er durch die Flure gelangt. Er war ein Meister der Tarnung und Täuschung, der seine Kunst perfektioniert hatte. Ein Mörder, der nur gesehen wurde, wenn er dies zuließ. Das Gefäß hatte die Zeit der Ruhe und des Friedens genutzt, zu lesen und zu forschen.

Vorsichtig lauschte er den Geräuschen hinter der Tür. Er hörte Stimmen. Der Lesvaraq war wach. Das war gut. Er musste mit ihm sprechen, wollte ihm ein Geschäft vorschlagen und war gespannt, ob sich Tomal darauf einlassen würde. Aber warum nicht? Schließlich hatte er Wissen anzubieten. Eine Erkenntnis, die für den Lesvaraq wertvoll sein konnte. Dennoch zögerte er, die Tür zu öffnen und die Kammer zu betreten.

Irgendetwas ging in der Kammer vor sich, was ihn zurückhielt. Er musste sich vorsehen. Der Lesvaraq war mächtig und würde ihn gewiss sofort bemerken, sobald er sich durch die Tür in die Kammer geschoben hätte – anders als viele seiner Opfer, denen er sich meist geräuschlos und ungesehen hatte nähern können. Aber er hatte nicht vor, sich anzuschleichen und den Lesvaraq zu töten. Im Gegenteil, er brauchte dessen Hilfe.

Schließlich hatte er Tomal lange gesucht, war jedoch in der Vergangenheit gescheitert, ihm von Angesicht zu Angesicht entgegentreten zu können. Zugegeben, er hatte lange gebraucht, bis er die Zusammenhänge vollends verstanden hatte und endlich auf den richtigen Pfad gelangt war, der ihn schließlich in den Palast nach Tut-El-Baya geführt hatte.

Elischa, die leibliche Mutter des Lesvaraq, hatte ihn getäuscht. Seine Sinne hatten ihn im Stich gelassen, die wahre Herkunft und den Aufenthaltsort des Kindes verschleiert. Er hatte ihren Worten geglaubt und angenommen, Elischa habe ihr Kind verloren. Nunmehr verstand er, was sich ereignet hatte. Sie hatte ihn in der Not nicht belogen, aber ihre Irreführung war geschickt gewesen und am Ende gelungen. Er hätte die Warnungen des Overlords ernst nehmen und sich besser vorsehen sollen. Sie war eine Orna. Eine kluge Frau und damals eine junge Mutter, die ihren Sohn um jeden Preis zu schützen wusste. Er hatte sie unterschätzt.

Der Lesvaraq schrie und tobte, als würde er einen Kampf gegen einen Gegner ausfechten. Das Gefäß fragte sich, war noch jemand in der Kammer? Er war überrascht. Die zornigen Worte Tomals entgingen ihm nicht. Sie waren durch die geschlossene Tür und die Wände lautstark und überdeutlich zu vernehmen.

»Lass mich in Ruhe!«, tönte die Stimme des Lesvaraq. »Deine Einflüsterungen. Du quälst mich Tag und Nacht damit. Sieh dich vor, sonst werde ich dich töten. Das wäre die beste Lösung für uns beide.«

»Das kannst du nicht«, die Stimme klang anders, ähnlich zwar, aber auf eigenartige Weise heller als die erste, die er anfangs vernommen hatte, »ich bin ein Teil von dir. Tötest du mich, wirst du dich selbst überwinden müssen. Wie willst du das anstellen? Mich einfach aus dir herausschneiden? Das wäre unser beider Ende.«

»Unsinn«, zürnte die erste Stimme, »du hinderst mich daran, mich für das Richtige zu entscheiden. Du machst mich verrückt. Ich ertrage deine Anwesenheit nicht länger.«

»Das wirst du wohl müssen. Wir haben keine andere Wahl und du selbst kannst dein Schicksal nicht ändern. Das Gleichgewicht muss gewahrt bleiben.«

»Vielleicht hast du recht«, antwortete der Lesvaraq, »aber ich weiß, wer mich von dieser Bürde erlösen kann und was dafür notwendig ist.«

»Ha, du denkst an unseren Vater, Madhrab. Glaubst du wirklich, er würde sein Leben für dich opfern, damit du den einfachen Weg und die Dunkelheit wählen kannst?«

»Immerhin hat er es meiner Stimme zu verdanken, dass ihn der Rat der Fürsten zum Regenten gewählt hat.«

»Na und? Denkst du, das kümmert ihn? Ich glaube nicht, dass er dir vor Dankbarkeit um den Hals fallen wollte. Vielleicht wollte er die Regentschaft nicht. Hat er sich in der Vergangenheit je bei uns blicken lassen? Er ließ uns und Mutter kurz nach unserer Geburt im Stich. Madhrab hat keinen Grund, dir diesen Gefallen zu tun. Und er ist der Einzige, der vollbringen könnte, was du dir wünschst. Pech für dich, Glück für mich.«

»Wir werden sehen. Ist er der Vater und Mann, für den ich ihn halte, dann wird er tun, was ich von ihm verlange. Verschwinde endlich aus meinem Leben! Wenigstens für diese Nacht. Es ist spät und ich bin müde«, der Lesvaraq klang außer sich und erschöpft.

»Na schön. Ich werde für heute schweigen, wenn du lieber schläfst, als mir zuzuhören und endlich Vernunft anzunehmen«, antwortete die zweite Stimme beleidigt.

*»Bei den Kojos, was macht er bloß?«*, fragte sich der Besucher. Das Streitgespräch berührte ihn auf unangenehme Weise. Ein lautes Krachen und das Geräusch von splitterndem Holz ließen ihn behutsam einige Schritte von der Tür zurückweichen.

»Wer stört?«, hörte er die Stimme des Lesvaraq plötzlich rufen.

Das Gefäß wartete. Zweifel überkamen ihn, ob sein Plan tatsächlich klug war. Er war sich nicht sicher, ob die Frage ihm gegolten hatte.

»Verdammt«, brüllte der Lesvaraq, »könnt Ihr nicht antworten? Öffnet die Tür, tretet ein und zeigt Euch. Die Zeit des Lauschens ist vorbei.«

Die Aufforderung war eindeutig. Der Besucher öffnete die

Tür und schlüpfte wie ein Schatten geräuschlos durch einen Spalt in die Kammer des Lesvaraq, bevor er diese wieder hinter sich zuzog. In der Kammer war es stockdunkel, was ihn zwar überraschte, aber nicht weiter störte. Immerhin erlaubte ihm sein besonderes Wesen, in der Dunkelheit bestens sehen zu können. Das Gefäß erkannte mehr als die meisten anderen Geschöpfe der Nacht. Und doch war er von der ersten Begegnung mit diesem mächtigen Wesen bestürzt. Tomal strahlte Dunkelheit und gleichzeitig ein helles Licht aus, das ihn blendete und schmerzte. Das Gefäß musste die Augen abwenden.

Der Lesvaraq stand vor den Trümmern einiger Möbelstücke, die einst Bett und Stuhl gewesen waren. Ein abgebrochenes Stuhlbein hielt Tomal noch in der Hand. Seine Haare hingen ihm wirr und verwegen ins Gesicht und bedeckten das linke Auge. Im anderen Auge des Lesvaraq stand ein eigenartiger Glanz, der ihm ein wildes Aussehen verlieh. Es war nicht zu übersehen, dass Tomal dem Wahnsinn nahe war. Innerlich zerrissen schlug er einen ausweglosen Kampf gegen sich selbst. Das war offensichtlich. Das Gefäß kannte sich mit Irrsinn aus. *»Wie besessen«,* dachte der Besucher bei sich.

»Ich kenne Euren Namen«, sagte Tomal leise, »Euren wahren Namen. Ihr könnt Euch vor mir nicht verstecken.«

Der Besucher erschrak, als er die belegte Stimme des Lesvaraq vernahm.

»Das hatte ich nicht vor, Herr. Ich werde Gefäß genannt und kam, mit Euch zu sprechen.«

»Sofern es Euch nicht stört, würde ich Blyss vorziehen«, schlug Tomal mit einem wissenden Lächeln vor, »das ist doch Euer Name, nicht wahr?«

»Den Namen habe ich seit Ewigkeiten nicht mehr gehört«, antwortete das Gefäß, »nicht, seit ich getötet und zu dem Wesen gemacht wurde, das ich heute bin. Aber ja, es stimmt. Einst wurde ich Blyss gerufen.«

»Ich durchschaue Euch. Ihr seid ein gemeiner Mörder und Attentäter, Blyss«, fuhr Tomal fort. »Euer Wesen ist durch und durch verkommen und böse. Ihr vereint die Schlechtigkeit der Overlords in Euch und habt Euch Ihrer Seele bemächtigt, um leben zu können. Ein unnatürliches, magisches Sein, das überhaupt nicht existieren dürfte. Ich spüre Eure Nähe zu den magischen Brüdern, den Saijkalrae. Ihr schuldet ihnen einen Gefallen. Ich sehe eine Gefahr für das Gleichgewicht. Also … was wollt Ihr von mir? Sprecht schnell, bevor ich Euch dorthin zurückschicke, wo Ihr hingehört.«

»Ich möchte mit Euch einen Pakt schließen«, sagte Blyss.

»Einen Pakt?« Tomal zog erstaunt die Augenbrauen nach oben. Er konnte sich nicht vorstellen, dass Blyss etwas vorzuschlagen hatte, das für ihn von Interesse sein könnte. »Wollt Ihr meine Seele entführen, mich den Saijkalrae ausliefern? Lasst hören, was habt Ihr anzubieten?«

»Ich weiß, dass Ihr Euch in Kürze auf die Suche nach dem Buch der Macht begeben werdet«, begann Blyss.

»Woher wisst Ihr das?«, unterbrach ihn Tomal.

»Die Prophezeiung, Herr«, fuhr Blyss fort, »sie ist mir wohlbekannt. Außerdem habe ich Augen und Ohren, sehe und höre viel, was nicht für jedermann gedacht ist. Und ich habe meine Verbindungen, die Ihr offensichtlich kennt. Viele begehren Ulljans Vermächtnis, obwohl es Euch zusteht. Ihr seid sein Erbe. Andererseits steht nicht mit Gewissheit fest, ob es sich bei dem Buch tatsächlich um das Eigentum und Erbe des Lesvaraq handelt. In manchen Quellen heißt es, er habe sich des Buches nur bemächtigt und in eigenem Interesse das Gerücht verbreitet, lediglich ein Lesvaraq dürfe es benutzen. Im Grunde gehöre es jedoch den Altvorderen.«

»Das ist mir nicht neu, Blyss.«

»Natürlich nicht. Aber ich kann Euch dennoch bei der Suche behilflich sein.«

»Ihr gehört nicht zu den sieben Streitern aus der Prophezeiung. Es ist Euch nicht bestimmt, das Buch zu finden.«

»Nein, das ist wahr. Dennoch kann ich Euch auf den richtigen Weg bringen, Euch einen Vorteil verschaffen, der Euch Zeit und so manchen Ärger erspart. Und ich kann Euch helfen, im Besitz des Buches zu bleiben, wenn Ihr das wünscht. Wie Ihr bestimmt wisst, wird jeder der Sieben das Buch für sich selbst haben wollen. Habt Ihr es erst einmal gefunden, wird der Kampf beginnen.«

Tomal wurde neugierig. Dieses schwer begreifbare Wesen wusste anscheinend mehr, als er ihm zugetraut hatte, und faszinierte ihn plötzlich. Das Gefäß wies keine festen Umrisse auf. Mal ähnelte es in Aussehen und Statur dem Mann, der sich einst Blyss nannte, und ein anderes Mal nahm es die Gestalt des Bewahrers Boijakmar an, um sodann gleich wieder zu den weiblichen Zügen Yilassas zu wechseln.

»Was versprecht Ihr Euch davon?«, wollte Tomal wissen.

»Sobald Ihr das Buch gefunden habt, möchte ich, dass Ihr mich von den Fesseln befreit, die mich binden. Ich will kein Gefäß mehr sein, die Last eines anderen tragen und mit dessen Geist verbunden sein. Sollte Yilassa eines Tages sterben, habe ich keine Lust darauf, mir einen neuen Wirt zu suchen und als ruhe- und seelenloser Geist ohne Verstand umherzustreifen. Gewährt mir die Freiheit einer eigenen Existenz und damit die Unsterblichkeit. Ich weiß, dass Ihr das mithilfe des Buches könnt!«

Tomal musste lachen. »Ihr wollt ewig leben? Einem Kojos gleich? Haltet Ihr Euch selbst etwa für göttlich?«

»Nein, aber wenn ich frei und unsterblich bin, werde ich den Kojos nahe sein. Sehr nahe. Zusammen mit meinen eigenen Erfahrungen und meinen magischen Talent trage ich die Fähigkeiten und das Wissen mehrerer Bewahrer in mir. Das wird Euch von Nutzen sein. Ich biete Euch meine Dienste an und verspreche Euch dies als Teil unserer Abmachung. Solltet Ihr mich brauchen, werde ich für Euch da sein.«

»Ich verstehe Euch nicht, Blyss. Was ist so erstrebenswert an ewigem Leben? Die Kojos beneiden die Sterblichen um ihre Sterblichkeit, dessen bin ich mir gewiss, und selbst die Zeit der Langlebigen und der Lesvaraq hat ihre Grenzen. Kryson lebt von der Entwicklung und der Veränderung. Alles zu seiner Zeit. Das ist ein fester Bestandteil und eine Gesetzmäßigkeit des Gleichgewichts. Was ich in Euch sehen kann, passt nicht zu Eurem Wunsch. Ihr wart zu Lebzeiten ein einfacher Mann. Ein Mörder zwar, aber ansonsten in jeder Hinsicht nicht außergewöhnlich. Ihr solltet längst unter den Schatten weilen. Jemand bemächtigte sich jedoch Eures Körpers und den Resten Eures schon fliehenden Geistes. Er schuf ein Gefäß, um sich selbst vor dem Einfluss des dunklen Mals zu schützen und Euch für niedere Zwecke zu benutzen. Ihr seid nicht mehr als ein Werkzeug. Warum sollte ich einen solchen Frevel gegen das Gleichgewicht zulassen? Ihr seid klug und kennt meine Aufgabe.«

»Ja, die Wahrung des Gleichgewichts«, antwortete Blyss. »Schließen wir den Pakt, dann werde ich Euch dabei unterstützen. Bei allem, was mir heilig ist, ich schwöre, dass ich das Gleichgewicht nicht gefährden werde. Eine Störung des steten Ausgleichs der Kräfte liegt nicht in meinem Interesse. Ich will nur frei sein und leben. Ich will haben, was mir zeit meines Lebens verwehrt wurde, und noch mehr.«

»Ich muss darüber nachdenken, Blyss«, sagte Tomal. »Alleine die Existenz eines unsterblichen Wesens mit Euren Fähigkeiten könnte eine Gefahr für Kryson darstellen.«

»Lasst Euch mit der Entscheidung nicht zu viel Zeit, Herr«, gab Blyss zu bedenken, »Ulljan und die anderen Lesvaraq schufen einige Wesen wie mich und schenkten ihnen die Unsterblichkeit. Habt Ihr von den Wächtern des Buches gehört?«

»Sapius, mein Magier, erwähnte die Wächter ein- oder zweimal, als wir über die Suche sprachen. Er hat davon in einigen Schriften gelesen. Allerdings steht nur wenig über sie geschrieben und die Prophezeiung geht auf diese Frage nicht näher ein. Sie bleibt in dieser Hinsicht rätselhaft. Genaueres wissen wir also nicht«, räumte Tomal ein.

»Ich habe mich in den Archiven des hohen Vaters belesen. Ein Atramentor half mir dabei«, lächelte Blyss in sich hinein und verschwieg dabei, dass er dem Schriftgelehrten den Hals durchgeschnitten hatte. »Zugegeben, nicht aus freien Stücken. Es heißt, Ulljan habe die Wächter eigens erschaffen, um das Buch der Macht zu schützen. Er wollte verhindern, dass es eines Tages in die falschen Hände gerät. Genauer gesagt in die Hände der Saijkalrae. Aber nach allem, was ich gesehen habe, wollte er das Buch nur für sich alleine haben.«

Tomal war aus vielen Gesprächen mit Sapius und eigenen Studien über den letzten Lesvaraq bekannt, dass Ulljan seine Eigenarten hatte. Es wäre möglich, dass der Erzmagier das Buch für gefährlich hielt und es deshalb versteckte und bewachen ließ. Dennoch gab es die Prophezeiung. Die Suche musste beginnen. Und der Lesvaraq war ungeduldig.

»In Ordnung, Blyss«, sagte er schließlich, »ich versuche Euch zu helfen, sobald ich das Buch in meinen Händen halte. Versprechen kann ich Euch nichts. Niemand weiß, welches Wissen sich darin verbirgt und ob es mir gestatten wird, Euch Freiheit und die Unsterblichkeit zu schenken.«

»Das ist mehr, als ich erwarten durfte«, antwortete Blyss und deutete eine Verbeugung an, »lasst uns den Pakt mit unserem Blut besiegeln.«

Blyss zog einen Dolch aus seinem Gewand und hielt ihn Tomal mit dem Schaft voraus hin. Tomal näherte sich einige Schritte, nahm den Dolch und setzte die Klinge an seinen Unterarm. Die Klinge war scharf und der Schnitt, den sich

Tomal beibrachte, war tief. Blut rann ihm über den Arm. Aber er verzog keine Miene. Der Lesvaraq reichte Blyss den Dolch zurück und forderte ihn dazu auf, es ihm gleichzutun. Das Gefäß zögerte nicht. Als es sich ebenfalls geschnitten hatte, packte der Lesvaraq den Arm und drückte seinen Unterarm gegen die Wunde des Besuchers. Blyss heulte vor Schmerz auf und wollte seinen Arm zurückziehen. Das Blut des Lesvaraq brannte wie Feuer in seinen Adern. Tomal hielt ihn mit eisernem Griff fest.

»Dies ist ein magischer Bund des Blutes«, sagte Tomal beschwörend, »der nicht gebrochen werden darf. Sprecht mir nach! Ich, Blyss schwöre dem Lesvaraq Tomal fortan ewige Treue ...«

Blyss zögerte einen Augenblick. Die Wunde schmerzte fürchterlich und er dachte, sein Arm würde jeden Augenblick verbrennen. Sein Mund fühlte sich trocken an. Was hatte Tomal vor? Wollte er ihn an sich binden? Das hatte sich Blyss anders vorgestellt. Von ewiger Treue hatte er nicht gesprochen. Im Gegenteil, er wollte frei sein. Endlich nicht mehr an ein anderes Wesen gebunden.

»Ich ... Blyss, schwöre ... Euch ... ewige ... Treue«, kam es wie von selbst über seine Lippen.

Er war nicht mehr er selbst, konnte seine Gedanken nicht kontrollieren. Er spürte die Macht des Lesvaraq mit jeder Faser seines Körpers. Das Licht in Tomal musste die Ursache für seine Schmerzen sein. *»Ich hätte mich besser vorsehen müssen«*, dachte er verängstigt, ohne sich gegen den Einfluss zur Wehr setzen zu können.

»Wann immer der Lesvaraq ruft, werde ich kommen, seinen Worten gehorchen und dienen«, fuhr Tomal fort.

»Ich ... werde ... Euch gehorchen und ... dienen«, echote Blyss.

»Ich zeige ihm den richtigen Weg zu Ulljans Buch«, verlangte der Lesvaraq, »und werde es mit meinem Leben für meinen Herren verteidigen.«

»Ich … gebe Euch … mein Leben«, antwortete Blyss, während er mit Verwunderung das Lächeln des Lesvaraq sah, das dessen Lippen umspielte.

»Sehr schön!«, sagte der Lesvaraq und fuhr sogleich mit seinem eigenen Schwur fort. »Mit diesem Pakt schwöre ich, Tomal, Blyss als meinen Diener anzunehmen. Er wird ein Diener der Dunkelheit sein und das Gleichgewicht in meinem Sinne wahren. Ulljans Buch soll ihn von seinen Fesseln befreien und unsterblich werden lassen, so ich dies vermag.«

Tomal löste seinen Griff, riss sich ein Stück Stoff aus seinem Hemd und verband die Wunde. Blyss war fassungslos.

»Ihr … Ihr … habt mich betrogen!«, stammelte er empört.

»Ich bin enttäuscht. Wie könnt Ihr so etwas sagen, Blyss«, meinte Tomal ernst, wobei er eine beleidigte Miene vorspielte. »*Ihr* wolltet einen Pakt mit mir eingehen. Großzügig habe ich zugehört und gewährte Euch diese Bitte. Ihr wusstet, worauf Ihr Euch einlasst.«

»Aber was ist mit der Freiheit, die Ihr mir versprochen habt? Ich wusste nicht, was ich sagte. Ihr habt meinen Geist dazu gezwungen. Meine Lippen brachten Worte hervor, die ich nicht aussprechen wollte.«

Der Lesvaraq lachte und musterte das Gefäß aufmerksam.

»Ach Blyss«, seufzte Tomal, »Ihr botet mir Wissen und Eure Dienste an. Ich sagte Euch, dass ich versuchen werde Euch zu helfen. Mehr nicht. Eure Fesseln, die Euch an Yilassa oder in der Zukunft an einen anderen Geist binden mögen, die werden wir hoffentlich mithilfe des Buches lösen.«

Blyss fühlte sich nach wie vor betrogen und schüttelte den Kopf. Er hatte einen Fehler gemacht und konnte nichts mehr dagegen ausrichten. Der Pakt war geschlossen. Dem Willen des Lesvaraq würde er sich nicht entziehen können. Niemals.

»Und nun dürft Ihr mir erzählen, was ich über die Suche wissen muss«, sagte Tomal.

Blyss' Lippen öffneten sich und die Worte sprudelten wie von selbst aus ihm heraus.

»Im Südosten Ells gibt es eine Insel im Meer. Kartak ist ihr Name. Einst lebte das verlorene Volk auf Kartak. Aber bevor das Buch gefunden werden kann, müsst Ihr die Nno-bei-Maya in den Schatten suchen und befreien. Ihr dürft niemanden mit auf die Insel nehmen. Geht alleine, es gibt eine alte Stadt auf der Insel. Leider konnte ich nicht ergründen, wo sie liegt. Findet den versteckten Eingang nach Zehyr. Jemand wartet in der Stadt auf Euch. Das verlorene Volk ist der Schlüssel zu Eurem Schicksal, und sie werden Euch auf den weiteren Weg bringen.«

Tomal schnalzte mit der Zunge.

»Kartak? Das verlorene Volk? Ich soll zu den Schatten gehen?«, fragte Tomal erstaunt. »Nun … wie auch immer, ich will Euren Worten glauben, so unglaublich sie auch klingen mögen. Der Pakt verhindert, dass Ihr mich in die Irre führt. Die Suche hingegen könnte spannend werden.«

»Das ist alles, was ich aus Ulljans Bericht erfahren habe«, sagte Blyss, wobei er hilflos mit den Schultern zuckte, »eine hoffentlich wertvolle Information, die Euch die Richtung weisen mag. Ich habe meinen Teil des Paktes erfüllt. Jetzt steht Ihr in meiner Schuld.«

»Zum Teil«, erinnerte Tomal das Gefäß an den Inhalt ihres Paktes, »Ihr solltet mir ewige Treue schwören und die versprochenen Dienste nicht vergessen.«

»Das werde ich nicht«, grummelte Blyss voller Unmut, »wie sollte ich?«

»Gewiss … aber ich will mich beizeiten als dankbar erweisen. Für heute habt Ihr genug für mich getan …«, fuhr Tomal fort, »… bis auf …«

»Ja? Bis auf?« Das Gefäß horchte auf.

»… bis auf … ich möchte eine dieser magischen Waffen haben. Jafdabhs Stolz.«

»Ein Galwaas?«

»So nannte Jafdabh die Waffe, glaube ich.«

»Nun, die Waffen des Regenten sind gut bewacht. Was wollt Ihr damit anfangen?«

»Reine Neugier, Blyss. Ich will wissen und mit eigenen Augen sehen, was Kryson verändern könnte. Es ist erstaunlich, zu welchen Erfindungen die Klan in der Lage sind. Und das ohne magische Begabung. Was ist, Blyss? Werdet Ihr mir ein Galwaas beschaffen?«

»Gewiss. Ich wäre kein richtiger Mann der Schatten, wenn ich Euch diesen kleinen Gefallen nicht erfüllen könnte. Ihr sollt noch heute in den Besitz eines Galwaas kommen, Herr.«

»Gut, Ihr seid anscheinend besser, als ich annahm. Jedenfalls in der Freizügigkeit Eurer Versprechen.«

»Die ich selbstverständlich halte. Wenn Ihr mir erlaubt, Euch noch den Rat eines Unwissenden mit auf den Weg zu geben«, sagte Blyss.

»Sicher … warum nicht?« Tomal klang überrascht.

»Ich sah und fühlte das Licht in Euch, Herr«, führte Blyss aus, »es blendete und schmerzte mich. Ihr müsst das Licht vernichten, bevor es Euch in den Wahnsinn treibt.«

»Was Ihr nicht sagt«, erwiderte Tomal, »doch es ist ein Teil von mir. Ein Teil des Gleichgewichts. Es ist wie ein zweites Ich. Das kann ich nicht einfach *auslöschen*.«

»Jemand muss Euch dabei helfen. Vielleicht könnte ich etwas in dieser Sache für Euch tun?«

»Ihr?« Tomal musste lachen. »Ihr sollt das Gleichgewicht wahren. Das habt Ihr geschworen. Würdet Ihr das Licht in mir töten, wäre das ein Frevel ohnegleichen. Im Übrigen wärt Ihr dazu nicht imstande. Ich verrate Euch jetzt ein Geheimnis. Eure Lippen werden versiegelt sein, sollte Euch jemand danach fragen.«

Blyss nickte. Er hatte verstanden. Verrat an einem Lesvaraq würde ihm gewiss nicht gut bekommen.

»Nur mein leiblicher Vater ist in der Lage, eine meiner beiden Seiten zu vernichten. Aber er müsste sein eigenes Leben dafür opfern. Wer weiß, ob er dazu bereit ist? Kann ich das von ihm verlangen? Zuvor jedoch müsste der Zyklus durchbrochen werden. Tallia, meine Magierin des Lichts, muss ins Land der Tränen geschickt werden. Nur ihr Tod kann es möglich machen. Diese Tat wiederum kann nur ein Magier vollbringen, der auf der Seite der Dunkelheit steht.«

»Der dunkle Hirte?« Blyss riss überrascht die Augen auf.

»Nein, nicht der Bruder der Saijkalrae. Obwohl ich glaube, dass er diese Herausforderung tatsächlich bewältigen könnte. Es bleibt nur Sapius, mein Magier der Nacht. Er wird nicht begeistert sein, wenn ich ihn darum bitte.«

»Ich verstehe«, nickte Blyss, »dann werde ich jetzt gehen, eine kleine Besorgung machen und Euch die schwere Überzeugungsarbeit überlassen.

»Lasst Euch bloß nicht sehen, während Ihr durch den Palast schleicht.«

»Oh, das ist nicht schwierig. Ich kann mich für die meisten Augen unsichtbar machen.«

»Für meine jedenfalls nicht«, tadelte Tomal das Gefäß. »Ich rufe Euch, sollte ich Eure Dienste brauchen. Bringt Sapius das Galwaas. Er soll es für mich aufbewahren.«

»Sehr wohl, Herr!« Blyss verneigte sich. »Ich wünsche Euch Glück auf Eurer Reise.«

Betrübt verließ Blyss die Kammer des Lesvaraq. Tomal hatte ihn übertölpelt und ihn mit dem Pakt des Blutes zu seinem Diener gemacht. Er ärgerte sich über sich selbst. Er hätte gewarnt sein und es besser wissen müssen. Seine Freiheit würde er auf diesem Weg jedenfalls nie wieder erlangen. Was nutzte ihm die Unsterblichkeit, die ihm der Lesvaraq versprochen hatte. Was war sie wert? Nichts. Der einst sehnlichste Wunsch war plötzlich alles andere als erstrebenswert geworden. Er würde sich in sein Schicksal fügen müssen. Was blieb ihm auch anderes übrig?

»Wir haben kein gutes Gefühl dabei!«, sagte Foljatin.

»Ich kann euch nicht folgen«, antwortete Madhrab. »Erklärt mir, was euch an meiner Berufung zum Regenten stört. Ihr solltet Euch freuen. Ihr werdet mit mir gemeinsam aufsteigen und erhebliche Vorteile aus eurer neuen Stellung als Leibwächter und erste Berater des Regenten ziehen können«.

Madhrab, Foljatin und Hardrab hatten sich in die Kammer des Lordmasters zurückgezogen, um dort unter sechs Augen die für sie unerwartete Wendung zu besprechen. Der Lordmaster hatte das in seinen Augen lächerliche Gewand abgelegt und unachtsam in eine dunkle Ecke der Kammer geworfen. So musste er es jedenfalls nicht mehr sehen. Sollten die Diener es holen und einem bedürftigen Klan in den Straßen Tut-El-Bayas schenken. Schnitt und Farben des höfischen Kleidungsstücks fand Madhrab in höchstem Maße unpassend, und er stand mit seiner Meinung nicht alleine. Er war und blieb ein Krieger. Daran änderte sich auch dann nichts, wenn er sich zum Narren machen ließ und sie ihn in bunte Kleider steckten. Jetzt, da die Fürsten ihn zum Regenten bestimmt hatten, würde er sich gewiss nicht mehr von den Palastdienern vorschreiben lassen, was er zu welchem Anlass tragen sollte, um den notwendigen Respekt vor den Fürsten und dem Hofstaat zu zeigen. Unter seiner Herrschaft würde sich am Hofe des Regenten einiges ändern müssen, damit er sich in der ungewohnten Rolle wohlfühlen konnte.

»Nicht die Berufung stört uns, Madhrab«, führte Hardrab

aus, »die hast du dir mehr als verdient. Wer wäre besser geeignet, die Regentschaft in einer solchen Lage anzutreten?«

»Jafdabh oder Tomal oder jeder unter den Fürsten«, meinte Madhrab trocken.

»Von den Fürsten kommt keiner infrage. Sie sind einzeln zu schwach und würden sich gegenseitig zerfleischen, käme einer von ihnen an die Macht. Jafdabh allerdings ist des Herrschens müde. Das habe ich seiner Haltung angesehen. Die Fürsten stehen nicht geschlossen hinter ihm, und seine Gemahlin würde ihn am liebsten vergiften«, erklärte Foljatin seine Wahrnehmung. »Seine Regentschaft ist nicht mehr sicher, obwohl er ohne jeden Zweifel die Mittel und Fähigkeiten hätte, der Gefahr durch die Rachuren erfolgreich zu begegnen. Aber was nutzt ihm sein Vermögen im Reich der Schatten? Jafdabh fürchtet um sein Leben. Es wird Zeit für ihn, abzutreten. Seine Entscheidung kann ich verstehen. Allerdings war es mehr als wagemutig von Jafdabh, ausgerechnet Euch für die Nachfolge vorzuschlagen. Er muss gewusst haben, dass er sich damit nicht nur Freunde schaffen würde.«

»Das sehe ich ebenso«, warf Hardrab ein, »hast du die Augen von Tomal gesehen?«

»Natürlich«, nickte Madhrab, »ich kenne das Gefühl, das einen bei seinen Blicken voller Eis und Dunkelheit beschleicht.«

»Aber nicht nur das … etwas anderes erschien mir noch rätselhafter und hat mich zutiefst erschreckte. Es waren nicht die unterschiedlichen Farben seiner Augen, die mich irritierten. Auch nicht der kalte, dunkle Blick eines Kindes der Nacht«, grübelte Foljatin laut. »Sein Blick war unstet und gebrochen. Ich denke, er ist dem Wahnsinn nahe und kämpft einen einsamen Kampf gegen sich selbst. Was auch immer er in seinem Inneren ausficht und gleichgültig wie das Ergebnis aussehen wird, Tomal ist und bleibt gefährlich. Ihn als Regenten einzusetzen, käme in meinen Augen einem Todesurteil für die Klanlande gleich.«

»Aber er ist ein Lesvaraq. Er muss mächtig und gefährlich sein. Ihr solltet ihm und seiner Aufgabe Vertrauen schenken«, gab Madhrab zu bedenken.

»Du willst uns nicht verstehen«, sagte Hardrab verärgert, »es geht uns nicht um die Bestimmung des Lesvaraq. Natürlich dreht sich Kryson um die Macht und die immer wieder aufs Neue ausgefochtene Frage, wer beherrscht am Ende wen. Tomal jedoch trägt zwei Machtinsignien offen zur Schau. Ich war überrascht, als ich die Zeichen an ihm gesehen habe. Was bedeutet das? Bündelt sich die Macht in ihm? Steht er gar einem Kojos gleich?«

»Nein, das glaube ich nicht«, verwarf Madhrab den verwegenen Gedanken, »ich behaupte, er ist in der Lage, beide Seiten des Gleichgewichts auszufüllen und einen gerechten Ausgleich zu schaffen. Er ist weder Licht noch Schatten, weder gut noch böse. Das macht ihn gewöhnlicher, als ihm lieb sein kann. Er wird es kaum ertragen, für normal gehalten zu werden. Der Lesvaraq ist eitel. Laut den Schriften waren sie das alle. Selbst Ulljan hat sich seine Eitelkeit eingestanden. Jedenfalls hatte ich diesen Eindruck. Vielleicht aber habt ihr beiden recht und er wäre nicht für eine Regentschaft geeignet. Seine höchst eigenen Interessen würden denen der Klan entgegenlaufen.«

»Stimmt! Bleibt also nur Madhrab«, sagte Foljatin, »was uns zurück zu unseren Bedenken bringt.«

»Du solltest dich in Acht nehmen«, warnte Hardrab, »genauso wie Jafdabh um sein eigenes Leben fürchtet, solltest du dich um deines sorgen. Der Hof am Kristallpalast ist voller Intrigen und dunkler Geheimnisse. Sicher, seit Thezael und seine doppelzüngigen Praister vertrieben wurden – meine Güte, ich wäre so gerne dabei gewesen und hätte die Flucht der Praister mit eigenen Augen gesehen –, hat sich der Ruf immerhin gebessert. Dennoch solltest du nicht vergessen, was dir der Hof des Regenten einst angetan hat. Es war sicher nicht Thezael alleine, der diesen infamen Plan gegen dich ausheckte. Und Jafdabh ist ein sehr kluger und vor allen Dingen kühl berechnender Kopf. Ich kann mir nicht vorstellen, dass er selbstlos handelt.«

Madhrab schüttelte energisch den Kopf. An dem Vortrag seiner Freunde störte ihn einiges, obwohl er sehr wohl wusste, dass sie es nur gut mit ihm meinten. Ihre Anteilnahme und die Ängste um sein Wohlergehen waren rührend und dennoch in seinen Augen überflüssig. Natürlich würde er niemals vergessen, was ihm die Intrigen eingebracht hatten. Seine Feinde hatten ihn leiden lassen, verraten, verfolgt und bis in die Grube gehetzt. Er hatte den Verlust seiner besten Freunde betrauern müssen. Nein, diese Erfahrung würde er mit zu den Schatten nehmen und selbst dort niemals vergessen.

»Wir möchten, dass du dich vorsiehst bei deinem gemeinsamen Mahl mit Jafdabh. Halte dich bei den Speisen und Getränken zurück. Unseretwegen schlag dir den Bauch vorher voll. Zwei Nasen riechen mehr als eine. Und wir Zwillinge haben bekanntlich einen herausragenden Instinkt für Gefahren. Und wenn du mich fragst, hier stinkt es gewaltig«, meinte Foljatin.

»Dann solltet ihr meine Leibwächter sein und die Kammer ordentlich lüften, damit der Gestank entweichen kann«, brummte Madhrab schmunzelnd.

»Foljatin spricht wahr«, bestätigte Hardrab seinen Bruder, »glaub uns. Hier ist es nicht geheuer. In den Fluren des Palastes schleichen Schatten umher. Mit eigenen Augen habe ich einen von ihnen gesehen. An Wänden und Türen wird gelauscht. Intrigen werden gesponnen. Es wird gelogen und betrogen. Ich hatte sogar den Eindruck, ein stetes Flüstern zu hören, das aus Wänden und Boden drang und versuchte, meinen Geist mit wirren Bildern und Botschaften zu vergiften. Boshaft. Verstanden habe ich nichts. Aber wer weiß, welche dunklen Beschwörungen und Flüche die Praister bei ihrem Auszug aus dem Palast zurückgelassen haben. Womöglich war es Glück, das Flüstern nicht verstehen zu können. Die Tempelanlagen und Stockwerke sind reichlich verzweigt und reichen bis weit unter die Oberfläche.«

»Ihr beiden solltet Ammen werden und den Kindern Geschichten erzählen. Aber ich glaube, ich habe einfach zu viel von euch verlangt und euch zu lange in den Grenzlanden leiden lassen. Ihr seht schon Gespenster. Das habe ich nun davon. Es tut mir leid«, Madhrab klang betrübt, »aber was habe ich zu verlieren? Seht mich an. Ich bin ein alter Mann, auf der Suche nach seinem verlorenen Leben. Wohl wissend, dass ich es nicht finde. Wäre ich dem Orden treu geblieben, stünde ich auf dem Sprung zum Letztgänger. Mir bliebe nicht mehr viel Zeit, den Bewahrern zu dienen und meinem Leben einen tieferen Sinn und Erfüllung zu geben. Vielleicht wäre ich Overlord. Wer weiß? Aber ich will ehrlich zu euch sein. Ich wäre der Stellung nicht gewachsen. Ein Overlord darf nur dem Orden verbunden sein und dessen Stärke im Sinn haben. Ich jedoch war stets zu sehr mit mir selbst beschäftigt. Meine Eitelkeit blendete mich. Ich verriet meinen Sohn, verlor meine Liebe, meine besten Freunde und am Ende mein eigenes Leben. Ob ich heute zu den Schatten gehe oder wenig später. Es macht keinen Unterschied. Ich habe versagt und bin müde. Die Regentschaft ist meine letzte Gelegenheit auf Wiedergutmachung.«

Foljatin sah seinem Bruder verzweifelt in die Augen und zuckte schließlich resignierend mit den Schultern, als dieser lediglich seufzend den Blick abwandte. Sie ahnten, es hatte keinen Zweck. Madhrab war stur. Solange sie ihn kannten, war er nie anders gewesen. Er würde sich von ihnen nicht zur

Vorsicht ermahnen lassen und seinen Weg gehen, wie er es immer getan hatte. Sein Entschluss, die Regentschaft anzutreten, stand fest. Es blieb ihnen nichts anderes übrig, als seine Entscheidung und Entschlossenheit als ihre eigene anzunehmen. Sie würden ihn vor Unheil schützen müssen, wenn er es nicht selbst tat. Das war ihre Aufgabe, die ihnen Gwantharab schon bei ihrer Geburt zugedacht hatte. Sicher würden sie bald Gelegenheit dazu erhalten.

# Der Feind

Moyin bestand aus dreiundvierzig Wohnhütten und zwei größeren Gehöften. Kaum jemand hatte je diesem beschaulichen Dorf am Rande des Vulkangebietes, das unmittelbar an den südlichen Rand des Faraghad-Waldes grenzte, Beachtung geschenkt. Selbst die Steuereintreiber des Fürsten hatten Moyin des Öfteren übersehen. Vielleicht, weil sich die Reise für die Würdenträger des Fürstenhauses Otevour einfach nicht lohnte.

Die Klan in Moyin trieben nur selten Handel, und wenn, dann tauschten sie Nahrung gegen das Notwendigste, was sie darüber hinaus brauchten. In einiger Entfernung, mit dem bloßen Auge gut zu erkennen, ragte Tartatuk mit seinen schwarzen Hängen aus Lava in die Höhe. Ein mächtiger Vulkankrater, der seine Spitze meist in dichte Rauchschwaden gehüllt hielt, die durch das nie erloschene Feuer in seinem Inneren rot zu glühen schienen. An manchen Tagen wie diesem vertrieb der Wind den Rauch und gab den Blick auf den Feuer speienden Berg frei. Ein seltener Anblick, denn die meiste Zeit versteckte er sein restliches Antlitz im Nebel. Als ob er sich zierte, seine Pracht zu zeigen. Einhundertzweiundfünfzig Klan lebten in Moyin, darunter befanden sich neunundvierzig Kinder. Das jüngste Kind, ein Mädchen, war gerade erst einige Horas alt und trug noch keinen Namen.

Die schlichten Häuser waren aus Lehm gebaut, ihre Dächer mit Stroh gedeckt, wohingegen die beiden Gehöfte etwas abgesetzt am Rand des Dorfes lagen und aus Lavastein und Holz errichtet worden waren.

Unbefangen spielten die Kinder in den Gassen des Dorfes, während sie von einem einbeinigen, älteren Klan beobachtet wurden. Der alte Mann hatte sich, den Krückstock neben sich lehnend, auf einen breiten, abgesägten Baumstumpf niedergelassen, der zu einem Sessel umgearbeitet worden war.

»Großvater«, rief ein Junge mit klarer Stimme, der aussah, als ob er die fünfte Sonnenwende gerade eben hinter sich gebracht hätte, »spielst du mit uns Sonnenreiter und Dämonen?«

Der Großvater winkte den Jungen mit einer Hand zu sich, während er mit der anderen eine Maispfeife aus seiner Jackentasche kramte. Er wurde inzwischen so oft Großvater gerufen, dass er sich kaum noch an seinen richtigen Namen erinnern konnte. Alrab. Aber wie er früher gerufen worden war, hatte keine Bedeutung mehr für ihn. Vielleicht würde sich eines Tages, wenn er längst zu den Schatten gegangen war, jemand an den einbeinigen Veteranen erinnern, der in der Schlacht am Rayhin für den Bewahrer des Nordens um das Überleben seines Volkes gekämpft hatte und dabei schwer verletzt worden war. Eine Chimäre hatte ihm das Bein mit bloßen Klauen abgerissen. Er wäre fast verblutet und hatte während des anschließenden Fiebers schon die auf seine Seele lauernden Schatten erblickt. Aber er hatte gekämpft, durchgehalten und überlebt.

An warmen und schönen Tagen wie diesem saß er des Öfteren an diesem Ort, sah den Kindern beim Spiel zu und schmauchte ein Pfeifchen dazu. Die Kräuter pflanzte, erntete und trocknete er selbst, um sie in seiner Pfeife rauchen zu können. Brennend verströmten sie einen süßlichen Geruch nach Honig und Kuchengewürzen.

Er liebte all seine Enkelkinder und bemühte sich, sie tunlichst gleich zu behandeln. Immerhin hatte er fünf Enkel. Eine wahre Freude, nachdem das Leben lange nur aus Krankheit, Tod und Verderben bestanden hatte. Doch dieser rothaarige, quirlige Junge, dessen Gesicht mit Sommersprossen übersät war, rührte sein Herz jeden Tag aufs Neue. Die strahlend blauen Augen und das kupferrote, schulterlange und dichte Haar erinnerten ihn an seine längst verstorbene Frau, die nur wenige Monde nach der Schlacht am Rayhin an der Geißel der Schatten gestorben war. Und das war ein milder Ausdruck für das, was sie hatte erleiden müssen.

*»Sie ist elendig verreckt!«*, dachte Arlab verbittert bei sich.

Ein Druck legte sich auf sein Herz, wenn er an die Vergangenheit dachte. Er erinnerte sich nicht gerne daran, denn die Bilder des Schreckens saßen tief und er hatte sie über all die Sonnenwenden nicht vergessen. Weder den Krieg noch die Seuche. Wie gerne hätte er seine Frau in seinen Gedanken so bewahrt, wie sie sich kennen- und lieben gelernt hatten. Aber das gelang ihm nicht. Dachte er gelegentlich an sie, dann sah er nur ihre Qual und das von Krankheit und Wahnsinn verzerrte Gesicht vor sich. Drauf und dran, sie von ihrem Schicksal zu erlösen, waren ihm die Schatten schließlich zuvorgekommen.

»Was ist das für ein Spiel, Neslab?«, fragte der Alte.

»Du bist der Richter«, erklärte Neslab, »und musst aufpassen. Jala, Pardrab und ich sind Sonnenreiter. Aber wir haben keine Pferde. Nur unsere Stöcke. Niana, Horlab und Kiolab sind unsere Freunde. Die übrigen Kinder spielen Feind. Die haben auch nichts.«

»Das hört sich nach einem sehr dummen Spiel für mich an«, brummte der Großvater. »Ihr Kinder wollt doch nicht etwa Krieg spielen?«

»Was ist das?«

»Krieg?« Der Großvater zog überrascht die Augenbrauen hoch.

Offenbar war er von sich selbst ausgegangen und hatte vergessen, dass Neslab in seinem Leben niemals eine kriegerische Auseinandersetzung gesehen, geschweige denn davon gehört hatte. In Moyin wurde nicht vom Krieg gesprochen. Niemals. Selbst das Wort durfte nicht benutzt werden.

Die Älteren, die den Krieg gegen die Rachuren mit eigenen Augen gesehen hatten, schwiegen, als hätten sie ein Abkommen im Geheimen getroffen. Der Versprecher war ihm peinlich. Er kannte seinen Enkelsohn gut. Der Junge war aufgeweckt und neugierig. Er würde nicht lockerlassen, bis Alrab ihm erklärt hatte, was Krieg bedeutete.

»Weißt du …«, setzte der Großvater mit einem Seufzer an.

»Warte«, sagte der kleine Junge, »die anderen möchten dir auch zuhören.«

»Nein, das geht nicht«, widersprach Alrab.

»Großvater, bitte!«

Neslab sah Alrab mit großen treuherzigen Augen an, denen kaum jemand widerstehen konnte. Der Großvater am allerwenigsten. Behutsam kraulte der Junge den Bart des Großvaters und verzog dabei den Mund schmollend nach unten. Er wusste, wie er Alrab davon überzeugen konnte, damit er genau das bekam, was er sich wünschte.

»Na gut, du hast gewonnen«, lächelte der Großvater milde, »hol deine Freunde her. Ich stopfe inzwischen meine Pfeife. Wenn ihr brav seid und mir nicht allzu viele Fragen stellt, erzähle ich euch davon.«

»Au ja, du bist der Beste!«, freute sich Neslab und rannte los.

Alrab wusste wohl, dass er damit einen Fehler beging und gegen die Regeln des Dorfes verstieß. Die Eltern der Kinder würden ihm schwere Vorwürfe machen. Er hoffte, dass sie ihn auf seine alten Tage für diesen Fehltritt nicht aus dem Dorf verjagten. Andererseits musste den Kindern doch irgendjemand erklären, was ein Krieg für die Klan bedeutete. Sie konnten die Nachkommen nicht ewig vor dem Bösen behüten. Umso härter träfe sie der Schock, wenn sie sich dann eines Tages tatsächlich damit auseinandersetzen müssten. Der Frieden war trügerisch.

Bald war Alrab umringt von Kindern, die gebannt seinen Worten lauschten.

»Wisst ihr …«, begann Alrab, »… Kinder messen ihre Kräfte im Spiel. Ich will nicht verhehlen, dass die Erwachsenen dies zuweilen auch tun. Ihr wollt euch beweisen, wer der Stärkste ist. Ihr tretet gegeneinander an, rennt um die Wette, kämpft und wollt euren besten Freund besiegen. Das ist gut. Der Sieger wird von allen bewundert. Er ist ein Held. Alle bejubeln ihn und belohnen ihn mit Geschenken, Lob und Anerkennung. Der Verlierer findet wenig Beachtung. Doch unter Freunden reicht ihr ihm die Hand, respektiert seine Leistung, ohne die es keinen Sieger geben kann, und bedankt euch für einen fairen Wettstreit. Aber es ist nur ein Spiel, das euch hilft, eure Stärken und Schwächen gegenseitig besser kennenzulernen. Ihr setzt Grenzen, die der andere nicht überschreiten darf und ihr schafft eine Ordnung, die von jedem akzeptiert wird. Ihr seid Freunde, die sich nicht gegenseitig wehtun. Jeder von euch Kindern hat schon einmal in einem Wettstreit gewonnen und auch verloren. Fragt euch, was ihr dabei gefühlt habt. Auf beiden Seiten.

Ein Krieg ist kein Spiel. Er entsteht aus Hass, bringt stets nur Kummer und Leid. Die Schatten sind der feste Begleiter jedes Krieges. Oft geht es um Macht, die Vorherrschaft über einen anderen. Wir wollen selbst bestimmen, wie wir leben, und dabei nehmen wir keine Rücksicht auf die Wünsche einer anderen Lebensform. Das ist euch Kindern noch fremd, denn eure Welt ist einfach und ihr seid unschuldige Seelen. Erst wenn ihr allmählich älter werdet, erkennt ihr, was das bedeutet.

Die Motive für einen Krieg können unterschiedlichster Natur sein. Gekränkte Eitelkeit, verletzter Stolz. Das Unbekannte oder Fremde eines anderen Volkes, deren Sitten und Bräuche wir nicht verstehen. Es ist so viel einfacher, zu bekämpfen, was uns fremd erscheint, als es zu begreifen oder wenigstens einen Versuch des Verstehens zu unternehmen. Manchmal ist es Land, fruchtbares Land und Bodenschätze, die wir zum Überleben brauchen. Ein anderer Glaube als unser eigener und die Angst davor kann der Auslöser für einen Krieg sein. Oft sind es aber nur Neid und Gier, weil wir denken, der Gegner besitze mehr als wir selbst oder er nennt etwas sein Eigen, was wir für uns begehren.

Manchmal wird uns ein Krieg aufgezwungen. Dann müssen wir uns wehren, um zu überleben. Und es gibt das Gleichgewicht zwischen den Mächten. Die Magie. Kryson. Der fortwährende Kampf zwischen Tag und Nacht. Gerät das Gleichgewicht aus den Fugen, gibt es einen Krieg.

Doch gleichgültig wie es dazu kam, die Wirkung ist immer gleich: verheerend! Unschuldiges Leben wird vernichtet. Häuser werden zerstört und Familien mit Gewalt auseinandergerissen. Blut und Tränen fließen in Strömen. Ohne Rücksicht auf Verluste töten wir, was wir lieben. Die Schatten kommen aus ihrem Reich und holen sich ihren Anteil. Die Krieger der verfeindeten Gruppen bewaffnen sich und ziehen gegeneinander in den Krieg. Anfangs denken sie noch, sie könnten beherrschen, was sie ausgelöst haben. Niemand denkt vorerst daran, er könne selbst Opfer werden oder sterben. Die Krieger sind guten Mutes, brennen voller Tatendrang und Abenteuerlust darauf, sich zu Siegern und Helden aufzuschwingen.

Doch der Krieg folgt seinen eigenen Gesetzen. Schon bald erkennen sie, dass es keine Helden geben kann. Das Töten anderen Lebens bestimmt plötzlich unser Sein. Es ist das Einzige, worauf es uns noch ankommt. Es bestimmt unsere Gedanken. Es kommt zu Verstümmelungen. Kinder werden verschleppt, Frauen geschändet, Felder und Häuser niedergebrannt. Schätze werden geraubt. Unser Zuhause wird zerstört. Nichts und niemand wird verschont. Es gibt keine Sicherheit mehr. Wir sehen Tag für Tag, wie unsere Freunde und Familien abgeschlachtet werden.

Nichts ist mehr, wie es einst war. Grausamkeiten und

furchterregende Gräuel greifen um sich. Davon können wir uns selbst nicht mehr freisprechen. Wir sind mittendrin im Strudel des Blutes. Es gibt kein Zurück. Bis zum bitteren Ende. Wir verlieren die Kontrolle über uns selbst. Der Hass schleicht sich unbemerkt in unsere Köpfe und bemächtigt sich unseres Geistes. Und plötzlich sind wir nicht mehr wir selbst. Der Krieg verändert uns alle. Krieg ist die Ausgeburt des Bösen. Hütet euch vor den zerstörerischen Einflüssen und lasst euch nicht blenden. Meidet den Krieg, wenn ihr es könnt.«

Die Gesichter der Kinder drückten Enttäuschung aus, was Alrab nicht entgangen war. Aus ihren Augen las er Verwirrung. Sie hatten ihn nicht verstanden. Manche zeigten sich sogar ängstlich. Womöglich war er zu weit gegangen. Seine beschwörenden Worte hatten sie verunsichert. Offensichtlich hatten sie eine andere Erklärung von ihm erwartet.

»Aber Großvater, du hast doch selbst vor vielen Sonnenwenden in einem Krieg gekämpft«, sagte Neslab.

»Das ist richtig. Wir hatten keine Wahl und ich bin nicht gerade stolz darauf«, antwortete Alrab. »Seht mich an. Ich bin fürwahr kein Held und habe mein Bein im Krieg gegen die Rachuren verloren. Doch die vielen anderen Narben, die ich mir tief in meinem Inneren zugezogen habe, könnt ihr nicht sehen. Ich habe sie mit der Zeit verdrängt. Aber sie sind noch da und an solchen Tagen wie heute spüre ich sie umso mehr. Sie schmerzen und ich werde sie bis zu meinem Gang zu den Schatten nicht mehr loswerden.«

»Wer waren die Rachuren?«, wollte eines der Kinder wissen.

»Sie waren unser Todfeind, mein Junge«, antwortete Alrab. »Kein anderes Volk auf unserem Kontinent war so sehr darauf aus, uns Nno-bei-Klan zu unterjochen und zu vernichten, wie die Rachuren. Wir hatten mehr Glück als Verstand, als wir sie in einer letzten, entscheidenden Schlacht schlagen konnten.

Seitdem kamen sie nicht wieder. Aber der Preis, den wir für diesen Sieg zahlen mussten, war viel zu hoch.«

»Wirst du uns davon erzählen?«, hakte Neslab nach.

»Von der Schlacht am Rayhin?«

»Wenn das dort war, wo du gegen die Rachuren gekämpft hast.«

»Ja, aber das kann und will ich nicht tun. Eines Tages erzähle ich euch vielleicht davon, wenn ihr alle älter geworden seid. Ich sage euch nur, dass es das Schrecklichste war, was ich in meinem Leben mitgemacht habe. Aber merkt euch einen Namen: Lordmaster Madhrab. Der Bewahrer des Nordens. Nie zuvor und auch nicht in den Sonnenwenden danach begegnete ich jemals wieder einem solchen Mann. Vergesst ihn niemals und haltet seinen Namen in Ehren, gleichgültig was auch immer ihr über ihn hören solltet.« Nachdenklich zog Alrab an seiner Pfeife und formte Ringe und Figuren aus Rauch in der Luft. Damit zauberte er ein Lachen auf die Gesichter der Kinder, die vor Begeisterung in die Hände klatschten.

Madhrab. Der Großvater hatte oft über ihn nachgedacht und sich gefragt, was wohl aus ihm geworden war. Für ihn hätte er alles gegeben. Als Alrab vor vielen Sonnenwenden von den Intrigen und der Ungerechtigkeit gehört hatte, war er bereit gewesen, einfach alles stehen und liegen zu lassen. Er wollte sich aufmachen, dem Bewahrer des Nordens beizustehen und zu seinen Gunsten auszusagen. Anderen war es gewiss ähnlich ergangen. Aber am Ende war er doch zu sehr mit seinem eigenen Überleben und den erlittenen Verlusten beschäftigt gewesen, dass er sich nicht zu einem solchen Schritt hatte durchringen können. Es war eine Schande.

»Großvater?«, unterbrach Neslab seine Gedanken.

»Was gibt es, mein Junge?«

»Hörst du die Musik?«

»Welche Musik?«

»Na, hör doch. Die leisen Klänge aus der Ferne.«

Alrab legte seine Pfeife zur Seite und spitzte die Ohren. Sein Gehör war längst nicht mehr so fein wie das seines Enkels. Aber wenn er sich anstrengte und konzentrierte, dann ging es für sein Alter noch recht gut. Plötzlich riss der Großvater die Augen weit auf und sprang abrupt von seinem Sitz hoch. Beinahe hätte er bei der überhasteten Aktion das Gleichgewicht verloren und wäre vornübergestürzt, wenn ihn Neslab nicht am Arm festgehalten hätte. Alrab hatte die Musik vernommen. Klänge, die ihm vertraut waren. Er hörte liebliche Gesangsstimmen, die von melancholischem Flötenspiel begleitet wurden. Er konnte nicht genau bestimmen, aus welcher Richtung der Gesang stammte und wie weit die Verursacher noch entfernt waren. Aber die plötzliche Erkenntnis traf ihn bis ins Mark. Alrab wurde blass. Totenblass. Seine Gesichtszüge erstarrten vor Schreck. Er brauchte einen Moment, bis er sich wieder gefasst hatte.

»Bei allen Kojos«, schrie er hysterisch und schlug dabei die Hände flehend über dem Kopf zusammen, »lauft, Kinder. Lauft! Lauft um euer Leben. Weg von der Musik. Raus aus dem Dorf. So schnell ihr könnt. Rennt weg, bis ihr die Musik nicht mehr hören könnt. Dreht euch nicht um und kommt nicht zurück. Versteckt euch in den Wäldern. Los ...!«

»Aber Großvater!«, wollte Neslab noch entgegnen, während sich seine Freunde bereits in Bewegung gesetzt hatten und panisch und schreiend davonliefen.

»Weg mit dir, Neslab!«, rief Alrab. »Mach schon. Rasch, oder muss ich alter Mann dich erst mit den Krücken aus dem Dorf prügeln?«

Neslab standen Tränen in den Augen. Er verstand seinen Großvater nicht. Was hatte er plötzlich? Die Klänge waren doch wunderschön. Aber der Junge war folgsam und rannte seinen Freunden, so schnell er konnte, hinterher.

Alrab packte seine Krücken, hinkte und hüpfte schreiend durchs Dorf. Er musste die Einwohner alarmieren, wenn es nicht schon zu spät dafür war. Er versuchte die große Glocke am Ende des Dorfes zu erreichen. Wer seine Schreie nicht hören konnte, würde durch den Klang der Glocke vor dem drohenden Unheil gewarnt werden.

Feuer. Dunkles Feuer, das heißer brannte als jedes andere Feuer. Drachenglut. Bis weit in den Himmel reichten die Flammen, die sich längst zu einem heißen, tödlichen Sturm zusammengeschlossen hatten und mit verderbter Wucht über das kleine Dorf Moyin fegten.

Häuser, Gehöfte und Dächer brannten lichterloh. Die Klan waren aus ihren Häusern gelaufen, standen oder knieten teilnahmslos auf den Straßen und Wegen der Stadt, als nähmen sie das Unglück um sie herum überhaupt nicht wahr. Sie saßen in einer Falle, aus der es kein Entrinnen gab. Nur ein alter, einbeiniger Mann unternahm einen verzweifelten Versuch, die Einwohner zu retten und die Brände zu löschen. Der Wahnsinn sprach aus seinen Augen, aber er wollte nicht aufgeben, kämpfte gegen die Flammen und versuchte seine Nachbarn und Freunde aus ihrer Teilnahmslosigkeit zu wecken. Doch sein Schreien und Toben blieb ungehört. Sie waren wie gebannt. Lämmer, die, umzingelt von Baumwölfen, ergeben auf ihr Schicksal warteten.

Die Angriffe auf die Dörfer und Städte der Klan liefen stets nach dem gleichen Muster ab. Von Gesängen verzaubert, wurden die Klan voller Sehnsucht und doch ängstlich aus ihren Häusern und Hütten gelockt. Nie zuvor hatten sie etwas Schöneres gehört. Mit bangen Blicken suchten sie die Herkunft der melancholischen Klänge zu ergründen, die ihnen die Herzen zerriss und die Seelen zu rauben drohte. Die Schönheit der Musik trieb sie in die Verzweiflung. Nur die Stärksten unter ihnen hielten den Schattenmelodien lange genug stand, um den Schatten aufrecht entgegenzutreten. Die Übrigen verloren ihre Seelen, bevor sie verstanden hatten, was mit ihnen geschah.

Sobald die Gesänge geendet hatten, ergoss sich eine Flut von Drachenchimären über die Dächer der Häuser, entführten Frauen und Mädchen. Mit feurigem Atem steckten sie anschließend alles in Brand, was sie finden konnten. Lediglich die auf den Straßen versammelten Klan verschonten sie zunächst. Waren die Häuser bis auf die Grundfesten niedergebrannt, kamen die Todsänger in die Stadt. Sie waren hungrig und fuhren ihre reiche Ernte ein, die sie mit ihren Stimmen vorbereitet hatten. Kaum waren die Todsänger satt, rückten Rachurenkrieger nach, zerschnitten und zerfetzten die seelenlosen Leiber der Klan oder der wenigen Opfer, die den Gesängen bis zuletzt widerstanden hatten. Eine einfache Aufgabe, denn nur wenige entgingen der Todsänger Gier.

Die Krieger kannten kein Erbarmen; sie wurden nur von Rache und Zerstörung getrieben. Allen voran wütete der Anführer der Rachuren unter den wehrlosen Leibern. Ein Krieger, dessen Beine und Arme aus Blutstahl bestanden. Grimmgour, der Schänder.

Hatten die Krieger ihr blutiges Werk vollendet, stürzten sich die geduldig wartenden Drachenchimären auf die zerstückelten Fleisch- und Knochenreste und fraßen sich satt. Was sie nicht verschlangen, verbrannten sie.

Nalkaar war satt. Aufrecht und mit einem zufriedenen Lächeln im Gesicht schritt er wie ein Dirigent durch die Ruinen des Dorfes. Ihm folgten einige Todsänger nach, die noch immer hungrig Ausschau nach verirrten Seelen hielten. Vielleicht hatten sie Glück und ein Opfer hatte den Angriff der Chimären überlebt. Aber sie fanden keine lebende Seele mehr.

Lediglich schwarz verkohlte Balken und vom Feuer bis zur Unkenntlichkeit verbrannte, in ihrer Form grotesk verkrümmte Leichen, so weit das Auge reichte. Die Schatten hatten Einzug in das Dorf Moyin gehalten und Nalkaar persönlich hatte sie dorthin geführt. Er und nicht Grimmgour war es, der den neuerlichen Ansturm gegen die Nno-bei-Klan insgeheim anführte. Grimmgour war nicht mehr als ein vom Hass getriebenes Werkzeug, das sich dem Willen Rajurus unterwarf und seinen Instinkten folgte. Und wenn der Sohn der alten Hexe nicht tobte, dann schlief er seinen Blutrausch aus.

Das Dorf hatte bis auf einen alten, wild mit seinen Krücken um sich schlagenden und schreienden Narren keinen Widerstand geleistet. Nalkaar hatte den Verrückten Grimmgours Gewalt überlassen. Das Leiden des Mannes hatte nicht lange gedauert. Zu vehement hatte Grimmgour seiner Wut freien Lauf gelassen, als er dem Mann mit bloßen Händen die Eingeweide herausgerissen und diese noch bei lebendigem Leib angefressen hatte. Aber der Rachure hatte nicht widerstehen können und musste seinem schreienden und sich vor Schmerzen windenden Opfer wie einem Schlachthuhn den Hals umdrehen. Danach hatte der Klan die Tortur überstanden, und Grimmgour war ob des Missgeschicks zorniger als zuvor.

Der Geruch nach verbranntem Fleisch hing beißend in der Luft und störte Nalkaars empfindliche Nase. Er würde sich wohl nie daran gewöhnen können, obwohl er die Eroberungen schon häufig erlebt hatte. Eine sinnlose Verschwendung nützlichen Lebens in seinen Augen, die er allerdings akzeptieren musste. Das war der Tribut, den er Grimmgour und den Chimären für die Unterstützung durch die Rachurentruppen zollen musste. Sie wollten ihren Anteil am Siegeszug durch die Klanlande haben. Das Fleisch der Klan. Die vollständige Zerstörung ihrer verhassten Widersacher. Die Schmach der vergangenen Niederlage saß tief.

Der Todsänger war über sich selbst erstaunt und zugleich erfreut, wie leicht es ihm inzwischen fiel, die Seelen aus den Leibern der Klan zu locken. Die harte Arbeit zahlte sich aus. Seine Fortschritte waren enorm. Das machte ihn stolz und gefährlicher, als er es je zuvor gewesen war. Er hatte seinen Gesang nach Gafassas Fall noch verfeinert, seinen Kompositionen neue, unglaubliche Klänge hinzugefügt und sie mit Instrumenten kombiniert. Das Ergebnis konnte sich hören lassen. Mehr als das, es war dramatisch und packend. Dennoch klang es in seinen Ohren noch lange nicht perfekt. Selbst in diesem an Einwohnern armen Dorf hatte es den einbeinigen Veteranen gegeben, der Nalkaars Liedern aus unerfindlichen Gründen hatte widerstehen können. Ein Banause? Daran konnte es nicht liegen. Er musste einfach besser werden. Und die Seele eines kleinen, frischgeborenen Mädchens war ihm ebenfalls entgangen. Das war mehr als ärgerlich für Nalkaar, schmeckten die reinen Seelen der Neugeborenen besonders gut und verliehen ihm mehr Kraft als die schwarze Seele eines ausgewachsenen und bereits mit Schuld beladenen Klans. Die Rachurendrachen waren ihm jedoch in ihrer Gier zuvorgekommen und hatten das Mädchen den Armen seiner Mutter entrissen und getötet.

Nalkaar wollte weiter an seinen Fähigkeiten arbeiten. Der Feldzug durch die Klanlande bot ihm viele Gelegenheiten, seine Kunstfertigkeit an den Nno-bei-Klan auszuprobieren. Sein einziges Interesse galt der Verfeinerung des Gesangs und schon lange nicht mehr der Erschaffung neuer Todsänger. Es gab inzwischen genug davon, weit mehr, als er steuern konnte. Aus Gafassa hatte er gerade nur so viele Tartyk zu sich gerufen, wie er sie beherrschen und für die ersten Angriffe brauchen konnte. Die anderen, soweit er sie nicht hatte zerstören lassen, schlummerten in einem todesähnlichen Schlaf. Er war der festen Überzeugung, sie würden zu ihm kommen, wenn er es ihnen befahl. Und schon jetzt gaben sie ihm die Macht und die Stärke, die er brauchte, um seine Fertigkeiten weiterzuentwickeln.

Nalkaar war froh, dass sich ihnen schon vor mehreren Sonnenwenden ein Flötenspieler namens Madsick angeschlossen hatte. Das Talent des damals jungen Mannes hatte der Todsänger sofort erkannt. Madsicks Musik war außergewöhnlich. Sie war vergleichbar mit den Gesängen der Todsänger, entfaltete jedoch eine gänzlich andere Wirkung. Und doch eröffnete sie Nalkaar ungeahnte neue Möglichkeiten. Vielleicht konnte er, wenn er es geschickt anstellte und einen gemeinsamen Weg in der Verbindung mit seinen eigenen Klängen fand, eines Tages sogar die Schatten beherrschen. Er hatte von Anfang an keinen Zweifel daran, dass Madsick mit seinem virtuosen Flötenspiel ein Tor zu den Schatten öffnen konnte und die Schatten nach seiner Musik tanzten. So großartig Madsicks Musik und ihre Wirkung sein mochten, so gefährlich war sie für den Musiker selbst. Madsick konnte die Schatten und sein eigenes Spiel nicht beherrschen und fürchtete sich davor. Nalkaar war sich inzwischen sicher, die Schatten suchten den Flötenspieler und wollten ihn in ihr Reich entführen, damit er dort für sie spiele. Öffnete Madsick ein Tor, bot er ihnen Gelegenheit, sich seiner zu bemächtigen.

Das Talent des Flötenspielers war zugleich dessen Schwäche. Ein Nachteil, den Nalkaar für sich nutzen wollte. Er hatte Madsick den notwendigen Schutz gegen die Begehrlichkeiten der Schatten angeboten, was ihm durch seine eigenen Klänge nicht schwerfiel. Vergleichbar mit den Lebenden verharrten die Schatten in Regungslosigkeit und lauschten bedächtig den traurigen Klängen des Todsängers. So verschaffte er Madsick genügend Zeit, das Tor wieder zu schließen und dem Zugriff der Schatten ein ums andere Mal zu entgehen. Als Gegenleistung musste Madsick für den Todsänger spielen und dessen Gesang während der Angriffe gegen die Klan begleiten.

Zwischen Qualm und Trümmern erblickte der Todsänger den obersten Praister Thezael, der sich angeregt mit Madsick unterhielt. Er steuerte geradewegs auf die beiden Männer zu. Thezael und Madsick ähnelten sich in ihrer Statur, sie waren groß gewachsen und hager.

»Reiche Beute für die Schatten«, begrüßte Nalkaar die beiden Männer in schnarrendem Tonfall.

»Es könnte besser sein«, antwortete Thezael. »Ein Dorf wie dieses ist keine Herausforderung. Angesichts der wenigen Einwohner lohnt sich ein Angriff für die Schatten nicht. Sie werden ärgerlich. Außerdem habt Ihr und Eure Todsänger Euch die meisten Seelen einverleibt. Da blieb für die Schatten nichts übrig. Ihr solltet Eure Gier künftig zügeln. Die Schatten werden mir nicht mehr gehorchen, wenn sie ungeduldig sind und ihre Belohnung nicht erhalten. Wann gedenkt Ihr, endlich die größeren Siedlungen und Städte der Klan anzugreifen?«

»Geduld, mein Freund«, antwortete Nalkaar kalt lächelnd, »bald schon werdet Ihr in Tut-El-Baya einziehen und Euren Triumph in den Straßen der Hauptstadt feiern können. Die Nno-bei-Klan werden Eure Rückkehr bestimmt mit Begeisterung aufnehmen.«

»Ihr denkt, die Stadt und der Palast ließen sich so einfach einnehmen?«, wunderte sich Thezael.

Der oberste Praister kannte die Befestigungsmauern von Tut-El-Baya, und der Kristallpalast war bei all seiner Pracht ein Bollwerk der Verteidigung, sollte ein Eroberer einen Angriff wagen. Selbst den Rachuren würde es schwerfallen, dieses zu Fall zu bringen.

»Das habe ich nicht behauptet«, antwortete Nalkaar, »aber wir haben aus der Vergangenheit gelernt und werden mit Bedacht vorgehen. Nun ja … sagen wir, die meisten von uns haben ihre Lehren gezogen. Wollen wir Tut-El-Baya erobern, werden wir all unsere Kräfte bündeln müssen. Für Euch und

Madsick bedeutet das, dass wir gemeinsam mit den Schatten in die Stadt einfallen. Es schadet nicht, wenn wir unsere Taktik zunächst an kleineren Dörfern üben und vervollkommnen. Eine Niederlage können wir uns nicht leisten.«

»Also werden wir weiter über die Dörfer nach Osten ziehen«, stellte Madsick trocken fest.

»Gut erkannt, das ist der Plan. Sobald wir Otevour restlos von den Klan befreit haben, wenden wir uns Habladaz zu. Das wird nicht mehr allzu lange dauern. Nachdem Fürst Otevour und seine Söhne in der Schlacht bei Tartatuk gefallen sind, lässt der Widerstand mit jedem Tag nach. Nach Habladaz stoßen wir über das Fürstentum Barduar direkt auf das Gebiet der Fallwas nach Tut-El-Baya vor.«

»Die Verteidigung wird stärker werden, je weiter wir uns Tut-El-Baya nähern«, meinte Thezael.

»Damit rechne ich«, antwortete Nalkaar, »und doch sind wir im Vorteil. Die Klan denken in einfachen Strukturen. Sie sammeln ihre Truppen, bauen ihre Stellungen aus und warten auf den entscheidenden Moment, so wie sie es schon einmal getan haben. Aber wir werden sie mit unserer Drachenarmee überraschen. In der Schlacht am Rayhin rannten wir mit unseren Chimärenkriegern kopflos gegen das Verteidigungsheer der Klan an und verloren. Wir hatten keine Unterstützung aus der Luft. Dieser bevorstehende Kampf jedoch wird anders sein. Erinnert Euch, wie Otevour fiel. Wir hatten geringe Verluste. Das Heer des Fürsten wurde hingegen vollständig aufgerieben. Es gab keine Überlebenden unter den Feinden. Der Magie der Todsänger und Drachen werden die Klan wenig entgegensetzen. Selbst die besten Krieger und dicksten Mauern werden uns nicht aufhalten. Es wird nicht zum Nahkampf kommen. Wir schreiten über sie hinweg und sammeln ihre spärlichen Überreste ein. Und Ihr werdet freudig tanzend die Schatten in ihre Hauptstadt führen und fortan ihr Statthalter sein. Das ist es doch, was Ihr wolltet, nicht wahr? Eine späte und gerechte Rache für Eure Vertreibung durch den Regenten.«

»Sehr wohl, das käme meinen Plänen entgegen«, antwortete Thezael, offensichtlich mit Nalkaars Ausführungen zufrieden, und verneigte sich vor dem Todsänger, »obwohl ich mir für Jafdabh und seine Gattin eine ganz besondere Behandlung vorstelle. Die Flammen der Pein sind nichts dagegen.«

»Ihr seid sehr grausam für einen Praister. – Madsick«, wandte sich Nalkaar schaudernd an den Flötenspieler, »auf ein Wort unter vier Augen. Ich will mit Euch über meine neueste Komposition sprechen.«

»Sicher«, nickte Madsick, verabschiedete sich respektvoll von Thezael und folgte Nalkaar, der sich bereits wieder in Bewegung gesetzt hatte.

Der Todsänger und der Flötenspieler liefen schweigend nebeneinander und hingen ihren eigenen Gedanken nach, während sie das Ausmaß der Zerstörung betrachteten. Kein Haus war von den Angriffen verschont geblieben. Wo die Rachuren und Todsänger über Ell wandelten, hinterließen sie verbrannte Erde und Tote. Am Ende des Dorfes angelangt blieb Nalkaar vor einem brennenden Gehöft stehen und wandte sich Madsick zu. Er sah dem Flötenspieler aus der Kapuze heraus in die Augen, die sich unstet hin und her bewegten, als ob sie nach einem Punkt suchten, an dem sie sich festhalten und zur Ruhe kommen durften. *»Ein eigenartiger Mann«*, dachte Nalkaar, *»und gefährlich. Ist er sich seiner Macht bewusst? Ich mag ihn und bin froh, dass er mir aus freien Stücken zur Seite steht, wenngleich ich seine Motive nicht ganz verstehe. Er ist ein Klan. Der Schutz vor den Schatten, den er sich von mir erhofft, kann es nicht alleine sein. Würde er seine Fähigkeiten ergründen, brauchte er meine Hilfe nicht. Womöglich hat er einfach zu viel Angst, um sich seiner Stärken bewusst zu werden und das Flötenspiel zu seinem Vorteil einzusetzen. Was will er? Wonach sucht er? Worauf wartet er?«*

Madsick gab dem Todsänger Rätsel auf, die er nicht zu lösen vermochte, sosehr er sich auch den Kopf darüber zerbrach. Aber das brauchte ihn nicht weiter zu kümmern. Der Flötenspieler erweckte nicht den Eindruck, als wäre er nicht loyal und wollte Nalkaars Pläne vereiteln. Im Gegenteil, Madsick begegnete ihm stets mit Respekt. Er interessierte sich mit Begeisterung für die Kompositionen des Todsängers und half ihm eifrig dabei, diese fortwährend zu verbessern.

»Bestimmt ist Euch aufgefallen, dass sich heute wie auch schon in der Vergangenheit einige Klan meinen Gesängen erfolgreich widersetzt haben«, sagte der Todsänger.

»Das war nicht zu übersehen. Ein alter Mann und ein Säugling, wenn ich mich nicht irre«, bestätigte Madsick. »Grimmgour riss den Mann in Fetzen und die Drachenchimären holten sich den Säugling. Der Widerstand war sinnlos.«

»Richtig. Dennoch ärgert es mich. Was glaubt Ihr, hat den Klan die Kraft zum Widerstand gegeben? Lag es an unseren Gesängen? Waren sie etwa nicht perfekt?«

»Ich denke nicht, dass es an der Musik lag, Nalkaar. Die Klänge waren überwältigend. Ihr werdet immer besser. Ich musste mich auf das Flötenspiel konzentrieren, um Euren Verlockungen nicht selbst zu verfallen. Immerhin bin ich Euren Gesang inzwischen gewohnt und weiß mich dagegen zu wappnen, sofern er sich nicht direkt gegen mich richtet.«

»Interessant. Aber was war dann der Grund? Sie hätten der Musik verzückt lauschen müssen, wie es alle übrigen Klan auch getan haben. Aber Ihr sagtet soeben selbst, dass es möglich wäre, sich dagegen zu wehren«, grübelte Nalkaar nach.

»Das ist nur ein Gefühl. Ich weiß es nicht mit Sicherheit. Mir jedenfalls gelingt ein Ausblenden Eurer Klänge, indem ich mich durch meine eigene Musik ablenke. Aber wie ich schon sagte: Das mag daran liegen, dass Ihr es nicht auf meine Seele abgesehen habt – was ich zumindest hoffen will. Wahrscheinlich liegt die Abwehr in ihrem Geschrei begründet. Der alte Mann war außer sich. Er tobte und schrie, als wäre er besessen, versuchte die Klan zu warnen und vor dem Verlust ihrer Seele zu retten. Unbewusst schützte er sich damit selbst. Wer weiß? Am Ende war sein Gezeter aussichtslos. Die Klan ließen sich von seinem Geschrei nicht ablenken. Der Säugling schrie ebenfalls und konnte mit Euren Klängen, vor Hunger oder weil er die Panik seiner Mutter spürte, nichts anfangen. Vielleicht ist es auf diese Weise möglich, sich gegen den Gesang zu wehren«, meinte Madsick.

»Das hatte ich befürchtet, Madsick!«, sagte Nalkaar nachdenklich. »Wir müssen gemeinsam daran arbeiten. In der Schlacht am Rayhin wurde ich von einem Magier und seinem schrecklichen Gegröle übertönt. Niemand soll sich dem Gesang der Todsänger entziehen können. Ich habe dazugelernt. Meine neueste Komposition wird die Fehler vermeiden. Euer Instrument spielt eine wichtige Rolle darin. Wärt Ihr in der Lage das Stück nachzuspielen, wenn ich Euch die für die Flöte vorgesehenen Teile vorsinge?«

»Selbstverständlich. Singt, ich höre Euch zu.«

»Gut. Und macht Euch keine Sorgen. Ich werde Euch nicht die Seele entlocken, sondern beschränke mich auf Euren Part.«

Nalkaar zog die Phiole mit der öligen Flüssigkeit aus seinem Gewand und beträufelte seine Zunge damit. Mit seiner schönsten Stimme begann er zu singen. Madsick lauschte andächtig. Nie zuvor hatte er wundervollere Musik gehört. Nalkaar übertraf sich selbst. Als der Todsänger seinen Vortrag beendet hatte, führte Madsick die Flöte an seine Lippen und folgte dem Todsänger Ton für Ton. Dabei unterlief ihm kein einziger Fehler.

»Ich bin begeistert«, klatschte Nalkaar freudig in die Hände, »Ihr besitzt das absolute Gehör.«

»Kein Wunder, Eure Musik ist … vortrefflich«, freute sich

Madsick über das Lob, »es wäre eine Schande, sie falsch zu spielen.«

»Wohlan, ich schlage vor, Ihr übt Euren Part weiter ohne mich. Gewiss werdet Ihr erfreut sein, während unseres Angriffs die gesamte Komposition zu hören. Bedauerlicherweise muss ich mich von der Kunst für eine Weile abwenden und den Niederungen unseres Auftrags widmen. Grimmgour wird seine gröbsten Bedürfnisse inzwischen hoffentlich befriedigt haben. Er widert mich an.«

»Ich wünsche Euch Glück«, sagte Madsick mit einem wissenden Lächeln auf den Lippen, »das Brüllen des Berserkers ist nicht zu überhören!«

In der Tat brauchte Nalkaar nicht lange nach dem Anführer der Rachuren zu suchen. Madsick hatte sich nicht getäuscht. Grimmgours Gebrüll war laut und durchdringend. Er stritt sich mit einigen Drachenchimären um die Überreste eines getöteten Klan. Wütend schlug er mit einem abgerissenen Arm in der Hand um sich, packte eine Drachenchimäre schließlich am Hals und drehte ihr denselben um. Das Kreischen der Chimäre erstickte augenblicklich und wurde von einem lauten Krachen der Halswirbel abgelöst. Die übrigen Drachenchimären zeigten dem Anführer der Rachuren ihr Missfallen durch zorniges Fauchen, wagten es jedoch nicht, ihn mit Feuer zu bespucken.

»Das hätte ich mir denken können«, sagte Nalkaar in tadelndem Tonfall, als er sich Grimmgour in sicherem Abstand bleibend näherte, »denkt an das Befinden Eurer lieben Mutter, Grimmgour. Könnt Ihr Euch nicht ein einziges Mal beherrschen? Müsst Ihr Euch dauernd mit den Rachurendrachen streiten? Ich schlage vor, Ihr lasst den Kindern des Haffak Gas Vadar die Mahlzeit, die sie sich verdient haben. Ihr erhaltet wahrlich genug zu essen.«

»Mischt Euch nicht in meine Angelegenheiten, Pockengesicht!«, brüllte Grimmgour. »Was geht Euch das überhaupt an? Seit wir ins Feld gezogen sind, verwehrt Ihr mir das süße Fleisch der Klanweiber. Geht und übt Euren Gesang. Es gab wieder einige Ausfälle. Ihr solltet unfehlbar werden, sonst seid Ihr nichts als ein Risiko.«

Die Bemerkung des Rachuren traf den Todsänger in seinem Ehrgefühl. Er wusste sehr wohl und es schmerzte ihn, dass ihm während des Angriffs einige Seelen entgangen waren.

*»Die Beleidigungen denkt sich Grimmgour nicht selbst aus«*, überlegte Nalkaar, *»seine Mutter spricht durch ihn. Eines Tages werde ich ihr all die Schmerzen und Erniedrigungen heimzahlen. Ja, eines Tages werde ich um ihre Seele singen, und ich weiß auch schon, wie ich das anstellen werde.«*

»Seid Ihr nicht müde nach den Anstrengungen des Kampfes?«, fragte Nalkaar mit süßlicher Stimme voller Hinterlist, nachdem ihm eine Idee gekommen war, wie er den Rachurenkrieger demütigen könnte.

Der Todsänger hatte Grimmgour in den letzten Wochen beobachtet. Die andauernde Müdigkeit des Kriegers war auffällig. Die meiste Zeit des Tages und während der Nacht schlief der Anführer der Rachuren und hinterließ den Eindruck, als wache er nur zum Kampf und zum Essen auf. Nalkaar hatte mehr als eine Ahnung, woher die Erschöpfung rührte.

*»Rajurus Unersättlichkeit macht ihn schwach«*, dachte er nicht ohne Schadenfreude bei sich, *»sie übertreibt es mit ihrer Sucht nach Jugend und Schönheit. Statt sich mit weniger zu begnügen, überfrisst sie sich und versteht es nicht, ihre Opfer zu steuern. Die Seelen entgleiten ihr. Rajuru überanstrengt sich und überträgt ihre Schwäche auf ihren Sohn. Das muss es sein.«*

»Kampf? Wovon redet Ihr, Stummelzunge? Ihr werdet die Eroberung dieses Dorfes doch nicht mit einem Kampf verwechseln. Das war nichts! Überhaupt nichts! Nachdem wir Krawahta verlassen und die Armee des Fürsten Otevour zerschlagen hatten, gab es keinen nennenswerten Widerstand der Klan mehr. Das feige Pack zieht sich zurück und flieht vor dem Anblick unserer Krieger.«

»Kommt Euch das nicht bekannt vor?«, warf Nalkaar ein. »Ich glaube beinahe, Ihr verschlaft die wichtigsten Entwicklungen.«

»Wollt Ihr mich beleidigen, Faulbacke?«, schnauzte Grimmgour ungeduldig.

»Ihr besitzt offensichtlich kein sehr gutes Gedächtnis«, tadelte Nalkaar den vermeintlichen Verlust an Erinnerungen des Rachuren, »ich rede von der Eroberung der Klanlande vor mehr als fünfundzwanzig Sonnenwenden. Die Klan ließen uns gewähren und bis in ihre Kernlande vordringen. Ungehindert durften wir ihre Städte und Dörfer brandschatzen und plündern. Selbst die Schändung ihrer Frauen und Kinder blieb ungestraft. Zunächst. Doch dann warfen sie alles, was sie hatten, in eine einzige Schlacht. Ihr müsst Euch daran erinnern, Grimmgour. Immerhin haben sie Euch damals an den Ufern des Rayhin übel mitgespielt.«

»Verdammt …«, schrie Grimmgour, »musstet Ihr mir die Schlacht am Rayhin ins Gedächtnis rufen?

»Es schadet uns gewiss nicht, wenn wir Lehren aus der Vergangenheit ziehen. Im Schlaf fällt uns die Erkenntnis nicht zu. Wir sollten denselben Fehler nicht ein zweites Mal machen und die Klan unterschätzen.«

»Ihr seid ein Nörgler, Eiterbeule. Mutter hätte Euch besser in den Flammen der Pein schmoren lassen. Aber sie hat einen Narren an Euch gefressen. Zu meinem Bedauern. Vielleicht ist es Euer Gesang, der sie immer wieder aufs Neue in Ekstase versetzt. Euer Gestank nach Verwesung kann es jedenfalls nicht sein.«

»Legt Euch schlafen, Grimmgour«, zuckte Nalkaar resignierend mit den Schultern, »ruht Euch aus und wartet bis zum nächsten Kampf. Ich werde Rajuru rufen und Ihr von *Euren Fortschritten* berichten.«

»Tut, was Ihr nicht lassen könnt«, brummte Grimmgour, »und vergesst nicht, Mutter zu sagen, dass Grimmgour sie lieb hat.«

Nalkaar schüttelte verständnislos den Kopf. Was war aus dem einst wilden Krieger der Rachuren geworden? Er war ohne jeden Zweifel nach wie vor gefährlich und unberechenbar. Wehe, wenn er für den Kampf losgelassen wurde! Und selbst der Todsänger, der den Umgang mit Grimmgour seit vielen Sonnenwenden gewohnt war, musste sich vor den Rachegelüsten und Wutausbrüchen des Rachuren hüten. War die Abhängigkeit des Kriegswerkzeugs der Rachurenhexe schon schlimm genug, so stimmte dieses Bild einer Trauergestalt den Todsänger nachdenklich.

*»Sie hat ein Muttersöhnchen aus ihm gemacht«*, ging es ihm durch den Kopf, *»ich hätte niemals angenommen, dass es so weit kommen könnte. Aber sie scheint die Worte ihres liebenden Sohnes zu brauchen. Eitle alte Hexe.«*

Natürlich würde Nalkaar der Herrscherin in seinem nächsten Lagebericht von den Zuneigungsbekundungen ihres Sohnes berichten. Immerhin würde die Nachricht ihre Stimmung heben. Sie würde ihm wohlgesinnt begegnen und ihn ob seiner vorbildlichen Fürsorge für ihren Sohn loben. Nalkaar würde es schon reichen, wenn sie ihn wenigstens nicht mit Vorwürfen überhäufen und ihn in Ruhe seine Arbeit erledigen lassen würde. Mischte sie sich zu sehr in seine Angelegenheiten, könnte dies seine Pläne gefährden. Solange er Rajuru allerdings zufriedenstellen konnte und ihr von den Erfolgen ihres Vormarsches berichten durfte, hatte sie keinen Grund, Nalkaars heimliche Führung über die Rachurenarmee infrage zu stellen. Sie wusste sehr wohl, dass seine strategischen Fähigkeiten weitaus besser für den Feldzug geeignet waren als die ihres von Rachegelüsten getriebenen Sohnes.

*»Aber weiß sie auch, dass ich ihr überlegen bin?«*, fragte sich Nalkaar insgeheim und gab sich selbst die Antwort darauf. *»Wahrscheinlich nicht. Ich sollte mich allerdings hüten, ihr dieses Gefühl zu vermitteln. Die Hexe ist unberechenbar.«*

Der Todsänger wusste, seine Gelegenheit würde kommen. Nalkaar war klug genug, seine Worte mit Bedacht zu wählen und seine Gedanken zu verhüllen. Rajuru würde seinen Verrat nicht bemerken, bis er sich stark genug fühlte und ihr eines Tages in ihrer letzten Stunde gegenübertreten würde.

*»Ihre Seele ist mein. Das war sie schon, als sie mich einst zu ihrem Schüler auserkor. Sie und ich wussten es nur noch nicht. Lächerlich, wenn sie glaubt, sie habe ihre Seele bereits dem dunklen Hirten verschrieben. Was soll er damit anfangen? Er hat sie verstoßen. Jetzt gehört sie mir.«*

Nalkaar stieg plötzlich ein Geruch in die Nase, der ihm seltsam bekannt vorkam.

*»Was mag das sein?«*, fragte er sich.

Der Todsänger sah sich um. Niemand sonst schien seine Wahrnehmung zu teilen. Weder die Drachenchimären noch Grimmgour reagierten auf den verlockenden Duft. Nalkaar konzentrierte sich darauf, versuchte den beißenden Gestank nach verkohlten Körpern davon zu trennen und sog die Luft tief durch seine Nüstern ein. Seine Sinne hatten ihn nicht getäuscht. Es roch nach Leben. Jungen, unschuldigen Seelen. Danach hatte er gesucht. Sie mussten etwas übersehen haben.

*»Wo kommt das her?«*, fragte er sich weiter.

Neugierig streckte er den Kopf und blickte in Richtung Waldrand.

*»Faraghad, welches Geheimnis verbirgst du vor meinen Augen?«* Ein Lächeln umspielte seine Lippen.

Der Duft umgarnte ihn, lockte ihn und doch widerstand er der Versuchung, sich auf die Suche nach der Ursache zu machen und sich in den Wald zu begeben. Und wenn er in jenem

Augenblick noch so gerne um die Seelen gesungen hätte, die sich dort im Schatten der Bäume vor seinen Blicken versteckten. Er war satt, konnte sich im Gegensatz zu seiner Königin beherrschen und hatte andere Aufgaben zu erledigen.

Rajuru wartete in Krawahta ungeduldig auf seine magische Verbindung und den Bericht. Außerdem war es Zeit, ins Lager zurückzukehren und sich auf den langen Marsch nach Habladaz vorzubereiten. In den frühen Morgenstunden vor Sonnenaufgang wollten sich die Rachuren auf den Weg machen. Der Faraghad-Wald gehörte allerdings nicht zu ihren Zielen. Nach Möglichkeit wollten sie den Wald umgehen. Die Drachenchimären wären für einen Einsatz zwischen den Bäumen denkbar ungeeignet und würden in ihrem Flug nur behindert. Ein Baumwolf hätte in seinem Jagdgebiet jedenfalls leichtes Spiel, einen Rachurendrachen zu erbeuten. Und wer wusste schon, was sie im dunklen Herzen des Waldes noch erwartete? Die Naiki? Bis heute hatte er lediglich Gerüchte über das Volk gehört und nur wenig Lust verspürt, ihre Bekanntschaft zu machen oder sich mit ihrer Magie auseinanderzusetzen. Die Gefahr war für Nalkaar greifbar, selbst wenn große Teile der Fürstentümer Otevour, Habladaz und sogar Barduar durch den Faraghad-Wald bestimmt wurden und ein Durchmarsch ihren Weg verkürzt hätte, so sie sich nicht darin verirrten. Nalkaar würde nicht den Fehler begehen und ungeduldig werden. Ihr Weg führte sie am Waldrand entlang nach Habladaz und dauerte sicher fünf oder sechs Tage länger, bis sie die Trutzburg Habladaz erreicht haben würden. Die Sicherheit seiner Truppen – und seine eigene natürlich – waren es ihm wert.

*»Glück gehabt, Kinder«*, sprach Nalkaar in Gedanken zu seiner Entdeckung, *»für heute lasse ich euch laufen. Euer Versteck ist gut gewählt. Ihr habt den Gesang, das Drachenfeuer und den Ansturm der Rachuren überlebt. Also habt ihr euch euer Leben und die Freiheit verdient. Vielleicht sehen wir uns eines Tages wieder*

*und ihr lasst mich um eure Seelen singen. Was kann es Schöneres auf Kryson geben?«*

Mit einem tiefen Seufzer auf den Lippen kehrte Nalkaar um und machte sich auf den Weg ins unbefestigte Lager der Rachuren.

## AUFBRUCH

Der Anschlag auf den scheidenden und den neuen Regenten während des gemeinsamen Mahls am Abend vor der Einsetzung Madhrabs in die Regentschaft war fehlgeschlagen. Zwar hatte das Kachares seine Wirkung bei Jafdabh erzielt, aber Madhrab hatte auf Gwantharabs Zwillingssöhne gehört und keine der aufgetischten Speisen und Getränke angerührt. Das Gespräch zwischen den beiden Männern war anfangs friedlich und gut verlaufen. Doch mit zunehmender Dauer war Jafdabh aggressiver und ehrverletzend geworden. Er hatte aus nichtigem Anlass einen schweren Streit begonnen. Er nannte Madhrab grundlos einen Verräter, den er in Ketten gelegt auf dem Marktplatz von Tut-El-Baya zur Schau stellen und steinigen lassen wollte. Jafdabh entschied sich – nicht Herr seiner Sinne – im selben Augenblick wieder gegen die Steinigung und drohte seinem Ehrengast dafür mit unsäglichen Schmerzen und einer Vierteilung. Nachdem sich Madhrab davon nicht hatte beeindrucken lassen, war Jafdabh plötzlich sehr wütend geworden und der Vorstellung verfallen, er müsse Madhrab mit einem auf dem Tisch für die Verteilung der Fleischspeisen bereitgelegten Messer angreifen und töten. Wie wild geworden hatte er völlig die Kontrolle über sich verloren und geschrien:

»Ich töte das Schwein … ich töte den Bastard … ich töte den Verräter!«

Madhrab hatte sich gewundert und Gedanken gemacht, wie der Regent ohne erkennbare Ursache einer solchen Rage anheimfallen konnte. Er war sich sicher, das konnte nicht mit rechten Dingen zugehen. Jemand musste die Speisen vergiftet haben. Unmittelbar nachdem sich die erste Wirkung des Kachares bei Jafdhab gezeigt hatte, war der Diener Darfas aus dem Saal des Regenten geschlichen. Die Entschuldigung, er wäre plötzlich von Unwohlsein und Übelkeit heimgesucht worden, hatte Madhrab allenfalls als schlechten Vorwand des Dieners angesehen, damit dieser sich rasch entfernen konnte. Darfas hatte offensichtlich Angst, sich zu verstricken und Partei ergreifen zu müssen, oder das schlechte Gewissen hatte ihn geplagt. Madhrab war aufgefallen, dass der Diener während des Abendmahls stark geschwitzt und überaus nervös gewirkt hatte. Er würde sich den Diener bei nächster Gelegenheit vorknöpfen müssen. Einen solch hinterhältigen Anschlag konnte er nicht auf sich beruhen lassen.

Wie sehr sich Jafdabh auch bemühte hatte, den Bewahrer zu töten, es war ihm nicht einmal gelungen, ihn zu kratzen. Madhrab hielt sich zurück und wich den Attacken aus. Er wollte Jafdabh nicht verletzen und wagte es nicht einmal, ihn anzufassen. Das wiederum hatte Jafdabh noch zorniger werden lassen. Zum Glück hatten die Leibwächter Madhrabs vor den Toren des Saals gewartet und waren argwöhnisch geworden, als sie Darfas aus dem Saal kommend forteilen sahen.

Dank des raschen und beherzten Eingreifens Foljatins und Hardrabs hatte größerer Schaden verhindert werden können. Jafdabh war in der darauffolgenden Nacht heimlich und ohne weiteres Aufsehen in eine Zelle gesperrt worden, in der er seinen Rausch, oder was immer seinen Geist verwirrt hatte, ausschlafen sollte.

Sehr früh am nächsten Morgen wurde der Regent von Madhrab, Hardrab und Foljatin geweckt, erinnerte sich allerdings nicht mehr an die Vorfälle des letzten Abends.

»Tja … was soll ich sagen. Es tut mir leid. Ich muss mich bei Euch in aller Form für mein Verhalten entschuldigen«, sagte Jafdabh betrübt, »ich werde den Kristallpalast noch heute verlassen und mit Frau und Kindern in mein Haus in der Stadt ziehen. Zwischen den Palastmauern ist es nicht mehr sicher für mich und meine Familie. Auf die treuen Verwalter meiner Güter kann ich mich allerdings jederzeit verlassen. Der Kristallpalast gehört nun Euch, Madhrab.«

»Ich beneide Euch um dieses Glück, Jafdabh«, antwortete Madhrab, »Ihr dankt ab, zieht Euch zurück und seid alle Verantwortung los. Das habt Ihr geschickt für Euch eingefädelt.«

»Tja … hm … seid Ihr mir deswegen böse?«

»Nein. Ihr habt das getan, was Euch in der Lage angemessen erschien. Eine kluge Entscheidung zur richtigen Zeit. Euer Verdienst für die Klanlande wird unvergessen bleiben. Ihr werdet als einer der beliebtesten und besten Regenten in die Geschichte eingehen. Eine erstaunliche Leistung für einen Mann, der einst ein Verräter an seinem eigenen Volk war und sich zum Wohltäter entwickelte. Aber Ihr seid kein Regent des Krieges und hättet Eurem guten Ruf nur geschadet, wenn Ihr die Regentschaft nicht rechtzeitig niedergelegt hättet. Ich hingegen werde eines Tages allenfalls in schlechter Erinnerung bleiben. Blut, Leid und Tränen werden mich in den Tagen meiner Regentschaft begleiten. Die Klan werden mit meinem Namen Tod und Verzweiflung verbinden, wie sie es jetzt bereits tun. Traurige Zeiten. Daran kann ich nichts ändern. Das ist meine Bestimmung, und heute weiß ich, dass sie es von Anfang an war.«

»Tja … Ihr seid ein großer Krieger und tragt Euer Schicksal mit Würde«, meinte Jafdabh.

»Wenn es so wäre, hätte ich Euer Angebot niemals annehmen dürfen und mir selbst treu bleiben müssen. Nein, ich bin ein durch und durch selbstgefälliger Mann. Ich wollte die Regentschaft und habe bei der ersten sich mir bietenden Gelegenheit danach gegriffen wie ein Ertrinkender nach einem Strohhalm. In der Hoffnung, ich würde wiedergutmachen können, was ich einst falsch gemacht habe, und mir zurückholen, was mir gestohlen wurde. Ein Leben. Das sind mir die Klan schuldig. Aber dieses Ansinnen hat keinerlei Würde.«

»Tja … nun, wenn Ihr das so seht, könntet Ihr womöglich recht behalten. Aber ich denke, Ihr werdet Eure Gelegenheit als Regent bekommen. Tretet den Beweis an, dass ich die richtige Wahl getroffen habe. Und wenn Ihr es nicht für Euch tut, dann eben für mich. Ihr könnt mir nichts vormachen, Madhrab!« Jafdabh musterte Madhrab aufmerksam. »Tja … ich bin eben immer noch ein Todeshändler und kann in die Herzen und Gedanken meiner Geschäftspartner sehen. Glaubt mir. In Euch steckt weit mehr, als Ihr selbst über Euch wisst. Nicht die Rache, der Gedanke an Genugtuung, Macht oder Ruhm treiben Euch an. Ihr fühlt Euch kraft Eurer Fähigkeiten verpflichtet, diese für die Klan und Eure Mitstreiter einzusetzen, und dabei vergesst Ihr meist, etwas für Euch selbst zu tun.«

Madhrab dachte über die Worte des Regenten nach. Womöglich lag Jafdabh richtig. Was sich die Klan über ihn erzählten, stimmte. Jafdabh war ein sehr guter Beobachter und im Laufe seiner Regentschaft zu einem weisen Herrscher gereift. Daran gab es für Madhrab keinen Zweifel. Wahrscheinlich war er für den ehemaligen Todeshändler wie ein offenes Buch.

»Vielleicht«, räumte Madhrab ein, »aber ich wollte nicht mein Herz bei Euch ausschütten. Am Ende habe ich getan, was ich tun musste. Ich werde mir heute die Verteidigungsstellungen vor Tut-El-Baya ansehen und die Truppen besuchen. Wollt Ihr mich begleiten?«

»Tja … ähm … nein«, lehnte Jafdabh ab. »Versteht mich nicht falsch, ich weiß Eure Einladung zu schätzen. Aber nach Eurer Ernennung zum Regenten will ich schleunigst meine Sachen packen und mich auf den Weg nach Hause machen. Weit ist es zwar nicht, aber ich kann es kaum erwarten, in mein altes Haus zurückzukehren. Außerdem wäre meine Anwesenheit bei den Truppen nicht gut für Euch. Vermute ich. Ihr müsst sie auf Euch einschwören. Dabei würde ich nur stören.

Es ist daher besser, Ihr geht alleine und macht Euch ein von meiner Meinung unbeeindrucktes Bild der Lage. Ich war nie ein guter Stratege oder Taktiker, was den Krieg anging. Die Stellungen wurden von den Generalen auf den Einsatz neuer Taktiken und Waffen ausgerichtet. Ich musste mich auf ihren Rat verlassen. Viel werdet Ihr bis zu einem befürchteten Vorstoß der Rachuren daran nicht mehr ändern können. Aber vielleicht könnt Ihr die ein oder andere Lücke schließen, solltet Ihr eine finden.«

»Gut, dann ziehe ich mich jetzt zurück und bereite mich auf meine Ernennung vor.«

»Sehr wohl, Eure Regentschaft. Ich darf Euch doch sicher bereits so ansprechen, nicht wahr?«, verneigte sich Jafdabh vor Madhrab in der Annahme, dass dieser keine Einwände hatte. »Wir sehen uns in einer Hora bei der Einsetzung, die zugleich meine letzte Amtshandlung als Regent sein wird.«

Später am Morgen erhob sich die Aeras Tamar in die Lüfte. Mit ihr liefen weitere vier Luftschiffe aus, die das Leitschiff begleiten und vor Überraschungen oder Hinterhalten schützen sollten. Ihre Bäuche waren prall gefüllt mit Kanonen und Scharfschützen. Ein Bantlamor war das Prachtstück der schweren Bewaffnung an Bord. Das Riesengalwaas nahm viel Platz ein. Dafür hatten Kojen weichen und die Besatzung enger zusammenrücken müssen, um sich die wenigen übrigen Schlafplätze in Schichten abwechselnd zu teilen.

Fieberhaft hatten Jafdabhs Konstrukteure in den letzten Monden an den Schiffen gearbeitet und sie nach den Vorstellungen des erfahrenen Seemanns Murhab mit zusätzlichen Masten und Segeln ausgestattet. Die Übungsflüge waren vielversprechend verlaufen. Kapitän Murhab war zufrieden und Meister Semyon überaus stolz auf seine Erfindung.

Wind und Wetter meinten es gut mit der Luftflotte des Regenten. Die Sonnen schienen, eine leichte Brise wehte vom Ostmeer ins Land und es waren keine Gewitter oder Stürme in Sicht. Unter der Führung der Aeras Tamar schwenkte die Flotte zuerst Richtung Tut-El-Baya und drehte eine Ehrenrunde über der Hauptstadt der Klan. Staunende Blicke folgten den mächtigen eisernen Schiffen, deren riesige Segel in bunten Farben durch den Wind aufgebläht wurden und ihnen eine bessere Manövrierfähigkeit und zusätzliche Geschwindigkeit verliehen. Sie schwebten nahezu lautlos zum Hafen, drehten zum Marktplatz ab, über die Dächer der Stadt, gewannen rasch an Höhe und verabschiedeten sich Richtung Südwesten über die Terrassengärten und den Kristallpalast des Regenten ins Landesinnere. Die Segel der Aeras Tamar waren dunkelrot, die ihrer Begleitschiffe moosgrün, hellbraun, gelb und schwarz. Staunende Blicke und frenetischer Jubel folgten ihnen von den Gassen und Balkonen der Stadt, bis sie schließlich ganz außer Sicht gerieten.

Der große Aufbruch folgte unmittelbar auf die Einsetzung des neuen Regenten Madhrab, der wenige Horas zuvor mit allen Ehren den Thron bestiegen und sich seinen Untertanen erstmals öffentlich auf dem Marktplatz von Tut-El-Baya gezeigt hatte.

Der Jubel hatte sich in Grenzen gehalten. Jafdabh hatte hohes Vertrauen und Ansehen in der Bevölkerung genossen, und die Ankündigung seines Rücktritts war mit Entsetzen und Furcht aufgenommen worden. Immerhin galt er als derjenige, der sie alle einst gerettet und in goldene Zeiten zurückgeführt hatte. Unter ihm hatten sie fette Sonnenwenden erlebt. Sonnenwenden des Friedens, des Wiederaufbaus und des Lichts. Manche gingen in ihrer Verehrung sogar so weit, ihm – die Fakten verklärend – die Rolle eines Heilsbringers zuzuschreiben, der alleine die Dunkelheit und Schatten vertrieben habe. Die Gefahr und den im Südwesten heraufziehenden Krieg sahen viele Klan noch nicht. Sie hatten die wiedererstarkten Rachuren und die angeblich verheerenden Zerstörungen noch nicht mit eigenen Augen bezeugt.

Im Gegensatz zu Jafdabh haftete Madhrab immer noch der Ruf eines zwar großen und mächtigen Kriegers, aber auch der eines Verbrechers und gnadenlosen Schlächters an, der viele Klan auf dem Gewissen hatte. Gleichgültig was die Herolde und Marktschreier Gutes über ihn verkünden mochten, Madhrab würde sich Vertrauen und Ansehen erst verdienen müssen.

Späher der Klan hatten von Truppenbewegungen der Rachuren im Westen berichtet. Entlang des Faraghad-Waldrandes bewegten sich große Einheiten zu Land und zu Luft von Otevour kommend wie befürchtet zuerst nach Habladaz und Barduar. Die Fürstentümer würden den Angriffen – bis auf ihre eigenen Truppen – weitestgehend ungeschützt ausgeliefert sein. Wurde der Vormarsch der Rachuren nicht bald aufgehalten, träfe er in wenigen Wochen zwangsläufig auf die weitläufig angelegten Verteidigungsstellungen der Klan. Zurückgezogen auf den Schutz der Hauptstadt und Teile der Fallwas-Gebiete beschränkt, waren Gräben ausgehoben, abgedeckt und befestigt worden. Es war höchste Zeit, das Heer der Verteidiger in Marsch zu setzen und die Stellungen zu beziehen.

Bald würde sich zeigen, wie stark die Luftschiffe und ihre Bewaffnung tatsächlich waren und ob sie dem Ansturm der Rachuren etwas entgegensetzen konnten. Jafdabh war fest davon überzeugt, dass der Krieg ein völlig anderes Gesicht bekäme und die Rachuren innerhalb kurzer Zeit vernichtend geschlagen werden könnten. Das Galwaas war in seinen Augen der entscheidende Fortschritt dieser Entwicklung, der es den körperlich unterlegenen Klan ermöglichte, den Feind auf die Ferne zu bekämpfen. Aber nicht alle im Umfeld des ehemaligen Regenten waren von der neuen Technik und der damit einhergehenden und grundlegend strategischen Veränderung des Kampfes überzeugt. Sie glaubten nach wie vor an die klassischen Taktiken einer Schlacht, in der sich die Gegner Auge in Auge in festen Formationen und Kampfgruppen gegenüberstanden. Die Entscheidung konnte nach ihrer Vorstellung nur im Nahkampf Soldat gegen Soldat herbeigeführt werden. Dennoch hatte sich Jafdabh gegen alle Bedenken seiner Berater durchgesetzt. Jetzt gab es kein Zurück mehr und sie würden es darauf ankommen lassen müssen.

Murhab stand an Deck der Aeras Tamar und beobachtete argwöhnisch die Arbeit seiner Besatzung. Er galt als streng, aber gerecht. Die meisten Besatzungsmitglieder waren erfahrene Seeleute, Frauen und Männer, die er sich ausgesucht hatte und auf die er sich in der Vergangenheit bereits hatte verlassen können. Sie waren viele Sonnenwenden gemeinsam zur See gefahren und hatten so manchen Sturm durchgestanden. Sie vertrauten ihm und er ihnen. Dennoch hatte er Zweifel, ob sie mit dem Luftschiff ähnlich gut zurechtkämen wie mit einem Segelschiff und den Widrigkeiten des Meeres. Gewiss, die Übungsflüge waren gut verlaufen, aber dies waren eben keine ernsthaften Einsätze gewesen. Das war in seinen Augen ein entscheidender Unterschied. Er war sich sicher, dass ihnen der Flug einige unangenehme Überraschungen bereiten konnte, auf die sie nicht vorbereitet waren. Auch auf dem Wasser brauchte ein Seemann lange – viel länger, als sie es mit den Flügen erreicht hatten –, um genügend Erfahrungen zu sammeln. Würden sie der Belastung eines Angriffs standhalten? Wie würden sie sich in einem Sturm oder gar Wirbelsturm verhalten?

Murhab atmete tief durch und versuchte seine Befürchtungen zu verdrängen. Es brachte nichts, sich den Kopf darüber zu zerbrechen. Er war der Kapitän und würde sie führen müssen.

So wie er es immer getan hatte. Und sie würden ihm folgen.

»Ihr seht nachdenklich aus, Kapitän«, bemerkte Drolatol, der an die Seite Murhabs getreten war, »… zweifelnd.«

»Ich möchte nicht scheitern«, antwortete Murhab.

»Das wollen wir alle nicht«, erwiderte Drolatol, »habt Vertrauen in Euch und in die Fähigkeiten Eurer Frauen und Männer. Sie wissen, worum es geht, und werden ihr Bestes geben.«

»Sicher … aber wird das genug sein? Habt Ihr die neuen Waffen an den fliegenden Bestien ausprobiert? Werden die Schützen aus den Luken des Luftschiffs den Gegner treffen? Können die Geschosse die Rachuren überhaupt verletzen? Man sagt, ihre Haut sei härter als die der Klan und biete Schutz wie eine gehärtete Lederpanzerung.«

»Mag sein. Niemand von uns kann mit Gewissheit sagen, ob wir die richtigen Mittel in der Hand halten, die Rachuren zu besiegen. Aber wir müssen es versuchen. Die Durchschlagskraft der Waffen ist hoch. Ich fürchte mich gar nicht so sehr davor, dass wir den Gegner vielleicht nicht treffen oder verletzen könnten. Viel mehr befürchte ich, die Wirkung könnte zu stark sein.«

»Das müsst Ihr mir erklären, Fürst!« Murhab sah Drolatol erstaunt von der Seite an.

»Der Krieg verändert uns alle, Murhab. Die Waffen verändern den Krieg, genauso wie all das, was wir kennen. Sie sind gefährlich. Stellt Euch einen Krieg vor, in dem es keinen Kampf mehr gibt. Wie leicht ist es, ein Leben aus der Entfernung zu zerstören, sieht man seinem Gegner dabei nicht mehr ins Auge und muss nicht in nächster Nähe erleben, wie ihn die Schatten zu sich holen. Zu leicht, Kapitän. Viel zu leicht. Wir könnten eine Dimension des Tötens erleben, die wir uns lieber niemals gewünscht hätten. Wir mögen die Rachuren damit besiegen und danach für eine Weile im Freudentaumel versinken. Aber was ist dann? Die Waffen wird es immer noch geben.«

»Wir schließen sie weg.«

»Das könnt Ihr Eurer Großmutter erzählen, würde sie noch leben«, lachte Drolatol, wurde aber sofort wieder ernst. »Nein. Jede Waffe wird irgendwann eingesetzt werden. Das können wir nicht verhindern. Niemand kann das.«

»Aber die Waffen sind doch nicht das eigentliche Übel. Ihr überschätzt die neue Technik. Eines Tages wird alles bloß noch Plunder sein. Diejenigen, die die Waffen einsetzen, tragen die Verantwortung für das Wann und Wie. Nur der Träger entscheidet, ob er damit töten will oder nicht«, erwiderte Murhab.

»Eben«, meinte Drolatol, »seht uns doch an. Wir sind ein kriegerisches Volk. Das liegt in unserem Blut. Wer den Dämon des Krieges erst einmal gerufen hat, wird ihn nicht mehr los. Am Ende könnten sich die Waffen gegen uns selbst richten. Einige unter uns verkennen diese Gefahr oder schieben sie des möglichen Erfolges wegen unbeachtet zur Seite.«

»Und Ihr wollt mir sagen, ich solle an den Erfolg der Mission und an meine Besatzung glauben?«, murrte Murhab. »Eure Worte sind nicht gerade dazu geeignet, mein Vertrauen zu stärken und auf ein Gelingen zu hoffen. Lasst das bloß nicht meine Leute hören, sonst springen sie von Bord.«

»Das tut mir leid«, entschuldigte sich Drolatol, »so habe ich es nicht gemeint. Ich wollte nur andeuten, dass wir darüber nachdenken müssen, was wir anrichten könnten.«

»Natürlich«, brummte Murhab, »aber wenn ich Euch einen Rat geben dürfte, mein Fürst. Ihr solltet an das Hier und Jetzt denken. Wir haben einen gefährlichen und erbarmungslosen Feind, der uns – ohne über mögliche Konsequenzen seines Handelns nachzudenken – vernichten wird, sollten wir ihm nicht zuvorkommen. Haltet Eure Gedanken vor den Schützen und meiner Besatzung zurück. Sie könnten ins Grübeln kommen.«

»Ihr habt sicher recht, Murhab«, nickte Drolatol, »Jafdabh

hätte sich keinen besseren Kapitän für seine Flotte suchen können.«

»Ihr schmeichelt mir, danke. Aber warten wir ab, bis wir auf den Feind treffen. Dann werden wir sehen, ob der Regent die richtige Wahl getroffen hat und was die Luftschiffe wert sind.«

Daraufhin brüllte Murhab einige Anweisungen. Die Besatzung der Aeras Tamar war den Klang seiner Stimme gewohnt und sprang sofort, seine Befehle zu befolgen. Jeder wusste genau, wo sein Platz war und was er zu tun hatte. Die Aeras Tamar neigte sich, flog einen leichten Bogen, und die Segel blähten sich im Wind. Das Luftschiff nahm deutlich an Fahrt auf und setzte sich vor die anderen Schiffe.

Sapius hatte sein Bündel gepackt. Er und Tomal wollten es der Flotte gleichtun und noch heute aufbrechen. Aber ihre Wege würden sich vorübergehend trennen. Das hatte ihm Tomal in ihrem letzten Gespräch eröffnet. Eine schwierige Unterredung, die ihn an den Rand seiner Loyalität gegenüber dem Lesvaraq gebracht hatte. Während Sapius den flüsternden Steinen folgen sollte, wollte sich Tomal alleine auf den Weg machen, das verlorene Volk zu suchen. Das sei Teil seiner Bestimmung, hatte er Sapius erklärt. Ein entscheidender Anfang auf der Suche nach dem Buch der Macht. Aber das war es nicht, was den Magier gegen Tomal aufgebracht hatte.

»*Tomal muss verrückt geworden sein, wenn er glaubt, ich würde ihm bedingungslos gehorchen und einen Mord begehen*«, dachte Sapius.

Der Magier war empört. Wie konnte der Lesvaraq von ihm verlangen, Tallia zu töten! Sie war ein wesentlicher Teil des Gleichgewichts. Die helle Seite des steten Ausgleichs, die nicht nur wichtig für den Zyklus des Lesvaraq war, sondern seine Persönlichkeit bestimmte. Würde es ihm gelingen – was er ernsthaft anzweifelte –, sie ins Land der Tränen zu schicken, würde der Zyklus unterbrochen. Welche Auswirkungen dies auf Tomal und das Gleichgewicht selbst hätte, wollte sich Sapius in seinen kühnsten Träumen nicht ausmalen. Die Dunkelheit würde von ihm Besitz ergreifen, was immer das auch bedeuten mochte.

*»Wie soll ich sein Verlangen bewerten?«*, fragte sich Sapius. *»Wie kann ich sicher sein, ob er Tallia nicht umgekehrt auch gefragt hat, mich zu töten?«*

Natürlich hatte Sapius zuweilen beobachtet, wie sich der Lesvaraq mit den beiden Seiten seines Wesens quälte und die Nacht stets bevorzugte. Tomal war ein Widerspruch in sich selbst und der innere Kampf brachte ihn an den Rand des Wahnsinns. Verlor er tatsächlich den Verstand, wäre er am Ende hin- und hergerissen zwischen Tag und Nacht. Womöglich konnte er sich nicht entscheiden, wenn es darauf ankam. Aber das war noch lange kein Grund, sich auf diese Weise einer lästigen Seite zu entledigen.

*»Er macht es sich zu einfach. Wie in so vielen Dingen verlässt er sich darauf, dass er stark und mächtig ist. Ein Lesvaraq, gefangen in seiner Überheblichkeit«*, ging es Sapius verbittert durch den Kopf. *»Er muss lernen damit umzugehen. Das ist seine wahre Herausforderung.«*

Der Ärger war bis zum Tag des Aufbruchs nicht mehr verflogen. Vielleicht war es gut, wenn sie erst einmal für eine Weile Abstand voneinander bekämen und Zeit hatten, über die Angelegenheit nachzudenken. Sapius hoffte, der Lesvaraq würde es sich anders überlegen und von seinem Vorhaben ablassen. Aber wie er ihn kannte, würde er stur daran festhalten. Für die Zeit, in der sie getrennte Wege gingen, würde er versuchen nicht daran zu denken. Er brauchte seine ganze Kraft, um sich auf seine eigene Aufgabe zu konzentrieren. Wenn Sapius Glück hatte, gelänge es ihm vielleicht, einige Mitstreiter für seinen gewagten Vorstoß zu gewinnen. Er war für jede Unterstützung froh und dankbar.

Vor einigen Tagen hatten Tomal und er einen Entschluss gefasst. Wenig später unterbreiteten sie Jafdabh den verwegenen Vorschlag, den Nno-bei-Klan im Kampf gegen die Rachuren doch beizustehen. Jafdabh war hocherfreut. Einen Lesvaraq und dessen Magier auf seiner Seite zu wissen war beruhigend und ungemein wertvoll. Dennoch äußerte er seine Bedenken, das Gleichgewicht dürfe nicht gefährdet werden. Der Vorschlag war in Sapius' Augen nur richtig. Immerhin wurden die Feinde von einer Saijkalsanhexe angeführt, die – genau wie Tomal und er selbst – gemäß den Gesetzen der Macht zur Neutralität verpflichtet war. Hinzu kam die Magie des Todsängers, die er als große Gefahr einstufte. Mehr als das, sie verschaffte den Rachuren einen ungleich größeren Vorteil, als ihnen durch das Gleichgewicht hätte eigentlich zuteilwerden dürfen.

Die ungleichen Bedingungen durften ausgeglichen werden, ohne dass sie ihre Neutralität verletzten. Das redete sich Sapius zumindest ein. Für ihn stand daher fest, dass sie den Nno-bei-Klan helfen mussten, so wie er es schon einmal in der Schlacht am Rayhin getan hatte. Er wollte ihnen diesesmal nicht in der Schlacht beistehen. Aber er würde einen gänzlich anderen Vorstoß wagen. Ins Herz der Rachuren vorzudringen war sein Ziel. Mitten in die Hauptstadt. Nach Krawahta.

»Die Wurzel allen Übels befindet sich in den Brutstätten«, hatte Sapius behauptet. »Gelingt es uns, diese ausfindig zu machen und zu zerstören, bricht der Angriff augenblicklich zusammen.«

Während es Tomal zunächst nach Kartak zog, wollte Sapius über einen Abstecher zum Vulkan Tartatuk nach Krawahta reisen, sich in die Kavernen der Rachuren schleichen und in den Brutstätten umsehen. Einen Plan, wie ihm dies gelingen könnte, hatte er nicht. Er war niemals zuvor dort gewesen und wusste nicht, wie er unbemerkt in die unterirdische Stadt gelangen sollte. Aber er hatte gehört, es musste in der Gegend um Krawahta zahlreiche Lüftungsschächte geben, die bis weit in die Tiefe reichten. Gelänge es ihm, einen solchen ausfindig zu machen, könnte er ohne großes Aufsehen bis in die Brutstätten steigen und die Gefahr ausmerzen.

Die Hoffnung auf Erfolg war nicht sonderlich groß, aber zumindest würde er mehr über die Rachuren in Erfahrung bringen, als ihnen lieb sein konnte. Und wenn er in den Brutstätten auch nur einen Sklaven befreien könnte, wäre dieser Umstand ein solches Wagnis wert.

Sapius kannte sich selbst nicht mehr. Er hatte bei dem Vorhaben eine plötzliche Entschlossenheit gezeigt, die für ihn ungewöhnlich war und ihn überraschte. Irgendetwas zog ihn nach Krawahta. Er war nicht in der Lage zu ergründen, was es war. Aber das Gefühl war schließlich stärker und stärker geworden. Einer Eingebung gleich wusste er in seinem Inneren, dass dort etwas oder jemand auf ihn wartete, der seine Hilfe brauchte. Sapius musste Gewissheit haben. Das Gefühl quälte ihn schon seit längerer Zeit und er hatte Gerüchte vernommen, die von einem schrecklichen Schicksal seines Volkes und dem Drachensterben sprachen. Das Gerede hatte ihn zutiefst erschüttert und beunruhigt. Was auch immer geschehen und seinem Volk angetan worden war, musste mit Krawahta und den Brutstätten zusammenhängen. Sapius konnte es spüren. Anders als bei den flüsternden Steinen, die ihn nach Tartatuk zur Zusammenkunft der sieben Streiter riefen, entsprach dieses Gefühl einer inneren Verbundenheit mit den Tartyk und den Drachen. Ein Zusammenhalt des Blutes, das den magischen Völkern der Altvorderen von Geburt an mitgegeben war.

Der Vorschlag war in größerer Runde vorgestellt und diskutiert worden. Zunächst war Sapius damit auf breite Ablehnung gestoßen. Die Fürsten hatten ihn für verrückt erklärt, und Jafdabh befürchtete, Sapius könne damit in ein Nest voller wild gewordener Jayvas stechen, die – bis aufs Blut gereizt – überhaupt keinen Halt mehr kannten und alles und jeden angriffen, der sich ihnen in den Weg stellte. Ein Wagnis mit unbekannten Gefahren und offenem Ausgang. Ob es sich lohnte und erfolgreich enden würde, konnte niemand auch nur annähernd voraussagen. Madhrab hingegen hatte ihn verstanden und in dem Vorhaben unterstützt, auch wenn er ihm gegenüber unter vier Augen Zweifel daran geäußert hatte, ob Sapius in der Lage wäre, einen solchen Plan alleine erfolgreich abzuschließen. Daran hatte der Magier zuletzt gedacht. Er hatte viel gelernt. Madhrab unterschätzte ihn und seine Fähigkeiten, wenn er ihm einen Angriff auf das Herz der Rachuren nicht zutraute.

»Lasst es Sapius versuchen. Wir brauchen Männer, die bereit sind, ein Risiko einzugehen. Er wird die Lage dadurch nicht verschlechtern«, hatte Madhrab den Fürsten vorgeschlagen. »Scheitert er, werden wir ihn nie wiedersehen, und niemand wird je erfahren, was mit ihm geschehen ist. Die Rachuren werden uns so oder so angreifen. Der Vorstoß eines Einzelnen wird sie nicht von ihren Plänen abbringen oder zu einer Änderung ihrer Taktik verleiten. Sie sind klug genug, dies nicht einmal in Erwägung zu ziehen. Hat Sapius allerdings Erfolg, können wir alle nur gewinnen, und seien es nur tiefere Erkenntnisse über die Vorgänge in den Brutstätten.«

Madhrabs Worte und die anschließende Beratung hatten die Zweifler überzeugt. Sie hätten Sapius ohnehin nicht davon abhalten können. Sein Entschluss, nach Krawahta zu gehen, hatte schon zuvor festgestanden. Aber es bedeutete ihm etwas, dass sie davon wussten und seinen Plan guthießen. Immerhin brächte er sein Leben nicht alleine aus eigennützigen Motiven in Gefahr, sondern zog für die Nno-bei-Klan in das Herz des

Feindes. Sollte er einen Heldentod sterben müssen, dann wäre es nur recht und billig, wenn sie ihn als solchen Helden sahen und dafür ehrten. Ein Denkmal brauchten sie ihm allerdings nicht setzen. Das erwartete er nicht und hätte ihm auch nicht gefallen.

Sapius bedauerte, dass weder Nihara noch Renlasol an den Beratungen teilgenommen hatten. Zu gerne hätte er sich vor seiner Abreise mit der betörenden Schönheit unter vier Augen unterhalten. Sie erinnerte ihn schmerzlich an Elischa. Immer wieder fragte er sich, wie es seiner heimlichen Liebe nach ihrem Verschwinden aus dem Eispalast wohl ergangen war.

Aber Nihara war gemeinsam mit Renlasol zur Trutzburg Fallwas aufgebrochen, um die Burg auf einen möglichen Angriff vorzubereiten. Sapius fand den Aufbruch überstürzt. Er hatte erwartet, dass sie als Fürsten der traditionellen Einsetzung des neuen Regenten beiwohnten und Madhrab die gebührende Ehre erwiesen. Renlasol hatte sich jedoch nicht einmal verabschiedet und nur einen Boten in den Palast entsandt. Über diesen ließ er ausrichten, dass er nicht nur als Fürst, sondern auch als General Pflichten besaß. Die Truppen vor Fallwas und deren schwindende Moral erforderten dringend seine Anwesenheit. Das konnte ihm niemand übel nehmen. Dennoch wurde hinter vorgehaltener Hand getuschelt, der Fürst wollte nur nicht auf Madhrabs Amtsantritt warten, um dann dessen Befehle entgegenzunehmen und womöglich in diesem Zuge von den Generalspflichten entbunden zu werden. So konnte er behaupten, keine Befehle erhalten und nicht gegen die Anweisungen des Regenten verstoßen zu haben. Das Verhalten wurde weder als klug angesehen noch würde es Renlasol auf Dauer schützen, konnte aber je nach Vorankommen des Feindes zeitlich ausreichen, ihn die entscheidenden Befehle an seine Truppen selbst ausgeben zu lassen.

Sapius hegte einen anderen Verdacht. Renlasol hatte auf ihn

einen betrübten Eindruck gemacht. Sollte er etwa an dem Anschlag auf Jafdabh und Madhrab beteiligt gewesen sein?

*»Das kann ich nicht glauben«*, sagte Sapius bei sich. *»Nein, ich weigere mich, ihn einer solch schändlichen Tat zu verdächtigen. Er liebt Madhrab.«*

Der Magier schüttelte den Gedanken ab. Der Fürst hatte so viel erreicht. Mehr, als ihm Sapius jemals zugetraut hatte. Aber er kannte auch die Geschichte, die hinter alldem steckte; nach Quadalkars Tod war sie in den Klanlanden über Sonnenwenden hinweg weitererzählt worden. Beinahe jedem Kind wurde geschildert, was mit Renlasol geschehen war und wie er schließlich durch Madhrabs Kampf von dem Fluch befreit worden war. Noch heute plagte den Magier das schlechte Gewissen, Renlasol und dessen Gefährten erst in diese Lage gebracht zu haben. Der ehemalige Knappe trug zweifelsohne das dunkle Mal, das seine Seele befleckte. Sapius besaß bei anderen Wesen ein feines Gespür für Flüche und deren Berührung mit der Dunkelheit. Außerdem hatte Renlasol von Quadalkars Blut gekostet, was ihn zu einem Königskind hatte werden lassen. Dies hatte den Jungen damals mehr verändert als alles andere. Sapius hatte sofort bemerkt – auch wenn der Fluch schließlich aufgehoben worden war –, dass Renlasol noch immer das Blut der Altvorderen in sich trug, das sich mit seinem eigenen unzertrennlich vermischt hatte und so etwas Neues geschaffen hatte.

*»Was kümmert Renlasol mich noch?«*, dachte Sapius schließlich resignierend. *»Der Junge von einst ist erwachsen geworden. Er muss selbst wissen, was er tut, und trägt die Verantwortung für sein Handeln. Ich kann nicht für jeden die Schuld übernehmen, den ich einst um einen Gefallen bat und der am eigenen Unvermögen scheiterte.«*

Sapius nahm sein Bündel auf und hängte es an den Stab des Farghlafat. Den Stab legte er lässig über die Schulter, als wolle er sich auf eine Wanderung begeben. Auf dem Flur vor seiner Kammer wartete Tallia auf den Magier.

»Aye, Sapius«, begrüßte sie ihn, »wie ich sehe, bist du bereit für den Abmarsch. Ich wollte dich gerade abholen.«

»Du willst mich auf der Reise begleiten?«, fragte er verdutzt.

»Natürlich, ich komme mit dir. Was denkst du denn?«

»Ich freue mich aufrichtig«, log Sapius, »aber wir können nicht gemeinsam wandern. Hat Tomal nicht mit dir gesprochen?«

»Doch, das hat er«, antwortete Tallia. »Er sagte, ich solle auf dich aufpassen, solange er sich auf die Suche nach dem verlorenen Volk macht.«

»Das hat er gesagt?« Sapius konnte es kaum glauben.

»Nicht wortwörtlich, aber doch sinngemäß.«

»Das geht nicht. Ich wurde zur Zusammenkunft der Sieben nach Tartatuk gerufen. Bei dir schwiegen die flüsternden Steine oder täusche ich mich?«

»Mag sein, aber das bedeutet noch lange nicht, dass ich im Kristallpalast bleibe und auf Tomals und deine Rückkehr warte. Wir gehören zusammen. Ich bin der Tag und du die Nacht. Wir ergänzen uns. Ich werde mich nicht in dein Treffen einmischen. Versprochen. Aber nach der Zusammenkunft werde ich dir in den Brutstätten beistehen.«

»Das ist *meine* Aufgabe, Tallia«, empörte sich Sapius, »ich möchte nicht, dass du dich meinetwegen in Gefahr bringst.«

»Ach Sapius. Behandle mich nicht wie ein Kind. Genau wie du bin ich ein Teil des Zyklus. Oder willst du mir etwa meine Fähigkeiten absprechen?«, ärgerte sich Tallia.

Sie brauchte ihn nicht daran zu erinnern. Ihre Fähigkeiten kannte er gut. Tallia war eine gute Magierin des Lichts geworden, und sie hatte sich bestimmt einige Tricks aus ihrer dunklen Zeit behalten, als sie die Braut des dunklen Hirten war. Er hatte Tallia in Eisbergen beobachtet. Sie hatte das magische

Wissen in sich aufgesogen. Schneller und präziser, als er dies zu seinen Anfangszeiten als Magier vermocht hatte. Sie hatte rasch aufgeholt. Sicher würde sie noch Zeit brauchen, um ihn zu überflügeln, sollte ihr das je gelingen. Er blieb wachsam und lernte mit jedem Tag fleißig dazu.

Vielleicht würde sich Tallia bei seinem Vorhaben als nützlich erweisen. Aber er vertraute ihr nicht und wollte keinesfalls, dass sie ihn begleitete.

*»Wie konnte Tomal mir das antun?«*, fragte er sich in Gedanken. *»Er weiß genau, ich werde abgelenkt sein und kein Auge zutun, wenn sie dabei ist. Danke, dass du mir den Argwohn mit auf die Reise gegeben hast, mein Freund.«*

»Nein, das will ich nicht«, erwiderte er schließlich. »Meinetwegen begleite mich nach Tartatuk. Bist du bereit?«

»Sicher, wenn du es bist.«

Sapius musste sie auf der Reise irgendwie loswerden. Natürlich wollte er Tomals Forderung, Tallia zu ermorden, nicht nachkommen. Ihm würde gewiss unterwegs ein Vorwand einfallen, der sie getrennte Wege gehen ließ. Aber vorerst blieb ihm keine andere Wahl, als ihrem Wunsch zu entsprechen und darauf zu hoffen, dass sie ihm kein Messer in den Rücken stieß.

»Hast du dir Gedanken gemacht, wie wir reisen wollen?«, fragte Tallia.

»Was meinst du?«

»Nun, der Weg nach Tartatuk ist lang. Wir könnten auf Pferden reiten, uns eine Kutsche nehmen, fliegen oder …«, sie machte eine Pause, die Sapius als bedeutsam aufnahm.

»Oder?«, hakte er nach.

»… Steinspringen«, schloss sie ihre Vorschläge.

»Springen? Die Technik Ulljans. Hast du sie denn gelernt?«

»Nein, aber du könntest sie mir zeigen. Tomal sagte mir, dass du das Springen beherrschst wie kein anderer. Das kann also nicht allzu schwer sein.«

»Danke für dein Vertrauen in meine Fähigkeiten«, sagte Sapius verschnupft.

In Sapius' Augen genügte es, wenn Tomal seinen Spott zuweilen über ihm ablud. Tallia musste es dem Lesvaraq nicht gleichtun.

»Sei bitte nicht beleidigt, Sapius. Ich wollte dich nicht kränken. Erkläre mir nur das Springen und ich werde dich nicht mit meinen Übungen langweilen.«

»Leicht wird das nicht. Du könntest Tage brauchen, bis du zu einem beliebigen Stein in deinen Gedanken springen kannst. Wir haben nicht die Zeit, darauf zu warten.«

»Ich bitte dich nur, bring mir bei, wie es geht. Den Rest erledige ich selbst. Und wenn ich dir zu langsam sein sollte, dann geh voraus. Ich komme nach.«

»Nun gut, warum nicht«, gab Sapius den Widerstand auf.

Als er ihr die Sprungtechnik erläutert hatte, musste Tallia lachen.

»Und du glaubst wirklich, das könnte klappen?«, wollte sie wissen.

»Ich glaube nicht, ich weiß«, antwortete Sapius überheblich. »Lass uns Tomal suchen. Er wird uns ein Stück des Weges begleiten. Wir versuchen den Sprung bei nächster Gelegenheit, wenn uns niemand mit allzu neugierigen Augen aus der Stadt zusieht. Mit einem Stein, den du sehen kannst.«

»Darauf bin ich gespannt«, freute sich Tallia, die sich nicht vorstellen konnte, dass sie sich auf solch einfache Weise mit der Kraft der Gedanken über weitere Entfernungen fortbewegen konnten.

Tomal hatte vor den Toren des Palastes ungeduldig auf die beiden Magier gewartet. Sapius grüßte den Lesvaraq kühl und auch Tallia hielt sich in Worten und Blicken zurück.

»Sapius … Tallia. Ihr seid nachtragend, wer hätte das gedacht«, tadelte Tomal die Magier, »aber das wird euch nicht helfen. Ich erwarte, dass ihr über meine Worte nachdenkt und bald erledigt, was ich euch auftrug.«

Sapius und Tallia schwiegen. Sie sahen sich nur prüfend an, als ob jeder in den Gedanken des jeweils anderen lesen und ergründen wollte, was der Lesvaraq ihrem Gegenüber aufgetragen hatte. Sapius hätte zu gerne gewusst, woran er mit Tallia war und ob Tomal von ihr verlangte, was er von ihm forderte. Er hatte nicht den Mut, die Magierin darauf anzusprechen, sonst hätten sie die Angelegenheit unmittelbar nach ihrem Aufbruch noch vor den Toren der Stadt erledigen können. Aber dafür war es zu früh. Auf ihrer Reise würden sie miteinander reden. Unter vier Augen und ohne Tomal.

»Du besitzt ein Galwaas?«, stellte Sapius erstaunt fest, als er die Waffe auf dem Rücken des Lesvaraq entdeckte.

»Und jede Menge Geschosse«, antwortete Tomal lächelnd.

»Wozu brauchst du die Waffe?«, wollte Sapius wissen.

»Wir müssen mit der Zeit gehen, mein Freund«, meinte der Lesvaraq nachdenklich. »Wer weiß, wozu ein Galwaas gut ist. Sogar für uns. Jafdabh meint, die Waffe sei besser als jede Magie. Das will ich sehen. Du solltest dir auch eines besorgen.«

»Kein Bedarf«, antwortete Sapius, der von der tödlichen Erfindung nichts hielt, »Jafdabh schenkt das Galwaas nicht her und lässt sein Waffenlager gut bewachen. Ich frage mich, wie du an die Waffe gekommen bist.«

»Das war nicht so schwer, wie du denkst. Ich hätte Jafdabh fragen können. Es ist kaum denkbar, dass er den Wunsch eines Fürsten abweisen würde. Aber das wäre zu einfach gewesen. Die Herausforderung, ein Galwaas ohne das Einverständnis des Regenten zu beschaffen, hat weit mehr Spaß gemacht.«

»Du hast die Waffe gestohlen?« Sapius war entsetzt.

»Nicht direkt. So mancher Schütze liegt lieber bei einer schönen Frau als seinem Galwaas, und ich habe meine Beziehungen spielen lassen«, schmunzelte Tomal. »Einigen wir uns darauf, ich habe mir die Waffe besorgen lassen.«

»Ein Handlanger also.«

»Wenn du ihn so nennen willst, ja.«

Das war unerhört. Niemand entwendete ungestraft Waffen und andere Gegenstände aus dem Kristallpalast. Aber Tomal überschritt die Grenzen der ihm gewährten Gastfreundschaft, wie es ihm gefiel. Sapius war das Verhalten des Lesvaraq peinlich. Sie waren gut und mit allen Annehmlichkeiten im Palast aufgenommen worden. Doch nun war er froh, dass sie endlich aufbrechen konnten und der Diebstahl offenbar nicht aufgefallen war.

»Siehst du den Stein?«, wandte sich Sapius an Tallia.

»Welchen? Ich sehe viele Steine«, meinte Tallia.

»Diese Richtung etwa fünfhundert Fuß entfernt. Er hebt sich deutlich in Form und Aussehen von den übrigen Steinen ab.« Er deutete mit der Hand an, an welcher Stelle sie ihr Ziel suchen sollte.

»Jetzt sehe ich ihn«, antwortete sie.

»Dann versuche dorthin zu springen«, forderte Sapius die Magierin auf.

Tallia konzentrierte sich. Nichts geschah. Sie wirkte enttäuscht. Sapius erklärte ihr erneut, was sie falsch gemacht hatte und worauf sie achten musste, wollte sie diese den Felsgeborenen eigene Art der Magie einsetzen, die Ulljan für seine Zwecke verfeinert hatte. Tallia gab nicht auf und versuchte es noch einmal. Dieses Mal glückte ihr der Sprung. Sie jauchzte vor Freude, hüpfte auf dem Stein umher und winkte Sapius und Tomal aus der Entfernung zu.

»Frauen«, brummte Sapius kopfschüttelnd.

»Sind etwas ganz Besonderes«, tadelte Tomal seinen Magier, »du solltest von ihnen lernen und sie jederzeit und überall respektieren. Dann werden sie dich lieben.«

»Danke!«, antwortete Sapius mürrisch.

Sapius sprang, ohne weiter darüber nachzudenken, und landete kurz darauf neben Tallia. Die Technik des Ulljan war ihm inzwischen in Fleisch und Blut übergegangen. Tomal folgte ihm, brauchte jedoch einen Augenblick länger als Sapius.

»Das ist ein tolles Gefühl«, sagte Tallia, »wie oft können wir hintereinander springen?«

»Ich weiß nicht«, grübelte Sapius, »die Sprünge fordern Kraft und Magie. Sie wirken mit der Zeit ermüdend. Vielleicht einhundert Mal. Danach werden wir eine Pause von drei oder vier Horas brauchen. Ich ging bislang nie bis an die Grenzen.«

»Und wie weit?«

»So weit du sehen und auf die Entfernung noch einen Stein ausmachen kannst«, antwortete Sapius. »Ich schätze, höchstens zwei- bis dreitausend Fuß.«

»Das bedeutet, wir schaffen in weniger als einer Hora etwa zwanzig Meilen, machen es uns gemütlich und könnten von Sonnenaufgang bis zum Einbruch der Nacht achtzig Meilen und mehr erreichen. Kein Pferd könnte an einem Tag so schnell und weit laufen. Ich bin begeistert«, freute sich Tallia.

Sapius kannte die Vorzüge dieser Art zu reisen. Für ihn war die Technik nicht neu. Kam es auf Geschwindigkeit an, waren die Sprünge von Stein zu Stein unschlagbar. Aber die Magie der Felsgeborenen hatte ihre Nachteile. Insbesondere wenn es darum ging, die magischen Kräfte für andere Dinge zu schonen. In diesen Fällen war es sicherer, auf die übliche, nicht magische Weise übers Land zu wandern oder sich – noch besser – ein Pferd zu nehmen.

»Kannst du dir einen Stein vorstellen, den du nicht mit eigenen Augen siehst, und dorthin springen?«, wollte Tomal wissen.

»Das wäre denkbar«, antwortete Sapius, »dafür müsste ich allerdings in der Lage sein, das Flüstern der Steine zu verstehen und erst einen weit entfernten Fels oder Stein ausfindig machen. Das ist schwierig und gefährlich. Die Felsgeborenen beherrschen die Sprache der Steine, empfangen und senden Botschaften. Ich vermag das nicht. Und man weiß nie, was einen erwartet, wenn man aufs Geratewohl an eine beliebige Stelle springt, deren Sicherheit man zuvor nicht hinreichend prüfen konnte.«

»Hm … du hast recht. Das wäre unter Umständen nicht so gut. Aber wir könnten über den ganzen Kontinent Zielsteine an halbwegs geschützten Orten verteilen. Zeichnen wir sie anschließend auf einer Karte ein, dann wissen wir an jeder Stelle auf Ell, wo sie sich befinden, und wären in der Lage, jederzeit mit Ulljans Technik dorthin zu springen«, überlegte Tomal.

»Das könnte gehen«, bestätigte Sapius, »außer die Steine verrutschen, verwittern oder werden von jemand anderem entfernt. Außerdem weiß ich nicht, wie sich ein so langer Sprung auf unsere Kraft auswirken würde. Sie könnte ausreichen. Wenn nicht, würden wir irgendwo im Nichts stecken bleiben und vergehen.«

»Keine schöne Vorstellung«, sagte Tallia.

»Wir sollten die Grenzen dieser Magie bei Gelegenheit unbedingt näher erforschen und ausprobieren, wie weit wir kommen«, schlug Tomal vor.

»Sicher«, antwortete Sapius, »die Beherrschung von Zeit und Raum ist eine verlockende Illusion, umso mehr, da wir die Konsequenzen unseres Handelns noch nicht kennen und daher auch nicht fürchten.«

»Hast du etwa Angst?«, wollte Tomal wissen

»Jede Magie hat ihren Preis«, führte Sapius aus, »früher oder später müssen wir ihn bezahlen. Ob wir nun Anhänger der magischen Brüder wären, frei oder der Wahrung des Gleichgewichts verpflichtet sind. Ich wüsste ihn gern, bevor ich ein Wagnis eingehe und am Ende nicht in der Lage bin, meine Schulden zu begleichen. Davor habe ich Angst, ja!«

»Wunderbar«, lachte Tomal, »dann lass uns springen.«

Tomal suchte sich ein neues Ziel und zeigte den Magiern exakt, wohin er springen wollte. Sapius kam vor den beiden anderen an. Nachdem sie auf diese Weise etwa sechzig Meilen in neunzig Sprüngen zurückgelegt hatten, machten sie erschöpft Rast.

Raussa war außer sich vor Wut, als sie von den Plänen ihres Gatten erfuhr. Das war Jafdabh nicht entgangen. Sie hatte ihm schwere Vorwürfe gemacht. Erst habe er sie vor dem Rat der Fürsten beschämt, indem er die Regentschaft und damit auch ihre eigene einflussreiche Machtstellung leichtfertig an Madhrab abgegeben habe, und nun solle sie mit ihren Kindern plötzlich den Kristallpalast verlassen. Sie war im Palast geboren und aufgewachsen. Bis auf ihre gewaltsame Vertreibung durch Thezael und die schrecklichen Tage in den Gassen der Stadt hatte sie ihr Zuhause nie verlassen müssen. Jafdabh sollte ihren Zorn spüren, auch wenn er ihn nicht nachvollziehen konnte.

»Jafdabh! Was zu viel ist, ist zu viel«, schrie sie seinen Namen, so laut sie nur konnte.

Ihre Stimme klang schrill und ungehalten. Jafdabh war gerade mit einigen Dienern dabei, seine Sachen ordentlich in eine Kiste sortieren zu lassen, um sie für den Transport in sein Stadthaus vorzubereiten.

»Tja … ähm … was ist?«, rief er zögerlich aus seiner Kammer zurück.

»Komm her, verdammt. Sofort!«, verlangte Raussa.

Gemächlich löste er sich von seinem Stuhl, deutete den Dienern an, er käme gleich zurück, und begab sich sehr langsam zu Raussa. Sie ertrug es offenbar nur schwer, ihn so schleichen zu sehen.

»Das machst du absichtlich«, brüllte sie, »um mich zu ärgern. Wenn du glaubst, ich würde mit dir in dein stinkendes Rattenloch ziehen, dann hast du dich getäuscht. Ich und die Kinder haben etwas Besseres verdient!«

Jafdabh schnappte nach Luft. Niemand hatte es je gewagt, sein Zuhause ein Rattenloch zu nennen. Immerhin hatten seine Getreuen Raussa damals in ihrer ärgsten Not Unterkunft in seinem Haus gewährt und ihr damit das Leben gerettet. Sie war verwöhnt worden und hatte sich wohlgefühlt. Damals, als sie sich dort nach seiner Rückkehr kennengelernt hatten. Sie sollte sich dankbar erweisen. Aber diesen Umstand hatte sie anscheinend längst verdrängt. Geblendet von der Macht und der goldenen Zeit zwischen glitzernden Kristallen im Palast. Außerdem wurde sie nicht gerne an die Zeiten erinnert, in denen in Tut-El-Baya die Seuche getobt und sie ihr Bein verloren hatte.

»Tja … also … mein Haus ist das beste Haus in der ganzen Stadt und es ist sicher. Keine Ratten, kein Ungeziefer und viele großzügig geschnittene Kammern, die du und die Kinder ganz alleine nutzen dürft. Es wird uns an nichts mangeln. Weder an Platz noch an sämtlichen Annehmlichkeiten, die du dir nur vorstellen kannst. Was verlangst du mehr, Weib? Es werden sich Diener um all deine Belange kümmern, du wirst dich täglich an einen prall gedeckten Tisch mit den köstlichsten Speisen und Getränken des Kontinents setzen können, und wenn es dir trotzdem nicht schmecken sollte, bereiten dir die Köche etwas nach deinen Wünschen zu. Du wirst jederzeit in den Garten gehen können und dich an den seltensten und schönsten Blumen, ihren Blüten und exotischen Düften erfreuen dürfen. Bunte Schmetterlinge und Singvögel – die Letzten ihrer Art, die wir vor dem Vogelsterben noch retten und nachzüchten konnten und die nun die Hoffnung auf eine bessere Zukunft in sich tragen. Wir müssen keine Anschläge fürchten. Das Haus wird Tag und Nacht bewacht.«

»Und doch ist das Haus nicht der Kristallpalast«, beschwerte sich Raussa.

»Tja … das stimmt allerdings. Mein Haus ist weit schöner als der Palast. Es ist passend eingerichtet, wärmer und gemütlicher. Es gibt sogar ein großzügiges Bad, in dem du schwimmen und dich erholen kannst. Danach suchst du in den Mauern des Palastes vergeblich. Das Wasser ist immer angenehm warm. Im Gegensatz zum Kristallpalast verbirgt sich im Gewölbe unter dem Haus kein dunkles Vermächtnis eines machthungrigen Praisters, der die Schatten zu sich rief. Ich möchte nicht wissen, welche Hinterlassenschaften und bisher unentdeckte Überraschungen Thezael noch in den Tempelanlagen und vielen Geheimgängen für uns bereithält.«

»Deine Vergangenheit war auch nicht gerade die beste, mein Lieber. Vergiss das nicht. *Todeshändler*. Woher soll ich wissen, ob du nicht wieder deiner alten Leidenschaft verfällst und dein Vermögen auf höchst anrüchige Weise mehrst. Solltest du das vorhaben, befürchte ich, werden unerwünschte Gäste im Haus ein- und ausgehen, deren Bekanntschaft ich nicht zu machen wünsche.«

Jafdabh schluckte. Raussa hatte ihn durchschaut, obwohl dies nicht der eigentliche Grund für den Aufbruch und geplanten Umzug war. Seine und die Sicherheit seiner Familie hatte für ihn Vorrang vor allem anderen. Tatsächlich hatte er aber daran gedacht, sich hin und wieder auf Reisen über den Kontinent zu begeben, um ein wenig Handel zu treiben. Das Abenteuer hatte ihm gefehlt, in all den Sonnenwenden, in denen er auf seinem Thron – und Raussa gleich mit ihm – fett und faul geworden war.

So manchen hilfreichen Kontakt hatte er niemals einschlafen lassen, und er wäre in der Lage, ihn ohne Schwierigkeiten wieder aufleben zu lassen. Sicher, diejenigen Geschäfte, die ihm einst den meisten Gewinn eingebracht hatten und die zugleich die gefährlichsten gewesen waren, würde er in Zukunft nicht mehr betreiben können. Sie waren tabu und würden seinem inzwischen guten Ruf schaden. Das wollte er keinesfalls mehr aufs Spiel setzen und nicht mehr Verräter genannt werden. Der Frauen- und Sklavenhandel würde sein Gewissen inzwischen zu sehr belasten, der Waffenhandel mit dem Feind war ohnehin ausgeschlossen, richtete er sich doch gegen sein Volk, und die Bluttrinker benötigten seine Blutlieferungen schon lange nicht mehr. Aber der Handel mit seltenen Kräutern, Giften, Tieren und Artefakten würde Abwechslung genug bieten und gewiss eine Menge Anunzen in seine nach wie vor vollen Beutel und Kammern spülen.

»Tja … ich werde nichts tun, was dir und den Kindern schaden könnte. Das verspreche ich«, versuchte er Raussa zu beruhigen. »Finde dich einfach damit ab. Frei von den Verlockungen der Macht und den Verpflichtungen der Regentschaft werden wir glücklich sein.«

»Es sei denn, die Rachuren dringen in dein Haus ein. Findest du nicht, dass du feige warst, als du die Regentschaft niedergelegt hast?«

»Nenn mich niemals wieder feige, Weib!«, regte sich Jafdabh über den ungeheuerlichen Vorwurf auf. »Ich habe Thezael und die Schatten aus Tut-El-Baya vertrieben und den Klan neue Hoffnung gegeben!«

»Vor den Rachuren ziehst du aber den Schwanz ein«, keifte sie.

»Verdammt, Raussa. Jetzt reicht es!« Jafdabh wurde rot im Gesicht. »Ich bin kein Krieger. Um die Rachuren zu besiegen, braucht es eine Menge mehr als mein Vermögen, Waffen und die Umsicht der vergangenen Sonnenwenden. Dafür bin ich nicht geschaffen. Madhrab kann den Feind besiegen. Nenne meine Entscheidung vorsichtig, aber nenne mich niemals feige. Ich habe das getan, was ich für die Klan für das Beste hielt, und habe dafür auf die Regentschaft verzichtet. Ein notwendiges Opfer, das erbracht werden musste. Tja … es war nicht so, dass mir der Thron und die Macht fehlen würden, aber leicht ist mir der Entschluss nicht gefallen. Wenn es dir so schwerfällt, von der Vergangenheit Abschied zu nehmen, dann bleib eben in *deinem* Kristallpalast. Madhrab wird dich gewiss nicht fortjagen, wie es Thezael getan hat.«

Mit diesen Worten war der Streit für ihn beendet. Jafdabhs Gefühle waren verletzt. Raussa verstand ihn offenbar nicht und hatte ihn mit ihren Worten tief getroffen. Sie konnte ihn aber nicht von seinem Vorhaben abbringen. Er würde umziehen, ob sie nun mit ihm kam oder nicht. Er drehte sich um, verließ ohne ein weiteres Wort ihre Kammer und widmete sich wieder seinen Dienern und der Ordnung seiner Habseligkeiten. Noch heute würde er an einen besseren Ort aufbrechen und den Palast verlassen. Das stimmte ihn froh. Er begann ein Lied zu pfeifen.

Madhrab brach gemeinsam mit seinen Getreuen und den Eiskriegern auf, die ausgebauten Verteidigungslinien zu begutachten und sich den Verteidigern persönlich vorzustellen. Sie hatten ihre Rüstungen angelegt und sich bewaffnet. Er war gespannt darauf, ob die Bauten seinen Vorstellungen entsprachen und dazu geeignet waren, die Rachuren aufzuhalten. Der Anführer der Eiskrieger, Baylhard, auf dessen Meinung Madhrab großen Wert legte, wurde von vier Schneetigern begleitet. Die prächtigen Tiere, die einen zufriedenen Eindruck auf Madhrab machten und offenbar vor dem Aufbruch ausreichend gefressen hatten, würden mächtig Eindruck auf die Truppen machen. Das konnte nicht schaden und würde die Moral der Soldaten steigern.

In einiger Entfernung zur Stadt begannen die Gräben, die in mondelanger schwerer Arbeit mannstief ausgehoben worden waren und sich von den östlichsten Ausläufern des Rayhin-Flusses nördlich von Tut-El-Baya bis in die südlicheren Gefilde des Fallwas-Gebietes unterhalb der fürstlichen Trutzburg zogen. Insgesamt waren zwei parallel laufende, in einer Entfernung von jeweils etwa vierhundert Fuß zueinander ausgehoben worden. In regelmäßigen Abständen waren zur Verstärkung Holzbalken an den Wänden angebracht und der Boden mit größeren flachen Steinplatten ausgelegt worden. An einigen ausgesuchten Stellen überzogen Dächer die Gräben, die mit Gras und Sträuchern bewachsen waren. Von einer kleinen Anhöhe unweit der Hauptstadt aus betrachtet, waren sie kaum zu erkennen.

Madhrab stieg von seinem Pferd und sprang in einen Graben. Sein Kopf ragte gut sichtbar über den Rand, als er sich umsah. Er nahm Solatar vom Rücken, drehte sich und stieß mit der Klinge sofort gegen die Wand. Das Schwert schnitt erst durch die Erde, durchtrennte einen Holzbalken und blieb schließlich an einem zweiten Balken hängen.

»Wie sollen wir hier kämpfen? Es ist viel zu eng und die Krieger werden sich mit einem Schwert oder Speer in der Hand nicht ausreichend bewegen können«, stellte er mit großer Besorgnis fest.

Madhrab gab einem in der Nähe befindlichen Soldaten ein Zeichen. Der Soldat eilte herbei, um die Befehle des Regenten entgegenzunehmen. Er trug ihm auf, sämtliche Schützen mit Kurzschwertern und Dolchen auszustatten. Der Soldat bestätigte den Befehl, salutierte und eilte wieder davon. Madhrab fühlte sich besser. Wurden die Schützen in den Gräben überrannt, würden sie sich wenigstens zur Wehr setzen können.

»Ich wette meinen linken Arm darauf. Kein Eiskrieger wird sich in den Graben begeben«, antwortete Baylhard, der sich an den Rand des Grabens oberhalb von Madhrab gestellt hatte und mit skeptischem Blick nach unten sah. »Das kommt mir vor, als müssten wir in einem selbst geschaufelten Massengrab kämpfen und sterben.«

Die Tiger fauchten und wurden unruhig, als sie an den Rand des Grabens schlichen, den Madhrab gerade näher untersuchte.

»Wie Ihr sehen könnt, Eure Regentschaft«, fuhr Baylhard fort, »die Schneetiger mögen die Gräben auch nicht. Sie lieben die Jagd und den offenen Kampf.«

»Wie die Eiskrieger und die Bewahrer, nicht wahr?«, antwortete Madhrab mit einem verhaltenen Lächeln auf den Lippen.

»Ihr werdet langsam doch alt«, mischte sich Hardrab ein.

»Wie meint Ihr das?«, empörte sich Baylhard. »Euch Memmen erledige ich blind und mit nur noch einer Hand, wenn es sein muss.«

»Sachte«, schmunzelte Hardrab, den die Reaktion des Hünen belustigte »so habe ich das nicht gemeint. Ich glaube nicht, dass die Gräben für den Schwert- oder Speerkampf gemacht wurden oder den Soldaten dazu dienen, sich vor dem Feind zu verstecken.«

»Und was soll der Unsinn dann?«, fragte Baylhard. »Wenn sie den Feind überraschen wollen, brauchen sie zu lange, bis sie aus den Gräben raus sind. Bis sie die Wände an den wenigen Leitern hochgeklettert sind, werden sie längst von den Rachuren niedergemetzelt.«

»Das sind Schützengräben«, warf Foljatin ein, »die Verteidiger gehen nicht davon aus, dass der bevorstehende Kampf mit Schwertern ausgetragen wird oder es zum Nahkampf kommt. Sie werden das Galwaas und anderes schweres Geschütz einsetzen, mit dem sie den Feind auf die Ferne bekämpfen. Die Dächer sollen sie vor den Angriffen aus der Luft schützen. Seht Euch nur um. Hinter den Gräben gibt es befestigte Stellungen für das Bantlamor. Offensichtlich glauben sie nicht, dass die Rachuren überhaupt in ihre Nähe gelangen könnten.«

»Wenn sie sich dabei bloß nicht täuschen«, gab Madhrab zu bedenken. »Ich glaube, dies wird nicht mein Kampf sein.«

»Die Eiskrieger stehen mit den Schneetigern bis zum bitteren Ende an Eurer Seite, Herr«, sagte Baylhard mit stolzgeschwellter Brust. »Wir werden den Galwaas-Schützen zeigen, wie ein echter Krieger in einer Schlacht kämpft.«

»Wir werden sehen, Baylhard«, antwortete Madhrab nachdenklich, »vielleicht behält Jafdabh recht und das Galwaas ist eine verheerende Waffe, die einen Krieg tatsächlich verändert. Bald werden wir wissen, ob die Schützen eine Schlacht für sich entscheiden können. Wir werden uns für einen Angriff vorerst im Hintergrund halten. Verlieren sie und werden von den Rachuren überrannt, werden wir eingreifen und versuchen die Schützen zu retten.«

Madhrab hatte genug gesehen. Aber er war nicht davon überzeugt, ob sie den Rachuren damit gefährlich werden konnten. Er wusste aus eigener schmerzlicher Erfahrung, was ein Galwaas anrichten konnte. Das Geschoss durchschlug die stärksten Rüstungen, und seit der Schlacht am Rayhin waren die Waffen laut Jafdabh noch deutlich verbessert worden. Dennoch zweifelte Madhrab an ihrer Wirkung im Einsatz gegen die Rachuren.

Er musste Renlasol unbedingt erreichen, um mit ihm zu reden und einige seiner Krieger abzuziehen. In Madhrabs Augen war es notwendig, die Galwaas-Schützen von Schwert- und Speerkämpfern in vorgezogenen Linien sichern zu lassen, so wie sie es stets mit den Bogenschützen und Katapulten gehalten hatten.

Nachdenklich und voller Sorge machte sich der Regent mit seinen Getreuen sofort auf den Weg, den Fürsten Renlasol zu suchen. Die Rachuren waren nah. Madhrab hoffte, die Luftschiffe würden den Feind aufhalten können und er selbst würde nicht zu spät kommen.

Gleich nachdem Renlasol von dem gescheiterten Anschlag gehört hatte, war er gemeinsam mit Nihara noch in der Nacht vor Madhrabs Einsetzung zur Burg Fallwas aufgebrochen. Er hatte dabei in Kauf genommen, dass es im Kristallpalast Gerede geben würde und sie ihn und Nihara womöglich mit dem Anschlag in Zusammenhang brächten. Allerdings war ihm kaum eine Beteiligung nachzuweisen. Raussa oder Nihara hätten schon reden müssen. Aber Nihara begleitete ihn, und Raussa würde den Mund verschlossen halten, da sie sich sonst selbst entlarven müsste. Der Diener Darfas wusste nichts. Er würde allenfalls die ehemalige Regentin belasten können, was ihm jedoch nicht gut bekäme. Außerdem hatte er nur die Droge beschafft. Er würde abstreiten, dass er sie für Raussa ausschließlich zu diesem Zweck besorgt hatte, und könnte stattdessen behaupten, er hätte nicht gewusst, wofür sie die Essenz eigentlich wollte. Das wäre glaubhaft gewesen. Der Wunsch einer Regentin wurde für gewöhnlich nicht infrage gestellt. Nicht einmal von einem Fürsten.

Nach dem Beschluss des Regenten und des Rates der Fürsten sollte die Trutzburg nun in den Besitz von Nihara als rechtmäßiger Erbin des Fürstenhauses Fallwas übergehen. Renlasol störte sich nicht weiter daran, sein Herz hing nicht an den ehemaligen Fallwas-Gütern. Die Burg war ihm von jeher zu kalt und düster erschienen. Hielt er sich dort länger als notwendig auf, bekam er stets das Gefühl, das dunkle Mal würde stärker werden und seinen Geist allmählich verdunkeln. Es war ihm an manchen Tagen so vorgekommen, als wäre der Fluch des Quadalkar zu ihm zurückgekehrt. Er verspürte sogar den Drang, sich vom Blut seiner Untertanen nähren zu wollen. Wahrscheinlich bildete er sich das nur ein. Doch in den Mauern der Burg litt er an Albträumen und spürte eine Kälte in seinem Herzen, die ihn ängstigte. Renlasol war kein Risiko eingegangen und hatte Burg Fallwas meist nach wenigen Tagen Aufenthalt wieder verlassen.

Vielleicht würde es in Niharas Gesellschaft anders sein. Die Fürstin gefiel ihm, und sie schien ihn auf ihre spröde Art ebenfalls zu mögen. Es war lange her, seit er bei einer Frau gelegen hatte. Obwohl sie ganz andere Sorgen hatten und die Verteidigungsanlagen der Burg auf Vordermann bringen wollten, dachte er tatsächlich daran – während sie ihm von siedenden Ölkesseln über den Burgtoren, Haijarda und Steinschleudern erzählte –, ob sich ihm wohl eine Gelegenheit böte, mit ihr das Lager zu teilen. Wenn es sich nicht vermeiden ließe, sogar innerhalb der Burgmauern. Aber er war sich nicht sicher, ob sie ähnlich für ihn empfand.

»Ihr seid schön«, schmeichelte Renlasol.

»Hm?«, kam es über die Lippen Niharas, die ihn aufgrund seiner Bemerkung schräg von der Seite musterte.

»Ich wollte Euch nur ein Kompliment machen«, versuchte sich Renlasol beinahe zu entschuldigen.

»Das habt Ihr, ich bin nicht taub«, meinte Nihara trocken.

»Ah … so …«, stammelte Renlasol und verstummte dann.

»Wenn Ihr mit mir schlafen wollt, dann redet nicht lange drum herum und versucht nicht, Euch bei mir einzuschmeicheln. Ich hasse das und weiß, dass ich gut aussehe. Also, sagt Eure Absichten klar an oder noch besser: Nehmt mich und tut es einfach!«

Renlasol starrte Nihara mit großen Augen an. Das hätte er nicht erwartet, und es sah einer Fürstin überhaupt nicht ähnlich. Er konnte doch nicht einfach … oder doch? Seine Gedanken verdüsterten sich und er meinte plötzlich, das Rauschen ihres Blutes in den Adern und das Pochen ihres Herzens deutlich zu hören. Ein Geschmack von Eisen bildete sich in seinem Mund, gerade so, als könnte Renlasol die Frau schmecken, als hätte er kurz zuvor von ihrem Blut gekostet. Er musste sich zurückhalten, um nicht wie eine ausgehungerte Bestie über sie herzufallen und sie hier und jetzt zu besteigen.

Was hatte Nihara vor? Ging es ihr nur um fleischliche Gelüste oder wollte sie mehr von ihm? Der Fürst zügelte sein Pferd und ließ sich geschmeidig von dessen Rücken gleiten. Nihara ritt weiter, so als hätte sie nicht bemerkt, dass er abgestiegen war.

»Wartet!«, rief er ihr hinterher.

Sie drehte sich auf dem Rücken ihres Pferdes um, sah Renlasol verdutzt stehen und lachte.

»Also doch! Ich wusste es. Etwa jetzt gleich?«

Renlasol trieb es die Schamesröte ins Gesicht. Obwohl er ein attraktiver Mann war – mächtig und in einer herausragenden Stellung als Fürst und Berater am Hofe des Regenten – und auch schon einige Erfahrungen mit Frauen sammeln konnte, schaffte es Nihara, ihn zu verunsichern. Das war ihm seit Langem nicht mehr passiert. *»Wie peinlich. Sie lacht mich aus«*, dachte er. *»Du hast dich zum Narren gemacht. Die ganze Burg und die Krieger werden es bald wissen.«* Die Fürstin zog die Zügel straff nach rechts, wendete ihr Pferd und ließ es zu Renlasol zurücktraben. Dicht neben ihm brachte sie es zum Stehen, er konnte die Wärme des Tieres auf der Haut spüren, während ihn der intensive Pferdegeruch in der Nase kitzelte.

»Seid Ihr es wert?«, wollte sie wissen.

»Nein«, antwortete Renlasol mit gesenktem Kopf.

»Gut«, sagte Nihara, »dann kann mir nichts passieren.«

Sie schwang ihr Bein über den Rücken ihres Pferdes und ließ sich fallen. Renlasol fing sie in seinen Armen auf, bevor sie auf dem Boden aufkam. Er trug sie zu einer Grasmulde in der Nähe, stellte sie vor sich hin, nahm ihren Kopf zwischen seine Hände und küsste sie.

Nihara öffnete ihre Lippen für ihn und erwiderte seinen Kuss. Ihre Zungen berührten sich, erkundeten sich gegenseitig in einem zärtlichen Spiel. Nihara ließ sich, langsam und eng an ihn gepresst, entlang seines Körpers hinabgleiten, ging auf die Knie und öffnete geschickt die Schnüre seiner Hose. Mit einem Ruck zog sie das hinderliche Leder nach unten. Sie umschloss sein Glied mit der Hand und rieb es sanft zwischen den Fingern, bis es sich vollends aufgerichtet hatte. Renlasol schloss die Augen und genoss den Augenblick. Er vergaß die Welt um sich herum, vergaß das schwarze Mal; das Blut pulsierte durch seine Männlichkeit, und ihn durchströmte das heiße Verlangen, sich mit Nihara zu vereinen.

Nihara. Ihr Name schoss ihm wieder und wieder durch den Kopf. Er wollte sie spüren, ihre Wärme, ihre Haut auf der seinen, wollte ihren Duft atmen. Vorsichtig nahm sie seine geschwollene Männlichkeit zwischen ihre Lippen, spielte neckisch mit der Zunge an der empfindlichen Spitze. Niharas Zärtlichkeiten brachten ihn beinahe um den Verstand und steigerten sein Verlangen bis zur Unerträglichkeit. Renlasol glaubte, er müsste jeden Moment vor Erregung platzen.

»Bei allen Kojos, haltet ein«, keuchte er.

Renlasol warf den Kopf in den Nacken. Eigentlich wünschte er sich nicht, dass sie damit aufhörte. Doch er würde bald die Beherrschung verlieren und wollte nicht, dass es zu früh endete. Es fühlte sich so unsagbar gut an.

Als sie nicht nachlassen wollte und ihn stattdessen nur mit einem verschmitzten Lächeln schief von unten ansah, packte er Nihara schließlich grob an den Schultern und zog sie wieder zu sich hoch. Sie hatte eine brennende Leidenschaft in ihm entfacht; er musste Nihara besitzen. Ganz.

Keinen Gedanken verschwendete er daran, dass er sich schon bald von ihr wieder verabschieden musste. Er war von den Sieben gerufen worden und seine Reise würde ihn bald nach Tartatuk führen. Aber das war jetzt bedeutungslos – nur dieser Moment zählte.

Renlasol ließ jede Zurückhaltung fallen. Er küsste sie erneut, leidenschaftlicher und intensiver als zuvor, erkundete mit den Lippen ihren Hals und vergrub seine Zähne darin. Nihara stöhnte auf. Ihr Hals blutete, nicht stark, nur eine kleine Wunde. Doch sie schien sich nicht daran zu stören, liebkoste ebenfalls seinen Hals, knabberte an seinem Ohrläppchen. Ihr Atem auf seiner Haut jagte ihm einen Schauer der Erregung über den Rücken.

Mit fliegenden Händen riss Renlasol ihr die Kleider vom Leib. Nihara tat es ihm gleich. Nackt ließen sie sich auf das weiche Gras unter ihren Füßen sinken. Renlasol drückte ihre Schenkel sanft auseinander und glitt in sie hinein. Nihara empfing ihn mit einem lustvollen Stöhnen, und die beiden gaben sich ihrem Verlangen hin. Über den Liebenden standen die Sonnen von Kryson, um sich zur Tsairu zu treffen und für die Zeit des Mittags in tiefem Rot zu vereinigen.

»Ihr wart es wert«, flüsterte Nihara noch außer Atem.

»Seid Ihr Euch da sicher?«, fragte Renlasol.

»O ja, ganz bestimmt. Und das ist nicht gut für mich«, meinte sie leise. Sie lagen erschöpft nebeneinander im Gras und betrachteten gemeinsam das Farbenspiel der Tsairu, das immer wieder faszinierend und wunderschön anzuschauen war. Nihara hatte ihren Kopf auf Renlasols Arm gebettet und sich eng an ihn geschmiegt. Renlasol drehte den Kopf, damit er ihr Gesicht betrachten konnte. Ihr standen Tränen in den Augen.

»Ich verstehe«, versuchte Renlasol sie zu trösten, während er zärtlich ihr Gesicht streichelte, »das wird vergehen.«

»Das wird es nicht und Ihr wisst das«, erwiderte Nihara. »Ich hatte Angst davor, dass Ihr mir zu nahe kommen könntet, und hätte das nicht zulassen sollen. Aber ich dachte, ich wäre stark genug, meine Gefühle zurückzuhalten. Das habe ich nun davon.«

*»Sie ist nicht so spröde und kalt, wie sie zuweilen vorgibt zu sein«*, dachte Renlasol.

»Die Kojos werden wissen, wozu das gut sein mag«, sagte Renlasol schließlich. »Ich begleite Euch zur Trutzburg Fallwas und reise dann von dort gleich weiter gen Südwesten. Gleichgültig wo wir sind und was mit uns geschehen wird, diese Erinnerung wird uns niemand nehmen.«

»Ihr habt recht. Wahrscheinlich bin ich zu weich geworden«, meinte Nihara und wischte sich mit der Hand die Tränen aus dem Gesicht, »nur weil wir uns einmal geliebt haben, geht Kryson noch lange nicht unter und wir auch nicht. Aber es ist schön zu wissen, dass es fortan jemanden gibt, der dieselbe Erinnerung und womöglich dieselben Gedanken hegen wird, auch wenn er noch so weit entfernt sein sollte.«

»Aye, eine wundervolle Vorstellung«, sagte Renlasol.

Renlasol und Nihara zogen sich an und stiegen auf ihre Pferde. Sie ritten für eine Weile schweigend nebeneinander her und jeder hing seinen Gedanken nach. Bald kamen die Mauern der Trutzburg in Sicht. Nihara entdeckte die verschwommenen Umrisse zuerst.

»Seht doch. Da vorne ist Burg Fallwas. In einer Hora sind wir da!«

Renlasol nickte. Er war froh, dass sie den verrotteten und von Blutkrähen zerhackten Leichnam ihres Vaters vom Burgtor entfernt und neben dessen Söhnen, Niharas Brüdern, bestattet hatten. Das ersparte Nihara wenigstens den grauenhaften Anblick, wenn es auch die Erinnerungen an Madhrabs Bluttat nicht auslöschen würde.

# Die Zusammenkunft

»Die Bestie beizeiten im Zweiten erwacht, er ist der Jäger und Wandler der Nacht.«

Hungrig streifte der Baumwolf durch den Wald. Sein Magen knurrte lautstark, rebellierte gegen die schmerzende Leere, die mit jeder weiteren Sardas seine Gier auf einen Happen Fleisch steigerte. Er hatte seit Tagen keine Beute mehr geschlagen und nichts gefressen. Eine innere Unruhe hatte ihn über die Baumwipfel stetig in Richtung Süden getrieben, zum Waldrand. Er kannte sich aus. Faraghad war sein Gebiet und das seines Rudels. In der Nähe, am südlichsten Rand des Faraghad, befand sich der größte Vulkan auf Ell. Tartatuk.

Er hatte großen Respekt vor dem Feuerberg und fürchtete sich vor dem Zorn des Vulkans, der jederzeit überraschend ausbrechen konnte und die Landschaft um ihn herum in ein Meer des Feuers verwandelte. Trotz seiner Angst hatte er das Rudel auf seiner Reise zurückgelassen. Soweit er sich an frühere Zeiten erinnerte, war es das größte Rudel, das er je angeführt hatte. Es wies inzwischen mehr als dreihundert Tiere auf. Sie vertrauten ihm und folgten seinem Ruf. Sie würden ungeduldig auf seine Rückkehr warten. Allerdings war es nicht leicht, das Rudel zu versorgen und zu den besten Jagdgründen im Herzen des Waldes zu führen.

Die Baumwölfe waren gefräßig und nicht leicht zufriedenzustellen. Darunter befanden sich einige sehr kräftige Tiere, die ihn hin und wieder herausforderten und ihm seinen Platz streitig machten. Es waren stets erbitterte Kämpfe auf Leben und Tod, die ihn Kraft kosteten und ihm trotz der Überlegenheit des Krolak, Wunden einbrachten. Schwer heilende Wunden. Doch er hatte bislang Glück und keine der meist tödlichen Auseinandersetzungen verloren. Aber er wusste auch, eines Tages würde er gewiss zu alt für einen Kampf gegen einen der zahlreichen Rivalen sein und seine Kräfte mussten nachlassen. Vor diesem Tag, der mit Sicherheit sein Ende bedeutete, fürchtete er sich mindestens genauso, wie erneut die Sicherheit der Naiki-Siedlung zu suchen und sich dort vor dem Unvermeidlichen zu verstecken.

Baijosto Kemyon hatte in den vergangenen fünfundzwanzig Sonnenwenden mehrmals versucht, unter seinem Volk zu leben. Er hatte sich sogar auf Anraten der weisen Solras – entgegen aller Einwände seines Bruders Taderijmon – eine Klan zur Frau genommen und mit ihr Kinder gezeugt. Die Kinder schienen sich anfangs normal zu entwickeln. Doch nach nicht einmal sechs Sonnenwenden begannen sie sich zu verwandeln. Sie waren zu jung und zu schwach und hatten daher keine Möglichkeit, den Krolak zu beherrschen. Sie waren dem Fluch wehrlos ausgeliefert. Baijosto musste eine Entscheidung treffen, die ihm das Herz brach. Am Ende war ihm nichts anderes übrig geblieben, als die Kinder zu töten, bevor sie zu Bestien heranwuchsen und Schaden anrichteten. Seine Gemahlin hasste ihn für diese Tat und verließ ihn stehenden Fußes. Sie fühlte sich um ihr Glück betrogen. Schließlich verlangte sie vom inneren Rat, Baijosto solle aus der Siedlung gejagt werden. Der Krolak konnte ihr Ansinnen verstehen. Und doch hatte der innere Rat der Naiki die Bitte abgelehnt und für ein Bleiben des Naiki-Jägers gestimmt.

Sein Gewissen wurde ihm zur Last, und obwohl sie ihn nicht aus ihrer Mitte verjagten, würden sie ihn nie wieder wie ihresgleichen behandeln. Das Letzte, was er gewollt hatte, war, den Fluch durch seine eigenen Kinder zu verbreiten. Lieber hätte er seinem Leben ein Ende gesetzt und wäre aus freien Stücken in das Reich der Schatten gegangen. Die ihn dort erwartenden Qualen in den Flammen der Pein schienen ihm vergleichsweise erträglicher als das Schicksal seiner verdammten Nachkommen.

Seit ihn der Fluch des Gestaltwandlers getroffen hatte, war es für Baijosto nicht wieder wie zuvor gewesen. Sein eigenes Volk fürchtete sich vor dem, was in ihm steckte. Jeden Tag und insbesondere in den Nächten, die er in der Siedlung verbrachte. Der Krolak konnte jederzeit ausbrechen. Die Bestie, die er zwar vorgab zu beherrschen, die ihn jedoch immer wieder einholte. Er wusste um ihre Präsenz und er spürte ihr Lauern auf eine Gelegenheit. Indem er sich ihrer Triebhaftigkeit verweigerte und zugleich die Nahrungsaufnahme ablehnte, dachte er, sie disziplinieren und im Zaum halten zu können. Er bestrafte den Krolak und damit sich selbst für das, was aus ihm geworden war. Es war ein steter Kampf in seinem Inneren um die Vorherrschaft, den er nicht verlieren wollte. Sosehr er sich auch bemühte, den Krolak zu unterjochen, die Naiki hielten den Jäger dennoch für eine Gefahr und sie lehnten die Dunkelheit von jeher ab. Es gab keinen Zweifel, dass er ein Kind der Nacht war. Baijosto fühlte und wusste, zu welcher Seite des Gleichgewichts er fortan gehörte.

Wie konnte er es ihnen verdenken? Sein Bruder Taderijmon und Ikarijo versuchten zwar ihre Ängste vor ihm zu verbergen, was ihnen jedoch nicht recht gelingen wollte. Baijosto konnte ihr Unwohlsein in seiner Gegenwart riechen und verstand ihre Blicke nur zu gut, die sie miteinander austauschten, wenn sie mit ihm sprachen. Selbst in der Gestalt des Naiki-Jägers entging ihm ihre Ablehnung nicht.

Einzig Belrod war ihm gegenüber stets offen und treu geblieben. Sein kindliches Gemüt verstand nicht, was es mit Baijosto tatsächlich auf sich hatte. Für den Maiko-Naiki war er nach wie vor Bruder, Freund und Beschützer zugleich, obwohl der starke Riese Letzteres gewiss nicht gebraucht hätte. Er war stark genug, sich zu verteidigen.

Nach drei erfolglosen Versuchen hatte sich Baijosto schließlich entschieden, die Siedlung endgültig zu verlassen und sich den Baumwölfen anzuschließen. Er wusste um die Gefahren, sich überwiegend in der Gestalt des Krolak aufzuhalten. Eines Tages würde ihm die Kraft fehlen, die Gestalt des Naiki wieder anzunehmen. Er fürchtete sich davor, seine restliche Würde oder gar seine Seele zu verlieren. Dennoch, über einige Sonnenwenden hinweg hatte er das Leben und die Freiheit unter den Baumwölfen sogar genossen und hatte tatsächlich so etwas wie Glück verspürt.

Im Gegensatz zu den Naiki lehnten die Baumwölfe den Krolak nicht ab, sondern sahen ihn als einen der Ihren an. Ein starker Verbündeter. Ein Anführer. Die Anerkennung seines Rudels als gefährlichstes Raubtier war für Baijosto leichter zu ertragen als das Leben unter den Naiki. Weilte er unter den Baumwölfen, hatte er oft das Gefühl, sie halfen ihm, indem sie den Fluch und dessen Last mit ihm teilten. Sie respektieren ihn als ihren Anführer. Die stärksten und schönsten Weibchen des Rudels warfen sich ihm zu Füßen, damit er sie bestieg und ihnen starken Nachwuchs schenkte. An manchen Tagen kam es ihm eigenartig vor. Ihnen gegenüber plagte ihn nicht wie bei den Naiki und Klanfrauen das schlechte Gewissen. Und ihre mit dem Fluch belasteten Kinder störten ihn nicht. Sie wuchsen zu starken Baumwölfen heran. Es machte keinen großen Unterschied für ihn, die Bestie würde bei diesen Kindern immer präsent sein. Sie waren so geboren worden und wussten nichts vom Leben eines Naiki. Es interessierte sie nicht. Eines Tages würden sie seine Kontrahenten sein und sich ihm entweder im Kampf um die Führung des Rudels entgegenstellen oder seinen Schutz verlassen und ein eigenes Rudel gründen. Aber bis dahin ordneten sie sich ihm unter.

Obwohl er die Baumwölfe in seinem Innersten verabscheute, empfand er sogar einen väterlichen Stolz, wenn er die jungen Baumwölfe beim ausgelassenen Spiel, Kräftemessen, Raufen und Balgen beobachtete. Schließlich waren sie selbst in der Gestalt der Raubtiere seine Kinder. Sie waren von Geburt an Baumwölfe und wandelten ihre Gestalt nicht. Baijosto war sich sicher, dass sie bei höherentwickelter geistiger und charakterlicher Stärke durchaus in der Lage gewesen wären, sich in einen Naiki zu verwandeln. Für diese Annahme würde er allerdings niemals eine Bestätigung erhalten.

Baijosto ruhte sich auf einem Baum von der langen Wanderung aus. Er war bis zur höchsten Stelle geklettert und hatte sich auf einem Ast niedergelassen, der sein Gewicht gerade so hielt, von dem aus er allerdings eine gute Sicht in alle Richtungen hatte, ohne vom Waldboden aus gesehen zu werden. Bald würde er sein Ziel erreichen und hatte sich die Rast verdient.

Der Geruch nach Rauch und verbranntem Fleisch stieg ihm in die Nase. Er nahm sofort die Witterung auf, reckte den Kopf nach oben und hielt seine Nase in den Wind. Sein Blick wanderte suchend über die Bäume und den Waldrand hinweg bis zu einer Stelle, an der er eine Ansammlung aus Hütten und Gehöften erwartet hätte. Baijosto kannte das Dorf. Eine Klansiedlung namens Moyin, gerade groß genug, um sich selbst versorgen und in der Nähe des Vulkangebietes überleben zu können. Doch nun stand keine einzige Hütte mehr.

»*Das Dorf ist niedergebrannt worden*«, dachte Baijosto traurig. »*Wer tut so etwas? Moyin war ein friedlicher Ort. Befinden sich die Klan im Krieg untereinander oder sind die Rachuren zurück?*«

Er schloss auf einen Angriff der Rachuren. Die Klan führten zwar hin und wieder Krieg gegeneinander, aber sie waren meist nicht darauf aus, alles zu zerstören. Insbesondere nicht, wenn sie etwas Nützliches fanden wie die Gehöfte in Moyin. Aber auch diese waren bis auf die Grundfesten zerstört worden.

Balken ragten wie mahnende Finger schwarz in den Himmel. Der Rauch hatte sich noch nicht verzogen. In manchen Hütten konnte er noch den Schein der Flammen erkennen.

Übel zugerichtete, angenagte und zerstückelte Leichenteile säumten die Gassen des Dorfes, in der einst fröhlich die Kinder gespielt hatten. Der Wind trug ihm die unterschiedlichsten Gerüche herüber. Der Krolak konnte das Blut der Opfer und die verkohlten Kadaver riechen. Sein Magen rebellierte und forderte ihn erneut mit Nachdruck auf, ihm etwas zu essen zu besorgen, und das sofort. Baijosto wurde klar, wer auch immer für den Angriff verantwortlich war, hatte ganze Arbeit geleistet und war ein überaus gefährlicher Gegner. Der Krolak würde warten und sich umsehen müssen, bevor er die Sicherheit seines Waldes verließ, um sich dem Fuße des Tartatuk zu nähern. Der Angriff konnte noch nicht lange her sein, und es schien möglich, dass sich der Gegner ganz in der Nähe aufhielt. Der Krolak schärfte all seine Sinne und sah sich mehrmals sorgfältig um. Doch er konnte keinen Feind entdecken. Sie mussten bereits weitergezogen sein.

Plötzlich nahm er einen anderen Geruch wahr. Einen verlockenden, geradezu betörenden Duft nach frischem Fleisch und Blut. Aber da war noch etwas anderes, was seiner feinen Nase nicht entging. Angst. Hinzu kamen Geräusche, die sich wie das Rasen mehrerer Herzen anhörte. Sie waren nicht im Gleichklang und klopften wild durcheinander. Baijosto hielt immer wieder inne und sah sich nach der Ursache von Geruch und Geräuschen um. Und endlich entdeckte er, wonach er suchte. Unterhalb seines Standortes versteckten sich im Dickicht des Waldes einige Kinder. Es handelte sich eindeutig um Klankinder. Sie zitterten am ganzen Leib und hatten sich eng aneinandergeschmiegt, so als würde jeder beim anderen nach Trost suchen und ihn nicht finden. Ein Kind schluchzte leise, während ein anderes verzweifelt versuchte, es zu beruhigen, und immer wieder eindringlich zur Ruhe mahnte. Die Gruppe von Kindern hatte den Krolak nicht bemerkt. Bestimmt waren sie vor dem Angriff aus dem Dorf weggelaufen und versteckten sich nun vor dem Zugriff der Häscher. Sie fürchteten sich nicht vor ihm, sondern vor etwas anderem. Wovor auch immer sie in den Wald geflüchtet waren, es musste ihnen einen gewaltigen Schrecken eingejagt haben. Das konnte der Krolak riechen, ihr Geruch war intensiv.

Der Hunger überkam ihn und ihm lief das Wasser im Maul zusammen. Das war die beste Gelegenheit auf einen vollen Magen, seit er die Siedlung der Naiki verlassen hatte. Die Kinder waren ein Leckerbissen ohnegleichen und er würde endlich satt werden.

Durfte er sich dieses Mahl entgehen lassen? Baijosto kämpfte gegen sich selbst. Würde er jetzt seinem Trieb nachgeben, hätte er anschließend Mühe, den Krolak zu unterdrücken. Aber der Geruch war nur allzu verlockend.

»*Ich werde es kurz und schmerzlos machen, Kinder. Das verspreche ich euch*«, dachte Baijosto. »*Und vergesst nicht, es geschieht für einen guten Zweck. Mein Überleben!*«

Langsam und geräuschlos pirschte er sich von oben an die Gruppe der Kinder heran. Dabei wechselte er unbemerkt einen Baum nach dem anderen, bis er über ihnen angekommen war und auf sie hinabblickte.

»*Das ist beinahe zu einfach*«, dachte Baijosto nahezu enttäuscht, »*ich sollte die Kinder aufscheuchen, damit sie flüchten und ich sie jagen kann.*«

Baijosto brauchte sich nur fallen zu lassen und er würde auf einen Schlag zwei von ihnen reißen können. Genug, um seinen Durst an ihrem Blut stillen und sich an ihrem Fleisch sättigen zu können. Die Bestie wurde wach und seine Bereitschaft, sich ihr entgegenzustellen und um das Leben der Kinder zu kämpfen, schwand mit jeder Sardas, in der er sie länger betrachtete.

»*Warum sollte ich Mitleid mit ihnen haben?*«, fragte sich Baijosto. »*Sie sind Klan. Nein, sie sind Nahrung. Nichts weiter. Fleisch, das sich im Wald verirrt hat. Sie werden früher oder später ohnehin sterben. Der Faraghad kennt keine Gnade. Hole ich mir die Kinder nicht, wird es ein anderer tun.«*

Der Naiki in ihm versuchte sein Gewissen zu beruhigen, während der Trieb des Krolak und des Jägers immer größer wurde. Der schrille Schrei eines Jungen riss den Krolak aus seinen Gedanken.

»*Verdammt*«, fluchte Baijosto in Gedanken, als er die Ursache des Rufs bemerkte.

Starr vor Schreck, mit weit aufgerissenen Augen und Mund, blickte eines der Kinder nach oben. Langsam, ganz langsam bewegte sich der Arm des kleinen Jungen in seine Richtung, bis er schließlich mit ausgestrecktem Zeigefinger genau auf den Krolak deutete. Die anderen Kinder waren durch den Schrei aufgeschreckt worden und folgten dem Zeichen des Jungen.

»*Jetzt oder nie*«, dachte der Krolak.

Bereit, seine Beute mit Klauen und Zähnen zu zerfetzen, ließ sich Baijosto mit weit ausgebreiteten Armen fallen. Überraschend aus der Starre erwacht stoben die Kinder plötzlich in alle Richtungen auseinander. Der Sprung ging ins Leere und der Krolak landete mit leeren Armen auf dem Waldboden. Baijosto fletschte die Zähne. Ein frustriertes Knurren entwich seiner ausgetrockneten Kehle. Schnell drehte er sich um, die Verfolgung eines Jungen aufzunehmen, den er sich als erstes Opfer auserkoren hatte. Mit nur zwei Sprüngen hatte er ihn eingeholt und warf das Kind zu Boden. Der Junge schrie, versuchte sofort wieder auf die Beine zu kommen und erneut zu fliehen. Aber der Krolak stand über ihm, jederzeit bereit, seinem Opfer die Klauen in die Flanke zu treiben und ihm den Hals aufzureißen. Geifer troff aus den Lefzen des Krolak und benetzte das Gesicht des Kindes, das den Kopf vor lauter Angst und Ekel immer wieder hin- und herwarf. Der Krolak brüllte ohrenbetäubend und hob eine Pranke, um dem Jungen den entscheidenden Todesstoß zu verpassen.

*»Unschuldig ist des Vierten Geist, Reinheit und Stärke er den Streitern verheißt.«*

Ein Geräusch ließ den Krolak aufhorchen. Er vernahm raschelndes Laub und das Knacken eines Astes in seinem Rücken. Der Krolak zögerte einen Augenblick zu lange, wurde von dem Jungen mit einem gewaltigen Ruck weggerissen und flog durch die Luft. Baijosto hatte sich durch den harten Aufprall an einem nahe stehenden Baumstamm einen Knochen gebrochen und heulte vor Schmerzen auf. Er musste nach Atem schnappen. Wütend rappelte sich der Krolak auf, schüttelte die erste Benommenheit ab und machte sich für einen Angriff auf den unbekannten Beschützer bereit. Baijosto drehte sich, einem furiosen Tänzer gleich, blitzschnell um seine eigene Körpermitte. Seine Augen weiteten sich vor Schreck, als er seinen mächtigen Gegner erblickte. Ein Hüne mit Armen und Beinen wie Baumstämmen hatte sich schützend zwischen ihn und den Jungen gestellt, unverrückbar wie ein Fels in der Brandung. Wollte sich Baijosto den Jungen holen, müsste er zuerst diesen Riesen aus dem Weg räumen. Aber dieser machte auf Baijosto nicht den Eindruck, aus freien Stücken zu weichen. Der Riese strotzte vor Kraft und war ein ernst zu nehmender Gegner. Baijostos Wut und Angst wichen der Vorsicht und Besinnung. Er musste sich vorsehen und sich besser kontrollieren. Plötzlich traf ihn die Erinnerung wie ein Schlag. Der Krolak kannte den Beschützer dieser Kinder.

»Belrod?«, knurrte Baijosto verdutzt.

»Bascho böse«, bekam der Krolak zur Antwort.

»Was – bei den Kojos – machst du hier?«, wollte Baijosto wissen.

»Solras«, sagte Belrod.

»Solras schickt dich?«

»Solras sagt, ich soll auf Bascho aufpassen!«

Belrods Wortschatz war in den vergangenen Sonnenwenden deutlich gewachsen und seine Aussprache war klarer geworden. Offensichtlich hatte sich Solras große Mühe mit dem Maiko-Naiki gegeben und jeden Tag hart mit ihm gearbeitet.

»Lass mir den Jungen, Belrod«, verlangte der Krolak, »ich bin am Verhungern.«

»Nein«, zeigte sich Belrod stur, »Bascho Bruder. Bascho Freund. Will nicht, dass Bascho böse.«

»Belrod!« Baijosto klang verzweifelt und zwischen seine Worte schlichen sich zunehmend knurrende Laute. »Mach den Weg frei. Ich will dich nicht verletzen.«

»Nein! Belrod schützt Kinder. Bascho muss töten Belrod, oder Belrod tötet Bascho.«

»Aber du bist mein Bruder.«

»Bascho böse. Kinder sicher.«

»Verdammt, Belrod! Warum bist du mir nur gefolgt?«

»Solras.«

»Ich weiß, das hattest du erwähnt.«

Baijosto kämpfte und weigerte sich, den Maiko-Naiki anzugreifen. Es bereitete ihm größte Mühe, sich zurückzuhalten. Aber es musste ihm rasch gelingen, den Krolak zu unterdrücken und sein Gemüt wieder zu besänftigen. Er war bereits zu weit gegangen. Die Beute so kurz vor dem Ziel aufzugeben, erwies sich als ein beinahe unmögliches Unterfangen und es schmerzte. Gelang ihm das nicht, lief er Gefahr, die Kontrolle zu verlieren und den Riesen schwer zu verletzen. Das durfte niemals geschehen. Er liebte Belrod wie einen eigenen Sohn. Nach all der Zeit in der selbst auferlegten Verbannung hatte sich der Maiko-Naiki als der treueste Freund erwiesen, der ihm niemals vorgeworfen hatte, was aus ihm geworden war.

»Bitte!«, flehte Belrod.

Der Maiko-Naiki drehte seinen Kopf leicht und deutete mit der Hand auf einen prall gefüllten Sack, den er auf seinem

Rücken trug. Es war ein riesiger Rucksack aus festem, grünem Stoff, wie ihn die Naiki oft auf längeren Ausflügen durch die Wälder benutzten. Nur dieser war deutlich größer und voller gepackt als üblich.

»Belrod hat Kleidung, Essen und Trinken«, bot der Riese an, »genug für Bascho, Belrod und Kinder.«

Belrod öffnete die über der Brust gekreuzten Lederriemen und ließ den Sack zu Boden gleiten. Baijosto konnte erkennen, dass der Sack enorme Ausmaße besaß und bis zum Rand gefüllt sein musste. Er fragte sich, wie Belrod es wohl geschafft hatte, dieses Gewicht von der Siedlung bis zum Waldrand zu schleppen. Natürlich wusste Baijosto, dass der Maiko-Naiki stark war – das hatte er soeben selbst schmerzhaft zu spüren bekommen –, aber er nahm an, dass seine Kräfte noch deutlich zugenommen haben mussten. Jeder andere wäre keine zwei Schritte weit gekommen und unter der Last zusammengebrochen.

Die Gedanken lenkten ihn von seiner Gier ab. Baijosto beruhigte seinen Atem, nahm sich zurück und setzte sich schließlich hin. Er konzentrierte sich, leerte seine Gedanken, drängte die Bestie in ihm zurück und verwandelte sich. Als er in der Gestalt des Naiki-Jägers nackt auf dem Waldboden hockte und zu seinem Freund aufblickte, sah er, wie sich Belrods Gesichtszüge erhellten. Der Maiko-Naiki gab die drohende Haltung auf, riss die Arme auseinander und rannte freudestrahlend auf Baijosto zu. Er hob den Naiki vom Boden auf, als wöge dieser nichts, warf ihn hoch in die Luft und fing ihn mit den Armen wieder auf. Als Belrod ihn anschließend zu fest an sich drückte, begann Baijosto vor Schmerzen zu stöhnen.

»Du erdrückst mich, Belrod!«, jammerte der Naiki-Jäger. »Und außerdem hast du mir einen Knochen im Leib gebrochen.«

Belrod ließ den Jäger sofort los. Der Riese hatte Tränen in

den Augen. Baijosto konnte nicht unterscheiden, ob es Freudentränen waren oder der Riese aus Kummer weinte, weil er ihm Schmerzen zugefügt hatte.

»Schuldegung. Leid tut Belrod. Habe Kräutersalbe« sagte der Riese und kramte ein in Blätter verschnürtes Päckchen aus dem Rucksack,

»Schon gut. Achte auf deine Kraft, Belrod. Nicht jeder ist so stark wie du.«

Besorgt blickte sich Belrod nach den Kindern um. Der Junge, dem der Riese das Leben gerettet hatte, stand noch immer wie angewurzelt an Ort und Stelle. Die anderen Kinder waren geflohen und hatten sich im Dickicht des Waldes versteckt. Baijosto konnte sie nach wie vor riechen. Sie waren nicht weit entfernt. Er ging einige Schritte auf den Jungen zu. Belrod stellte sich nicht mehr in den Weg und ließ es zu.

»Wie heißt du, Junge?«, wollte Baijosto wissen.

»Ne... Ne... Neslab«, stotterte der Junge.

»Fürchte dich nicht«, versuchte der Naiki den Jungen zu beruhigen, »die Gefahr ist vorüber. Du bist bei uns sicher. Ruf die anderen Kinder. Wir wollen etwas essen und dann erzählst du uns, was geschehen ist.«

Neslab traute dem Frieden nicht. Nie zuvor hatte der Junge einen Gestaltwandler gesehen und wusste aus Erzählungen seines Großvaters, wie gefährlich Baumwölfe sein konnten. Zu viel Schlechtes hatte er in den letzten Horas erleben müssen. Erst als Belrod wieder an seine Seite trat und aus seinem Rucksack Brote, Wurst, Käse und Gemüse zutage förderte, fühlte er sich wohler und war bereit, seine Freunde zu sich zu rufen. Zögernd, wie scheue Tiere jederzeit zur Flucht bereit, kamen die Kinder aus ihren Verstecken geschlichen.

Ihre Anspannung legte sich zum Teil, als sie mit einem Stück Brot in der Hand unter einem Baum saßen und den Gestaltwandler in einigermaßen sicherem Abstand wähnten.

Lediglich Neslab war es gelungen, sein Misstrauen abzulegen. Er setzte sich neben Belrod und erzählte dem Naiki von dem Überfall der Rachuren auf sein Dorf. Der Junge berichtet davon, wie er und die anderen Kinder vom Waldrand aus beobachten mussten, wie ihre Familien getötet und die Häuser niedergebrannt worden waren. Neslab weinte, als er den Todsänger erwähnte, der den Waldrand mit den Augen abgesucht und zu ihrem Versteck herübergeblickt hatte. Sie waren sich sicher, dass der Todsänger sie entdeckt hatte. Die Kinder hatten Todesängste ausgestanden.

»Was machen wir mit den Kindern, Belrod?«, fragte Baijosto. »Wir können sie nicht sich selbst überlassen. Im Faraghad lauern viele Gefahren auf sie. Bringen wir sie zurück zu den Klan, fallen sie vielleicht bald tatsächlich in die Gewalt der Rachuren. In der Siedlung können sie überleben.«

»Belrod ruft Jäger«, antwortete der Maiko-Naiki.

»Sind die Naiki nah?«

»Nah!«, nickte Belrod.

Der Maiko-Naiki erhob sich und entfernte sich einige Schritte von ihrem Lagerplatz. Sofort sprang Neslab auf und folgte ihm. Die anderen Kinder taten es ihrem Freund gleich und wichen nicht von der Seite des Riesen. Baijosto konnte ihnen ihr Verhalten nicht verübeln. Immerhin war er drauf und dran gewesen, die Kinder aufzufressen.

»Ohren halten zu«, hörte Baijosto den Riesen zu den Kindern sagen.

Die Kinder gehorchten. Belrod lächelte zufrieden und begann seinen Brustkorb mit tiefen Atemzügen voll Luft zu pumpen. Er stampfte mit den Füßen auf und stemmte die Fäuste in seine Hüfte. Ein markerschütternder Schrei folgte und fegte wie ein Sturm durch die Bäume des Waldes.

»Bei allen Kojos, Belrod«, sagte Baijosto, »was tust du? Die Rachuren könnten noch in der Nähe sein.«

»Belrod ruft Jäger«, antwortete Belrod gelassen, »Jäger hören Schrei.«

»Daran zweifle ich nicht«, meinte Baijosto, »aber die Rachuren …«

»Rachuren kommen«, erwiderte Belrod, »Rachuren sterben.«

Das war ein Wort des Riesen. Mutig. Wer wollte den Kampfgeist des Maiko-Naiki infrage stellen? Baijosto war nun doch froh, dass ihm Belrod gefolgt war. Es tat gut, einen alten Freund bei sich zu haben, dem er blind vertrauen konnte.

Baijosto angelte sich einige Kleidungsstücke aus dem Rucksack. Sie waren frisch gewaschen und passten wie angegossen. Solras hatte wirklich an alles gedacht. Sie war eine gute Frau und hatte in der Siedlung die Stellung Metahas eingenommen. Es war ein eigenartiges Gefühl. Ausgerechnet eine Nnobei-Klan stand der Siedlung der Naiki vor, und Metaha hatte Solras dazu auserkoren. Baijosto musste bei dem Gedanken lachen. Welche Ironie lag darin? Er hatte eine Sklavin aus den Händen der Rachuren befreit und dafür einen Preis bezahlt, der ihn in eine rastlose Bestie verwandelt hatte. Verstoßen von seinem Volk, in der eigenen Familie unerwünscht, hatte er letztlich alles verloren, was ihm einst wichtig gewesen war.

Während sie auf das Eintreffen der Naiki-Jäger warteten, ließ sich Baijosto berichten, was sich in der Siedlung während seiner Abwesenheit ereignet hatte, wie Belrod ihm gefolgt war und ihn schließlich gefunden hatte. Die Fähigkeiten des Maiko-Naiki und die innere Verbundenheit mit seinen Brüdern hatten ihm dabei geholfen. Aber Baijosto war überrascht zu hören, dass der Riese weniger der Kunst des Telaawa als einer inneren Stimme gefolgt war, die ihn bis zum südlichen Waldrand geführt hatte und nach Tartatuk lockte. Sie hatten dasselbe Ziel, was Baijosto sehr beruhigend fand. Belrod war einer der Sieben.

*»Sterben muss der Fünfte im Namen der Freiheit, er verkörpert Magie, trägt der anderen Leid.«*

Ihre Wege hatten sich schon bald nach ihrer Abreise aus Tut-El-Baya getrennt. Während Tomal entlang der Ostküste durch Fallwas-Gebiet nach Süden reiste, um dort nach einer sagenumwobenen Insel im Meer zu suchen, hatten sich Tallia und Sapius für die Route nach Westen über die Fürstentümer Barduar und Habladaz nach Otevour und schließlich zum Vulkan Tartatuk entschieden. Eine gefährliche Reise, führte sie die Magier doch an den von den Rachuren bereits eroberten Gebieten vorbei.

Sapius kannte die Bilder der Verwüstung nur zu gut. Schon einmal hatte er sich heimlich durch die Linien der Rachuren schlagen müssen, das Elend und die Schrecken des Eroberungskrieges mit angesehen. Er hoffte, dass ihnen eine Begegnung mit den Rachuren und ihren Chimärenkriegern auf ihrer Reise nun erspart bliebe und sich die grauenhaften Eindrücke in Grenzen halten würden. Allerdings hatten die neuesten Spähberichte über die Truppenbewegungen entlang des Faraghad-Waldes nichts Gutes versprochen. Fliegende Drachenchimären und Todsänger waren eine Herausforderung, der die beiden Magier nicht einmal gemeinsam gewachsen waren.

*»Vielleicht könnten wir einen offenen Kampf wagen, wenn Tomal bei uns wäre«*, dachte Sapius, *»aber so werden wir uns vor den Rachuren verstecken müssen.«*

»Du siehst besorgt aus, Sapius«, sagte Tallia, »stimmt etwas nicht?«

»Ich weiß nicht«, schüttelte Sapius den Kopf, »wir sollten den Rachuren aus dem Weg gehen.«

»Denkst du, sie könnten uns gefährlich werden?«

»Allerdings. Gegen den Gesang der Todsänger ist kein Kraut gewachsen«, meinte Sapius, »jedenfalls kenne ich nichts, was dagegen helfen würde.«

»Bist du dir sicher?«, hakte Tallia nach.

»Ich habe schon einmal gegen einen Todsänger angesungen und konnte den Gesang zwar übertönen. Aber seine Wirkung konnte ich dadurch auch nicht verhindern.«

»Jeder behauptet, die Todsänger seien nicht von dieser Welt«, grübelte Tallia. »Aber ich bin mir sicher, dass es etwas gibt, was gegen sie hilft. Vielleicht nicht auf Ell. Aber an einem anderen Ort ganz bestimmt.«

»Fee?« Sapius war erstaunt über die Bestimmtheit, mit der Tallia ihre Ansicht vortrug.

»Vielleicht …« Sie zuckte mit den Schultern. »Wer weiß das schon. Niemand kennt ihn und niemand will dort gewesen sein, aber jeder redet über ihn und die verborgenen Geheimnisse und Schätze, die es dort angeblich zu finden gibt. Für uns freien Magier soll Fee ein Paradies sein.«

»Es gibt ihn«, behauptete Sapius, »Fee ist der Ursprung und die Heimat unserer Drachen. Sie haben mir davon erzählt. Ich habe Bilder ungewöhnlicher Wälder und Landschaften in ihren Köpfen gesehen. Berge, so hoch, dass selbst ein Drache ihre Gipfel nicht überfliegen kann. Die Tartyk erzählen sich, dass der Yasek, bevor er durch die Wahl der Drachen sein Amt antreten kann, von den Echsen nach Fee gebracht wird. Niemand außer dem Yasek selbst weiß das. Vater hat nie darüber gesprochen.«

»Tatsächlich? Und wo sind deine Drachen und dein Vater jetzt?«

»Woher soll ich das wissen?« Sapius klang verärgert. »Wahrscheinlich sind sie alle tot. Haffak Gas Vadar erwähnte einst das große Drachensterben, das sie nach Hause brächte. Aber es ist eigenartig. Ich werde das Gefühl nicht los, dass die Drachen in unserer Nähe sind und sich in Not befinden. Ich spüre das schon sehr lange in mir, aber ich konnte es weder in Eisbergen noch in Tut-El-Baya richtig greifen. Je näher wir allerdings den Rachuren und Krawahta kommen, desto stärker wird die Empfindung.«

»Dann solltest du deinen Gefühlen Vertrauen schenken«, antwortete Tallia, »sie täuschen dich selten.«

»Möglich, dass du recht hast«, gab Sapius zu, um gleich darauf das Thema zu wechseln. »Lass uns springen, wir haben lange genug ausgeruht!«

Dieses Mal war es an Sapius, den ersten Sprungstein auszuwählen. Er war sehr sorgfältig dabei und forderte Tallia damit heraus, indem er einen sehr weit entfernten Stein als ihr nächstes Ziel vorgab. Aber in Sapius' Augen benötigte sie diese Art von Herausforderung. Tallia neigte dazu, überheblich zu werden und leichtfertig die weiteren Übungen zu vernachlässigen, wenn sie glaubte, etwas besonders gut zu können.

Sapius besaß hervorragende Augen, was Tallia hingegen nicht von sich behaupten konnte. Sie hatte große Mühe, das Ziel zu erkennen. Aber schließlich hatte sie den Stein mit Sapius' Geduld und Unterstützung gefunden.

Sapius und Tallia sprangen.

*»Im Dritten fließt gar dunkles Blut, Neid und Hass schür'n seine Glut.«*

Der Erste der Sieben, der sich am Fuße des Tartatuk eingefunden hatte, war Malidor. Der Magier war in Begleitung von Kallya und Goncha angekommen. Zu ihrem Glück hatte es auf ihrem Marsch aus Gafassa keinerlei Zwischenfälle oder Begegnungen mit den Rachuren gegeben. Lediglich ein hungriger Gnatha hatte Goncha an den Pelzkragen gewollt. Der Felsenfreund hatte sich unter einem Stein versteckt, während Kallya dem Riesenvogel den Kopf abgeschlagen hatte. Den Vogel anschließend zu rupfen war eine harte und stinkende Angelegenheit gewesen, die Kallya ihrem Magier überlassen hatte. Aber die Mühe hatte sich gelohnt und der Gnatha war als leckerer Braten auf einem Spieß über dem Feuer gelandet.

Sie hatten sich ein kleines Lager eingerichtet, das die anderen Streiter bei ihrer Ankunft nicht verfehlen konnten. Sollten sie es dennoch nicht sofort finden, wäre es ein Leichtes, den Vulkan einmal zu umrunden. Die restlichen sechs Streiter würden irgendwann von selbst auf das Lager stoßen müssen. Dies war innerhalb zweier Tagesmärsche machbar.

Der kleine Felsenfreund hatte Malidor und den Lesvaraq zum Treffpunkt der Zusammenkunft an den Vulkan Tartatuk geführt. Kallya war nicht glücklich über die Begleitung. Eine Pelzechse war in ihren Augen nicht der richtige Wegweiser. Sie traute keiner Echse und schon gar keinem Felsenfreund, dessen Wesen ihr vollkommen fremd war. Obwohl sie die Magie und ein tiefes Wissen in ihm spürte, fiel es ihr nicht leicht, ihn zu akzeptieren. Außerdem konnte sie seine Gedankensprache nicht verstehen und vernahm stattdessen nur ein leises, helles Fiepen, wenn er redete. Kallya bezweifelte, dass Vargnar ihn verstand, und behauptete, der Prinz der Felsgeborenen bilde sich die Stimme seines Felsenfreundes nur ein. Sie bezeichnete Vargnar daher gern auch als ein klein wenig verrückt. Malidor hingegen störte sich nicht an der Gesellschaft des Felsenfreundes. Er hielt ihn für niedlich und harmlos.

Die Tage des Wartens zogen sich. Kallya und Malidor erkundeten die Gegend, während sich Goncha in der Zeit ihrer Abwesenheit die Sonnen Krysons auf den Pelz scheinen ließ, viel schlief, sich bei Gefahr unter Steinen versteckte und die Wärme der vulkanischen Umgebung genoss.

Der Felsenfreund ahnte wohl, dass sie noch länger auf Vargnar warten mussten. Die Verformung der Felsen kostete Zeit und Kraft. Er hatte keinen Zweifel daran, dass der Prinz der Verformung gewachsen war und nicht für immer im Fels bleiben müsste. Goncha hoffte nur, dass es nicht mehr allzu lange dauern würde. Seine Zeit auf Kryson war begrenzt, das Ende schon nahe. In letzter Zeit träumte er oft vom Land der Tränen. Ein eigenartiges Gefühl, das zwischen Vorfreude auf die Zeit danach und Trauer über den baldigen Abschied von Vargnar schwankte, beschlich ihn. Der Felsenfreund machte sich Gedanken darüber, ob sich der Prinz auch ohne ihn zurechtfände. Aber natürlich würde Vargnar das. Goncha wusste es wohl. Die Zeit ließ sich nicht aufhalten, und der Wechsel der Felsenfreunde war ein natürlicher, regelmäßig wiederkehrender Vorgang. Sicher würde der neue Felsenfreund seine Sache gut machen und ihn bestens ersetzen. Dennoch schmerzte ihn die Vorstellung; Goncha und Vargnar waren dicke Freunde geworden. Er konnte sich nicht vorstellen, ihn jetzt im Stich lassen zu müssen. Sie hätten doch noch so viele Abenteuer gemeinsam erleben können.

Bevor Goncha den Prinzen allerdings für immer verlassen musste, wollte er ihn unbedingt noch einmal sehen und sich verabschieden. Außerdem war er neugierig auf seinen Nachfolger, dem er vieles mitzuteilen gedachte. Ein junger, unerfahrener Felsenfreund, der sich bereits auf den langen Weg gemacht haben musste, ihn abzulösen und sich dem Prinzen anzuschließen. Goncha wollte ihm Wissen und Ratschläge mit auf den Weg geben. Vargnar war schließlich ein Prinz der Felsgeborenen und besaß einige Eigenarten.

Der Felsenfreund hatte noch keinen Weg gefunden, sich seinen ungeduldigen Weggefährten mitzuteilen. Versuchte er es mit Geschrei und Gezeter, zuckten sie gleichgültig mit den Schultern. Sie verstanden ihn einfach nicht. Dies wiederum ließ Goncha an ihren Fähigkeiten zweifeln, denn konnten sie sich nicht mit ihm unterhalten, blieb für sie auch das Flüstern der Steine ein Rätsel. Einst hatte er einen Magier kennengelernt, dem er sich auf Anhieb hatte mitteilen können.

»*Sapius hieß er*«, dachte Goncha, »*ich erinnere mich genau an den hinkenden Mann. Aber er war ein Tartyk, wenn ich mich nicht täusche. Ein Drachenreiter. Vielleicht war er deshalb empfänglich für unsere Sprache. Die Drachen sind Echsen und unterhalten sich mit den Tartyk auf ähnliche Weise wie wir mit den Felsgeborenen. Daran muss es liegen.*«

Kallya und Malidor hatten das Lager in der Morgendämmerung verlassen. Goncha hatte es sich auf einem Lavastein gemütlich gemacht und döste in den Tag hinein. In seinem Traum saß er wie so oft auf der Schulter des Prinzen, hielt sich ängstlich an dessen Steinkragen fest und stürzte mit ihm in die Tiefe einer Schlucht. Wie oft hatten sie dieses Erlebnis miteinander geteilt? Tausendfach. Und wie eindringlich hatte er den Prinzen doch jedes Mal gebeten – ihn ermahnt –, endlich davon abzusehen und den sicheren Weg nach unten zu wählen. Klettern, das konnte Goncha gut. Vargnar hatte den Felsenfreund nur ausgelacht und war trotzdem gesprungen. Was war dem Felsenfreund anderes übrig geblieben, als sich, zitternd vor Angst, an ihm festzuklammern und auf ein gutes Ende zu hoffen. Goncha hasste die Stürze in die Tiefe. Sie waren gefährlich. Ein unbedachter Moment, ein Windstoß, Ablenkung im falschen Augenblick oder ein zu spätes Öffnen und sie wären am Boden oder einer Felswand zerschmettert worden. Selbst ein Felsgeborener war davor nicht gefeit. Vargnar wusste um seine Unvernunft. Aber er liebte die Gefahr wie kaum ein anderer. Goncha hatte jedenfalls niemanden kennengelernt, der dem Prinzen in dieser Leidenschaft auch nur annähernd gleichkam.

Kurz vor dem Aufprall erwachte Goncha. Was war das? Jemand war in seinen Gedanken und hatte seinen Namen gerufen. Hatte er das nur geträumt? War Vargnar angekommen?

Goncha schreckte hoch, putzte sich nervös die Nase mit den Vorderpfoten und sah sich dabei vorsichtig um. Unweit seiner

Schlafstelle saß ein Felsenfreund auf einem Stein. Der Felsenfreund hatte sich aufgerichtet und starrte frech zu ihm herüber. Goncha rieb sich den Schlaf aus den Augen.

»Wer bist du?«, nahm Goncha Kontakt mit dem anderen Felsenfreund auf.

»Ich bin Rodso«, sagte der Neuankömmling, »und du musst Goncha sein, stimmt's?«

»Rodso?«, fragte Goncha.

»Genau«, bestätigte Rodso, »Goncha?«

»Ja, ich bin es.«

Goncha betrachtete den Felsenfreund eingehend. Er hatte einen hellbraunen Pelz, der mit dunklen Streifen und einigen rötlich schimmernden Punkten durchsetzt war. Das war eine ungewöhnliche und seltene Musterung für einen Felsenfreund. Aber er war ein hübsches Kerlchen, das musste Goncha schon zugeben, obwohl er auch ein klein wenig neidisch auf den neuen Felsenfreund war. Vargnar würde bestimmt Gefallen an ihm finden. König Saragar hatte sich offensichtlich Mühe gegeben, seinem Sohn einen würdigen Nachfolger für Goncha zu schicken.

Rodso stellte sich auf die Hinterbeine, wirbelte plötzlich um die eigene Achse und hüpfte wild von einem Bein aufs andere.

»Was tust du da?«, wollte Goncha wissen.

»Tanzen«, antwortete Rodso, ohne weiter darüber nachzudenken.

»Wie bitte?«

»Ich tanze, siehst du das nicht?«, meinte Rodso keck.

»Felsenfreunde tanzen nicht«, tadelte Goncha den Frischling.

»Wieso nicht?«, fragte Rodso und hielt mitten in der Bewegung inne. »Das macht Spaß. Du solltest einen Tanz versuchen.«

»Nein, ganz bestimmt nicht«, lehnte Goncha ab, »ich bin

zu alt! Meine Knochen sind müde. Außerdem kümmern wir Felsenfreunde uns um das Wissen und das Gewissen der Felsgeborenen. Wir sind die Vernunft, sollten sie sich einmal vergessen. Wir müssen gelassen und ruhig bleiben, und vor allem, wir tanzen nicht!«

»Du bist ein Spielverderber. Missmutig und alt, nicht wahr?«

»Nein«, widersprach Goncha, »ich tanze nur nicht.«

»Das sagtest du bereits«, zeigte sich Rodso frech.

*»Das darf doch nicht wahr sein«*, dachte Goncha bei sich. Er hatte die Verbindung zu Rodso für einen Moment unterbrochen. Goncha machte sich Sorgen. Vargnar brauchte seiner Meinung nach einen ruhigen Gefährten. Einen wie Goncha eben, der ihn zur Vernunft brachte, ihn auf Gefahren hinwies und ihm mit Rat und Tat weise zur Seite stand. Aber dieser Felsenfreund war genau das Gegenteil von dem, was sich Goncha vorgestellt hatte. Eine aufgedrehte Pelzechse, die den Prinzen zu allem Überfluss womöglich noch zu allerlei Unfug anstachelte, statt ihn davon abzuhalten.

»Wie ist denn der Prinz so?«, fragte Rodso.

»Vargnar ist gut und ein Draufgänger«, antwortete Goncha nicht ohne Bewunderung für den Felsenprinzen. »Er weiß meistens, was er tut, handelt aber nicht immer klug oder allzu umsichtig. Ich musste ihn des Öfteren zügeln. Aber meistens hatte er Glück, den Gefahren unversehrt zu entkommen.«

»Hört sich spannend an. Ich kann es kaum erwarten, ihn kennenzulernen. Wo ist er?«

»Vargnar erledigt eine schwierige Aufgabe für das Gleichgewicht. Eine Verformung der Felsen bei Gafassa, um ein Grab für die Todsänger zu schaffen. Danach lässt er Golems entstehen, die das Grab bewachen sollen. So lautete unser Plan. Aber das dauert seine Zeit.«

»Oh, ich verstehe« meinte Rodso, »und du bist nicht bei ihm?«

»Nein, ich kann ihm nicht helfen und stünde nur im Weg

herum. Ich habe einen Lesvaraq und einen Magier auf seinen Wunsch hin bis nach Tartatuk begleitet.«

»Ich habe die beiden gesehen«, lachte Rodso.

»Was gibt es da zu lachen?«, fragte Goncha.

»Ein eigenwilliges Paar«, erklärte Rodso, »*er* übt mit einem Stab, schleudert offenbar aus Langeweile andauernd Feuer, Eis und Lichtblitze auf abgestorbene Bäume und auf Steine, während *sie* nichts Besseres zu tun hat, als die Gnatha in der Gegend zu ärgern. Ich habe gesehen, wie sie aus einem Nest drei große Eier stahl. Als die Elternvögel von der Jagd zurückkamen und sofort mit lautem Geschrei über den Nesträuber herfielen, machte sie ihnen den Garaus, als wären die Riesenvögel nichts weiter als harmlose, gackernde Waldhühner. Sie ist mächtig. Kaum hat sie den Vögeln die Köpfe abgebissen, ruft sie ihren Magier und überlässt ihm die schmutzige Arbeit. Er folgt wie ein Sklave und springt sofort an ihre Seite, kaum dass sie den Mund aufgemacht hat. Aber ich habe im Vorbeigehen in seinem Kopf gelesen wie in einem offenen Buch. Er liebt sie und würde ohne Ausnahme alles für sie tun.«

»Natürlich«, antwortete Goncha, »sie ist ein Lesvaraq und er ist ihr Magier. Er muss gehorchen.«

»Mag sein, aber das ist etwas anderes«, widersprach Rodso, »er liebt sie wirklich und sie ahnt es nicht einmal.«

»Tragisch, aber das sollte uns nicht weiter kümmern«, meinte Goncha, der die beiden in den letzten Tagen nicht allzu viel beachtet hatte, was jedoch auf Gegenseitigkeit beruhte.

»Und was machen wir, solange Prinz Vargnar nicht bei uns ist?«, fragte Rodso.

»Ich bringe dir bei, was du wissen musst.«

»Das ist ein guter Plan. Ich nehme an, du hast eine Menge erlebt und Wissen angehäuft«, vermutete Rodso.

»Allerdings ...«, bestätigte Goncha, »... lass uns gleich beginnen, damit wir keine Zeit verlieren.«

»Wann musst du gehen?«

»Ich weiß nicht«, antwortete Goncha betrübt, »ich hoffe nicht, bevor Prinz Vargnar zurück ist.«

Rodso wuselte zu Goncha auf den warmen Lavastein. Sie fassten sich an den Vorderpfoten, und Goncha begann mit der ersten Lektion für den neuen Felsenfreund.

*Der zweite und der vierte Streiter*

Die Naiki hatten zwei Tage bis zum südlichen Waldrand gebraucht, nachdem sie den Schrei des Maiko-Naiki vernommen hatten. Sie hatten sich beeilt und auf eine Rast verzichtet. Als sie auf die Lichtung traten, auf der Baijosto und Belrod ein Lager für die Kinder eingerichtet hatten, zeigten sie sich überrascht und wenig erfreut, den Gestaltwandler anzutreffen. Sie hielten Abstand, als ob sie befürchteten, Baijosto würde sich verwandeln und die Jäger angreifen.

»Lange nicht gesehen, Bruder«, grüßte Taderijmon.

Der Naiki-Jäger wirkte verunsichert und vermied es, Baijosto in die Augen zu sehen.

»Das ist wohl wahr«, antwortete Baijosto, »willst du nicht näher kommen und mich umarmen, wie es sich für Brüder gehört? Oder hast du etwa Angst, der Krolak könnte mich überwältigen?«

Taderijmon sah sich Hilfe suchend unter den anderen Jägern um. Unter ihnen war ihr gemeinsamer Freund Ikarijo, der Baijosto einst sehr nahegestanden hatte. Aber Ikarijo blickte in eine andere Richtung, und die übrigen Jäger hielten sich – beschämt die Köpfen senkend – zurück.

»Es tut mir leid, Baijosto«, sagte Taderijmon mit belegter Stimme, »du warst lange nicht mehr in der Siedlung und hattest dich für ein Leben in der Gestalt des Baumwolfs entschieden. Wir wissen nicht, wie stark der Krolak in dir gewachsen ist. Aber ich bin froh, dich wieder als unseresgleichen zu sehen.«

»Dann komm her und lass dich umarmen«, lud Baijosto seinen Bruder ein.

Taderijmon wollte einen Schritt auf Baijosto zugehen, wurde jedoch von einem seiner Gefährten am Arm zurückgehalten.

»Geh nicht«, flüsterte der Naiki-Jäger, »der Krolak ist gefährlich. Er täuscht dich und könnte dich verletzen. Vielleicht tötet er dich!«

»Lass mich!«, zischte Taderijmon, während er sich wütend nach dem Jäger umdrehte und sich energisch aus dessen Griff befreite.

Er ging auf Baijosto zu, nahm ihn in die Arme und drückte ihn lange und fest an sich. Die Nähe tat ihnen beiden gut.

»Ich habe dich vermisst. Aber ich fürchte mich davor, dich für immer an den Krolak zu verlieren«, flüsterte Taderijmon. »Je länger du in der Gestalt des Baumwolfs mit dem Rudel durch die Wälder ziehst und dich in der Siedlung nicht mehr offen zeigst, desto stärker werden die Ängste der Naiki. Das Rudel ist groß geworden. Viel zu groß und mächtig für den Geschmack der Jäger. Es stellt eine ernsthafte Gefahr für die Siedlung dar.«

»Ich vermisse dich auch. Jeden verdammten Tag«, antwortete Baijosto, »du bist und bleibst mein Bruder und ich liebe dich. Aber du musst dir meinetwegen keine Sorgen machen. Ich bin für euch nicht gefährlicher geworden als früher und beherrsche den Krolak. Solange ich das Rudel anführe, besteht für die Siedlung keine Gefahr. Nur manchmal, wenn mich Hunger und Durst treiben, werde ich schwach und die Bestie versucht meinen Geist zu überlisten. Aber ich weiß, wann der Krolak kämpft, und stelle mich darauf ein. Wie du siehst, habe ich den Kindern kein Haar gekrümmt. Ich bin schon seit zwei Tagen mit ihnen auf der Lichtung.«

Taderijmon sah sich um. Die Blicke der Klankinder waren

gebannt auf ihn und Baijosto gerichtet. Die schwer bewaffneten Naiki-Jäger machten mit ihren langen Beinen und der gefleckten Kleidung, die mit den Bäumen des Waldes zu verschwimmen schien, mächtig Eindruck auf die jungen Klan. Außer Belrod und Baijosto, dem sie noch immer nicht über den Weg trauten, hatten sie nie zuvor Naiki zu Gesicht bekommen.

»Seht euch um«, wandte sich Taderijmon schließlich an seine Gefährten, »die Kinder sind wohlauf. Sie wären nicht am Leben, würde der Krolak über Baijosto herrschen.«

Taderijmons Worte schienen die Naiki zu überzeugen. Sie verließen ihre Deckung und näherten sich den Brüdern.

»Was hat es mit den Kindern auf sich?«, wollte Ikarijo wissen. »Warum stehen sie unter deinem Schutz, Baijosto?«

»Sie stehen nicht unter meinem Schutz«, erwiderte Baijosto, »Belrod ist derjenige, dem sie vertrauen. Ich habe sie vor zwei Tagen verängstigt an dieser Stelle vorgefunden und dachte zunächst, ich könnte fette Beute machen. Aber ich habe mich getäuscht. Belrod tauchte plötzlich auf und brachte mich zur Vernunft. Die Eltern der Kinder wurden ermordet und ihr Dorf von den Rachuren zerstört. Sie mussten fliehen und haben sich im Wald versteckt. Belrod rief euch, damit ihr sie zur Siedlung in Sicherheit bringt. Ohne euer Geleit und den Schutz der Siedlung können sie im Faraghad nicht überleben.«

»Wir werden die Klankinder mit uns nehmen«, stimmte Taderijmon zu.

»Behandelt sie gut, sie haben viel durchgemacht«, gab Baijosto zurück.

»Keine Sorge, es wird ihnen an nichts fehlen. Du würdest dich wundern, wie sehr sich die Siedlung entwickelt hat«, sagte Taderijmon. »Wir sind zurück in die Baumwipfel gezogen und die Siedlung wächst und gedeiht mit jeder Sonnenwende. Manche von uns müssen sich erst wieder an das Lachen,

Lärmen und Geschrei gewöhnen. So viele sind es inzwischen geworden. Ein Paradies für Kinder. Sie werden sich bei uns wohlfühlen.«

»Das sind gute Nachrichten, Bruder«, freute sich Baijosto, »am besten wäre es, ihr brecht sofort auf. Die Kinder mussten sich lange genug vor mir fürchten.«

»Aye!«, nickte Taderijmon und wandte sich an die immer noch staunenden Kinder. »Packt eure Sachen. Ihr kommt mit uns. Wir bringen euch in Sicherheit.«

Das ließen sich die Klan nicht zweimal sagen. Die Anspannung wich aus ihren Gesichtern und wurde durch Erleichterung abgelöst. Baijosto war zufrieden. Offenbar waren die Kinder froh, den Krolak nicht mehr sehen zu müssen. Sofort standen sie auf und schlossen sich den Naiki-Jägern an.

»Leb wohl«, rief Baijosto seinem Bruder zu.

Taderijmon drehte sich um und kam noch einmal zurückgelaufen, um Baijosto in den Arm zu nehmen. Sie brauchten lange, bis sie sich wieder voneinander lösten.

»Pass auf dich auf!«, sagte Taderijmon zum Abschied.

Baijosto sah seinem Bruder nach, bis dieser hinter den Bäumen untergetaucht war und er nichts mehr erkennen konnte. Er war traurig. Wie gerne wäre er mit Bruder und Freunden wie früher durch den Faraghad-Wald gezogen, aber diese unbeschwerten Zeiten würden nie zurückkommen. Er musste sich damit abfinden, dass er ein Ausgestoßener bleiben würde. Zum Glück konnte er auf Belrod vertrauen.

»Lass uns gehen, Belrod«, sagte Baijosto, »die Kinder sind in Sicherheit. Die Stimmen ziehen mich zum Vulkan.«

Belrod hatte den Naiki-Jäger verstanden. Ihm erging es nicht anders. Wortlos nahm er seinen Rucksack auf, der in den letzten Tagen nur ein klein wenig leichter geworden war, verschnürte die Lederriemen über seinem mächtigen Brustkorb und setzte sich mit schweren Schritten in Bewegung. Sie sahen sich nicht mehr um. Die Naiki-Jäger waren mit den Kindern im Dickicht des Waldes längst verschwunden. Nach wenigen Schritten hatten Baijosto und der Maiko-Naiki den Waldrand erreicht und verließen zum ersten Mal in ihrem Leben die Sicherheit des Faraghad-Waldes. Würden sie unterwegs keine bösen Überraschungen erleben, konnten sie Tartatuk in einem strammen Tagesmarsch erreichen. Sie waren beide ausgeruht und satt. Daher nahmen sie sich das schnelle Erreichen des Vulkans als gemeinsames Ziel vor.

*»Das Glück den Siebten verließ im Fluch, er wird finden nach langer Suche das Buch.«*

Renlasol hatte Nihara bis zur Burg Fallwas begleitet und sie dort gebeten, die Befehlsgewalt über die Truppen der Verteidiger an seiner Stelle zu übernehmen. Die Fürstin lehnte die Bitte zunächst entrüstet ab, vermutete sie doch, Renlasol wolle sich aus der Pflicht stehlen. Als Fürst und General konnte er doch kurz vor einem drohenden Krieg nicht einfach Reißaus nehmen und seine Krieger im Stich lassen. Sie dachte dabei nicht alleine an seine Verantwortung für die Soldaten, sondern auch ihr gegenüber. In den Tagen, in denen sie gemeinsam unterwegs waren, hatten sie sich besser kennengelernt und sie waren sich näher gekommen. Vielleicht sogar zu nahe. Außerdem teilten sie ein dunkles Geheimnis, das niemals ans Licht kommen durfte. Das Attentat auf Jafdabh und Madhrab konnte ihrer beider Verderben bedeuten.

Während ihres restlichen Weges hatten sie die Finger nicht mehr voneinander lassen können und sich bei jeder Gelegenheit geliebt. Dadurch hatten sie Zeit verloren, die ihr bei den Vorbereitungen der Trutzburg auf einen erwarteten Ansturm der Rachuren fehlte.

Nihara wollte sich nicht in den Fürsten verlieben. Das passte überhaupt nicht zu ihren Plänen, und Renlasol war nicht der Mann, den sie sich an ihrer Seite erträumt hatte. Sicher, er sah nicht schlecht aus. Aber er hatte etwas an sich, was für eine Frau beängstigend sein konnte. Sie schob die Schuld auf seine Vergangenheit und das dunkle Mal.

Renlasol hatte ihr von der Prophezeiung der Sieben erzählt. Er hatte keine andere Wahl, als dem Flüstern der Steine zu folgen. Seine Schwierigkeiten im Umgang mit Madhrab kannte sie selbst am besten. Das musste er Nihara nicht erklären. Sie verstand das Gefühl der Angst vor einer Ohnmacht, die ihn in Gegenwart Madhrabs befiel und die ihn erst zu der überstürzten Flucht bewogen hatte. Madhrab hatte ihn nie für voll genommen oder als Mann gesehen. Für den Bewahrer war Renlasol stets der Knappe und unbeholfene Junge geblieben. Nihara ließ Renlasol jedoch erst ziehen, nachdem sie in ihren Gemächern der Burg noch einmal voller Leidenschaft das Lager geteilt hatten. Obendrein musste er ihr hoch und heilig versprechen, zu ihr zurückzukehren, sobald das Buch gefunden wurde.

Das schlechte Gewissen plagte Renlasol. Er befürchtete nicht ohne Grund, die Rachuren würden ihre Angriffsbemühungen als Nächstes auf die Trutzburg des Fürstentums Fallwas richten, statt wie ursprünglich angenommen auf die Fürstentümer Barduar und Habladaz, bei deren Eroberung sie zwar erfolgreich sein konnten, auf der anderen Seite aber mit erheblichen Verlusten rechnen mussten. Dafür sprachen die neuesten Spähberichte, die mitteilten, dass die Rachuren an wichtigen Städten und Dörfern in den Fürstentümern unbeachtet vorbeizögen und sich auf ihrem Vormarsch von den Burgen Barduars und Habladaz' anscheinend bewusst fernhielten. Die Strategie würde aufgehen, gelänge den Rachuren die Eroberung der Trutzburg Fallwas. Sie war ein wichtiger strategischer Vorposten für den weiteren Ansturm auf die Hauptstadt der

Klan. Die Burg war nicht leicht einzunehmen. Sie war stark befestigt und konnte einer Belagerung lange standhalten. Würde Fallwas jedoch niedergehen, wäre der Weg nach Tut-El-Baya frei und die Rachuren hätten in ihrem Rücken keinen nennenswerten Widerstand mehr zu befürchten.

*»Wer auch immer die Rachuren ins Feld führt, muss ein sehr kluger Kopf sein«*, dachte Renlasol bei sich.

Der Abschied von Nihara war ihm schwergefallen. Seine Gefühle für die Fürstin waren echt und aufrichtig. Selten zuvor hatte er so tief für eine Frau empfunden. Und es war weit mehr als Lust und Leidenschaft. Anders zwar als seine Gefühle gegenüber Tallia, die ihm in seiner Erinnerung rein, klar und unschuldig erschienen, vielleicht sogar von einer kindlichen Naivität geprägt, nun aber längst verschwunden waren. Anders auch als das, was er für Yilassa in einer Zeit empfunden hatte, die von Verzweiflung und Dunkelheit geprägt war. Yilassa war wie ein Licht in der Nacht für ihn gewesen. Eine starke Frau und Kämpferin, zu der er sich hungrig nach Leben und auf der Suche nach Wärme hingezogen gefühlt und die ihn beschützt hatte. Sie hatte ihm einiges an Erfahrung voraus.

Nihara jedoch stand neben ihm. Sie konnten gleichberechtigte Partner sein. Renlasol und Nihara hatten viel gemeinsam, dachten ähnlich und verstanden sich auf Anhieb. Wenn er an sie dachte, vertrieb alleine der Gedanke die Kälte in seinem Herzen. Sie weckte in ihm die Zärtlichkeit und eine Sehnsucht, die er bis dahin nicht gekannt hatte. Vielleicht war es schon das Band der Liebe, und falls nicht, verliebt war Renlasol auf jeden Fall. Er hoffte und betete inständig zu den Kojos, sie würde den Angriff der Rachuren unbeschadet überstehen.

Renlasol führte zwei Pferde mit sich, die er in regelmäßigen Abständen wechselte. In einem Gewaltritt entlang der Küste hatte er gehofft, die Linien der Rachuren zu umgehen. Wollte er auf dieser Route allerdings nach Tartatuk gelangen und einen weiten Umweg vermeiden, musste er erst sicher durch Rachurengebiet gelangen. Ihm war nicht wohl bei dem Gedanken, aber er setzte darauf, dass die Rachuren den Großteil ihrer Krieger und Chimären auf dem Feldzug mit sich führten und die Gegend um Krawahta größtenteils unbewacht blieb.

Renlasol war sicher, die Rachuren rechneten nicht mit Gegenangriffen der Klan auf ihr Land und erst recht nicht auf ihre unterirdische Hauptstadt. Sollte er mit seiner Annahme richtigliegen, wäre dies sogar die sicherste Route, die er sich aussuchen konnte. Verhielt er sich unauffällig und ließ genügend Vorsicht walten, konnte er sich womöglich völlig unbemerkt an Krawahta vorbeischleichen.

*Der fünfte Streiter*

»Ich rieche Schwefel und kann die Hitze des Vulkans schon unter meinen Füßen spüren«, sagte Sapius plötzlich, »es kann nicht mehr weit sein.«

»Du scheinst ein feines Gespür zu haben«, antwortete Tallia, »ich rieche nichts und wärmer ist es auch nicht geworden.«

»Hm, eigenartig … vielleicht täusche ich mich«, meinte Sapius nachdenklich.

»Die Sprünge verwirren den Geist«, stellte Tallia fest, »das bemerke ich an mir selbst. Wahrscheinlich bist du erschöpft. Wir sollten rasten.«

»Ein guter Vorschlag. Ich bin tatsächlich hungrig und einen Schluck Wasser kann ich auch vertragen.«

Tsairu war gerade vorüber. Das Licht der Sonnen war zu dieser Zeit stark. Sapius und Tallia setzten sich zum Schutz in den Schatten eines Baumes. Sapius nahm sein Bündel vom Stab des Farghlafat, öffnete es und nahm ein Brot heraus. Er teilte das Brot mit den Händen und reichte Tallia die Hälfte davon.

»Danke, ich esse kein Brot«, sagte Tallia.

»Verzeih, ich vergaß«, antwortete Sapius beschämt, während er das Brot wieder in sein Bündel legte.

Aus einem Lederbeutel kramte Tallia einen sauberen, glatten Kieselstein hervor und schob ihn sich in den Mund. Das Geräusch schmerzte Sapius in den Ohren, als sie den Stein zwischen ihren Zähnen zermahlte. Nachdem sie ausgekaut hatte, sah sie Sapius von der Seite an. Er spürte ihren Blick. Tallia schien traurig.

»Wir müssen reden«, sagte sie.

»Über Steine und das Springen?« Sapius starrte auf seine Schuhe.

»Nein, über Tomal.«

»Wir dienen ihm. Was gibt es da zu reden?«, fragte Sapius.

»Bevor wir unsere Reise antraten, hat er mit mir gesprochen«, meinte Tallia.

»Das ist gut«, antwortete Sapius. »Hatte er etwas Wichtiges zu sagen?«

»Bitte Sapius«, Tallia ärgerte sich, fühlte sie sich doch von dem Magier nicht ernst genommen. »Er sagte, dass er dich darum bat, mich zu töten.«

Sapius schrak auf. Das Gespräch mit Tomal ging ihm selbst nicht mehr aus dem Kopf. Er hatte den Wunsch des Lesvaraq entrüstet abgelehnt.

»Das hat er gesagt?« Sapius klang erstaunt.

»Ja, und er verlangte von mir, dass ich mich nicht wehren solle. Lass es geschehen, sagte er, ich will es so.«

»Und was hast du erwidert?«

»Nichts. Ich wusste nicht, was ich sagen sollte. Ich bin ein Teil des Zyklus so wie du. Würde ich seinem Wunsch entsprechen, würde das Gleichgewicht empfindlich gestört. Das darf nicht sein. Tomal muss lernen, das Licht als Teil seiner Persönlichkeit zu ertragen.«

»Aber was, wenn er das nicht kann und wahnsinnig wird?«, fragte Sapius.

»Das wäre schlecht für uns alle!« Tallia wirkte atemlos, aufgeregt, anders als sonst. »Sapius, antworte mir aufrichtig, hat er das von dir verlangt?«

Sapius nickte, wagte jedoch nicht, Tallia in die Augen zu sehen. Beinahe wäre ihm ein Stück Brot im Hals stecken geblieben. Der Magier hustete, und Tallia klopfte ihm unterstützend fest auf den Rücken, bis er wieder Luft bekam und sich beruhigte.

»Ich habe seine Bitte abgelehnt«, flüsterte Sapius stimmlos.

»Das habe ich mir gedacht. Tomal hat mit deiner Reaktion gerechnet. Er sagte zu mir, solltest du dich weigern oder versagen, dann müsste ich dich töten«, antwortete Tallia.

»Er scheint unter dem Kampf in seinem Inneren sehr zu leiden«, meinte Sapius. »Sonst würde er keinen Mord von uns fordern. Wie lautete deine Antwort?«

Tallia hatte einen weiteren Kieselstein gegessen und schluckte hörbar, bevor sie antwortete.

»Ich sagte, ich hätte ihn verstanden.«

»Ich verstehe«, sagte Sapius. »Verzeih, aber ich muss ein paar Schritte gehen und nachdenken.«

Sapius erhob sich schwerfällig und stützte sich dabei ächzend auf seinen Stab, als wäre er bereits steinalt. Für einen Moment blieb er mit dem Rücken zu Tallia gewandt stehen und atmete schwer. Plötzlich drehte er sich ruckartig um, schwang den Stab des Farghlafat und ließ ihn auf Tallias Kopf herabsausen. In Sapius' Augen stand die pure Mordlust geschrieben.

Der Angriff kam für Tallia völlig überraschend. Sie hatte keinerlei Gelegenheit auszuweichen oder sich vor dem Schlag zu schützen. Mit Wucht prallte der Stab auf Tallias Kopf. Funken sprühten. Entsetzt riss Tallia die Augen auf und hielt sich den schmerzenden Kopf.

»Bei den Kojos, Sapius«, stöhnte sie, »was … was tust du? Ich hätte dich niemals …«

»Was?« Sapius klang, als wäre er von Sinnen.

»… getötet.«

Der zweite Schlag traf sie härter. Tallia kreischte. Es war ein entsetzliches Geräusch. Ihren Schädel überzogen plötzlich Risse. Sapius holte mit Schwung aus und schlug erneut zu. Den Stab des Farghlafat zu führen, kostete ihn kaum Kraft. Der Schlag wurde durch den Stab magisch verstärkt und besaß dadurch zehn Mal mehr Wucht als ein schwerer Kriegshammer. Tallias Kopf zerbarst in tausend Stücke. Vor den Augen des Magiers verwandelte sich ihr versteinerter Körper zurück in ein Wesen aus Fleisch und Blut. Die Schläge hatten den Fluch der Saijkalsanhexe gebrochen und ihr die ursprüngliche Gestalt zurückgegeben. Der plötzliche, unerwartete Anblick des blutüberströmten, kopflosen Frauenkörpers einer Nnobei-Klan überforderte Sapius. Ihm wurde übel und Galle stieg ihm die Kehle hinauf. Er musste sich übergeben. Verzweifelt fiel Sapius auf die Knie.

»Was habe ich getan? Tallia?«

Doch sie antwortete nicht mehr. Tallia war tot, unwiederbringlich ausgelöscht. Sapius blickte sich Hilfe suchend um. Aber da war niemand, der ihm hätte beistehen können. Er hatte getan, was Tomal von ihm verlangt hatte.

*»Was ist aus mir geworden? Ein feiger, hinterhältiger Mörder«*, dachte er. *»Es war so erschreckend leicht, ihr Leben zu nehmen, und doch zugleich so furchtbar. Vergib mir, Tallia. Das habe ich nicht gewollt. Ich weiß nicht, was in mich gefahren ist. Was soll ich jetzt bloß machen?«*

Er fühlte sich hilflos und spürte, dass er einen schweren Fehler begangen hatte, den er niemals wiedergutmachen konnte. Sapius schlug die Hände vors Gesicht und weinte. Er weinte um den Verlust eines Wesens, mit dem er vertraut war und das ihn verstanden hatte. Und er weinte um sich selbst und seine verlorene Seele.

Der Magier fror, und ihn beschlich das ungute Gefühl, die Welt um ihn herum sei plötzlich dunkler und kälter geworden. In seinem Kopf herrschte Leere. Wie von einem anderen Willen gelenkt stand er auf, suchte in der Gegend nach Steinen, mit denen er den Leichnam Tallias bedecken konnte. Das zumindest war er ihr schuldig. Der Gedanke, sie einfach unter dem Baum liegen zu lassen und den Aasfressern zu überlassen, schien ihm unerträglich.

Erst als ihr Körper vollständig von Steinen zugedeckt war, nahm Sapius seine Sachen auf und verließ den Ort seiner grauenhaften Tat. Er wusste, Tallia und der Mord würden ihn zeit seines Lebens in Albträumen verfolgen.

»*Und das habe ich verdient!*«, dachte er.

Zur besseren Orientierung blickte er sich noch einmal um und bemerkte – wie aus dem Nichts erscheinend – den gigantischen Vulkan klar und deutlich vor sich. Bereit zum Abmarsch nahm er den Stab des Farghlafat und sein Bündel wieder auf. Ein letzter Blick auf das Steingrab sollte sich seinen Erinnerungen einprägen und ihn stets an diesen Frevel erinnern.

»*Wir waren so kurz vor unserem Ziel*«, sagte er sich in Gedanken. »*Wie ist das möglich? Ich war mir sicher, dass es nicht mehr weit sein konnte. Aber weder Tallia noch ich haben den Berg Tartatuk gesehen.*«

Sapius dachte nach. Seine Sinne hatten ihn nicht getäuscht. Die Hitze, der Geruch nach Schwefel. Langsam kam er wieder zu sich und seine Gedanken klärten sich.

»*Natürlich, das ist des Rätsels Lösung. Ganz einfach, Tartatuk hat sich hinter Rauch und Nebel versteckt. Dafür ist er bekannt. Nur selten lässt er einen Blick zu*«, dachte Sapius.

Der Magier wollte einen weiten Sprung wagen. »*Nur schnell weg von diesem verfluchten Ort.*« Die Zusammenkunft mit den

Sieben würde ihn hoffentlich auf andere Gedanken bringen. Er brauchte sich nur eine beliebige Stelle am Fuße des Tartatuk aussuchen, das war nicht schwer und die Steine würden ihn umgehend dorthin bringen.

Der Sprung führte Sapius in die Nähe zweier Wesen, die ihm eigenartig bekannt vorkamen. Eines davon hatte er sogar irgendwo schon einmal gesehen. Sie waren Felsenfreunde. Sapius war auf vieles vorbereitet, nur nicht darauf, dass er zuerst auf die pelzigen Echsen der Felsgeborenen treffen würde. Die Überraschung brachte ihn dermaßen aus dem Gleichgewicht, dass er hart und schmerzhaft auf seinem Hinterteil landete.

»Autsch!«, hörte er einen der Felsenfreunde sagen, dessen Stimme ihm bekannt vorkam. »Das muss aber richtig wehgetan haben.«

»Glaube ich auch«, sagte der andere, »sieh dir nur sein dummes Gesicht an! Er hat Schmerzen.«

»Das Gesicht kenne ich«, meinte der erste Felsenfreund, »das ist Sapius, der Magier. Er gehört zu den Sieben. Es scheint so, als ob sie langsam einer nach dem anderen eintreffen.«

»Wird ja auch Zeit!«, sagte der andere Felsenfreund.

»Es hat wehgetan!«, mischte sich Sapius verärgert ein. »Seid Ihr Felsenfreunde die Einzigen an diesem Ort? Wollt Ihr Euch nicht vorstellen? Mich kennt Ihr ja bereits.«

»Verzeiht, aber wir sahen uns bereits zuvor im Riesengebirge. Seitdem sind einige Sonnenwenden vergangen. Ich bin Goncha und das ist Rodso.«

Wie hätte Sapius diese Begegnung jemals vergessen können? Natürlich erinnerte er sich an den Felsgeborenen und dessen Freund. Da sich Goncha am Fuße des Tartatuk befand, nahm Sapius an, dass sich auch der Felsenprinz Vargnar ganz in der Nähe aufhalten musste. Er war erleichtert, hatte er doch auf Anhieb die richtige Stelle gefunden.

»Außer uns werdet Ihr gewiss bald das zweifelhafte Vergnügen haben, Kallya und Malidor kennenzulernen. Sie treiben sich irgendwo in der Gegend rum und schlagen die Zeit tot«, fuhr Goncha fort.

»Malidor?« Sapius zuckte bei dem Namen merklich zusammen.

Die letzte Erinnerung an seinen einstigen Schüler quälte ihn. Wie sollte er ihm bloß begegnen? Mit Gleichgültigkeit? Hass oder Rachegelüsten? Er nahm sich vor, ihn der Aufgabe wegen möglichst zu ignorieren. Ob ihm dies allerdings gelänge, bezweifelte er selbst. Im Moment blieb ihm nichts anderes übrig, als gemeinsam mit den beiden Felsenfreunden auf die Ankunft der übrigen Streiter zu warten. Die kleinen Echsenwesen waren eine Bereicherung für Sapius und höchst unterhaltsam. Sie waren schlau und wussten viel. Es erwies sich als eine Wohltat für ihn, sich mit ihnen zu unterhalten.

Nur wenig später trafen Baijosto Kemyon und Belrod am Ort der Zusammenkunft ein. Sapius hatte die zwei Naiki vermisst und begrüßte sie freudig. Auf das Wiedersehen mit den beiden hatte er sich besonders gefreut. Er hatte sich zutiefst beeindruckt gezeigt von den Naiki, ihrer Gesellschaft, der Naturverbundenheit und ihrem Kampf ums Überleben, als er auf der Flucht vor den Häschern des dunklen Hirten einige Zeit in ihrer Siedlung verbringen durfte.

Im Gegensatz zu Goncha schienen sich jedoch weder der Jäger noch der Maiko-Naiki sonderlich gut an den Magier erinnern zu können. Vielleicht wollten sie es auch gar nicht. Das Wiedersehen mit den Naiki lief bei Weitem nicht so, wie es sich Sapius vorgestellt hatte. Baijostos Begrüßung war zwar höflich, aber zurückhaltend, und Belrod suchte angestrengt mit starrem Blick in seinen Erinnerungen, ob und wie er Sapius einordnen konnte. Ihm schien allerdings nichts Besonderes dazu einzufallen. Sapius führte ihre verhaltene Reaktion darauf zurück, dass sie sich vor mehr als fünfundzwanzig Sonnenwenden zuletzt begegnet waren. In der Zwischenzeit hatte sich viel ereignet. Wahrscheinlich hatten sie den Magier einfach nur vergessen. Sapius versuchte seine Enttäuschung so gut wie möglich zu verbergen. Vollständig gelang ihm das jedoch nicht.

»Drei der sieben Streiter fehlen noch«, stellte Goncha fest.

»Ihr kennt jeden von ihnen, nicht wahr?«, fragte Sapius neugierig.

»Nein, das wäre übertrieben. Außer mit Euch und Prinz Vargnar hatte ich noch nicht das Vergnügen, den übrigen Streitern zu begegnen. Malidor durfte ich aus dem Südgebirge nach Tartatuk begleiten und die beiden Naiki sind gerade erst eingetroffen. Aber ich weiß, wer die sieben Streiter sind und kenne ihre Namen«, antwortete Goncha, »wir warten auf Tomal, Vargnar und Renlasol.«

»Was ich Euch schon immer fragen wollte«, zeigte sich Sapius neugierig, »woher nehmt Ihr Euer enormes Wissen?«

»Wir Felsenfreunde sind magische Geschöpfe«, antwortete Goncha, »wir werden nicht natürlich geboren, sondern von den Felsgeborenen erschaffen. Unser Wissen beziehen wir aus unserer engen Verbundenheit mit den Steinen. Die Steine haben viel gesehen. Die ganze Kunst für die Felsenfreunde besteht darin, das Erlebte richtig zusammenzusetzen und zu bewerten. Das ist eine unserer Aufgaben und die beherrschen wir gut.«

»Das glaube ich gerne«, meinte Sapius.

»Wie ich sehe, ist Euer Gewissen mit einer schrecklichen Tat belastet«, wagte sich Goncha plötzlich neugierig vor, »wollt Ihr mit uns Felsenfreunden darüber reden?«

»Nein«, lehnte Sapius den Vorschlag ab, »ich muss alleine damit fertigwerden.«

»Wie Ihr wollt. Wir hätten Euch vielleicht helfen können«, meinte Goncha.

»Genau«, mischte sich Rodso ein, »wir wären gewiss in der Lage, Euren Horizont zu erweitern und Euch kraft der Steine einen gänzlich anderen Blick auf die Dinge zu geben.«

»Das ist nicht notwendig. Ich weiß zwar nicht, wie Eure Hilfe aussehen könnte, aber wie ich schon sagte, dies ist meine Bürde und ich werde sie fortan tragen müssen.«

»Dann gebe ich Euch einen gut gemeinten Rat, den Ihr dringend befolgen solltet, wenn Euch Euer Leben lieb ist«, sagte Goncha beschwörend. »Verbergt Eure Gedanken besser und tiefer als vor uns, und lasst Prinz Vargnar niemals wissen, was Ihr getan habt. Vorsichtig ausgedrückt, der Prinz könnte tief in seinen Gefühlen verletzt werden, erführe er von Eurem Frevel. Das wäre nicht gut, weder für ihn noch für Euch. Wir schützen den Prinzen vor solchem Unheil und werden nichts über unsere Wahrnehmungen und das Gespräch mit Euch berichten. Es hat nie stattgefunden. Damit helfen wir Euch am Ende doch noch.«

»Danke …«, sagte Sapius leise und blickte beschämt zu Boden.

Daran hatte der Magier überhaupt nicht gedacht. Jetzt fiel ihm Tallias Anekdote wieder ein, die sie ihm eines Tages erzählt hatte. Sie hatten herzhaft darüber gescherzt und gemeinsam gelacht. Tallia hatte beiläufig erwähnt, dass sie vor einigen Sonnenwenden einen Felsgeborenen getroffen habe, der sie offensichtlich mit seinesgleichen verwechselt hatte. Sie war gerührt und belustigt zugleich, weil sie den Eindruck hatte, der Burnter habe sich ihr gegenüber unbeholfen und wie ein frisch verliebter Jüngling auf Brautschau benommen. Sie hatte sein Verhalten bloß als harmlose Schwärmerei und Folge seines Irrtums abgetan. Zwar hatte sie sich geschmeichelt gefühlt, ernst genommen hatte sie sein Werben jedoch zu keiner Zeit.

Sapius wurde plötzlich klar, wem Tallia damals im Riesengebirge begegnet war. Soweit er sich an das Gespräch mit der

Magierin erinnerte, lag ihre Bekanntschaft mit Vargnar noch weit vor ihrer Ankunft in Eisbergen und ihrer Vollendung des Lesvaraq-Zyklus mit Tomal. Nach ihrer Befreiung aus der Abhängigkeit des dunklen Hirten hatte sie noch für einige Zeit bei Kallahan gelebt und den Saijkalsan bis zu seinem Tod begleitet. Offenbar hatte sie die Gefühle des Prinzen unterschätzt.

Der Magier seufzte. Das hatte ihm gerade noch gefehlt. Ein liebestoller, von Rachegelüsten und Zorn getriebener Felsgeborener, der ihm nach dem Leben trachten würde, sollte er je erfahren, dass Sapius seine Angebetete erschlagen hatte. Was die Felsenfreunde über die Steine erfahren hatten, könnte Vargnar ebenso erreichen. Sapius konnte nur hoffen, dass Vargnar die Magierin längst vergessen hatte und nicht nach ihr suchte. Aber das war unwahrscheinlich. Die Felsgeborenen vergaßen nicht.

Die Zusammenkunft entwickelte sich ganz und gar nicht nach Sapius' Vorstellungen. Im Gegenteil, er fühlte sich plötzlich, als wäre er von Feinden umringt. Ihm wurde plötzlich bewusst, wie schwierig die Suche nach dem Buch der Macht werden würde. Er sehnte sich Tomal herbei. Der Lesvaraq würde wenigstens auf seiner Seite stehen, obwohl Sapius sich – nach der letzten Unterredung mit Tallia – dessen auch nicht mehr so sicher war. Der Magier war auf sich allein gestellt und einsam. Sein Herz raste und drückte ihn. In diesem Moment wurde ihm deutlich, wie schwerwiegend der Fehler war, den er begangen hatte.

Aber des Unglücks nicht genug, die Zusammenkunft wurde noch schlimmer, als Kallya wenig später im Lager auftauchte und den Naiki-Jäger erblickte.

»Baijosto!«, rief sie, durch den Anblick des Naiki zugleich erschrocken und erzürnt, um sogleich die Übrigen gegen ihn aufzustacheln. »Duldet die Bestie nicht in Eurer Nähe. Verjagt oder tötet ihn. Er ist ein Verfluchter, der uns alle ins Unglück stürzen wird, eine bösartige Kreatur der Dunkelheit.«

Das also war Kallya, der Lesvaraq des Lichts. Und ihr Name bedeutete Hoffnung.

Sapius hatte sich stets gefragt, wie Kallya sich wohl entwickelt hatte. Ihr Auftreten erschien ihm herrisch, geradezu hysterisch gegen die Dunkelheit gewandt und zeigte ihm, wie gleichgültig der Umstand war, für welche Seite ein Wesen stand. Ob Tag oder Nacht, Sapius konnte keinen Unterschied ausmachen. Für ihn stand jedoch augenblicklich fest, die Tatsache, dass sich ausgerechnet Malidor der Lichtträgerin angeschlossen und ihren Zyklus vollendet hatte, verhieß nichts Gutes.

Sie waren Feinde und würden sich bis aufs Blut und mit allen Mitteln bekämpfen, solange die Zyklen der Lesvaraq dauerten. Der Magier war ratlos, wie sie ihre Feindschaft während der Suche nach dem Buch in ein gemeinsames Erfolg versprechendes Zusammenwirken umwandeln konnten. Für Sapius war ausgeschlossen, dass er Malidor je wieder vertraute.

Er hatte Baijosto beobachtet und musste dringend etwas unternehmen, bevor die Situation weiter eskalierte. Der Naiki war aufgebracht und schnaubte wütend. Es würde nicht lange dauern und der Krolak bräche in ihm hervor, um den Lesvaraq anzugreifen.

»Baijosto ist ein Krolak, na und?«, versuchte Sapius den Lesvaraq zu beschwichtigen. »Wir wissen um seinen Fluch und können damit umgehen, so wie er ihn beherrscht. Niemand unter uns ist ohne Fehl und verbirgt sein dunkles Geheimnis vor den anderen.«

Während Sapius sprach, blickte er anklagend zu Malidor, als wolle er ihm sagen, *»Ich weiß, wer du bist und was du mir angetan hast«*. Kallya war der Blick nicht entgangen und sie sah Malidor fragend an. Malidor hielt jedoch stand und lächelte dreist. Sapius verstand, denn die wortlose Antwort bedeutete nichts anderes als eine Kampfansage: *»Ich würde dich jederzeit wieder die Treppe zu den Gescheiterten hinabstoßen. Ich bin der Stärkere von uns beiden.«*

Sapius verzog seinen Mund zu einem schiefen Grinsen und ließ die Nacht in seinen Augen aufblitzen, was Malidor das Lächeln auf Anhieb gefrieren ließ. *»Versuche es nur, Malidor. Und du wirst scheitern.«*

»Malidor?« Kallyas Blick war strafend. »Wer ist dieser Narr, der sich erlaubt, mit mir auf diese Weise zu sprechen und dich mit Blicken anzuklagen?«

»Das ist Sapius«, antwortete Malidor, »Tomals Magier.«

»Oh, ich verstehe«, nickte Kallya, »und er gehört auch zu den sieben Streitern aus der Prophezeiung, nehme ich an?«

»Zu meinem Bedauern, ja«, nickte Malidor.

»Findest du nicht, die Nacht ist auf der Suche zu stark vertreten?«, wollte Kallya von ihrem Magier wissen.

»Nein, bislang habe ich lediglich einen Krolak und einen Magier mit Schwächen gesehen. Und auf welcher Seite der große Dummkopf dort drüben steht, erschließt sich mir leider nicht. Aber das ist ohnehin nicht von Bedeutung. Er kann nicht einmal geradeaus bis zum nächsten Baum denken, wenn Ihr mich fragt.«

»Sprich nicht schlecht über ihn, Malidor«, tadelte sie den Magier des Lichts, »ich kenne ihn gut. Belrod ist ein Maiko-Naiki. Herz, Geist und Seele des Riesen sind rein und seine Stärke ist unbestritten. Er widersteht selbst magischen Angriffen.«

»Verzeih, ich vergesse immer wieder, unter welchen Umständen du aufgewachsen bist«, entschuldigte sich Malidor.

»Die Naiki folgen dem Licht. Aber nicht dieser dort!« Sie zeigte drohend mit dem Finger auf Baijosto.

Sapius wusste nicht, was er tun sollte, das Schlimmste zu

verhindern. In der Zusammenkunft stand bald jeder gegen jeden.

»*Ist dies der eigentliche Kern der Prophezeiung? Habe ich die Worte falsch verstanden? Die sieben Streiter sind keine Gemeinschaft von Auserwählten, die nach dem Buch der Bücher suchen. Ich kann es kaum fassen, wie falsch ich gelegen habe. Sie streiten sich darum*«, dachte Sapius bei sich.

»Versteckt Eure Überlegungen, Sapius! Eure Gedanken sind Unsinn. Ihr müsst Kallya drohen«, hörte er Gonchas Stimme in seinem Kopf.

»Genau«, mischte sich der andere Felsenfreund ein, »greift sie einen der Sieben an, müssen die Übrigen für ihn einstehen. Malidor eingeschlossen.«

»Das wusste ich nicht«, antwortete Sapius.

»Dann habt Ihr soeben etwas dazugelernt«, meinte Goncha.

Sapius vertrieb die Felsenfreunde aus seinem Kopf und wandte sich wieder an Kallya.

»Verzeiht, werter Lesvaraq«, begann er seine Ansprache, »aber Ihr seid es, die bei der Zusammenkunft nicht erwünscht ist. Baijosto hingegen schon. Er gehört zu den Streitern und damit ohne jeden Zweifel zu uns. Wir werden ihn – und das bedeutet *jeder* von uns, gleichgültig gegen wen und sei der Feind ein Lesvaraq – verteidigen.«

»Spricht er wahr?«, wandte sich Kallya an ihren Magier.

Malidor blickte auf den Boden und scharrte verlegen mit der Fußspitze im schwarzen Vulkansand.

»Was ist, Malidor«, ließ Kallya nicht locker, »würdest du mich für diesen Krolak angreifen?«

»Solange Baijosto zu den sieben Streitern gehört, du ihm ein Leid zufügen wolltest und die Suche nicht beendet wurde, würde ich dich angreifen, ja!« gab Malidor offen zu. »Ich hätte keine andere Wahl.«

Kallya entfernte sich entsetzt einige Schritte von ihrem

Magier. Sapius konnte beinahe ihre Gedanken lesen, die sich unzweifelhaft um Treue und Verrat drehten. In ihr brodelte es genauso wie im Inneren des Vulkans hinter ihrem Rücken. Sie war sich nicht schlüssig, ob sie die Angelegenheit auf sich beruhen lassen und sich zurückziehen sollte oder ob sie ihrer Wut freien Lauf ließe und möglichst großen Schaden unter den Sieben anrichten wollte. Nach einigen Sardas stillen, aber kochenden Nachdenkens ging sie auf Malidor zu und gab ihm abwechselnd links und rechts mehrere kräftige Ohrfeigen. Dann verließ sie den Ort der Zusammenkunft. Nach einigen Schritten drehte sie sich noch einmal um.

»Das wird Folgen haben. Ich erwarte, dass du mir das Buch der Macht bringst, Malidor!«, befahl Kallya, und der Tonfall ihres Befehls konnte nichts anderes als Gehorsam bedeuten. »Jeder der sieben Streiter, der dem Licht nahe steht, wird das Buch für mich finden und keinesfalls für sich selbst beanspruchen. Etwas anderes akzeptiere ich nicht!«

Sapius atmete tief durch, nachdem Kallya beleidigt von dannen gezogen war. Er war erleichtert, der erste Rauch eines aufziehenden Kampfes hatte sich in Wohlgefallen aufgelöst. Aber Sapius wusste auch, die Auseinandersetzung zwischen den Mächten des Gleichgewichts war nur auf einen späteren Zeitpunkt verschoben.

*Der siebte Streiter*

Tartatuk war ein faszinierender und erschreckender Anblick, zeigte er doch eine ungeheuere Naturgewalt in ihrer ursprünglichsten Form. Das Feuer aus den tiefsten Tiefen Krysons.

Nie zuvor war Renlasol in dieser Gegend gewesen, die unwirklich und ganz anders als die anderen Gebiete Ells anmutete. Gefährlich und lebensfeindlich zugleich. Die einzigen Lebewesen, die sich rund um den Vulkan in großer Zahl zeigten, waren die Gnatha. Hungrige Laufvögel, die einem Klan durchaus gefährlich werden konnten, wenn sie zu mehreren auftraten.

»*Wenn die Gnatha so zahlreich in der Gegend sind, muss es noch weitere Tiere geben, von denen sie sich ernähren*«, schlussfolgerte Renlasol im Stillen.

Der Gedanke beruhigte ihn. Immerhin musste in der Gegend – außer den Gnatha – etwas Essbares zu finden sein, das weit weniger gefährlich als die Riesenvögel war.

Es stank nach Schwefel. An den Geruch, der ihn hin und wieder würgen ließ, würde er sich nur schwer gewöhnen. Renlasol hatte das Gefühl, als würden ihn die Dämpfe vergiften und ihm den Hals zuschnüren. Das Atmen fiel ihm schwer, und er fühlte sich unwohl.

Die Erde um den Vulkan war an vielen Stellen, so sie nicht durch graue Vulkanasche verdeckt war, entweder rot oder schwarz gefärbt. In zahlreichen Schlammtöpfen um Tartatuk herum brodelte und blubberte ein zäher, grauer Schlamm aus Vulkanasche und Wasser, der ein gefährlich zischendes Geräusch von sich gab, wenn die Schlammblasen platzten und heißen Wasserdampf freigaben. Renlasol achtete darauf, den Schlammtöpfen nicht zu nahe zu kommen, die ihm unheimlich waren.

Beinahe wäre er einem Geysir zum Opfer gefallen, dessen Fontäne unweit neben ihm plötzlich mindestens einhundert Fuß in die Höhe geschleudert wurde. Davon gab es neben mehreren, dampfend heißen Quellen einige in dieser Gegend. In letzter Sardas rettete ihn ein beherzter Sprung vor dem kochenden Wasserschwall, kostete ihn jedoch das Leben eines seiner Pferde. Ein herber und unnötiger Verlust, hätte er den harmlos wirkenden Teich auf seinem Weg durch das Vulkangebiet nicht unterschätzt.

Der Vulkan Tartatuk ragte steil und hoch vor ihm auf. Ein riesiger, schwarzer Berg, an dessen Flanken weitere Kegel aus

Schlacke und Asche wie Geschwüre gewachsen waren. Aus dem obersten Krater und einigen seitlichen Kegeln stieg dunkler, dichter Rauch auf. Renlasol meinte, aus der Entfernung ein feuriges Glühen aus den Tiefen des Kraters erkennen zu können, das sich schimmernd an den untersten Rauchwolken zeigte und ihnen ein unheilvolles rotes Aussehen verlieh.

In weiterer Entfernung konnte er zwei weitere, deutlich kleinere Vulkankegel erkennen, von denen einer eindeutig durch den aufsteigenden Rauch ebenfalls noch aktiv, der andere jedoch, an der Spitze mit Schnee bedeckt, kalt und erloschen sein musste. Der Gewaltritt der letzten Tage steckte ihm in den Knochen. Sein Rücken und die Beine schmerzten. Renlasol war abgestiegen und führte das ihm verbliebene Pferd an den Zügeln hinter sich her. Das Tier wirkte ängstlich und nervös. Der Fürst hatte Angst gehabt, es könnte ihn abwerfen und in Panik durchgehen, ganz zu schweigen von den Folgen eines Sturzes in eine heiße Quelle oder einen Schlammtopf. Das hätte sein sicheres Ende bedeutet. Seit Renlasol das Land der Rachuren heil durchquert hatte, musste er häufiger rasten. Er hatte oftmals das Gefühl, zu ersticken. Während einer neuerlichen Rast zog Renlasol das Kästchen mit Tallias Haarlocke hervor und öffnete es. Aber sein Glücksbringer von einst hatte sich abermals verändert. Der Fürst schüttelte verwundert den Kopf. Er hatte keine Erklärung dafür, was dieses Mal die Ursache für die überraschende Verwandlung der Locke darstellte. Sie war nicht mehr versteinert wie zuvor und auch keine Locke mehr. Die Strähne sah zwar nach echtem Haar aus, wirkte aber, als wäre sie in mehrere Teile zerschnitten worden. Renlasol packte das Kästchen wieder ein und nahm an, er würde schon erfahren, was Tallia zugestoßen war.

Am Fuße des Vulkans wurde Renlasol bereits erwartet. Der Fürst erkannte Sapius sofort, doch die anderen Streiter hatte er nie zuvor gesehen. Die beiden Felsenfreunde fielen ihm zwar auf, aber er maß ihnen keine weitere Bedeutung zu.

Die Naiki faszinierten ihn jedoch besonders. Ihm erging es wie vielen anderen Klan auch. Die Augen der Naiki irritierten ihn. Aber im Gegensatz zu einigen die Magie nach wie vor ablehnenden Klan bewunderte Renlasol das Volk der Altvorderen. Der groß gewachsene Jäger wirkte klug und erfahren und mit seinen langen Beinen besonders grazil. Der Naiki besaß eine dunkle Aura, die Renlasol magisch anzog. Dem Riesen hingegen wollte er vorerst lieber aus dem Weg gehen. Eine innere Stimme warnte den Fürsten vor den Kräften des Maiko-Naiki.

Malidor war ein unergründliches Rätsel für Renlasol. Sapius und Malidor konnten sich nicht ausstehen. Das war nicht zu übersehen. Zwischen den beiden Magiern lag eine Spannung, deren Knistern Renlasol beinahe spüren konnte und die sich irgendwann entladen musste. Renlasol wollte keinesfalls dazwischen stehen, wenn es einmal so weit wäre.

»Ich grüße Euch«, sagte Renlasol, »es ist mir eine Freude, mit Euch gemeinsam das Buch zu suchen. Ich glaube, dass ich der siebte Streiter bin. Aber ich will mich nicht festlegen, Ihr wisst das bestimmt besser als ich.«

Die übrigen Streiter sahen den Neuankömmling mit neugierigen Augen an. Seine dunkle Ausstrahlung war für jeden der Streiter spürbar. Sie schwiegen in der Hoffnung, der jeweils andere in ihrer Nähe würde das Wort ergreifen. Sapius empfand das Schweigen als Unhöflichkeit gegenüber dem Fürsten und ergriff das Wort.

»Ihr *seid* der siebte Streiter, Renlasol«, antwortete Sapius, »daran gibt es keinen Zweifel. Ich freue mich, Euch wohlauf zu sehen.«

»Das kann ich mir denken«, meinte Renlasol, »und es ist fürwahr keine Selbstverständlichkeit, nachdem was Ihr mir und meinen Gefährten mit der Suche nach Quadalkar zugemutet hattet. Im Kristallpalast seid Ihr mir aus dem Weg gegangen. Ich nehme an, Ihr habt mich absichtlich gemieden. Die Zeit heilt viele Wunden, aber ich habe nichts von alledem vergessen, wofür Ihr die Verantwortung tragt. Auch seid Ihr mir und meinen Gefährten bis heute ein Wort des Bedauerns schuldig geblieben, Meister Sapius.«

»Ich weiß und bitte Euch aufrichtig um Vergebung«, zeigte sich Sapius einsichtig und gab dem Wunsch des Fürsten nach.

»Das war zu einfach für Euch und genügt mir als Wiedergutmachung nicht!«, erwiderte Renlasol. »Ich werde Euch von Zeit zu Zeit an Eure Schuld erinnern, wenn ich es für notwendig erachte und mir dann Eurer Unterstützung versichern darf.«

»Ich stehe in Eurer Schuld, Renlasol«, sagte Sapius, »ich bin bereit, dafür einzustehen und Euch hier vor den Augen der übrigen Streiter einen Gefallen zu versprechen, wann immer Ihr die Einlösung wünscht, das Gleichgewicht dadurch nicht verletzt wird oder Ihr nichts Unmögliches von mir verlangt.«

Renlasol war zufrieden mit Sapius' Versprechen, das er tatsächlich nutzen wollte, sobald die Zeit gekommen war. Mehr konnte er von dem Magier nicht erwarten. Aber er betrachtete es als Vorteil, sich von Anfang an Verbündete unter den Streitern zu suchen. Er war sich sicher, sie alle wollten das Buch der Macht für sich selbst beanspruchen. Warum sollten sich die übrigen Streiter in dieser Hinsicht von ihm unterscheiden? Renlasol hatte einen entscheidenden Vorteil. Traf die Prophezeiung wörtlich zu, wäre Renlasol derjenige, der das Buch zuerst in Händen halten sollte. Den Besitz galt es zu verteidigen. Er hatte nicht vor, das Buch einem anderen freiwillig zu überlassen. Ohnehin hatte Renlasol den Eindruck gewonnen, dass die Streiter argwöhnisch waren und sich belauerten. Die Suche würde eine Herausforderung für sie alle darstellen. Niemand konnte sich der Freundschaft und Treue des anderen sicher sein. Sie würden die Augen offen halten und sich untereinander beobachten müssen. Jeder Schritt, jede Bewegung würde sofort bemerkt werden. Von einer Gemeinschaft war nichts zu spüren. Die Stimmung erwies sich als angespannt, nahezu vergiftet und mit Aggressionen aufgeladen, so als stünden die Anwesenden kurz vor einem Wettkampf auf Leben und Tod. Der Fürst war gespannt, wer die Oberhand gewinnen und das Buch für sich behalten durfte. Würde Renlasol das Ende der Suche überhaupt erleben?

»*Wahrscheinlich wird es am Ende nur einen unter den sieben Streitern geben*«, dachte Renlasol, »*ich wüsste zu gerne, wer das ist. Zu leicht werde ich es ihnen allerdings nicht machen.*«

Renlasol hatte kein gutes Gefühl bei der Zusammenkunft und sah sich als einen der schwächsten Kandidaten im Feld der sieben Streiter. Was hatte er im Vergleich zu den anderen zu bieten? Ein Lesvaraq, dessen Macht unbestritten groß war. Zwei Magier, zwei Naiki, der eine groß und stark, der andere eine gefährliche Bestie und dazu noch ein magiebegabter Felsgeborener mit außergewöhnlichen Fähigkeiten, auf dessen Eintreffen sie alle händeringend warteten. Den Burnter konnte Renlasol nicht einschätzen, aber er hatte vernommen, dass die Felsgeborenen als nahezu unbesiegbar galten. Der Fürst wusste nicht, wie er dagegen bestehen sollte.

Während sie auf Vargnar warteten, lernten sie sich – soweit sie in der Lage waren, ihre gegenseitigen Vorbehalte zeitweise beiseitezuschieben – besser kennen und tauschten ihre jeweils vorhandenen Erkenntnisse über das Buch der Macht aus, ohne zu viel von sich preiszugeben oder in ihre Karten blicken zu lassen. Die misstrauische Stimmung blieb. Ihr Wissensstand war durchaus unterschiedlich stark ausgeprägt. Manche hatten zwar vom Buch der Macht gehört, sich jedoch zeit ihres Lebens nicht näher damit beschäftigt. Andere wiederum hatten sehr viel über das Buch und Ulljan gelesen oder aus Erzählungen erfahren. Und sie hatten genügend Zeit über Sapius' verwegenen Vorschlag nachzudenken, ihn bei seinem geplanten Vorstoß mitten in das Herz der Rachuren, in die Brutstätten, zu unterstützen.

*»Der Sechste, geboren aus Fels und Erde, verbindet die Kraft der wilden Herde.«*

Vargnar hatte sein Werk vollbracht. Die singenden Gräber von Gafassa waren verschlossen und – soweit er dies aus eigener Kraft vermochte – sicher versiegelt. Jedenfalls würden sich die Todsänger nicht erheben und dem Ruf ihres Herrn folgen können. Das war das Wichtigste. Die Gräber wurden fortan von einem Heer Golems bewacht, die nur Vargnars Wort folgten. Sie verharrten in einer Starre und waren angewiesen, bei der ersten Sichtung ungebetener Gäste aufzustehen und jeden Eindringling zu bekämpfen und wieder aus Gafassa zu vertreiben, bevor sich dieser auch nur an den Versuch wagen konnte, die Todsänger aus ihren Gräbern zu befreien.

Aber der Prinz hatte wertvolle Zeit verloren. Zeit, in der die übrigen Streiter auf ihn warteten und die ihnen womöglich bei der Suche nach dem Buch fehlen sollte. Er war sich nicht sicher, ob die Zeit für das Auffinden des Buches überhaupt eine Bedeutung hatte. Nach allem, was er über das Relikt gehört hatte, war der Besitzer des Buches in der Lage, über die Zeit zu gebieten. Eine unglaublich gefährliche und große Macht, wie Vargnar fand.

Der Prinz freute sich auf die ihm bevorstehenden Aufgaben, wenn er auch nicht wusste, was auf ihn zukommen würde. Aber er liebte das Unbekannte, das Abenteuer und die Abwechslung, die ihn stets aufs Neue herausforderten und sein Leben bereicherten. Er konnte es kaum erwarten, die sieben Streiter kennenzulernen. Zwar hatte er bereits die Bekanntschaft des

Magiers Sapius vor geraumer Zeit gemacht, von den anderen jedoch besaß er nur vage Vorstellungen und Erwartungen, die vielleicht nicht der Wirklichkeit entsprechen mochten.

Wie nicht anders zu erwarten hatte er den riskanten Weg über das Südgebirge eingeschlagen, der ihn über schneebedeckte Gipfel und durch tiefe Täler bis zur Hochebene von Tartyk führte. Er brauchte keine Rast und hatte keine Mühe, die Hochebene in wenigen Tagen zu durchqueren, bis er sich an deren Ende jauchzend in den Abgrund stürzte.

Die Rachuren stellten für den Prinzen in seinen Augen keine große Gefahr dar, sodass er sich beim Durchschreiten ihres Hoheitsgebietes weder vorsichtig verhielt noch hin und wieder versteckte, um nicht noch mehr Zeit zu verlieren. Der Prinz wusste wohl, dass Goncha ihn dafür getadelt und ermahnend darauf hingewiesen hätte, dass die Rachuren seiner Ansicht nach Chimären züchteten, die einen Felsgeborenen mit Leichtigkeit zum Nachtisch verspeisen könnten. Und Vargnar hätte seinen Felsenfreund dafür ausgelacht und die Bedenken beiseitegeschoben, obwohl er es aus eigener Erfahrung hätte besser wissen müssen. Die Drachenchimären waren Plagen und hatten ihn während des Angriffs auf ein Fischerdorf der Klan an den Rand seiner Fähigkeiten und Standhaftigkeit gebracht. Zum ersten Mal hatte er ernsthaft am Mythos der Unbesiegbarkeit seines Volkes gezweifelt. Es hatte nicht viel gefehlt und das Drachenfeuer hätte ihn getötet. Natürlich hatte er immer gewusst, dass die Felsgeborenen nicht unbesiegbar waren. Sie waren nicht unsterblich. Und der Mythos war eben nicht mehr als ein Mythos. Hilfreich zwar, aber nicht zutreffend. Die Geschichte der Burnter hatte ihnen diese Tatsache schmerzlich nähergebracht. Sie konnten sich zu Tode stürzen. Ein Gegner, der eine Waffe aus Blutstahl gegen sie richtete, konnte ihnen gefährlich werden und tödliche Wunden schlagen. Ein Feind, der stark genug war, einen schweren Kriegshammer mit einer solchen Wucht zu führen, dass Felsen zerstört wurden, wäre in der Lage, einen Burnter zu zerschmettern. Vargnar hielt ein solches Geschöpf für unwahrscheinlich. Jedenfalls war er nie zuvor einem Krieger begegnet, der dazu in der Lage gewesen wäre. Feuer, Stein, Wasser, Eis und Magie. Sie alle konnten – vorausgesetzt, sie erreichten ein für einen Felsgeborenen gehöriges, deutlich über den gewöhnlichen Naturgewalten liegendes Maß an Stärke – das Leben eines Felsgeborenen unerwartet beenden. Dennoch hatte Vargnar diese Gedanken stets weit von sich gewiesen und das Risiko gesucht. Und er hatte stets Glück gehabt. Die Rachuren zeigten sich nicht, selbst als er dicht am Eingang zur unterirdischen Stadt Krawahta vorbeigezogen war. Vargnar vermutete, dass sie, im Vertrauen auf ihre eigene Stärke und die Angst ihrer Gegner vor dem schrecklichen Feind, den Großteil ihrer Kräfte in die Eroberung der Klanlande gesteckt hatten. Die Rachuren sahen es nicht als notwendig an, ihr Stammgebiet zu sichern. Es genügte seiner Meinung nach, wenn sie ihre Verteidigung auf ihre ohnehin schwer einnehmbare Stadt und die Brutstätten im Inneren Krawahtas beschränkten.

Unterwegs hatte ihn ein Schrei aus seinen Gedanken gerissen und seinen Tatendrang erschüttert. Das Geräusch existierte nicht in der wirklichen Welt, er hatte es lediglich in Gedanken vernommen. Die Steine wollten ihm eine wichtige Botschaft übermitteln, was ihn verunsicherte. Irgendetwas Schreckliches musste geschehen sein. Er versuchte die Steine zu befragen, aber sie übermitteltem ihm nur diffuse Fragmente und grauenhafte, blutige Bilder, die er nicht zusammensetzen konnte. Der langsam verwesende, enthauptete Kadaver einer unter Steinen begrabenen Klanfrau stimmte ihn nachdenklich. Sie war ihm fremd. Aber selbst wenn er sie einst gekannt hätte, wie hätte er sie jetzt anhand der unscharfen Bilder erkennen können, ohne Gesicht und in solch desolatem Zustand? Was wollten ihm die Steine mitteilen, wozu schickten sie ihm diese Bilder? Vargnar sah keinen Sinn darin, sich damit aufzuhalten. Er würde Goncha fragen. Der Felsenfreund war nie um einen Rat verlegen und meisterlich in der Auslegung, wenn es um die meist verschlüsselten Botschaften der Steine ging.

Tartatuk war nah. Vargnar mochte den urtümlichen Geruch von geschmolzenem Stein und Erz. Er hatte ein feines Gespür für alles, was mit Steinen und Erde, selbst im feurigen Zustand, zu tun hatte. Die giftigen Schwefeldämpfe empfand der Prinz im Gegensatz zu den meisten anderen Geschöpfen als angenehm. Sie waren wie eine Heilkur für den Burnter.

All das und die wilde, geradezu karge Umgebung erinnerten ihn vage an seine Geburt, an den eigentlichen Ursprung der Felsgeborenen. So jedenfalls stellte sich Vargnar den Anfang ihrer Zeit vor, obwohl ihm bewusst war, dass es durchaus anders gewesen sein könnte. Aber die Vision gefiel ihm.

»*Zuerst kam das Feuer, dann das Wasser. Daraus entstanden die Felsen, aus denen schließlich die Felsgeborenen entsprangen*«, sagte er sich immer wieder.

Wahrscheinlich war das der Grund, warum er sich für die Zusammenkunft der sieben Streiter ausgerechnet diesen Ort ausgesucht hatte.

Das Lager am Fuße des Vulkans hatte er schnell ausgemacht. Es war für die geübten Augen eines Felsgeborenen nicht zu übersehen. Aber er zählte nur fünf und nicht wie erwartet sechs Streiter.

»*Bin ich nicht der Einzige, der noch auf sich warten lässt?*«, fragte er sich verwundert und etwas verärgert zugleich. »*Wahrscheinlich erkundet er die Gegend auf der Suche nach Wasser und hat den kleinen See in der Nähe längst entdeckt. Das Wasser ist frisch und trinkbar. Zahlreiche Fische tummeln sich ebenfalls darin. Ich habe an alles gedacht. Niemand muss in dieser Gegend verdursten oder verhungern.*«

Vargnars Ankunft wurde mit großem Staunen, aber auch mit Argwohn und Zurückhaltung aufgenommen. Es war nicht zu übersehen, dass der Burnter ein starker Konkurrent im Kampf um das Buch sein würde. Die meisten unter den Streitern hatten nie zuvor einen Felsgeborenen mit eigenen Augen gesehen. Renlasol fühlte sich sofort an das Antlitz Tallias erinnert, mit dem Unterschied nur, dass Vargnar deutlich größer und erhabener auf ihn wirkte. Sapius hingegen überkam sofort das schlechte Gewissen, das er vor dem Felsgeborenen zu verbergen suchte und dessen Blick er so gut als möglich auswich.

»Was ist mit Euch los?«, wollte der Prinz wissen, dem die gedrückte Stimmung nicht entgangen war. »Freut Ihr Euch nicht auf die Suche nach einem der mächtigsten Artefakte Krysons? Ihr seid auserwählt und schreibt Geschichte. Niemand sonst auf Ell wird dieses Privileg zuteil. Ein großes Abenteuer wartet auf uns. Ihr solltet feiern und tanzen, statt Trübsal zu blasen und Euch ängstlich zu beäugen. Na? Wie ist es? Wer wagt es und stößt mir als Erster den Dolch aus Blutstahl in den Rücken?«

Vargnar erhielt keine Antwort auf seine Provokation. Aber er hatte die Stimmung richtig erfasst. Die Streiter fühlten sich als erbitterte Gegner. Das konnte nicht gut gehen.

»Mein Prinz, ich bin so froh Euch zu sehen«, begrüßte Goncha den Felsgeborenen.

»Und ich erst, mein Freund!«, antwortete Vargnar. »Du hast mir gefehlt. Wie ich sehe, liegt einiges im Argen unter den Streitern. Ich glaube, ich kam gerade zur rechten Zeit. Aber wir sind nicht vollständig? Wer fehlt?«

»Das habt Ihr gut beobachtet«, meinte Goncha, »die Zusammenkunft ist eine einzige Posse. Keine Einigkeit. Ein Abtasten der möglichen Gegner. Ihr werdet viel Arbeit und Mühe mit ihnen haben, wenn Ihr mich fragt. Der Lesvaraq Tomal ist nicht zur Zusammenkunft gekommen. Am besten, Ihr fragt Sapius nach den Gründen.«

»Das werde ich«, antwortete der Prinz, »aber sag, wer ist der Felsenfreund an deiner Seite, Goncha? Willst du ihn mir nicht vorstellen?«

»Oh, verzeiht«, Goncha wurde plötzlich verlegen, »das ist Rodso. Er war ganz gespannt auf Eure Ankunft und wollte sich Euch selbst vorstellen.«

»Nun?«, nahm Vargnar in Gedanken Kontakt zu Rodso auf.

»Meinen Namen kennt Ihr nun schon, mein Herr«, antwortete Rodso, »ich darf Euch in Zukunft ein Stück Eures Weges begleiten und Euch hoffentlich ein genauso guter Freund und Berater sein, wie Goncha für Euch war. Es ist mir eine große Ehre und Freude!«

»War?« Vargnar schrie in Gedanken entsetzt auf und sah seine schlimmsten Befürchtungen bestätigt. »Was hat das zu bedeuten?«

Rodso zog sich erschrocken aus dem Kopf des Prinzen zurück, obwohl Vargnars Gefühlsausbruch nicht gegen ihn gerichtet war.

»Mein Prinz«, begann Goncha leise, »Ihr wusstet, dass meine Zeit begrenzt ist. Ich ging lange und weit mit Euch. Aber mein Weg endet an diesem Ort. Ich kann nicht weiter mit Euch kommen.«

»Verdammt, Goncha«, fluchte der Prinz, »das darf nicht wahr sein! Du kannst mich nicht im Stich lassen. Nicht jetzt. Die Suche hat noch nicht einmal begonnen. Du bist doch mein bester Freund. Ich liebe dich. Was soll ich ohne dich anfangen?«

»Das ist nicht von Bedeutung«, versuchte Goncha zu erklären, »und ich lasse Euch nicht alleine. Rodso wird mich ersetzen.«

»Das kann er nicht«, erwiderte Vargnar, »keiner kann das. Ich brauche dich und keinen anderen Felsenfreund.«

»So versteht doch, Herr«, Goncha klang verzweifelt, »ich

kann nicht bei Euch bleiben. Ich werde sterben und ins Land der Tränen gehen. Ein Wunder, dass ich noch lebe und Euch noch einmal sehen durfte. Ich habe zu den Kojos gebetet, sie mögen mir diesen Wunsch erfüllen, damit ich mich von Euch verabschieden kann.«

»Goncha …« Das Flehen des Prinzen wurde von einem tieftraurigen Seufzer erstickt.

»Lebt wohl, mein Prinz«, sagte Goncha, »eines Tages sehen wir uns wieder. Meine Zeit auf Kryson ist nun um. Ich werde gerufen und muss jetzt gehen. Haltet mich in Eurer Erinnerung fest und denkt stets an die vielen gut gemeinten Worte und Ratschläge, die Ihr nie befolgen wolltet. Und ich bitte Euch, Rodso an meiner Stelle anzunehmen. Vertraut mir ein letztes Mal, Ihr werdet die besten Freunde werden.«

»Goncha … was tust du mir an?« Vargnar war von der Trauer überwältigt.

Von dem Gespräch zwischen Vargnar und den Felsenfreunden bekamen die anderen Streiter nichts mit. Sapius hielt sich sicherheitshalber aus den Gedanken heraus. Es hätte sein können, dass sie sich über seine Tat austauschten. Dennoch spürten die Streiter, dass etwas nicht stimmte und der Felsgeborene offenbar in einer äußerst schwierigen Lage steckte.

»Lasst mich gehen, Prinz Vargnar!«, bat Goncha.

»Geh!«, sagte Vargnar plötzlich wutentbrannt, nachdem er mit all seinen Bemühungen ihn zu halten gescheitert war, und wandte sich enttäuscht von seinem Freund ab. »Verschwinde! Je schneller du gehst, umso besser. Ich will dich nicht mehr sehen!«

»Euer Schmerz, Herr«, versuchte Goncha ihn zu trösten, »ich kann ihn gut verstehen, mir ergeht es nicht anders. Aber Ihr solltet wissen, dass ich nicht freiwillig gehe, weil ich nicht mehr bei Euch sein möchte. Ich liebe Euch, aber ich habe keine Wahl.«

»Ich weiß, mein Freund!« Vargnars Gedanken waren von Enttäuschung und Trauer erfüllt, »geh einfach. Verzeih meine Wut. Aber dein Anblick schmerzt mich und ich bin einfach zu schwach dir nachzusehen. Ich ertrage den Verlust nicht.«

Unter den staunenden Blicken der versammelten Streiter kletterte Goncha schnell und geschickt die steilen Hänge des Vulkans hinauf. Er fühlte sich köprerlich bereits stark geschwächt. Ihm blieb nur noch sehr wenig Zeit, sich mit den Steinen zu vereinen. Goncha hatte beinahe schon zu lange auf Vargnar gewartet und musste nun einen Weg finden, wie er sich schnellstmöglich in die Obhut der Steine für seine letzte Ruhestätte begeben konnte. Die einzige Möglichkeit, die er noch sah, war ein kurzes und schmerzhaftes Ende seines Daseins auf Ell. Aber für ein magisches Abschiedsritual fehlte ihm die Kraft. Wollte er nicht einfach vergehen und seinen Geist und seine Seele an diese Welt vergeuden, musste er sich sputen. Der Felsenfreund blickte nicht zurück, und bald schon verloren sic ihn aus den Augen und sahen nicht, wie er sich in den Krater stürzte und eins mit den heißen, flüssigen Steinen wurde. Nur Vargnar spürte, dass Goncha für immer verschwunden war und einen tiefen Riss in seinem steinernen Herzen hinterließ, von dem er glaubte, er werde nie wieder heilen. Hätte der Felsgeborene Tränen um seinen besten Freund vergießen können, er hätte es getan, lange und andauernd, ohne sich vor den anderen Streitern dafür zu schämen.

Rodso näherte sich dem Felsgeborenen vorsichtig und kletterte behutsam an dessen Bein über den Rücken bis auf die Schulter. Dort machte er es sich gemütlich. Vargnar hinderte den Felsenfreund nicht daran. Die Geste war wie ein Trost und er ließ es gerne zu.

»Ich bin bei Euch«, flüsterte Rodso.

»Das ist gut, mein Freund«, antwortete Vargnar.

Vargnar stand lange schweigend und ungerührt, tief in Gedanken und Trauer versunken wie eine Statue vor den verwunderten Streitern. Rodso bewegte sich nicht von der Stelle. Niemand wagte den Felsgeborenen anzusprechen oder sich ihm zu nähern. Es dauerte drei Tage und Nächte, bis er sich wieder aus seiner Erstarrung löste.

Die Tage vergingen. Vargnar erholte sich allmählich von seiner Trauer, und dank des Felsenfreundes Rodso konnte er sogar wieder über manche Bemerkung lachen. Der Prinz würde nur schwer über den Verlust seines Freundes hinwegkommen, sofern ihm dies überhaupt jemals gelingen sollte. Er selbst glaubte nicht daran. Aber Goncha hätte sich gewünscht, dass der Prinz nicht aufgab und den neuen Felsenfreund annahm, wie er Goncha einst als seinen Gefährten akzeptiert hatte. Das war er seinem verstorbenen Felsenfreund schuldig. Vargnar riss sich zusammen und mischte sich unter die Streiter.

Als Vargnar von Sapius in einem Gespräch erfuhr, dass der Lesvaraq Tomal eigene Wege ging und sich dazu entschlossen hatte, nicht zur Zusammenkunft zu kommen, war er entrüstet.

»Wie konnte Tomal das Flüstern der Steine ignorieren? Erklärt mir das, Sapius!«, forderte er den Magier auf. »Wir können nicht mit der Suche beginnen, solange wir nicht komplett sind.«

»Tomal hat den Ruf gehört und ich glaube, er wollte ihm folgen. Aber im Kristallpalast muss etwas vorgefallen sein, was ihn davon abgebracht hat. Ich weiß nicht, was es war. Aber ich glaube, er bekam eine Nachricht. Jedenfalls wollte er eine Insel im Meer suchen. Kartak. Was auch immer er dort finden mag, muss mit unserer Suche zusammenhängen oder mit ihm selbst. Er wird sich uns anschließen, sobald er von Kartak zurück ist.«

»Immerhin … und was unternehmen wir so lange?«, wollte Vargnar von Sapius wissen. »Wir können nicht am Tartatuk warten, bis er sich endlich überlegt hierherzukommen.«

»Nein, das sollten wir nicht. Vor unserer Abreise habe ich mit ihm über einen Plan gesprochen, bei dem ich Eure Hilfe gut brauchen könnte«, meinte Sapius.

»Dann lasst hören«, forderte Vargnar den Magier auf.

Sapius erzählte ihm von seinem inneren Drang, der ihn in die Brutstätten der Rachuren zog. Das hatte er den anderen Streitern bereits vor Tagen offenbart. Er musste Gewissheit haben, was mit seinem Volk und den Drachen geschehen war. Außerdem berichtete er von Tomals und seinem Entschluss, die Klan in ihrem Kampf gegen die Rachuren zu unterstützen, indem Sapius einen Vorstoß ins Herz der Rachuren wagte.

»Ihr wollt also in Rajurus Höhle. Mitten in den Irrsinn?«, sagte Vargnar trocken. »Verzeiht mir meinen Ausdruck, der eines Felsgeborenen nicht würdig ist. Aber mir fällt nichts Besseres dazu ein. Das ist in der Tat ein verwegener Plan. Ihr könntet genauso gut zu mir sagen, wir stürzen uns gemeinsam in den Krater des Tartatuk. Ich frage mich, was besser für uns wäre. Der Tod im Krater käme schnell. Bevor Ihr überhaupt in Berührung mit dem Feuer des Vulkans kommt, wärt Ihr bereits tot. Der Tod in den Brutstätten hingegen kann sehr lange und schmerzhaft sein, sollten wir überhaupt so weit kommen.«

»Ich muss dorthin gehen …«, bestand Sapius auf seinem Vorhaben.

»Das habe ich vor wenigen Tagen schon einmal gehört und war wenig begeistert«, unterbrach ihn Vargnar brummend.

»… ob mit oder ohne Euch und die Streiter. Ich werde mich nicht von meinen Plänen abbringen lassen.«

»Ihr habt die richtige Einstellung, Sapius«, lobte Vargnar den Magier überraschend, »das wusste ich schon, als wir uns das erste Mal begegneten. Und wenn ich ehrlich bin, gefällt mir Euer Plan. Ein echtes Wagnis und ein Abenteuer, dem ich kaum widerstehen kann. Ich habe mit den Rachuren und ihren Chimären noch eine Kleinigkeit zu regeln. Ich halte Euren

Plan zwar nicht für erfolgversprechend und denke, wir werden alle dabei untergehen. Aber was soll's? Hier macht ohnehin jeder, was er will. Kommen die Streiter ums Leben, wird sich eben ein anderer um das verdammte Buch kümmern müssen.«

Vargnar hatte über Sapius' Vorhaben nachgedacht. Vielleicht war dies genau der richtige Weg, den sie und die Streiter gemeinsam einschlagen mussten, um die Gruppe zusammenzubringen. Eine schwierige und gefährliche Übung. Misslang sie, waren sie auf ewig verloren.

»Ich bin dabei«, stimmte Vargnar zu.

»Seid Ihr verrückt?«, ermahnte Rodso den Prinzen. »Ihr könnt nicht einfach in die Brutstätten marschieren und glauben, die Rachuren würden Euch wieder gehen lassen. Ihr, mein Prinz, und ich wären begehrtes Zuchtmaterial für die Chimärenzucht und die beiden Naiki ebenso. Das könnt Ihr mir glauben. Und solltet Ihr denken, das könnte womöglich Spaß machen, dann täuscht Ihr Euch gewaltig.«

»Mag sein, aber wenn wir es nicht wagen, werden wir nie feststellen, wie es uns dort unten ergangen wäre. Oder?«, meinte Vargnar.

»Wohl kaum. Aber ich denke nicht, dass Ihr diese Erfahrung wirklich machen wollt. Stellt Euch nur vor, wie sie Euch melken werden, um an Euren Fruchtbarkeitssaft zu gelangen«, antwortete Rodso.

»Das stelle ich mir lieber nicht vor«, erwiderte Vargnar, »und nun hör auf damit, wie Goncha sein zu wollen. Du bist Rodso, also sei auch du selbst.«

»Wie Ihr wollt«, frotzelte Rodso, »dann los. Lasst uns hinabsteigen zu der Hexe und Ihr ordentlich Feuer unter den runzligen Hintern legen. Habt Ihr Euch noch nicht in Bewegung gesetzt?«

»*So* gefällst du mir viel besser«, lachte Vargnar, »vielleicht werden wir eines Tages doch noch Freunde.«

Sapius war anzusehen, wie froh und erleichtert er darüber war, dass sich Vargnar an seinem Vorstoß und der Befreiung der Sklaven beteiligen wollte. Den anderen Streitern blieb nichts anderes übrig, als sich ebenfalls daran zu beteiligen, wollten sie sich keine Blöße geben und die Streiter nicht aus den Augen lassen. Niemand unter ihnen konnte sich sicher sein, ob dies nicht bereits zur Suche gehörte oder ein aufgesetztes Täuschungsmanöver eines einzelnen Streiters war, der sie in eine Falle locken wollte. Baijosto und Belrod erklärten sich bereit, über die Schächte mit in die Tiefe zu steigen. Sie erinnerten sich an den Magier und was er für sie beide vor langer Zeit getan hatte. Sapius war für sie beide eingestanden und nun erhielten sie Gelegenheit, sich dafür zu bedanken.

»Das ist typisch für Euch«, meldete sich Renlasol schließlich zu Wort, »Ihr schickt erneut eine Gruppe von Gefährten ins Verderben. Mit dem Unterschied nur, dass Ihr dieses Mal selbst dabei seid. Sollte ich mitmachen und unversehrt wieder zurückkehren, schuldet Ihr mir noch einen weiteren Gefallen.«

»Abgemacht«, lächelte Sapius.

Lediglich Malidor weigerte sich, in die Belüftungsschächte zu steigen. Gleichgültig, was Sapius vorschlug und wie nützlich oder sinnlos Sapius' Ideen sein mochten, Malidor würde alles strikt ablehnen. Aus Prinzip. Der Magier des Lichts würde oben bleiben und aufpassen, dass niemand sonst ihnen in die Tiefe folgte. Belrod wiederum konnte möglicherweise zu groß sein. Sie würden es darauf ankommen lassen und ausprobieren. Passte er durch den Schacht, kam er mit. Würde er schon nach wenigen Fuß stecken bleiben, musste er Malidor Gesellschaft leisten, was ihm jedoch nicht sonderlich behagte.

»Lasst uns keine Zeit mehr verlieren. Auf zu den Brutstätten!«, rief Sapius.

»Auf zu den Brutstätten«, stimmte Vargnar mit ein.

»Auf zu den Brutstätten«, wiederholten die Streiter mit weniger Begeisterung.

Sie brachen das Lager ab und folgten Vargnar, der auf seinem Weg nach Tartatuk einige von außen unbewachte Belüftungsschächte passiert hatte. Sein Gedächtnis hatte sich die Standorte bildlich eingeprägt. Der Prinz der Felsgeborenen würde sie wiederfinden.

# Eine Insel im Meer

Der Weg nach Kartak führte den Lesvaraq entlang der südlichen Ostküste Ells zu einem ehemals hübschen Fischerdorf. Dort hatte er vor, sich ein Fischerboot zu nehmen, Segel zu setzen und zur Insel zu fahren. Waren ihm die Winde wohlgesinnt, würde er einen, höchstens zwei Tage brauchen, um an der Insel anzulegen. Vorausgesetzt er konnte sich auf die Angaben des Gefäßes verlassen, die dieser angeblich unmittelbar aus einem Reisebericht des Ulljan erlangt hatte.

Doch Tomal vertraute Blyss, denn er hatte in dessen Innerstes geblickt. Das Gefäß hatte nicht gelogen und musste auf irgendeine Weise an die lange verschollenen Informationen gelangt sein.

Kartak war eine Legende. Eine Geisterinsel, um die Fischer und Händler von jeher einen weiten Bogen gemacht hatten, sollte Kartak auch noch so große Schätze und Wissen versprechen. Die Insel war in keiner Karte verzeichnet. Die Gewässer um Kartak galten als gefährlich und unberechenbar. Für Fischer versprachen sie zwar reiche Beute, aber die Riffe und zahlreichen Untiefen rund um die Insel erwiesen sich bei stärkerem Seegang und Wind als tödliche Fallen. Zu allem Überfluss wimmelte es vor Kartak von Moldawars. Niemand – außer wenigen Moldawarjägern vielleicht – verspürte einen größeren Drang, in das Jagdgebiet der riesigen Raubfische einzudringen und auf ihren Futterstraßen selbst als Beute zu enden.

Vor Urzeiten aus einem gewaltigen Vulkanausbruch entstanden, war Kartak rasch zu einer unerreichbaren Insel geworden. Die Klan erzählten sich, dass sich ihr vor vielen Sonnenwenden niemand weiter als bis auf zwei Seemeilen nähern konnte. Eine unsichtbare magische Barriere schützte die Strände der Insel.

Kartak wehrte sich auf unerfindliche Weise gegen ungebetene Besucher. Stürme, die plötzlich ohne Vorankündigung wie aus dem Nichts aus dem Zentrum der Insel entstanden und gigantische Wellen warfen allzu Neugierige zurück. Moldawarangriffe nahmen an Heftigkeit zu. Die Fische griffen alles und jeden an, den sie mit ihren riesigen Mäulern und Zähnen packen konnten. Und sie hielten blutiges Gericht unter den Unvorsichtigen. Aber all diese Geschichten waren der Teil der Legende über Kartak, der lange unbestätigt blieb, weil niemand wagte die Wahrheit herauszufinden.

Tomal war überrascht, ein fast völlig zerstörtes Dorf vorzufinden. Er hatte zwar von der Heftigkeit und Wut der Rachurenangriffe gehört, dennoch hatte er sich das Ausmaß weniger schrecklich vorgestellt. Hütten und Häuser waren niedergebrannt. Überall in den Gassen verstreut lagen die grotesk verrenkten und verkohlten Kadaver der ehemaligen Bewohner. Steif und starr streckten sie ihre Glieder anklagend in die Höhe. Von anderen Opfern des Angriffs waren lediglich Knochen übrig geblieben, die von Aasfressern, Wind und Wetter blank genagt worden waren.

Dennoch war das Bild der Zerstörung uneinheitlich. Die im Hafen liegenden Fischerboote waren zwar teils umgeworfen und manche davon im Hafenbecken gesunken, andere wiederum lagen wie eh und je ordentlich vertäut an den Stegen, als wäre nichts geschehen.

Das größte Gebäude des Dorfes war unbeschädigt geblieben. Lediglich die einst weiß getünchten Außenwände waren vom Ruß geschwärzt. Einem Tempel ähnlich wirkte das Gebäude fremd und bedrohlich. Nach Tomals Geschmack schien es für das Dorf viel zu mächtig und fügte sich nicht in die ansonsten beschauliche Umgebung eines Fischerdorfes.

Tomal kniete sich auf den Boden und zerrieb Sand, Erde und Asche zwischen seinen Fingern. Er schloss die Augen.

Der Lesvaraq wollte wissen, was sich in diesem Ort zugetragen hatte und was es mit dem Tempel auf sich hatte. Die Bilder liefen in seinem Kopf ab, als wäre er selbst dabei gewesen. Er sah den Angriff der Drachenchimären, die Häuser und Hütten mit ihrem feurigen Atem in Brand setzten, Frauen und Kinder stahlen. Die Entsetzensschreie der Opfer gellten durch das Dorf. Die Klan wehrten sich verzweifelt gegen das Unvermeidliche. Eine furios kämpfende Frau wurde von den Drachenchimären getötet und in Stücke gerissen. Tomal sah einen steinernen Krieger, der unbesiegbar schien. Doch selbst dieses ungewöhnliche Geschöpf konnte am Ende nichts gegen die feindliche Übermacht ausrichten und musste sich enttäuscht geschlagen geben und das Dorf verlassen, bevor Todsänger und die Truppen der Rachuren durch die Gassen wüteten. Der Gesang der Todsänger, von einem virtuosen Flötenspieler begleitet, schmerzte Tomal, obwohl die Musik nur in seinen Gedanken aus den Erinnerungen der Umgebung reflektiert wurde und eigentlich nicht wirklich war. Sie erzielte zwar keine tödliche Wirkung und doch rührte sie ihn zu Tränen.

Tomal beobachtete einen Todsänger, der an die Pforte des Tempels klopfte und um Einlass bat. Ihm wurde ohne zu zögern geöffnet. Als der Lesvaraq schließlich erkannte, dass sich Praister hinter den Mauern des Tempels verbargen und sie den Todsänger offensichtlich schon ungeduldig erwartet hatten, wurde er zornig. Die Praister hatten überlebt. Tomal riss die Augen auf, in denen das dunkle Feuer gefährlich flackerte, und erhob sich mit einem Ruck.

Seit einigen Tagen hatte der Lesvaraq bemerkt, dass sich etwas in ihm verändert hatte. Sein Zyklus des Lichts war plötzlich unterbrochen worden.

»Braver Sapius«, war es ihm durch den Kopf gegangen, »ich hätte nicht gedacht, dass es dir gelingt, Tallia zu töten. Jedenfalls nicht so schnell. Du tust, was ich dir sage. So ist es gut.«

Aber das Licht in seinem Inneren war nicht erloschen. Noch nicht. Es kämpfte wie ein in die Ecke getriebenes, verletztes Tier ums Überleben und meldete sich mächtig und mit Nachdruck. Tomal blieb nicht allzu viel Zeit. Das spürte er mit jedem Tag mehr. Das Licht war auf der Suche nach einem Magier, einem Nachfolger für Tallia. Der Lesvaraq musste handeln, bevor der Zyklus erneut geschlossen wurde.

Tomal nahm das Galwaas von seinem Rücken und lud einige Geschosse in die dafür vorgesehene Vorrichtung. Die Mächte des Gleichgewichts kämpften in seinem Inneren, stachelten sich gegenseitig auf. In Tomal brodelte es gewaltig. Der Wahnsinn und die aufgestaute Wut durften nicht länger zurückgehalten werden. Mit großen Schritten eilte er zur verschlossenen Pforte und hämmerte mehrmals mit der Faust dagegen.

»Öffnet das Tor!«, schrie der Lesvaraq wutentbrannt.

Niemand antwortete ihm.

Noch einmal schlug der Lesvaraq mit Gewalt gegen die Pforte, bis die Flügel der Türen aus den Angeln zu brechen drohten.

»Wer seid Ihr? Was wollt Ihr?«, hörte er eine zaghafte Stimme aus dem Inneren antworten.

»Öffnet oder ich trete das Tor ein!«, gab Tomal zurück, ohne seine Identität zu verraten.

»Geht weg«, sagte die zitternde Stimme aus dem Inneren des Tempels, »dies ist heiliger Boden. Ihr erzürnt die Kojos mit Eurem Geschrei.«

»Haltet mich nicht zum Narren, Praister!«, rief Tomal. »Heiliger Boden? Dass ich nicht lache, dieser Ort ist verdammt, und die Praister sind nichts weiter als ein feiges Mörderpack. Seid Ihr blind? Seht Euch doch um. Direkt vor Eurem Tempel tobte das Grauen. Ihr habt Euch nicht einmal die Mühe gemacht, die Fischer zu bestatten und zu den Schatten zu geleiten, nachdem sie in den Flammen qualvoll zu Tode gekommen waren und von den Bestien in Stücke gerissen wurden.«

»Das war der Wille der Kojos und dieser ist zuweilen unergründlich, Herr«, sagte der Praister. »Verschwindet. Die Kojos dulden keine Störung ihres Heiligtums.«

Die Auseinandersetzung auf diese Weise fortzusetzen, hatte für den Lesvaraq keinen Sinn. Der Praister würde das Tor nicht freiwillig öffnen. Er hätte Magie einsetzen und den Mann gedanklich beeinflussen können, aber er entschied sich für einen anderen Weg.

Tomal lud das Galwaas durch, stemmte es in die Hüfte und feuerte. Der plötzliche Rückschlag der Waffe krachte ihm schmerzhaft gegen die Knochen und ließ ihn kurz zurücktaumeln. Der Knall klingelte in seinen Ohren. Holz splitterte. Der Schuss riss ein großes Loch in die Pforte des Tempels. Aus dem Inneren des Gebäudes ertönte ein entsetzter Schrei. Eine Glocke wurde plötzlich und hektisch geschlagen. Der Ton war dumpf und dunkel. In der Not alarmierte der Praister wahrscheinlich seine Brüder.

Käftig trat der Lesvaraq mit den Stiefeln gegen die Pforte und brach damit den letzten Widerstand der dicken Holztür. Die Flügel der Pforte wurden aus den Angeln gerissen, brachen nach innen weg und begruben einen dahinter stehenden Praister unter sich. Tomal nahm an, dass es sich um den Praister handelte, der kurz zuvor mit ihm gesprochen hatte. Aber er wollte sich vergewissern und hob den Torflügel an, unter dem er den Mann vermutete. Er trug das rote Gewand der Praister, hatte sich zusammengerollt, blutete am Kopf, hielt die Hände jedoch verkrampft vor der Brust, stöhnte und jammerte. Ohne lange nachzudenken, hielt der Lesvaraq dem Verletzten das Galwaas an den Kopf und drückte ab. Das Hirn spritzte aus dem Schädel. Blut und graue Gehirnmasse verteilten sich über Wände, Boden und die Kleidung des Lesvaraq.

»Pfui«, dachte Tomal bei sich, »was für eine Schweinerei! Die Waffe ist in der Tat mächtig und in ihrer Wirkung erstaunlich, das muss ich Jafdabh lassen.«

Die Glocke hatte aufgehört zu schlagen und die Praister zeigten sich dem ungebetenen Besucher nicht gastfreundlich. Er nahm an, dass sie sich entweder aus Angst versteckten oder ihn in eine Falle locken wollten. Tomal ging, das Galwaas im Anschlag, vorsichtig einige Schritte in das Innere des Tempels. Der Eingang – eine Art Vorkammer, deren Wände schwarz gestrichen waren – präsentierte sich lediglich mit einigen in unregelmäßigen Abständen auf dem Boden verteilten Kerzen schwach beleuchtet. Der Lesvaraq wartete einen Moment, bis sich seine Augen an das dämmrige Licht gewöhnt hatten. Am Ende des Raums befand sich eine weitere Tür. Bevor Tomal jedoch die Klinke drückte, hielt er noch einmal inne und lauschte. Er glaubte, weiter entfernt Gesang vernommen zu haben, der einer Beschwörung ähnelte. Riefen die Praister die Schatten? Aber vielleicht hatten ihn seine Sinne getäuscht. Hinter der Tür herrschte Stille. Knarrend öffnete sich die Tür, und Tomal blickte in einen weitläufigen Gebetsraum, auf dessen steinernem Boden und an deren Wänden an verschiedenen Stellen Symbole aufgezeichnet waren, vor denen Teppiche, Kissen und tönerne Schalen lagen. Aus den Schalen stieg Rauch auf, der die Kammer mit einem schweren, süßlichen, die Sinne beeinträchtigenden Duft füllte. Manche Symbole glichen Runen, andere wiederum schienen Tiere oder ihm noch unbekannte Kreaturen darzustellen. Er kniete sich vor einem der Symbole nieder, um die Beschaffenheit näher zu untersuchen. Täuschte er sich oder hatten die Praister die Zeichen mit Blut gemalt? Das Licht in der Kammer reichte nicht aus, um ihm Gewissheit zu verschaffen.

Tomal wurde schwindelig. Er schüttelte heftig den Kopf, um das Gefühl der Benommenheit wieder abzuschütteln. Er stand auf und ging bis zum Ende der Kammer. Dort hatte er drei weitere Türen ausgemacht. Tomal fragte sich, wie viele Praister in diesem Tempel wohl zu Hause waren. Nach den Kissen und Teppichen zu urteilen mussten es fünfzig oder mehr sein.

*Ich finde euch alle*, dachte Tomal, von einem unstillbaren Hass auf die Praister erfüllt, *jeden Einzelnen von euch. Ihr habt meinen Vater getötet und jetzt bringe ich euch zu den Schatten.*

»Wo habt Ihr Euch versteckt, Ihr feiges Pack?«, rief Tomal. »Ist das eine Art, einen Gast zu begrüßen?«

Nichts rührte sich. Tomal wählte die mittlere der drei Türen. Die Reihenfolge der Türen war ihm gleichgültig, am Ende des Tages würde er jede mindestens einmal durchschritten und jeden Winkel des Tempels genauestens untersucht haben. Eine hölzerne Treppe führte in ein dunkles Kellergewölbe. In einer Halterung an der Wand steckten mehrere unbenutzte Pechfackeln.

»Wie praktisch«, dachte Tomal und griff sich eine davon.

Wollte er in der Dunkelheit etwas erkennen – was er für gewöhnlich beherrschte –, musste er sich mit Magie behelfen oder eine Fackel anzünden. Der Lesvaraq entschied sich für eine Fackel, um seine Kräfte zu schonen. Die Praister konnten ihm gefährlich werden und er wusste nicht, wie viele auf ihn warteten und mit welchen Tücken sie sich gegen sein gewaltsames Eindringen in ihren Tempel zur Wehr setzen würden.

Kaum hatte er die Fackel entzündet und war die Treppe hinabgestiegen, störte ein ekelerregender Gestank seine empfindliche Nase. In einer langen Reihe hintereinander hatten die Praister mehrere gleich große Tische aufgestellt. Neben den Tischen befanden sich Holzeimer mit Wasser und Schwämmen sowie offene Truhen mit allerhand Werkzeug. An den Wänden entdeckte er Reihen von Regalen, die bis oben hin mit in zahlreichen, mit einer Flüssigkeit gefüllten Gläsern ausgestellten Präparaten aus Organen und Absurditäten bestückt waren.

Sapius hatte ebenfalls eine Sammelleidenschaft gepflegt und die Gläser erinnerten den Lesvaraq daran. Aber der Magier beschränkte sich auf Kröten, Würmer, Schlangen und anderes Getier, das er für seine Tränke brauchte. Das war in den Augen des Lesvaraq vertretbar. Die Sammlung der Praister hingegen war erschreckend anders.

Ein Fötus mit zwei Köpfen hatte seine besondere Aufmerksamkeit geweckt und ihm sogleich einen kalten Schauer über den Rücken gejagt.

»Welchem armen Geschöpf haben die Praister dieses Ungeborene bloß entnommen?«, fragte er sich.

Und das war erst der Anfang entsetzlicher Entdeckungen. Ein solches Sammelsurium des Grotesken hatte Tomal nie zuvor gesehen oder sich in seinen schlimmsten Albträumen nicht einmal annähernd vorstellen können.

*Ich bin auf die Bösartigkeit höchstselbst gestoßen*, dachte er angewidert bei sich. *Wozu bewahren die Praister solche Präparate auf?*

Tomal durfte sich nicht von den sichtbaren Schrecken ablenken lassen. Er wandte sich schaudernd von den Regalen ab, um die Kammer weiter zu untersuchen.

Nachdem er eine Truhe und das darin lagernde Werkzeug näher begutachtet hatte, konnte sich Tomal denken, was die Praister in dieser Kammer noch trieben und woher der Gestank rührte. Sie präparierten die Toten für ihren letzten Gang zu den Schatten.

*Vielleicht nicht nur die Toten!*, sagte sich Tomal im Stillen, dem der Inhalt der Regale naheging.

Er traute den Praistern alles zu. Immerhin stellten sie mehr dar als nur einfache Totengräber oder Leichenbeschauer. Für ihn waren sie Giftmischer, Schattenrufer und Attentäter, feige

Mörder, die seinen Respekt nicht verdienten. Aber er wusste nun auch, sie waren Gelehrte, die ihre ganz eigenen Forschungen an den Lebenden betrieben, und sie kannten sich bestens mit der Folter aus, was er unschwer an einigen Gerätschaften in der Kammer feststellen konnte.

Ein Geräusch am oberen Ende der Treppe ließ ihn in seiner Bewegung erstarren. Tomal wirbelte herum, duckte sich und blickte nach oben. Drei Praister standen dort in ihren roten Roben, mit brennenden Öllampen in den Händen und sahen mit hasserfüllten Blicken zu ihm herunter.

»Wer seid Ihr?«, fragte ein glatzköpfiger Praister.

»Das geht Euch nichts an!«, antwortete Tomal.

»Warum stört Ihr die heilige Ruhe der Kojos und ihrer Vertreter auf Kryson?«, blieb der Praister hartnäckig.

»Auch das werde ich Euch nicht verraten.«

»Ihr habt einen unserer Brüder getötet!«, empörte sich der Praister.

»Ich hatte nicht vor …«, begann Tomal, bevor er in seinem Satz unterbrochen wurde.

»Ihr habt den Zorn der Kojos erregt. Dafür werdet Ihr in den Flammen der Pein schmoren«, drohte der Praister.

»… es bei einem zu belassen«, beendete Tomal seinen begonnenen Satz und lud das Galwaas nach.

Tomal zielte, schoss und traf einen seiner Gegner in die Brust. Der Praister schrie, wurde durch die Wucht des Aufpralls von den Beinen nach hinten gerissen, flog einige Fuß durch den dahinterliegenden Raum, bis er schließlich blutüberströmt auf den Boden krachte.

»Elender!« Der glatzköpfige Praister drohte Tomal mit der Faust. Er zog seinen Bruder rasch mit sich in den Gebetsraum, bevor der Lesvaraq einen weiteren Schuss abfeuern konnte, und warf die Tür hinter sich zu. Tomal hörte, wie ein Riegel vorgeschoben wurde, den er beim Öffnen der Tür nicht wahrgenommen hatte. Aus dem Gebetsraum hörte er zahlreiche Schritte und beschwörende Worte, die aus mehreren Kehlen entstammen mussten.

Den Blick gebannt auf Tür und Treppe gerichtet, sah der Lesvaraq, wie sich plötzlich Schatten an den Wänden bildeten. Sie bewegten sich rasch über die Treppe und entlang der Wände, flüsterten und zischten, als wären sie Schlangen – und sie hatten ein Ziel. Tomal war bewusst, auf wen sie angesetzt worden waren. Er sprang auf die Beine und breitete die Arme weit aus.

»Kommt!«, lockte er die Schatten zu sich. »Kommt und holt Euch den Lesvaraq!«

Die Schatten krochen über den Boden. Sie waren überall und hatten den Lesvaraq bereits umzingelt. Ungeduldig verharrten sie – nur wenige Fuß von ihm entfernt – auf der Stelle, bis sich schließlich alle Schatten um ihn herum versammelt hatten. Vereinzelt griffen aus den Schatten dunkle Hände nach ihm, die ihn packen und zu sich ziehen wollten. Das Flüstern schwoll zu einem lärmenden Gemurmel an, aus dem Tomal meinte, einzelne Stimmen heraushören zu können.

»Wir nehmen dich mit in unser Reich«, hauchte eine Stimme vor ihm.

»Die Flammen der Pein werden dein Fleisch verzehren«, flüsterte eine andere Stimme hinter ihm.

»Wehr dich nicht«, sagte eine dritte Stimme, »jeder Widerstand ist zwecklos.«

Tomal schloss die Augen und konzentrierte sich. Er war bereit.

»Worauf wartet Ihr?«, sagte er ruhig.

Als ob die Schatten nur auf seinen Befehl gewartet hätten, verstummte das Geflüster abrupt und sie stürzten sich lautlos auf den Lesvaraq. Die Schatten umkreisten ihn, zerrten an seiner Kleidung und den Haaren. Er öffnete seine Augen und konnte schemenhaft Gesichter erkennen, aus denen ihn tote Augen anstarrten.

»Kamanjar!«, rief der Lesvaraq laut.

Ein Licht strömte plötzlich aus Tomal heraus und erfüllte das gesamte Kellergewölbe. Das Licht war gleißend hell, als ginge es unmittelbar von einer Sonne aus. Der Lesvaraq hatte sich selbst in eine Sonne des Lichts verwandelt. Niemand wäre in der Lage gewesen, direkt in das Licht zu blicken, ohne sofort zu erblinden. Die Schatten kreischten und schrien, als müssten sie schreckliche Qualen erleiden. Das Licht des Lesvaraq verschlang sie, einen nach dem anderen, bis sie sich aufgelöst hatten und verschwunden waren. Der Lesvaraq keuchte vor Anstrengung, als das Licht wieder erlosch.

Tomal war zornig. Er hatte das Licht in sich bemühen müssen, das er so gerne losgeworden wäre und das sich nun stärker denn je in ihm regte. Vor Wut schnaubend lud er mit zitternden Händen Geschosse in das Galwaas nach und stieg die Treppe nach oben. Mit einem Tritt sprengte er die Tür aus den Angeln und blickte in die entsetzten, schreckensbleichen Gesichter der versammelten Praister. Er zählte zweiundzwanzig Männer, die sich auf den Gebetsteppichen und Kissen niedergelassen hatten, während sie die Schatten auf ihn gehetzt hatten. Tomal vermutete, dass dies längst nicht alle Brüder waren. In dem Gebäude mussten sich seiner Einschätzung nach weit mehr Praister aufhalten.

»Wo ist der oberste Praister?«, wollte Tomal von den Praistern wissen.

»Thezael ist nicht hier«, antwortete ihm der glatzköpfige Praister, »ich vertrete ihn.«

»Dann verabschiede deine Brüder«, sagte Tomal, »Ihr habt zum letzten Mal zusammen gebetet und die Schatten gerufen.«

»Bitte, Herr«, flehte der Praister, »Ihr habt uns überfallen und das Heiligtum mit Gewalt und Blut befleckt, wir haben Euch nichts zuleide getan.«

»Ihr habt meinen Vater getötet«, sagte Tomal, »und jetzt töte ich Euch. Die ganze verdammte Brut.«

Unter den Praistern brach Unruhe aus. Sie schrien wild durcheinander, standen sich gegenseitig im Weg. Einige wollten fliehen, andere blieben starr vor Angst. Wieder andere nahmen sich ein Herz und griffen den Lesvaraq todesmutig an. Tomal feuerte einen Schuss nach dem anderen ab, bis das stählerne Rohr des Galwaas glühte. Er traf einen Praister in den Rücken, der einen anderen seiner Brüder im Sturz mit sich zu Boden riss. Tomal sprang ihnen flink nach, zog das Schwert des Nordens aus der Scheide und durchbohrte beide.

»So tut doch etwas, Konrael«, schrie ein Praister den glatzköpfigen Bruder an, »er wird uns alle töten!«

»Was soll ich tun?«, rief Konrael verzweifelt und erhob die Stimme zu den anderen. »Flieht, meine Brüder, flieht. Im Namen der Kojos, rettet Euer Leben und benachrichtigt Thezael.«

Tomal hastete – das Galwaas in der Rechten, Iskrascheer in der Linken – durch den Gebetsraum zur Tür, um den Praistern den Weg zu versperren. Er erschoss einen Praister, der sich gerade durch die Pforte ins Freie retten wollte. Einen anderen enthauptete er mit einem Schwerthieb.

»Fremder!«, hörte er Konrael in seinem Rücken schreien.

Tomal drehte sich um. Aus dem Augenwinkel sah er eine Kristallphiole auf sich zufliegen und duckte sich im letzten Moment. Die Phiole traf einen Praister in seiner Nähe. Das Kristall zerbarst mit einem hellen Klirren und setzte eine Flüssigkeit frei, die sich auf dem Gesicht des Praisters verteilte. Der Praister fasste sich an den Hals, würgte, hustete und keuchte. Der Mann musste binnen weniger Sardas ersticken.

Der Lesvaraq erspähte Konrael, der ob des Fehlwurfes kreidebleich und rückwärtslaufend vor Tomal immer weiter zurückwich, während er hektisch in seiner Robe nach einer weiteren Phiole suchte.

»Daneben!«, höhnte Tomal.

»Brüder! Habt Mut und packt den Frevler«, rief Konrael. »Haltet ihn fest. Wir sind in der Überzahl.«

»Noch«, lachte Tomal verächtlich und feuerte.

Das Galwaas gab ein klickendes Geräusch von sich. Tomal hatte die Waffe leer geschossen. Mit dem Schwert in der anderen Hand war er nicht in der Lage, schnell genug nachzuladen. Fluchend schulterte er das Galwaas und wechselte das Schwert in seine rechte Hand.

»Jetzt!«, hörte er Konrael rufen, der zum Wurf bereit eine Phiole mit dunkler Flüssigkeit in der Hand hielt.

Entschlossen stürzten sich einige Praister auf Tomal. Aber nur zwei von ihnen waren mit eisernen Stäben bewaffnet. Das Schwert des Nordens blitzte vor und durchbohrte einen heranstürmenden Gegner. Tomal duckte sich unter dem in einem Bogen geschwungenen Hieb eines Praisters. Dicht an seinem Ohr hörte er den fauchenden Luftzug des Eisenstabs. Der Hieb hätte ihm den Schädel zertrümmert, wäre er nicht rechtzeitig darunter weggetaucht.

Tomal zog das Schwert durch und schlitzte dem Angreifer den Bauch auf. Der Getroffene sackte schwer verletzt auf die Knie, ließ den Stab fallen, der scheppernd zu Boden fiel, und versuchte krampfhaft seine Gedärme bei sich zu behalten. Der Lesvaraq wehrte einen weiteren, von der Seite kommenden Angreifer mit einem harten Faustschlag ab. Nur einen Wimpernschlag danach entwaffnete er den zweiten heranstürmenden Stabschwinger, indem er diesem die Hand abschlug und dem schreienden Verletzten anschließend das Schwert durch die Rippen mitten ins Herz stieß. Von den Rückschlägen entmutigt entschlossen sich die übrigen Praister erneut, ihr Heil in der Flucht zu suchen. Tomal setzte ihnen nach. Er ließ keinen entkommen.

In die Enge getrieben und mit dem Rücken zur Wand stand Konrael am ganzen Leib zitternd vor einer verschlossenen Tür. Der Praister hielt die Phiole immer noch fest in seiner Hand, war jedoch nicht mehr in der Lage, diese gegen Tomal zu erheben. Der Schock über seine getöteten Brüder und die Angst vor dem eigenen Gang zu den Schatten saß tief. Mit weit aufgerissenen Augen wartete Konrael wie ein zum Tode Verurteilter auf seinen Henker, der ihn mit Gewissheit in wenigen Sardas töten würde.

»B… b… b… bei allen K… K… Kojos, w… w… wer oder was seid Ihr?«, stotterte der Praister.

»Was nutzt Euch dieses Wissen, jetzt, da Ihr gleich sterben werdet?«

»Wer weiß schon, wozu eine bestimmte Erkenntnis in den Schatten eines Tages gut sein wird?« Konrael atmete tief durch und versuchte seine Fassung zurückzugewinnen. »Aber ich will erfahren, wem ich mein Ende zu verdanken habe und wer all meine Brüder auf dem Gewissen hat.«

»Wenn es Euch hilft, den letzten Gang anzutreten«, gab der Lesvaraq nach, »ich bin Tomal Alchovi, der Sohn des Fürsten Corusal Alchovi.«

Der Praister riss überrascht die Augen auf und rang nach Atem. »Ihr seid Fürst Alchovi? Der Mann, von dem gesagt wird, er sei ein Lesvaraq? Ich verstehe nicht, warum Ihr Euch an den Praistern vergeht. Wir sind die Bewahrer des Glaubens an die Kojos. Das Fürstenhaus Alchovi und besonders Euer Vater, der Fürst, glaubte an die Kojos und unterstützte die Praister.«

»Das mag sein, jedenfalls so lange, bis Corusal von den Praistern vergiftet wurde«, antwortete Tomal verbittert. »Ich habe Alvara versprochen seinen Tod zu rächen.«

»Ihr seid wahnsinnig. Thezael würde Euch diesen Frevel niemals verzeihen. Ich flehe Euch an, nehmt doch Vernunft an«, bat Konrael, »Ihr habt genug Unheil angerichtet. Vielleicht vergeben die Kojos Euch diese Tat. Noch ist Zeit, Euch zu besinnen. Verschont uns, dann werden wir für Euch beten und die Kojos bitten, Gnade walten zu lassen.«

»Ich brauche Eure Gebete nicht, Praister.«

»So versteht doch, Ihr dürft uns nicht vernichten, Herr«, flehte Konrael. »Solltet Ihr tatsächlich ein Lesvaraq sein, dann seid Ihr der Wahrung des Gleichgewichts verpflichtet. Wir Praister sind ein wesentlicher Teil dieser Macht. Tötet Ihr uns, gefährdet Ihr das Gleichgewicht.«

»Genug geredet«, beendete Tomal das Gespräch und deutete auf seine Waffen, »wie wollt Ihr sterben? Durch das Schwert oder durch das Galwaas?«

Konrael antwortete nicht. Der Lesvaraq würde ihn und seinesgleichen nicht verschonen. Stattdessen senkte der Praister resignierend den Kopf und gab einen tiefen Seufzer von sich. Tomal nahm Iskrascheer in beide Hände und schlug dem Praister mit zwei Hieben den Kopf ab.

Der Lesvaraq sah sich im Gebetsraum um, untersuchte die Körper seiner Opfer auf Lebenszeichen und tötete jeden Praister, der noch atmete, zuckte oder einen Laut von sich gab. Kaum hatte er diese Arbeit beendet, machte er sich daran, den restlichen Tempel zu untersuchen. In der Bibliothek, Küche und in den Schlafräumen stieß er auf weitere Praister, die sich vor dem Angreifer versteckt hatten. Tomal kannte keine Gnade und verschonte niemanden. Anschließend legte er an mehreren Stellen im Tempel Feuer. Es gab kein Entrinnen. Sollte der Lesvaraq bei seiner Suche einen Praister übersehen haben, fand dieser spätestens im Inferno sein Ende. Tomal verharrte noch eine Weile vor dem Tempel, bis sich das Feuer durch das Gebälk fraß und mit einem Knall aus dem Dach schlug.

Hell und hoch loderten die Flammen in den Himmel empor, als die ersten Balken krachten und ein Teil des Gebäudes einstürzte. Dunkler, beißender Rauch zog über das Fischerdorf in Richtung Meer und war weithin zu sehen. Der Lesvaraq hatte den Praistern ein erstes Zeichen seiner Macht gegeben. Zufrieden ging er Richtung Hafen, sein eigentliches Ziel in Angriff zu nehmen.

Am Hafen des Fischerdorfs angelangt suchte sich Tomal ein noch intaktes Fischerboot mit einem Masten und einem frisch geflickten Segel aus. Er wählte ein kleines, aber stabiles Boot mit geringem Tiefgang, das er alleine gut steuern und segeln konnte. Ein ordentlicher Seemann hätte ihn ob seiner Wahl ausgelacht. Für einen stärkeren Seegang war die Nussschale kaum geeignet. Tomal war jedoch der Überzeugung, dass es, wenn es für die Fischerei geeignet war, für seine Zwecke ausreichen musste.

Er löste die Taue vom Steg, stieß sich mit der im Boot liegenden Stange ab und setzte das Segel. Dann nahm er am Ruder Platz. Kaum hatte er sich gesetzt, kam ein Wind auf, der scharf in das Segel fuhr und aufblähte. Tomal musste Seil nachgeben, damit das Segel nicht riss. Schnell trieb der Wind das Boot über die Wellen. Tomal fühlte sich, als würden sie über die Wellen fliegen. Über Berge und durch Täler, denn die See war rau und die Wellen hoch. Aber er musste sich nicht anstrengen. Das Boot und der Wind trugen ihn beinahe wie von selbst vom Land weg.

Der Lesvaraq beobachtete das Wasser und erblickte in einiger Entfernung die verdächtigen dreieckigen Flossen durch das Wasser pflügen. Moldawars. Tomal blickte über den Bootsrand nach unten. Neugierig beäugten weitere Raubfische das Boot aus der Tiefe, dessen Größe bestens in ihr Beuteschema passte. Für einen Moldawar wäre es ein Leichtes gewesen, das Boot anzugreifen und zum Kentern zu bringen. Aber zu

Tomals Verwunderung machten die Raubfische keinerlei Anstalten, sich dem Boot zu nähern. Im Gegenteil, entweder sie hielten in der Tiefe genügend Abstand oder sie umkreisten das Boot in einer sicheren Entfernung. Der Lesvaraq gewann hingegen den Eindruck, dass sie ihn zur Insel begleiteten, statt ihn vom Betreten derselben abhalten zu wollen.

»Eigenartig«, dachte Tomal erstaunt, »nichts von dem, was die Klan und Blyss über die Insel erzählen, trifft zu. Es gibt keinen Sturm, der mich ans Land zurückwirft. Keine Wasserwand, die sich unüberwindlich aufbaut und mich ertränken will. Die Moldawar verhalten sich friedlich und zeigen keine Fresslust. Die Überfahrt scheint mir gerade so, als wäre ich vom Bootssteg abgeholt worden und würde nun zur Insel geleitet. Das Boot, der Wind und die Moldawars. Die Fische bilden eine Eskorte. Wollen sie mich beschützen?«

Während der Überfahrt nutzte der Lesvaraq die Zeit, das Galwaas näher zu untersuchen. Er zerlegte die Waffe in ihre Einzelteile, reinigte das Rohr mit einer langen, schmalen Bürste und etwas Öl. Die übrigen Teile polierte er mit einem Tuch, bis sie blank waren. Das Zusammensetzen fiel ihm schwerer, weil er sich die Reihenfolge beim Auseinanderbauen der Teile nicht gemerkt hatte. Nach einigen Fehlversuchen gelang es ihm schließlich doch, das Galwaas wieder richtig zusammenzubauen. Tomal war von der verheerenden Wirkung der Waffe angetan, aber auch besorgt.

»Jafdabh ist ein kluger Kopf, aber auch gefährlich in seinem Forschungsdrang. Er hat abseits jeder Magie eine Waffe geschaffen, die Kryson eines Tages in Brand setzen kann«, ging es ihm durch den Kopf, »das Töten ist einfach geworden. Beinahe zu leicht. Du musst kein Krieger sein, um mit dem Galwaas umgehen zu können. Ein kurzer Zug an einem kleinen, unscheinbaren Hebel und schon liegt der vermeintliche Feind sterbend in seinem Blute vor deinen Füßen.«

Je näher Tomal der Insel Kartak kam, desto klarer wurde das Wasser unter ihm. Er hatte ein Riff passiert. Das Wasser ging in eine kristallklares Türkisblau über. Tomal konnte bis auf den Grund des Meeres sehen. Bunte, in allen Farben des Regenbogens schimmernde Fischschwärme tummelten sich unter dem Boot. Die Moldawars waren im tiefen Wasser zurückgeblieben. Sie wagten sich nicht ins Seichte, hinter die Korallenriffe in der Nähe der Inselstrände, die Tomal bereits erspäht hatte. Der Wind trug das Boot in eine kleine beschauliche Bucht, bis zu einem feinkörnigen, weißen Sandstrand, und hörte – sobald Tomal gelandet war – so schnell auf zu wehen, wie er auf Ell gekommen war. Tomal verspürte ein leichtes Kribbeln durch seinen Körper und über die Haut strömen, als er den Fuß auf den Sandstrand setzte. Ein Gefühl, als flitzten tausend fein behaarte Spinnenbeine von Kopf bis Fuß über seinen Körper.

Der Lesvaraq zog das Boot aus dem Wasser an Land und band es mit einem Tau an einen in der Nähe liegenden umgestürzten Palmenstamm, den er für geeignet hielt, das Boot gegen Wind und Wellen zu halten.

Der Strand fiel zum Meer hin leicht ab und war bis zu den dahinter wachsenden hohen Palmen gut fünfhundert Fuß breit. Die Luft fühlte sich warm und feucht an. Tomal vermutete, dass sich der Strand um die gesamte Insel zog. Hinter den zwar zahlreichen, aber nicht allzu dicht beieinanderstehenden Palmen begann unmittelbar der Urwald. Nie zuvor hatte Tomal einen solchen Dschungel erblickt, der das Licht der Sonnen unter seinen dicken und großblättrigen Pflanzen zu verschlucken schien.

Vom Strand aus konnte der Lesvaraq hoch wachsende Bäume mit einem dichten Blätterdach, Schlingpflanzen, Moose und riesige Farne erkennen. Die Geräuschkulisse war atemberaubend, sie übertönte das stete und sanfte Rauschen der Meeresbrandung hinter ihm. Tomal konnte die vielen verschiedenen Stimmen, die ihm aus dem Urwald entgegenschlugen, nur grob einordnen. Einige der Tierlaute schienen ihm vertraut, andere wiederum hatte er nie zuvor gehört. Insekten zirpten, schwirrten laut brummend umher. Vögel sangen, zwitscherten und schrien. Affen turnten kreischend in den Baumwipfeln und dazwischen mischte sich hin und wieder das Gebrüll einer Raubkatze oder eines anderen, ihm unbekannten Tieres.

Tomal spürte, dass es keinen Zweck hatte, die Insel einmal am Strand entlang zu umrunden, um nach einem Eingang zur Stadt des verlorenen Volkes zu suchen. Er würde sicher nichts anderes vorfinden als an seinem Standort, der so gut und traumhaft schön war wie jede andere Stelle auf Kartak. Er würde sich mitten durch den Dschungel schlagen müssen, den er vom Strand aus als undurchdringlich erachtete. Der Urwald zog sich über steile Hänge bis weit in die Höhe unterhalb des Kraterrandes des Inselvulkans. Mehr als ein tiefes, sattes Grün war vom Strand aus allerdings nicht zu erkennen. Bevor er sich jedoch auf den Weg in den Dschungel machte, wollte er sich eine Rast gönnen und die wunderschöne Gegend für eine Weile genießen. Er zog seine Kleidung aus, gönnte sich ein Bad im angenehm warmen Meerwasser und wusch sich das getrocknete Blut der Praister von Haut, Schwert und Kleidung. Nachdem er die Sachen zum Trocknen ausgelegt hatte, ruhte er sich am Strand für eine Weile aus. Ihm war bewusst, er würde all seine Kräfte für den Weg zum Krater brauchen. Seine anfängliche Überlegung, zum Krater mittels der Magie der Steine zu springen, hatte der Lesvaraq als zu gewagt verworfen. Tomal war nicht geübt genug in dieser Disziplin. Ein Sprung über diese Entfernung schien ihm viel zu weit, um ihn sicher meistern zu können. Lange hatte er sich überlegt, welche Fähigkeiten und Kenntnisse er noch einsetzen könnte, um sich den kraftfordernden Aufstieg zu ersparen. Aber ihm fiel nichts ein, was seine magischen Kräfte nicht bis an die Grenzen gefordert und verbraucht hätte. Ihm blieb am Ende nur der gewöhnliche Weg eines Normalsterblichen.

»Schritt für Schritt. Zu Fuß«, ärgerte sich Tomal über seine vermeintlichen Schwächen.

Das Schwert in der Hand stapfte Tomal über den Strand unter die Palmen und bahnte sich mit der Schneide einen Weg durch das dichte Gestrüpp.

»Eine Schande, Iskrascheer auf diese Weise zu benutzen«, dachte Tomal bei sich.

Außer dem Schwert trug er nichts anderes bei sich, was sich dazu geeignet hätte, Äste, Lianen und Blätterwerk in einer gleichmäßigen Links-rechts-Bewegung zu zerschneiden. Die beiden Dolche, die er unter seinem weit geöffneten Wams trug, waren zu klein, und das Galwaas auf seinem Rücken mochte zwar tiefe Löcher in Hölzer reißen, die gewiss nicht breit genug waren, um sich dazwischen durchzuzwängen.

Tomal hackte sich den Weg frei. Anfangs ging er schwungvoll und dynamisch vor und kam gut voran. Doch mit der Zeit begannen seine Muskeln wie Feuer zu brennen. Seine körperlichen Kräfte ließen nach. Dabei hatte er den steilen Teil des Weges noch nicht einmal erreicht. Keuchend lehnte er sich an einen mit Flechten und Moosen bewachsenen Baumstamm und rang nach Atem. Die Luft kam ihm schwer vor, gerade so, als würde sie zähflüssig werden und sich weigern, seine Lunge ausreichend zu versorgen. Er entschloss sich, eine kurze Rast einzulegen, um sich neu zu orientieren und seinen Atem vorerst zu beruhigen. In Panik zu geraten half ihm nicht weiter.

»Ich dachte, mein Besuch auf Kartak wäre erwünscht. Wurde ich nicht von Euch eingeladen – wer immer Ihr auch seid –, von Winden und Boot an diesen Ort getragen? Ihr könntet mir die Wanderung bestimmt leichter machen, wenn Ihr nur wolltet!«, rief der Lesvaraq.

Der Klang seiner Stimme schreckte kunterbunte Vögel in

den Baumwipfeln auf, die kreischend davonflatterten. Eine Antwort erhielt er zwar nicht, aber es schien ihm, als hätte sich plötzlich vor seinen Augen ein uralter, zugewachsener Pfad aufgetan. Staunend blickte er sich um und versuchte mit zusammengekniffenen Augen durch das Dickicht etwas zu erkennen. Weit war er noch nicht gekommen. Aber er war sich sicher, dass er sich auf dem richtigen Weg befand, auch wenn sich sein Eindruck vorerst nicht bestätigen mochte.

Der Wuchs von Pflanzen und Bäumen war üppig. Den Boden zierten kniehohe, großblättrige Schattenpflanzen mit dicken, behaarten Stielen, die wenig Licht benötigten und nur selten Blütenknospen schoben. Doch ihre blutroten Blüten waren schön und ihr Duft schwer und betörend. Ihre Blätter waren dunkelgrün, lediglich an den wenigen Stellen, an denen die Blätterkrone des Dschungels ein paar Sonnenstrahlen durchließ, waren sie höher gewachsen und zeigten eine hellere Farbtönung in beinahe zartem Grün. Mächtige, mit Haarmoosen, Kletterpflanzen und Lianen umschlungene Äste und umgestürzte Baumriesen kreuzten seinen Weg.

Er musste sich oft unter ihren Ausläufern ducken und darauf achten, dass keine böse Überraschung von oben auf ihn herabstürzte.

Tomal war gewarnt. Auf einer kleinen Lichtung ganz in der Nähe hatte er ein überaus großes Spinnennetz entdeckt. Die Besitzerin des Netzes lauerte, versteckt unter Blättern, am Rand ihres Netzes auf Beute. Ein Glück, dass Tomal ihren auffällig schillernd blau und gelb gefärbten Körper rechtzeitig entdeckt hatte. Er hatte wohl gehört, dass es größere und gefährliche Exemplare gab, aber diese achtbeinige Kreatur überraschte ihn doch.

Die Spinne besaß einen fetten, behaarten Leib, der in der Größe etwa seinem eigenen Kopf entsprach. Rechnete er ihre Beine hinzu, war sie für seinen Geschmack wesentlich zu groß geraten und gewiss in der Lage, einem erwachsenen Krieger, der sich in ihrem gewaltigen Netz verfing, mit ihren mächtigen Beißzangen gefährlich zu werden, von ihrem Gift ganz zu schweigen.

Tomal würde sich besser in Acht nehmen müssen. Das Licht im Dickicht des Urwalds war diffus. Zwar waren die Fäden des Spinnennetzes dick, aber, bei der überwiegend unter dem Blätterdach vorherrschenden Schattendämmerung in Grün, nur schwer auszumachen. Er nahm an, dass es mehr Spinnen dieser und anderer Art geben musste, die sich im Dschungel an geeigneten Stellen verteilt hatten. Der Lesvaraq gewann zunehmend den Eindruck, dass Kartak eine besondere Insel im Meer war, auf der sich eine Vielfalt unbekannter Tierarten tummelte. Abseits des Kontinents Ell mussten sie sich eigenständig entwickelt und im Laufe der Zeit perfekt an ihre Umgebung angepasst haben. Sie waren in Größe und Aussehen einzigartig auf Kryson. Mit jedem Schritt durch den Dschungel gab es Neues und Großartiges zu entdecken. Tomal beobachtete farbenprächtige, handtellergroße Schmetterlinge in ihrem anmutigen Spiel mit den Flügeln auf der Suche nach Nektar. In den Bäumen wuchsen die schönsten und prächtigsten Blumen, die der Lesvaraq je gesehen hatte. Dort wurden die meisten Insekten auf Nahrungssuche fündig, so auch die Schmetterlinge.

Neben all der Faszination und Schönheit des Dschungels, in der sich der Lesvaraq leicht hätte verlieren können, verbargen sich aber auch todbringende Gefahren, die er sich bei jedem Schritt ins Bewusstsein rufen musste. Das traf insbesondere auf Schlangen, fleischfressende Pflanzen und auffällige Insekten zu. Zurückhaltend war Tomal bei denjenigen Tieren und Pflanzen, die ihn mit einem intensiven Farbspiel oder verlockenden Düften beeindrucken wollten. Die meisten unter ihnen – auch wenn er diese nicht näher kannte – deuteten ihm schon auf den ersten Blick an »Vorsicht, ich bin giftig«. So gut es ging, versuchte er Berührungen mit den einzigartigen Tieren Kartaks zu vermeiden und wich ihnen lieber in größerem Bogen aus.

Als wäre sein Wunsch erhört worden, fiel es Tomal plötzlich deutlich leichter, sich den weiteren Weg durch den Dschungel zu bahnen. Vielleicht täuschte er sich auch und hatte durch die kurze Rast lediglich neue Kräfte geschöpft. Aber der uralte Pfad war bestimmt kein Irrtum. In regelmäßigen Abständen fand er Hinweise und Zeichen. Teils offenbarten sich bei genauem Hinsehen geheime Markierungen an Bäumen, die tief in die Baumrinde eingekerbt deutlich sichtbar wurden. Teils fand er am Rand des Pfades von Händen angebrachte, hölzerne, mit Einkerbungen versehene Pfosten und Stäbe, die aber bereits deutliche Anzeichen von Verwitterung aufwiesen oder sogar umgestürzt waren. Tomal nahm an, dass es auf Kartak häufig und ausgiebig regnete. Die dämpfige Feuchtigkeit setzte abgestorbenen Hölzern schnell und nachhaltig zu.

An manchen Stellen waren die Markierungen im Lauf der Zeit von Moosen und Schlingpflanzen überwuchert worden, sodass er diese erst entfernen musste, um eine Bestätigung für seine Vermutung zu erhalten. Aber je weiter er den Pfad vorankam, desto sicherer wurde er, dass er den richtigen Weg zur Stadt des verlorenen Volkes eingeschlagen hatte. In einem dunklen Abschnitt des Dschungels, in dem die dichten Blätterkronen kein Licht mehr durchließen, waren leuchtende Kristalle entlang des Pfades in die Rinde der Bäume eingearbeitet worden. Bald hatte Tomal den flachen Teil hinter sich gelassen. Der Pfad führte stetig bergauf und über unzählige Wurzeln, die er beinahe wie eine Treppe für den Anstieg benutzen konnte. Neugierige Affen begleiteten den Lesvaraq entlang des Weges mit kreischendem Gezeter.

Tomal hatte jedes Gefühl für die Zeit verloren, als er den Kraterrand endlich erreicht hatte. Er trat aus dem Schatten des Urwalds in das Licht der gerade untergehenden Sonnen von Kryson. Die letzten Fuß musste er kletternd überwinden. Der Anblick vom höchsten Ort Kartaks raubte ihm den Atem. Von hier oben konnte er die gesamte Insel sehen. Die feinsandigen Strände, die, wie er vermutet hatte, Kartak rundherum umschlossen. Vor der Insel die Korallenriffe, die sich teils rötlich und heller vom dahinterliegenden tiefen Wasser des Ostmeeres abhoben. Unmittelbar hinter ihm befand sich der üppig bewaldete Dschungel mit seinen hohen und dichten Baumkronen.

Vor seinen Augen breitete sich ein tiefer Kratersee aus, dessen Wasser klar und tiefblau erschien. Etwa in der Mitte des Sees entdeckte er eine schmale Stelle, an der ihm das Wasser heller vorkam, als leuchte es aus der Tiefe herauf.

»Das ist der Eingang zur Stadt der Nno-bei-Maya«, schoss ihm ein Gedanke durch den Kopf, »das muss er sein!«

Tomal konnte nicht abschätzen, wie tief der See an dieser Stelle wohl sein mochte. Mit Sicherheit jedoch tief genug für ihn, um in Schwierigkeiten zu geraten. Ohne zusätzliche Gewichte würde es ihm nicht gelingen, schnell genug abzutauchen. Der Lesvaraq war kein allzu geübter Schwimmer. Seine Fähigkeiten als Taucher jedoch schätzte er noch geringer ein. Wie lange würde ihm die Luft reichen, bevor er jämmerlich ertrinken musste? Konnte er den Weg zurück an die Wasseroberfläche schaffen, wenn er erst einmal am Grund des Sees angelangt war? Tomal wusste es nicht und ihm fiel nichts Vernünftiges ein, welche seiner magischen Kenntnisse ihm in dieser Situation hätten weiterhelfen können. Vielleicht hätte er seine Gestalt in einen Fisch verwandeln und sich Kiemen wachsen lassen können. Die Vorstellung behagte ihm überhaupt nicht. Er hätte Waffen und Kleidung zurücklassen müssen. Außerdem war das Wandeln der Gestalt eine äußerst schmerzhafte Angelegenheit und würde ihn mehr Kraft kosten, als er im Moment einzusetzen bereit war. Sich eine Blase aus Luft um sich herum zu erschaffen, in der er atmen konnte, war ein weiterer seiner Gedanken. Aber auch diesen verwarf er rasch wieder, weil er annahm, damit nicht unter Wasser schwimmen zu können. Die Luftblase würde ihn womöglich an der Oberfläche halten. Aber er würde weit hinabtauchen müssen, um an sein Ziel zu gelangen.

Tomal seufzte resignierend und sah sich nach weiteren Möglichkeiten um. Entlang des Kraterrandes lagen Steine. Er kletterte zurück zum Dschungel und schnitt sich einige Pflanzen ab. Danach trug er so viele Steine zusammen und verschnürte sie in einem Bündel aus Schlingpflanzen und Blättern, bis er das Gefühl hatte, das Gewicht des Bündels wäre schwer genug, sein eigenes Gewicht rasch in die Tiefe zu ziehen. Unten angelangt wollte er das Bündel loslassen und den Eingang suchen. Er wusste, viel Zeit blieb ihm nicht, bis ihm die Luft ausgehen würde. Geriet er dennoch in Panik, würde er hoffentlich noch lange genug seinen Verstand bewahren können, um einen Ausweg zu finden.

Lange beobachtete er das leichte Kräuseln der Wassers an der Oberfläche und das Leuchten aus der Tiefe. Es würde ihn Überwindung kosten, ins Wasser zu springen und zu tauchen. Doch was war das? Tomal schrak zurück. Er hatte plötzlich eine Bewegung gesehen. Ein sich durch das Wasser schlängelnder, langer Schatten, der langsam nach oben und zum Kraterrand, geradewegs auf ihn zuschwamm. In einer bösen Vorahnung des Kommenden nahm er das Galwaas von seinem Rücken und lud gleich mehrere Geschosse nach. Was immer sich ihm da aus dem See näherte, war verdammt groß und hatte gewiss nichts Gutes im Sinn.

Der Schatten hielt sich knapp unter der Oberfläche und

wurde schneller, je näher er kam. Tomal kniete sich hin und zielte.

»Bei allen Kojos, eine gigantische Würgeschlange!«, rief er plötzlich erschrocken aus.

Tomal nahm an, dass sie ihn aus der Tiefe erspäht hatte und in ihm einen fetten Happen als Mahlzeit sah. Er wartete, bis die Schlange das Ufer fast erreicht hatte, und feuerte einen Schuss ab. Der Knall hallte laut von den Uferwänden des Kraters wider. Hinter ihm flatterten erschrocken Vogelschwärme und Fledermäuse aus dem Dschungel auf. Der Schuss klatschte ins Wasser und ging daneben.

»Verdammt …«, fluchte Tomal.

Zu mehr kam er nicht. Überraschend schnellte die Schlange mit weit aufgerissenem Maul aus dem Wasser. Ihre leicht gebogenen, langen Zähne blitzten ihn gefährlich an. Sie hätte ihn mit einem Biss mit Haut und Haaren verschlungen, hätte er sich nicht sofort nach hinten fallen lassen. Das Glück hatte ihn noch nicht verlassen. Sein Sturz wurde von einem Baum aufgefangen. Außer einigen Schürfwunden blieb er unverletzt. Die Schlange kroch zischelnd und mit ihrer Zunge tastend über den Kraterrand. Auf der Suche nach ihrer Beute streckte sie den mächtigen Kopf vor. Sie besaß eine goldgelbe, mit schwarzen Streifen und Punkten durchsetzte Musterung. Ihre Augen schimmerten bernsteinfarben und funkelten im Dämmerlicht. Tomal sah sie für einen Moment in ihrer ganzen Länge und schätzte sie gut und gerne auf vierzig Fuß. Sowohl im Wasser wie auch zu Land bewegte sie sich schnell. Tomal zielte erneut, schoss und traf. Fauchend rollte sich die Schlange zusammen. Der Schuss hatte sie in die Flanke getroffen. Allerdings nicht tödlich. Sie war verletzt und wand ihren massigen, fast nur aus Muskeln bestehenden Körper in wilden Zuckungen hin und her. Den Schützen hatte sie längst erspäht. Wütend funkelten ihre Augen das auserkorene Opfer an. Erneut riss sie ihr Maul auf und setzte zu einem gewaltigen Sprung an. Tomal erwischte die Schlange im Flug. Er hatte gut gezielt und dieses Mal in den Kopf getroffen.

Die Schlange war tot und fiel wie ein schwerer Baumstamm herab, rollte noch ein Stück den Kraterrand hinunter und blieb leblos vor Tomals Füssen liegen.

»Eine prächtige Kreatur. Ihre Haut ist sicher ein Vermögen wert«, sagte er sich im Stillen, »schade drum. Ich habe leider keine Verwendung dafür.«

Tomal ließ den toten Körper der Schlange liegen und kletterte zum Kraterrand zurück. Er wartete eine Weile, während er sich vergewisserte, dass sich im Wasser nicht noch weitere Überraschungen ähnlicher Art verbargen. Aber er ging davon aus, die Schlange sei ihrer Größe und Gefährlichkeit nach zu urteilen, die einzige Jägerin im See, die ihr Revier wohl nicht mit anderen teilte. Jedenfalls machte ihm dieser Gedanke Mut und es half bereits, fest daran zu glauben. Er würde früh genug feststellen, ob die Vorstellung der Wahrheit entsprach.

Der Lesvaraq atmete mehrmals und lange tief durch, pumpte Luft in seine Lungen. Als er sich endlich bereit fühlte, nahm er das Bündel mit den Steinen auf, holte noch ein letztes Mal tief Atem, schloss die Augen und sprang.

Die Steine zogen ihn sofort in die Tiefe. Er versuchte sich nicht zu bewegen. Der Abstieg kam ihm schneller als erwartet vor. Mehrmals musste er sich vom steigenden Druck in seinen Ohren befreien, bevor das Bündel auf dem Grund des Sees aufschlug.

Tomal öffnete die Augen und orientierte sich am Leuchten, das unter Wasser und am Grund besser sichtbar war als an der Oberfläche. Er ließ das Bündel mit den Steinen los und schwamm in Richtung des Lichts. Nur wenige Schwimmzüge entfernt geriet er mitten in das Leuchten, das ihn für einen

Augenblick blendete. Er konnte nicht warten, bis er sich an die Helligkeit gewöhnt hatte, und schwamm weiter. Wenig später begannen seine Lungen wie Feuer zu brennen. Die Luft wurde knapp.

»Keine Panik«, versuchte sich Tomal zu beruhigen, »du schaffst das. Es ist nicht mehr weit.«

Er zwang sich weiterzuschwimmen, obwohl er außer roten Sternen vor seinen Augen kaum noch etwas sehen konnte. Mit der Hand nach oben und auf die Seite tastend, konnte er erfühlen, dass er sich in einer Art Höhle befand. Über ihm und um ihn herum waren Felsen, aber er konnte keine Luftblase entdecken. Für einen kurzen Moment krümmte sich sein Körper zusammen. Er wollte schon den Mund öffnen, um nach Luft zu schnappen. Aber er nahm sich noch einmal zusammen, beruhigte sich, bewegte seine Beine gleichmäßig auf und ab und zog seine Arme eisern weiter vor und wieder zurück. Nach drei weiteren Zügen hatte er es endlich geschafft. Er tauchte auf, prustete und schnappte nach Luft.

»Das war knapp!«, war sein einziger Gedanke.

Doch sein Blick klärte sich, und vor ihm lag ein steinerner Steg, auf den er sich mit letzter Kraft hochzog. Tomal legte die Waffen neben sich ab und rollte sich auf den Rücken. Ermattet und schwer atmend blieb er für eine Weile liegen, bis sich sein Herzschlag und der Atem beruhigt hatten. Verwundert starrte er an die hohe Kuppel einer riesigen Kaverne, die mit zahlreichen Licht spendenden Kristallen durchsetzt war. Tomal richtete sich auf. Vom Steg aus führte eine steile, mit einer dicken Moosschicht bewachsene Treppe in die Tiefe. Das Moos reflektierte das Licht der Kristalle, so als hinge ein grünlich schimmernder Nebel über den Stufen, und verlieh der Treppe einen gespenstischen Eindruck. Tomal hatte viel erwartet, doch der Anblick der Geisterstadt überwältigte ihn. Die Stadt war groß und ihre Terrassen zogen sich über viele

Ebenen bis in das Zentrum. Aber kein Laut war zu hören. Er hörte sein bis zum Hals schlagendes Herz pochen.

»Ist dies die Stadt des verlorenen Volkes? Was ist hier geschehen?«, fragte er sich im Stillen. »Hier existiert kein Leben. Nichts. Kann das schon das Reich der Schatten sein?«

Tomal würde herausfinden müssen, ob er auf dem richtigen Weg war und die Nno-bei-Maya gefunden hatte. Er nahm seine Waffen und begann den Abstieg über die Treppe. Auf jeder Terrassenebene kam er an steinernen Statuen vorbei, die wirkten, als wären sie lebenden Wesen nachempfunden, die mitten in einer Bewegung im Stein festgehalten worden waren. Irgendwann hörte er auf, sie zu zählen.

»Welcher Künstler hat bloß so viele Statuen geschaffen?«, fragte er sich.

Einsam hallten die Schritte des Lesvaraq in der Weite der Kaverne. Das Moos erwies sich als feucht und rutschig. Tomal stieg die Treppe langsam und vorsichtig bis zur untersten Ebene hinab. Er wollte keinesfalls riskieren, sich den Hals zu brechen. Auf der untersten Ebene angelangt stand er vor den geöffneten Toren eines Palastes oder Tempels. Den Unterschied konnte er nicht genau ausmachen. Aber er hatte keinen Zweifel, dass dieses Gebäude wichtig und das bislang wohl prächtigste war, das er bisher in dieser Stadt gesehen hatte. Ohne zu zögern, durchschritt er das Tor. Die Flügel des Tores rosteten und zeigten deutliche Spuren des Verfalls. Sie mussten seit langer Zeit offen gestanden haben, vermutete Tomal.

Sobald er das Tor passiert hatte, säumten unzählige Statuen links und rechts den Weg in das Innere des Gebäudes. Sie bildeten ein Spalier mit erhobenen Waffen, als wollten sie ankommende Gäste ehren und ihnen zugleich ihre bedrohliche Macht zeigen.

Ein Geräusch ließ den Lesvaraq aufhorchen. Ruckartig drehte er sich um. Er hatte in nicht allzu weiter Entfernung das Läuten mehrerer hell klingender Glöckchen gehört. Tomal lief durch das Tor zurück, um der Ursache des Geräusches auf den Grund zu gehen. Er traute seinen Augen kaum, als er einen kleinwüchsigen Mann in Narrentracht und einer mit goldenen Glöckchen bestückten Flickenkappe die Treppe herabhüpfen sah. Der Narr lächelte, als er Tomal erblickte.

»Willkommen in Zehyr!«, rief ihm der Mann mit der Flickenkappe zu.

Tomal war so verblüfft, dass er zu antworten vergaß und nicht ein Wort des Grußes über seine Lippen kommen wollte. Dicht vor Tomal blieb der Gnom stehen. Er reichte Tomal bis unter die Brust.

»Hoi, hoi, hoi. Seid Ihr stumm oder hat Euch mein Erscheinen die Sprache verschlagen?«, lachte der Narr und bewegte seinen Kopf dabei in einer rhythmischen Bewegung von links nach rechts. »Mein Name ist Tarratar und ich begrüße Euch in der Stadt des verlorenen Volkes. Leider müsst Ihr mit mir vorliebnehmen. Die Nno-bei-Maya sind … nun … sagen wir … verhindert. Ich hoffe das Volk der Altvorderen würdig zu vertreten.«

»Verzeiht, aber … ich hatte jemand anderen erwartet«, antwortete Tomal.

»Oh? Habt Ihr das? Nun denn, es ist, wie es ist«, meinte Tarratar grinsend. »Mir wäre es auch lieber gewesen, statt Euch eine schöne Frau vorzufinden, die bereitwillig das Lager mit mir geteilt hätte. Aber wir bekommen nicht immer das, was wir uns erträumen, nicht wahr? Wollt Ihr Euch mir nicht vorstellen?«

»Sicher. Ihr müsst mir meine Verwirrung wirklich verzeihen, aber Ihr seid in der Tat eine außergewöhnliche Erscheinung. Ich bin Fürst Tomal Alchovi.«

»Hoi, hoi, hoi. Ein Fürst der Klan in Zehyr. Das hat wahrlich Seltenheitswert. Ich würde sogar so weit gehen und behaupten, Ihr seid der erste Nno-bei-Klan-Fürst, der diese Stadt überhaupt zu Gesicht bekommt. Und Ihr seid ein Lesvaraq«, der Blick des Narren wurde bohrend, »das erklärt vieles, aber doch nicht alles. Wie seid Ihr an der Hüterin des Eingangs zur Stadt vorbeigekommen?«

»Was meint Ihr? Ich sah keine Hüterin«, fragte Tomal verwundert.

»Die goldene Schlange. Sie ist schon sehr alt, aber immer noch schnell und … gefräßig.«

»Ich habe sie erschossen«, antwortete Tomal trocken.

»Ach ja?« Der Narr hielt sich prustend den Bauch vor Lachen. »Ihr habt sie erschossen. Einfach so. Die goldene Hüterin des Sees. Seit mehr als fünftausend Sonnenwenden ließ sie niemanden mehr in die Stadt, und Ihr erschießt sie? Das ist wirklich ein starkes Stück. Und Ihr wollt mich wirklich nicht auf den Arm nehmen?«

»Nein, das will ich nicht.« Tomal klang genervt.

»Schon gut, ich glaube Euch. Wie gesagt. Sie war alt und wahrscheinlich war ihre Zeit gekommen. Macht Euch nichts daraus. Wir finden bald eine neue Hüterin«, sagte Tarratar mit einer Gelassenheit, die den Lesvaraq außer sich geraten ließ.

»Wie beruhigend«, meinte der Lesvaraq spöttisch.

»Die Hüterin war eines der Lieblingstiere der Königin. Sie wird nicht begeistert sein, wenn sie erfährt, dass Ihr die Schlange getötet habt.«

»Wo ist die Königin?«, wollte Tomal wissen.

»Das ist eine lange Geschichte. In den Schatten sollst du suchen, willst du ergründen das Geheimnis. Ich nehme an, Ihr seid deswegen hierher nach Zehyr gekommen. Nur wenigen, außer den Nno-bei-Maya selbst natürlich, war es bisher vergönnt, die Stadt zu sehen«, meinte Tarratar.

»Eigentlich kam ich«, antwortete Tomal, »um das Buch zu suchen. Ein Hinweis sagte mir, ich solle zuerst nach Kartak reisen, um dort mit der Suche nach dem verlorenen Volk zu beginnen. Die Maya würden mir weiterhelfen. Aber was hat Euch nach Kartak geführt?«

»Hoi, hoi, hoi … Ihr seid auf der Suche nach dem Buch der Macht«, schmunzelte Tarratar, »ehrlich gesagt, das habe ich mir schon gedacht. Das eine gibt es aber nicht ohne das andere. Das Buch kann nicht gefunden werden, solange sich die Maya noch in den Schatten befinden. Das ist eine Bedingung Ulljans, die er einst in das Buch der Macht schrieb. Unabänderlich. Damit hat er – klug und umsichtig, wie er war – ein Auffinden und die Herausgabe des Buches durch die Wächter im Grunde unmöglich gemacht, denn seine zweite ebenfalls im Buch nachzulesende Bedingung war die Suche der sieben Streiter. Niemand sonst wäre in der Lage – außer den Wächtern natürlich – einen Zugang zu dem Buch zu erhalten. Aber Ihr seid gewiss nicht der Einzige, der das Buch finden und für sich haben will. Aber ich muss Euch warnen. Das Wissen um das Buch ist gefährlich. Und mir ist es vorherbestimmt, Euch zu prüfen. Ich bin der erste Wächter des Buches. Deswegen halte ich mich in Zehyr auf. Ihr seid noch jung und unerfahren, steckt sozusagen noch in den Kinderschuhen. Aber ein Lesvaraq braucht Zeit, seine Stärken zu entfalten und zu lernen. Das sehe ich, sonst wüsstet Ihr, wer Tarratar ist. Ihr seid noch nicht gefestigt und habt Euch selbst noch nicht gefunden. Das ist riskant. Solltet Ihr nicht zuallererst die Suche nach Eurem Ich abschließen, bevor Ihr die Maya und das Buch finden wollt? Seid Ihr wirklich schon bereit, Euch der Prüfung zu stellen?«

»Ich weiß nicht genau, wer oder was Ihr seid, Tarratar. Aber Ihr scheint viel über mich und das, was mich antreibt, zu wissen. Über eines bin ich mir allerdings sicher: Ich bin bereit«, sagte Tomal entschlossen.

»Wir werden sehen«, meinte Tarratar, nachdenklich über

seinen Bart streichend, »wenn ich Euch dann bitten dürfte, mir zu folgen. Wir wollen mit der ersten Prüfung beginnen.«

Tarratar führte den Lesvaraq zu einem großen Gebäude in der Nähe des inneren Sanctums der Nno-bei-Maya. Dort hatte sich der Narr häuslich eingerichtet und den größten Teil seiner Schriften gelagert. Er bat Tomal herein und an einem ausladenden Steintisch Platz zu nehmen.

»Macht es Euch bequem und wartet bitte hier auf mich. Ich bin gleich zurück«, sagte Tarratar.

Tomal blickte Tarratar nach, als dieser leichtfüßig durch das Zimmer in eine andere Kammer tänzelte. Es rumpelte, krachte und fluchte aus der Kammer, in der Tarratar verschwunden war. Der Narr schien auf der Suche nach irgendetwas zu sein, was er nicht auf Anhieb finden konnte. Schließlich kehrte Tarratar mit einer alten Holzkiste und einem mit einem Tuch verdeckten Gegenstand zurück.

»Das habe ich nun davon, keine Ordnung zu halten«, sagte Tarratar mit einem verlegenen Lächeln auf den Lippen, »Ihr müsst nachsichtig mit mir sein. Ich lebe schon sehr lange in Zehyr. Niemand geht mir zur Hand. Da sammelt sich manch unnützer Tand in den Regalen, hinter dem sich das Wichtige nur allzu gerne versteckt. Aber ich wurde fündig. Wir können beginnen.«

»Gut!«, sagte der Lesvaraq ungeduldig.

Tarratar öffnete die Kiste und kramte eine leere Kristallphiole und einen winzigen, am Griff reichlich verzierten Dolch hervor. Die Klinge war nicht länger als zwei Zoll und schimmerte golden.

»Was ist das?«, fragte der Lesvaraq.

»Wonach sieht es denn Eurer Meinung nach aus?«, entgegnete Tarratar, den Lesvaraq musternd.

»Ein Dolch, geschmiedet für eine Puppe! Ein Spielzeug«, antwortete Tomal.

»Ihr solltet nicht nach der Größe eines Gegenstands auf seine Gefährlichkeit schließen. Das ist ein Dolch. Das habt Ihr gut erkannt. Aber ganz gewiss kein Spielzeug. Die Klinge ist kurz, aber sehr scharf und, richtig eingesetzt, tödlich.«

»Und was habt Ihr vor? Wollt Ihr mich damit erdolchen?«, lachte Tomal.

»Nein. Ich brauche etwas von Eurem wertvollen Blut«, antwortete Tarratar, »ich will sehen, ob Ihr auserwählt und stark genug seid, die Prüfungen zu überstehen. Außerdem stellt Euer Blut eine Art Pfand dar. Zu Eurer eigenen Sicherheit.«

»Was hat das zu bedeuten?«

»Nur Geduld, ich will Euch gerne erklären, worum es in den Prüfungen geht«, holte Tarratar aus. »Offenbar wisst Ihr, dass sich das Volk der Nno-bei-Maya in den Schatten verbirgt. Vielleicht kennt Ihr nicht die ganze Geschichte, aber das ist für die Prüfungen auch nicht wichtig. Ich werde Euch in das Reich der Schatten schicken, sobald Ihr dazu bereit seid und Ihr tatsächlich der Auserwählte sein solltet. Nur ein Nachfahre der Maya – des Volkes einz'ger Stolz, der Sohn des Feuers – ist in der Lage, das verlorene Volk aus den Schatten zurück ans Licht und ins Leben zu führen. Fließt in Euern Adern das Blut der Maya? Gehört Ihr etwa zu den Altvorderen?«

»Ich …« Tomal wirkte verunsichert.

»Ihr wisst es nicht mit Sicherheit. Das ist gut. Umso wichtiger wird Euer Blut für die Prüfung sein. Gebt mir Eure Hand!«

Tomal streckte die Hand zögernd vor. Der Narr war flink. Kaum hatte er die Hand des Lesvaraq gepackt, war der tiefe Schnitt in den Zeigefinger bereits gesetzt. Unter die Wunde hielt Tarratar die Phiole, die sich schnell füllte. Aus einer Kiste angelte der Narr mit der freien Hand eine zweite Phiole, die er ebenfalls mit dem Blut des Lesvaraq vollträufeln ließ. »Euer Blut ist dick und dunkel«, stellte Tarratar fest, »das ist ein gutes Zeichen.«

»Wofür?«, fragte Tomal.

»Seht her«, forderte Tarratar den Lesvaraq und hielt ihm die Phiole mit dem Blut vor die Augen, »es weist einen leichten Schimmer auf, als ob es aus sich heraus leuchtet. Ihr könnt mir glauben, das liegt nicht an den Kerzen in dieser Kammer. Auf jeden Fall ist Euer Blut magisch. Daran gibt es keinen Zweifel. Aber das bedeutet noch lange nicht, dass Ihr von den Maya oder einem anderen Volk der Altvorderen abstammt.«

Tarratar nahm das Tuch von dem Gegenstand, den er aus seiner Kammer mitgebracht hatte. Darunter befand sich ein engmaschiger Käfig. Sobald das Tuch entfernt war, begann es in dem Käfig wild zu flattern und zu summen, denn es befand sich eine Handvoll Insekten darin, die versuchte auszubrechen.

»Das sind Akulrub«, meinte Tarratar, »sie stammen aus den Grenzlanden und sind hungrig. Sie riechen das frische Blut. Wenn ich die Käfigtür öffne, steckt Ihr Euren entblößten Arm in den Käfig.«

»Seid Ihr verrückt geworden? Das werde ich nicht!«, weigerte sich Tomal.

»Was beweisen würde, dass Ihr noch nicht bereit für diese Aufgabe seid. Ihr könnt wieder nach Hause gehen.«

»Langsam«, wiegelte Tomal ab, »lasst mich einen Augenblick darüber nachdenken.«

Der Gedanke, die Stechmücken würden sein Blut saugen, behagte ihm nicht. Die Akulrub waren groß und er hatte auf den ersten Blick mindestens fünf Mücken gezählt. Waren sie ausgehungert – und sie erweckten genau diesen Anschein –, konnten sie eine große Menge Blut vertragen und würden erst wieder mit dem Saugen aufhören, bis sie ihre Hinterleiber ganz mit seinem Blut gefüllt hätten.

»Nur zu, ich habe Zeit«, lächelte Tarratar.

Tomal machte seinen linken Arm frei.

»Macht die Käfigtür auf«, wies er Tarratar an.

»Euer Mut ist bewundernswert. Die Stiche werden wehtun«, antwortete Tarratar.

Tarratar öffnete den Käfig. Tomal steckte seinen Arm weit hinein. Sofort stürzten sich die Akulrub auf den Arm des Lesvaraq und bohrten ihre Saugrüssel, die wie dicke Nadeln waren, tief in seine Haut. Die Stechmücken benahmen sich ungezügelt und gierig, als wäre dies ihre letzte Mahlzeit vor einem langen Flug in ihre Heimat. Jede von ihnen versuchte eine Ader zu erwischen. Tomal schrie vor Schmerzen auf und wollte den Arm instinktiv zurückziehen. Tarratar hielt ihn jedoch davon ab und drückte seinen Arm weiter in den Käfig.

»Wartet!«, befahl Tarratar.

»Ihr habt gut reden, Gnom«, schimpfte Tomal.

»Ich mag sicher klein im Wuchs sein. Und doch bin ich weder Gnom noch Zwerg, mein Freund. Und Ihr dürft mich keineswegs so nennen. Selbst dann nicht, wenn ich Euch ein wenig länger leiden lassen sollte. Ich sagte Euch bereits, urteilt nicht nach der Größe. Ihr könntet die Macht des Kleinen leicht unterschätzen«, tadelte Tarratar den Lesvaraq.

Tomal konnte zusehen, wie sich die Hinterleiber der Akulrub mit seinem Blut füllten. Aber mit einem Mal war der Spuk vorüber. Die Stechmücken ließen von ihm ab, obwohl sie noch lange nicht voll und satt waren. Sie flogen auf und trudelten orientierungslos im Käfig hin und her, als wären sie betrunken. Dann stürzten sie herab, zuckten noch einige Male, bevor sie regungslos auf dem Käfigboden liegen blieben.

»Ha«, rief Tarratar aus, »das ist gut. Ihr könnt Euren Arm jetzt wieder herausziehen.«

Tarratar nahm eine der Stechmücken zwischen den Fingern heraus und betrachtete das Insekt eingehend.

»Die Akulrub sind tot!«, stellte Tarratar lapidar fest, nachdem er sich die anderen ebenfalls kurz angesehen hatte. »Die Stechmücken vertragen das Blut der Altvorderen nicht. Es wirkt wie ein starkes Nervengift. Aber nicht nur auf die Insekten. Jeder, der von Eurem Blut kosten würde, befände sich in tödlicher Gefahr. Auch der Hüterin des Sees wäre die Mahlzeit nicht bekommen.«

»Das wusste ich nicht«, zeigte sich Tomal überrascht.

»Dann habt Ihr während der Prüfung etwas gelernt. Aber fragt Euren Magier Sapius, der wird Euch die giftigen Eigenschaften Eures und auch seines Blutes gewiss bestätigen. Immerhin haben sie ihm einst das Leben gerettet.«

»Ihr meint seine Begegnung mit Quadalkar?«

»Genau.«

»Woher wisst Ihr davon?«

»Ich bin Tarratar, und das bleibt mein Geheimnis«, schmunzelte der Narr.

»Aber Sapius erzählte die Geschichte anders«, wandte Tomal ein.

»Anfangs glaubte er an die Rettung durch die Saijkalrae-Brüder. Aber inzwischen weiß er es natürlich besser. Nicht die magischen Brüder retteten ihn, das Gift war es, warum Quadalkar von ihm abließ und große Schmerzen litt. Wie auch immer. Euer Blut weist jedenfalls ähnliche Eigenschaften auf, sonst wären die Akulrub nicht verendet. Das soll mir als Beweis genügen. Ihr stammt von den Altvorderen ab.«

Ungläubig betrachtete Tomal seinen zerstochenen Arm, an dem sich große rote Schwellungen bildeten, die wie Feuer brannten. Er konnte den Arm nur unter Schmerzen bewegen.

»Wie bedauerlich, dass die Wirkung der Stiche nicht ausbleibt«, keuchte Tomal, »das wäre eine wirklich nützliche Eigenschaft.«

»Keine Sorge«, sagte Tarratar, »die Schmerzen gehen gleich vorbei. Dann werden die Stiche jucken und in ein paar Tagen gehen auch die Schwellungen wieder zurück.«

»Und wozu war diese Prüfung gut?«, fragte Tomal.

»Ich weiß nun, dass wir es wagen können, den nächsten Schritt zu gehen. Es besteht immerhin die vage Möglichkeit, dass Ihr wahrhaftig dieser Sohn des Feuers sein könntet«, antwortete Tarratar, »also werde ich Euch zu den Schatten begleiten. Besser gesagt bis zur ersten Schwelle.«

»Worauf warten wir dann noch?«

»Geduld ist eine Tugend, mein Freund«, erwiderte Tarratar, »Ihr wisst noch nicht alles über die Prüfung. Ihr müsst sterben, um zur ersten Schwelle zu gelangen. Ich hoffe, Ihr wart Euch dessen bewusst. Hinter der ersten Schwelle wartet der zweite Wächter mit einer weiteren Prüfung auf Euch. Bevor ich Euch jedoch töte und zur ersten Schwelle geleite, müsst Ihr mir eine Frage beantworten.«

Tomal sprang auf und warf den Stuhl um. Was dachte sich Tarratar nur? Er würde sich nicht von einem Mann im Narrenkostüm töten lassen. Drohend riss er das Schwert aus der Scheide und setzte die Spitze der Klinge an Tarratars Hals.

»Ich lasse mich nicht von Euch reinlegen, Gnom«, drohte Tomal.

»Gemach, gemach, mein Freund«, Tarratar verzog sein Gesicht zu einer schmerzhaften Grimasse, »wir müssen nicht zu den Schatten gehen, wenn Ihr dazu noch nicht bereit seid. Also werde ich Euch auch nicht das Leben nehmen. Keine Sorge. Die Wahl überlasse ich Euch. Es ist schließlich Eure Prüfung, nicht die meine.«

»Was soll das? Wie könnt Ihr von mir verlangen, dass ich mich von Euch töten lasse. Ich bin weder verrückt noch dumm. Welch böses Spiel treibt Ihr? Raus mit der Sprache«, forderte Tomal wütend.

»Ich bin Tarratar, der erste Wächter. Das sagte ich Euch bereits. Meine Aufgabe besteht darin, jeden zu prüfen, den es nach Zehyr zieht und der nach dem verlorenen Volk sucht. Das ist alles. Die Maya verbergen sich jedoch im Reich der

Schatten. Wollt Ihr dorthin gelangen und Euch auf die Suche begeben, gibt es keinen anderen Weg als den eigenen Tod. Ihr solltet mir vertrauen, Tomal. Bleibt Ihr im Reich der Schatten bei der Suche erfolglos und findet nicht aus eigener Kraft zurück, habe ich immer noch Euer Blut. Das ist Eure Sicherheit, von der ich sprach. Damit könnte es mir vielleicht gelingen, die Schatten zu überlisten und Euch zurückzuholen. Aber Ihr seid ein Lesvaraq, und wenn Ihr auch der Sohn des Feuers sein solltet, dann werdet Ihr die Maya befreien und aus eigener Kraft ans Licht zurückführen.«

»Warum sollte ich Euch vertrauen? Ich kenne Euch nicht. Ein kurzer Stoß mit meinem Schwert und Ihr seid Geschichte!«

»Das bin ich bereits, Tomal«, seufzte Tarratar, »bedauerlicherweise besitzt Ihr nicht die Gabe des Kriegers und Eure Magie ist in meiner Gegenwart nutzlos.«

»Was wollt Ihr mir damit sagen?«

»Ihr seid viel zu langsam, mich zu durchbohren«, lachte ihn Tarratar aus.

Tomals Schwertarm zuckte vor. Der Stoß ging ins Leere. Plötzlich stand Tarratar hinter ihm und er verspürte einen lähmenden Schmerz in seinem Nacken. Der Narr hatte ihm den Dolch unterhalb des Hinterkopfes direkt ins Rückgrat gerammt. Tomal sackte nach vorne und schlug mit dem Gesicht hart auf dem Steinboden auf.

Der Lesvaraq Tomal Alchovi war tot.

# Im Reich der Schatten

Tarratar tänzelte aufgeregt um den gefallenen Lesvaraq herum, stieß ihn mal links, mal rechts in die Seite. Dann kniete sich der Narr nieder und untersuchte den Körper auf Lebenszeichen. Er konnte keine feststellen.

»Hoi, hoi, hoi … wer von uns beiden ist nun der Narr?«, flüsterte Tarratar dem Leichnam leise ins Ohr, »Ihr seid ungestüm und grün hinter den Ohren. Ihr habt es mir viel zu einfach gemacht! Unterschätzt niemals Eure Gegner.«

Tarratar holte seine Leier aus seiner Schlafkammer.

»Wir müssen uns sputen«, sagte er halb zu sich selbst und halb zu dem Getöteten auf dem Boden, »wir wollen doch nicht, dass Ihr ins Land der Tränen wandert. Das verlorene Volk wartet auf seine Befreiung im Reich der Schatten.«

Schiefe Töne erfüllten plötzlich die Kammer. Die Stummelfinger Tarratars flogen über die Saiten und erzeugten eine ungewöhnliche Tonfolge, die disharmonisch und zugleich harmonisch klang. Je mehr sich Tarratar steigerte und das Lied, sofern es als solches überhaupt bezeichnet werden konnte, gespielt wurde, veränderte sich die Umgebung. Die Wände des Gebäudes schienen zu verschwimmen, bis sie schließlich ganz verschwanden. Tarratar befand sich in einer Höhle mit niedriger Decke. In einigen Halterungen steckten brennende Fackeln, die ein schwarzes Licht ausstrahlten und den Blick auf eine große, eiserne Pforte mit dämonischen Fratzen freigaben. Neben ihm auf dem Boden lag nach wie vor der Leichnam des Lesvaraq und rührte sich nicht. Aber aus seinem Inneren strahlte ein helles, feuriges Leuchten, das die Höhle erfüllte und das schwarze Licht überstrahlte. Tarratar lächelte in sich hinein und dachte: »Die Schatten werden ihn gewiss nicht mögen. In seiner Gegenwart ist es schwer, als Schatten nicht zu vergehen. Er ist der Sohn des Feuers. Meine Wacht ist bald vorüber. Endlich!«

»Steht auf!«, befahl Tarratar.

Tarratar spielte ein Lied auf der Leier, das nach einem Schlaflied für Kinder klang. Er wackelte mit dem Kopf, bis die Glöckchen an seiner Kappe klingelten. Tomal erwachte. Der Lesvaraq schnappte nach Luft, prustete und hustete, als wäre er kurz vor dem Ertrinken gewesen.

»Bleibt ruhig«, flüsterte Tarratar, »alles ist gut. Ihr seid tot. Aber das ist nur ein vorübergehender Zustand, sofern Ihr ab jetzt keinen Fehler mehr macht.«

Der Narr legte dem Lesvaraq zur Beruhigung eine Hand auf den Rücken. Ihm wäre es lieber gewesen, Tomal hätte in den Fortgang der Prüfung aus freien Stücken eingewilligt. Aber Tarratar hatte zu seinem Bedauern nachhelfen müssen. Der Lesvaraq besaß eine schwierige Persönlichkeit und ließ sich viel von seinen Gefühlen leiten, die er nach Tarratars Ansicht noch lange nicht im Griff hatte. Er konnte nur hoffen, dass Tomal nicht wütend überreagieren und den weiteren Verlauf der Prüfung gefährden würde. Er durfte den Lesvaraq nicht zwingen und ein weiteres Mal würde er ihm die Entscheidung nicht mehr abnehmen können.

»Wir sind an unserem Ziel angelangt und Ihr habt Eure erste Prüfung beinahe überstanden«, erklärte Tarratar freudig.

»Ihr seid ein elender Quälgeist und habt mich belogen, Gnom«, krächzte Tomal, dem das Sprechen noch sichtlich schwerfiel.

»Ihr nennt mich einen Lügner und einen Gnom, obwohl ich Euch dies untersagt hatte?«, empörte sich Tarratar.

»Ja, Ihr habt mich feige von hinten erdolcht«, entgegnete Tomal.

»Nun ja, Ihr habt mir doch keine andere Wahl gelassen,

nicht wahr?«, flunkerte Tarratar. »Ich hatte in Eurer Drohung mit dem Schwert eine Zustimmung für unseren Weg zu den Schatten gesehen. Ich sagte Euch zuvor, dass Ihr sterben müsst, wenn Ihr dorthin gelangen wollt. Jetzt sind wir hier und es gibt vorerst keinen Weg zurück. Ihr müsst zur zweiten Schwelle, die Prüfungen zu Ende bringen und die Maya suchen.«

Tomal richtete sich auf und blickte sich um. Tarratar konnte ihm seine Verwunderung ansehen. Der Lesvaraq würde sich nicht vollständig aufrichten können, ohne mit dem Kopf an die Höhlendecke zu stoßen.

»Wo sind wir hier?«, wollte Tomal wissen.

»Im Reich der Schatten, besser gesagt auf dem Weg dorthin. An der ersten Schwelle. Ihr müsst wissen, es gibt viele Wege zu den Schatten. Aber dieser hier nennt sich Pfad der Prüfungen und macht es Euch vielleicht möglich, in die Welt der Lebenden zurückzukehren«, erläuterte Tarratar.

»Sollte ich jemals den Weg aus den Schatten finden, werdet Ihr Euch vorsehen müssen, Tarratar«, maulte Tomal, »niemand hintergeht mich ungestraft.«

»Euer Zorn wird vergehen. Ihr müsst noch viel lernen, Lesvaraq. Vor allen Dingen müsst Ihr Euch in Geduld üben und Eure Gefühle im Zaum halten. Bevor ich Euch zur zweiten Schwelle weiterziehen lasse und Ihr dort Euren zweiten Tod erwarten dürft, beantwortet mir eine Frage.«

»Wie lautet Eure Frage?«

»Kennt Ihr den Wanderer ohne Namen und Gesicht?«, fragte Tarratar.

»Ihr meint die Gestalt aus meinen Träumen?«

»Ihr kennt ihn also, das ist gut«, lächelte Tarratar. »Es hätte mich gewundert, wenn es anders wäre. Wer ist der Wanderer?«

»Er trägt keinen Namen«, antwortete Tomal.

»Das habe ich Euch nicht gefragt«, grinste Tarratar.

»Verzeiht, der Wanderer ist der Geist der Lesvaraq!«

»Die Antwort ist richtig!«, sagte Tarratar. »Wisst Ihr auch, was das bedeutet?«

»Ich bin der Wanderer«, flüsterte Tomal.

»Hoi, hoi, hoi ... Ihr seid fürwahr ein kluger Kopf und habt soeben etwas über Euch selbst erfahren. Der Wanderer ist Ulljan, Pavijur, Kallya, Tomal und all die anderen Lesvaraq des Gleichgewichts, die es auf Kryson gab. Eine multiple und höchst komplexe Persönlichkeit. Sehr mächtig, gefährlich und beinahe allwissend. Seid Euch dessen stets bewusst und versucht Euren eigenen Weg zu finden«, riet Tarratar.

»Das werde ich«, antwortete Tomal.

»Gut! Ihr habt die erste Prüfung bestanden. Erhebt Euch, achtet auf Euren Kopf und folgt mir nun!«, befahl Tarratar.

Der Narr kramte einen verrosteten eisernen Schlüssel aus seiner Jacke und hüpfte voraus zur Pforte. Er steckte den Schlüssel ins Schloss und drehte ihn zweimal um. Das Schloss gab ein knackendes Geräusch von sich. Tarratar öffnete die Pforte, die quietschend und knarrend aufschwang. Dahinter befand sich eine steile Treppe, die in die Dunkelheit führte.

»Geht jetzt über die erste Schwelle«, forderte Tarratar den Lesvaraq auf, »ich darf Euch nicht weiter begleiten und schließe die Pforte hinter Euch zu. Am Ende der Treppe werdet Ihr einen schmalen Gang finden. Folgt ihm immer geradeaus, bis Ihr zu einer großzügigen Arena kommt. Dort wartet der zweite Wächter mit einer weiteren Prüfung auf Euch. Ihr könnt den Ort nicht verfehlen. Aber seid gewarnt, haltet Euch stets in dem Gang, gleichgültig was Ihr sehen oder hören solltet. Nehmt keine Abzweigung, auch wenn Ihr der Meinung seid, sie würde Euch schneller ans Ziel bringen. Ihr könntet Euch verlaufen und nie wieder zurückfinden. Ich hoffe für Euch und mich, wir sehen uns wieder!«

»Das hoffe ich auch«, sagte Tomal und seine Antwort war ehrlich.

»Ein letzter Rat unter Freunden«, Tarratar klang besorgt, »Euch bleibt nicht sehr viel Zeit, das verlorene Volk zu finden und zu befreien. Lasst Euch nicht ablenken und rastet nicht. Ihr seid tot und müsst Euch nicht erholen, auch wenn Ihr denken mögt, Eure Kräfte ließen nach. Verweilt Ihr mehr als einen Tag im Reich der Schatten, wird der Rückweg mit jeder weiteren Hora schwerer, wenn nicht gar unmöglich.«

»Danke«, nickte Tomal, »ich werde mich beeilen!«

Tomal überschritt die Schwelle und stand auf der obersten Stufe der Treppe, deren Ende er nicht erahnen konnte. Hinter ihm fiel das Tor lautstark ins Schloss. Tarratar drehte den Schlüssel und sperrte ab.

»Ich wünsche Euch viel Glück«, flüsterte Tarratar, »Ihr werdet es brauchen!«

Der Narr drehte sich um, nahm seine Leier und spielte einige Töne. Dann verschwand er. In seiner Kammer angekommen beugte er sich mit sorgenvoller Miene über den versteinerten Körper des Lesvaraq und sagte:

»Enttäuscht mich nicht! Ich habe lange genug über das verlorene Volk gewacht!«

Langsam stieg Tomal die Treppe hinab. Ähnlich wie vor der ersten Schwelle spendeten Fackeln ein ungewöhnliches Schwarzlicht. Es war kalt. Er konnte seinen Atem sehen, aber er fror nicht. Die Stufen waren glatt und rutschig. An manchen Stellen hatte sich an den Kanten und den Wänden links und rechts seines Weges Eis gebildet. Nach dreihundert Stufen hörte Tomal auf sie zu zählen und schätzte nur noch grob ihre Zahl. Nach zweitausend gab er schließlich auch das Schätzen auf. Ein Ende der Treppe war nicht in Sicht und Tomal verlor jedes Gefühl für die Zeit. Die letzten Worte Tarratars kamen ihm in den Sinn. Er wollte sich beeilen und beschleunigte seine Schritte. Was sollte ihm schon geschehen, er war laut Tarratar tot, obwohl er sich sehr lebendig vorkam und eine innere Hitze ausstrahlte, die aus ihm heraus zu leuchten schien und zusätzliches Licht spendete. Nach einiger Zeit huschten die ersten Schatten an den Wänden an ihm vorbei. Sie verharrten einen kurzen Augenblick neben ihm, flüsterten, griffen nach ihm und schienen ihn eingehend zu mustern, als wollten sie versuchen sein Wesen zu durchdringen. Dann jedoch raunten sie sich Worte zu, die Tomal nicht verstehen konnte. Und plötzlich ließen sie von ihm ab und eilten weiter die Treppe hinauf.

»Ein eigenartiges Verhalten«, dachte Tomal bei sich, »sie prüfen mich und wandern offenbar zufrieden mit dem Ergebnis weiter.«

Er nahm sich vor, den zweiten Wächter nach diesem Verhalten zu befragen. Endlich hatte er das Ende der Treppe erreicht, und der von Tarratar erwähnte Gang öffnete sich vor ihm. Ein schmaler und niedriger Pfad, den er nicht aufrecht gehen konnte. Außerdem schien er ihm keineswegs strikt geradeaus zu verlaufen, sondern verlief kurvig oder um Ecken und mündete hin und wieder in Abzweigungen bei denen sich der Lesvaraq hoffentlich für die richtige entschied.

Die Begegnungen mit den Schatten häuften sich. Tomal versuchte ihnen auszuweichen, aber das war nicht nötig. Sie bewegten sich schnell und, wie er feststellte, körperlos. Ihr Verhalten änderte sich nicht. Nachdem sie ihn kurz gemustert hatte, gingen sie weiter ihres Weges.

Immer häufiger kam der Lesvaraq an Kammern vorbei.

Die Türen der Kammern waren meist geöffnet und er konnte Schatten erkennen, die sich mit unterschiedlichsten Tätigkeiten beschäftigten. Meist blieben sie gesichtslos für ihn und er ging weiter. Je weiter er jedoch den Gang vorankam, desto öfter nahmen die Schatten plötzlich Gestalt an. Tomal blieb abrupt vor der Tür einer Kammer stehen und blickte überrascht in das Innere. An einem Tisch saßen sich Corusal Alchovi und ein bärbeißig erscheinender Eiskrieger bei einer Partie Menotai gegenüber. Sie lachten und scherzten und ließen es sich gut gehen. Tomal hatte Corusal nicht lange gekannt, aber nach allem, was sich die Klan über ihn erzählten und was er von der Fürstin erfahren hatte, war er selten so ausgelassen gewesen. Aber er hatte keinen Zweifel, dass es sich um seinen Vater, den ermordeten Fürsten, handeln musste. Unter dem Tisch erblickte er einen Praister in einer roten Robe, dem die Haut vom Gesicht gezogen worden war. Ein schrecklicher Anblick. Der Praister zog dem Fürsten die besticken Wollpantoffeln aus und begann dessen Füße zu massieren.

»So ist es gut, Henro«, hörte er den Fürsten sprechen, »ein klein wenig kräftiger, wenn ich bitten darf.«

»Sehr wohl, Herr«, antwortete der Praister eifrig.

»Ihr solltet Euch von Henro auch die Füße massieren lassen, Warrhard. Er kann das wirklich gut und es ist eine wahre Wohltat«, sagte Corusal Alchovi.

»Ich behalte meine Stiefel an«, lehnte der Eiskrieger den gut gemeinten Vorschlag schroff ab.

»Ach ja, ich vergaß«, seufzte Corusal, »Eure Stiefel sind Euch heilig. Wahre Männer sterben in Stiefeln, nicht wahr? Und Ihr legt sie nicht einmal nach Eurem Tod ab.«

»Genau!«, antwortete Warrhard. »Was ist nun? Ihr seid am Zug. Spielen wir weiter oder halten wir uns jetzt mit Gesprächen über Fußmassagen auf?«

»Schon gut«, erwiderte der Fürst, »hier … nehmt das. Ihr seid geschlagen und ich habe gewonnen.«

»Wieder und wieder …«, murrte Warrhard verärgert, »Menotai ist ein verdammt mieses Spiel. Ich mag es nicht. Es ist doch immer dasselbe. Ihr wiegt mich erst in Sicherheit, macht dann plötzlich einen schier unmöglichen Zug, gewinnt und ich verliere kurz vor einem großen Sieg.«

»Und so wird es bis in alle Ewigkeit sein, Warrhard«, freute sich der Fürst die Hände reibend.

Tomal beobachtete die beiden Spieler mit offenem Mund. Die Szene kam ihm absurd und unwirklich vor. Geradezu unheimlich. War dies ein Trugbild der Schatten, das ihn aufhalten sollte?

»Wir werden beobachtet«, hörte er Warrhard plötzlich sagen.

»Oh, wie schön. Wir haben Besuch. Tomal, mein Sohn«, sagte Corusal, »welch schöne Überraschung. Komm her und spiel mit uns. Wir haben uns lange nicht gesehen und gewiss viel zu erzählen.«

Corusal und Warrhard blickten zu Tomal herüber. Sie lächelten freundlich und winkten ihn an ihren Tisch. Der Lesvaraq stand wie angewurzelt vor der Kammer.

»Vater, es tut mir leid. Ich kann nicht!« Tomals Stimme klang belegt.

»Du kannst nicht?«, runzelte Corusal die Stirn. »Was soll das heißen? Wir sind im Reich der Schatten, mein Sohn. Im Tod sind wir alle gleich. Wir können tun und lassen, was und wie es uns beliebt, sofern wir die Regeln nicht verletzen und die Schatten verlassen wollen. Aber wer will das schon. Wir spielen gemeinsam Menotai, seit wir uns wiedergefunden haben. Nicht wahr, Warrhard?«

Warrhard nickte. Aber sein Gesichtsausdruck wirkte nicht glücklich über diesen Umstand.

»Und dieser arme Tropf hier unter dem Tisch«, fuhr Corusal fort, »für ihn gelten besondere Regeln. Er tat mir leid, musste er doch in den Flammen der Pein schmoren. Da habe ich bei den Schatten ein gutes Wort für ihn eingelegt. Seitdem muss er mir zu Füßen liegen und mir in jeder Hinsicht zu Diensten sein. Die Schatten verlangten diese Bestrafung, sonst hätten sie ihn nicht aus den Flammen ziehen lassen. Aber

Henro sieht mein Geschenk als Erlösung und dient mir daher gerne.«

Das zerstörte Gesicht des Praisters starrte den Lesvaraq an und seine toten Augen funkelten unergründlich. Tomal konnte sich nicht vorstellen, dass sich der Praister zu Lebzeiten einen solchen Aufenthalt in den Schatten als letzte Ruhestätte für ein gelebtes Leben gewünscht hatte. Keine Seele würde einem anderen Toten auf ewig dienen wollen. Die Schatten versprachen Freiheit und Ruhe. Das Ende allen Leids.

»Ich muss gehen, Vater«, sagte Tomal, »das geschieht nicht wirklich.«

Der Lesvaraq wandte sich schaudernd ab und nahm die Beine unter die Arme. Er rannte den Gang entlang, so schnell er nur konnte.

»Bleib bei uns, Tomal«, hörte er die Schatten hinter sich rufen.

Die Stimmen wurden rasch leiser und verstummten schließlich ganz. Tomal rannte weiter.

Außer Atem warf der Lesvaraq im Lauf einen kurzen Blick in eine andere, geräumigere Kammer und erkannte einen glatzköpfigen Praister, der gemeinsam mit einer anderen Schar seiner Brüder monotone Gebete murmelte. Die Schatten tanzten in wildem Reigen um die Praister herum.

Einer davon – es war Konrael – erkannte den Lesvaraq als seinen Mörder sofort und zeigte mit aufgerissenen Augen mit dem Finger auf den Vorbeieilenden.

»Ihr hier? In den Schatten?«, rief er dem Lesvaraq mit lauter Stimme hinterher. »Ich verfluche Euch, elender Mörder. Haltet den Frevler! Schleppt ihn in die Flammen der Pein!«

Die Schatten stoben auseinander und folgten dem Lesvaraq in wilder Jagd. Tomal war nicht schnell genug, ihnen zu entkommen. Bald hatten sie ihn erreicht und umzingelt. Schwer atmend, nach vorn gebeugt und auf die Knie gestützt, blieb er stehen. Die Schatten griffen mit langen Fingern nach ihm, aber sobald sie ihn berührten, zuckten sie zurück, als hätten sie sich verbrannt. Er konnte ihr Flüstern hören und verstand plötzlich den Sinn einzelner Worte.

»Er ist tot und doch wieder nicht. Ein Lesvaraq, was sucht er hier? Der Sohn des Feuers. Seine Macht ist groß. Noch! Wir dürfen ihn nicht anrühren, sonst vergehen wir!«

Sie ließen augenblicklich von ihm ab und gaben den Weg frei.

»Zieh weiter, Lesvaraq«, hörte er eine dünne Stimme flüstern, »wir wollen dich nicht in unserem Reich haben. Erledige, was immer du hier zu erledigen hast, und verlasse die Schatten. Wir gewähren dir einen Tag. Danach wird deine Macht schwinden und du gehörst uns.«

Tomal atmete durch. Die Begegnung war gerade noch einmal gut gegangen. Er richtete sich, so gut es ging, wieder auf und lief weiter den Gang entlang, bis dieser endlich in einen weitläufigen Raum mündete. Der Lesvaraq sah sich erstaunt um. Er befand sich in einer Art Arena, die ringsum von Steinwänden umgeben war. An einigen Stellen ragten in Brusthöhe Eisendorne aus der Wand. Über der Arena befanden sich die Zuschauerränge, die sich bis weit in die Höhe erstreckten. Allerdings konnte er die Decke darüber nicht erkennen. Sein Blick durchdrang das Schwarz nicht. Der Boden war mit feinem, rotkörnigem Sand gefüllt.

Inmitten der Arena kniete eine Frau. Sie trug eine schwere Rüstung. Ihre Hände ruhten gefaltet auf dem Knauf eines gigantischen Schwertes. Sie hielt den Kopf gesenkt und die Augen geschlossen. Plötzlich blickte sie auf und fixierte den Lesvaraq mit ihren stahlblauen Augen. Ihr Haar war blond und sie trug es zu zwei langen Zöpfen geflochten, die ihr links und rechts auf die Schultern fielen. Langsam erhob sie sich.

Tomal erschrak.

»Bei den Kojos, sie muss mindestens sieben oder acht Fuß groß sein«, dachte er bei sich.

Sie näherte sich ihm, ließ ihn jedoch nicht aus den Augen. Ihr Gesicht war von einer derben, grobschlächtigen Schönheit mit ausgeprägten Wangenknochen und sinnlichen Lippen. Sie überragte ihn gut und gerne um eine Kopflänge. Tomal war von ihrem Anblick fasziniert.

»Willkommen vor der zweiten Schwelle zum Reich der Schatten, Tomal«, sagte die Frau mit einer lieblichen Stimme, die nicht zu ihrem Äußeren passte, »ich bin die zweite Wächterin und habe Eure Ankunft bereits erwartet. Tarratar sagte, Ihr würdet kommen. Ihr dürft mich Daleima nennen.«

»Ich nehme an, Ihr wollt mich prüfen«, antwortete Tomal.

»So ist es«, antwortete Daleima, »und wir wollen nicht viel Zeit verlieren. Bevor ich Euch über die zweite Schwelle in die tieferen Ebenen des Schattenreiches lassen darf, müsst Ihr eine Herausforderung bewältigen. Seid Ihr bereit?«

»Wäre ich sonst hier bei Euch?«

»Wer weiß? Ich kenne Tarratar gut. Er neigt dazu, die Dinge auf seine eigene Weise voranzutreiben. Vielleicht hat er Euch die Entscheidung abgenommen?«, sagte Daleima.

»Das wäre möglich«, gab Tomal zu.

»Seht Ihr, und schon gewinnt meine Frage an Bedeutung. Seid Ihr bereit, den Weg weiterzugehen, oder wollt Ihr umkehren? Noch wäre Zeit dazu«, meinte Daleima.

»Der Gnom sagte, es gibt keinen Weg zurück.«

»Ihr dürft Tarratar nicht so nennen«, tadelte Daleima den Lesvaraq, »er ist kein Gnom. Er weiß sehr viel und seine Macht ist groß. Wenn er Euch gesagt hat, es gibt keine Umkehr, dann ist das so nicht ganz richtig. Sicher hatte er seine Gründe dafür. Ihr könnt die Prüfungen abbrechen und den Weg zurückgehen, den Ihr gekommen seid. Aber Tarratar meint es nur gut mit Euch. Schenkt seinen Worten Vertrauen. Ihr werdet keine zweite Gelegenheit erhalten, das verlorene Volk aus den Schatten zu führen. Das ist es, was er Euch damit eigentlich sagen wollte.«

»Wie kann ich ihm vertrauen, wenn er mir nicht die Wahrheit sagt?«, fragte der Lesvaraq.

»Tarratar spricht oft in Rätseln. Hört ihm zu und lernt ihn verstehen, dann werdet Ihr sehen, dass er Euch nicht belügt.«

»Ich will es versuchen, sollte ich das Reich der Schatten je wieder verlassen und ihn noch einmal treffen. Was ist nun mit der zweiten Prüfung? Lasst uns endlich beginnen!« Tomal wurde ungeduldig.

»Ihr müsst mich überwinden«, antwortete Daleima.

»Das ist einfach. Geht zur Seite und lasst mich vorbei«, sagte Tomal.

»Nein! Besiegt mich im Kampf und Ihr dürft passieren.«

»Warum sollte ich gegen Euch kämpfen? Ich sehe keinen Sinn darin«, meinte Tomal die Stirn runzelnd.

»Das ist Eure Prüfung. Ihr dürft die Waffen wählen.«

»Ich könnte Euch in Stücke reißen, wenn ich wollte«, klang Tomal von sich überzeugt.

»Vielleicht«, lächelte Daleima selbstbewusst, »dann wird die Prüfung gewiss keine Herausforderung für Euch sein. Dennoch werdet Ihr sie angehen und bestehen müssen, wollt Ihr die Suche fortsetzen. Übrigens … Eure Magie ist nutzlos gegen mich. Die Waffen?«

»Ich habe Euch gewarnt. Ihr habt es nicht anders gewollt«, erwiderte Tomal, »ich wähle das Schwert oder seid Ihr auch im Besitz eines Galwaas? Das könnte die Angelegenheit beschleunigen.«

»Nein, Euer Galwaas ist mir nicht vertraut. Aber ich trete gerne mit dem Schattenschwert gegen Euch an. Eine gute Wahl.«

Daleimas Schwert war Tomal sofort aufgefallen, als er

die Arena betreten hatte. Die sehr große Klinge schimmerte schwarz und sah aus, als befände sie sich fortwährend in Bewegung. Er hatte von solchen Waffen gehört, die mit den Schatten in Verbindung standen. Sie waren höchst selten und es war kein Vergnügen, gegen sie zu kämpfen. Es hieß, eine kleine Wunde – von einer solchen Waffe geschlagen – genüge, um den Weg zu den Schatten anzutreten. Aber was hatte er zu befürchten? Er befand sich doch ohnehin in ihrem Reich.

»Euer zweiter Tod steht Euch bevor«, sagte Daleima, »in den tieferen Ebenen herrscht Vergessenheit. Dort befinden sich die Seelen der schon vor langer Zeit Verstorbenen. Lasst uns beginnen!«

Tomal zog Iskrascheer aus der Scheide und nahm seine Verteidigungsstellung ein. Er wollte Daleima kommen und ihr den ersten Schlag lassen, damit er die Technik der Wächterin besser einschätzen konnte. Aus dem Augenwinkel beobachtete er, wie sich die Zuschauerränge mit Schatten füllten. Das Duell erregte offenbar ihre Aufmerksamkeit. Ihr Flüstern füllte die Arena mit einem unheimlichen Rauschen.

Die Wächterin zögerte nicht.

Ihr Vorstoß war schwungvoll und stark. Tomal musste das Schwert des Nordens mit beiden Händen halten, um den Hieb abzufangen. Seine Arme schmerzten, als die Klingen aufeinanderkrachten und Iskrascheer gefährlich nachgab und in seinen Händen zitterte. Er brachte das Schwert kaum nach oben, um sich gegen ihre wütend vorgetragenen Angriffe zu schützen.

Hieb auf Hieb folgte. Daleima ließ dem Lesvaraq keine Gelegenheit, einen Gegenangriff zu führen. Sie jagte ihn durch die Arena und versuchte ihn an die Wand zu drängen. Während seine Kräfte bald nachließen, schienen ihr die vehementen Angriffe überhaupt nichts auszumachen. Im Gegenteil, sie führte das Schattenschwert mit einer Leichtigkeit und Schnelligkeit und einer solch enormen Kraft, die Tomal schwindelig werden ließ. Er wusste nicht, wie er sich ihrer erwehren konnte.

Kaum war er ihr für einen kurzen Augenblick entgangen, setzte sie schon nach. Wieder und wieder. Tomal stolperte auf der Flucht und fiel nach vorne in den Sand. Daleima ließ ihm keine Zeit, sich auszuruhen. Schon hörte er ihre stampfenden Schritte in seinem Rücken. Er nahm eine Handvoll Sand, um sie ihr ins Gesicht zu schleudern in der Hoffnung, sie damit für einen Augenblick blenden zu können und den Vorteil für sich auszunutzen. Aber der Sand verflüssigte sich.

»Was soll der Unsinn?«, hörte er Daleima lautstark raunen. »Wollt Ihr mich etwa mit kindischen Tricks besiegen und mich mit Dreck bewerfen? Die Arena wurde vor langer Zeit mit dem Blut der Gefallenen gefüllt. Inzwischen ist es zu Staub und Sand geronnen. Nehmt Ihr es jedoch in die Hand, erwacht das Blut für einen Augenblick wieder zum Leben, bevor es erneut zerfällt. Steht auf und kämpft wie ein Mann! Die Prüfung ist noch nicht zu Ende.«

Tomal rappelte sich auf und drehte sich rasch um. Im letzten Moment konnte er ihren tödlich gedachten Stoß noch ablenken. Aber die Schattenklinge schnitt entlang der Brust durch seine Lederpanzerung, als sei diese aus Luft, und verletzte seine Haut.

»Anfängerpech!«, höhnte Daleima.

Sofort sprangen Schatten von der Klinge auf ihn über und versuchten über die Wunde in ihn einzudringen. Tomal schrie auf. Die Schmerzen waren unerträglich. Während er gegen die Schatten kämpfte, wich er einem weiteren Angriff aus. Er rollte sich auf dem Boden ab, sprang wieder auf die Beine und brachte einen vorerst sicheren Abstand zwischen sich und Daleima.

»Sie ist zu stark. Sie wird mich besiegen«, dachte Tomal angesichts der ihm drohenden Niederlage.

Er schüttelte die Schatten energisch von sich ab, die sich – kaum hatten sie seinen Körper verlassen – fauchend und langsam schlängelnd zum Schwert seiner Gegnerin zurückzogen. Sie bewegten sich, als wären sie verletzt.

»Nur der Sohn des Feuers ist in der Lage, sich von den Schatten zu befreien, die sich von der verfluchten Klinge auf seine Wunden stürzen«, rief Daleima, »das habt Ihr gut gemacht. Weiter so! Aber ich muss Euch warnen. Ihr müsst Euch besser schützen. Jede weitere Wunde wird Euch schwächen, bis Ihr Euch nicht mehr gegen die Schatten wehren könnt.«

»Sie will, dass ich siege«, dachte Tomal verdutzt bei sich, »aber sie lässt nicht nach und bietet mir keine Gelegenheit, einen Treffer zu setzen.«

Tomal richtete sich auf und sah seine Gegnerin entschlossen an. Bevor sie erneut angriff, setzte er sich schnell in Bewegung. Er rannte schreiend auf Daleima zu, als wollte er sie einschüchtern. Sie fixierte ihn mit zusammengekniffenen Augen und wartete offenbar neugierig auf das, was er vorhatte. Kurz bevor er sie erreicht hatte, ließ er sich seitwärts unter ihren Abwehrhieb hindurchfallen, rutschte über den Sand und zielte mit Iskrascheer auf ihre Beine. Die Überraschung war ihm gelungen. Daleima sprang zwar noch ausweichend zur Seite, aber der Angriff war gut geführt und traf ihr Bein oberhalb des Knies. Tomal hatte der Wächterin eine tiefe, klaffende Wunde in den muskulösen Oberschenkel geschlagen. Daleima stöhnte laut auf.

»Das war wirklich gut«, presste sie mit schmerzverzerrtem Gesicht zwischen ihren zusammengebissenen Zähnen hervor, »aber nicht gut genug.«

Sie wirbelte in einem Satz um die eigene Achse und schlug mit der flachen Seite des Schattenschwertes nach Tomal, der noch nicht wieder auf seinen Beinen stand. Der Schlag traf ihn an seiner linken Flanke und drückte ihm krachend einige Rippen ein. Mühsam und keuchend stand Tomal auf, sich Daleima zu stellen. Die Wächterin führte einen mächtigen Hieb gegen sein Schwert, das er erneut mit beiden Händen verkrampft festhielt, um sich wenigstens vor dem Schlimmsten zu schützen. Iskrascheer zerbrach.

Die Augen des Lesvaraq weiteten sich vor Schreck, als er das zerstörte Schwert des Nordens in seinen Händen betrachtete und plötzlich wahrnahm, dass er sich in einer äußerst misslichen Lage befand. Er konnte kaum fassen, was soeben geschehen war. Das Schwert seines Ziehvaters, das Symbol der Alchovi für ihre Stärke und Macht, über Generationen vom Vater zum Sohn weitergegeben. Iskrascheer war ohne jeden Zweifel eines der besten und stabilsten Schwerter auf Kryson. Ein Meisterwerk der Schmiedekunst in einem Schwertkampf zerbrochen. Tomal war am Ende seiner Möglichkeiten angelangt und kaum noch in der Lage, einen klaren Gedanken zu fassen. Das rauschende Flüstern der Zuschauer war zu einem Geschrei angeschwollen. Der Lesvaraq konnte nicht erkennen, ob die Schatten auf den Rängen für oder gegen ihn waren.

»Iskrascheer ist bloß ein Schwert«, hörte er plötzlich klar und deutlich eine ihm vertraute Stimme aus den Zuschauerrängen sagen, »vergiss die Waffe, sie kann ersetzt werden. Denke an deine Seele!«

Tomal erblickte den Schatten von Corusal neben Warrhard, die sich unter die Zuschauer gemischt und den Kampf gebannt beobachtet hatten. Es beruhigte ihn, dass Corusal Alchovi den Verlust des Familienschwertes offenbar so leichtnahm, obwohl ihm die Schatten unwirklich vorkamen. Sie konnten Gespenster oder Trugbilder sein, die lediglich versuchten seine Sinne zu täuschen, von seinem Ziel abzubringen und ihn dadurch zum Bleiben zu bewegen. Was nutzte ihm diese Erkenntnis am Ende?

Das Undenkbare war eingetreten und die Niederlage nicht

mehr abzuwenden. Fieberhaft überlegte der Lesvaraq, wie er sich gegen Daleima verteidigen sollte. Er hatte das Galwaas bei sich, in dessen Lauf sich Geschosse befanden. Die Waffe war einsatzbereit. Und er hatte seine Dolche, die er im Angesicht der tödlichen Wächterin allerdings für lächerlich hielt.

»Welche Regeln gelten für die Prüfung?«, fragte sich Tomal. »Gilt es nur zu gewinnen oder ist die Wahl der Waffen bindend?«

Tomal überlegte nicht lange. Er warf die Überreste seines Schwertes in den Sand. Daleima verharrte auf der Stelle, offenbar unschlüssig, ob sie den Kampf beenden oder ihm eine weitere Gelegenheit geben sollte, die Prüfung zu bestehen. In ihrem Blick las Tomal Bedauern. Vielleicht war es auch Mitleid. So genau konnte er das ihrem Gesichtsausdruck nicht entnehmen. Gleichgültig was es war, er brauchte weder Mitleid noch Bedauern. Sie hatte ihn vorgeführt und vor den Schatten lächerlich gemacht. Wie einen blutigen Anfänger hatte Daleima ihn aussehen lassen. Dabei war er doch ein guter Schwertkämpfer und ein Lesvaraq.

Der Lesvaraq nahm das Galwaas blitzschnell von den Schultern, zielte nur kurz und feuerte. Sie stand nicht weit von ihm entfernt. Ihre Augen weiteten sich vor Entsetzen. Der Schuss traf sie mitten in die Brust und warf sie, wie einen gefällten Baum, nach hinten in den Sand. Tomal näherte sich ihr vorsichtig und mit jedem Schritt feuerte er noch einmal und noch ein weiteres Mal auf die am Boden liegende Verletzte. Jeder Schuss traf. Daleimas Körper zuckte, sobald die Geschosse in ihren Körper einschlugen.

Das Schattenschwert war ihr aus den Händen geglitten, die sie geschockt und sich vor Schmerzen windend zu Fäusten geballt hatte. Aus ihren Mundwinkeln lief Blut. Ihr Brustkorb hob und senkte sich. Der Beweis, dass sie noch lebte. So sicher war er sich dessen allerdings nicht. Im Reich der Schatten verweilten für gewöhnlich keine Lebenden. Aber Daleima atmete schwer und röchelte. Tomal hatte die Wächterin schwer verletzt. Die Geschosse hatten tiefe, hässliche Löcher in ihren Leib gerissen. Der Lesvaraq trat das Schattenschwert zur Seite, sodass sie die Waffe nicht mehr würde erreichen können. Er stellte sich breitbeinig über sie, den Finger am Abzug und bereit, jederzeit einen weiteren Schuss abzufeuern. Fragend betrachtete er ihr schmerzverzerrtes Gesicht.

»Ihr habt gewonnen, Lesvaraq«, flüsterte sie, während ein Schwall Blut aus ihrem Mund trat, »aber die Prüfung ist noch nicht zu Ende!«

»Was verlangt Ihr von mir?«, fragte Tomal. »Soll ich Euch weitere Geschosse in den Körper jagen?«

Die Fäuste der Wächterin schossen nach oben und trafen den Lesvaraq zwischen den Beinen. Ein fürchterlicher Schmerz jagte von den Lenden aufwärts durch seinen Körper. Er verlor das Galwaas. Daleima packte erbarmungslos zu. Ächzend richtete sie sich unter der Last seines Gewichts auf, den Lesvaraq hoch über ihren Kopf haltend. Mit einem furchterregenden Schrei und einer enormen Kraftanstrengung warf sie den sich krümmenden Körper von sich. Tomal wusste nicht, wie ihm geschah. Er flog mehrere Fuß weit durch die Luft und krachte hart auf den Boden, ausgerechnet auf seine verletzte Seite. Ihm wurde übel, aber es gelang ihm, seinen Körper zu beherrschen und die Galle, die ihm in die Kehle stieg, wieder hinunterzuschlucken. Aufstehen konnte er nicht. Langsam drehte Tomal den Kopf seiner Gegnerin zu. Sie war gerade dabei, sich einen Schluck aus einem Lederbeutel zu nehmen, den sie während des Kampfes ständig an ihrer Seite getragen hatte. Binnen weniger Sardas war sie wieder vollständig hergestellt. Von ihren Wunden war nichts mehr zu sehen.

»Das ist ungerecht«, dachte Tomal.

Zu mehr reichten seine Gedanken nicht mehr. Daleima stürzte sich wie eine Furie mit ihrem ganzen Gewicht auf den am Boden liegenden Lesvaraq. Sie schlug schwer auf. Tomal stöhnte unter ihrem Gewicht und hatte Schwierigkeiten zu atmen. Die Wächterin verpasste ihm einen Kopfstoß mit ihrem eigenen Schädel, der ihm hart wie Stein vorkam. Benommen bemerkte er nicht, wie Daleima einen Schattendolch aus ihrem Gürtel zog. Erst als sie ihm die Klinge in den Hals rammte, wusste er, dass Daleima ihn ein weiteres Mal getötet hatte.

»Der zweite Tod auf dem Weg zu dir selbst und zum verlorenen Volk!«, war sein letzter Gedanke.

Tomal erwachte vor einer weiteren Pforte. Die Umgebung kam ihm bekannt vor. Sie glich der Höhle vor der ersten Schwelle, zu der ihn Tarratar gebracht hatte, und doch fühlte sich alles anders an. *Er* fühlte sich anders, als wäre er nur noch ein durchsichtiger Geist, der jede Körperlichkeit hinter sich gelassen hatte. Aber sein Feuer brannte stärker und sein Licht strahlte heller als zuvor.

»Der Sohn des Feuers«, dachte Tomal.

Seine Verletzungen waren verheilt, aber er hatte Iskrascheer während der Prüfung eingebüßt. Wenigstens lag das Galwaas neben ihm. Die Waffe in seiner Nähe zu wissen vermittelte ihm plötzlich ein beruhigendes Gefühl.

Um ihn herum waberten graue Nebelschwaden, die seine Sicht behinderten und die sich auf seiner Haut kalt und feucht anfühlten. Daleima betrachtete den Lesvaraq mit sorgenvoller Miene.

»Steht auf!«, befahl sie, nachdem er seine Augen aufgeschlagen hatte. »Ihr habt lange geschlafen. Zu meinem Bedauern zu lange. Wahrscheinlich habe ich Euch mit dem Schattendolch zu schwer verletzt, und Ihr hattet Mühe, die Schatten abzuwehren. Euch bleibt leider nur noch wenig Zeit, die tieferen

Ebenen des Schattenreiches zu erkunden und das verlorene Volk zurück ans Licht zu führen.«

»Was erwartet mich hinter der Pforte?«, wollte Tomal wissen.

»Hoffentlich schon bald Euer Ziel«, antwortete Daleima. »Nehmt Euch vor dem Nebel des Vergessens in Acht! Ihr könnt Euch darin verlieren. Ihr habt mich besiegt und die Prüfung bestanden. Meine Aufgabe endet vor der zweiten Schwelle. Ich werde Euch die Pforte öffnen, aber nicht weiter mit Euch kommen.«

Daleima ging zur Pforte und öffnete sie mit einem schwarz angelaufenen Schlüssel. Sie musste sich anstrengen und all ihre Kraft – und davon hatte sie sehr viel, wie Tomal schmerzlich am eigenen Leib erfahren musste – einsetzen, die Pforte einen Spaltweit aufzustemmen. Gerade so weit, dass Tomal hindurchschlüpfen konnte. Kaum hatte er die Pforte durchschritten, fiel die Tür zu und Daleima schloss ab.

»Viel Glück!«, hörte Tomal ihre Stimme durch die Tür. »Ihr werdet es brauchen.«

Hinter der zweiten Schwelle war es Tomal unmöglich, sich zu orientieren. Durch den dichten Nebel des Vergessens konnte er nichts erkennen. Nicht einmal Schemen. Er war blind und taub und würde sich auf seine Instinkte verlassen müssen.

Tomal merkte wohl, dass Schatten aus dem Nebel nach ihm griffen und sofort wieder zurückzuckten, nachdem sie ihn berührt hatten. Aber sie waren anders als die Schatten hinter der ersten und vor der zweiten Schwelle. Ihr Flüstern war leiser, angenehmer und weit weniger aggressiv. Der Lesvaraq hatte den Eindruck, als wären sie überhaupt vorsichtiger und wüssten nicht, was sie mit ihm anfangen sollten. Beinahe hätte er ihr Verhalten als zaghaft und ängstlich bezeichnet. Aber sie waren Schatten, ob nun wesentlich älter, weiser oder vergesslicher machte keinen Unterschied. Das durfte er nie außer Acht lassen.

Hinter der Pforte stehen zu bleiben würde ihm nichts nutzen. Er verlöre nur Zeit. Ihm blieb daher nichts anderes übrig, als seinen Weg aufs Geratewohl zu suchen. Tomal nahm seinen Mut zusammen und marschierte los.

»Was habe ich noch zu verlieren? Ich starb innerhalb eines Tages zweimal, auf ein drittes Mal kommt es nicht mehr an«, dachte er.

Die Gleichgültigkeit gegenüber Gefahren war riskant. Tomal wusste, dass die Schatten tückisch waren. Leichtsinn und Fehler konnte er sich nicht leisten, drohte ihm dadurch doch ein ewiges Schicksal in ihrem Reich. Während der Lesvaraq ziellos im Nebel umherwanderte, hatte er immer öfter das Gefühl, keinen Boden mehr unter den Füßen zu haben. Er glaubte, er würde schweben und von den Nebelschwaden wie von selbst mitgetragen. Wohin, wusste er nicht. Die monotone Eintönigkeit um ihn herum machte ihm zu schaffen. Alles präsentierte sich grau in grau. Nur manchmal schienen sich für einen kurzen Augenblick Konturen aus dem Nebel zu schälen. Mal waren es Hände, mal Gesichter und ein anderes Mal ein ganzer Körper. Aber auch sie schienen aus demselben, nicht körperlichen Stoff eines fortwährenden Graus zu entstehen, nur um sich gleich darauf wieder aufzulösen und zu verschwinden. Der Nebel fühlte sich kalt auf seiner Haut und in seinen Lungen an. Tomal hatte keine andere Möglichkeit, als den Nebel einzuatmen, ob er wollte oder nicht.

»Mein Name ist Tomal Alchovi, ich bin der Fürst des Hauses Alchovi und ein Lesvaraq«, sagte er laut zu sich selbst.

Seine eigene Stimme klang ihm plötzlich eigenartig fremd und weit entfernt, so als ob er sie zum ersten Mal hörte. Tomal hatte Angst, seinen Namen zu vergessen.

»Wer bin ich?«, fragte er sich. »Warum bin ich hier? Wo ist hier? Mein Name ist …«

Der Lesvaraq musste sich gehörig anstrengen, sich selbst die einfachsten Fragen zu beantworten. Die Erinnerung kam wieder. Aber der Nebel des Vergessens wollte nicht nachlassen. Je länger er in ihm verweilte, desto schwieriger würde es für ihn werden, sich nicht in ihm zu verlieren. Der Nebel drang in sein Innerstes ein, sog seine Gedanken und Erinnerungen auf und trug sie mit sich fort, als hätten sie nie existiert.

Wie im Traum wandelte Tomal durch das Reich der Schatten. Immer weiter ins Nichts. Er ertappte sich dabei, dass er über eine längere Zeit an gar nichts mehr dachte. Sein Kopf war leer. Panik überkam ihn. Tomal glaubte, er würde sich auflösen und Stück für Stück eins mit dem Nebel werden. Ein körperloses Wesen. Ein Geist oder einfach nur eine verlorene Seele. Ängstlich betrachtete er seine grauen Hände. Sie verschwanden vor seinen Augen.

»Was geschieht mit mir?«, rief Tomal verzweifelt. »So helft mir doch!«

Der Lesvaraq schüttelte sich, versuchte sich mit aller Gewalt gegen das Unvermeidliche zu stemmen. Ohne Erfolg. Der Nebel war überall. In ihm und um ihn herum, und er fraß den Lesvaraq schleichend auf, nahm ihn in sich auf.

Tomal vergaß, was er soeben erst gerufen hatte. Er vergaß die Panik, vergaß seine Verzweiflung und verlor sich allmählich ganz im Nebel. Es hatte keinen Zweck mehr, sich dagegen zu wehren. Er wusste ohnehin nicht, was er dagegen hätte unternehmen können, und hatte längst vergessen, wer er war und ob er sich wehren wollte.

Der Lesvaraq löste sich auf. Er hörte und sah nichts mehr. Es gab keine Sorgen, Nöte und Ängste. Nichts außer Stille und Dunkelheit. Tomal ließ sich mit dem Nebel durch das Reich der Schatten treiben.

Doch seine Wahrnehmung änderte sich. Als Teil des Nebels wurde er plötzlich jäh aus seiner Ruhe gerissen. Der Lesvaraq fühlte sich gestört. Das Vergessen und die Ruhe waren überaus angenehm gewesen. Eine Stimme rief nach ihm. Erst ganz leise und schließlich immer lauter und drängender. Jemand suchte nach ihm.

»Sohn des Feuers, wo seid Ihr?«, fragte die Stimme.

Die Stimme war ohne jeden Zweifel weiblich. Tomal mochte sie auf Anhieb. Sie klang lieblich und schmeichelte ihm.

»Wir sehen Euer Licht. Wir fühlen das Feuer. Aber wir können Euch nicht finden! Wacht auf und sprecht mit uns«, drängte die Stimme.

»Ich bin hier, im Nebel des Vergessens«, formte sich die Antwort des Lesvaraq wie von selbst.

»Die Schatten haben Euch eingehüllt und mitgenommen. Findet Euch selbst im Nebel. Benutzt Euer Feuer und das Licht, die Schatten zu vertreiben«, verlangte die Frauenstimme, »Ihr müsst Euch selbst befreien. Wir können Euch nicht helfen.«

Aufgeweckt durch die Stimme, versuchte Tomal etwas durch den Nebel zu erkennen. Er sah an sich hinab und entdeckte die Konturen seines Körpers, den er schon für verloren glaubte. Ein Lichtschein ging von ihm aus, der den Nebel um ihn herum verdrängte.

Plötzlich verstand er und bemerkte, dass ihm das Grau in seiner näheren Umgebung heller erschien als in einiger Entfernung. Das war immerhin ein Anfang. Die Monotonie war mit einem Mal durchbrochen, sein Orientierungssinn zurückgekehrt. Tomal erinnerte sich an alles. Die Prüfungen, seine Suche nach dem verlorenen Volk. Die Ratschläge Tarratars und Daleimas.

»Mein Name ist Tomal Alchovi, ich bin der Fürst des Hauses Alchovi und ein Lesvaraq«, rief er laut und deutlich.

Die eigenen Worte zu hören tat ihm gut und weckten neue Kräfte in ihm. Die Kälte verflog und er spürte ein wärmendes Feuer in sich lodern. Immer stärker brannte es. Das Licht wurde heller und heller, drängte den Nebel und die Schatten immer weiter zurück, bis das Grau schließlich in weiter Ferne verschwunden war.

Tomal fand sich vor einem Abgrund wieder. Er kniete nieder und blickte in die Tiefe. Weit unterhalb seines Standorts erkannte er unzählige Lichter, die zu ihm in die Höhe strahlten.

Daleima hatte die tieferen Ebenen im Reich der Schatten ihm gegenüber erwähnt. Das Volk der Maya befand sich schon seit langer Zeit in den Schatten. Tomal nahm die Hände vor den Mund und formte einen Trichter.

»Könnt Ihr mich hören? Ich kann Eure Lichter sehen«, rief er in den Abgrund, obwohl er nicht erkennen konnte, was sich tatsächlich hinter den Lichtern verbarg.

»Wir können Euch hören und sehen«, sagte eine Frauenstimme unmittelbar hinter ihm.

Tomal wirbelte erschrocken herum. Er traute seinen Augen kaum, als er die Frau erblickte, die mit ihm gesprochen hatte. Sein Mund stand weit offen. Ihre strahlende Schönheit blendete ihn. Sie war in ein prächtiges Gewand gekleidet, das, reich mit Kristallen verziert und zahlreichen Stickereien versehen, einer Königin würdig war.

»Ich bin Saykara, die Königin der Nno-bei-Maya«, stellte sie sich vor.

Der Lesvaraq bemerkte beschämt, dass er vor ihr immer noch auf seinen Knien lag und zu ihr aufsehen musste. Er wiederholte Saykara gegenüber seinen Namensspruch, den er sich, so oft es ging, während seiner Wanderung durch den Nebel des Vergessens ins Gedächtnis gerufen hatte.

»Ich weiß«, antwortete Saykara, »aber viel wichtiger ist: Ihr seid der Mann, den wir den Sohn des Feuers nennen, unser Befreier und ein Angehöriger unseres Volkes. Das Blut der Maya fließt in Euren Adern.«

»Ich kam, Euch und die Nno-bei-Maya aus den Schatten zu führen.«

»Gewiss«, sagte Saykara, »aber Ihr habt Euch viel Zeit dafür gelassen. Seit fünftausend Sonnenwenden warten wir auf unsere Befreiung. Aber ich will Euch das nicht verübeln. Das ist Ulljans Werk. Sein Fluch brachte mein Volk zu den Schatten, und seine Macht durchbrach den Zyklus des Gleichgewichts für eine sehr lange Zeit. Dennoch … erklärt mir, wonach Ihr dort unten im Abgrund sucht?«

»Ich … ich dachte«, stammelte Tomal, »das verlorene Volk befände sich dort.«

Saykara lachte. Sie klang erleichtert.

»Und ich dachte schon, Ihr wolltet die Falschen befreien. Niemand kann aus dem Abgrund entkommen. In den tiefsten Ebenen des Schattenreiches befinden sich die ältesten Seelen. Die Urahnen Krysons und andere Geschöpfe, über die Ihr lieber nichts wissen wollt. Sie haben die Zeit ihres Lebens längst vergessen. Ihr seid bestimmt nicht gekommen, sie zu rufen. Sie würden Euch nicht einmal verstehen. Wir hingegen haben niemals vergessen, wer wir waren. Der Tod meines Volkes war unnatürlich. Eine Bestrafung, nein, eine Anmaßung des letzten Lesvaraq, der mit den Schatten im Bunde stand. Aus den Schatten heraus hielten wir stets eine Verbindung nach Zehyr. Dort befinden sich unsere Körper in einer Starre und warten nur darauf, wiederaufzuerstehen und das Leben zu vollenden, das uns gestohlen wurde.«

»Wo ist Euer Volk?«, fragte Tomal.

»Steht auf und seht Euch um«, lächelte Saykara. »Die Maya sind alle hier und werden Euch folgen. Ich möchte Euch an dieser Stelle meinen ersten Krieger, Gahaad, vorstellen.«

Tomal erhob sich und erkannte das Volk der Nno-bei-Maya, das sich, einer nach dem anderen, aus den Schatten des Nebels löste und hinter seiner Königin versammelte. Ihre Haut war grau und ihre Augen leblos wie bei allen Wesen in den Schatten. Dennoch glaubte der Lesvaraq, in ihren toten Augen eine aufkeimende Hoffnung erkennen zu können. Aber vielleicht bildete er sich das nur ein. Ein groß gewachsener Krieger trat aus der Menge hervor, nickte Tomal zu und stellte sich neben seine Königin, als wolle er sie vor einem Unheil beschützen. Gahaad machte im Gegensatz zu den übrigen Maya ein zutiefst betrübtes Gesicht.

»Was ist mit Euch?« fragte Saykara ihren Krieger. Ihr war der bedrückte Ausdruck nicht entgangen, »freut Ihr Euch nicht? Der Tag unserer Befreiung aus den Schatten ist endlich gekommen. Wir kehren schon bald nach Zehyr zurück.«

»Ich werde nicht mit Euch kommen«, antwortete Gahaad.

»Was?« Saykara war entsetzt. »Ihr dürft nicht alleine in den Schatten zurückbleiben, Gahaad. Ihr würdet Euch und uns womöglich vergessen.«

»Die Schatten lassen mich nicht ziehen, meine Königin«, sagte Gahaad traurig, »Ihr wisst, was Ulljan getan hat. Mein Körper ist nicht vollständig. Würde ich jetzt mit Euch kommen, müsste ich im nächsten Augenblick für immer in das Reich der Schatten wandern.«

»Und das berichtet Ihr mir im Moment unserer Befreiung?« In Saykaras Stimme klang tiefe Enttäuschung mit.

»Verzeiht mir diese meine Schwäche, meine Gebieterin. Ich wollte es Euch sagen, all die Zeit über, die wir in den Schatten verbracht haben. Aber ich konnte nicht. Ihr wart so voller Hoffnung und Stärke. Einzig Euch haben die Maya es zu verdanken, dass wir so lange ausgehalten haben. Es tut mir leid, dass ich nicht bei Euch bleiben kann!«

»Ich gebe Euch niemals auf, Gahaad«, sagte Saykara entschlossen, »wartet in den Schatten, bis ich Euch zu mir rufe. Aber Ihr müsst stark bleiben. Wir konnten das Vergessen nur gemeinsam verhindern. Werdet Ihr das alleine schaffen?«

»Ich will es versuchen«, meinte Gahaad mit gesenktem Kopf, »versprechen kann ich es Euch nicht.«

»O nein!«, erwiderte Saykara, »Ihr werdet nicht vergessen. Sagt es und schwört beim Leben Eurer Königin und allem, was Euch heilig ist!«

Gahaad schluckte schwer und blickte Saykara direkt in die Augen. Tomal konnte ihm ansehen, der Krieger war nicht davon überzeugt, dass ihm das Unmögliche gelänge, und er liebte seine Königin mehr als sein Leben. Wie sollte sich Gahaad gegen den Nebel des Vergessens wehren? Tomal wusste aus eigener Erfahrung, wie schwer es werden würde, und er selbst hatte sich nicht lange in den Schatten aufgehalten.

»Ich werde nicht vergessen. Das schwöre ich beim Leben meiner Königin und allem, was mir heilig ist«, sagte er leise, das Wort Königin beinahe verschluckend.

»Gut«, sagte Saykara zufrieden und an den Lesvaraq gewandt, »wir brechen auf. Seid Ihr bereit, der Held unseres Volkes zu werden, Tomal?«

»Folgt mir!«, rief Tomal. »Haltet Euch stets an das Feuer und das Licht.«

Tomal ging voraus, dicht gefolgt von Saykara und einer nicht enden wollenden Reihe von Maya. Ihm wurde plötzlich bewusst, sie alle waren seine Familie. Ein ganzes Volk. Tomal war glücklich – zum ersten Mal in seinem Leben.

Der Lesvaraq drehte sich noch einmal um und sah wehmütig in die toten, leeren Augen des Kriegers. Es schmerzte ihn, einen seiner Angehörigen zurücklassen zu müssen, beinahe genauso, wie der Verlust die Königin belasten musste. Gahaad blieb alleine zurück und wurde bald vom Nebel verschluckt. Im letzten Augenblick glaubte Tomal zu erkennen, der erste Krieger der Maya hatte sich selbst bereits vergessen.

Den Weg zurück zur zweiten Schwelle zu finden, fiel dem Lesvaraq erstaunlich leicht. Jede Bewegung und jeden Richtungswechsel hatte er sich offenbar genauestens eingeprägt, als hätte er eine Karte in seinem Kopf gezeichnet. Aber er erinnerte sich doch an nichts. Das einzige Bild in seinem Kopf war das eintönige Grau des Nebels. Saykara schien zu ahnen, worüber der Lesvaraq grübelte.

»Im Nebel des Vergessens ist Euer Kopf leer«, meinte sie, »aber er ist dennoch wie ein Schwamm und saugt dankbar alles auf, was sich ihm im Grau zeigt. Viel mehr als der Weg durch das Reich der Schatten wurde ihm offenbar nicht geboten. Das könnte die Lösung sein, warum Eure Orientierung so gut funktioniert, obwohl ihr nichts sehen und hören konntet.«

Tomal antwortete ihr nicht. Er brummte nur einige unverständliche Worte. Vielleicht lag sie richtig, möglicherweise halfen ihm aber seine Fähigkeiten als Lesvaraq. Als sie schließlich an der Pforte zur zweiten Schwelle angelangt waren, klopfte Tomal an das Tor. Die Pforte öffnete sich wie von Geisterhand selbst. Sie traten ungehindert hindurch. Erst als der letzte der Maya die Schwelle überschritten hatte, schloss sich die Tür wieder. Sie durchquerten die Höhle vor der Pforte und gelangten in die leere Arena. Die Erinnerung an den fürchterlichen Kampf gegen Daleima war noch frisch und quälte den Lesvaraq. Er hatte sie zwar am Ende besiegt. Aber dieser Sieg ließ einen bitteren Beigeschmack zurück. Im Schwertkampf hätte er die exzellente Kämpferin niemals bezwingen können. Er war ihr deutlich unterlegen. Gewiss hätte er den Kampf verloren. Stattdessen hatte er sich nun schon zum dritten Mal Jafdabhs Waffe bedient, die ihn mit einer Leichtigkeit gewinnen ließ, dass ihm angst und bange wurde.

Das Bewusstsein einer wahrscheinlichen Niederlage nagte an seinem Selbstwertgefühl, hatte es ihm doch deutlich seine Schwächen aufgezeigt. Aber der Lesvaraq wollte nicht auf eine Waffe der Klan angewiesen sein. Allzu deutlich hatten ihm Daleima wie auch Tarratar zuvor vor Augen geführt, dass er nach wie vor ein Anfänger und bei all seinen Stärken und Fähigkeiten längst noch nicht ausgereift war. Tomal hatte noch viel zu lernen.

Der Lesvaraq wollte die Arena schnell hinter sich lassen und beschleunigte seine Schritte. Aber am anderen Ende sammelten sich Schatten, die ihnen den Ausgang versperrten.

»Wie viel Zeit habt Ihr benötigt, uns zu finden?«, wollte Saykara plötzlich wissen. »Der Aufmarsch der Schatten riecht nach Ärger!«

»Ich weiß es nicht«, sagte Tomal, »seit ich das Reich der Schatten betrat, habe ich jedes Gefühl für die Zeit verloren. Es können eine Hora, ein Tag, Monde oder Sonnenwenden gewesen sein. Mir kommt es jedenfalls wie eine Ewigkeit vor.«

Die Schatten näherten sich rasch und sie flüsterten. Tomal konnte ihre Worte verstehen.

»Niemand verlässt das Reich der Schatten ohne unseren Willen«, sagten sie. »Ihr seid alle tot und müsst bleiben.«

In diesem Moment wusste Tomal, dass er seine Zeit überschritten hatte. Einen Tag hatten sie ihm gewährt. Danach würde der Rückweg ungleich schwieriger werden. Der Lesvaraq wirkte aufgeregt, Tarratar hatte ihn gewarnt.

»Ruhig Blut, wir stehen Euch gegen die Schatten bei«, sagte Saykara.

»Wie wollt Ihr das anstellen? Ihr verweilt mit Eurem Volk seit fünftausend Sonnenwenden in ihrem Reich.«

»Genau«, erwiderte die Königin der Maya, »wir haben viel über sie gelernt, was sie mögen und was nicht. Und es ist ihnen in all der Zeit nicht gelungen, uns zu bezwingen. Wir haben nicht vergessen, wer wir sind. Niemand unter den Lebenden konnte gegen die Schatten bestehen … außer den Maya. Die Ironie unseres Schicksals ist, dass uns Ulljan ausgerechnet hierher zu ihnen verbannt hat.«

Saykara rief laut einige Namen. Sofort eilten die Genannten

an ihre Seite. Frauen wie Männer. Tomal nahm an, dass sich auch einige Krieger darunter befanden. Jedenfalls sahen sie aus, als besäßen sie Erfahrung im Kampf. Vier der Maya zogen Musikinstrumente aus ihren Gewändern. Darunter befanden sich eine Leier, eine Hirtenflöte, eine kleine Trommel und ein hölzernes Streichinstrument, das der Lesvaraq noch nie zuvor gesehen hatte. Ein fünfter Maya gab den Takt mit einem Stock vor. Auf sein Kopfnicken hin begannen sie zu spielen.

»Sobald sich die Schatten in einem tanzenden Reigen befinden und einen Kreis gebildet haben, geht Ihr mit dem Rest meines Volkes vor«, flüsterte ihm Saykara ins Ohr, »wir halten sie so lange in der Arena fest, bis Ihr an der ersten Schwelle angekommen seid.«

»Und was wird aus Euch und den Musikanten?«, fragte Tomal.

»Wartet dort auf uns. Wir kommen bald nach. Die Maya musizieren auch, während sie laufen«, sagte sie und zwinkerte ihm aufmunternd zu. »Sollten Euch unterwegs weitere Schatten begegnen, müsst Ihr vorerst selbst mit ihnen fertigwerden. Ich denke aber, die meisten dürften sich in der Arena versammelt haben, um uns aufzuhalten.«

Die Maya spielten ein fröhliches Lied, das ausgezeichnet zu jedem Fest gepasst hätte, bei dem meist in den späten Horas zum Tanz aufgespielt wurde. Die Wirkung der Musik auf die Schatten war erstaunlich. Sie verfielen erst in eine Starre, schienen den Tönen bedächtig zu lauschen, bevor sie anfingen, sich allmählich im Takt der Musik zu bewegen, und schließlich in einen wilden Tanz mit zuckenden Bewegungen verfielen. Die Schatten konnten sich den Klängen nicht entziehen und tanzten um die Musikanten herum, bis sich schließlich ein Kreis gebildet hatte, dem sich immer mehr Schatten anschlossen.

»Jetzt«, gab Saykara das Zeichen.

Der Lesvaraq setzte sich sofort in Bewegung und eilte durch

die Arena in den Gang, der ihn und die Nno-bei-Maya zur ersten Schwelle führen sollte. Tomal hoffte, dass Saykara recht behielt, was die Anzahl der Schatten in der Arena anging. Solange sie die Musik aus der Arena hören konnten, blieben sie unbehelligt. Die Schatten zogen rasch an ihnen vorbei, um sich dem Reigen anzuschließen. Am Fuße der Treppe zur Pforte angelangt, waren die Klänge allerdings nicht mehr zu hören. Ein langer und steiler Aufstieg stand ihnen bevor.

Tomal bekam ein mulmiges Gefühl in der Magengegend, wenn er an die unzähligen Stufen dachte, die es zu nehmen galt. Aber er wollte nur noch fort aus dem Reich der Schatten. Dies war nicht seine Welt und sie würde es auch nicht nach seinem Tod sein. Die Befreiung seines Volkes unmittelbar vor Augen schritt der Lesvaraq eisern Stufe für Stufe voran. Auf der Treppe in die Freiheit begegneten ihm nur vereinzelt Schatten, die er mit seinem Licht zum Glück rasch vertreiben konnte. Der Aufstieg war beschwerlich und zog sich endlos lange hin. Und doch erreichte Tomal irgendwann die Pforte am Ende der Treppe. Er spürte seine Beine kaum noch und ließ sich erschöpft auf die oberste Treppenstufe fallen. Tomal wartete ungeduldig, bis sich endlich die Musik durch den Gang näherte. Der Lesvaraq erhob sich wieder und schlug kräftig mit der Faust gegen das Tor.

Er hörte, wie ein Schlüssel im Schloss gedreht wurde, und sah mit Erleichterung, wie sich die Pforte langsam und lautstark öffnete.

Dahinter erwartete ihn das breit grinsende Gesicht des ersten Wächters. Tarratar sprang vor Freude über die Rückkehr des verlorenen Volkes wie ein Ball auf und ab.

»Hoi, hoi, hoi …«, begrüßte Tarratar den Lesvaraq, »Ihr habt es geschafft! Und ich habe mir Euretwegen große Sorgen gemacht. Nachdem Ihr den ersten Tag in den Schatten geblieben seid und auch am zweiten und dritten Tag noch nicht zurückkamt, nahm ich an, Ihr wärt endgültig gescheitert. Ein schrecklicher Gedanke. Ich machte mir schon Vorwürfe, ob die Prüfungen für Euch zu früh abgelegt worden waren. Es grenzt an ein Wunder, dass die Schatten Euch nach vier Tagen in ihrem Reich überhaupt wieder gehen ließen. Oh, ich bin sehr stolz auf Euch. Aber wo ist meine schöne Königin?«

»Sie muss jeden Augenblick kommen. Nur mit ihrer Hilfe ist es uns gelungen, die Schatten zu überlisten und zu entkommen.«

»Das hätte ich mir denken können«, meinte Tarratar, »die Königin der Maya ist nicht nur eine der schönsten Frauen Krysons, sie ist auch noch steinalt, schlau und eine der mächtigsten Herrscherinnen unter den Völkern der Altvorderen. Ihr werdet Eure helle Freude mit ihr haben, wenn Ihr sie erst einmal außerhalb des Schattenreichs in ihrer ganzen Pracht gesehen habt.«

Die Königin trat durch die Pforte. Sie trug ihr Haar offen. Kaum hatte sie das Reich der Schatten verlassen, wechselte ihre Haarfarbe von grau zu goldgelb.

»Tarratar«, rief sie, »der unsterbliche Narr! Ich weiß nicht, ob ich mich über Euren Anblick freue oder ob ich weinen soll. Was denkt Ihr? Ihr habt so lange vor den Toren des Schattenreichs über uns gewacht, dass Ihr mir wie ein sehr guter Freund vertraut geworden seid. Aber Ihr habt Euch von Ulljan für diese Aufgabe einsetzen lassen, dafür sollte ich Euch auf ewig verdammen und aus meiner Stadt jagen.«

»Ihr wisst, dass ich Ulljan diesen Gefallen nur des Buches wegen getan habe. Mir lag nicht daran, den Lesvaraq zu unterstützen. Ich bin ein Wächter des Buches. Dies ist meine vornehmste Aufgabe. Verzeiht, aber dagegen ist das Schicksal Eures Volkes nur von geringer Bedeutung.«

»Ich weiß«, sagte Saykara, »das ist auch der Grund, warum ich Euch nicht böse sein kann und Ihr in Zehyr bleiben dürft, so lange Ihr wollt. Und Ihr werdet die Befreiung aus den Schatten mit uns feiern. Darauf muss ich bestehen. Führt uns nun aus der Höhle zurück nach Zehyr!«

»Sehr wohl«, antwortete der Narr, eine tiefe Verbeugung andeutend.

Tomal hatte Saykara und Tarratar aufmerksam zugehört. Sie hatten über das Buch der Macht gesprochen. Der Lesvaraq war zufrieden über das, was er gehört hatte. Bestimmt würde er in Zehyr wichtige Hinweise über das Buch erhalten. Die Suche mit der Befreiung des verlorenen Volkes zu beginnen, war die richtige Entscheidung gewesen. Der Lesvaraq musste Blyss dankbar für diese Information sein.

Aber zunächst war er nur froh darüber, das Reich der Schatten endlich heil wieder verlassen und das Volk der Maya nach so langer Zeit gerettet zu haben. Sie waren unter die Lebenden zurückgekehrt.

# Das verlorene Volk

Tomal erwachte in Tarratars Kammer genau an der Stelle, an der ihn der Narr von hinten erdolcht hatte. Er lag auf dem Boden, mit dem Gesicht nach unten, und sein Nacken schmerzte. Der Lesvaraq konnte sich nicht bewegen. Sein Geist war gefangen in einem versteinerten Körper, der erst allmählich wieder zum Leben erwachte. Aber immerhin funktionierten seine Sinne, der Kopf, das Herz und die Lungen.

»Ah … Ihr seid wach und atmet«, hörte er Tarratars Stimme sagen, »das ist ein gutes Zeichen. Lasst Euch Zeit. Es wird eine Weile dauern, bis Ihr Eure Glieder wieder bewegen könnt. Aber tröstet Euch, Ihr habt es besser getroffen als das Volk der Maya. Sie werden wesentlich länger für die Verwandlung brauchen. Kein Wunder nach fünftausend Sonnenwenden im Reich der Schatten.«

Der Lesvaraq wollte antworten, aber er brachte nicht viel mehr als ein dumpfes Grunzen heraus.

»Ts… ts… ts, was war denn das für ein Geräusch? Bemüht Euch lieber nicht«, lachte Tarratar, »ich kann mich sehr gut alleine unterhalten. Außerdem leistet mir Daleima noch für eine Weile Gesellschaft, bevor sie zu ihrer eigentlichen Aufgabe aufbrechen und Zehyr verlassen wird. Bald werdet Ihr wieder reden und laufen können. Ein faszinierendes Schauspiel wartet auf Euch, wenn die Statuen der Maya langsam zum Leben erwachen.«

Tomal würde sich in Geduld üben müssen, was ihm ungemein schwerfiel. Er dachte über seinen Aufenthalt im Reich der Schatten nach und über die kurze Begegnung mit dem Fürsten Corusal Alchovi. Nach wie vor war er der festen Überzeugung, dass ihn die Schatten getäuscht hatten. Was er erlebt hatte, war wie ein Albtraum an seinem inneren Auge vorbeigezogen. Nichts davon erschien ihm im Nachhinein wirklich. Aber er hatte die Prüfungen abgelegt und das verlorene Volk aus den Schatten geführt. Iskrascheer war für immer verloren. Und nun lag Tomal versteinert auf dem Fußboden in der Kammer eines Narren. Er versuchte zu lachen, was ihm jedoch nicht gelingen wollte. Ein gackerndes Krächzen waren die einzigen Laute, die über seine Lippen kamen. Die Situation wirkte grotesk auf ihn.

»Was geht in Eurem Kopf vor?«, fragte Tarratar den Lesvaraq. »Ich könnte mir vorstellen, dass Ihr im Reich der Schatten Dinge gesehen habt, die einem Sterblichen den Verstand rauben können. Was denkst du, Daleima? Geht es ihm gut oder ist er wahnsinnig geworden? Du hast mehr erlebt und kennst die Schatten besser als ich.«

»Tomal hat sich wacker geschlagen und er ist nicht der Versuchung erlegen, sich von ihren Bildern in die Irre führen oder gar aufhalten zu lassen. Die Schatten fürchteten sich vor ihm, das habe ich in all der Zeit, die ich nun schon dort verbracht habe, noch bei keinem Besucher erlebt.«

»Hast du denn viele Besucher im Reich der Schatten gesehen?« Tarratar zog erstaunt eine Augenbraue nach oben.

»Neben denjenigen falschen Auserwählten, die du mir schicktest, und einigen Praistern wie Thezael oder der Rachurenhexe Rajuru und anderen, die mit den Schatten im Bunde stehen, gab es hin und wieder Sterbliche, die ihr Glück versuchen und das Wagnis eingehen wollten, einen Angehörigen oder geliebten Freund aus den Schatten zu sich zurückzuholen. Ihre Anzahl nahm zu, nachdem die Schlacht am Rayhin geschlagen war und die Geißel der Schatten über Ell zog. Ihr Schmerz über den Verlust war so groß, dass sie ihr eigenes Leben und ihr Seelenheil dabei aufs Spiel setzten. Aber das war ihnen gleichgültig. Sie hatten bereits mit ihrem Leben abgeschlossen, bevor sie in das Reich der Schatten hinabstiegen, und das war auch meist ihr größter Fehler. Die meisten suchten zuerst die Hilfe eines Saijkalsan, Magiers oder Praisters, um sich auf den Weg zu machen. Andere nahmen sich mit Gewalt das Leben. Aber ob mit oder ohne fremde Hilfe, sie scheiterten allesamt. Keiner von ihnen kehrte je zu den Lebenden ans Licht zurück.«

»Das sind bemitleidenswerte Schicksale«, meinte Tarratar, »oder sollte ich ihren gescheiterten Versuch nicht besser als Dummheit bezeichnen? Ein Leben einfach so wegzuwerfen ist eine Schande.«

»Gewiss«, erwiderte Daleima, »aber wir haben leicht reden. Wir sind als Wächter des Buches unsterblich. Und du solltest nicht vergessen, dass jeder Sterbliche nur ein eingeschränktes Maß an Leid, Verzweiflung und Schmerz ertragen kann. Die Leidensfähigkeit mag unterschiedlich stark ausgeprägt sein, aber sie erreicht irgendwann bei jedem ihre Grenzen. Selbst bei uns.«

»Du hast sicher recht«, nickte Tarratar, »sie haben viel durchgemacht in den vergangenen Sonnenwenden, und es ist niemals leicht, die Liebe eines Lebens zu verlieren und danach weiterleben zu müssen.«

»Wem sagst du das, Tarratar«, sagte Daleima betrübt, »bevor ich vor langer Zeit zur Wächterin wurde, habe ich meinen Geliebten an die Schatten verloren. Wie du wohl weißt, ist dies einer der Gründe, warum ich mich überhaupt dazu bereit erklärte, die Wacht vor der zweiten Schwelle zu übernehmen.«

»Aber du hast ihn in den Schatten nie gefunden, nicht wahr?«

»So ist es!«, bestätigte Daleima leise.

»Das tut mir leid für dich«, meinte Tarratar.

»Inzwischen habe ich ihn vergessen«, meinte Daleima, »ich kann mich schon lange nicht mehr an den Klang seiner Stimme erinnern oder daran, wie er aussah. Nicht einmal seinen

Namen konnte ich mir merken. Das ist der Vorteil, wenn man so lange wie ich unter den Schatten verweilen muss.«

»Du solltest es künftig wie ich halten«, riet Tarratar augenzwinkernd, »verliebe dich niemals, und wenn du denkst, du bräuchtest Spaß, dann greif bei der nächsten Gelegenheit zu und nimm ihn dir einfach.«

»Wir wissen alle, dass du in dieser Hinsicht sehr speziell veranlagt bist, Tarratar«, lachte Daleima, die ihm dankbar war, denn er schaffte es doch immer wieder, sie aufzuheitern.

»Was soll das bedeuten?«, versuchte Tarratar empört zu klingen.

»Alter Lustzwerg!«, neckte ihn Daleima.

»Das verbitte ich mir«, erwiderte Tarratar laut.

Das Gespräch erschien Tomal zu albern. Er zog es vor, nicht länger zuzuhören, obwohl es ihm schwerfiel, die Stimmen der Wächter auszublenden. Immerhin unterhielten sie sich offensichtlich unmittelbar neben ihm. Aber er konnte daraus keine für ihn hilfreichen Informationen und Schlüsse ziehen. Stattdessen konzentrierte er sich lieber auf seinen Körper. In seinen Zehen und Fingern kribbelte es. Er versuchte sie sofort zu bewegen und war erleichtert, als er schließlich feststellte, dass er die Kontrolle wiedererlangte. Das Kribbeln wanderte von den Zehen über die Füße in seine Beine und von den Fingern in die Arme, die er plötzlich wieder bewegen konnte. Er stützte sich mit den Händen auf dem Boden ab, stemmte sich hoch und blickte in die verdutzten Gesichter der beiden Wächter.

»Sieh an«, lächelte Tarratar spöttisch, »die Statue kann stehen.«

»Und das, obwohl sie noch nicht vollständig zum Leben erwacht ist«, ergänzte Daleima.

»Also, ich weiß nicht«, setzte Tarratar seine Rede fort, »konnte er denn vorher schon stehen?«

»Jedenfalls nicht in der Arena«, meinte Daleima.

»Aber er hat dich besiegt«, erwiderte Tarratar.

»Ja, indem er unehrenhaft gegen die Vereinbarung verstieß und entgegen unserer Wahl für den Kampf auf ein Galwaas zurückgriff, nachdem er schon geschlagen war.«

»Hoi, hoi, hoi … unlautere Mittel. Er hat sich den Sieg also erschlichen.«

»So kann man das nicht sagen«, schüttelte Daleima den Kopf, »die Regeln des Kampfes haben ihm den Einsatz des Galwaas nicht verboten. Aber ehrenhaft war der Sieg nicht.«

Tomal ärgerte sich über die Worte der Wächter, obwohl er wusste, dass sie wahr sprachen. Was sollte er tun? Sich für seinen Sieg entschuldigen, seine Ehre wiederherstellen? Das war in seinen Augen unnütz. Er hätte es sich nicht leisten können, gegen Daleima zu verlieren und in den Schatten zu verschwinden. Der Lesvaraq strengte sich an, versuchte seine Muskeln anzuspannen. Teile seines Körpers und einige Gelenke waren jedoch nach wie vor hart wie Stein. Tomal wollte einige Schritte gehen, aber er wirkte steif und unbeholfen dabei. Der Lesvaraq wankte gefährlich und drohte zu stürzen. Daleima sprang sofort an seine Seite und stützte ihn.

»Eines müssen wir ihm lassen«, sagte Tarratar, »er besitzt einen eisernen Willen.«

»Wie wahr«, nickte Daleima zustimmend, »eines Tages wird Tomal mächtig sein und wir können nur hoffen, dass er sich dann nicht daran erinnern wird, wie wir über ihn gescherzt haben.«

»Das werde ich bestimmt nicht vergessen«, antwortete Tomal verärgert.

Daleima und Tarratar sahen sich sorgenvoll an. Die Stimme des Lesvaraq war endlich wieder da und er konnte Zunge und Lippen bewegen.

»Ihr habt es fast überstanden«, erklärte ihm Tarratar seinen Zustand.

»Das wurde auch Zeit«, meinte der Lesvaraq, »vor Euch auf Eurem schmutzigen Fußboden zu liegen, ist wirklich nicht gerade erbaulich.«

»Nehmt Euch doch unsere Rede nicht so zu Herzen. Ich bin ein Narr und Daleima ist nichts weiter als eine alte, frustrierte Jungfer, die ihre Bestimmung im Kampf gesucht hat, um sich von ihrem nicht vorhandenen Liebesleben abzulenken. Gegen so eine Frau kann kein Mann gewinnen!«

»Ich muss doch schon sehr bitten, Tarratar«, empörte sich Daleima, »ihr nutzt meine Geständnisse schamlos für Eure Zwecke aus.«

»Des Narren Wort, Euch über die Kälte in Euren Herzen hilft hinfort«, schmunzelte Tarratar.

Tomal fühlte sich eigenartig und erleichtert, aber er konnte dem Wächter einfach nicht böse sein und musste plötzlich lachen. Er lachte über die Worte Tarratars, über sich selbst und Daleima. Das Lachen des Lesvaraq wirkte ansteckend und befreiend. Schließlich lachten sie zu dritt und hielten sich die Bäuche, bis sie ihnen wehtaten.

Tarratar und Daleima begleiteten den Lesvaraq gemeinsam durch die Gassen von Zehyr. Die ehemalige Geisterstadt erwachte ganz langsam wieder zum Leben. Tarratar hatte nicht übertrieben, als er von einem faszinierenden Schauspiel gesprochen hatte.

Tausende von Statuen veränderten ihr Antlitz. Sie begannen sich zu bewegen, erst unmerklich und dann immer deutlicher. Sie veränderten ihre Farben. Das Grau des Steins verblasste und wurde durch Hautfarben und bunte Kleidungsstücke ersetzt. Die Freude der Nno-bei-Maya über ihre Rückkehr und das zurückgewonnene Leben war überall zu spüren, und sie sprang sofort auf Tomal über, als ob er durch einen Funken Feuer gefangen hätte. Der Lesvaraq fühlte sich wohl in Zehyr. Er konnte sich sogar vorstellen, hierzubleiben und künftig unter ihnen zu leben. Dies war jetzt seine Stadt, so wie es die Stadt der Maya war. Sie waren von seinem Blut und er war ihr Retter.

»Meine Familie«, dachte er beglückt.

Aber er wusste auch, dass er nicht auf Dauer in Zehyr bleiben konnte. Seine Aufgaben würden ihn zwingen, die Stadt schon bald wieder zu verlassen. Er würde sich den sieben Streitern auf der Suche nach dem Buch anschließen müssen, die gewiss nicht erfreut waren und kein Verständnis für seinen Ausflug aufbrachten. Immerhin hatte er ihre Zusammenkunft platzen lassen, indem er durch Abwesenheit glänzte. Ihr Ärger über seine einsame Entscheidung wäre berechtigt. Als Lesvaraq erlaubte er sich mehr, als er anderen selbst zugestehen würde. Dabei war er nicht besser oder schlechter als jeder andere Streiter auch. Auf ihrer Suche waren sie alle gleich.

»Ich schlage vor, wir gehen in das innere Sanctum von Zehyr und machen der Königin unsere Aufwartung«, lenkte Tarratar den in Gedanken versunkenen Lesvaraq ab, »sie wird sicher ebenfalls erwacht sein und schon ungeduldig auf unsere Ankunft warten.«

»Einverstanden«, antwortete Tomal, »wollt Ihr mir etwas über Saykara erzählen?«

»Was wollt Ihr wissen?«, fragte Tarratar. »Sie ist eine Königin.«

»Das weiß ich bereits«, meinte Tomal, »aber wie ist sie?«

»Ihr habt sie doch gesehen. Sie ist umwerfend schön. Aber zu meinem tiefsten Bedauern glaube ich nicht, dass sie mich in ihr Bett lassen würde. Bei Euch wäre ich mir da allerdings nicht so sicher«, scherzte der Narr, »ich glaube, sie findet Euch anziehend.«

»Tarratar!«, mischte sich Daleima tadelnd ein, »Tomals Frage ist berechtigt. Ihr solltet ihm mehr über Saykara erzählen.«

»Nun gut, wenn Ihr beide darauf besteht«, lenkte Tarratar ein, »Ihr müsst aber wissen, dass ich Saykara im Grunde bis zu ihrer Rückkehr aus den Schatten nie selbst getroffen habe. Nicht lebend jedenfalls. Die Wacht über Zehyr und das verlorene Volk übernahm ich erst, nachdem Ulljan die Maya schon in das Reich der Schatten geschickt hatte. Davor hatte sich leider keinerlei Gelegenheit ergeben, sie persönlich kennenzulernen. Sicher, ich kenne ihre Statue, jeden Zoll ihres steinernen Körpers, jede Falte ihrer Kleidung und die Züge ihres Gesichts. Ihr Bild hat sich für immer in mein Gedächtnis gebrannt. Wir standen in all der Zeit aus den Schatten heraus miteinander in Verbindung, aber sie sprach nicht mit mir. Ich redete stattdessen mit ihrem Abbild. Eine sehr einseitige Unterhaltung, wenn Ihr versteht, was ich meine. Was ich über Saykara weiß, stammt überwiegend aus Erzählungen und aus unserer gedanklichen Verbindung, die über fünftausend Sonnenwenden dauerte. Ich sagte vorhin, sie sei eine Königin. Und das meinte ich genau so. Eine Königin will hofiert werden. Sie ist stolz, eitel und stark. Eine überaus kluge Frau. Vor langer Zeit berichtete mir ein alter Kamerad, der sie ganz gut kannte, Saykara sei sehr mächtig und magisch begabt, aber zuweilen auch wie eine Spinne in ihrem Netz, die weiß, wie sie ihre Fäden spinnen muss und die ihre Männchen frisst, nachdem sie ihre Liebe empfangen hat. Dann wiederum hat sie wohl ihre Launen, die sie aufbrausend und abweisend erscheinen lassen können. Widerspruch duldet Saykara anscheinend nur selten. Ihr solltet stets gute Gründe vorbringen können, wollt Ihr ihre Gunst nicht verlieren. Sie weiß, dass sie schön ist und welche Wirkung sie mit ihrer Ausstrahlung erzielen kann. Sie kann kalt, gnadenlos und intrigant sein. An einem Tag übt Saykara Gerechtigkeit aus, zeigt sich weise, wohingegen sie sich schon am nächsten Tag als ungerecht und willkürlich erweist. Ihre andere Seite ist jedoch liebevoll und warmherzig. Aber sie ist auch eine treue Dienerin ihres

Volkes. Die Maya lieben und verehren sie wie einen Kojos. Niemals würde Saykara etwas tun, was den Maya schaden könnte. Ihr Volk weiß das und vertraut ihr in blindem Gehorsam. Jeder Nno-bei-Maya wäre ohne zu zögern bereit, sein Leben für die Königin zu opfern. Reicht Euch dieser widersprüchliche Eindruck ihrer Persönlichkeit vorerst?«

»Ich danke Euch für die offenen Worte, Tarratar«, meinte Tomal, »sie sind hilfreich und zeigen mir, wie schwierig es ist, eine Herrscherin wie Saykara zufriedenzustellen und ein einheitliches Bild ihres Ichs zu zeichnen.«

»Wohl wahr«, lachte Tarratar, »aber die Frauen gaben mir schon immer Rätsel auf. Dabei sollte ich der Meister der Widersprüchlichkeit sein. Am besten, Ihr macht Euch Euer eigenes Bild.«

»Das werde ich«, antwortete Tomal.

Die Stadt der Nno-bei-Maya erstrahlte in neuem Glanz. Das einst verlorene Volk war von den Toten auferstanden und mit seiner Rückkehr pulsierte das Leben in Zehyr erneut. Tomal dachte daran, dass Kartak vor vielen Sonnenwenden genauso gewesen sein musste. Die Kaverne unter dem Vulkan war erfüllt mit Stimmengewirr, Gelächter und Musik. Die Kristalle glitzerten hell an Wänden und Decken und erleuchteten die Stadt in ihrem neuen Licht. Der Lesvaraq hatte das Gefühl, als wirkten selbst die Häuser schöner, heller und gepflegter als zuvor. Die Veränderung war an diesem Ort überall spürbar. Die Nno-bei-Maya zeigten sich überaus geschäftig. Viele unter ihnen brachten ihre Häuser und Gärten in Ordnung. Sie putzten, schrubbten und räumten auf, als wäre dies ihr letzter Tag in Zehyr. Dabei war es ihr erster. Bald zierten wilde Blumen und Kristalle in allen Farben die Stadt.

»Die Maya bereiten das Fest ihrer Rückkehr nach Zehyr vor«, meinte Daleima anerkennend.

»Und sie verstehen ihr Handwerk. Ein Freudenfest, bei dem Tomal der Ehrengast sein wird«, ergänzte Tarratar und wandte sich sogleich an Tomal, »das dürft Ihr keinesfalls verpassen. Die Nno-bei-Maya feiern rauschende Feste. Ihr werdet begeistert sein.«

Tomal zweifelte daran, ob ihm die zugedachte Rolle als Ehrengast tatsächlich zusagen würde. Er schätzte Feierlichkeiten dieser Art nicht sonderlich, hielt sie für reine Verschwendung. Allerdings konnte er die Nno-bei-Maya verstehen. Ihre Rückkehr nach so langer Zeit in den Schatten war ein besonderer Anlass. Wenn es einen Grund zum Feiern gab, dann diesen.

Das innere Sanctum erschien Tomal größer und prächtiger als bei seinem ersten kurzen Besuch. Er überlegte, woran dieser unterschiedliche Eindruck lag, und nahm an, er käme von den Kriegern, die unmittelbar hinter den Torflügeln in langen Reihen beinahe bis zum Thron der Königin Spalier standen und die ankommenden Gäste ehrten. Ihre Statuen waren bereits beeindruckend gewesen. Doch lebend wirkten sie in ihren glänzenden Rüstungen und den schweren Vollgesichtshelmen überwältigend. Das Herz klopfte dem Lesvaraq bis zum Hals, als er unter ihren mächtigen Schwertern und den Speeren hindurchging. Vor jedem Krieger stand eine brennende Feuerschale auf dem Boden. Die Feuer brannten in einem satten Rot. Die Besucher durften unbehelligt passieren. Offenbar wurden sie im inneren Sanctum der Königin bereits erwartet. Tomal hoffte inständig, die Krieger würden genügend Kraft in den Armen aufweisen, damit sie die Waffen nicht versehentlich aus Schwäche auf ihn fallen ließen.

»Haltet Euch nur dicht an mich«, sagte Tarratar zu Tomal und Daleima, »ich kenne den Weg zum Thron und führe Euch ohne Umwege direkt dorthin. Achtet auf meine Füße und die Reihenfolge meiner Schritte. Denkt nicht einmal daran, einen Fuß anders setzen zu wollen. Die zahlreichen Fallen vor dem

Thron sind absolut tödlich, selbst für einen Lesvaraq und eine Unsterbliche oder einen Narren wie mich, wenn wir uns nicht vorsehen. Und das wäre doch wahrlich schade, nachdem Ihr gerade erst glorreich aus den Schatten herausgetreten seid.«

Die Königin saß auf ihrem Thron und strahlte. Tomal gewann auf die Entfernung den Eindruck, als wäre sie von einem hell leuchtenden Schein umgeben, der von ihr selbst ausging.

»Was ist sie?«, fragte er sich überrascht. »Ein Wesen des Lichts?«

»Lasst Euch nicht von ihrem Äußeren täuschen«, riet Tarratar, »das Licht ist bloß eine Täuschung tausender Kristalle und feinen Kristallstaubs, die sie in ihrem Haar, auf der Haut und an ihrer Kleidung trägt. Und denkt daran, wenn Ihr vor dem Thron steht: Die Königin eröffnet stets das Gespräch. Sprecht nicht zu ihr, bevor sie Euch nicht die Erlaubnis dazu erteilt hat.«

Tomal war tief beeindruckt. Ihre Ausstrahlung blieb nicht ohne Wirkung auf ihn, wie auch immer sie diese am Ende erzeugen mochte, sie wusste sich zu präsentieren und ihre Reize richtig einzusetzen.

Als Saykara die Gäste erblickt hatte, gab sie ihnen ein Handzeichen und schenkte Tomal ein aufforderndes Lächeln. Sie durften sich der Königin nähern. Eine Statue unmittelbar neben dem Thron fiel Tomal besonders ins Auge. Sie zeigte das Abbild eines Kriegers, der verletzt schien und Schmerzen hatte. Aber an diesem Bild stimmte etwas nicht. Die Statue war nicht vollständig. Etwas Entscheidendes fehlte. Tomal sah sich die Statue genau an und versuchte seine eigenen Schlüsse aus der Darstellung der steinernen Gestalt zu ziehen.

Tarratar tänzelte vorsichtig zum Thron, wich den von ihm erkannten Fallen geschickt aus und näherte sich Saykara bis auf fünfzehn Fuß. Dort angekommen vollführte er eine tiefe Verbeugung. Daleima und Tomal folgten ihm. Ihre Bewegungen sahen weit weniger elegant aus als die des ersten Wächters, aber sie hatten sich jeden seiner Schritte genauestens eingeprägt und hielten sich, wie er es ihnen geraten hatte, exakt daran.

Daleima vollführte einen Knicks. Tomal tat es Tarratar gleich und verneigte sich vor der Königin.

»Willkommen in Zehyr«, sagte die Königin.

Ihre Augen strahlten und ihr Gesicht lächelte. Sie war ganz offensichtlich in einer guten Stimmung und bereitete dem Lesvaraq und den Wächtern einen offenen und freundlichen Empfang, der ihre Dankbarkeit für die Befreiung ihres Volkes ausdrücken sollte.

»Das durfte ich lange nicht mehr zu einem Gast in unserer Stadt sagen«, fuhr die Königin fort, »aber es hört sich gut an. Obwohl Ihr schon länger in Zehyr verweilt und insbesondere Tarratar eine sehr lange Zeit hier verbracht hat, will ich Euch noch auf diese Weise begrüßen. Ich wünsche mir, dass Ihr zu unserem Fest bleiben werdet. Wir wollen unseren Weg aus den Schatten noch heute gebührend feiern.«

Saykara blickte Tomal direkt in die Augen. Der Lesvaraq spürte plötzlich Tarratars Rippenstoß in seiner Flanke, der ihm bedeutete, dass er soeben von der Königin aufgefordert worden war zu sprechen.

»Ich fühle mich geehrt und nehme Eure Einladung gerne an«, antwortete Tomal rasch.

»Wenn Ihr es wünscht, werden Daleima und ich ebenfalls zum Fest kommen«, sagte Tarratar.

»Ich erwarte Euch zur Abenddämmerung im inneren Sanctum. Die Kristalle werden ihre Farbe verändern. Dann werdet Ihr wissen, wann es so weit ist. Ihr seid meine Ehrengäste und speist an meiner Seite. Daleima, Tarratar … Ihr dürft nun gehen, wir sehen uns zum Fest.«

»Sehr wohl«, nickte Tarratar.

Die beiden Wächter entfernten sich vom Thron, während Tomal wie angewurzelt vor der Königin stehen blieb und seine Augen nicht von ihrem Anblick abwenden konnte. Sie schenkte ihm ein wundervolles Lächeln und erhob sich von ihrem Thron. Ihre Bewegungen waren anmutig und fließend. Saykara ging langsam auf Tomal zu und nahm seine Hand. Ihre Haut fühlte sich warm und weich an, während sich ihre Lippen seinem Ohr näherten, und sie hauchte:

»Kommt mit mir, Held meines Volkes. Ich bin Euch sehr dankbar und will Euch zeigen, wie die Königin der Maya lebt. Nur wenigen gewähre ich diesen Blick in meine privaten Gemächer und damit auf mich selbst. Doch Ihr sollt mehr über mich erfahren, so Ihr denn wollt. Ich will mich Euch öffnen, Lesvaraq. Werdet Ihr mich begleiten?«

Die Frage hätte sie Tomal nicht zu stellen brauchen. Natürlich wollte er Saykara kennenlernen. Sie faszinierte ihn wie keine andere Frau. Der Lesvaraq nickte wortlos.

Die Königin führte ihn hinter den Thron durch eine offene Tür in einen prächtig ausgestatteten Flur, dessen Wände mit Gold und leuchtenden Kristallen gesäumt waren, die in regelmäßigen Abständen ihre Farbe wechselten und den Gang in einem jeweils anderen Licht erstrahlen ließen. Tomal kam aus dem Staunen nicht heraus. Traumhaft schöne und imposante Gemälde schmückten die Wände entlang des Ganges. Während Saykara den Lesvaraq in ihre Gemächer führte, huschten lautlos fleißige Dienerinnen an ihnen vorbei, die sich beinahe unsichtbar machen konnten, sobald die Königin erhobenen Hauptes an ihnen vorbeiging.

Tomal bemerkte wohl, dass sie ihn mit großen Augen neugierig ansahen und leise hinter vorgehaltener Hand tuschelten und zuweilen verlegen dabei kicherten. Der Lesvaraq konnte sich denken, was in ihren Köpfen vorging und was sie sich gegenseitig mit gespielter Belustigung zuflüsterten. Er war nicht blind und hatte Saykaras Signale deutlich empfangen. Offensichtlich hatte sie Gefallen an dem Lesvaraq gefunden.

Jede Tür, durch die sie kamen, öffnete sich lautlos wie von Geisterhand selbst und schloss sich hinter ihnen wieder. Die Königin hatte seine Hand nicht ein einziges Mal losgelassen, während sie schweigend nebeneinander durch die Flure des inneren Sanctums der Maya gegangen waren. Erst in ihren Gemächern gab sie Tomal frei, bot ihm einen Sitz in einem bequemen Sessel an und bat ihn, auf sie zu warten. Sie verschwand hinter einem schweren, mit goldenen Blumen und Kristallen von der Decke bis zum Boden reichenden, bestickten Vorhang, der ihre Gemächer teilte. Dienerinnen eilten an ihm vorbei und verschwanden ebenfalls hinter dem Vorhang, nur um wenig später, mit Kleidungsstücken aus seidenen Stoffen, dampfenden Wassereimern, Krügen, Tellern, Körben mit Blumen und Speisen sowie duftenden Schalen beladen, wie aus dem Nichts wiederaufzutauchen. Tomal sah dem bunten Treiben neugierig zu. Die Dienerinnen schienen zu beschäftigt, ihn überhaupt zu bemerken.

Tomal stand auf und sah sich im Gemach der Königin um. Hinter halb durchsichtigen Schleiern verborgen stand ein großes Bett, das mit weichen Fellen, Kissen und Decken belegt war.

»Hier also nächtigt Saykara«, dachte er anerkennend.

Das Lager war einer Königin mehr als würdig. Ein Traum an Gemütlichkeit, in dem sie sich gewiss geborgen und wohlfühlte. Obwohl ihm der Gedanke im Grunde nicht zusagte, wäre dies ein Bett, in dem es sich sterben ließ und ihn der ewige Schlaf umfangen durfte.

Das Gemach der Königin wies keine Ecken auf. Es war rund in der Höhle ausgeschlagen worden. In gleichmäßigen Abständen im Raum verteilt lagen gelb-orange pulsierende Kristalle in eisernen Halterungen, die Feuerkörben glichen.

Sie strahlten eine angenehme Wärme aus und verliehen dem Gemach zugleich etwas Anheimelndes.

Saykara erschien mit einem Mal hinter dem Vorhang. Sie zog den Vorhang beiseite, sodass er sie bestens sehen konnte. Und Tomal traute seinen Augen kaum. Die Königin trug nur ein durchsichtiges Seidenkleid, unter dem sich die wohlgeformten weiblichen Rundungen ihres Körpers deutlich abzeichneten. Sie trug ihr Haar offen, das ihr in weit geschwungenen Locken über den Rücken bis zu den Pobacken fiel.

»Meine Dienerinnen haben uns ein Bad bereitet und Ihr habt gewiss Hunger«, sagte sie mit ihrer verführerischen Stimme, »wir wollen gemeinsam bei einem Bad im warmen Wasser speisen. Kommt und folgt mir.«

Das ließ sich Tomal nicht zweimal sagen. Hinter dem Vorhang warteten bereits Dienerinnen auf ihn, die ihm beim Auskleiden halfen. Der Raum war mit Dampf angefüllt und duftete nach Kräutern und Blumen. In den Boden war ein großzügiges Bad eingelassen, das bis knapp unter den Rand mit heißem Wasser gefüllt war. Saykara streifte ihr Kleid ab und stieg in die Wanne. Sie wurde von zwei nackten Dienerinnen empfangen, die bereits im Bad auf sie gewartet hatten und sofort begannen, ihr die Schultern, den Rücken und die Arme zu massieren.

»Worauf wartet Ihr, Tomal?«, fragte Saykara. »Lasst Euch verwöhnen, bevor das Wasser kalt wird.«

Tomal war sprachlos. Endlich entkleidet folgte er Saykara in das Bad. In der Wanne waren ringsum am Rand steinerne Sitzbänke eingearbeitet. Das Wasser war heiß und trieb ihm sofort den Schweiß aus den Poren. Die Dienerinnen, die ihm beim Auskleiden geholfen hatten, zogen sich selbst aus und folgten ihm ins Wasser. Eine Dienerin setzte sich neben ihn, sie hatte ein kühles Tuch mitgebracht, mit dem sie ihm hin und wieder die Stirn kühlte. Die andere Frau bat ihn, ihr Platz zu machen, schob ihn sanft ein Stück nach vorne und setzte sich hinter den Lesvaraq. Ihre Hände waren geschickt; sie waren sanft und kräftig zugleich, während sie ihn massierten.

Um das Bad herum waren feine Speisen und Getränke verteilt.

»Bedient Euch und greift reichlich zu«, forderte ihn Saykara auf.

»Ich danke Euch«, sagte Tomal, der sich eine saftige Frucht nahm, sichtlich wohlfühlte und die Behandlung genoss, »Eure Gastfreundschaft ist unübertrefflich.«

»Ihr bereitet mir eine große Freude, wenn es Euch gefällt«, antwortete sie.

Ihre Augen suchten die seinen und sie musterte ihn eingehend, als wollte sie sein Innerstes ergründen. Ihr sanftes Lächeln ging ihm durch Mark und Bein.

»Was hat Saykara vor? Will sie mich mit ihren Dienerinnen verführen?«, ging es Tomal durch den Kopf. Er hätte gewiss nichts dagegen gehabt und war hungrig wie ein Baumwolf.

Nach einer Weile, in der ihre Augen nicht voneinander gelassen hatten, spürte er einen sanften Druck zwischen seinen Beinen, der langsam an der Innenseite seines Oberschenkels nach oben zu seiner Männlichkeit wandert und ihn erregte. Er wusste nicht, ob es sich um den Fuß der Königin handelte, die ihn mit ihren Zehen berührte, oder ob es die Hand einer Dienerin war, die ihm auf Geheiß der Königin zu Diensten sein sollte. In jenem Moment war es ihm jedoch gleichgültig. Die Berührung fühlte sich gut an und er ließ sie sich bereitwillig gefallen. Tomal schloss die Augen. Er spürte Hände auf seiner nackten Haut. Sie waren überall, streichelten und massierten ihn an der Brust, an den Hüften und seinen Lenden. Sanfte Küsse wurden auf seinen Hals und den Nacken gehaucht. Warme, weiche Lippen suchten die seinen. Eine Zunge schob sich spielerisch in seinen Mund, neckte und forderte seine eigene Zunge heraus. Tomal ging auf das Spiel ein und sein Verlangen wuchs mit jeder Berührung.

Er öffnete die Augen. Saykara hatte ihn die ganze Zeit über beobachtet. In den Augen der Königin brannte eine Leidenschaft, die er bei einer Frau selten gesehen hatte. Ihr Blick forderte ihn heraus. Seine Hände packten die Hüften der Dienerin zu seiner Seite und er zog sie zu sich auf den Schoß. Er drehte seinen Kopf leicht zur Seite und küsste die zweite Dienerin leidenschaftlich auf den Mund.

»Genug!«, rief Saykara plötzlich.

Ihre Augen funkelten gefährlich. Die Dienerin auf seinem Schoß gehorchte sofort und stieß sich von Tomal ab. Doch der Lesvaraq war zu erregt, er wollte sie nicht gehen lassen. Aber eine Stimme flüsterte ängstlich und leise in sein Ohr.

»Ich bitte Euch, lasst ab von uns. Wir haben Euch für sie bereit gemacht. Die Königin will mit Euch alleine sein.«

»Geht!«, befahl Saykara barsch.

Die Dienerinnen verließen augenblicklich das Bad und eilten hinaus. Saykaras Gesichtsausdruck veränderte sich und wurde wieder sanfter. Sie näherte sich Tomal und legte ihre Arme um seine Schultern. Ihr Gesicht war dicht an seinem. Saykara öffnete ihre Lippen, zog seinen Kopf an sich und küsste ihn. Die Beobachtung des Vorspiels mit den Dienerinnen hatte ihr Verlangen geweckt. Sie ließ keinen Zweifel daran, dass dieser Mann mit Haut und Haaren ganz ihr gehörte. Saykara setzte sich auf seinen Schoß und bewegte kreisend ihre Hüften. Tomal konnte sich kaum noch zurückhalten. Er wollte in sie stoßen, wollte die Königin erobern. Jeden Zoll ihres Körpers besitzen. Aber sie hielt ihn zurück.

»Lass uns ins Bett gehen«, hauchte sie in sein Ohr, »dort ist es schöner.«

Tomal hätte auch im Bad mit Saykara geschlafen, aber wenn sie wollte, dass er sie im Bett nahm, sollte ihm das auch recht sein. Er hatte schon bei vielen Frauen gelegen, aber das Liebesspiel mit der Königin erschien ihm einzigartig. Sie hatte ihn dank ihrer Dienerinnen bis an die Grenze der Erträglichkeit gereizt und würde nun die Ernte ihrer Bemühungen einfahren. Saykara stieg aus dem Bad und trocknete sich ab. Tomal folgte ihr auf dem Fuße. Vor ihrem Bett angelangt wartete sie auf ihn. Tomal umschlang ihren Körper mit den Armen, drückte sie fest und leidenschaftlich an sich. Sie bog ihren Leib leicht zurück, ließ den Kopf auf seine Schulter fallen. Er küsste sie auf den Mund. Seine Lippen wanderten über ihren Hals zu den Brüsten. Tomal packte sie grob und warf sie durch die von der Decke herabhängenden Tücher auf das Bett. Dann stürzte er sich wild auf sie, liebkoste ihren Körper und erkundete ausgiebig jede ihrer geheimsten Stellen, deren Berührung sie wohlig aufstöhnen ließ.

»Komm, ich will dich in mir spüren!«, verlangte Saykara.

Der Lesvaraq gehorchte ihrem Befehl und drang in sie ein. Sie schrie auf vor Lust. Saykara und Tomal liebten sich lange und ausgiebig, bis sie sich schließlich erschöpft in den Armen lagen.

Ein zufriedenes Lächeln umspielte Tomals Lippen. An den Umgang mit Saykara würde er sich gewöhnen können.

»Es wird Zeit«, beendete Saykara plötzlich ihre Zärtlichkeiten, »du musst jetzt gehen. Ich will mich für das Fest vorbereiten. Meine Dienerinnen werden dich in eine Kammer unweit meiner Gemächer führen und dir beim Ankleiden behilflich sein.«

Saykara klatschte in die Hände. Sofort eilten die Dienerinnen herbei, ihre Befehle entgegenzunehmen.

»Waren sie die ganze Zeit über in deinen Gemächern und haben uns zugesehen?«, wollte Tomal wissen, der die Dienerinnen nicht bemerkt hatte.

»Selbstverständlich!«, lachte Saykara. »Es könnte doch sein, dass ich irgendetwas brauche. Aber sie verhalten sich unauffällig. Du konntest sie nicht sehen.«

»Daran muss ich mich wohl erst gewöhnen«, meinte Tomal und musste schlucken.

»Bringt Tomal in meine Gästekammer und helft ihm bei den Vorbereitungen für das Fest«, wies sie ihre Dienerinnen an, »er wird nach dem Fest in der Kammer übernachten. Sorgt dafür, dass es ihm an nichts mangelt.«

Die Dienerinnen der Königin vollführten einen Knicks und geleiteten Tomal, der auf dem Weg dorthin lediglich ein Tuch umgebunden hatte, in eine gemütlich eingerichtete Kammer. Dort lag seine gereinigte Kleidung ausgebreitet auf dem Bett.

»Wie ist Euer Name«, wandte sich Tomal freundlich lächelnd an die beiden Dienerinnen.

»Lyara und Zyola«, antworteten die Dienerinnen nacheinander.

»Wir wurden vorhin im Bad der Königin unterbrochen«, meinte er plötzlich.

»O nein, mein Herr. Das dürfen wir nicht. Ihr seid der Geliebte der Königin!«, lehnte Lyara das Ansinnen des Lesvaraq ab.

»Das interessiert mich nicht«, antwortete Tomal, »ich bin mein eigener Herr. Zieht euch aus. Ich bringe stets zu Ende, was ich begonnen habe.«

Der Lesvaraq war noch lange nicht satt. Lyara errötete leicht und Zyola blickte beschämt auf den Fußboden. Tomal ließ das um seine Hüften gebundene Tuch fallen und machte sich sogleich daran, die Dienerinnen zu entkleiden. Sie wagten nicht, sich ihm zu widersetzen. Offenbar waren sie ihm trotz des Verbots der Königin gerne zu Diensten.

Beide Frauen waren ungefähr gleich groß, schlank und hübsch. Tomal umarmte Lyara und Zyola und führte sie zum

Bett in der Kammer. Er fegte seine Kleider vom Bett und legte sich mit den Dienerinnen hinein. Bis zum Beginn des Festes vergnügte sich Tomal mit Lyara und Zyola. Der Lesvaraq schien unersättlich. Erst als die Kristalle in der Kammer ihre Farbe in ein leuchtendes Grün veränderten, ließ er von ihnen wieder ab und zog sich rasch an.

Die Dienerinnen führten ihn in einen prächtig geschmückten Festsaal. Tomal wunderte sich über die Vielfalt der Speisen, die von den Maya aufgetragen worden waren, und er fragte sich, wo sie diese in der kurzen Zeit seit ihrer Rückkehr aufgetrieben hatten. Es schien, als wäre das verlorene Volk nie weg gewesen.

»Wo habt ihr in der Kürze der Zeit all die Speisen aufgetrieben?«, fragte er die Dienerinnen.

»Zehyr lag in einem Schlummer, während wir in den Schatten verweilten«, erklärte Lyara. »Nennt es Magie oder ein Wunder. Unsere Gärten und Felder lagen brach. Doch mit unserer Rückkehr blühten sie plötzlich auf, brachten Früchte und Gemüse hervor, als hätten sie nur darauf gewartet, endlich geerntet zu werden. Und Kartak ist eine reiche Insel. Es gibt viel Wild in den Wäldern, und die Fischgründe vor der Insel sind voller Fische, die unsere Netze füllen.«

Tarratar und Daleima warteten bereits am Ende der Festtafel. Tomal begrüßte die beiden Wächter freudig. Er war froh, sie zu sehen. Tarratar nahm den Lesvaraq zur Seite.

»Verdammt, Ihr macht den Eindruck, als sei es Euch im inneren Sanctum sehr gut ergangen«, sagte Tarratar mit einem leichten Vorwurf in der Stimme, »ich werde neidisch, wenn ich in Euer Gesicht sehe.«

»Es war eine tiefe Erfahrung und durchaus … befriedigend!«, brummte Tomal lächelnd.

»Ihr habt Euch mit der Königin eingelassen. Das ist …«, Tarratar beendete den Satz nicht, »… denkt an die Spinne in ihrem Netz, die ihre Liebhaber frisst. So verlockend sie sein mag. Sie kann Euch gefährlich werden.«

»Ich bin Euch für Euren Rat dankbar, Tarratar. Aber Ihr vergesst, dass ich ein Lesvaraq bin.«

»O nein, ganz gewiss nicht«, meinte Tarratar, »Ihr seid Ulljans Erbe. Daran habe ich keinen Zweifel. Ihr könntet sie und ihr Volk vernichten, so wie er die Maya einst in die Schatten geführt hat. Aber nicht, wenn es ihr gelingt, Euch zu beherrschen. Verliebt Ihr Euch in Saykara, ist es um Eure Macht geschehen. Ulljan war erfahrener und vorsichtiger, als Ihr es seid.«

»Die Maya werden mir folgen und mit ihnen ihre Königin«, meinte Tomal.

»Nie zuvor haben sich die Maya dem Lesvaraq der Dunkelheit angeschlossen«, gab Tarratar zu bedenken, »Ihr spielt ein gefährliches Spiel mit der Königin. Ich bin mir nicht sicher, ob Ihr gewinnen könnt.«

»Wir werden sehen«, antwortete Tomal.

Fanfaren ertönten. Sie kündigten die Ankunft der Königin im Festsaal an. Saykara erschien in der Tür. Sie trug ein bodenlanges, weißes Kleid mit einer Schleppe, das über und über mit funkelnden Edelsteinen besetzt war. Eine leichte Krone aus weißem Gold zierte ihr hochgestecktes Haar.

»Sie sieht hinreißend aus, findet Ihr nicht?«, wandte sich Tomal an Tarratar.

»Natürlich«, murrte Tarratar, »ihr zweiter Name ist Verführung.«

Tomal musste über den ersten Wächter lachen. Der Narr besaß eine ganz eigene Art von Humor, die nicht jeder auf Anhieb verstand. Es fiel nicht immer leicht zu unterscheiden, wann er es ernst meinte oder bereits zu scherzen beliebte. Aber der Lesvaraq hatte schnell gelernt, Tarratar meist richtig einzuschätzen. Bewundernde Blicke folgten der Königin, als sie durch den Saal schritt und ihren Platz an der Tafel einnahm. Sie genoss die Anerkennung, das konnte ihr Tomal ansehen.

Ihr Lächeln galt ihm und sie winkte ihn zu sich an ihre Seite.

»Setzt Euch«, forderte sie Tomal auf und deutete auf den Stuhl neben ihrem eigenen, »Euer Platz ist an meiner Seite.«

Tomal fiel sofort auf, dass sie die förmliche Anrede gewählt hatte, als sie ihn gebeten hatte, sich zu ihr zu gesellen. Das gefiel ihm nicht. Aber er setzte sich direkt neben die Königin.

»Ich dachte, wir wären schon einen Schritt weiter«, flüsterte er in ihr Ohr.

»Bilde dir nichts darauf ein«, erwiderte sie leise, darauf bedacht, dass niemand ihr Gespräch belauschen konnte, »das hatte nichts zu bedeuten. Vor den Augen und Ohren einer Gesellschaft wirst du mich respektvoll wie eine Königin ansprechen, so wie ich es mit dir halte.«

»Selbstverständlich, ganz wie es dir beliebt«, antwortete Tomal verärgert.

Er hätte sich gewünscht, sie würde ihre Zuneigung ihm gegenüber offen zeigen. Aber darin hatte er Saykara wohl überschätzt. Sie war in der Tat eine Königin, die sich an ihre Etikette hielt.

Die übrigen Gäste verteilten sich um die Festtafel und nahmen ihre Plätze ein. Tarratar und Daleima saßen gegenüber der Königin und Tomal in der Mitte des festlich gedeckten Tisches. Saykara erhob sich. Erneut ertönte eine Fanfare und die Gespräche der Gäste verstummten abrupt.

»Meine lieben Freunde«, begann sie ihre Rede mit klarer und kräftiger Stimme, »vor mehr als fünftausend Sonnenwenden empfingen wir Ulljans Fluch und mussten ins Reich der Schatten wandern. Der Fluch des Lesvaraq war ungerecht und abgrundtief böse. Ulljan wollte uns unsere Fähigkeiten und die Gabe der Kojos stehlen. Von seiner Gier nach Macht getrieben nahm der Lesvaraq uns alles, was wir liebten und was uns wichtig war. Wir waren fortan ein verlorenes Volk. Die einst so stolzen und mächtigen Nno-bei-Maya erwiesen sich als unfähig, sich selbst zu befreien. Aber trotzdem waren wir stark und widerstanden gemeinsam den Schatten und dem Vergessen im grauen Nebel des Nichts. Wir gaben die Hoffnung auf eine Rückkehr niemals auf. Und wir wurden für unsere Geduld und Ausdauer belohnt. Ein Lesvaraq führte uns in die Schatten, und ein anderer befreite uns daraus. Der Sohn des Feuers rettete uns. Wir wollen diesen Freudentag unseres Erwachens heute gemeinsam feiern und uns bei unserem Retter gebührend bedanken. Das verlorene Volk ist nicht länger verloren. Die Nno-bei-Maya sind am Leben, und mit uns wird Zehyr zu neuer Pracht erblühen. Erhebt Eure Becher und lasst uns auf Tomal, unsere unsterblichen Gäste und unsere Wiedergeburt anstoßen. Ein Hoch auf den Sohn des Feuers! Er ist einer von uns. Tomal ist ein Maya!«

Saykara setzte sich wieder und erntete viel Jubel und Applaus für ihre Ansprache. Ihre engsten Vertrauten stimmten in die Hochrufe mit ein.

»Werden du und dein Volk sich mir anschließen?«, flüsterte Tomal.

»Niemals!«, wies ihn Saykara leise zurück. »Du bist der Lesvaraq der Nacht. Die Maya beugen sich nicht der Dunkelheit. Es sei denn …«

»Es sei denn, was?«

»Du wirst mein Gemahl«, sagte Saykara. »Lege das Treueversprechen für mich ab und beuge dich fortan dem Willen deiner Königin. Du wirst nie wieder eine andere Frau begehren. Ich werde die Einzige sein, die dich berühren darf. Ich bin deine Königin. Gehst du den Bund mit mir ein, folgen die Maya dir. Wir führen die Maya gemeinsam zu neuer Macht und in eine glückliche Zukunft.«

Tomal zuckte zusammen. Das hatte er nicht von Saykara erwartet. Sie war sehr direkt. Wie konnte sie von ihm verlangen, dass er für sie das Versprechen ablegte und ihr diente. Ein Lesvaraq nahm sich keine Gemahlin. Aus guten Gründen. Er war nur dem Gleichgewicht und sich selbst verpflichtet. Ihm oblag die Bürde, Kryson zu gestalten. Versprach er ihr die Ehe und knüpfte das Band der Liebe, musste er sich auf ihre Seite schlagen und für sie einstehen. Was würde geschehen, wenn die Mächte das Ende der Maya von ihm verlangten. Das Gleichgewicht könnte ins Wanken geraten. Sie verlangte zu viel.

»Das kann ich nicht«, erwiderte Tomal.

»Du lehnst mich ab?«, funkelte sie ihn zornig an. »Ich habe dir viel von mir gegeben. Mehr als ein Mann von seiner Königin erwarten darf. Überlege dir gut, ob du mich zurückweisen willst. Du wirst Verbündete auf deinem Weg brauchen und die Nno-bei-Maya sind mächtig. Das weißt du.«

»Ich muss darüber nachdenken«, antwortete Tomal.

»Gut, aber lass dir nicht zu viel Zeit dafür. Mein Angebot steht nicht für immer, und solltest du ablehnen, wirst du keine zweite Gelegenheit erhalten.«

Der Lesvaraq fühlte sich von Saykara unter Druck gesetzt. Tarratar hatte ihn vor der Königin gewarnt. Sie wollte ihn beherrschen. Das Spiel hatte bereits begonnen. Er hätte sich nicht darauf einlassen dürfen, mit ihr das Bett zu teilen.

Er brauchte Verbündete unter den Altvorderen. Saykara wusste das und sie nutzte ihren Vorteil aus. Von Sapius wusste er, dass die Naiki Kallya folgten. Die Tartyk würden sich ihm gewiss wegen Sapius anschließen. Sie wären eine nicht zu unterschätzende Macht auf seiner Seite gewesen. Aber ihr Schicksal war mehr als ungewiss. Existierten sie noch oder hatte eine Katastrophe das Volk der Drachenreiter heimgesucht und vernichtet? Die Gerüchte verhießen nichts Gutes.

Wie die Felsgeborenen zu ihm standen, war ihm nicht klar. Er hatte noch keine Gelegenheit gehabt, mit ihnen zu sprechen.

Vielleicht war es ein Fehler gewesen, Sapius zu bitten, Tallia zu töten. Sie hätte ein Schlüssel sein können. Aber das Licht machte ihn wahnsinnig.

Tomal war hin- und hergerissen. Schlossen sich die Felsgeborenen Kallya an, stünde er alleine da, wenn es ihm nicht gelänge, die Nno-bei-Maya auf seine Seite zu ziehen. Die Maya könnten den Ausgleich schaffen, den er dringend brauchte, wollte er gegenüber Kallya nicht in einen Nachteil kommen. Tomal würde mehr Zeit zum Nachdenken brauchen und vor allen Dingen Ruhe, um die für ihn richtige Entscheidung zu treffen. Und er wollte Sapius um Rat fragen. Doch solange er mit den Maya tafelte und ihre Rückkehr aus den Schatten feierte, würde er gewiss keinen solch gewichtigen Entschluss fassen.

Die Speisen und Getränke waren vorzüglich. Musikanten spielten zum Tanz auf und der Abend in Zehyr entwickelte sich bald zu einem rauschenden Fest. Überall in den Straßen von Zehyr wurde ausgelassen gefeiert und getanzt. Auch im Festsaal wurde gescherzt und gelacht. Die Gäste erhoben sich von der Tafel und begannen einen traditionellen Tanz zur Musik, den sie lange geübt haben mussten. Tomal erschienen die Schritte zu schwierig, als sie an diesem Abend noch lernen und sich merken zu können. Er blieb lieber sitzen und beobachtete die Tanzenden. Das leckere Gebräu, das die Maya an der Festtafel servierten, stieg ihm allmählich zu Kopf. Er fühlte sich in der Nähe der Königin mehr als wohl. Der Gedanke, ihr das Versprechen zu geben, wurde plötzlich vorstellbar. Ihr Duft war so betörend. Ihm wurde schwindelig davon. Die Festtafel begann sich vor seinen Augen zu drehen.

Tomal stand plötzlich auf und verabschiedete sich höflich, bevor er sich zu voreiligen Entscheidungen und Versprechen hinreißen ließ, die er danach womöglich bereuen würde. Der

Lesvaraq wankte in seine Kammer, wo er von den Dienerinnen Lyara und Zyola sehnsüchtig erwartet wurde.

Sie halfen ihm beim Auskleiden und brachten ihn ins Bett. Der Lesvaraq freute sich auf eine kurze, schlaflose Nacht.

Tomal erwachte spät am Morgen, eng umschlungen in den Armen der Dienerinnen Saykaras. Er fühlte sich entspannt und ausgeruht. Sie erhoben sich gemeinsam, wuschen und kleideten den Lesvaraq an. Die Königin erwartete ihn in ihren Gemächern zu einem gemeinsam Frühstück und einer weiteren Unterredung. Tomal war nicht wohl bei dem Gedanken. Die Königin wusste offenbar genau, was sie wollte, und sie war fordernd.

»Soll ich ihr die Macht eines Lesvaraq zeigen? Ihr drohen? Aber sie weiß sehr gut, wozu wir imstande sind. Warum glaubt Saykara, ich wäre anders und würde ihr Verhalten dulden?«, fragte er sich.

Dem Lesvaraq war bewusst, er brauchte die Königin und die Nno-bei-Maya. Es hatte keinen Sinn, sie gegen sie aufzubringen. Vielleicht würde sie sich auf der Suche nach dem Buch als hilfreich erweisen. Allerdings befürchtete Tomal, Saykara könnte das Buch für sich selbst beanspruchen. Eine Auseinandersetzung wäre dann unvermeidbar. Er plante, Zehyr so schnell wie möglich wieder zu verlassen, um sich endlich den sieben Streitern anzuschließen und der Königin aus dem Weg zu gehen. Das Frühstück mit Saykara würde zu einem Abschied werden.

Saykara hatte sich in einen schlichten, braunen Wollmantel gehüllt, als der Lesvaraq ihre Gemächer betrat. Sie bot ihm einen Platz an einem Tisch ihr gegenüber an und schickte alle Dienerinnen hinaus. Niemand sollte sie während ihrer gemeinsamen Unterredung stören. Tomal war inzwischen auf alles gefasst und er musste vorsichtig sein.

»Ich will dich nicht drängen«, begann Saykara zögernd, »und habe über unser Gespräch nachgedacht. Du musst wissen, wir Maya waren stets Kinder des Lichts. Wir wollten mit der Dunkelheit nichts zu schaffen haben. Wenn wir uns dazu entschließen sollten, dir und der Dunkelheit zu folgen, wirst du einige Bedingungen erfüllen müssen.«

Tomal horchte auf. Hatte Saykara ihre Meinung geändert? Wollte sie ihm entgegenkommen und einlenken? Das wäre eine große Überraschung für den Lesvaraq, und er hatte keine Ahnung, welchen Grund sie dafür vorbringen würde. Ob er ihre Bedingungen erfüllen konnte oder wollte, würde er später entscheiden, sobald er sie kannte und einschätzen konnte, was sich dahinter verbarg.

»Ich bin mir nicht sicher, ob es klug ist, einem Lesvaraq Bedingungen zu stellen«, erwiderte Tomal, »du solltest dir gut überlegen, was du von mir verlangst.«

Saykara ließ sich nicht beirren und blickte Tomal herausfordernd an.

»Die erste Bedingung ist, ich will zurückhaben, was uns Ulljan einst gestohlen hat«, fuhr Saykara fort, »das ist nur recht und billig. Du bist sein Erbe, wenn du so willst, sein direkter Nachfahre. Als Lesvaraq kannst du seinen Frevel wiedergutmachen und beweisen, dass du unsere Treue verdienst.«

»Ich kam eigentlich zu dir, mich zu verabschieden. Reicht es dir denn nicht, dass ich die Nno-bei-Maya aus den Schatten ans Licht geführt habe?«, fragte Tomal verwundert. »Habe ich dadurch meine Treue nicht zur Genüge bewiesen?«

»Nein, das reicht nicht! Und wie ich sehe, ist deine Treue nur von kurzer Dauer. Du willst mich schon verlassen?« Saykara klang empört. »Habe ich dir das gestattet? Ich kann mich nicht daran erinnern. Niemand verlässt Zehyr ohne meine Erlaubnis.«

Tomal sprang zornig auf. In seinen Augen flammten Tag

und Nacht gleichzeitig auf und machten den Wahnsinn seines Wesens für Saykara spürbar. Sie zuckte furchtsam zurück. Das hatte er nicht beabsichtigt. Aber sie trieb es nach seinem Geschmack nun eindeutig zu weit. Der Lesvaraq schlug mit der Faust auf den Tisch.

»Ich brauche deine Erlaubnis nicht«, fuhr Tomal sie heftig an, »ich komme und gehe, wann ich will, und wenn es sein muss, lege ich Zehyr eigenhändig in Schutt und Asche und führe die Maya zurück in die Schatten.«

»Das ist das wahre Gesicht des Lesvaraq, das ich sehen wollte«, sagte sie und setzte dabei ein künstliches Lächeln auf. »Unbeherrscht und wütend wie ein trotziges Kind. Das macht dich gefährlich. Gefährlicher, als Ulljan je hätte werden können. Setz dich wieder hin und beruhige dich. Wenn du Zehyr unbedingt verlassen willst, dann geh. Ich kann und werde dich nicht festhalten. Du bist ein freier Mann.«

Tomals Wut legte sich. Er ließ sich auf den Stuhl fallen und seufzte. Die Königin war anstrengend, und der Lesvaraq machte keinen Hehl daraus, ihr seine Gefühle offen zu zeigen. Der Lesvaraq hatte Dankbarkeit erwartet und erhielt stattdessen unverschämte Forderungen. Niemand zuvor hatte es gewagt, mit ihm auf diese Weise zu sprechen. Er konnte Ulljans Verbrechen sogar verstehen. Die Nno-bei-Maya waren dem Lesvaraq mit Ablehnung, Hochmut und Misstrauen begegnet, und er hatte sie dafür bestraft. Verstand Saykara noch immer nicht, welcher Macht sie gegenüberstand? Hatte sie nicht aus den Fehlern der Vergangenheit gelernt? Weshalb reizte sie ihn auf diese Weise?

Tomal konnte sie und ihr Volk vernichten, wenn er wollte. Sie musste das wissen und sollte seine Macht fürchten. Natürlich behagte ihm dieser Gedanke überhaupt nicht. Saykara war eine Frau nach seinem Geschmack, und unter den Maya fühlte er sich wohl.

Die Königin ließ ihn nicht aus den Augen, während sie sprach, studierte genauestens jede seiner Regungen und versuchte dabei zu ergründen, was in ihm vorging. Das spürte er. Sie war nicht weniger vorsichtig, als er selbst es eigentlich sein wollte. Aber er hatte sich von ihr provozieren lassen. Dennoch faszinierte Saykara ihn in ihrer Überheblichkeit und der majestätischen Art. Er entschied sich, vorerst nichts zu erwidern und sie nicht noch einmal zu unterbrechen. Im Grunde lauschte er ihrer Stimme gerne und wollte unbedingt hören, was sie noch zu sagen hatte.

»Ich will dich nicht aufhalten, aber bevor du gehst, solltest du meine Beweggründe hören. Ich bitte dich, versuche doch uns zu verstehen. Die Gabe des Kriegers gehörte von jeher den Nno-bei-Maya«, behauptete Saykara unbeirrt, »sie war ein Geschenk der Kojos an unser Volk. Ulljan stahl die Gabe. Er tat so, als gehöre die Gabe ihm und sei Teil seines Erbes. Wie ich schon sagte, ich will die Gabe des Kriegers wiederhaben. Bring mir Herz und Hirn des Kriegers, der sie einst trug. Du kennst ihn. Sein Name ist Gahaad.«

»Der Krieger, der in den Schatten zurückblieb?«, fragte Tomal.

»Ja, das war Gahaad«, antwortete Saykara, »er konnte nicht mit uns kommen, weil ihm Ulljan etwas Furchtbares angetan hat. Du hast gehört, dass die Schatten ihn nicht gehen lassen. Hast du seine Statue neben meinem Thron gesehen?«

Tomal hatte die Statue am Vortag eingehend betrachtet. Sie war ihm sofort aufgefallen. Ihre Gesichtszüge waren vor Schmerz verzerrt und die Lippen geformt, als wäre ihnen ein fürchterlicher Schrei entwichen. Die Hände der Statue hatten sich an der Stelle verkrampft, wo Tomal das Herz vermutet hätte. Bei genauerem Hinsehen hatte er darunter ein hässliches Loch entdeckt, das einer tiefen, ausgefransten Wunde glich. Das Loch war leer.

Die Schädeldecke der Statue war entfernt worden. Tomal hatte sie neben der Statue auf dem Boden liegen sehen. Der obere Teil des Schädels war wie eine Schale geformt. In die Schale hatte jemand Öl gefüllt und darin ein Feuer entfacht. Das hatte Tomal nicht sofort gesehen. Erst Tarratar hatte ihn darauf hingewiesen, der den Kopf des Kriegers offenbar als Feuerschale verwendet hatte.

»Verstehst du den Zusammenhang?«, fragte Saykara.

»Nein, noch nicht ganz. Erklär mir den Zustand der Statue!«, verlangte Tomal.

»Die Statue neben meinem Thron ist Gahaads Abbild. Nachdem Ulljan uns in Stein verwandelt und zu den Schatten gebracht hatte, machte er sich daran, nach der Gabe des Kriegers zu suchen. Er wusste, dass er sie bei Gahaad suchen musste, dem ersten Krieger unseres Volkes. Gahaad war stark und widerstand dem Fluch des Lesvaraq. Doch leider nur zum Teil. Aber er war dadurch zu schwer angeschlagen und geschwächt worden. Ulljans Blick der Dunkelheit hatte ihn zwar in Teilen versteinert und zur Bewegungslosigkeit verdammt. Aber Gahaad lebte. Allerdings war er wehrlos. Ulljan kümmerte das anscheinend nicht. Er schnitt Gahaad das Herz bei lebendigem Leib heraus, öffnete den Schädel und entfernte sein Gehirn. Dann verfluchte er die Seele meines Kriegers, oder das was von ihr noch übrig war, erneut. Gahaads Geist verging qualvoll. Ein Glück, dass er uns trotz seiner Qualen in den Schatten fand und mir berichten konnte, was geschehen war. Doch nun musste er alleine in den Schatten zurückbleiben. Das ist eine Tragödie. Ich brauche sein Herz und sein Gehirn, um ihn aus dem Reich der Schatten zu holen. Sie sind versteinert wie die Statue des Kriegers.«

»Weißt du, wohin Ulljan das steinerne Herz gebracht hat?«

»Ich habe in den Schatten vieles gehört und gesehen. Selbst Tarratars Worte und sein Lautenspiel konnte ich verstehen.

Der kleine Wächter sprach oft und viel mit mir. Ich vermute, dass Ulljan das Herz in den Häusern seiner Orden aufbewahren lässt. Immerhin hat er die Sonnenreiter und Orna doch eigens gegründet, sein Erbe zu bewahren. In den Ordenshäusern müssen Gahaads Herz und Hirn zu finden sein.«

»Bei den Bewahrern also …«, grübelte Tomal nach.

»Das ist noch nicht die ganze Geschichte«, unterbrach Saykara die Gedanken des Lesvaraq.

»Es gibt noch mehr zu erfahren?«

»Ulljan hatte nie verstanden, dass die Gabe des Kriegers an unser Volk gebunden ist. Es genügte nicht, Gahaads Herz und Hirn zu stehlen. Nur ein Krieger, in dessen Adern das Blut der Nno-bei-Maya fließt, ist in der Lage, die Gabe von den Kojos zu empfangen und bis zu seinem Lebensende zu tragen.«

Das war eine nützliche Information für Tomal, die ihn nachdenklich stimmte.

»Wenn mein leiblicher Vater tatsächlich die Gabe des Kriegers in sich trägt, muss er von den Nno-bei-Maya abstammen«, schlussfolgerte Tomal in Gedanken.

Ihm war bewusst, was das bedeutete. Das war eine weitere Bestätigung seiner eigenen Abstammung von den Nno-bei-Maya. Er hatte keine Zweifel mehr. Tomal war ein Angehöriger des einst verlorenen Volkes. Tarratar und die Erlebnisse in den Schatten sprachen dafür, und nun hatte ihm auch Saykara dies bestätigt.

»Wie können Madhrab und ich von den Maya abstammen? Ulljan brachte das Volk der Maya zu den Schatten«, fragte sich der Lesvaraq still.

Die Antwort auf diese Frage gab ihm Saykara ungefragt und prompt.

»Du solltest wissen, dass Ulljan in seiner Gier nach unseren magischen Geheimnissen und der Gabe nicht besonders gründlich war und Fehler machte. Normalerweise blieben wir Nno-bei-Maya unter uns und mieden nach Möglichkeit den Kontakt mit dem Festland Ells und anderen Völkern. In Zehyr fühlten wir uns sicher. Aber wir hatten zu jener Zeit einen Boten zu den Naiki geschickt, um mehr über Ulljans Absichten zu erfahren und Pavijur um Hilfe zu bitten. Sollte Ulljan unsere Barriere durchbrechen und die Maya herausfordern, brauchten wir seine Unterstützung. Es hatte sich unter den Altvorderen schnell herumgesprochen, dass der Lesvaraq ein Volk nach dem anderen aufsuchte, sein Wissen und seine Macht zu mehren. Er kannte keine Grenzen und schreckte nicht davor zurück, selbst bei denjenigen unter uns zu betteln, die sich Pavijur und dem Licht angeschlossen hatten. Pavijurs Hexe Metaha sollte uns beistehen, aber sie kam leider zu spät. Der Bote jedoch war von Ulljans tödlichem Fluch verschont geblieben. Es scheint so, als hätte er sich auf Ell eine Frau genommen und Nachwuchs gezeugt.«

Des Rätsels Lösung war denkbar einfach. Der Bote der Maya war ein Urahn des Lesvaraq. Was Tomal in diesem Schicksal sah, behielt er in seinen Gedanken verborgen.

»Du musst den Krieger töten, der die Gabe in sich trägt«, verlangte Saykara.

Tomal erschrak. Saykara forderte von ihm, dass er seinen eigenen Vater tötete. Wusste sie davon? Sie musste sich diesen Umstand doch denken können. Immerhin hielt sie Tomal für einen Angehörigen ihres Volkes, den Sohn des Feuers.

»Warum?«, wollte Tomal wissen. »Er muss doch deinen Worten zufolge ein Maya sein.«

»Genau wie du selbst mag er von unserem Blut sein, ja«, gab Saykara zu, »und doch ist er nur ein Bastard, der die Gabe durch einen unglücklichen Zufall erhielt. Der Bote hätte die Gabe niemals erlangt, wäre Gahaad nicht von Ulljan ermordet worden und unser Volk in die Schatten gegangen. Er war nicht unser erster Krieger. Die Gabe steht daher nach wie vor

Gahaad zu. Das sind wir ihm schuldig. Damit die Gabe jedoch frei wird und zu Gahaad zurückkehren kann, sobald wir ihn aus den Schatten befreit haben, muss der Träger sterben. Willst du das für die Maya erledigen, dann will ich vor meinem Volk für dich sprechen.«

»Das ist Wahnsinn«, meinte Tomal, »ich bin dem Krieger einmal begegnet und kenne ihn. Er ist der Regent der Klanlande. Durch die Gabe wäre er sogar in der Lage, einen Lesvaraq zu töten.«

»Ich weiß«, sagte Saykara, »er ist dein leiblicher Vater, nicht wahr?«

Tomal schluckte. Sie hatte ihn durchschaut. Er konnte der Königin nichts vormachen.

»Ja«, antwortete Tomal aufrichtig, »Madhrab ist mein Vater, auch wenn er nie für mich da war. Dennoch … ein Sohn darf den Vater nicht töten. Das ist ein schwerer Frevel und eine Tat wider die Natur.«

Dabei hatte er selbst bereits mit dem Gedanken gespielt, obwohl er den Regenten nicht töten wollte. Madhrab musste sterben, wenn er ihn darum bitten würde, ihn von der Last des Lichts zu befreien. Es gab keinen anderen Weg. Madhrab würde das schwerste Opfer eines Vaters für seinen Sohn erbringen müssen, wollte er den Lesvaraq vor dem schleichenden Wahnsinn bewahren. Seinen eigenen Tod. Aber Tomal wollte ihm die Wahl lassen. Madhrab würde sich aus freien Stücken dazu bereit erklären müssen.

Die Forderung der Königin hörte sich dagegen in seinen Ohren völlig anders an. Sie wollte, dass er seinen Vater tötete, um den Maya die Gabe des Kriegers zurückzubringen. Diesen Vorschlag empfand Tomal als schändlich. Der Lesvaraq konnte diesem Ansinnen nicht zustimmen. Jedenfalls nicht auf diese Weise. Aber das musste er der Königin nicht unbedingt mitteilen. Das Ergebnis seiner Planungen würde ausreichen, sie zufriedenzustellen. Immerhin erhielt sie dadurch, was sie sich wünschte.

»Wider die Natur – wer sagt das?«, fragte Saykara. »Nach dem Tod meiner Mutter tötete mein Bruder unseren eigenen Vater, um seinen Thron zu besteigen. Niemand hätte ihm seinen Machtanspruch deshalb streitig gemacht. Bei der Tat verlor er allerdings sein Leben und ich erbte schließlich den Thron. Wir müssen alle Opfer bringen. Dieses Opfer wird dich zu einem der Unseren machen. Endgültig!«

»Was wird sein, wenn ich den Maya die Gabe des Kriegers tatsächlich bringen sollte?«, wollte Tomal wissen.

»Dann kehrst du umgehend nach Zehyr zurück und wirst mein Gemahl. Wir vernichten gemeinsam die Rachuren und verjagen die Nno-bei-Klan. Die Maya werden die Führung über die Altvorderen übernehmen. Wir stellen die alte Ordnung wieder her und erschaffen uns ein Kryson, wie es uns gefällt. Das Gleichgewicht wird zufrieden sein.«

»Du verlangst sehr viel von einem Lesvaraq. Glaubst du, das wird so einfach sein?«

»Der Lesvaraq der Nacht schuldet den Maya viel mehr als das. Ich erwarte jedoch nicht mehr, als das, was er uns gestohlen hat. Und ich habe nicht gesagt, dass es leicht für dich wird.«

»Ich werde dir kein Versprechen geben«, sagte Tomal, »vielleicht bringe ich dir, was du begehrst. Möglicherweise aber auch nicht.«

»Das brauchst du nicht«, lächelte sie überlegen, »ich weiß, dass du zu mir zurückkommen wirst und nicht mit leeren Händen.«

»Was macht dich da so sicher?«, fragte er die Königin verdutzt.

»Ein Blick in die Kristalle, die Erfahrung, das Wissen einer Königin und das tiefgründige Wesen einer Frau. Ich bin eine

Nno-bei-Maya und ich habe dir viele Sonnenwenden voraus, Tomal«, lachte ihn Saykara aus.

Der Lesvaraq beendete ihre Unterhaltung und erhob sich. Bevor er Zehyr verließ, wollte er noch einmal Tarratar besuchen.

»Küss mich, bevor du gehst«, sagte Saykara.

Diesen Gefallen konnte er ihr nicht abschlagen. Er ging um den Tisch, zog die Königin von ihrem Stuhl, nahm sie fest in seine Arme und küsste sie. Es war ein Kuss, den er nicht vergessen sollte. Saykara legte all ihre Leidenschaft und Erfahrung hinein, und sie hielt ihn so lange fest, bis sie selbst den Kuss wieder beendete.

»Du duftest noch immer nach Liebe«, flüsterte sie nachdenklich, noch außer Atem, »und das, obwohl wir uns zuletzt vor dem Fest berührten. Das ist erstaunlich.«

»Ich muss gehen«, erwiderte Tomal, ohne auf ihre Bemerkung näher einzugehen, »ich danke dir für deine Gastfreundschaft und Großzügigkeit.«

»Und ich danke dir für unsere Befreiung und das Leben, das du den Maya zurückgegeben hast. Komm bald zu mir zurück.«

»Leb wohl«, verabschiedete sich Tomal.

Ohne sich noch einmal umzudrehen und zurückzublicken, verließ er die Gemächer der Königin und machte sich auf den Weg zu Tarratar.

Ob er sie jemals wiedersehen würde?

Tomal wusste keine Antwort auf diese Frage.

Tomal hatte Glück. Tarratar hatte seine Habseligkeiten noch nicht gepackt. Der Narr würde das Gebäude schon bald räumen müssen. Es gehörte einem hochgestellten Maya, der das Haus nach seiner Rückkehr aus den Schatten wieder für sich und seine Familie beanspruchte. Sie hatten Tarratar gestattet, bis nach dem Fest darin zu wohnen. Aber seine Wacht über die

Schattenpforte war ohnehin beendet. In Zehyr hielt den ersten Wächter nichts mehr.

»Saykara hat Euch also gehen lassen«, knurrte er, als der Lesvaraq an die Tür klopfte und ihm öffnete, »das ist gut für Euch. Ich habe mir schon Sorgen gemacht, sie würde Euch mit Haut und Haaren auffressen.«

»Das hatte sie wahrscheinlich vor«, lachte Tomal, »aber zuerst wollte sie, dass ich ihr die Gabe des Kriegers wiederbeschaffe.«

»Hoi, hoi, hoi«, schnarrte Tarratar, »Ihr habt Euch doch hoffentlich nicht darauf eingelassen?«

»Nein!«, antwortete Tomal und verschwieg, dass er die Erfüllung ihrer Forderung in Erwägung gezogen hatte, wenn auch auf anderem Wege, als von der Königin vielleicht erwartet wurde.

»Gut!« Tarratar klang zufrieden. »Bewahrt Euch das Licht, Tomal. Ihr hättet das Reich der Schatten ohne diese Macht nicht überstanden. Lernt damit zu leben und findet Euren inneren Frieden zwischen Tag und Nacht. Der Widerspruch macht Euch erst stark und zu dem, der Ihr seid. Die Dunkelheit alleine führt Euch in den Wahnsinn, vor dem Ihr Euch so sehr fürchtet.«

»Keine Sorge, ich habe ohnehin anderes zu erledigen und kann nicht länger in Zehyr bleiben.«

»Ich weiß«, grinste der Narr, »das Buch der Macht wartet auf die sieben Streiter, oder sollte ich sagen, auf einen der Sieben. Unsere Wege trennen sich in Zehyr, aber wir werden uns gewiss wiedersehen.«

»Wollt Ihr mir zum Abschied nicht einen Hinweis geben, wo wir mit der Suche beginnen sollen?«, fragte Tomal. »Immerhin habt Ihr es mir zu verdanken, dass Eure Wacht über das verlorene Volk beendet ist.«

»Dafür bin ich Euch durchaus dankbar, Tomal. Aber die

Suche hat doch bereits begonnen, und Ihr habt schon einen ersten entscheidenden Schritt getan, indem Ihr das Volk der Maya aus den Schatten geführt habt. Den allerersten Schritt, würde ich sagen. Mehr darf ich Euch darüber eigentlich nicht verraten. Nur eines vielleicht noch. Jeder der sieben Streiter wird während der Suche seine Aufgabe bekommen und sich als würdig erweisen müssen. Mancher Gefährte bleibt dabei vielleicht auf der Strecke. Aber denkt immer daran, die sieben Streiter sollen eine Gemeinschaft bilden. Zerstreiten sie sich, wird die Suche ungleich schwieriger werden. Und … übt Euch in Geduld.«

»Was wäre, wenn ich Euch zwingen würde, mir mehr über das Versteck des Buches zu verraten?«, wagte sich Tomal vor.

»Hat es Euch in den Schatten gefallen?«, antwortete Tarratar augenzwinkernd mit einer unverschämten Gegenfrage.

»Nein, ich … o«, Tomal hatte einen Moment lang gebraucht, den Narr zu verstehen.

Tomal hatte nicht viel von dem ersten Wächter über das Buch erfahren. Tarratar wusste, wo und wie das Buch zu finden war. Aber er war offensichtlich nicht bereit, ihm mehr darüber zu verraten. Noch nicht. Vorsorglich sah er davon ab, einen Versuch zu wagen, den Narren zu einer Aussage zu zwingen. Er konnte die Kräfte des Wächters nicht einschätzen. Der Narr war ein großes Rätsel für den Lesvaraq.

»Ihr kennt Euch doch in Zehyr und auf Kartak bestens aus, Tarratar. Gibt es einen anderen Weg aus der Stadt heraus als durch den Kratersee?«, fragte Tomal, der sich einen Rat und Erleichterung für den Rückweg erhoffte.

»Ihr seid wohl wasserscheu, was?«, lachte Tarratar. »Oder hat Euch die Schlange erschreckt? Bis zur Rückkehr der Maya gab es den ein oder anderen magischen Weg, so Ihr einen solchen einschlagen wolltet. Aber diese Wege sind nun versperrt. Die

Schutzbarrieren sind wieder intakt. Ihr könnt sie zwar überwinden, aber dafür müsst Ihr direkt davorstehen und sie spüren. Das könnt Ihr am Strand von Kartak, aber nicht in Zehyr. Wollt Ihr unbedingt trockenen Fußes nach draußen gelangen, kenne ich nur noch einen einzigen Geheimweg.«

Tomal atmete vor Erleichterung hörbar auf. Tarratar kannte einen Weg. Darauf hatte der Lesvaraq gehofft.

»Wollt Ihr mir den Weg zeigen?«, fragte Tomal.

»Nein!«

»Nein?« Tomal klang entsetzt.

»Nein«, blieb Tarratar stur, »aber ich werde Euch erklären, wie Ihr ihn findet. Steigt die Treppen bis zur letzten Terrassenebene hinauf und haltet Euch dann links. Am obersten Ende von Zehyr findet Ihr eine verschlossene und von Kriegern bewachte Felsentür. Sagt den Maya, Ihr bringt Futter für Peeva, dann werden sie Euch die Tür öffnen und sie hinter Euch auch wieder fest verriegeln. Hinter der Tür führt ein schmaler Gang zu einem Abgrund, der bis in das Innerste des Vulkans reicht. Ihr könnt vom Rand des Abgrunds weit unten die glühende Lava sehen, wenn Ihr hinabblickt. Keine Sorge, die Hitze reicht nicht bis zu der Kante. Über dem Abgrund befindet sich eine Kaverne. Ihr werdet dicke, klebrige Stricke finden, die von der einen zur anderen Seite gespannt wurden. Bei genauerem Hinsehen werdet Ihr feststellen, dass es sich eigentlich um Fäden handelt, die zu einem Radnetz gehören, das bis weit in die Höhe der Kaverne reicht. Abstürzen werdet Ihr wohl kaum, eher bleibt Ihr daran hängen. Aber der Weg ist mühsam und kostet Kraft. Ihr könnt die Fäden benutzen, um auf die andere Seite zu gelangen. Von dort aus führt der Gang weiter mitten in den Dschungel von Kartak und endet in einem hohlen Baumstamm.«

»Was hat es mit dem Netz auf sich?«, hakte Tomal nach.

»Das Netz ist das einer gigantischen Spinne«, antwortete Tarratar mit ernster Miene, »Ihr habt gewiss auf Eurem Weg durch den Dschungel beeindruckende Spinnennetze bemerkt.«

Tomal erinnerte sich mit Schaudern daran, dass nicht nur die Netze groß waren, sondern auch ihre Besitzerinnen. Der Lesvaraq nickte zustimmend.

»Diese Netze waren winzig klein im Vergleich zu dem, was Euch auf diesem Weg begegnen wird. Der Weg wird nicht umsonst ›Weg der Spinne‹ genannt. Irgendwo im Dunkel der Kaverne lauert eine Spinne, die einen Namen trägt. Peeva. Die Maya haben ihr diesen Namen gegeben, weil sie die Mutter aller Spinnen auf Kartak sein soll. Nur ist sie viel größer und mächtiger als jede andere Spinne auf der Insel. Die Spinne bewacht ihr Netz und bemerkt sofort jede Bewegung. Sie ist einzigartig, alt und hungrig. Wollt Ihr durch ihr Netz gehen, werdet Ihr sie vorher füttern müssen, sonst wäre eine Begegnung mit Peeva tödlich. Ihr habt genau so lange Zeit, durch ihr Netz zu gelangen, wie die Spinne braucht, das Futter mit ihrem Biss zu lähmen und einzuwickeln.«

»Und wie lange dauert das für gewöhnlich?«, wollte Tomal wissen.

»Nicht sehr lange, fünfzehn Herzschläge vielleicht.«

»Lässt sich der Weg durch das Netz in dieser Zeit bewältigen?«, ließ Tomal nicht locker.

»Nein«, Tarratars Tonfall ließ keinen Zweifel zu, »der Abgrund ist breit. Selbst wenn Ihr über eine gut befestigte Brücke gehen könntet, würdet Ihr im schnellen Lauf mehr als das Doppelte an Zeit benötigen. Das Netz ist klebrig. Ich denke, in einhundertfünfzig Herzschlägen könntet Ihr es schaffen, so Ihr nicht vorher hängen bleibt und Peeva Euch bis dahin nicht längst gefangen hat.«

»Ihr macht mir Mut, Tarratar«, ärgerte sich Tomal.

»Also wollt Ihr doch lieber schwimmen?«, lächelte Tarratar.

»Gewiss eine gute Idee. Alle anderen wählen auch den Weg durch den Kratersee.«

»Ja, ich werde schwimmen«, brummte Tomal missmutig.

»Lasst Euch von den Maya einen von den Luftschläuchen und ein Mundstück geben. Damit könnt Ihr ohne Schwierigkeiten bis zu einer Hora unter Wasser bleiben und atmen. Die Nno-bei-Maya verwenden diese Luftschläuche selbst, wenn sie durch den Kratersee tauchen. Nur die verwegensten und besten Taucher unter ihnen verzichten darauf«, meinte Tarratar.

»Und das sagt Ihr mir erst jetzt, nachdem Ihr mir Albträume wegen einer Spinne bereitet habt?«

»Ihr habt mich nach einem Weg gefragt, den Ihr trockenen Fußes beschreiten könnt«, sagte Tarratar, »ich habe nicht gesagt, dass er empfehlenswert und begehbar wäre. Nach einer Erleichterung für den Weg des kühlen Nasses wurde ich nicht gefragt.«

»Schon gut … und ich dachte, ich hätte mich inzwischen an Euren Humor gewöhnt.«

»Anscheinend nicht«, grinste Tarratar frech.

Tomal und Tarratar verabschiedeten sich voneinander. Auf ein Wiedersehen mit dem ersten Wächter des Buches war der Lesvaraq schon sehr gespannt. Er besorgte sich einen Luftschlauch und machte sich über die Treppen auf den Weg zum Kratersee. Gewiss würde er Saykara und die Nno-bei-Maya vermissen. Ihre Nähe fehlte ihm bereits jetzt schon, obwohl er Zehyr noch nicht einmal verlassen hatte.

In der Hoffnung, die Verärgerung über seinen Alleingang nach Kartak hielt sich in Grenzen, wollte er sich den sieben Streitern anschließen. Die Suche nach dem Buch der Macht konnte endlich beginnen.

# EPILOG

*Das Buch der Macht*
*vereint die Kraft von Tag und Nacht.*
*Unscheinbar und doch so groß.*
*Sein Name ein Geheimnis,*
*birgt wahre Macht und das Feuer entfacht.*
*Bewahr ihn gut, sprich ihn nicht aus.*
*Gefahr, Verführung, Anfang und Ende.*
*Die Seiten leer und doch gefüllt.*
*Leise, leise. Nie auf laute Weise.*
*Das Buch die Worte dir enthüllt.*
*Lies mit Bedacht und denk,*
*bevor du schreibst.*
*Herr über Leben, Herr über Tod,*
*Herr über Zeit, Herr über Raum.*
*Das Buch schenkt dir die Macht im Traum.*
*Versteh erst, was die Zeilen sagen,*
*dann darfst du das Lesen wagen.*
*Der frühen Versuchung musst du widerstehen,*
*sonst wirst du Zerstörung allen Lebens sehen.*

(Aus den Schriften des Tarratar, erster Wächter des Buches. Auszug aus Kapitel vier »Das Buch der Bücher«, geschrieben in der zweihundertdreiundneunzigsten Sonnenwende nach Ulljans Reise in das Land der Tränen)

Für Tarratar wurde es Zeit, Abschied zu nehmen und sich alsbald neuen Herausforderungen zu stellen. Die Wacht vor den Pforten des Schattenreichs war zu seiner Zufriedenheit zu Ende gegangen, das verlorene Volk befreit. Daleima war noch in der Nacht nach dem Fest abgereist und Tomal hatte sich gleich am Morgen danach aufgemacht, mit den übrigen Streitern zusammenzutreffen und sich auf die Suche nach dem Buch der Macht zu begeben. Der Narr rieb sich in Vorfreude auf die kommenden Ereignisse die Hände.

»Hoi, hoi, hoi … die lust'ge Hatz auf das Buch beginnt«, sagte Tarratar zu sich selbst. »Es wird Zeit, die Wächter zusammenzurufen. Die sieben Streiter machen sich bereit. Die letzte Aufgabe steht uns Wächtern bevor.«

Tarratar war bestens gelaunt. Fröhlich pfeifend, den Kopf rhythmisch im Takt hin und her wiegend, bis alle Glöckchen an seiner Kappe gleichzeitig klingelten und sein Lied munter begleiteten, packte er seine Habseligkeiten zusammen. Er kratzte sich zwischendurch verlegen am Kopf, als er die Menge an Schriftrollen sah, die er im Lauf der Sonnenwenden verfasst hatte. Unmöglich, sie alle mitzunehmen. Die Schriften würden ganze Hallen und Archive füllen.

»Ts, ts, ts … es scheint, ich hatte zu viel Zeit«, schmunzelte Tarratar in sich hinein. »Wer soll das alles lesen?«

Er wusste sehr wohl, welch wertvollen Wissensschatz seine Schriften darstellten. Einige Klan und Angehörige der Völker der Altvorderen, – Fürsten, Praister, Magiebegabte, Saijkalsan und Schriftgelehrte – eingeschlossen, hätten sich dafür gegenseitig die Köpfe eingeschlagen, wenn sie auch nur eine seiner Schriftrollen in die Hände bekommen würden.

Aber alleine sie zu sichten, auszuwerten und zu ordnen, würde ein Heer von Atramentoren bestimmt über einhundert Sonnenwenden lang beschäftigen. Tarratar schätzte die Atramentoren oder »Meister der Schriften«, wie er sie oft nannte, aber er belächelte sie auch. Immerhin beschäftigten sie sich mit sinnvollen Aufgaben und wussten oft mehr als andere. Sie waren Gelehrte. Aber an Tarratars angehäuftes Wissen reichten sie bei Weitem nicht heran. Ihre Erkenntnisse über die Vorgänge auf Kryson und die tieferen Zusammenhänge waren beschränkt. Vielleicht hatte manch Gelehrter eine leise Ahnung über das Zusammenspiel der Kräfte und des Gleichgewichts. Meist reichten die Möglichkeiten und Fähigkeiten nicht darüber hinaus. Den Atramentoren erging es in dieser Hinsicht nicht besser als den Praistern, deren Wissen sich zwar auf einige Gebete und Opferrituale für die Kojos und die Schatten erstreckte. Darüber hinaus sah es jedoch düster aus.

Tarratar beschloss, die Schriften an Ort und Stelle zu belassen. Bei den Nno-bei Maya waren sie gut aufgehoben. Was sollte er noch damit anfangen?

Er kannte sie alle und hatte sich den Inhalt jeder einzelnen gemerkt. Eine besondere Eigenschaft, die Tarratar auszeichnete. Er vergaß nichts, aber auch rein gar nichts. Vielleicht würden die Nno-bei-Maya mit seinem Wissen tatsächlich etwas anfangen können, und er hätte sich die Arbeit nicht völlig umsonst gemacht. Immerhin hatten die Maya seiner Meinung nach eine Menge nachzuholen. Im Gegensatz zu den anderen Völkern waren sie tatsächlich verloren, abgeschnitten von der Außenwelt und den Geschehnissen. In den Schatten hatten sie die meisten wichtigen Ereignisse verpasst und sie hatten keine Gelegenheit, sich aus eigener Kraft zu informieren.

Möglich, dass die Königin der Maya Tarratars Stimme gehört hatte, wenn er sich von Zeit zu Zeit in seiner Einsamkeit vor ihrem Abbild ausgesprochen hatte. Dennoch vermutete er, dass ihr sehr viel Wissen fehlte. Nahmen die Königin und die Schriftgelehrten der Nno-bei-Maya sich die Zeit, konnten sie sich mithilfe seiner Schriften bestens informieren und gewiss viel lernen. Die Zeit war nicht stehen geblieben. Kryson hatte sich weiterentwickelt.

»Ich wünsche viel Freude damit«, rief er laut und packte seine Schreibutensilien in einen Lederbeutel.

Beinahe wehmütig blickte er sich um. Er hatte sich an die Umgebung gewöhnt, obwohl er jetzt glücklich war, sie verlassen zu können. Die Abwechslung würde ihm guttun. Tarratar prüfte mit einem Blick, ob er auch nichts vergessen hatte, was er mit auf die Reise nehmen wollte. Außer den Sachen, die Tarratar am Leib trug, einer Leier und seinen Schreibutensilien besaß er nicht viel. Jedenfalls nichts, was er unbedingt brauchte und mitnehmen wollte. Natürlich hatte sich bei den wenigen Ausflügen mancherlei Kram angesammelt, mal mehr, mal weniger nützlich. Sogar das ein oder andere magische Artefakt befand sich darunter, für das Händler und noch viel mehr deren Käufer bestimmt ein Vermögen ausgeben würden. Tarratar konnte nichts damit anfangen. Sie waren nicht schlecht und in den meisten Fällen nett anzuschauen. Doch alles, was sie an Magie und besonderen Eigenschaften zustande brachten, beherrschte er seit Anbeginn der Zeit.

Tarratar hatte so lange in Zehyr ausharren müssen. Mehr als fünftausend Sonnenwenden im Inneren eines Vulkans zwischen steinernen Statuen zu verbringen und auf einen Auserwählten warten zu müssen, war selbst für einen Unsterblichen wie ihn eine unendlich lange Zeit.

Jetzt konnte er eine neue Herausforderung beginnen. Sie war nicht wirklich neu, denn er hatte von jeher gewusst, dass er sich nach der Befreiung des verlorenen Volkes, um seine ursprüngliche Aufgabe zu kümmern hatte. Das Buch der Macht.

Tarratar wusste das Buch in guten Händen. Die Wächter würden es gewiss nicht verlieren oder an irgendjemanden herausgeben, der nicht dazu bestimmt war, es zu lesen, oder nicht wusste, damit verantwortungsvoll umzugehen. Dennoch war es besser, wenn er sich selbst darum kümmerte. Er fühlte sich wohler dabei, den Dingen nicht ihren Lauf zu lassen, sondern sie selbst in die Hand zu nehmen.

Tarratar war der erste Wächter, stand den anderen vor und nahm seine Aufgabe sehr ernst. Außerdem war es lange her, seit er zuletzt im Buch der Macht gelesen hatte. Es juckte Tarratar in den Fingern, die Seiten umzublättern und die Worte zu verschlingen, deren Bedeutung sich dem geneigtem Leser erst erschlossen, wenn er genügend eigenes Wissen und Macht mitbrachte, um sie richtig verstehen zu können.

Er hatte das Buch und das Gefühl, wenn er darin las, etwas bewegen zu können, vermisst. Für einen magisch Begabten war das Lesen des Buches ein großes und besonderes Erlebnis. Die Krönung jedoch war, selbst einige Zeilen darin niederschreiben zu dürfen. Dieses Privileg war Tarratar bislang nie zuteilgeworden. Aber er hoffte darauf, dass er sich nach seiner Rückkehr endlich eines entscheidenden Abschnitts annehmen und sich in die Reihe der wenigen auserwählten Schreiber einreihen durfte. Immerhin hatte er lange dafür geübt. Die Ansammlung seiner Schriften in den Hallen von Zehyr war der beste Beweis dafür.

»Wenn nicht Tarratar, wem soll diese Ehre sonst zuteilwerden?«, dachte er bei sich.

Er kannte die anderen Wächter des Buches. Aber soweit er wusste, vertrieben sie sich die Zeit ihrer Wacht überwiegend mit anderen Beschäftigungen.

Bevor Tarratar Zehyr verlassen würde, wollte er sich von Saykara verabschieden. Die Königin der Nno-bei-Maya und ihr Gefolge waren ihm in all den Sonnenwenden auf eigenartige Weise ans Herz gewachsen, obwohl er in seinen langen Selbstgesprächen nie eine Antwort erhalten hatte. Irgendwie hatte er aber immer das Gefühl, sie hörten ihm aufmerksam zu. Atmeten, lebten und vertrieben ihm die Einsamkeit in den Geisterhöhlen von Kartak. Das wiederum hatte ihn dazu gebracht, zu denken, er würde über ihr Wohl und Wehe wachen, wenn er durch die Reihen der steinernen Statuen spazierte.

Die Statuen waren bis auf wenige verschwunden, hatten sich nach ihrer Befreiung in lebende Geschöpfe verwandelt. Ein faszinierender Anblick, wie Tarratar fand.

Die Königin war noch weit schöner, als ihr lebloses steinernes Abbild versprochen hatte. Zu gerne hätte er mit ihr einmal das Lager geteilt. Sie war ihm so vertraut geworden. Aber sie hatte diesen Tomal ihm vorgezogen. Tarratar musste bei dem Gedanken an die Königin grinsen, leckte sich über die Lippen und bleckte die Zähne. Die edle Königin und Tarratar. Das wäre ein Liebespaar ganz nach seinem Geschmack. Ein nettes Abschiedsgeschenk, das er sich in seinen Augen mehr als verdient hätte.

»Unverschämter, lüsterner Zwerg, willst dich in ihrem Schoß vergnügen. So warm, weich und feucht. Halte deine schmutzigen Gedanken im Zaum, Tarratar«, dachte er bei sich. »Du magst mit Königinnen, Prinzessinnen und vielen anderen geschlafen haben. Selbst Fürsten und Regenten waren nicht vor deinem Trieb gefeit, so du denn in all der Zeit Gelegenheit fandest und Zehyr verlassen durftest, was leider selten genug vorkam. Du hattest Tartyk, Naiki und Felsgeborene. Die Eisprinzessin war dir aber eindeutig zu kalt. Sogar eine Rachurin trieb es einst mit dir. Von der Königin des verlorenen Volkes lässt du besser die Finger. Sie ist durchtrieben und mächtig genug, dir zu schaden. Ob ich den Lesvaraq vor ihrem Einfluss noch eindringlicher warnen sollte?«

Tarratar entschied sich dagegen.

»Vergiss nicht, er ist ein Lesvaraq. Seine Macht ist größer als deine. Er wird sich nicht blenden lassen und ihrer Schönheit erwehren können. Und wenn nicht, kann ich es auch nicht ändern. Wozu auch? Dann ist er selbst an seinem Schicksal schuld.«

Tarratar nahm seinen Lederbeutel auf, hüpfte abwechselnd auf dem linken und dann wieder auf dem rechten Bein die steinernen Treppen hinab zum Palastbezirk der Königin, dem innersten Heiligtum von Zehyr. Er durfte – von den Wachen unbehelligt – passieren. Tarratar kannte auch an diesem Tag jede Falle auf dem Weg zum Thron und er wusste genau, wie der Mechanismus des täglichen Wechsels funktionierte. Im Gegensatz zu allen anderen Besuchern stellten die tödlichen Fallen für ihn kein Hindernis dar.

Saykara schien ihn bereits zu erwarten. Sie lächelte, als sie den kleinwüchsigen Mann auf sich zukommen sah, der in seiner Kleidung und mit der Flickenkappe unverändert wie ein Narr aussah. Geschickt und leichtfüßig wich er den Fallen aus, bis er schließlich vor dem Thron stand. Mit einer tiefen Verbeugung, bei der seine Stirn den Marmorboden berührte, bekundete er der Königin seinen Respekt. Sie streckte ihm ihre nackten Füße entgegen. Tarratar nahm sie, erst den rechten, dann den linken Fuß in die Hand und hauchte galant einen Kuss auf ihre Zehen. Die Sitten der Nno-bei-Maya verlangten, dass ein Gast, dem es gestattet worden war mit der Königin zu sprechen, sich in ihrer Gegenwart nur erheben durfte, wenn die Königin es ihm erlaubte. Tarratar wusste wohl, dass Ulljan einst gegen diese Sitten verstoßen und Saykara damit von Anfang an gegen sich aufgebracht hatte.

»Steht auf, Tarratar«, sagte Saykara mit sanfter Stimme.

Die Stimme der Königin war umwerfend. Süß, warm und verlockend.

»Unwiderstehlich«, dachte Tarratar und lächelte, »und so weiblich. Sie weiß genau, wie sie die Männer um den Verstand bringen kann.«

»Meine Königin«, bedankte sich Tarratar, nachdem er sich erhoben hatte und ihr in die Augen sah.

»Ihr wollt uns schon verlassen?«, fragte sie, mit einem Hauch des Bedauerns in ihrem Tonfall.

»Schon?«, erwiderte Tarratar. »Das ist leicht untertrieben. Ich leistete Euch sehr lange Gesellschaft. Aber nun wird es Zeit für mich. Ihr seid aus den Schatten zurückgekehrt und – wie ich sehe – auch nach dem Fest der Befreiung wohlauf. Sosehr ich mich inzwischen an Eure Nähe gewöhnt habe und bei Euch bleiben möchte, ich muss gehen. Wichtige Aufgaben warten auf mich.«

»Das Buch, nicht wahr?«, fragte Saykara.

»Hoi, hoi, hoi … Ihr wisst davon«, zeigte sich Tarratar überrascht und zog misstrauisch blickend eine Augenbraue nach oben.

»Natürlich. Die Kristalle zeigen mir vieles. Aber es ist doch kein Geheimnis, dass Ihr ein Wächter des Buches seid.«

»Der erste Wächter, um genau zu sein«, antwortete Tarratar, »und, nein, es ist kein Geheimnis, obschon ich hin und wieder feststellen musste, dass mich nicht jeder auf Ell kennt.«

»Das wundert mich nicht, Tarratar«, meinte Saykara, »Ihr seid ein scheues, besonderes und höchst eigenartiges Wesen, das sich nicht gerne in Gesellschaft anderer wähnt. Ihr habt die meiste Zeit alleine in Zehyr verbracht. Die meisten Altvorderen und auch die Klan bekamen Euch nie zu Gesicht. Ihr könnt mir nichts vormachen. Ich kenne Euch genau. Während mein Volk und ich unter den Schatten weilten, habt Ihr beinahe jeden Tag mit mir gesprochen. Dabei habe ich sehr viel über Euch erfahren.«

»Nur Gutes, hoffe ich.«

»Nein, nicht nur«, lachte Saykara. »Verratet Ihr Eurer Königin, wo sich das Buch befindet?«

»Gewiss nicht«, lehnte Tarratar das Ansinnen der Königin

ab, »Ihr seid nicht meine Königin, wenn ich mir diese Bemerkung in Eurer Gegenwart erlauben dürfte. Obwohl ich gestehen muss, dass, wenn ich die Wahl hätte, ich Euch als meine Königin wählen würde. Aber ich bin frei und an niemanden gebunden. Das Versteck des Buches bleibt mein Geheimnis.«

»Das ist sehr schade. Aber Ihr werdet es doch den Nnobei-Maya bringen? Das Buch gehörte einst den Maya, wie Ihr wohl wisst.«

»Hoi, hoi, hoi … ich denke, das entspricht nicht ganz der Wahrheit. Das Buch gehörte den Altvorderen und nicht alleine den Maya. Ich bin mir sicher, dass Ihr diesen Umstand nicht vergessen habt. Meine Erinnerung täuscht mich nicht. Die Altvorderen haben das Buch einst aufgegeben, weil es ihnen zu gefährlich war. Auch das dürfte Euch wohlbekannt sein. Ulljan nahm das Buch an sich und gab es vor seinem Tod in unsere Obhut. Wir Wächter versteckten das Buch und bewachen das mächtige Werk bis heute. Aber die Prophezeiung erfüllt sich und das Buch der Macht wird bald zurückkehren.«

»Ihr wollt mir das Buch also nicht freiwillig geben?«, fragte Saykara noch einmal mit Nachdruck. Die Königin klang zornig und setzte ein beleidigtes Gesicht auf. Aber Tarratar bemerkte sofort, dass sie nur mit ihm spielte. Ihr Zorn war nicht echt und ihr Bedauern aufgesetzt. Offensichtlich bereitete ihr das Freude. Tarratar fand ihre Art, wie sie das Buch von ihm einforderte, dennoch unpassend. Er fragte sich, was sie damit erreichen wollte. Sie wusste genau, dass er ihr das Buch niemals aus freien Stücken überlassen durfte.

»Wie ich schon sagte, nein! Die sieben Streiter sind diejenigen, denen die Bürde auferlegt wurde, das Buch zu suchen. Sie werden sich auf der Suche unseren Prüfungen stellen müssen. So will es das Gleichgewicht. Ulljan hat sich ein gutes und sicheres Versteck ausgesucht. Es gibt nach der Prophezeiung nur einen unter ihnen, der alle Prüfungen meistern und das

Buch schließlich finden wird. Vielleicht ist es einer der Euren, dann hättet Ihr Glück und könnt ihn bitten, Euch das Buch auszuhändigen. Wahrscheinlich wird es aber ein anderer sein, der das Buch für sich gewinnt. Dann werdet Ihr wie alle anderen darum kämpfen müssen. Kennt Ihr die vollständige Prophezeiung über die Suche?«

»Erzählt!«, forderte Saykara Tarratar auf.

Tarratar holte seine Laute hervor, schlug einige schräge Töne an und begann zu singen:

*»Sieben des alten Blutes*
*ritten zusammen,*
*waren voll des Mutes.*
*Freunde mit nur einem Ziel,*
*das sollten die sieben sein.*
*Doch wird's schnell zu viel.*
*Jeder geht fortan den Weg allein.*
*Und kaum gefunden ist das Buch,*
*gibt's schon den ersten Streit.*
*Nicht zu glauben, 's ist wie ein Fluch.*
*Wer grad noch Freund,*
*der wird nun Feind.*
*Der Kampf entflammt,*
*den Gegner*
*in die Erde rammt.*
*Den Sieger kennt doch nur das Buch.«*

»Das habt Ihr Euch soeben ausgedacht, Tarratar!«, tadelte die Königin ihren Gast.

»Vielleicht«, zwinkerte ihr Tarratar verschmitzt zu, »vielleicht auch nicht. Und wenn schon, es ist nur eine Prophezeiung. Die meisten davon treten niemals ein, es sei denn, es findet sich irgendein Narr, der an sie glaubt und sie voranbringt. Dann erfüllt sie sich am Ende selbst! Das ist eine Tatsache.«

»Tarratar, o Tarratar«, seufzte Saykara, »Ihr seid ein einziges Rätsel für mich.«

»Zum Glück nicht nur für Euch, meine Königin«, lächelte Tarratar.

»Und das letzte Wort wollt Ihr auch immer haben«, runzelte Saykara die Stirn.

»Sehr wohl, so ist es«, antwortete Tarratar, »und nun lebt wohl, meine Schönheit …«

Tarratar vollführte plötzlich eine schnelle Bewegung und drehte sich wie ein Kreisel um sich selbst. Kaum hatte er sich einmal gedreht, war er verschwunden.

»Ihr seid klug und schön. Nutzt Eure wirksamsten Waffen, wenn Ihr das Buch eines Tages für Euch besitzen wollt«, hörte sie die Stimme Tarratars noch sagen, obwohl er nirgends mehr zu sehen war.

»Ihr werdet mir das Buch der Macht bringen«, rief Saykara, »ich bestehe darauf!«

Das schallende Gelächter Tarratars hallte noch lange im Thronsaal der Königin nach.

# Legende

*Aeras Tamar:* »Bote des Himmels«, ein Luftschiff.

*Akulrub:* große, blutsaugende Stechmücke.

*Alchovi:* eines der sieben Fürstenhäuser der Nno-bei-Klan. Neben den Fallwas das bedeutendste und mächtigste Fürstenhaus. Fürst Tomal Alchovi steht dem Hause vor.

*Alrab:* Kriegsveteran. Großvater mit fünf Enkeln. Lebt in einem kleinen Dorf namens Moyin im Fürstentum Otevour.

*Altvordere:* alte, magische Völker des Kontinents. Sie sind die Helden der ersten Stunde. Zu ihnen gehören die Burnter, die Nno-bei-Maya, die Naiki und die Tartyk.

*Anunze:* gängige Münzwährung und erstes Zahlungsmittel auf Ell. Es gibt Prägemünzen aus Gold, Silber und Bronze.

*Atramentor:* Schriftgelehrter.

*Ayadaz:* Ein Neffe des Fürsten Habladaz. Ehemaliger Geliebter der Regentin Raussa.

*Ayale:* Lehrmeisterin der Orna und ehemalige Lehrerin von Elischa.

*Ayomaar:* Rachure aus Krawahta, der einen Ruf als berüchtigter Krieger hat. Er ist einer der Leibwächter der Rachurenherrscherin Rajuru.

*Baijosto Kemyon:* Naikijäger und verfluchter Krolak. Der Bruder von Taderijmon.

*Bantlamor:* »Donnerhall«, eine verheerende Kriegswaffe, die einer sehr großen Kanone gleicht.

*Barduar:* eines der sieben Fürstenhäuser der Nno-bei-Klan.

*Baumwolf:* gefährlichstes Raubtier auf Ell, lebt auf Bäumen und in großen Rudeln in den Wäldern. Die größten Rudel wurden im Faraghad-Wald gesichtet. Ihnen wird nachgesagt, sie seien intelligente Jäger und organisieren Treibjagden auf ihre Opfer.

*Baylhard:* Anführer der Eiskrieger und Moldawarjäger. Ein unerschrockener Hüne. Leibwächter des Fürsten Tomal Alchovi.

*Belrod:* ein Maiko-Naiki. Der Sohn Metahas und ihres leiblichen Bruders.

*Bewahrer:* Angehörige des von Ulljan gegründeten Ordens der Sonnenreiter. Sie stellen die Führung des Ordens, sind auserwählte Elitekrieger, die obersten Richter auf Ell und Leibwächter der heiligen Orna.

*Blutstahl:* rot schimmerndes Edelmetall, das empfänglich für Magie ist. Die Altvorderen behaupteten, Blutstahl besitze eigenes Leben und eine Seele.

*Blyss:* s. a. das Gefäß.

*Boijakmar:* ehemaliger Overlord der Bewahrer, oberster Richter und hoher Vater des Ordens der Sonnenreiter.

*Brünnkäfer:* handzahme, daumengroße Käfer, die von den Orna als Wegsucher eingesetzt werden.

*Burnter:* Volk der Altvorderen, die auch die Felsgeborenen genannt werden.

*Calicalar:* Sapius' Vater und ehemaliger Anführer der Drachenreiter. (†)

*Chimären:* Mischwesen, gezüchtet aus einem Rachuren und anderen Lebensformen, die den Rachuren in einer hohen Artenvielfalt als Krieger, Arbeiter und Wächter dienen.

*Chromlion:* Einst ein Bewahrer fürstlicher Abstammung aus dem Hause Fallwas, der nach Madhrabs Absetzung zum Lordmaster aufgestiegen ist. Ein ehemals erbitterter Gegner Madhrabs. (†)

*Daleima:* zweite Wächterin des Buchs.

*Darfas:* Diener am Kristallpalast in Tut-El-Baya.

*Delavo:* Sohn des Regentenpaares Jafdabh und Raussa.

*Drolatol:* Sonnenreiter und Gefährte Renlasols. Er gilt als einer der besten Bogenschützen der Nno-bei-Klan.

*Der dunkle Hirte:* leiblicher Bruder des weißen Schäfers, Oberster der Saijkalrae. Er hört auf den Namen Saijrae.

*Eiskrieger:* Leibgarde des Fürsten Alchovi. Die meisten Angehörigen der Truppe stammen aus dem ewigen Eis. Sie gelten als freiheitsliebend und dem Fürsten gegenüber als absolut loyal. Ihr Zeichen sind die über der Brust gekreuzten Schwerter und die gefürchtete Schlingenklinge.

*Elischa:* eine Orna. Sie ist eng mit Madhrab verbunden.

*Ell:* Kontinent auf Kryson.

*Fallwas:* eines der sieben Fürstenhäuser der Nno-bei-Klan. Neben den Alchovi das einflussreichste und mächtigste Fürstenhaus.

*Famir:* Lesvaraq, der den Freitod wählte.

Faraghad: großes Waldgebiet auf Ell, dessen Kern weitestgehend unentdeckt ist.

*Farghlafat:* Baum des Lebens.

*Foljatin:* Sohn des Gwantharab und Zwillingsbruder von Hardrab.

*Gafassa:* Hauptstadt von Tartyk im Südgebirge, wird auch die Felsenstadt genannt.

*Gahaad:* der erste Krieger der Nno-bei-Maya.

*Galwaas:* eine neuartige durchschlagende Fernwaffe.

*Gayaha:* bedeutet Schmuggler. Ein Segelschiff aus Jafdabhs Flotte.

*Gayol:* ein Atramentoren-Schüler.

*Das Gefäß:* Boijakmars schwarze Seele.

*Gnatha:* räuberischer Laufvogel, der im Gebiet um den Vulkan Tartatuk vorkommt.

*Goncha:* Felsenfreund. Treuer Berater und engster Freund des Felsgeborenen Prinz Vargnar.

*Grimmgour:* Anführer der Rachuren und Befehlshaber der Chimärenkrieger, wird von seinen Feinden »der Schänder« genannt. Sohn der Rachurenherrscherin und Saijkalsanhexe Rajuru.

*Grutt:* große, giftige Kröte, die in den Sümpfen der Grenzlande vorkommt.

*Gwantharab:* Ehemaliger Kaptan der Sonnenreiter, der dem Vertrautenkreis Madhrabs angehörte. (†)

*Fürst Habladaz:* Oberhaupt des Hauses Habladaz. Mitglied im Rat der Fürsten am Hofe des Regenten.

*Haffak Gas Vadar:* ältester Drache auf Ell.

*Haffjon:* Lesvaraq vor Ulljan und Pavijur.

*Haijarda:* Blaues Feuer für Kriegszwecke, dem nachgesagt wird, dass es auf herkömmliche Weise nicht zu löschen sei.

*Hardrab:* Sohn des Gwantharab und Zwillingsbruder von Foljatin.

*Hegoria:* heilige Mutter des Orna-Ordens.

*Henro:* Ehemals oberer Praister und Vertrauter des obersten Praisters Thezael. (†)

*Hora:* wichtigste Zeiteinheit auf Ell, die ungefähr einer Stunde entspricht.

*Ikarijo Poujas:* Naiki-Jäger und enger Freund der Brüder Taderijmon und Baijosto.

*Iskrascheer:* das legendäre Schwert der Fürstenfamilie Alchovi.

*Jade:* Tochter des Regentenpaares Jafdabh und Raussa.

Jafdabh: Einstmals ein berüchtigter Todeshändler, der mit Rauschmitteln, Sklaven und Waffen handelte. Mittlerweile ist er Regent der Nno-bei-Klan mit Sitz im Kristallpalast von Tut-el-Baya. Verheiratet mit Raussa. Es heißt, er besitze ein größeres Vermögen als alle Fürstenhäuser zusammen.

*Jimara:* Lesvaraq, die zweite unter den Mächtigen.

*Kallahan:* einer der ersten und ältesten Saijkalsan, der neben Rajuru, den beiden Leibwächtern Haisan und Hofna sowie Quadalkar zu den mächtigsten Saijkalsan zählt.

*Kallya:* Lesvaraq. Ihr Name bedeutet in der Sprache der Altvorderen Hoffnung. Zeichenträgerin und magisches Geschöpf der Macht.

*Kaptan:* Bezeichnung für den Rang eines befehlshabenden Offiziers der Sonnenreiter.

*Kartak:* sagenumwobene Insel im südlichen Ostmeer Ells.

*Klan:* Kurzform für Nno-bei-Klan.

*Kojos:* Gottheiten werden auf Ell Kojos genannt. Es gibt unzählige Kojos für beinahe jeden Bereich des täglichen Lebens. Die Praister sind die obersten Diener der Kojos. Sie pflegen Rituale, bringen in Tempeln und Schreinen Opfer dar und beten, um das Wohlwollen der Kojos zu erlangen und ihren Zorn zu besänftigen.

*Konrael:* Praister, Vertreter Thezaels.

*Krangur:* Lesvaraq, vor Ulljan und Pavijur.

*Krawahta:* unterirdische Hauptstadt der Rachuren.

*Krolak:* mit einem Fluch belegter Gestaltwandler, kann in unterschiedlichen Formen vorkommen. Als besonders gefährlich gilt ein Krolak, dessen Fluch auf einem Baumwolf beruht. Diese Krolaks sind tödliche und äußerst mächtige Bestien, die selbst von den magischen Völkern der Altvorderen gefürchtet wurden.

*Kryson:* Der Begriff bedeutet Tag und Nacht und beschreibt die sich bedingenden Gegensätze jedes Gleichgewichts wie Gut und Böse, Schwarz und Weiß oder Licht und Schatten. Zugleich ist es der Name der Welt.

*Land der Tränen:* legendäres Reich des Todes für Auserwählte und Magiekundige. Viele Gerüchte ranken sich um die magische Ruhestätte. Ist das Land die eigentliche Geburtsstätte der Lesvaraq? Ist es ein Land zwischen den Welten? Angeblich steht Farghlafat, der sagenumwobene Baum des Lebens, dort.

*Laraya:* eine Orna, Vollstreckerin.

*Lesvaraq:* die mächtigen Zeichenträger und Hüter des Gleichgewichts. Sie sind Magier und die auserwählten Anführer der Völker.

*Letztgänger:* ein Bewahrer mit einem Lebensalter über sechzig Sonnenwenden. Bewahrer verbringen ihre letzten Dienstjahre im Orden als sogenannte Letztgänger, meist nach Auflösung des Bandes mit der ihnen anvertrauten Orna. Sie erhalten einen letzten Auftrag, den es bis zu ihrem Ruhestand oder ihrem Gang zu den Schatten zu erfüllen gilt.

*Lordmaster:* Heerführer der Bewahrer und Sonnenreiter, vergleichbar einem General. Der Rang eines Lordmasters entspricht dem eines Fürsten.

*Lyara:* Dienerin der Königin Saykara.

*Madhrab:* Bewahrer im Rang eines Lordmasters. Er schlug als Bewahrer des Nordens und Befehlshaber des größten Verteidigungsheeres der Klanlande die Rachuren in der Schlacht am Rayhin zurück. Fiel beim Regenten in Ungnade, weil dieser befürchtete, dass Madhrab zu mächtig würde.

*Madsick:* Sohn des Foltermeisters Sick. Ein begnadeter, wahrscheinlich von Natur aus magiebegabter Musiker, der die geisterhafte Fähigkeit besitzt, sich nahezu unsichtbar und geräuschlos zu bewegen.

*Maiko-Naiki:* Ein besonders großwüchsiger Naiki mit kindlichem Verstand, der sich durch besondere Stärke, Eigenschaften und magische Resistenz auszeichnet. Das Ergebnis einer traditionell und sehr eng unter den Naiki gepflegten inzestuösen Beziehung.

*Mairon:* Gesandter des Regenten Jafdabh.

*Malidor:* ein Saijkalsan. Früher der ehrgeizige Schüler von Sapius, der den Lehrer verraten hat. Jetzt Meister und Schüler von Kallya.

*Master:* Truppenführer der Bewahrer mit bestandener Masterprüfung in mindestens einer Waffendisziplin.

*Fürstin Menohir:* erste Dame des Hauses Menohir, Mitglied im Rat der Fürsten am Hofe des Regenten.

*Menotab:* Lesvaraq des Ausgleichs.

*Menotai:* beliebtes strategisches Brettspiel für Denker.

*Metaha:* Naiki-Hexe unbestimmten Alters, Mitglied des inneren Rates der Naiki.

*Milana:* eine Orna, Vollstreckerin.

*Moldawar:* riesiger Raubfisch mit vier scharfen, hintereinander angeordneten Zahnreihen; kann bis zu achtzig Fuß lang werden.

*Mond:* ein Mond zählt vierzig Tage. Kryson besitzt neben den beiden Sonnen einen Mond.

*Morgenruf:* Kräutergebräu, weckt die Sinne.

*Murhab:* einer von Jafdabhs langjährigen Getreuen. Kapitän des Luftschiffs.

*Naiki:* magisches Waldvolk der Altvorderen.

*Nalkaar:* untoter Anführer der Todsänger. Ehemaliger Schüler der Saijkalsanhexe Rajuru, die ihn nach einem tödlichen Unfall aus dem Reich der Schatten zurückholte und seither als ihren Diener benutzt.

*Neslab:* Alrabs Enkel.

*Nihara:* Tochter Elischas und Chromlions.

*Nno-bei-Klan:* großes, weitverbreitetes Volk mit menschlichen Zügen.

*Nno-bei-Maya:* das verlorene Volk. Ein magiebegabtes Volk der Altvorderen.

*Onamaar:* Rachure aus Krawahta, berüchtigter Krieger. Er ist einer der Leibwächter der Rachurenherrscherin Rajuru. Der leibliche Bruder von Tromzaar, Kroldaar und Ayomaar.

*Orna:* Heilerinnen, Hellseherinnen und Prophetinnen. Der Orden der Orna wurde von Ulljan gegründet. Ihre Verbindung zu den Bewahrern durch das Band der Orna und der Bewahrer ist legendär.

*Otevour:* eines der sieben Fürstenhäuser der Nno-bei-Klan. Grenzt über die weiteste Strecke an das Gebiet der Rachuren.

*Overlord:* höchster Rang unter den Bewahrern, er begleitet

zugleich das Amt des hohen Vaters aller Sonnenreiter und stellt den obersten Richter auf Ell.

*Pavijur:* Der Lesvaraq des Lichts war einst Großmagier neben Ulljan. Verstarb versehentlich in einem Kampf gegen Ulljan.

*Payagata:* das Tor des Himmels in Gafassa, der Hauptstadt der Tartyk.

*Peeva:* Riesenspinne auf Kartak.

*Polakov:* eines der sieben Fürstenhäuser der Nno-bei-Klan. Grenzt an das Rachuren-Gebiet.

*Praister:* Diener der Kojos. Eine mächtige religiöse Organisation, die von sehr einflussreichen Praistern bis hin zum einfachen Bettelmönch alles aufweisen kann. Sie dienen in Tempeln.

*Pydhrab:* Atramentor der Sonnenreiter. Ein »Meister der Schriften«.

*Quadalkar:* war vielleicht der mächtigste Saijkalsan. Uralt in seinem Wesen gehörte er zu den ersten Saijkalsan und wurde durch einen Fluch zum Vater aller Bluttrinker.

*Qusador:* Lesvaraq, im Kampf gegen den Lesvaraq Famir gefallen. Qusador wird auch der Kopflose genannt.

*Rachuren:* Volk, das aus dem Süden stammt und überwiegend unterirdisch lebt.

*Rajuru:* Saijkalsanhexe. Eine der ersten Saijkalsan. Sie ist mächtig, gilt als kaltherzig, grausam und vergleicht ihre Stärke mit der von Quadalkar. Gleichzeitig ist sie die Herrscherin über alle Rachuren und Chimären.

*Raussa:* Gemahlin Jafdabhs; Regentin der Nno-bei-Klan.

*Rayhin:* Der größte Fluss in den Klanlanden entspringt im Riesengebirge.

*Reela:* eine Orna, Aufseherin.

*Renlasol:* Madhrabs ehemaliger Knappe. Fürst und General unter Jafdabhs Regentschaft.

*Rodso:* ein Felsenfreund, Pelzechse.

*Ruitan Garlak:* auch »die Eisenhand« genannt, ehemals berühmter Klan-Anführer, der die zerstrittenen Stämme einte und als Held der ersten Stunde gilt. Er unterstützte die Inquisition der Praister, wandte sich gegen alles Magische und vertrieb die Völker der Altvorderen aus ihren Stammgebieten.

*Sagar:* seltene Drachenechse mit sehr harter Panzerung, deren teures Leder für die Herstellung von magischen Rüstungen begehrt ist.

*Saijkal:* der weiße Schäfer.

*Saijkalrae:* die ungleichen Brüder und Anführer der Saijkalsan, der weiße Schäfer und der dunkle Hirte.

*Saijkalsan:* Gilde der den Saijkalrae dienenden Magier mit einem Meisterstatus.

*Saijrae:* der dunkle Hirte.

*Sapius:* langlebiger Tartyk, der seinem Volk einst den Rücken kehrte und zum Saijkalsan wurde. Er blieb den Saijkalrae nicht treu, wandelte sich zum freien Magier und machte es sich zur Aufgabe, die Lesvaraq zu schützen. Lehrmeister Tomals.

*Saragar:* der alte König der Felsgeborenen und Vater des Prinzen Vargnar.

*Sardas:* kleinste Zeiteinheit auf Ell, die in etwa der Dauer eines Wimpernschlages entspricht.

*Saykara:* Königin der Nno-bei-Maya.

*Schatten:* der Tod in Schattengestalt.

*Schattenreich:* Reich des Todes für Normalsterbliche.

*Semyon:* Erfinder und Meistererbauer der Aeras Tamar.

*Die Sieben:* Eine uralte Prophezeiung spricht von sieben Streitern alten Blutes auf der Suche nach einem magischen Buch.

*Solatar:* magisches Blutschwert des Madhrab.

*Solras:* ein Mitglied des inneren Rates der Naiki; an Metahas Stelle getreten.

*Sonnenreiter:* Der Orden der Sonnenreiter wurde von Ulljan gegründet. Sie gelten als Elitetruppe auf Ell, die das Erbe des Ulljan bewahren.

*Sonnenwende:* Eine Sonnenwende zählt im Kalender von Ell vierzehn Monde.

*Taderijmon Kemyon:* Naiki-Jäger, Mitglied des inneren Rates der Naiki. Der leibliche Bruder von Baijosto Kemyon.

*Tallia:* Mädchen aus Tayhg-Ralas, dessen Gesicht vom Bewahrer Chromlion zerschnitten wurde. Der Saijkalsan Kallahan nahm sich ihrer an. Der dunkle Hirte hat sich Tallia zur Braut auserkoren.

*Tarratar:* ein kleinwüchsiger Hofnarr und erster Wächter des Buches.

*Tarsalla:* ein Zauber, der die Zeit verlangsamt.

*Tartyk:* Sowohl Sapius' Heimat als auch die Bezeichnung für das Volk der Tartyk, der sagenumwobenen Drachenreiter. Sie zählen zu den Völkern der Altvorderen. Ihre Macht basiert auf ihrer Verbindung zu den Flugdrachen.

*Telaawa:* Eigenschaft der Maiko-Naiki, mit der sie Angehörige ihres Stammes in Gefahr auch auf größere Entfernung durch ihren Instinkt wiederfinden können. Sie sehen ein Bild des Gesuchten vor ihrem inneren Auge.

*Teroch:* fleischfressende, äußerst gefährliche Käferart aus den Sümpfen der Grenzlande. Statt Vorderbeinen besitzen sie scharfe Scheren. Am Hinterkörper, an den mittleren und hinteren Beinen sind die Käfer stark behaart. Sie vermehren sich stark und schnell. In großen Schwärmen sind sie gefährlich und tödlich, wenn sie ein Opfer erst befallen haben.

*Thezael:* einst der oberste aller Praister und geschickter Leichenpräparator, der aus dem Kristallpalast vertrieben wurde.

*Todsänger:* magische Sänger und Seelenfresser. Der erste Todsänger ist Nalkaar. Alle Todsänger stehen in einem Abhängigkeitsverhältnis zum ersten Todsänger.

*Tomal:* Lesvaraq. Träger eines doppelten Zeichens. Ein magisches Geschöpf der Macht.

*Trimar:* der erste Lesvaraq neben Jimara.

*Tsairu:* Naturereignis, während dessen sich die beiden Sonnen von Kryson zur Mittagszeit in ihrem Lauf überschneiden und vor allem in den nördlichen, vor dem Riesengebirge gelegenen Klanlanden eine länger andauernde Mittagsdämmerung auslösen, die sich durch ihre tiefrote Färbung auszeichnet.

*Tut-El-Baya:* Hauptstadt des Klanlandes am Ostmeer und gleichzeitig Regentensitz. Ihr Wahrzeichen ist das Wunderwerk Kristallpalast.

*Ulljan:* Lesvaraq der Dunkelheit und ehemals Großmagier neben Pavijur. Die Saijkalrae zerstörten Körper und Geist ihres Ziehvaters Ulljan.

*Vargnar:* Prinz der Felsgeborenen. Sohn des Königs Saragar.

*Der weiße Schäfer:* leiblicher Bruder des dunklen Hirten, Oberster der Saijkalrae. Er hört auf den Namen Saijkal.

*Yasek:* Bezeichnung der Tartyk für Lord oder Fürst. Der Anführer der Drachenreiter darf sich Yasek nennen.

*Yilassa:* weiblicher Overlord der Bewahrer.

*Zanmour:* Rachure, Zuchtmeister und Wächter in den Brutstätten.

*Zehyr:* Stadt der Nno-bei-Maya auf Kartak.

*Zyola:* Dienerin der Königin Saykara.

Das säurefreie und alterungsbeständige Papier EOS liefert Salzer, St. Pölten
(hergestellt aus chlorfrei gebleichtem Zellstoff aus nachhaltiger Forstwirtschaft).

ISBN 978-3-8000-9526-1

Coverillustration: Thomas von Kummant
Umschlaggestaltung: init, Büro für Gestaltung, Bielefeld
Karte: Joseph Koó
Lektorat: Ulrike Gerstner

Gedruckt in Österreich auf Salzer Papier
7 6 5 4 3 2 1

www.otherworld-verlag.com